KB236071

젊은 예술가의 초상

세계문학의 숲 029

A Portrait of the Artist as a Young Man

젊은 예술가의 초상

제임스 조이스 지음
장경렬 옮김

시공사

일러두기

1. 이 책은 1916년 발표된 제임스 조이스(James Augustine Aloysius Joyce)의 《젊은 예술
   가의 초상(A Portrait of the Artist as a Young Man)》을 우리말로 옮긴 것이다.
2. 번역의 대본으로 삼은 것은 2009년에 노턴 출판사(Norton & Co.)에서 출간된 《젊은
   예술가의 초상(A Portrait of the Artist as a Young Man)》이다.
3. 본문의 주는 모두 옮긴이 주이다.

그는 자신의 마음을 미지의 기예(技藝)로 향하게 했다.
—오비디우스, 《변신》 제8권 188행*

*그리스 신화에 따르면, 왕권을 놓고 형제들과 다투던 미노스 왕은 바다의 신 포세이돈에게 자신이 신의 가호를 받고 있다는 증표로 수소 한 마리를 보내줄 것을 간청한다. 그러면 그 소를 잡아 포세이돈에게 제물로 바치겠다 약속한다. 하지만 바다에서 거대한 몸집의 하얀 수소가 나오자 미노스 왕은 아까운 생각이 들어 이를 대신하여 다른 수소를 잡아 제사를 지낸다. 이에 진노한 포세이돈의 저주로 미노스의 아내 파시파에는 포세이돈이 보낸 수소에 대해 욕정을 느끼게 된다. 파시파에는 아테네의 전설적 장인인 다이달로스에게 암소의 모형을 만들도록 하고 그 안에 들어가 수소를 유혹하여 뜻을 이룬다. 그리고 그 결과 왕비는 인간의 머리가 아닌 소의 머리를 한 괴물 미노타우로스를 낳는다. 자랄수록 난폭해지는 데다가 식인의 습성을 지닌 괴물 미노타우로스를 어떻게 처리할까 고민하던 미노스 왕은 델포이 신전의 신탁에 따라 이 괴물을 가둬 두기 위한 미궁을 짓기로 하고 그 일을 다이달로스에게 맡긴다. 미궁이 완성되자 미노스 왕은 미궁의 비밀이 탄로 날 것이 두려워 다이달로스와 그의 아들 이카로스를 탑에 감금하고 탈출하지 못하도록 모든 바닷길을 철저히 감시한다. 이에 다이달로스는 날개를 만들어 아들과 함께 하늘을 날아서 섬을 탈출한다. 로마의 시인 오비디우스(기원전 43~기원후 17)의 《변신》에 나오는 위의 구절은 라틴어 표현인 "Et ignotas animum dimittit in artes"를 우리말 번역한 것으로, 탈출을 위해 인간 지식의 한계를 뛰어넘고자 하는 다이달로스의 결심을 전하고 있다. 참고로, 《변신》은 인간들, 동물들, 식물들 사이의 변신과 관련된 일련의 신화적 이야기를 담고 있는 책으로, 유럽 문화권에서 널리 알려지고 읽히고 있는 고전 가운데 고전이다.

제1장

옛날 옛적에, 그것도 세상이 아주 평화로웠던 시절에, 음매소*가 길을 따라 내려오고 있었어. 그런데 말이지, 길을 따라 내려오던 음매소가 아기 터쿠**라는 이름의 착한 꼬마 남자아이와 만난 거야.

아이의 아버지가 그에게 이런 이야기를 들려주었다. 아버지는 외알 안경을 쓰고 아이를 바라보았으며, 그런 아버지의 얼굴에는 수염이 가득했다.

그 아이가 바로 아기 터쿠였다. 음매소는 길을 따라 내려와

---

*조이스의 아버지 존 스태니슬로스 조이스(John Stanislaus Joyce, 1849~1929)는 자신의 아들 제임스 조이스에게 보내는 편지(《제임스 조이스 서간집》〔뉴욕, 1966〕, 3권 212면)에서 이렇게 말한 적이 있다. "네가 아기 터쿠였던 시절 브라이턴 스퀘어에서 아빠가 너와 함께 시간을 보내던 옛날 그때를 기억하는지 모르겠구나. 아빠는 너를 그곳으로 데리고 가서 이야기를 해주곤 했지. 산에서 내려와서 꼬마 아이들을 데려가곤 하는 음매소에 관해 별별 이야기를 다 해주었지." 영험한 소가 아이들을 섬으로 데려가 영웅이 되도록 마법의 교육을 하고는 부모에게 되돌려준다는 이야기는 아일랜드 서부의 콘네마라와 같은 지역에 오늘날에도 아직 남아 있다.

**'터쿠(tuckoo)'는 '침대에 무언가로 감싸 넣어놓은(being tucked in bed)'의 의미를 암시한다. 한편, '터킨(tuckin)' 또는 '터카웃(tuckout)'은 아일랜드어에서 '훌륭한 식사' 또는 '성찬'을 뜻하는 속어이기도 하다.

베티 번*의 집까지 왔어요. 그런데 말이지, 베티 번은 레몬 캔디를 팔고 있었어.

　아, 들장미가 피었네,
　자그마한 초록의 풀밭에.**

아이가 그 노래를 불렀다. 그것은 그 아이의 노래였다.

　아, 호록의 앙미가 히언네.

요에 오줌을 싸면 처음에는 뜨뜻했다가 조금 있으면 차가워진다. 아이의 어머니는 요 위에 기름종이를 깔아주었다. 기름종이에서는 묘한 냄새가 났다.

아이는 어머니 냄새가 아버지 냄새보다 더 좋았다. 어머니는 선원들의 뿔피리 춤곡을 피아노로 쳐서 아이에게 춤을 추게 하기도 했다. 그러면 아이는 춤을 췄다.

　트랄랄라 랄라,
　트랄랄라 트랄랄라디,
　트랄랄라 랄라,
　트랄랄라 랄라.

---

*조이스가 살고 있던 곳 근처의 식료품 가게 여주인의 이름이 엘리자베스 번(Elizabeth Byrne)이었다. 베티는 엘리자베스의 애칭.
**이에 대한 영어 원문은 "O, the wild rose blossoms/ On the little green place." 헨리 S. 톰슨(Henry S. Thompson)의 노래 〈릴리 데일(Lily Dale)〉에 나오는 후렴의 일부분을 약간 바꾼 것이다. 노래의 원문은, "Oh! Lily, sweet Lily, dear Lily Dale,/ Now the wild rose blooms/ O'er her little grave/ 'Neath the trees in the flow'ry vale."

찰스 아저씨와 아줌마*가 손뼉을 쳤다. 두 사람은 아이의 아버지나 어머니보다 나이가 많았다. 그렇지만 찰스 아저씨는 아줌마보다 더 나이가 많았다.

아줌마의 서랍장에는 옷솔이 두 개 있었다. 밤색 벨벳으로 등을 장식한 옷솔은 마이클 대빗을 위한 것이었고, 녹색 벨벳으로 등을 장식한 옷솔은 파넬**을 위한 것이었다. 아줌마는 아이가 화장지 한 장을 가져다줄 때마다 캐슈***를 한 알씩 주었다.

아일린 밴스는 7번지에 있는 집에 살았다. 아일린의 집에도 아버지와 어머니가 있었는데, 그들은 아일린의 아버지와 어머니였다. 커서 어른이 되면 아이는 아일린과 결혼할 생각이었다.

아이가 식탁 아래로 숨었다. 그러자 어머니가 이렇게 말했다.

"그럼요, 스티븐이 잘못을 빌 거예요."

아줌마가 이렇게 말을 받았다.

"그럼요! 잘못을 빌지 않으면, 독수리가 와서 눈알을 빼갈 거니까요.

눈알을 빼갈 거니까,
잘못을 빌어야지요,
잘못을 빌어야지요,
눈알을 빼갈 거니까.

*스티븐은 리오던 부인을 "Dante"라 부르는데, 이는 스티븐 특유의 유아식 표현으로 "auntie"를 뜻한다. 조이스의 소설 《율리시스》에 따르면, 리오던 부인은 디덜러스 가족의 집에서 1888년 9월 1일부터 1891년 12월 29일까지 살았다 한다.
**마이클 대빗(Michael Davitt, 1846~1906)과 찰스 스튜어트 파넬(Charles Stewart Parnell, 1846~1891): 이 소설의 이야기가 시작되는 시기인 1880년대 무렵 아일랜드에서 가장 영향력이 있던 아일랜드 민족주의 운동가들이었다.
***캐슈(cachou): 캐슈(cashew)의 열매와 감초를 넣어 만든 구강 청량제용 사탕.

잘못을 빌어야지요,

눈알을 빼갈 거니까,

눈알을 빼갈 거니까,

잘못을 빌어야지요.

*　　*　　*

널찍한 운동장에는 사내아이들이 가득 모여 있었다. 모두가 소리를 지르고 있었고, 학감(學監)*들이 힘찬 목소리로 자기 반 아이들을 응원하고 있었다. 창백한 빛깔의 저녁 공기는 차가웠으며, 축구 경기를 하는 아이들이 앞으로 돌격해서 공을 뻥 찰 때마다 기름때로 미끌미끌한 공이 한 마리의 육중한 새라도 되는 양 잿빛 하늘 속으로 날아올랐다. 그는 학감의 눈에 띄지 않게, 그리고 아이들의 거친 발길질을 피해, 이따금씩 뛰는 척하면서 자기 편 가장자리를 맴돌았다. 축구를 하는 아이들 무리에 휩쓸려 있는 동안, 그는 자신의 몸이 작고 허약함을 느꼈다. 또한 앞이 잘 보이지 않는데다가 눈에는 눈물이 고이기까지 했다. 로디 키컴은 그렇지가 않았다. 누구나 그 아이는 하급반**아이들의 주장이 될 것이라고 말했다.

　로디 키컴은 좋은 아이였지만, 심술쟁이 로치는 고약한 녀석이었다. 로디 키컴은 축구할 때 사용하는 정강이받이를 자기 사물함에 보관하고 있었고, 식당에 개인용 음식물 바구니도 갖고 있었다. 심술쟁

---

*학감(prefect)：교실 수업 이외의 학교 활동을 관리하거나 지도하는 직책. 기숙사의 사감도 여기에 포함되며, 때때로 상급 학년 학생이 하급 학년 학생들의 학감 역할을 맡기도 한다.
**당시 학제에 따르면, 하급반은 13세 이하의 아이들로, 중급반은 13세에서 15세의 아이들로, 상급반은 15세에서 18세의 아이들로 구성되었다.

이 로치는 손이 컸다. 그 아이는 금요일 식사에 나오는 푸딩을 '담요에 말아놓은 개'라 했다. 그런데 어느 날 그 아이가 이렇게 물었다.

"니 이름 뭐냐?"

스티븐이 대답했다.

"스티븐 디덜러스야."

그렇게 대답하자 심술쟁이 로치가 말했다.

"무슨 이름이 그러냐?"

그리고 스티븐이 이 말에 대꾸를 못하자 심술쟁이 로치가 이렇게 물었다.

"니 아빠 뭐냐?"

"신사이셔."

스티븐이 대답했다.

그렇게 대답하자 심술쟁이 로치가 물었다.

"치안판사*냐?"

그는 자기가 속해 있는 줄 가장자리에서 이리저리 느릿느릿 움직이다가 이따금 조금씩 뛰기도 했다. 하지만 그의 손은 냉기로 인해 파리한 빛을 띠고 있었다. 그는 혁대를 두른 잿빛 저고리의 양쪽 옆 주머니에 손을 넣은 채 빼지 않았다. 그 혁대는 저고리의 허리 쪽에 매도록 되어 있는 것이었다. 그런데 이 혁대는 상대방을 때릴 때 동원되는 무기가 되기도 했다. 어느 날 한 녀석이 캔트웰에게 이렇게 말했다.

"너 이 새끼, 지금 너 혁대 맛 좀 보고 싶냐?"

캔트웰이 이렇게 대답했다.

"니 상대가 될 놈하고나 맞장 떠. 어디 한번 세실 선더한테

---

*19세기 말 아일랜드에서 치안판사(magistrate)는 높은 보수에 부유하고 한가로운 삶이 보장되는 직책.

가서 을러보지그래. 거 참, 볼 만하겠군. 개가 니 새끼 엉덩이를 보기 좋게 한 방 먹일걸."

그것은 점잖은 말이 아니었다. 그의 어머니가 학교에서 거친 아이들과는 말을 주고받지 말라고 타이른 적이 있었다. 얼마나 멋진 어머니였던가! 입학식이 있던 날 학교 본관인 고성(古城)*의 강당에서 어머니가 작별 인사를 하고 그에게 뽀뽀를 해주기 위해 베일을 코 위까지 두 겹으로 걸어올렸을 때였다. 어머니의 코와 눈이 발갛게 물들어 있었다. 하지만 그는 어머니가 곧 울음을 터뜨리려는 것을 못 본 척했다. 어머니는 정말로 멋진 분이었지만, 울 때는 그다지 멋져 보이지 않았다. 그리고 아버지가 용돈으로 5실링짜리 동전 두 개를 그에게 주었다. 그런 다음, 무엇이든 필요한 것이 있으면 아버지한테 편지하라고 일러주었다. 또한 어떤 일이 있어도 남을 고자질해서는 안 된다고 타일렀다. 이윽고 본관 문에서 교장 선생님**이 아버지와 어머니와 악수를 나눴다. 교장 선생님이 입고 있던 사제복이 미풍에 휘날리고 있었다. 곧이어 아버지와 어머니를 태운

*클롱고우스 우드 칼리지(Clongowes Wood College): 킬데어 카운티에 있는 클레인이라는 마을 바로 북쪽으로 2킬로미터 정도 떨어진 곳에 위치해 있으며, 그 학교의 본관은 원래 고성이었다. 클롱고우스 우드 칼리지는 1814년 예수회가 설립한 학교로, 아일랜드 최초이면서 가장 명성이 높은 남학생만의 학교다.
**당시 클롱고우스 우드 칼리지에는 학교 행정을 총괄하는 '교장(rector)'이 있었고, 그 아래로 학문 분야를 담당하는 '학업 및 교무 담당 학감(the prefect of studies and masters)'과 생활, 훈육, 오락 분야를 담당하는 '교감 겸 훈육 담당 학감(the minister 〔또는 vice-rector〕 and prefect of discipline)'이 있었다. 위 질서에 따르면, 이 학교 교장은 예수회 아일랜드 관구장 아래의 직책이며, 관구장은 로마에 있는 예수회 총장 아래의 직책이다. 조이스가 이 학교에 다니던 1880년대에 교장은 존 콘미 신부(Rev. John Conmee, S. J., 1847~1910)였는데, 그는 1890년대에 들어서 벨비디어 칼리지의 학업 담당 학감으로 자리를 옮겼다. 그 이후 1898년에서 1904년까지 더블린의 어퍼 가든 스트리트에 있는 성 프란치스코 하비에르 예수회 성당의 수도원장을 역임했으며, 1905년에는 예수회 아일랜드 교구장이 되었다.

마차가 눈앞에서 멀어져갔다. 아버지와 어머니가 마차에서 손을 흔들면서 그에게 이렇게 소리쳤다.

"잘 있어! 스티븐, 부디 잘 있거라!"

"잘 있어! 스티븐, 부디 잘 있거라!"

그는 축구 경기 도중 아이들이 뒤엉켜 난투극을 벌이는 자리에 휩쓸려 있었다. 그때 그는 아이들의 번득이는 눈과 흙투성이의 장화에 겁을 먹은 채 몸을 굽혀 아이들의 다리 사이로 주변을 살펴보았다. 아이들이 뒤엉켜 으르렁거리며 몸싸움을 하고 있었으며, 아이들의 다리는 서로 부딪히기도 하고 걸어차기도 했으며 또 짓밟기도 했다. 이윽고 잭 로턴의 노란색 장화가 공을 살짝 빼내자, 모든 장화와 다리가 그 뒤를 따라 달렸다. 그는 약간 떨어져 그들을 따라가다가 멈춰 섰다. 달려보았자 소용이 없기 때문이었다. 곧 성탄절 휴가철이 되어 집에 가게 되겠지. 저녁 식사 후 자습실에서 그는 자신의 책상 안에 붙여놓은 종이의 숫자를 77에서 76으로 바꿔놓을 것이었다.

추위에 떨며 밖에 있는 것보다 자습실에 들어가 있는 것이 더 낫겠지. 하늘은 창백한 빛을 띠고 있었고 대기는 차가웠지만, 학교 본관 안에는 불이 켜져 있었다. 그는 해밀턴 로윈이 어떤 창문에서 자신의 모자를 마른 물길 쪽으로 던졌는지, 그리고 그 당시에도 창문 아래쪽에 꽃밭이 있었는지가 궁금했다.* 어느 날 본관에 불려갔을 때 교내 집사가 그에게 나무로 된 문에 남아 있는 병사들의 총탄 자국을 보여주었으며, 사제들과 그

---

*1794년 선동죄로 감옥에 갇혔던 아일랜드 민족주의 운동가였던 아치볼드 해밀턴 로윈(Archibald Hamilton Rowan, 1751~1834)은 감옥에서 탈출한 다음 프랑스로 도피하는 도중 (학교로 바뀌기 이전의) 클롱고우스 우드 성으로 엉겁결에 피신하게 되었다 한다. 전해 오는 이야기에 따르면, 로윈은 성의 주변을 감싸고 있는 마른 물길(원래는 해자[垓子])에 모자를 던짐으로써 추적자들을 따돌리고 성공적으로 피신할 수 있었다 한다.

외의 성직자 공동체 생활을 하는 사람들이 먹는 파삭파삭한 과자 한 조각을 주기도 했다. 본관에 불이 켜져 있는 것을 바라보고 있노라니, 마음이 몹시도 푸근해졌다. 본관 건물은 책에 나오는 성과도 같이 느껴졌다. 아마도 레스터 수도원*이 저런 모습일 거야. 그리고 콘웰 박사의 철자법 교과서**에 멋진 문장이 있었지. 그 문장들은 시 형식으로 되어 있었지만, 철자를 배우기 위한 문장들일 뿐이었다.

울지***가 레스터 수도원에서 죽자
수도원장들이 그를 그곳에 묻었지.
캔커(뿌리혹병)는 식물들의 병이요,
캔서(암)는 동물들의 병이지.

팔에 머리를 기댄 채 벽난로 앞의 양탄자에 몸을 누이고 그런 문장들을 떠올리노라면 참으로 아늑한 느낌이 들 거야. 그는 마치 차갑고 끈적끈적한 물이 피부에 와 닿기라도 한 듯 몸서리를 쳤다. 끈에 매달아놓은 마른 밤들을 부딪쳐 깨뜨리는 놀이에서 40개나 되는 밤을 깨뜨리는 데 성공한 자신의 잘 마른 밤을 스티븐이 갖고 있던 자그마한 코담뱃갑과 바꾸려 하

*레스터 수도원(Leicester Abbey): 런던에서 북북서쪽으로 약 160킬로미터 떨어진 곳에 있는 수도원.
**19세기 중엽 제임스 콘웰(James Cornwell, 1812~1902)은 문법과 작문 교육을 위한 몇 권의 저서를 출간한 바 있다.
***영국의 추기경이자 대법관이었던 토머스 울지(Thomas Wolsey, 1474(?)~1530)는 반역죄로 소환되어 런던으로 가는 도중 레스터 근처의 수도원에서 생을 마감했다. 헨리 8세는 후손을 얻지 못하자 아라곤의 캐서린과 이혼하고 앤 불린을 왕비로 맞이하려 했다. 하지만 캐서린과 그녀의 사촌이면서 신성 로마제국의 황제였던 카를로스 1세의 반대로 교황으로부터 이혼 허가증을 제때 받을 수 없었다. 이 과정에 교황 특사의 역할을 하던 울지를 반역죄로 몰아 처형하기에 이른다.

지 않는다고 해서 그의 어깨를 밀어 화장실 오물 구덩이에 빠뜨렸던 웰스는 참으로 비열한 녀석이었다. 오물 구덩이의 물이 얼마나 차갑고 끈적끈적했던가! 언젠가 커다란 들쥐가 찌꺼기가 뒤엉켜 있는 그 오물 구덩이로 풍덩 뛰어드는 것을 보았다는 아이도 있었다. 그는 몸서리를 쳤으며 울고 싶었다. 집에 있었다면 얼마나 좋았을까! 어머니가 아줌마와 벽난로 앞에 앉아 브리기드가 차를 가져오기를 기다리고 있었다. 어머니는 불똥이 튀는 것을 막기 위해 설치해놓은 그물망 위에 발을 올려놓고 있었다. 그래서 보석으로 장식한 어머니의 실내화가 너무나 뜨겁게 달궈져 있었으며, 그러한 실내화에서 얼마나 기분 좋게 훈훈한 냄새가 나던지! 아줌마는 정말로 아는 것이 많았다. 아주머니는 그에게 모잠비크 해협이 어디에 있는지를, 아메리카에서 가장 긴 강의 이름이 무엇인지를, 하늘에 떠 있는 달에서 가장 높은 산의 이름이 무엇인지를 가르쳐주기도 했다. 아놀 신부는 신부이니까 아줌마보다 아는 것이 더 많았지만, 아버지와 찰스 아저씨는 모두 아줌마가 영리하고 독서를 엄청나게 한 여성이라고 말씀하셨다. 그런데 아줌마가 저녁 식사를 한 다음 이상한 소리를 내고는 손을 입으로 가져가 가린 적이 있는데, 그것은 소화 불량으로 인한 속 쓰림 때문이었다.

운동장 저 멀리서 누군가의 목소리가 들렸다.

"전원 입실!"

그러자 중급반과 하급반 쪽에서도 다른 누군가의 목소리들이 들렸다.

"전원 입실! 전원 입실!"

축구를 하던 아이들이 상기된 얼굴로 흙투성이가 된 채 모였다. 그리고 그들 틈에 끼어 걸어가면서 그는 안으로 들어가게 된 것이 반가웠다. 로디 키컴은 기름때가 끼어 있는 공의 가죽 끈을 잡고 있었다. 어떤 아이가 그에게 마지막으로 한 번 더 공을 차보게 해달라고 했다. 하지만 그는 아무런 대꾸조차 없이 걸음을 옮길 뿐이었다. 사이먼 무넌이 학감이 보고 있으니 조용히 들어가는 것이 좋겠다고 말했다. 그 친구가 사이먼 무넌에게 고개를 돌리고는 이렇게 말했다.

"우린 모두 네가 왜 그따위로 말하는지 알아. 넌 맥글레이드에게 알랑대는 썩*이잖아."

'썩'은 묘한 말이었다. 그 아이가 사이먼 무넌에게 그런 별명을 붙인 것은 학감이 입고 있는 사제 평상복인 수단**의 소매를 그가 등 뒤로 잡아 묶어놓곤 했고, 그러면 학감이 화를 내는 척했기 때문이었다. 아무튼, 이 말의 발음은 흉하다. 언젠가 한 번은 위클로우 호텔***의 화장실에서 손을 닦은 적이 있는데, 아버지가 사슬을 잡아 마개를 뽑자 더러운 물이 세면대 아래쪽의 구멍으로 빨려 들어갔다. 그리고 세면대의 구멍 속으로 물이 천천히 다 빨려 들어가자 그 '썩'이라는 말과 비슷한 소리가 났다. "썩." 단지 소리가 좀 더 컸을 뿐이었다.

그때를 기억해내는 동시에 세면대의 하얀 빛깔을 떠올리자, 차가운 느낌이 들고는 곧 뜨거운 느낌이 들었다. 물이 나오도록 잡아 돌리는 수도꼭지가 두 개 있었는데, 하나는 차가운 물이 나오게 하는 수도꼭지였고, 다른 하나는 뜨거운 물이 나오게 하

---

*썩(suck): 학생들 사이의 은어로, 알랑꾼, 아첨꾼, 귀염둥이 등의 의미를 갖는다.
**수단(Soutane): "성직자의 신분을 표시하는 의복으로, 제의 밑에 받쳐 입거나 평상시에 입는다. 발목까지 길게 내려오며 전례복과 구별된다. 세속과 육신과 쾌락을 끊고 하느님과 교회에 봉사하려고 세속에서는 죽었다는 뜻이 담겨 있다. 신부와 부제는 검은색이나 하얀색(하절기), 주교는 진홍색, 추기경은 붉은색, 교황은 흰색 수단을 입는다." 인터넷 가톨릭 정보 천주교 용어 자료집 참조.
***리피 강 바로 남쪽 더블린 중심가에 있는 호텔.

는 수도꼭지였다. 수도꼭지를 돌려 물이 나오자 먼저 차갑다는 느낌이 들었고, 이어서 좀 뜨겁다는 느낌이 들었다. 그리고 수도꼭지 위에 "냉수"와 "온수"라는 말이 새겨져 있는 것을 볼 수 있었다. 그 모든 것이 참으로 묘하다는 느낌이 들었다.

복도의 공기도 그에게 차갑게 느껴졌다. 묘한 느낌의 축축한 공기였다. 하지만 곧이어 가스 불이 켜질 것이고, 가스가 타오르는 동안 자그맣게 읊조리는 노랫소리와도 같은 소리를 내겠지. 항상 그러했다. 오락실에서 아이들이 떠드는 소리가 그쳤을 때 항상 그 소리를 들을 수 있었다.

산수 시간이었다. 아놀 신부가 칠판에 어려운 산수 문제를 적어놓고는 이렇게 말했다.

"자, 어느 쪽이 먼저 문제를 풀까? 요크 편과 랭커스터 편, 어느 쪽*이지?"

스티븐은 최선을 다했지만, 문제가 너무 어려웠고 혼동이 되기도 했다. 그의 저고리 가슴 쪽에는 하얀 장미가 그려져 있는 자그마한 비단 배지가 핀으로 고정되어 있었는데, 이 배지가 가늘게 떨기 시작했다. 그는 산수를 잘하지 못했지만 요크 편이 지지 않도록 나름대로 최선을 다했다. 아놀 신부의 얼굴이 매우 험악해 보이긴 했지만, 그가 화를 내고 있는 것은 아니었다. 오히려 웃고 있었다. 이윽고 잭 로턴이 손가락을 부딪쳐 튕기는 소리를 냈고, 아놀 신부가 그의 공책을 들여다보고는 이렇게 말했다.

*하얀 장미 문양의 요크 가문과 붉은 장미 문양의 랭커스터 가문 사이에 왕위 계승권을 놓고 벌어졌던 전쟁이 장미 전쟁이다. 학생들 사이에 경쟁심을 유발하기 위해, 한 학급의 학생들을 둘로 나누어놓은 다음 이 장미 전쟁의 두 가문에 빗대어 한편을 요크로 다른 한편을 랭커스터로 부르고 있는 것이다. 장미 전쟁 당시 아일랜드는 요크 가문의 편을 들었으나, 랭커스터 가문이 전쟁에서 승리했다.

"맞았네! 랭커스터 편 만세! 붉은 장미 쪽이 이겼군! 자, 요크 편, 힘을 내! 분발해야지!"

잭 로턴이 이쪽을 건너다보았다. 붉은 장미가 그려져 있는 자그마한 비단 배지의 색깔이 무척이나 도드라져 보였는데, 이는 그가 파란색의 세일러 복장의 저고리를 입고 있었기 때문이었다. 스티븐은 기초 학과목을 이수하는 하급반 학생들 가운데 자신이 1등을 할 것인지, 잭 로턴이 1등을 할 것인지를 놓고 모두가 내기를 하고 있다는 사실을 생각해 내고는 자신의 얼굴빛도 발갛게 달아오르고 있음을 느꼈다. 몇 주 동안은 잭 로턴이 1등 성적표를 받았고, 몇 주 동안은 그가 1등 성적표를 받았다. 그가 다음 산수 문제를 푸는 도중에 아놀 신부의 목소리가 들렸고, 그 동안 그의 하얀 비단 배지는 내내 가늘게 떨고 있었다. 이윽고 문제를 풀겠다는 열의가 시들해졌고, 자신의 얼굴에서도 열기가 가라앉고 있음을 느꼈다. 이제 열기가 느껴지지 않는 것을 보니 자신의 얼굴에서도 발그레한 빛이 사라져 하얀 색이 되었을 것이라고 생각했다. 그는 문제에 대한 답을 구할 수 없었지만, 그것은 이미 아무런 문제도 되지 않았다. 하얀 장미와 붉은 장미—생각해보면, 둘 다 아름다운 색깔의 꽃이었다. 그리고 각각 연분홍색, 옅은 노란색, 연보라색으로 된 1등 성적표, 2등 성적표, 3등 성적표의 색깔 또한 모두 아름다웠다. 생각해보면, 연분홍색, 옅은 노란색, 연보라색도 모두 아름다운 색깔이었다. 어쩌면 들장미의 색깔이 그런 빛을 띠고 있을지도 모르겠다. 그는 자그마한 초록 풀밭에 피어 있는 초록 들장미에 관한 노래를 문득 기억해냈다. 초록 장미가 있을 수 있나? 없다. 하지만 어쩌면 세상 어딘가에 그런 장미가 있을지도 모르지.

종이 울렸고, 그러자 아이들은 줄지어 교실에서 나와 복도를 따라 식당으로 옮겨가기 시작했다. 그는 자신의 접시에 담긴 두 조각의 버터—틀에 넣어 찍어 낸 두 조각의 버터—에 눈길을 준 채 앉아 있었지만, 자기 몫의 눅눅한 빵을 먹을 수가 없었다. 식탁보도 눅눅하고 축 늘어져 있었다. 하지만 그는 흰색 에이프런을 두른 투박한 손길의 주방 심부름꾼이 그의 컵에 따라준 뜨겁고 연한 홍차를 다 마셨다. 그는 주방 심부름꾼의 에이프런도 눅눅하지 않을까 하는 생각을 해보기도 했고, 하얀 것들은 모두 차갑고 눅눅하지 않을까 하는 생각을 해보기도 했다. 심술쟁이 로치와 소린은 집에서 부쳐준 깡통에 담긴 코코아를 물에 타서 마셨다. 그 아이들은 홍차를 마실 수가 없다고 했다. 홍차는 돼지한테나 주는 뜨물 같아 맛이 없다는 것이었다. 아이들의 말에 따르면, 심술쟁이 로치와 소린의 아버지는 치안판사란다.

스티븐에게는 모든 아이들이 다 아주 이상해 보였다. 저 아이들한테도 모두 아버지와 어머니가 있다니 말이다. 게다가 어쩌면 저렇게 서로 옷도 다르고 목소리도 다를까! 그는 집에 가서 어머니의 무릎을 벤 채 누워 있고 싶었다. 하지만 그럴 수가 없었다. 그래서 그는 어서 놀이와 공부와 기도가 끝나 잠자리에 들기만을 간절히 바랐다.

그는 뜨거운 홍차를 한 잔 더 마셨다. 그때 플레밍이 그에게 물었다.

"왜 그러니? 어디 아프니? 아니면 무슨 일이라도 있는 거니?"

"모르겠어." 스티븐이 대답했다.

"네 얼굴이 백짓장처럼 하얀 걸 보니, 배에 탈이 났나 봐. 곧 괜찮아질 거야." 플레밍이 말했다.

"아, 그럼." 스티븐이 대꾸했다.

하지만 탈이 난 곳은 그곳이 아니었다. 탈이 난 곳은 마음이라 생각했다. 만일 마음에 탈이 날 수 있다면 말이다. 그처럼 신경을 써 주다니, 플레밍은 아주 친절한 아이였다. 그는 울고 싶었다. 양쪽 팔꿈치를 식탁에 괴고 귓바퀴를 눌러 귀를 닫았다 열었다 하는 동작을 되풀이했다. 귀를 열 때마다 식당의 소음이 들렸다. 한밤중에 기차가 달릴 때 나는 시끄러운 소리와도 같이 느껴졌다. 귀를 닫으면 기차가 터널 속으로 들어간 것처럼 시끄러운 소리가 잦아들었다. 그날 밤 달키*에서 기차가 그처럼 시끄러운 소리를 내며 달렸고, 그러다가 기차가 터널 속으로 들어가면 소리가 이내 그쳤다. 눈을 감자, 달리는 기차에서 시끄러운 소리가 났다가는 이내 그쳤다. 그리고 다시 시끄러운 소리가 들리다가 그쳤다. 들렸다가 그치는 시끄러운 소리를, 그리고 다시 터널 밖으로 나오자 다시 들렸다가 그치는 시끄러운 소리를 듣는 일에 그는 재미를 느꼈다.

이윽고 패디 래스, 지미 매기, 여송연을 피워도 좋다는 허락을 받은 스페인 아이, 양털 모자를 쓴 자그마한 포르투갈 아이 등등 상급반 아이들이 식당 한가운데 깔아놓은 매트를 따라 내려가기 시작했다. 이어서 중급반 아이들과 하급반 아이들의 차례가 되었다. 그런데 아이들마다 걷는 방식이 모두 달랐다.

그는 도미노 게임을 구경하는 척하면서 오락실 한구석에 앉아 있었다. 그리고 한두 번 잠깐 동안 가스램프의 가스가 탈 때 나는 자그마한 노랫소리를 들을 수 있었다. 학감이 몇몇 아이

---

*더블린의 남쪽 해안에 있는 마을로, 부유층 거주 지역.

들과 문가에 있었으며, 학감이 입고 있는 사제 평상복인 수단의 장식용 소매를 사이먼 무년이 잡아매고 있었다. 학감은 아이들한테 털러벡*에 관해 무언가를 말해주고 있었다.

이윽고 그가 문가에서 사라졌다. 곧이어 웰스가 스티븐에게 다가와서 이렇게 물었다.

"애, 디덜러스, 넌 말이지, 매일 밤 잠들기 전에 엄마하고 뽀뽀하냐?"**

스티븐이 대답했다.

"응."

웰스가 다른 친구들에게 얼굴을 돌리고는 이렇게 말했다.

"야, 애들아, 여기 말야, 매일 밤 잠들기 전에 엄마하고 뽀뽀하는 애가 있대."

다른 아이들이 하던 놀이를 멈추고 웃으면서 고개를 돌렸다. 아이들의 눈길에 얼굴이 빨개진 스티븐이 이렇게 말했다.

"아냐, 안 해."

웰스가 말했다.

"야, 애들아, 여기 말야, 잠들기 전에 엄마하고 뽀뽀하지 않는 애가 있대."

아이들 모두가 다시 웃음을 터뜨렸다. 스티븐도 그들을 따라 웃으려 했다. 하지만 순간 그의 온몸이 화끈 달아올랐다. 어찌 해야 좋을지 알 수 없었던 것이다. 그 물음에 맞는 답은 무

---

*예수회가 운영하는 또 하나의 남학생 학교인 세인트 스태니슬로스 칼리지(St. Stanislaus College)가 있던 곳으로, 이 학교는 1886년 문을 닫았으며 당시의 학생들은 클롱고우스 우드 칼리지로 옮겨졌다.
**젊은이들의 수호성인인 예수회의 성 알로이시우스 곤사가(St. Aloysius Gonzaga, 1568~1591)는 어찌나 품행을 조심스럽게 했던지, 어머니와 입을 맞추기는커녕 눈을 똑바로 보는 일조차 꺼렸다 한다.

엇일까. 그는 서로 반대되는 대답을 번갈아 했지만 웰스는 여전히 웃음을 멈추지 않으니 말이다. 하지만 웰스는 3급 문법반*에 있으니까 어느 것이 맞는 답인지를 틀림없이 알고 있을 것이다. 그는 웰스의 어머니를 떠올리려 했으나, 감히 눈을 들어 웰스의 얼굴을 쳐다볼 수 없었다. 그에게는 웰스의 얼굴이 마음에 들지 않았다. 끈에 매달아놓은 마른 밤들을 부딪쳐 깨뜨리는 놀이에서 40개나 되는 밤을 깨뜨리는 데 성공한 자신의 잘 마른 밤을 스티븐이 갖고 있던 자그마한 코담뱃갑과 바꾸려 하지 않는다고 해서 그의 어깨를 밀어 사각형의 오물 구덩이에 빠뜨렸던 녀석이 바로 웰스였다. 그것은 참으로 비열한 짓이었다. 누구나 다 그렇게 말했다. 그때 오물 구덩이의 물이 얼마나 차갑고 끈적끈적했던지! 게다가 언젠가 커다란 들쥐가 찌꺼기가 뒤엉켜 있는 그 오물 구덩이로 풍덩 뛰어드는 것을 보았다는 아이도 있었다.

오물 구덩이의 차가운 오물이 그의 온몸을 뒤덮었다. 이윽고 수업 시간의 시작을 알리는 종이 울리자 학생들이 오락실에서 줄지어 나왔다. 오락실을 나서자 그의 옷 속으로 복도와 계단의 한기가 스며들었다. 그는 여전히 어떤 것이 맞는 답인지를 생각해내려 했다. 어머니하고 뽀뽀한다고 하는 것이 맞는 답일까 아니면 틀리는 답일까. 뽀뽀한다고 하는 말이 갖는 의

*12쪽의 역주에서 밝힌 것처럼, 당시 학제에 따르면 학생들의 소속은 하급반, 중급반, 상급반으로 나뉜다. 한편, 각각의 반은 2개 학년으로 구성되어 있는데, 하급반은 기초반(Rudiments 또는 Elements, 1학년)과 문법반(Grammar, 2학년), 중급반은 구문론반(Syntax, 3학년)과 인문학반(Humanities, 4학년), 상급반은 시반(Poetry, 5학년)과 수사법반(Rhetoric, 6학년)으로 나뉜다. 하급반의 문법반은 3급 문법반으로, 중급반의 구문론반은 2급 문법반으로, 중급반의 인문학반은 1급 문법반으로 불리기도 한다. 당시의 스티븐은 기초반 소속이었다.

미는 무엇일까. '안녕히 주무세요'라고 인사하려고 그가 그처럼 얼굴을 위로 들어올리면 어머니는 얼굴을 아래로 숙인다. 뽀뽀하려고 그렇게 하는 것이다. 어머니는 그의 뺨에 입술을 갖다댄다. 부드러운 어머니의 입술은 그의 뺨을 촉촉이 적셔준다. 그렇게 하는 순간 아주 작은 "쪽" 소리가 난다. 사람들이 얼굴을 마주하고 그렇게 하는 이유는 무엇일까.

그는 교실에 있는 자신의 책상 앞에 앉아 책상 뚜껑을 열고 그 안에 붙여놓은 종이 위의 숫자를 77에서 76으로 바꿨다. 하지만 성탄절 휴가는 아직 너무 멀었다. 그래도 지구는 항상 돌기 때문에 언젠가는 성탄절 휴가가 올 것이다.

지리 교과서의 첫 페이지에는 지구 그림이 있었다. 구름 한가운데 있는 커다란 공이 지구였다. 플레밍에게는 크레용이 한 갑 있었는데, 그가 어느 날 밤 자율 학습 시간에 지구를 녹색으로, 구름을 밤색으로 칠했다. 아줌마의 서랍장에 있는 두 개의 옷솔 색깔이 그랬던 것처럼. 그러니까 밤색의 벨벳으로 등을 장식한 마이클 대빗을 위한 옷솔과 녹색 벨벳으로 등을 장식한 파넬을 위한 옷솔이 그랬던 것처럼 말이다. 하지만 그가 플레밍에게 그렇게 색칠을 하라고 말했던 것은 아니었다. 플레밍이 자기 마음 내키는 대로 그렇게 한 것이었다.

스티븐은 지리 교과서를 펼치고 공부를 시작했지만, 아메리카에 있는 온갖 지역의 이름을 다 외울 수 없었다. 그래도 여전히 그 모든 지역은 그와 같은 서로 다른 이름을 지닌 서로 다른 곳이었다. 그리고 그 모든 지역은 서로 다른 나라 안에 있었고, 나라들은 대륙들 안에 있었다. 그리고 대륙들은 세계 안에 있었으며, 세계는 우주 안에 있었다.

그는 지리 교과서의 표지 안쪽의 백지를 펼쳐놓고는 그곳에 그가 자기 자신에 관해 써놓은 것을 읽어보았다. 그는 자기 이름과 자신이 어디 있는가를 써놓았던 것이다.

스티븐 디덜러스

초급반

클롱고우스 우드 칼리지

살린스

킬데어 카운티*

아일랜드

유럽

세계

우주

이는 그의 글씨체로 쓰여 있었다. 그리고 어느 날 플레밍이 장난삼아 백지 뒤쪽에다가 이렇게 써놓았다.

스티븐 디덜러스는 나의 이름이요,
아일랜드는 나의 조국이라.
클롱고우스는 내가 사는 곳이요,
천당은 내가 희망하는 곳이라.

그는 플레밍이 운율에 맞춰 쓴 이것을 거꾸로 되짚어 읽어보았다. 그래도 그것은 여전히 시가 아니었다. 이어서 그는 백

*킬데어 카운티는 더블린 바로 서쪽에 위치해 있으며, 이 킬데어 카운티에서 북동쪽에 자리 잡고 있는 마을이 살린스다. 클롱고우스 우드 칼리지는 살린스에서 북쪽으로 7킬로미터 정도 떨어진 곳에 있다.

지 앞쪽에 자신이 써놓은 것을 아래에서 위쪽으로, 제 자신의 이름이 있는 곳까지 읽어보았다. 그것이 바로 자기 자신이었다. 이윽고 그는 위에서 아래쪽으로 자신이 써놓은 것을 읽어보기도 했다. 우주 다음에 나오는 것은 무엇일까. 아무것도 없다. 하지만 우주가 끝나고 아무것도 아닌 곳이 시작되는 곳이 어딘가를 보여주는 것이 우주 둘레에 있지 않을까. 그런 것이 있다면 아마도 벽과 같은 것일 수는 없을 것이다. 다만 모든 것의 주변을 온통 감싸고 있는 아주 가늘디가는 선(線)과 같은 것이 있을 수도 있으리라. 모든 것과 모든 곳에 대해 생각한다는 것은 실로 엄청난 일이었다. 오로지 하느님만이 그런 일을 할 수 있을 것이다. 그는 그것이 얼마나 엄청난 생각인가에 대해 생각해 보려 했지만, 그가 생각할 수 있는 것이라고는 그냥 하느님뿐이었다. 스티븐이 그의 이름인 것과 마찬가지로 하느님의 이름은 하느님이다. 프랑스어로 하느님은 '디외(Dieu)'로, 그것 역시 하느님의 이름이다. 그리고 누군가가 하느님께 기도를 올리면서 '디외'라 말하면 하느님은 즉시 기도하는 사람이 프랑스 사람이라는 것을 아실 것이다. 하지만 아무리 이 세상의 서로 다른 모든 언어에 하느님을 부르는 서로 다른 이름이 있다 해도, 또한 기도하는 모든 사람들이 서로 다른 언어로 말하는 것을 하느님께서 이해하신다 해도, 하느님은 여전히 항상 같은 하느님으로 존재하며, 하느님의 진정한 이름은 하느님이다.

그런 식으로 생각을 이어나가는 일이 그를 몹시 지치게 했다. 그런 생각을 하다니, 자신의 머리가 엄청나게 크다는 느낌이 들기도 했다. 그는 표지 안의 백지를 넘기고는 밤색 구름 한가운데 있는 녹색의 둥근 지구를 지친 듯한 표정으로 바라보았다. 그의 마음에는 녹색 편을 드는 것이 옳은지 밤색 편을 드는 것이 옳은지 궁금하다는 생각이 들기도 했다. 아줌마가 하루는 파넬을 위한 옷솔의 등을 장식하고 있는 녹색 벨벳을 가위로 거칠게 잘라내고는 그에게 파넬은 나쁜 사람이라고 말한 적이 있기 때문이었다. 그는 집에서 사람들이 그 문제를 놓고 논쟁을 계속하고 있는지 궁금하기도 했다. 그것이 바로 사람들이 정치라 부르는 것이었다. 정치적 문제를 놓고 사람들은 두 편으로 나뉘어 있었는데, 아줌마가 한쪽 편이라면 아버지와 케이시 씨는 다른 한쪽 편이었다. 하지만 어머니와 찰스 아저씨는 어느 편에도 서지 않았다. 매일같이 신문에 그것에 관한 기사가 나오기도 했다.* 정치라는 것이 무엇을 뜻하는지도 잘 모르고 우주가 어디서 끝나는지도 잘 모른다는 생각이 그의 마음을 아프게 했다. 그는 자신이 작고 미약한 존재라 느끼기도 했다. 언제 그는 시(詩)반이나 수사법(修辭法)반에 소속되어 있는 선배들과 같은 학생이 될 것인가. 그런 선배들은 목소리도 크고 신고 다니는 장화도 크며, 삼각함수를 공부하기도 한다. 그런 일은 아득한 미래에나 가능한 것이었다. 먼저 방학이 와야 했고, 그런 다음 새 학기가 시작되어야 했다. 그리고 다시 한 번 방학이 오고 그 다음에 다시 또 새 학기가 시작되어야 했다. 이어서 또 다시 방학이 와야 했다. 마치 터널을 들어갔다가 나오는 기차와 다를 것이 없었다. 그리고 귓바퀴로 닫은 귀를 열었다 닫기를 되풀이하는 동안 들리는 소음, 그러니까 식당에서 밥을 먹으면서 아이들이 내는 소음과도 다를 것이 없었다. 학기와 방학은 터널 안의 기차와 터널 바깥의 기차, 아이들의 소음과

*1889년 윌리엄 오셰이(William O'shea)라는 정치가가 별거 중인 자신의 아내와 파넬이 불륜 관계임을 밝히자, 이에 대한 선정적인 기사가 매일같이 신문을 장식했다.

소음을 멈췄을 때의 조용함에 비견할 만한 그런 것이었다. 얼마나 아득한 미래의 일인가! 모든 것을 잊고 잠이나 자는 것이 좋겠다. 성당*에 가서 기도만 하고 잠자리에 들자. 그는 냉기에 몸을 부르르 떨고는 하품을 했다. 침대의 이불보가 체온으로 어느 정도 따뜻해지면 이불 속이 아늑해질 것이다. 몸을 집어넣는 처음 순간에는 이불 속이 너무 차갑겠지. 이불보가 처음에는 얼마나 차가울까 생각하니, 몸이 부르르 떨렸다. 하지만 곧 이불 속이 따뜻해질 것이고, 곧 잠들 수 있을 것이다. 몸이 피로하다는 것도 나쁘지는 않았다. 그는 다시 한 번 하품을 했다. 저녁 기도를 올리고 곧 잠자리에 들기로 하자. 냉기에 몸을 떠는 사이 하품을 하고 싶겠지. 그리고 곧 아늑해질 것이다. 몸을 부르르 떨게 할 만큼 냉기를 머금은 차가운 이불보에서 살그머니 피어오르는 온기가 느껴지는 듯도 했다. 점점 더 따뜻해져 마침내 온몸이 따뜻해지겠지. 아주 따뜻하지만 그는 그래도 약간 몸을 떨면서 여전히 하품을 하고 싶어하겠지.

저녁 기도를 올릴 시간이 되었음을 알리는 종소리가 났고,

*클롱고우스 우드 칼리지 안에 있는 학교 부속 예배당을 말하며, 이는 원문에 '채플 (chapel)'로 표현되어 있다. 일반적으로 '채플'은 '처치'보다 작거나 거기 부속된 작은 예배당을 가리킨다. 어원을 따져 봐도, '채플'은 후기 라틴어의 '카펠라(capella, 작은 모자, 작은 모자가 달린 외투)'에서 나온 것으로 규모가 작음을 암시한다. 따라서 우리가 보통 생각하는 천주교의 '성당'이나 개신교의 '교회'와는 차이가 있다. 하지만 영국 사람들이 통상적으로 비국교도 교파의 예배 장소를 '채플'이라 불렀으며, 천주교 쪽의 아일랜드 사람들도 자신들이 비국교도 교파라는 관점에서 자기들 예배 장소를 '채플'이라 불렀다. 말하자면, 아일랜드 사람들에게 '채플'은 '천주교 교회(Catholic Church),' 따라서 우리나라에서 일반적으로 '성당'이라 부르는 천주교 신자들의 예배 장소를 의미하게 되었다. 이 모든 점을 감안하여 이 소설에서는 스티븐이 말하는 '채플'이 학교 구내의 '채플'이건 또는 독립된 형태의 '채플'이건 모두 '성당'으로 번역한다. 따지고 보면, 클롱고우스 우드 칼리지 내의 '채플'이 그 지역 교구 신자들에게도 '채플'—말하자면 천주교 신자들의 '성당'—이었음을 감안해도 '채플'을 성당으로 번역하는 데는 무리가 없어 보인다.

그는 줄지어 나가는 아이들 틈에 끼어 자율 학습실에서 나와
계단을 따라 내려간 다음 복도를 지나 성당으로 갔다. 복도의
불빛이 침침했고, 성당의 불빛도 침침했다. 곧 온 세상이 어둠
에 휩싸일 것이고 잠들 것이다. 성당 안은 차가운 밤 공기로 채
워져 있었고, 대리석처럼 보이도록 칠해놓은 기둥들은 밤바다
의 빛깔을 띠고 있었다. 바다는 밤이고 낮이고 차갑다. 하지만
밤이 되면 더욱 차갑다. 스티븐이 살던 집 옆 방파제 아래쪽의
바다도 차갑고 어두웠다. 하지만 벽난로 안쪽 선반 위에는 펀
치를 만들기 위한 주전자가 올려져 있곤 했다.
　성무 담당 학감이 그의 머리 위에서 기도를 올렸고, 그는 그
기도에 응하여 자신이 외우고 있던 화답의 말을 읊조렸다.

　　주님, 제 입술을 열어주소서.
　　제 입이 당신 찬미를 전하오리다.
　　하느님, 저를 구원하소서.
　　주님, 어서 오시어 저를 도우소서!

　성당 안에는 차가운 밤의 냄새가 감돌고 있었다. 하지만 그
것은 경건함이 느껴지는 그런 냄새였다. 주일날 성당 뒤편에서
무릎을 꿇고 있는 늙은 농부가 풍기는 냄새와는 다른 것이었
다. 그들이 풍기는 것은 대기(大氣)와 비와 이탄(泥炭)과 코르덴
옷감의 냄새가 한꺼번에 느껴지는 그런 냄새였다. 하지만 그들
은 대단히 경건한 농부들이기도 했다. 그들은 그의 뒷자리에
서 그의 목덜미 쪽으로 숨을 내뿜기도 하고 또 기도를 하면서
한숨을 내쉬기도 했다. 어떤 친구가 말하기를 그들은 클레인에
사는 사람들이란다.* 클레인에는 작은 오두막들이 있었는데,

살린스를 떠난 마차들이 그곳을 지나가는 동안 그는 팔에 아이를 안은 여자 하나가 오두막의 상하 2단으로 된 문 앞에 서 있는 것을 본 적이 있었다. 그런 오두막 안에서 연기를 내뿜는 이탄 불 맞은편에 누워 하룻밤 잠을 잘 수 있다면 정말로 멋진 일일 것이다. 이탄 불빛이 밝혀 주는 어둠 속에서, 따뜻한 공기로 채워진 그 어둠 속에서, 대기와 비와 이탄과 코르덴 옷감의 냄새가 한꺼번에 느껴지는 농부의 냄새를 들이마시면서 하룻밤을 보낼 수 있다면 말이다. 하지만, 아, 나무들 사이로 난 그곳 길이 얼마나 어두웠던가! 어둠 속에서 길을 잃을지도 모를 일이었다. 길이 어떠한가를 생각하는 것만으로도 그는 두려운 마음이 들었다.

마지막 기도의 말을 읊조리고 있는 성무 담당 학감의 목소리가 그의 귀에 들렸다. 그도 나무들 아래쪽 바깥 세상의 어둠에 휩싸이지 않도록 빌며 기도의 말을 읊조렸다.

주님, 주님께 간절히 바라오니, 부디 이 집에 오셔서 악마의 온갖 유혹을 물리쳐주소서. 주님의 거룩한 천사들이 이곳에 머물면서 저희들을 지켜주어, 저희들이 평화를 누리게 하소서. 주님의 축복이 우리 주 예수 그리스도를 통하여 항상 저희들과 함께하게 하소서. 아멘.

기숙사에 돌아와서 옷을 벗는 동안 그의 손가락이 가늘게 떨렸다. 그는 자신의 손가락들에게 서두를 것을 명령했다. 가스램프의 불빛이 희미해지기 전에 서둘러 옷을 벗고 무릎을 꿇

*클롱고우스 우드 칼리지의 성당은 클레인에 사는 사람들의 교구 성당 역할을 하기도 했다.

은 다음 기도를 올리고 잠자리에 들어야 했다. 그렇게 해야만
죽은 후에 지옥에 떨어지지 않을 것이기 때문이었다. 그는 양
말을 돌돌 말아 벗고는 재빨리 잠옷을 입었다. 그리고 몸을 부
르르 떨면서 침대 곁에 무릎을 꿇고 재빨리 서둘러 기도문을
외웠다. 가스램프의 불빛이 곧 희미해질지 모른다는 사실에 불
안을 느끼면서. 그는 다음과 같은 기도문을 중얼거리는 동안
어깨가 덜덜 떨리고 있음을 느끼기도 했다.

> 주님, 저의 아빠와 엄마에게 축복을 내려주시고, 그들이 늘 저와
> 함께하게 하소서!
> 주님, 저의 어린 형제와 자매들에게 축복을 내려주시고, 그들이
> 늘 저와 함께하게 하소서!
> 주님, 아줌마와 찰스 아저씨에게 축복을 내려주시고, 그들이 늘
> 저와 함께하게 하소서!

　그는 성호를 그어 축복을 기원한 다음 재빨리 침대로 올라
가 이불 속으로 들어갔다. 기다란 잠옷의 끝자락을 발 아래쪽
으로 밀어 넣고는 차가운 하얀 이불보 아래에서 덜덜 떨리는
몸을 웅크렸다. 이제 그는 죽더라도 지옥에 떨어지지 않을 것
이다. 그리고 몸의 떨림도 곧 멈출 것이다. 기숙사의 아이들에
게 잘 자라고 밤 인사를 건네는 누군가의 목소리가 들렸다. 잠
시 이불보 밖으로 눈길을 주고는 주위를 둘러보았더니, 그의
침대 주위와 앞쪽에 둘러쳐져 있는 노란색 커튼이 그를 바깥
세계와 격리해주고 있는 것이 보였다. 이윽고 가스램프 불빛이
조용히 희미해지기 시작했다.
　학감의 신발 소리가 멀어져 갔다. 학감은 어디로 간 것일까.

계단을 따라 내려간 다음 복도를 지나 마침내 자기 방으로 간 걸까. 그는 어둠을 응시했다. 밤이 되면 마차 등불만큼이나 커다란 눈을 가진 시커먼 개가 그곳을 걸어 다닌다는 이야기는 사실일까. 그것은 어떤 살인자의 혼령이라는 소문도 있었다. 한 줄기 기다란 공포의 전율이 그의 몸을 훑고 지나갔다. 그의 눈에 성의 어두운 현관이 보이는 듯했다. 낡은 옷을 걸친 늙은 하인들이 계단 위쪽에 있는 갑옷 보관실*에 있었다. 아주 오래 전의 일이었다. 늙은 하인들은 말없이 침묵을 지키고 있었다. 그곳 현관에는 불이 있었지만 여전히 어두웠다. 어떤 사람의 형상**이 현관 쪽에서 계단을 따라 올라왔다. 그는 사령관의 백색 망토를 걸치고 있었으며, 창백한 그의 얼굴에는 야릇한 표정이 서려 있었다. 그리고 그는 자신의 옆구리를 손으로 누른 자세로, 기묘한 눈길을 늙은 하인들에게 던졌다. 그들은 그를 바라보고는 얼굴과 망토가 그들 주인의 것임을 알아차렸다. 그리고 그가 치명적인 상처를 입었음도 알아차렸다. 하지만 그들이 눈길을 던진 곳에는 단지 어둠만이 자리를 차지하고 있을 뿐이었다. 오로지 침묵에 잠긴 어두운 대기만이 있을 뿐이었다. 그들의 주인은 바다 건너 저 먼 곳에서 벌어진 프라하의 전투에서 치명적인 상처를 입은 것이었다. 그는 손으로 옆구리를

*옛날의 성에는 '갑옷 보관실(ironingroom)'이 있었으며, 이는 물론 갑옷이나 투구 등을 보관하던 장소.
**클롱고우스 우드 칼리지가 들어서 있는 클롱고우스 우드 성의 역사를 살펴보면, 18세기경에는 브라운 가문의 소유였다. 브라운 가문은 아일랜드가 영국에 대항하여 싸웠던 9년 전쟁(1594~1603)에서 패배한 후 대륙으로 망명했던 집안의 후손으로, 이 가문 출신에는 오스트리아 태생의 막시밀리안 율리시스 폰 브라운(Maximilian Ulysses von Browne, 1705~1757)이라는 탁월한 군사 지도자가 있었다. 오스트리아 군대에서 육군 원수의 지위에까지 오른 그는 7년 전쟁(1754~1763) 와중에 벌어졌던 1757년의 프라하 전투에서 전사했다. 그가 전사하던 날 그의 유령이 피를 흘리며 클롱고우스 우드 성의 하인들 앞에 나타났다는 이야기가 전해진다.

누른 채 벌판에 서 있었다. 창백한 그의 얼굴에는 야릇한 표정
이 서려 있었으며, 그는 사령관의 백색 망토를 걸치고 있었다.

　아, 그 모든 것을 다 떠올리노라니, 기분이 어찌나 <u>으스스</u>하
고 야릇해지는지! 모든 어둠은 <u>으스스</u>하고 야릇했다. 거기에
는 야릇한 표정의 창백한 얼굴들이 있었고, 마차 등불만큼이나
커다란 눈들이 있었다. 그들은 살인자들의 혼령이었으며, 바다
건너 저 먼 곳에서 벌어진 전투에서 치명적인 상처를 입은 사
령관들의 그림자였다. 그들이 도대체 무슨 말을 하고 싶었기에
얼굴 표정이 그처럼 야릇했던 것일까.

　　주님, 주님께 간절히 바라오니, 부디 이 집에 오셔서 악마의 온
　　갖 유혹을 물리쳐주소서.

　성탄절 휴가철이 되어 집으로 돌아가는 것! 그것은 너무나
멋진 일일 것이라고 친구들이 그에게 말했었다. 겨울날 이른
아침 성문 바깥쪽에서 늘어선 마차에 아이들이 올라탄다. 그런
다음 마차들은 자갈밭 위를 굴러간다. 교장 선생님을 위해 우
리 다 같이 만세삼창을!
　만세! 만세! 만세!
　마차들이 성당 앞을 지나가고 있고, 모두가 모자를 높이 치
켜들고 있다. 마차들은 시골길을 따라 즐겁게 달린다. 마부들
이 채찍으로 보든스타운*을 가리킨다. 아이들이 환성을 지른
다. '즐거운 농부'**의 농가를 지나쳐 간다. 환성에 환성이 이어

---

*살린스와 클레인 사이에 있는 작은 마을.
**로베르트 슈만(Robert Schumann, 1810~1856)이 작곡한 〈즐거운 농부들〉의 제목에
서 빌려온 표현.

지고, 다시 환성에 환성이 계속 이어진다. 마차들이 클레인을 통과하여 가는 동안 아이들은 환성을 주고받는다. 농부 여인들이 상하 2단으로 된 문 앞에 서 있고, 남자들도 여기저기에 서 있다. 향기로운 냄새가 겨울 하늘의 대기에 퍼져 있다. 이는 클레인이라는 마을의 냄새다. 비와 겨울 하늘의 대기와 연기를 내며 타는 이탄과 코듀로이 옷감의 냄새가 어우러져 풍기는 클레인의 냄새다.

크림으로 앞을 단장한 길고 긴 초콜릿 기차는 아이들로 만원이다. 기차 승무원들이 문을 열고 닫으면서, 열쇠로 채웠다가 풀어 열면서 이리저리 오간다. 그들은 짙은 감색과 은색으로 된 제복을 입고 있으며, 은빛 호루라기를 가지고 다닌다. 열쇠도 가지고 다니는데, 열쇠들이 서로 부딪혀 딸깍딸깍 짤랑짤랑 빠른 박자의 음악 소리를 들려준다.

이윽고 기차가 평지 위를 계속 달리다가 '앨런 언덕'*을 넘는다. 차례로 늘어선 전신주를 지나고 또 지난다. 기차는 계속 달리고 또 달린다. 제 갈 길을 잘 알고 있다는 듯. 그가 살던 집의 현관에는 채색된 램프들이 있으며, 푸른 나뭇가지들을 끈으로 묶어 만든 장식물들이 있다. 커다란 벽걸이 거울은 온통 그 주변이 담쟁이덩굴과 호랑가시나무 묶음으로 장식되어 있고, 샹들리에들은 호랑가시나무와 푸른색과 붉은색의 담쟁이덩굴을 엮어 만든 장식물로 둘러싸여 있다. 벽에 걸려 있는 오래된 초상화들의 주변도 붉은색의 호랑가시나무와 푸른색의 담쟁이덩굴로 장식되어 있다. 그리고 그와 성탄절을 위해 마련한 호랑가시나무와 담쟁이덩굴 장식도 있다.

*킬데어 카운티에 있는 앨런(Allen)이라는 지명의 마을 근처에 위치한 언덕.

멋지다.

집안의 모든 사람이 그에게 말한다. "스티븐, 어서 오너라!" 환영의 소리들로 시끌벅적하다. 어머니가 그에게 뽀뽀를 해준다. 그래도 되는 거겠지? 아버지는 이제 장군이다. 치안판사보다 아버지의 직위가 높다.* "스티븐, 어서 오너라!"

환영의 소리들.

젖혀지는 커튼의 고리들이 걸대를 따라 움직이는 소리가 들렸다. 그리고 세면대에서 물이 튀는 소리도 들렸다. 기숙사의 아이들이 일어나 옷을 입고 세수하느라 법석을 떠는 소리도 들렸고, 어서 일어나 정신 차리라는 말과 함께 이리저리 왔다 갔다하면서 학감이 손뼉을 치는 소리도 들렸다. 창백한 아침 햇살이 젖혀진 노란색 커튼들과 흐트러진 침대들을 비춰주고 있었다. 그의 침대는 매우 뜨거웠고 그의 얼굴과 몸도 매우 뜨거웠다.

그가 일어나서 침대 한쪽에 앉았다. 몸에 힘이 없었다. 양말을 신으려 했을 때, 그 감촉이 끔찍할 정도로 거칠다는 느낌이 들었다. 햇살도 낯설고 차갑게 느껴졌다.

플레밍이 이렇게 물었다.

"너, 어디 아프니?"

자신이 아픈 건지 아프지 않은 건지 그는 알 수 없었다. 플레밍이 이렇게 말을 이었다.

"다시 누워 있어. 맥글레이드한테 가서 네가 아프다고 말해 줄께."

"저 애가 아픈가봐."

*꿈속에서 스티븐은 군대 조직의 직위와 사법 조직의 직위 사이에 서열이 존재하는 것처럼 혼동하고 있다.

"누가 아프다고?"

"맥글레이드한테 가서 말해."

"다시 누워 있어."

"그 애가 아프다고?"

스티븐이 발에 걸쳐져 있는 양말을 벗은 다음 침대 위로 올라가 몸의 열기를 간직하고 있는 이불 속으로 다시 몸을 눕히려 할 때 어떤 친구가 그의 두 팔을 잡아주었다.

이불 속으로 몸을 웅크려 눕히는 그에게 이불보에 남아 있는 훈훈한 온기가 반갑게 느껴졌다. 미사를 드리러 가기 위해 옷을 입으면서 아이들이 그에 대해 저희끼리 모여 나누는 이야기가 그의 귀에 들렸다. 야비한 짓을 했어. 어깨를 밀어 오물 구덩이에 빠뜨린 건 정말 야비한 짓이야. 그들이 그렇게 말하고 있었다.

이윽고 아이들의 목소리가 그쳤다. 모두가 가 버린 것이었다. 그때 이렇게 말하는 한 아이의 목소리가 그의 침대 곁에서 들렸다.

"디덜러스, 일러바치지 않을 거지? 정말, 일러바치지 않을 거지?"

바라보니 웰스의 얼굴이었다. 스티븐의 눈에 비친 그의 얼굴에는 겁이 잔뜩 배어 있었다.

"너를 그렇게 할 생각은 아니었어. 정말, 일러바치지 않을 거지?"

무슨 일이 있든 친구의 잘못을 일러바치는 일은 결코 해서는 안 된다고 아버지가 말한 적이 있었다. 그는 고개를 가로저으며 일러바치지 않겠다고 대답했다. 그는 그렇게 말할 수 있었던 것 때문에 기분이 좋아졌다. 웰스가 이렇게 말했다.

"맹세코, 그렇게 할 생각은 아니었어. 그냥 장난삼아 그래 본 건데. 미안해."

웰스의 얼굴과 목소리가 사라졌다. 그가 겁을 먹고 있다니 참 안됐다. 무언가 질병에 걸린 것이 아닐까 하여 겁을 먹고 있는 것이다. 캔커(뿌리혹병)는 식물의 병이고, 캔서(암)는 동물의 병이다. 아니, 그 반대이던가. 그러니까 아주 오래전 저녁의 어스름에 젖어 있는 운동장에서 있었던 일이다. 그가 지키고 있던 선의 가장자리로 몸을 낮춘 채 시시각각 다가오던 묵직한 새 한 마리가 잿빛 하늘을 가로질러 낮게 날아갔다. 레스터 수도원을 밝히는 불들이 켜졌고, 울지는 그곳에서 죽었다지. 그리고 수도원의 원장들이 손수 그를 그곳에 묻었다지.

웰스의 얼굴이 아니라 학감의 얼굴이 스티븐의 눈에 들어왔다. 꾀병을 앓고 있는 것은 아니겠지? 아니, 아니다. 그는 정말로 아팠다. 그는 꾀병을 앓고 있는 것이 아니었다. 이윽고 학감의 손이 자신의 이마를 짚고 있는 것이 느껴졌다. 자신의 뜨겁고 축축한 이마에 얹힌 학감의 손이 차갑고 축축하다는 느낌이 들기도 했다. 끈적끈적하며 축축하고 차가운 느낌—쥐한테서 느껴지는 것이 바로 그런 느낌이었다. 모든 쥐는 두 개의 눈으로 주위를 살핀다. 매끄러우며 끈적끈적한 털가죽, 뛰어오르거나 뛰어내릴 때 움츠리는 작디작은 발, 주위를 살피는 두 개의 반짝이는 검은 눈—쥐란 그런 동물이다. 쥐는 뛰어오르거나 뛰어내리는 요령을 깨우칠 수 있다. 하지만 쥐들의 머리로는 삼각법을 이해할 수 없겠지. 쥐들이 죽으면 옆으로 눕는다. 그런 다음 털가죽이 말라버린다. 죽은 쥐들은 다만 죽은 쥐들일 뿐이다.

일어나라고 말하는 목소리를 통해 학감이 다시 왔음을 알 수 있었다. 교감 선생님이 일어나서 옷을 입고 진료실로 가라고 했다고 학감이 말을 이었다. 그가 서둘러 옷을 입고 있는 동안 학감이 또 이렇게 말했다.

"마이클 수사에게 급히 가 봐야겠다. 복통이 났으니까 말이야. 끔찍하기도 해라, 어쩌다 복통에 걸렸니? 복통에 걸려 뱃속이 비틀리면 몸도 비틀릴 수밖에 없는 법이지!"

호의로 하는 말이었다. 이는 그저 스티븐을 웃게 만들려고 하는 말일 따름이었다. 하지만 뺨도 입술도 온통 오한에 떨고 있어서 웃을 수조차 없었다. 사정이 그러하니, 학감은 혼자 웃을 수밖에 없었다.

학감이 이렇게 소리쳤다.

"속보 행진 시작! 왼발! 오른발!"

그들은 함께 계단을 따라 내려간 다음 복도를 통과하여 욕실 앞을 지나쳐 갔다. 욕실 문 앞을 지나치는 동안 그는 습지 안의 이탄 빛깔을 띠고 있는 뜨거운 물, 습기를 머금은 더운 공기, 물 속에 뛰어들 때의 풍덩 소리, 약 냄새와 비슷한 수건 냄새를 떠올리고는 막연한 두려움을 느끼기도 했다.

마이클 수사가 진료실 문 쪽에 서 있었는데, 그의 오른쪽에 있는 거무스름한 캐비닛의 문에서 약 냄새로 느껴지는 그런 냄새가 났다. 그 냄새는 선반에 있는 약병들에서 나오는 것이었다. 학감이 마이클 수사에게 말을 건넸고, 마이클 수사가 존칭을 붙여 가며 그의 말에 대답했다. 불그스레한 빛을 띤 그의 머리에는 흰머리가 섞여 있었으며, 그의 얼굴 표정도 기묘했다. 그가 항상 수사 신분에 머물 것이라는 점도 기묘하게 느껴졌다. 또한 그가 수사인 데다가 기묘한 표정을 지닌 사람이라서 그를 부를 때 존칭을 붙일 수 없다는 점도 기묘하게 느껴졌다. 그는 신앙심이 부족한 사람이란 말인가. 그렇지 않다면, 어찌하여 그는 다른 사람들과 지위가 같아질 수 없는 것일까.

진료실에는 침대가 두 개 있었으며, 그중 한 침대에 누군가가 누워 있었다. 그들이 들어서자 안에서 그가 이렇게 소리쳤다.

"아니, 이게 누구야! 디덜러스 아닌가! 웬일이지?"

"네가 알아서 뭐 하게?" 마이클 수사가 대신 말을 받았다.

그는 3급 문법반 학생으로, 스티븐이 옷을 벗는 동안 마이클 수사에게 버터를 바른 토스트 한 조각을 갖다달라고 했다.

"제발, 좀 부탁해요." 3급 문법반 학생이 말했다.

"응석 좀 받아달라고?" 마이클 수사가 말을 이었다. "내일 아침 의사 선생님이 오시면 너에게 퇴실 조치가 내려질 거다."

"퇴실이라니요?" 3급 문법반 학생이 말을 이었다. "전 아직 아픈데요."

마이클 수사가 되풀이해 이렇게 말했다.

"다시 말하는데, 너에게 오전 내로 퇴실 조치가 내려질 거다."

그가 부지깽이로 난롯불의 불씨를 모으기 위해 몸을 숙였다. 그의 잔등이가 선로 위의 마차를 끄는 말의 잔등이만큼이나 길어 보였다. 근엄한 표정으로 부지깽이를 흔들고는 3급 문법반 학생을 향해 머리를 끄덕여 보였다.

곧이어 마이클 수사가 밖으로 나갔다. 그리고 3급 문법반 학생이 몸을 돌려 얼마 동안 벽을 바라보고 있다가 잠이 들었다.

진료실이란 그런 곳이었다. 그러니까 그는 몸이 아팠던 것이다. 어머니와 아버지에게 이 사실을 알리기 위해 학교에서 집으로 편지를 했을까. 하지만 신부님 가운데 한 분이 직접 찾아가서 어머니와 아버지에게 이야기하는 것이 더 빠를 텐데. 아니면 신부님이 가지고 가서 전하도록 내가 직접 편지를 쓰는 것은 어떨까.

사랑하는 엄마,

　　나는 지금 아파요. 집에 가고 싶어요. 오셔서 나를 집으로 데려가 주세요. 나는 지금 진료실에 있어요.

엄마의 사랑스런 아들,
스티븐 올림

　생각해보니, 어머니와 아버지는 얼마나 먼 곳에 계신가! 창문 밖의 햇빛은 싸늘해 보였다. 이러다 죽는 것이 아닐까 하는 생각이 스티븐의 머리를 스치기도 했다. 아무리 햇빛이 밝은 날이라 해도 여전히 사람들은 죽음에 이를 수 있다. 그에게 어머니가 오시기 전에 죽을지도 모른다는 생각이 들기도 했다. 그가 죽으면 성당 안에서 사람들이 영결 미사를 올릴 것이다. 아이들이 그에게 말하길 리틀이라는 이름의 아이*가 죽었을 때 영결 미사를 올렸다 했는데, 바로 그런 식으로 말이다. 모든 아이들이 검은 옷을 입고 슬픈 표정으로 미사에 참석하겠지. 웰스도 미사에 참석하겠지만, 아무도 그에게 눈길을 주려 하지 않겠지. 교장 선생님이 검은색과 금색으로 된 법의를 입고 나올 것이고, 제단의 위쪽과 관을 올려놓기 위한 영구대(靈柩臺)의 주변에는 기다란 황색 양초들이 불을 밝힐 거야. 그리고 아이들이 천천히 관을 성당 밖으로 옮길 것이고, 결국에는 라임나

*클롱고우스 우드 칼리지의 학생이었던 피터 스태니슬로스 리틀(Peter Stanislaus Little, 1874~1890)이라는 아이가 폭우가 내리는 날 늪지에 빠져 허우적거리다 구조되었으나 류머티스 열과 돌발성 폐렴으로 사망한 적이 있다. 그 아이의 시신은 학교 묘지에 매장되었다.

무가 늘어서 있는 한길에서 좀 떨어진 곳에 있는 성직자 공동체의 자그마한 묘지에 묻히게 되겠지. 그렇게 되면 웰스는 자신이 한 일 때문에 몹시 괴로워하겠지. 이윽고 천천히 조종이 울릴 것이다.

마치 조종 소리가 스티븐의 귀를 울리는 듯했다. 그는 브리기드가 언젠가 그에게 가르쳐 준 노래를 속으로 읊조려보았다.

뎅그렁, 뎅그렁! 성채(城砦)의 종이 울리네!
엄마, 안녕히!
교회의 오랜 묘지에 나를 묻어주세요,
내 만형 곁에.
관은 검은색으로 칠해주시고,
여섯 명의 천사가 나를 지키게 해주세요.
두 명은 노래하고, 두 명은 기도할 것이며,
남은 두 명은 내 영혼을 하늘나라로 데려가도록.*

얼마나 아름답고 또 얼마나 슬픈 가사인가! "교회의 오랜 묘지에 나를 묻어주세요"라고 노래할 때 그 말이 얼마나 아름다운가! 전율이 그의 몸을 스치고 지나갔다. 얼마나 슬프고 또 얼마나 아름다운 가사인가! 그는 조용히 울고 싶었지만, 그렇다고 자기 처지가 딱해서 그런 것은 아니었다. 다만 음악처럼 너무나 아름답고 너무나 슬픈 가사 때문에 울고 싶었을 뿐이다. 종소리여, 안녕! 아, 종소리여, 부디 안녕!

싸늘한 햇빛이 많이 약해져 있었고, 마이클 수사가 환자용

*출처 불명의 동요. 스코틀랜드 동요라는 설도 있다.

진한 고기 수프 그릇을 들고 그의 침대 옆에 서 있었다. 입안이 화끈거리고 바싹 말라 있어서 수프를 보자 반가운 마음이 들었다. 그는 아이들이 운동장에서 뛰노는 소리를 들을 수 있었다. 점심 시간이 지난 때였다. 그가 아이들 틈에 있을 때와 조금도 다름이 없이 학교 안의 하루 생활은 그렇게 이어지고 있었던 것이다.

이윽고 마이클 수사가 자리를 뜨려 하자, 3급 문법반의 아이가 그에게 반드시 되돌아와서 신문에 나온 온갖 소식을 다 전해달라고 부탁했다. 그리고 그가 스티븐에게 말하길 자기 이름은 어사이*라 했다. 또한 자기 아버지는 멋진 점프 능력을 갖춘 경주용 말을 아주 많이 가지고 있다고도 했고, 또 마이클 수사가 원하기만 하면 아무 때나 자기 아버지가 그에게 두둑한 사례금을 주도록 할 것이라고도 했다. 왜냐하면 마이클 수사가 아주 관대한 데다가 매일같이 성에 배달되는 신문에 나오는 소식을 항상 그에게 전해주기 때문이라는 것이었다. 그는 돌발적인 사건들, 배의 난파, 운동 경기, 정치 등등 신문에는 온갖 종류의 소식이 나온다고도 했다.

"요즘 신문에 나오는 것은 온통 정치에 관한 거야." 그가 말을 이었다. "너희 집 어른들도 정치 얘기하니?"

"응." 스티븐이 대답했다.

"우리 집 어른들도 그래." 어사이가 말했다.

그렇게 말한 다음 잠시 생각에 잠기더니 이렇게 말했다.

"디덜러스라니, 생각해보니 네 이름은 참 이상해. 하기야, 어사이라니, 내 이름도 이상하기는 마찬가지지. 내 이름은 마

---

*곧이어 어사이가 밝히고 있듯, 어사이(Athy)는 킬데어 카운티에 있는 마을 이름이 기도 하다.

을 이름에서 따온 거야. 네 이름은 라틴어에서 온 모양이지?”

그리고 그가 이렇게 물었다.

“너, 수수께끼 잘 맞히니?”

스티븐이 그의 물음에 이렇게 대답했다.

“아니, 별로야.”

그러자 그가 이렇게 말했다.

“내가 내는 이 수수께끼에 답이 무언지 알겠니? 킬데어 카운티가 사내아이의 바짓자락과 같은 이유는 무엇일까요?”

스티븐이 답이 무엇일까 생각하다가 마침내 이렇게 말했다.

“모르겠는데.”

“왜냐하면 그 안에 넓적다리가 있기 때문이야.” 그가 말했다. “거기에 숨은 농담이 무언지 알겠니? 어사이(Athy)가 킬데어 카운티에 있는 마을의 이름이고, 어사이와 발음이 같은 영어의 ‘어 사이(a thigh)’가 넓적다리잖아.”

“아, 알겠다.” 스티븐이 말했다.

“그런데 그건 한물간 수수께끼야.” 그가 말했다.

잠시 뜸을 들인 다음 그가 이렇게 말했다.

“야!”

“왜?” 스티븐이 물었다.

“너, 아니?” 그가 말했다. “방식을 바꿔 그 수수께끼를 다르게 물을 수도 있어.” 그가 말했다.

“어떻게?” 스티븐이 물었다.

“똑같은 수수께끼야.” 그가 말을 이었다. “어떻게 하면 방식을 바꿔 그 수수께끼를 다르게 물을 수 있을까?”

“모르겠는데.” 스티븐이 말했다.

“다르게 묻는 방식을 생각해낼 수 없겠니?” 그가 말했다.

그는 이부자리 너머로 스티븐을 바라보며 이야기를 하고 있었다. 그러더니 몸을 돌려 베개를 벤 채 천장을 바라보며 이렇게 말했다.

"다르게 묻는 방식이 있지만, 너한테 알려주지 않을 거야."

왜 그가 알려주지 않겠다는 걸까. 경주용 말을 가지고 있다는 그의 아버지는 소린의 아버지나 심술쟁이 로치의 아버지처럼 틀림없이 치안판사일 것이다. 그는 자신의 아버지에 대해 생각해 보았다. 어머니가 피아노를 치는 동안 그처럼 멋들어지게 노래하던 아버지를, 6펜스만 달라고 하면 그 두 배인 1실링을 주시곤 하던 아버지를 떠올리기도 했다. 하지만 그에게는 자기 아버지가 다른 아이들의 아버지처럼 치안판사가 아니라는 점이 유감이었다. 그렇다면 무엇 때문에 아버지가 자기를 이곳으로 보내 그들과 함께 있게 한 걸까. 자신이 전혀 인연이 없는 학교에 가는 것은 아니라고 아버지가 말씀하신 적이 있긴 했다. 아버지의 말씀에 의하면, 그의 종조부(從祖父)께서 50년 전 해방자*에게 청원서를 올렸던 곳이 바로 이곳 클롱고우스 우드 칼리지이기 때문이라는 것이었다. 고풍스러운 옷만으로도 그 당시의 사람들인지 아닌지를 구분할 수 있었다. 스티븐에게 당시는 장엄했던 시대라 느껴졌다. 클롱고우스 우드 칼리지의 학생들이 놋쇠 단추가 달린 푸른색 코트와 노란색 조끼를 갖춰 입고 토끼가죽으로 된 모자를 썼던 시대**가 바로 그 시대가 아닌가 생각해보기도 했다. 그리고 마치 어른이라도 된 양 맥주를

---

*대니얼 오코널(Daniel O'Connell, 1755~1847): 아일랜드의 정치 지도자로, 아일랜드와 영국의 합병 무효화 운동을 하기도 했고, 천주교 신자에게 고위 공직에 오를 권리를 인정하는 법안 통과 운동을 하기도 했다. 이 법안은 1829년에 통과되었다.
**약 1816년에서 1840년까지 축제가 있을 때 클롱고우스 우드 칼리지의 학생들이 입던 제복은 그러했다는 설명이 학교 기록으로 남아 있다.

마시고 토끼 사냥에 동원할 개인 소유의 그레이하운드 사냥개를 키우던 시대가 바로 그때가 아닌가 추측해보기도 했다.

창 밖을 바라보니 햇빛이 많이 약해져 있다는 것을 알 수 있었다. 곧 운동장이 잿빛으로 뒤덮일 것이다. 운동장에서는 아이들이 뛰노는 소리가 들리지 않았다. 아이들은 교실에서 과제로 주어진 작문을 하고 있거나, 어쩌면 아놀 신부가 책에 나오는 전설 이야기*를 읽어주고 있을 것이다.

그에게 아무런 약도 주지 않는 것이 스티븐에게는 이상하게 느껴졌다. 어쩌면 마이클 수사가 진료실을 들르면서 약을 가져다줄지도 몰라. 아이들이 그러는데, 진료실에 입실(入室)하면 고약한 냄새가 나는 물약을 먹어야 한다고 했다. 하지만 이제 전보다 기분이 많이 나아졌다. 천천히 몸이 회복되어 가는 것이 더 나을지도 모르지. 그러면 책을 가져다 읽을 수도 있으니까. 도서관에는 네덜란드에 관한 책이 한 권 있었다. 그 책에는 멋진 외국어 이름이 있었고, 낯선 모습의 도시들 그림과 배들 그림이 있었다. 그런 책과 함께하다 보면 행복감에 젖어들게 마련이었다.

창 밖의 빛이 어찌 저리도 희미한 것인지! 하지만 기분이 좋았다. 솟아올랐다 가라앉곤 하는 벽난로의 불길이 벽을 비추고 있었다. 마치 파도와 같았다. 누군가가 석탄을 올려놓았는데, 웅얼거리는 듯한 소리가 들리기도 했다. 이야기를 나누고 있는 것이다. 파도소리 같기도 했다. 아니면 파도들이 솟아올랐다 가라앉으면서 자기네들끼리 이야기를 나누고 있는 것인지도 몰랐다.

*성자의 삶에 관한 이야기.

파도가 이는 바다가 그의 시야에 들어왔다. 달도 없는 한밤에 검은빛의 긴 파도가 솟아올랐다 가라앉는 것이 보였다. 이윽고 배가 들어오고 있는 항구의 부두 바다 쪽 끄트머리에 가냘픈 불빛 하나가 반짝이는 것도 보이기도 했다. 또한 항구로 들어오는 배를 보기 위해 바닷가에 모여 있는 한 무리의 사람들이 보이기도 했다. 키가 큰 남자가 갑판에 서서 어둡고 평평한 육지를 응시하고 있었다. 부두 끄트머리의 불빛에 의지하여 스티븐은 그의 얼굴에 눈길을 주었다. 그것은 바로 마이클 수사의 슬픔에 잠긴 얼굴이었다.

그는 그가 사람들을 향해 손을 들어올리는 것도 보았다. 슬픔에 잠긴 목소리로 바다 위에서 이렇게 외치는 것을 듣기도 했다.

"그분이 돌아가셨습니다. 관대 위에 누워 계신 그분을 우리는 보았습니다."

슬픔에 잠긴 울부짖음 소리가 사람들 사이에서 일었다.

"파넬! 파넬! 그분이 돌아가시다니!"*

그들은 무릎을 꿇고, 슬픔에 잠겨 울었다.

그리고 스티븐은 아줌마가 밤색 벨벳 드레스를 입고 어깨 위로 녹색 벨벳 망토를 늘어뜨린 채 당당한 모습으로 소리 없이 걸어가는 모습을 볼 수 있었다. 바닷가에서 무릎을 꿇은 채 우는 사람들 앞을 지나.

*파넬은 그의 집이 있던 잉글랜드 동남단 지역에 있는 자택에서 1891년 10월 6일 세상을 떴다. 그후 그의 시신은 10월 11일 배를 이용하여 더블린의 교외 지역 해변에 있는 킹스타운(Kingstown, 1821년에서 1921년까지 사용되었던 지명으로 현재의 지명은 둔 레러[Dún Laoghaire])으로 옮겨졌다.

＊　　＊　　＊

벽난로에서는 수북히 쌓아올린 장작에서 거대한 불길이 붉게 타오르고 있었고, 담쟁이덩굴로 장식을 한 샹들리에 아래쪽에 성탄절 식탁이 마련되어 있었다. 그들은 약간 늦은 시간에 집에 도착했으며, 아직 저녁 식사 준비는 되어 있지 않았다. 하지만 곧 식사 준비가 끝날 것이라고 스티븐의 어머니가 말했다. 그들은 문이 열리고 무거운 금속 뚜껑으로 덮인 커다란 요리 접시들을 든 하인들이 들어오기를 기다리고 있었다.

　모두가 기다리고 있었다. 창문 그늘진 곳 저 멀리에 자리를 잡고 앉아 있던 찰스 아저씨도, 벽난로 양쪽에 있는 안락의자를 차지하고 있는 아줌마와 케이시 씨도, 발판* 위에 발을 얹어 놓은 채 아줌마와 케이시 씨 사이에 의자를 놓고 앉아 있던 스티븐도 모두 식사를 기다리고 있었다. 그러는 동안 사이먼 디덜러스 씨는 벽난로 위쪽에 있는 벽걸이 거울을 보면서 왁스로 콧수염을 가다듬고는 연미복 뒷자락을 앞으로 모아 잡은 자세로 등을 이글거리는 불 쪽으로 돌린 채 서 있었다. 하지만 이따금씩 연미복 뒷자락을 잡고 있던 손을 들어 콧수염을 한 쪽씩 매만지곤 했다. 케이시 씨는 머리를 한 쪽으로 기울이고는 미소를 띤 채 손가락으로 목젖을 톡톡 치고 있었다. 그를 보면서 스티븐도 미소를 짓지 않을 수 없었는데, 케이시 씨의 목안에 은화 주머니가 들어 있다는 것이 사실이 아님을 이제는 알고 있기 때문이었다. 케이시 씨가 만들어내곤 하던 은화 부딪히는

*여기에서 조이스는 'toasted boss'라는 표현을 사용하고 있는데, 이는 나무로 된 틀을 사용하지 않고 안을 채워 만든 발판을 의미한다. 조이스의 《서간집》 제3권 129면 참조.

소리가 어떻게 그를 감쪽같이 속였던가를 생각하면 웃음이 절로 나오기도 했다. 혹시 은화 주머니가 케이시 씨의 손안에 숨겨져 있는 것은 아닌가를 확인하기 위해 그의 손을 벌리려 하는 과정에 스티븐은 그의 손가락이 똑바로 펴지지 않는다는 사실을 확인하기도 했었다. 케이시 씨는 빅토리아 여왕의 생일 선물을 마련하다가 그만 세 손가락을 못 쓰게 되었노라고 말하기도 했었다.*

케이시 씨는 목젖을 톡톡 두드리면서 졸린 듯한 눈으로 스티븐을 바라보면서 빙긋이 웃음을 지어 보였다. 이윽고 디덜러스 씨가 케이시 씨에게 이렇게 말했다.

"그래. 이젠 괜찮아. 아, 그럼, 우리 아주 멋진 산책을 했지. 안 그런가, 존? 그렇고 말고. 이거 오늘 저녁 식사가 나오려는 건지 안 나오려는 건지 모르겠네. 그래, 맞아. 아, 그럼, 오늘 브레이 곶** 주변에서 오존을 흠뻑 들이마시지 않았던가? 아, 이런!"

그렇게 이야기를 주고받더니 그가 아줌마에게 고개를 돌리고는 이렇게 말했다.

"리오던 부인께선 오늘 꼼짝도 하지 않으셨죠?"

아줌마가 상을 찌푸리며 짤막하게 대꾸했다.

"네."

디덜러스 씨가 잡고 있던 연미복 뒷자락을 놓고는 그릇 진열장 쪽으로 갔다. 그는 장에서 위스키가 담긴 커다란 돌 항아리를 꺼낸 다음 유리병에다 천천히 위스키를 옮겨 담았다. 그

---

*조이스 부친의 친구 가운데 존 켈리(John Kelly)라는 사람이 있었는데, 아일랜드 독립운동 때문에 투옥되어 강제 노역을 하다가 손가락 세 개를 못 쓰게 되었다고 한다.
**브레이라는 이름의 마을 바로 남쪽에 있는 바위 언덕.

리고 얼마만큼 옮겨 담았는가를 확인하기 위해 가끔씩 허리를 굽혀 살펴보곤 했다. 이어서 항아리를 다시 장에 넣고는 유리병에 담긴 위스키를 두 개의 유리잔에 약간씩 따랐다. 그리고 위스키에 물을 약간 섞은 다음 잔을 가지고 벽난로 쪽으로 되돌아왔다.

"존, 아주 조금씩만 드세. 식욕을 돋구기 위해서 말일세."

케이시 씨가 잔을 받아들어 마신 다음 그의 옆에 있던 벽난로 위의 선반에 올려놓았다. 그리고 이렇게 말했다.

"여보게, 나로선 말일세, 잊으려 해도 잊을 수 없는 것이 우리들의 친구 크리스토퍼의 이야긴데, 그가 제조한다는 것이 하필이면 말이지—"

그가 갑자기 웃음을 터뜨리고는 기침을 한 다음 이렇게 말했다.

"제조한다는 것이 하필이면 그 녀석들한테 한 방 먹일 샴페인*이었다네."

디덜러스 씨도 큰 소리로 웃었다.

"크리스티가 그랬다고?" 그가 말을 이었다. "그 친구 대머리에 난 사마귀들 하나하나에 어찌나 많은 잔꾀가 들어 있는지, 한 무리의 숫여우라도 당할 재간이 없을 거야."

그가 고개를 숙이고 눈을 감은 채, 그리고 입술에 침을 잔뜩 바르고는 호텔 주인의 목소리를 흉내내어 이렇게 말하기 시작했다.

"자네도 알다시피, 그 친구가 자네한테 말을 할 때 보면 얼마나 공손하고 부드러운가. 아이고, 그 친구 턱 아래쪽 늘어진

*이는 폭탄을 암시하는 말로, 폭탄이 샴페인 병을 터뜨렸을 때의 효과를 연상케 한다는 점에서 이런 의미로 사용된 것이다.

살 말인데, 아주 축축하고 물기가 배어 있지 않던가.”

케이시 씨는 발작적인 기침과 웃음을 아직 제대로 주체하지 못하고 있었다. 스티븐은 아버지가 연출해내는 호텔 주인의 얼굴 표정과 말소리에 웃음을 참지 못했다.

디덜러스 씨가 외알 안경을 쓰고는 스티븐을 내려다보며 조용히 그리고 다정하게 이렇게 물었다.

“우리 집 귀염둥이가 무엇 때문에 이처럼 웃고 있는 거지?”

이때 하인들이 들어와 식탁 위에 접시를 올려놓았다. 디덜러스 부인이 따라 들어왔으며, 자리가 정해졌다.

“여기 와서 앉으세요!” 디덜러스 부인이 말했다.

그러자 디덜러스 씨가 식탁의 끄트머리로 가서 이렇게 말했다.

“자, 리오던 부인, 여기 와서 앉으시지요. 여보게, 존, 자네도 앉게.”

그리고 한 바퀴 둘러보다가 찰스 아저씨가 앉아 있는 곳을 찾아내고는 이렇게 말했다.

“자, 어르신, 칠면조 요리가 준비되었습니다.”

모든 사람이 자리를 잡고 앉자, 디덜러스 씨는 접시 뚜껑 위에 손을 얹었다가 이내 거두고는 재빨리 이렇게 말했다.

“자, 스티븐, 기도하렴.”

스티븐이 자리에서 일어나 식사 전 감사 기도를 올렸다.

주님, 은혜로이 내려주신 이 음식과 저희에게 강복하소서. 우리 주 그리스도의 이름으로 비나이다. 아멘.

모두가 성호를 그었고, 디덜러스 씨가 즐거운 듯 탄성을 내뱉으면서 무거운 접시 뚜껑을 들어올렸다. 접시 뚜껑의 가장자리에는 반짝이는 진주와 같은 물방울들이 맺혀 있었다.

스티븐이 통통히 살이 찐 칠면조를 바라보았다. 날개와 다리가 묶이고 꼬챙이에 꽂힌 채 부엌의 조리대 위에 놓여 있던 바로 그 칠면조였다. 그는 아버지가 돌리어 스트리트에 있는 던 상점*에서 1기니**를 주고 사 온 칠면조라는 것을 알고 있었다. 아울러, 얼마나 질이 좋은 상등품인가를 보여주기 위해 상점 사람이 칠면조의 가슴뼈를 몇 번이고 되풀이해 꾹꾹 찔러 보인다는 것도 알고 있었다. 그리고 그가 다음과 같이 말할 때의 목소리까지도 기억이 났다.

"손님, 그걸로 가져가세요. 그거 진짜로 물건 중 물건입니다."

클롱고우스 우드 칼리지의 배럿 씨가 아이들을 벌주는 데 사용하는 자기 회초리를 칠면조라 부르는 이유는 무엇일까. 그건 칠면조하고 생긴 것이 달랐다. 하지만 클롱고우스 우드 칼리지는 까마득히 먼 곳에 있는 데다가, 각종 접시에 담긴 칠면조 요리와 햄 요리와 셀러리에서 따뜻하고 진한 음식의 향취가 피어오르고 있었고, 벽난로 안의 수북이 쌓아놓은 장작에서는 엄청난 불길이 붉게 타오르고 있었다. 게다가 파란 담쟁이덩굴과 붉은 호랑가시나무 열매가 스티븐의 마음을 더할 수 없는 행복감에 젖게 했다. 그리고 저녁 식사가 끝나면 껍질을 벗긴 아몬드와 호랑가시나무 가지로 장식한 커다란 플럼 푸딩이, 파란 불길이 그 주변을 둘러싸고 있을 뿐만 아니라 그 꼭대기에는 자그마한 초록색 깃발이 꽂혀 있는 그런

*더블린 중심부에 있는 고급 식품점. 돌리어 스트리트는 더블린의 중심부에 있는 거리 이름.
**기니(guinea): 아프리카 기니에서 채굴된 금으로 만든 금화. 1기니는 21실링(또는 1파운드와 1실링)에 해당한다.

플럼 푸딩*이 들어올 것이다.

이번이 그가 맞이하는 첫 성탄절 만찬이었다. 그는 아이들 방에서 기다리고 있을 어린 남동생들과 여동생들을 떠올려보았다. 동생들은 그가 옛날에 자주 그랬듯 푸딩이 나올 때까지 초조하게 기다리고 있을 것이다. 폭이 넓고 낮은 칼라를 착용하고 이튼 학교 방식의 저고리를 입고 있자니, 공연히 어색하고 나이가 상당히 든 듯한 느낌이 들기도 했다. 그리고 미사에 참석하기 위한 옷차림을 하고 어머니를 따라 응접실에 내려왔던 그날 아침 그를 보고 아버지는 울었다. 아버지가 운 것은 아버지 자신의 아버지를 문득 떠올렸기 때문이었다. 그리고 찰스 아저씨도 그렇게 말했다.

디덜러스 씨가 칠면조 요리가 담긴 접시를 뚜껑으로 덮어놓고는 시장한 듯 식사를 하기 시작했다. 이윽고 그가 이렇게 말했다.

"크리스티가 참 안됐네. 못된 짓을 하다 보니 그는 이제 균형 감각을 잃었어."

"여보, 리오던 부인께 소스를 아무것도 드리지 않았네요." 디덜러스 부인이 이렇게 말했다.

디덜러스 씨가 소스 그릇을 잡았다.

"아이고, 그러네." 그가 소리치고는 이렇게 말했다. "리오던 부인, 눈뜬장님을 용서해주시기 바랍니다."

아줌마가 자신의 접시를 손으로 가리면서 이렇게 말했다.

"괜찮아요. 없어도 돼요."

*플럼 푸딩(plum pudding): 성탄절 식사를 위해 건포도 또는 설탕 조림의 과일을 넣어 만든 연한 후식. 흔히 플럼 푸딩에 브랜디를 부어 불을 붙임으로써 향미의 격을 높이곤 한다.

디딜러스 씨가 찰스 아저씨에게 고개를 돌렸다.

"어떠세요?"

"아, 괜찮다. 음식이 내 입에 딱 맞네."

"존, 자네는?"

"나도 괜찮아. 걱정말고 자네나 들도록 하게."

"여보, 당신은? 애, 스티븐, 이걸 쳐서 먹으면 너무 맛있어서 정신이 번쩍 날걸."

그가 스티븐의 접시에다 소스를 듬뿍 부어주고는 소스 그릇을 식탁에 내려놓았다. 그런 다음 찰스 아저씨에게 고기가 연하냐고 물었다. 찰스 아저씨는 아무런 대꾸도 할 수 없었는데, 입안에 음식이 가득 담겨 있었기 때문이었다. 아저씨는 고기가 연하다는 뜻으로 그저 고개만 끄덕였다.

"우리 친구가 의전(儀典) 사제에게 한 답변은 아주 훌륭했어. 뭐라고 했더라?" 디딜러스 씨가 말했다.

"난 그 친구가 그 정도의 생각을 하고 있는 줄은 몰랐네." 케이시 씨가 거들었다.

"'신부님, 만일 신부님께서 주님의 성소를 투표소로 전락시키지 않으신다면, 제가 낼 헌금을 내도록 하겠습니다.' 그렇게 말했다지?"

"꽤나 멋진 답변이네요." 아줌마가 말했다. "천주교 신자를 자처하는 사람이 어떻게 자기 성당의 사제에게 그런 식으로 대꾸할 수 있지요?"

"책임은 성직자들한테 있지요." 디딜러스 씨가 온화한 어투로 말을 이었다. "멍청이의 충고라도 받아들였다면, 그들은 아마 종교에만 전념했을 겁니다."

"그것도 종교가 해야 할 역할이에요." 아줌마가 말을 이었다. "사람들에게 경종을 울리는 것도 그들로서는 그들의 의무를 수행하는 것이 되니까요."

"우리가 주님의 성소로 가는 것은 겸허한 마음을 가득 안고 창조주께 기도를 하기 위해서입니다. 선거 연설을 들으러 가는 건 아니지요." 케이시 씨가 말했다.

"그것도 종교가 해야 할 역할이에요." 아줌마가 되풀이해 말했다. "사제들의 판단은 옳은 것이었어요. 그들에겐 양떼를 인도해야 할 의무가 있습니다."

"제단 앞에 서서 정치에 관해 설교하는 것도 그들의 의무일까요?" 디덜러스 씨가 물었다.

"물론이지요." 아줌마가 대답했다. "이는 공공 윤리의 문제입니다. 만일 사제가 그들의 양떼에게 무엇이 옳고 무엇이 그른지를 말해주지 않는다면, 그는 사제다운 사제라 할 수 없을 겁니다."

디덜러스 부인이 포크와 나이프를 내려놓으며 이렇게 말했다.

"제발, 제발 부탁해요. 1년 중 하루, 적어도 오늘 같은 날은 정치 토론을 삼가도록 합시다."

"전적으로 동감이야." 찰스 아저씨가 나섰다. "이봐, 사이먼, 그것으로 충분하네. 이제 더 이상 그것에 관한 이야기는 하지 않도록 하세."

"예, 예, 그럽시다." 디덜러스 씨가 재빨리 말했다.

그가 칠면조 요리 접시의 뚜껑을 열면서 이렇게 말했다.

"자, 칠면조 요리 더 드실 분 없는지요?"

아무도 반응을 보이지 않았다. 곧이어 아줌마가 이렇게 말을 꺼냈다.

"그런 기가 막힌 말을 하다니, 정말 대단한 천주교 신자로군요!"

"리오던 부인, 제발 이제 그 이야기는 그만 하도록 해요." 디딜러스 부인이 간청했다.

아줌마가 디딜러스 부인 쪽으로 몸을 돌리고는 이렇게 말했다.

"여기 그냥 앉아서 내가 다니는 교회의 성직자들이 조롱거리가 되는 것을 참고 들어야만 하나요?"

"성직자들에 대해 험담을 하는 사람은 아무도 없습니다." 디딜러스 씨가 말을 이었다. "그들이 정치에 관여하지 않는 한에는 말입니다."

"아일랜드의 주교와 사제들이 무언가 말하면, 우리는 그 말을 따라야 해요." 아줌마가 말했다.

"교회 사람들이 정치에 관여하지 않았으면 해요. 그러지 않으면 사람들이 교회를 떠날 겁니다." 케이시 씨가 끼어들어 말했다.

"들으셨죠?" 아줌마가 디딜러스 부인을 향해 말했다.

"케이시 씨, 그리고 여보! 여기서 끝내도록 해요." 디딜러스 부인의 간청이 이어졌다.

"참 안됐군. 그것 참 안됐어." 찰스 아저씨가 대화에 끼어들었다.

"무엇이 안됐단 말씀입니까?" 디딜러스 씨가 목소리를 높였다. "영국인들의 뜻대로 우리가 그분을 내쳐야 한다는 말씀입니까?"*

"그 사람은 더 이상 지도자로서 자격이 없어요." 아줌마가 말을 이었다. "세상이 다 아는 죄인이니까요."

<hr>

*당시 영국의 수상이자 자유당의 지도자였던 윌리엄 글래드스턴(William Gladstone, 1809~1898)은 아일랜드 자치와 관련하여 파넬과 동맹 관계였지만, 불륜 관련 스캔들이 일자 파넬에게 아일랜드 의회의 수장직에서 물러나도록 압력을 가했다.

"우리 모두가 죄인이지요. 구제 불가능한 죄인입니다." 케이시 씨가 냉담한 어조로 말했다.

"'불행하여라, 스캔들을 저지른 자!'" 리오던 부인이 말을 이었다. "'이 작은 이들 가운데 하나라도 죄짓게 하는 것보다, 연자매를 목에 걸고 바다에 내던져지는 편이 낫다.'* 이것이 성령의 말씀이에요."

"굳이 평하라고 하신다면, 그건 말씀치고는 아주 불량한 말이지요." 디덜러스 씨가 차가운 어조로 말했다.

"이봐, 사이먼, 그만 하게!" 찰스 아저씨가 말을 이었다. "아이 앞이 아닌가."

"네, 네, 알겠습니다." 디덜러스 씨가 말을 이었다. "제가 말하고자 했던 것이 뭔가 하면요, 역에서 일하는 짐꾼들의 불량한 말이 생각났던 것입니다. 자, 그건 아무래도 좋고요. 애야, 아빠한테 네 접시 좀 보여줄래? 좀 더 먹어야지. 자, 받아라."

그는 스티븐의 접시 위에 음식을 하나 가득 쌓아놓았다. 그리고 찰스 아저씨와 케이시 씨에게 큼직한 칠면조 고기 덩어리를 건네고 소스를 듬뿍 부어주었다. 디덜러스 부인은 먹는 척만 했고, 아줌마는 무릎에 손을 올려놓은 채 앉아 있었다. 아줌마의 얼굴이 붉게 상기되어 있었다. 디덜러스 씨가 접시 가장자리에 남아 있는 칠면조 고기를 잘라 내면서 이렇게 말했다.

"여기 '교황의 코'라 불리는 맛있는 부위**가 있네요. 혹시 드시고 싶은 분이 있는지?"

그는 고기 써는 데 사용하는 큼직한 포크로 고기 한 점을 찍어 들어올렸다. 아무한테서도 반응이 없었다. 그러자 그는 고

---

*〈루카 복음서〉 17장 1~2절 참조.
**칠면조 엉덩잇살.

기를 자기 접시 위에 올려놓으면서 이렇게 말했다.

"섭섭하다 생각지 않겠지요. 일단 여쭤는 봤으니까요. 아무래도 제가 먹는 게 좋을 것 같습니다. 요즘 건강이 별로 좋지 않아서요."

그가 스티븐에게 눈을 찡끗한 다음, 접시 뚜껑을 덮고 고기를 먹기 시작했다.

그가 먹는 동안 침묵이 흘렀다. 이윽고 그가 다시 말했다.

"자, 이번 성탄일도 그럭저럭 괜찮았어. 거리엔 낯선 사람들도 엄청 많더군."

아무도 말을 하지 않았다. 그러자 그가 또 이렇게 말했다.

"작년 성탄일보다 이번 성탄일에 낯선 사람들이 더 많이 눈에 띱디다."

그는 각자의 접시 위로 고개를 숙이고 있는 사람들을 둘러보았지만 대꾸하는 사람이 없었다. 그러자 잠시 기다렸다가 기분이 상한 듯한 어투로 이렇게 말했다.

"이것 참, 아무래도 이번 성탄일 만찬은 엉망이 되어 가는 것 같군."

"행운도 은총도 있을 수 없지요." 아줌마가 말을 이었다. "교회의 성직자들에게 존경심을 보이지 않는 사람들이 사는 집에 어찌 행운이든 은총이든 있을 수 있겠어요?"

디덜러스 씨가 신경질적인 몸짓으로 자기 접시에다가 나이프와 포크를 내동댕이쳤다.

"존경심이라니!" 그가 말을 이었다. "주둥이만 살아 있는 빌리에게 존경심을 보이란 말입니까? 아니면 저 아마에 있는 순대자루 같은 친구에게 존경심을 보이란 말입니까?* 존경심이라니요!"

"그 친구들 다 교회의 군주들이시지." 케이시 씨가 천천히 경멸하는 듯한 어조로 말했다.

"그래, 리트림 경의 마부** 같은 친구들이야." 디덜러스 씨가 말했다.

"그들은 주님의 소명을 받은 분들이에요." 아줌마가 말했다. "그런 분들이 계시다는 것 자체가 우리에게 명예로운 일입니다."

"순대 자루 같은 친구가 말이지요?" 디덜러스 씨가 거칠게 말했다. "아시는지 모르겠습니다만, 그 친구 얌전히 있을 때 표정이야 더할 수 없이 멋지지요. 하지만 추운 겨울 날 베이컨과 양배추 요리를 게걸스럽게 먹어대는 꼬락서니를 한 번 보셔야 할겁니다. 아이고, 기가 막혀!"

그는 오만상을 찌푸려 끔찍한 야수와도 같은 표정을 지어 보이기도 했고, 입술을 빠는 소리를 내며 게걸스럽게 먹는 흉내를 내기도 했다.

"정말이지, 여보, 당신 스티븐 앞에서 그런 식으로 말하면 안 돼요. 아이한테 안 좋아요."

"아, 저 아이가 어른이 되어서도 이걸 다 기억할 겁니다." 아줌마가 격한 어조로 말했다. "자기 집에서 하느님과 종교와 사제들을 모욕하는 말이 나왔다는 걸 말입니다."

*더블린의 대주교이자 아일랜드의 수좌 대주교였던 윌리엄 J. 월시(William J. Walsh, 1841~1921)와 아마(Armagh)의 대주교이자 역시 아일랜드의 수좌 대주교였던 마이클 로그(Michael Logue)를 가리킴. 빌리는 윌리엄의 애칭. 이 두 사람은 그들을 비롯한 수많은 주교들이 서명한 공개 진술서를 통해 파넬을 비난한 바 있다.
**'리트림 경'은 압제자에게 협력하여 동족을 괴롭히는 아일랜드인을 지칭하는 표현이다. 역사적 인물로서의 리트림 경(Lord Leitrim)은 엄청난 토지를 소유하고 있던 귀족으로, 소작인들을 못살게 굴다가 미움을 사서 1878년 그들의 공격을 받고 살해되었다. 살해 현장에서 마부가 그를 보호하려 했다 한다.

"아이한테 이것까지도 기억하게 합시다." 테이블 건너편 그녀의 앞자리에 앉아 있던 케이시 씨가 소리쳤다. "사제들과 사제들의 앞잡이들이 파넬을 상심케 하여 그를 죽음으로 몰아가는 데 사용했던 말까지도 말입니다. 어른이 되었을 때 그것까지 다 기억하게 합시다."

"개자식들!" 디덜러스 씨가 소리쳤다. "파넬의 형편이 나빠지자 그놈들은 이빨을 드러낸 채 달려들어 그를 배신하고 시궁창의 쥐새끼들처럼 갈가리 찢어발기려 했었소. 야비한 개자식들 같으니! 개자식들이 따로 없어요! 정말로 개자식들이 따로 없단 말입니다!"

"그들은 옳게 행동한 것입니다." 아줌마가 격한 어조로 말했다. "그들은 자기네들 주교들과 사제들의 말을 따랐던 것뿐이에요. 명예로운 행동을 한 것입니다!"

"자, 말하기조차 정말 끔찍하지만, 하고많은 날 가운데 단 하루만이라도 이 같은 끔찍한 논쟁을 그만둘 순 없나요?" 디덜러스 부인이 말했다.

찰스 아저씨가 부드럽게 두 손을 들고는 이렇게 말했다.

"자, 자, 자, 이제 그만 합시다! 우리 의견이 무엇이든 이처럼 화를 내면서 야비한 말투로 이를 밝혀야만 직성이 풀리는 건 아니겠지요. 이건 정말 너무 심하군."

디덜러스 부인이 소리를 죽여 아줌마에게 뭐라 말했지만, 아줌마는 개의치 않고 큰 소리로 이렇게 말했다.

"아니, 가만히 있을 수 없어요. 배교자들이 나의 교회와 나의 종교를 모욕하고 거기에 침을 뱉는데, 내가 어찌 가만히 있을 수 있겠어요!"

케이시 씨가 거칠게 자기 접시를 식탁 한가운데로 밀어붙이고는 두 팔꿈치를 식탁에 올린 채 거친 어조로 집주인을 향해 이렇게 말했다.

"여보게, 내가 자네한테 침 뱉는 것과 관련된 유명한 이야기를 하나 하지 않았던가?"

"하지 않았네." 디덜러스 씨가 말했다.

"그건 말일세, 더할 수 없이 교훈적인 이야기라네." 케이시 씨가 말을 이었다. "우리가 현재 살고 있는 이 위클로우 카운티*에서 바로 얼마 전에 일어났던 일이라네."

그가 여기에서 이야기를 중단하더니, 아줌마를 향해 이렇게 말했다. 그의 목소리는 조용했지만 분노에 차 있었다.

"부인께 드리는 말씀인데, 만일 저를 두고 하신 말씀이라면, 잘못 짚으신 겁니다. 저는 배교자가 아닙니다. 제 아버지가 그랬듯이, 그리고 제 아버지의 아버지가 그랬듯이, 그리고 또한 그분의 아버지가 그랬듯이 저는 천주교 신잡니다. 신앙을 파느니 차라리 목숨을 버릴 각오로 살아온 신자란 말입니다."

"그렇다 말씀하는 분이라면, 더욱 부끄러워해야겠군요." 아줌마가 말했다.

"여보게, 존, 아까 말한 얘기가 어떤 얘긴가?" 디덜러스 씨가 웃으면서 말을 이었다. "아무튼 그 얘기나 한 번 들어보세."

"천주교 신자라고!" 아줌마가 비꼬는 듯한 어투로 말했다. "아무리 천주교를 삐딱한 눈으로 바라보는 흉악한 개신교 신자라도 오늘 저녁 내가 들은 말을 사용하지는 않을 거야."

디덜러스 씨가 고개를 이리저리 흔들기 시작하더니, 대중가요 가수처럼 부드러운 목소리로 무언가를 흥얼거렸다.

*더블린 남쪽에 위치한 지역.

"다시 말씀드리는데, 전 개신교 신자가 아닙니다." 케이시 씨가 얼굴을 붉히며 말했다.

여전히 고개를 앞뒤로 흔들면서 흥얼거리던 디덜러스 씨가 투덜대는 듯한 어조의 콧소리로 이렇게 노래했다.

자, 모두 모여라, 미사 드린 적이
한 번도 없는 천주교 신자들이여.

그가 기분 좋은 표정으로 나이프와 포크를 다시 들더니, 케이시 씨에게 이렇게 말하고는 식사를 계속했다.

"이보게, 존, 우리 그 얘기 좀 들어보세. 소화에 도움이 될 거야."

스티븐은 다정하게 케이시 씨의 얼굴을 쳐다보았다. 케이시 씨는 깍지를 낀 채 식탁 위에 올려놓은 자신의 손을 응시하고 있었다. 스티븐은 난로 옆 그와 가까운 곳으로 자리를 옮겨, 어둡고 사나운 그의 표정을 올려다보고 싶었다. 하지만 그의 검은 눈은 결코 사납지 않았고, 천천히 이어지는 그의 목소리는 듣기에 즐거웠다. 하지만 그가 사제들에게 비판적인 것은 무슨 이유 때문일까. 이런 의문이 드는 것은 아줌마의 말이 틀림없이 맞는 것 같기 때문이었다. 하지만 아줌마는 수녀가 되려다가 그만둔 사람이라는 말을 아버지가 하는 것을 들은 적이 있었다. 그녀의 남자 형제들이 아프리카 원주민들을 속여 싸구려 장신구와 흠집이 있는 그릇들을 팔아 돈을 벌었을 때, 아줌마는 알리게이니 산맥*에 있는 수도원에서 뛰쳐나왔다는 것이다.** 아마도 그런 일 때문에 아줌마가 파넬에 대해 비판

*미국 동부 지역에 있는 애팔래치아 산맥의 일부.

적인지도 몰랐다. 아줌마는 스티븐이 아일린과 노는 것을 좋아하지 않았는데, 아일린이 신교도라는 이유 때문이었다. 그리고 아줌마가 어렸을 때 신교도 아이들과 놀던 아이들과 알고 지낸 적이 있었는데, 신교도 아이들은 "성모 마리아"에게 올리는 기도를 조롱거리로 만들곤 했다는 것이다. "상아탑"이라니? "황금의 집"이라니? 그들은 이를 문제 삼곤 했다는 것이다.*** 도대체 어떻게 한 여자가 상아탑이나 황금의 집일 수 있냐고 했다는 것이다. 그러면 누가 맞는 것일까. 스티븐에게는 클롱고우스 우드 칼리지의 진료실에서 보냈던 저녁이 기억났다. 검은 바다와 부두의 불빛과 파넬의 죽음에 대한 소식을 듣고 슬픔에 잠긴 사람들이 울부짖는 소리가 기억 속에 떠오르기도 했다.

아일린의 손은 길고 하얬다. 어느 날 술래잡기 놀이를 하고 있는데, 아일린이 자기 손으로 스티븐의 눈을 가린 적이 있었다. 그녀의 손은 길고 하얗고 살이 없는 동시에 차갑고 보드라웠다. 그것이 바로 상아, 차갑고 하얀 상아가 아닐까. 상아탑이라는 말이 의미하는 것은 그런 것인지도 모른다.

"아주 짧고 우스운 얘기입니다." 케이시 씨가 사람들을 향해 말을 이었다. "어느 날 아클로우****에서 있었던 일이지요. 몹시도 추웠던 어느 날, 우리의 지도자*****께서 작고하기 바로 얼마 전 어느 날이었습니다. 오, 하느님 그에게 자비를 베푸소서!"

<hr>

**권위 있는 조이스 연구가인 리처드 엘먼(Richard Ellmann)의 《조이스 전기》에 따르면, 리오던 부인에 해당하는 조이스 주변의 한 인물이 미국에서 수녀가 되려다 그만두었다 한다. 그녀의 남자 형제 가운데 한 사람이 아프리카 원주민들 상대로 장사를 해 막대한 재산을 모은 다음 이를 그녀에게 유산으로 남기고 숨을 거두는 바람에 그렇게 되었다는 것이다.
***'상아탑'과 '황금의 집'은 로레토(Loreto)의 〈성모에게 올리는 기도(Litany of Our Lady)〉에 나오는 표현들로, 성모 마리아를 지칭한다.
****더블린에서 40킬로미터 쯤 떨어져 있는 위클로우 카운티 소재의 마을.
*****파넬을 지칭하는 표현.

그가 지친 듯 눈을 감고 잠시 이야기를 멈췄다. 디덜러스 씨가 자기 접시에서 뼈를 하나 집어들어 이로 살을 발라먹고 있었다. 그러면서 이렇게 말했다.

"아직 살해되기 전이란 말이지?"

케이시 씨가 눈을 뜨고 한숨을 지은 다음 이야기를 계속했다.

"어느 날 아클로우에서 있었던 일입니다. 어떤 모임이 있어서 우린 그곳에 간 거였지요. 모임이 끝난 다음 우리는 군중을 헤치고 기차 정거장까지 가야 했습니다. 아이고, 어찌나 사람들이 끔찍하게 야유를 해 대는지, 그런 끔찍한 야유는 일찍이 들어본 적이 없을 정도였습니다. 사람들이 이 세상 욕이란 욕은 모두 동원해서 우리한테 퍼부었지요. 그런데 말이죠, 어떤 노파 한 사람이, 틀림없이 술에 취해 있는 것으로 보이는 어떤 노파 한 사람이 유독 저에게 집중하여 온갖 비난을 퍼붓는 것이었어요. 진창 속에서 춤을 추듯 몸을 움직여 제 옆을 졸졸 따라오면서, 제 얼굴에다 대고 고함을 치고 비명을 질러대는 것이었습니다. 사제 사냥꾼 같은 놈아! 파리 신탁 자금은 어쨌냐! 미스터 폭스라고! 키티 오셰이라니!"*

"그래서 어떻게 했나?" 디덜러스 씨가 물었다.

"고함 치도록 내버려두었다네. 케이시 씨가 다시 사람들을 향해 말을 이었다. "아주 추운 날이었고, 기운을 북돋우기 위해 저는 (부인들께 실례되는 말입니다만) 씹는담배인 털러모어**

*1695년 처음 발효된 형사법 시행 시절에 사제들을 추적해 잡아들였던 것을 암시하는 표현이다. '파리 신탁 자금'은 주로 아일랜드계 미국인들의 기부금을 바탕으로 하여 조성된 정치 자금으로, 파넬이 관리하고 있었다. 파넬은 이를 유용했다는 근거 없는 공격을 받기도 했다. '미스터 폭스'는 오셰이 부인과 만나는 동안 파넬이 사용했던 가명이며, '키티 오셰이'는 캐서린 오셰이(Katherine O'Shea)의 별명.
**더블린 서쪽으로 80킬로미터쯤 떨어진 곳에 있는 털러모어라는 곳에서 생산하는 씹는담배.

를 한 움큼 입에 넣고 있었습니다. 그러니 어쨌든 간에 저는 말을 할 수가 없었지요. 입안에 담배 진액(津液)이 가득 차 있었으니 말입니다.”

“그래서?”

“그래서 키티 오셰이나 그 외의 이름을 들먹이면서 마음껏 고함을 치도록 내버려두었지.” 디덜러스 씨의 물음에 이렇게 대꾸한 다음 케이시 씨가 다시 사람들을 향해 말을 이었다. “그랬더니 마침내 차마 입에 담기조차 어려운 욕을 오셰이 부인에게 쏟아붓더군요. 그 욕을 이 자리에서 되풀이함으로써 성탄일 만찬 자리와 여러분의 귀와 제 입을 더럽히고 싶지는 않습니다.”

그가 잠시 이야기를 멈췄다. 디덜러스 씨는 뼈에서 입을 뗀 채 머리를 들어 이렇게 물었다.

“존, 그래서 어떻게 했나?”

“어떻게 하다니!” 케이시 씨가 말을 계속했다. “그 노파가 늙고 추한 얼굴을 내 앞에 들이대고 욕을 할 때 내 입에는 담배 진액이 가득 차 있었다네. 내가 몸을 노파 쪽으로 굽히고, 이런 식으로 퉤 하고 그녀에게 뱉었지.”

그가 얼굴을 돌려 입안의 내용물을 뱉어내는 흉내를 낸 다음 다시 사람들을 향해 말했다.

“이런 식으로 퉤 하고 그녀에게 뱉었던 겁니다. 그것도 바로 그녀의 눈을 향해서 말이지요.”

그가 한 손으로 자기 눈을 탁 치면서, 고통으로 가득 찬 거친 비명을 질러댔다.

“‘오, 예수님, 성모 마리아님, 요셉님!’ 그녀가 이렇게 말했지요. ‘저는 눈이 멀었습니다. 눈이 멀고 물에 빠졌나이다!’”

그가 발작적으로 기침을 하면서 웃느라고 이야기가 잠시 중단되었다. 그리고 이렇게 되풀이해 소리쳤다.

"'완전히 눈이 멀고 말았습니다!'"

디덜러스 씨가 큰 소리로 웃으면서 의자 뒤쪽으로 몸을 젖혔다. 그러는 동안 찰스 아저씨는 고개를 설레설레 흔들었다.

아줌마는 몹시 화가 난 표정을 보이면서, 그들이 웃는 동안 다음과 같은 말을 되풀이했다.

"퍽도 잘 하셨네! 흥, 퍽도 잘 하셨어!"

여자의 눈에다가 입에 있는 것을 뱉어내는 것은 잘한 일이 아니었다. 그건 그렇고, 노파가 키티 오셰이에게 어떤 욕을 했기에, 케이시 씨가 이를 되풀이하려 하지 않는 것일까. 스티븐은 케이시 씨가 군중 사이를 헤치고 지나가는 모습과 소형 마차 위에서 연설을 하는 모습을 마음속에 그려보았다. 바로 그 때문에 그는 감옥에 갇혀 있었던 것이다. 그리고 스티븐은 어느 날 밤 오닐 경사(警査)가 그의 집으로 와서 응접실에 선 채 낮은 목소리로 아버지와 이야기를 나누던 것을 기억해냈다. 그 당시 경사가 경찰 제모(制帽)의 턱 끈을 입에 넣고 신경질적으로 씹어대던 것도 기억해냈다. 그리고 그날 밤 케이시 씨가 기차를 타고 더블린에 돌아가는 대신 마차가 한 대 문 앞으로 왔었다. 그리고 아버지가 캐빈틸리 로드*에 관해 무언가 이야기하는 것을 엿들었던 것도 스티븐의 기억에 남아 있었다.

케이시 씨는 아일랜드 독립과 파넬을 지지하고 있었고, 스티븐의 아버지 역시 그랬다. 그리고 아줌마 역시 그랬다. 어느 날 밤 광장에서 악대가 〈신이여, 여왕 폐하**를 도우소서〉라는

---

*브레이와 더블린을 우회하여 연결하는 도로로, 당시 이용자가 별로 없어 한적했다 한다.
**빅토리아 여왕.

음악을 마지막으로 연주하는데 어떤 남자가 모자를 벗었다는 이유로 아줌마가 그 남자의 머리를 우산으로 한 대 내리친 적이 있는 것을 보면 말이다.

디덜러스 씨가 경멸조의 콧방귀를 뀌며 이렇게 말했다.

"이봐, 존! 정말이야. 우린 성직자들의 횡포에 휘둘리고 있는 불운한 민족일세. 과거에도 그랬고, 세상 끝날 때까지 앞으로도 영영 그럴걸."

찰스 아저씨가 고개를 절레절레 흔들면서 이렇게 말했다.

"잘못된 일이야! 정말 잘못된 일이야!"

디덜러스 씨가 되풀이해 말했다.

"성직자들의 횡포에 시달리고 있는 민족, 하느님에게 버림받은 민족이야."

그가 그의 오른쪽 벽에 걸려 있는 자기 할아버지의 초상을 가리켰다.

"존, 자네 저기에 걸려 있는 어르신 초상이 보이지?" 그가 말을 이었다. "저 분은 돈벌이가 되지 않는 일을 할 때도 훌륭한 아일랜드인이셨다네. 백의단(白衣團)*의 단원이라는 죄목으로 사형에 처해지셨지. 그런데 저 분이 우리나라 성직자 친구들에 대해 한 말씀 남기셨는데, 성직자들이라면 누구도 집으로 받들어 모셔 환대하지 않겠다 했다네."

아줌마가 발끈 화를 내며 끼어들었다.

"만일 우리가 성직자들의 횡포에 시달리고 있는 민족이라면 이를 자랑스러워해야 해요. 성직자들은 야훼의 눈동자**와 같

---

*토지 사용자의 권리를 주장하기 위해 만든 비밀 결사로, 야간에 항거 대상을 습격할 때 서로가 서로를 분간할 수 있도록 흰 셔츠를 입었기 때문에 그런 명칭이 붙었다.
**〈신명기〉 32장 10절 및 시편 17장 8절 참조.

은 분들입니다. 그들은 내 눈동자이니 그들을 범하지 말라*고 예수님이 말한 적이 있어요."

"그렇다면 우리가 조국을 사랑할 수 없다는 말인가요?" 케이시 씨가 물었다. "우리를 이끌기 위해 태어나신 분을 따라서는 안 된다는 말입니까?"

"그는 조국에 대한 배신자예요!" 아줌마가 대꾸했다. "배신자에다가 간통을 한 자예요! 사제들이 그를 포기하기로 한 것은 옳은 결정입니다. 사제들이야말로 항상 아일랜드의 진정한 친구들이었어요."

"그랬었나요? 진정으로요?" 케이시 씨가 물었다.

그가 식탁 위로 주먹을 내밀고는 화난 듯 얼굴을 찡그리며 손가락을 하나씩 폈다.

"라니건 주교가 콘월리스 후작에게 충성을 맹세했던 의회 통합의 시절에도 아일랜드의 주교들이 우리를 배신하지 않았다는 말씀인가요?** 주교들과 사제들이 천주교 해방의 대가로 1829년 민족의 소망을 팔아먹지 않았다는 말씀인가요? 강론대와 고해소에서 페니언 형제단의 활동***을 폄하하지 않았다는 말씀인가요? 그리고 그들이 테런스 벨로 맥머너스****의 유해를 모욕적으로 대하지 않았다는 말씀인가요?"

---

*〈즈카르야서〉 2장 12절의 "너희를 건드리는 자는 정녕 내 눈동자를 건드리는 자다" 또는 대한성서공회 개역개정판 〈스가랴〉 2장 8절의 "너희를 범하는 자는 그의 눈동자를 범하는 것이니라" 참조. 구약성서에 나오는 이 말은 물론 예수 그리스도의 것이 아니다.
**제임스 라니건(James Lanigan)은 오소리(Ossory)의 주교였으며, 콘월리스 후작(Marquess Cornwallis)은 1798년 아일랜드 봉기 때 아일랜드 총독으로 부임한 사람이다. 1799년 영국은 아일랜드 의회를 해산하고 영국 의회와 통합하려 했는데, 아일랜드 주교들은 이를 지지했었다.
***1850년대에 시작해 아일랜드와 미국에서 활동하던 무장 아일랜드 민족주의 단체.

그의 얼굴이 분노로 달아올랐으며, 케이시 씨의 말에 전율을 느낄 정도로 감동한 스티븐 자신도 자기 뺨이 달아오르고 있음을 느꼈다. 디덜러스 씨는 거친 조소의 감정이 담긴 너털웃음을 날렸다.

"아이고, 맙소사!" 디덜러스 씨가 큰 소리로 말했다. "폴 컬런*****이란 늙은이를 깜박 잊었네. 그 양반도 야훼의 눈동자이지!"

아줌마가 식탁 맞은편의 케이시 씨에게 소리를 질렀다.

"옳고 말고요! 그들은 항상 옳았어요! 하느님과 도덕과 종교가 무엇보다도 중요합니다."

아줌마가 흥분한 것을 보고 디덜러스 부인이 그녀에게 이렇게 말했다.

"리오던 부인, 흥분하는 건 안 좋아요. 저들 말에 일일이 대꾸하지 마세요."

"하느님과 종교가 무엇보다 중요해요." 아줌마가 외쳐댔다. "하느님과 종교가 세상 무엇보다 중요하단 말입니다."

케이시 씨가 주먹을 불끈 쥐어 올리더니 식탁을 꽝 내리쳤다.

"그렇다면, 좋아요!" 그가 거칠게 소리를 질렀다. "만일 그렇다면 아일랜드에게는 하느님이 필요 없소!"

"이보게, 존!" 디덜러스 씨가 손님의 옷소매 자락을 잡았다.

식탁 맞은편을 향해 째려보고 있는 아줌마의 뺨 근육이 가늘게 떨리고 있었다. 케이시 씨는 힘들게 앉은자리에서 일어나

****테런스 벨로 맥머너스(Terence Bellew MacManus)는 오스트레일리아로 추방된 아일랜드 민족주의자였는데, 미국으로 건너가 살다 1861년 사망하자 유해가 아일랜드로 송환되었다.
*****1852년에서 1878년까지 더블린의 대주교였던 폴 컬런(Paul Cullen, 1803~1878)은 페니언 형제단 및 그 밖의 혁명적 민족주의 운동에 비판적이었다.

더니, 식탁 맞은편의 아줌마 쪽을 향해 몸을 숙였다. 그리고 마치 거미줄을 옆으로 걷어치우기라도 하듯 한 손으로 눈앞의 공기를 걷어치우는 듯한 몸짓을 했다.

"아일랜드에게는 하느님이 필요 없단 말이오!" 그가 소리를 질렀다. "아일랜드는 너무도 진저리나게 온통 하느님 세상이란 말입니다. 하느님을 추방해야 한단 말이오."

"그건 신성 모독이에요! 악마가 따로 없네!" 아줌마가 벌떡 일어나서 거의 그의 얼굴에 침을 뱉을 듯한 자세로 그렇게 소리를 질렀다.

찰스 아저씨와 디덜러스 씨가 케이시 씨를 끌어다가 다시 의자에 앉히고는, 양쪽 편에 서서 조리 있게 그를 타일렀다. 그는 불꽃이 이는 듯한 검은 눈동자를 그의 앞쪽으로 고정시킨 채 이렇게 되풀이 말했다.

"거듭 말하지만, 하느님을 추방해야 한단 말입니다!"

아줌마가 일어서서 격렬하게 의자를 옆으로 밀어 재치고는 식탁을 떠났다. 그러는 와중에 그녀의 냅킨 링이 카펫을 따라 천천히 구르다가 안락의자 다리에 부딪혀 멈췄다. 디덜러스 부인이 황급히 일어나 그녀를 따라 문 쪽으로 갔다. 아줌마가 문 앞에 멈춰 서더니, 거칠게 몸을 돌리고는 방 안을 향해 고함을 질렀다. 발갛게 상기된 아줌마의 뺨이 분노에 젖어 파들파들 떨고 있었다.

"지옥에서 나온 악마가 따로 있나요! 우리가 이긴 거예요! 우리가 그를 무찔러 죽음에 이르게 한 거지요. 악귀를요!"

그녀가 문을 꽝 닫고 나가버렸다.

케이시 씨가 자신의 팔을 잡고 있던 사람들의 손길을 뿌리친 뒤 갑작스럽게 고개를 숙여 두 손에 얼굴을 파묻은 채 고통스럽게 흐느꼈다.

"가엾은 파넬!" 그가 큰 소리로 울부짖었다. "나의 왕이 세상을 뜬 거야!"

그가 비통한 마음을 억누르지 않은 채 큰 소리로 훌쩍이며 울었다.

스티븐이 겁에 질린 얼굴을 들고 바라보니, 아버지의 눈에도 눈물이 가득 고여 있었다.

＊　＊　＊

아이들이 몇 명씩 모여 이야기를 나누고 있었다.

한 아이가 이렇게 말했다.

"그 아이들이 라이언스 언덕* 근처에서 붙잡혔대."

"누가 그들을 붙잡았지?"

"글리슨 선생님과 교감 선생님이래. 아이들이 마차에 타고 있었대."

그렇게 말한 친구가 한 마디 덧붙였다.

"상급반 애가 나한테 그렇게 얘기했어."

플레밍이 물었다.

"하지만 그 애들이 왜 도망간 걸까? 왜 그랬는지 아니?"

"난 알아." 세실 선더가 말했다. "왜냐면, 그 애들이 교장실에서 돈을 슬쩍 했기 때문이야."

"누가 그랬는데?"

"키컴의 형이 그랬대. 그런 다음 모두가 나눠 가졌다는 거야."

*클롱고우스 우드 칼리지 동쪽으로 10킬로미터 정도 떨어진 지점에 있으며, 여기에서 더블린까지는 18킬로미터 정도의 거리.

그렇게 하는 것은 도둑질이었다. 어떻게 그들이 그런 짓을 할 수 있었을까.

"선더, 넌 참 퍽도 잘 알고 있구나!" 웰스가 말을 이었다. "난 그 애들이 왜 내뺐는지 알아."

"왜 그랬는데?"

"말하지 말랬어." 웰스가 말했다.

"야, 웰스, 그러지 말고 말해봐." 모두가 이구동성으로 말했다. "우리한텐 말해도 돼. 아무한테도 말하지 않을 거니까."

스티븐이 이야기를 듣기 위해 고개를 앞으로 숙였다. 누가 오는지 살펴보느라고 웰스가 주위를 두리번거렸다. 그리고 소곤소곤 비밀스럽게 말했다.

"너희들, 제의실(祭衣室)에 있는 장에 성찬용 포도주를 보관하고 있는 거, 다 알고 있지?"

"그럼."

"그런데 그 애들이 그걸 마셨다는 거야. 그런데 냄새 때문에 누가 마셨는지 들통난 거지. 그래서 그 애들이 도망친 거래. 그건 몰랐지?"

그러자 처음에 말을 꺼냈던 아이가 이렇게 말했다.

"그래, 맞아. 나도 그런 얘기를 상급반에 있는 애한테 들었어."

여기에서 대화가 끊어지고 모두가 입을 다물었다. 스티븐은 무슨 말을 밖에 내기가 두려워 그들 사이에 서서 듣고만 있었다. 놀라움에서 오는 희미한 멀미 증세 때문에 몸에 기운이 없었다. 어떻게 그들이 그럴 수 있었단 말인가? 그는 어둡고 조용한 제의실을 떠올려보았다. 그곳에는 어두운 빛깔의 목재 장들이 있었는데, 그 안에는 주름이 잡혀 있는 제의들이 접힌 채로 얌전히 놓여 있었다. 성당은 아니었지만 그래도 그 안에서는 숨을 죽여 말을 해야 했다. 그곳은 성스러운 장소이기 때문이었다. 그는 어느 여름날 저녁 제의로 옷을 갈아입기 위해 그곳에 갔던 것도 기억하고 있었다. 숲 속에 마련해놓은 제단까지 이어지는 행렬에서 향 그릇을 운반하는 일을 맡았기 때문이었다. 낯설고도 성스러운 장소였다. 한 아이가 향로를 들고 문가에 서 있었다. 은으로 된 향로 덮개 한가운데에 달린 쇠줄을 들어올린 채 향로를 이리저리 부드럽게 흔들고 있었는데, 안에 있는 숯불이 꺼지지 않게 하기 위해 그렇게 하는 것이었다. 목탄(木炭)이라 불리기도 하는 향로에 담긴 숯은 아이가 부드럽게 흔드는 동안 시큼한 냄새를 희미하게 풍기며 조용히 타고 있었다. 이윽고 모두가 다 제의로 갈아입고서 보니, 그 아이가 향 그릇을 교장 선생님에게 내미는 자세를 취한 채 서 있었다. 교장 선생님이 향을 한 숟가락 떠서 향로에 넣자, 향은 발갛게 달아오른 숯불 위에서 치지직 소리를 내며 탔다.

운동장 여기저기에서 아이들이 몇 명씩 모여 이야기를 나누고 있었다. 스티븐이 보기에 아이들이 전보다 작아진 것처럼 느껴졌다. 그렇게 된 것은 바로 그 전날 2급 문법반 아이 하나가 전속력으로 자전거를 타고 가다가 그를 부딪쳐 넘어뜨리는 불상사가 일어났기 때문이었다. 그 아이의 자전거 때문에 스티븐은 석탄재를 깔아놓은 길 위에 살짝 넘어졌고, 그 와중에 그의 안경이 세 조각으로 부서지고 약간의 석탄재 부스러기가 그의 입에 들어갔다.

바로 그 때문에 그에게는 아이들이 전보다 작고 더 멀리 있는 것처럼 보이게 되었고, 축구 골대가 아주 가늘고 아주 멀리 있는 것처럼 느껴지게 되었을 뿐만 아니라 부드러운 잿빛 하늘이 더욱 높아 보이게 되었던 것이다. 하지만 크리켓 경기의 계절이 곧 다가올 것이기 때문에* 축구장에서는 아무런 경기가 열리고 있지 않았다. 반스가 크리켓 경기의 주장이 될 것이라 말하는 아이들도 있었고, 플라워스가 주장이 될 것이라 말하는 아이들도 있었다. 그리고 운동장 어디에서나 아이들이 라운더스 경기**를 하거나 휘어지는 공이나 느린 공 던지기 연습을 하고 있었다. 또한 여기저기에서 크리켓 방망이로 공을 치는 소리가 부드러운 잿빛 하늘로 울려 퍼졌다. 픽, 팩, 폭, 픽 소리가 나는 것이, 마치 넘치듯 찰랑찰랑 물이 차 있는 분수대 위로 솟은 물이 천천히 아래로 떨어질 때 나는 소리처럼 들렸다.

침묵을 지키고 있던 어사이가 조용한 어조로 이렇게 말했다.

"너희들은 모두 잘못 알고 있는 거야."

모두가 호기심이 가득한 표정으로 그를 바라보았다.

"잘못 알고 있다니?"

"너희들, 알기는 아냐?"

"넌 누구한테 무슨 말을 들었는데?"

"야, 말 좀 해봐."

어사이가 운동장 저편에서 자기 앞에 있는 돌을 걷어차며 혼자 걸어가고 있는 사이먼 무넌을 가리켰다.

"재한테 물어봐." 그가 말했다.

아이들이 그를 바라보고는 이렇게 말했다.

"왜 재한테 물어봐야 하는 거지?"

"재도 그 일에 끼어들었니?"

"얘, 어사이, 말 좀 해봐라, 응? 알고 있으면 우리한테 얘기

---

*크리켓은 여름철 경기.
**미국의 야구와 비슷한 운동 경기.

해줄 수 있잖아."

어사이가 목소리를 낮춰 이렇게 말했다.

"너희들, 그 애들이 왜 도망친 줄 아니? 너희들한테만 살짝 얘기해주는 거니까, 너희들 말이지, 괜히 안다고 딴 데 가서 떠들어대면 안 돼."

그가 잠시 뜸을 들였다가, 알 듯 말 듯한 어조로 이렇게 말했다.

"그 애들이 어느 날 밤 사이먼 무넌과 터스커 보일과 함께 화장실에 있다가 들켰다는 거야."

아이들이 그에게 눈길을 고정하고는 이렇게 물었다.

"들켰다고?"

"무슨 짓을 하다가?"

어사이가 이렇게 말했다.

"그렇고 그런 짓을 했대."

아이들이 모두 말문이 막힌 표정을 지었다. 이윽고 어사이가 이렇게 말했다.

"그게 바로 그 애들이 도망친 이유야."

스티븐이 아이들의 얼굴을 쳐다봤지만, 아이들은 모두 운동장 건너편을 바라보고 있을 뿐이었다. 그는 누군가에게 그것이 무엇인지 물어보고 싶었다. 화장실에서 그렇고 그런 짓을 했다니 그것이 무엇을 의미하는 것일까. 무슨 이유 때문에 다섯 명이나 되는 상급반 아이들이 그 짓을 하다 들켜 도망친 것일까. 공연한 농담이겠거니, 그것이 그의 생각이었다. 사이먼 무넌은 옷을 단정하게 입고 다니는 아이로, 어느 날 밤 스티븐에게 공 모양으로 포장된 크림 과자 한 뭉치를 보여준 적이 있었다. 그 크림 과자 뭉치는 무넌이 식당 문 쪽에 있을 때 15명으로 구성

된 축구팀* 아이들이 식당 안에서 그에게 카펫 위로 굴려 보내
준 것이었고, 그 일이 있었던 것은 백티브 레인저스 팀**과 경
기가 있던 날 밤이었다. 무넌이 보여준 크림 과자 뭉치는 빨간
색과 파란색이 섞여 있는 사과 모양으로 만들어진 것으로, 포
장을 여니 그 안에 크림으로 된 과자가 하나 가득 담겨 있었다.
그리고 보일은 언젠가 '코끼리는 두 개의 터스크(엄니)를 갖고
있다'고 말할 것을 '코끼리는 두 마리의 터스커(코끼리)를 갖고
있다'고 잘못 말한 것***이 빌미가 되어 터스커 보일이라는 별
명을 갖게 된 아이였다. 어떤 아이들은 그 애를 '보일 부인'이
라고 부르기도 했는데, 그가 항상 자기 손톱을 다듬고 있기 때
문이었다.

　아일린의 손도 길고 가느다랗고 하얬는데, 그것은 그 아이가
여자아이이기 때문이었다. 그 아이의 손도 상아처럼 하얀빛을
띠고 있었지만 보드라웠다. 성모 마리아를 상아탑이라고 하는
이유는 그 때문이었지만, 신교도들은 이를 이해하지 못해 조롱
거리로 여기는 것이었다. 어느 날 그는 아일린 옆에 서서 호텔
마당을 내려다본 적이 있었다. 웨이터가 깃대에다가 한 폭의
휘장을 걸어 올리고 있었고, 폭스테리어 종의 강아지 한 마리
가 햇빛이 내리쪼이는 잔디밭 위를 이리저리 뛰어다니고 있었
다. 스티븐이 손을 자기 주머니에 넣고 있었는데 그의 주머니
에 아일린이 손을 넣었다. 그때 아일린의 손이 얼마나 차갑고
얼마나 가냘프고 부드러웠는지! 아일린이 주머니라는 것이 얼

---

*아일랜드식 축구에서는 15명이 한 팀을 이룬다.
**당시 아일랜드에서 명성을 날리던 축구팀 가운데 하나.
***영어 단어 'tusk'는 '엄니'를 뜻하며, 'tusker'는 '엄니를 가진 동물', 그러니까 '코
끼리'를 뜻한다. 보일은 'two tusk(두 개의 엄니)'를 'two tuskers(두 마리의 코끼리)'라고
잘못 말한 것이었다.

마나 재미있는 것인지 모르겠다고 말했다. 그리고 갑작스럽게 그의 주머니에서 손을 빼고는 웃음을 터뜨린 다음 굽이진 오솔길을 따라 달려갔었다. 그녀의 금발 머리가 햇빛에 반짝이는 황금처럼 빛을 발하며 휘날렸다. '상아탑'과 '황금의 집'은 그런 것이었다. 사물에 대해 깊이 생각하다 보면 우리는 그것이 무엇인지를 이해할 수 있게 마련이다.

하지만 왜 화장실에서인가. 일을 보기 원할 때 우리는 화장실에 간다. 화장실은 두꺼운 슬레이트 판으로 만들어져 있었으며, 자그마한 구멍들에서 하루 종일 물이 졸졸 흘러나왔다. 그리고 그곳에서는 썩은 물에서 나는 것 같은 묘한 냄새가 났다. 그리고 칸막이 문 어느 한곳 뒤쪽에는 로마 시대의 옷을 입은 사람의 그림이 빨간색 색연필로 그려져 있었다. 턱수염이 난 그는 양손에 벽돌을 들고 있었고, 그 그림 아래쪽에는 그림의 제목이 적혀 있었다.

발부스가 벽을 쌓고 있도다.[*]

어떤 아이가 장난삼아 거기에다 그려놓은 것이었다. 우스꽝스러운 모습의 얼굴이긴 했지만, 턱수염이 있는 남자의 얼굴 모습이 그럴싸해 보이기도 했다. 그리고 또 다른 칸막이 안의 벽에는 왼쪽으로 기울여 쓴 필체로 아주 멋지게 다음과 같이

---

[*]《아티쿠스에게 보내는 서간집》(기원전 47년)에서 키케로는 발부스(Balbus)를 더 중요한 국정에 신경을 쓰기보다는 새로운 집을 짓는 등 자신의 쾌락을 추구한 대표적인 로마 시민의 한 예로 언급하고 있다. "턱수염이 난 얼굴"이라는 표현은 여성의 성기 그림 위에 남성의 얼굴을 덧그려 놓았음을 암시하는 것일 수도 있다. Bernard Benstock, "Inscribing James Joyce's Tombstone," *Coping with Joyce: Essays from the Copenhagen Symposium*, ed. Morris Beja & Shari Benstock (Ohio State University Press, 1989), 86쪽 참조.

써놓은 것이 눈에 띄기도 했다.

　　　　율리우스 카이사르가 《칼리코 벨리》를 썼도다.*

　아마도 그 때문에 그 아이들이 그곳에 있었던 것이리라. 몇
몇 아이들이 그런 낙서를 장난삼아 하는 곳이지 않은가. 하지
만 그래도 여전히 어사이의 말도 그렇고 그가 말하는 태도에도
무언가 이상야릇한 구석이 있었다. 아이들이 도망을 친 것을
보아도 단순한 장난은 아니었던 것 같았다. 다른 아이들과 마
찬가지로 말없이 운동장 건너편을 물끄러미 바라보고 있는 동
안, 그는 겁이 나기 시작했다.
　마침내 플레밍이 입을 열었다.
　"다른 애들이 한 짓 때문에 우리 모두가 벌을 받게 될 거야."
　"그렇다면 난 학교로 돌아오지 않을 거야. 어디, 돌아오나
봐라." 세실 선더가 말을 이었다. "사흘 동안 식당에서 잡담 금
지령이 내릴 거고, 차례로 불려가서 회초리로 양손을 각각 세
대씩 그리고 네 대씩** 맞게 될 거야."
　"맞아." 웰스가 맞장구치고는 이렇게 말을 이었다. "게다가
배리트 선생님이 처벌 통지서를 펼쳤다 다시 접을 수 없도록
묘하게 비틀어놓는 새로운 방법을 고안해냈나 봐. 그래서 얼마
나 회초리로 매를 맞을지 미리 알 수가 없게 되었단 말이야. 나
도 학교로 되돌아오지 않을 작정이야."

*가이우스 율리우스 카이사르(기원전 100~44)는 《갈리아 전투(벨로 갈리코)에 대한
회고록》(통칭 《갈리아 전기》)를 저술한 바 있는데, 본문에 나오는 '칼리코 벨리'라는 말
은 '벨로 갈리코'에 대한 말장난이다. 카이사르의 《갈리아 전기》는 당시 학생들의 라
틴어 교재.
**회초리로 우선 각 손에 세 대씩 맞고, 다시 각 손에 네 대씩 맞는 것을 말한다.

“그래, 맞아.” 세실 선더가 말을 받았다. “그리고 말이지, 오늘 아침 학업 담당 학감이 2급 문법반에 들어왔었어.”

“우리 처벌 반대 운동을 하자.” 플레밍이 말했다. “하지 않을래?”

모든 아이들이 침묵을 지켰다. 주위가 어찌나 조용한지 크리켓 방망이 소리가 선명하게 들렸다. 하지만 전보다 시간 간격이 늘어나, 픽, 폭 소리 정도만 들릴 뿐이었다.

웰스가 물었다.

“그 애들은 어떻게 될까?”

“사이먼 무넌과 터스커 보일은 매를 맞게 될 거야.” 어사이가 말을 이었다. “그리고 상급반 애들은 매를 맞거나 퇴학을 당하거나 둘 중에 하나를 선택해야 한데.”

“그 애들은 어느 쪽을 택한대?” 애초에 이야기를 꺼냈던 아이가 물었다.

“코리건을 빼고는 모두 퇴학 쪽을 택할 거래.” 어사이가 대답했다. “코리건, 그 애는 글리슨 선생님한테 매를 맞게 될 거야.”

“코리건이라니, 덩치 큰 애 말하는 거니?” 플레밍이 물었다. “글쎄다, 그 애라면 글리슨 선생님 같은 사람 두 명이 덤벼도 못 당할걸.”

“코리건이 왜 그랬는지 난 알아.” 세실 선더가 말했다. “그 애가 선택을 잘한 거고, 다른 애들은 선택을 잘못한 거야. 왜냐하면 매를 맞는 건 잠깐 있으면 잊혀지잖아. 하지만 퇴학을 당하면 그 사실이 남아 있어 일생 동안 다른 사람들이 알게 되잖니? 게다가 글리슨 선생님이 그 애를 심하게 매질하지도 않을 거야.”

“심하게 때리지 않는 게 좋을걸.” 플레밍이 말했다.

"난 사이먼 무넌이나 터스커 보일 꼴이 되고 싶진 않지만 말이야, 내가 보기엔 그 애들이 심한 매질을 당할 것 같지는 않아." 세실 선더가 말을 이었다. "기껏해야 양손바닥에 아홉 대씩 맞는 게* 전부일걸."

"아냐, 그렇지 않아." 어사이가 말했다. "그 애들 엄청나게 아픈 데를 맞을 거야."

웰스가 손으로 자기 몸을 비비며 울음 섞인 목소리로 이렇게 외쳤다.

"선생님, 잘못했어요!"

어사이가 씩 웃음을 지으며 자기 저고리의 소매를 걷어붙이며 이렇게 말했다.

그래 봤자 소용없어.
매를 맞아야 해.
그러니 어서 바지 내리고,
궁둥이를 내밀어.

아이들이 모두 웃었다. 하지만 스티븐이 느끼기에 모두가 약간 겁을 먹고 있는 것 같아 보였다. 부드러운 잿빛 대기의 정적 속에서 크리켓 방망이로 공을 치는 소리가 여기저기에서 들렸다. 이는 그냥 귀에 들리는 소리일 뿐이지만, 어쩌다 공에 맞으면 아플 것이다. 회초리를 맞을 때에도 소리가 나지만, 저런 소리가 나지는 않는다. 아이들이 회초리는 고래 뼈와 가죽으로

*각각의 손바닥에 아홉 대씩을 맞는 것은 아일랜드 예수회 교단의 학교에서 학생에게 하루에 가할 수 있는 벌의 최대치였다. 때때로 손바닥이 아닌 궁둥이에 매를 때리기도 했다.

되어 있는데 그 안에 납이 들어 있다 했다. 그런 회초리로 맞으면 얼마나 아플까 하는 생각을 해보기도 했다. 소리가 각각 다른 만큼 맞을 때의 아픔도 종류가 다 다르다. 길고 가는 지팡이를 휘두르면 휙 하는 바람소리가 나는데, 그것으로 맞으면 얼마나 아플까 생각해보기도 했다. 생각만 해도 몸서리가 쳐지고 한기로 오싹해졌다. 그리고 어사이가 말한 것을 생각해도 마찬가지 느낌이 들었다. 그런데 그걸 놓고 이야기하며 웃다니! 웃을 수 있는 일이 아니었다. 생각만 해도 소름이 오싹 돋았다. 하지만 그런 것은 바지를 벗을 때마다 항상 소름이 오싹 돋기 때문일 것이다. 목욕탕에서 옷을 벗을 때도 마찬가지로 소름이 돋았다. 스티븐은 누가 그 아이들의 바지를 내리게 할 것인지가 궁금했다. 선생님이 직접 내릴까, 아니면 아이들이 스스로 내릴까. 아, 어떻게 저 아이들은 그 문제를 놓고 저렇게 웃을 수 있단 말인가!

스티븐은 걷어 올린 어사이의 소매와 굵게 마디가 지고 잉크가 묻어 있는 그의 손을 바라보았다. 어사이는 글리슨 선생님이 어떻게 소매를 걷어 올리는가를 보여주기 위해 자신의 소매를 걷어 올린 것이었다. 하지만 글리슨 선생님은 원형으로 된 반짝이는 커프스 단추를 착용하고 있고, 그의 손목은 희고 깨끗했다. 그리고 손은 희고 통통했으며, 손톱은 길고 뾰족했다. 아마 그도 '보일 부인'처럼 매일 손톱을 다듬는지도 모르겠다. 하지만 아무리 그렇다고 해도 끔찍할 정도로 길고 뾰족했다. 그의 희고 통통한 손은 모질기는커녕 아주 부드러웠지만, 손톱만큼은 아주 길고 모질어 보였던 것이다. 모질어 보이는 긴 손톱을 생각하노라니, 또한 가늘고 긴 지팡이를 휘두를 때 나는 휙 하는 바람소리를 생각하노라니, 또한 옷을 벗을 때 속옷의 끝자락에서 느껴지는 냉기를 생각하노라니, 한기와 무서움으로 인해 몸이 떨렸다. 그렇지만 이와 동시에, 희고 통통하며 깨끗하고 강하면서 부드러운 손을 생각하노라니, 그의 내부에서 야릇하게도 차분한 쾌감이 느껴지기도 했다. 이윽고 그는 글리슨 선생님이 코리건을 심하게 매질하지는 않을 것이라는 세실 선더의 말을 생각해보았다. 그리고 심하게 때리지 않는 것이 좋을 것이기 때문에 그렇게 하지 않을 것이라는 플레밍의 말도 생각해보았다. 하지만 그것은 적절한 이유가 되지 않았다.

운동장 저편 먼 곳에서 누군가 외치는 소리가 들렸다.

"전원 입실!"

그러자 이를 따라 외치는 다른 아이들의 소리도 들렸다.

"전원 입실! 전원 입실!"

쓰기 훈련 시간에 그는 펜들이 종이 위를 사각사각 긁으며 지나가는 소리에 귀를 기울인 채 팔짱을 끼고 앉아 있었다. 하포드 선생님은 이리저리 돌아다니며 빨간색 연필로 작은 표시를 해주곤 했다. 그리고 가끔 어떻게 펜을 쥐는가를 가르쳐주기 위해 어떤 아이의 옆자리에 가서 앉곤 했다. 스티븐은 자신의 시력으로 표제(表題)의 철자를 읽어보려 했다. 물론 그 표제는 책의 맨 마지막 부분에 나와 있는 것이기 때문에 그것이 무엇인지 이미 알고 있긴 했다. '신중함이 결여된 열정은 표류하는 배와 같다.' 하지만 그의 눈에 글자의 선들은 보이지 않을 정도의 아주 가느다란 실과 같이 느껴졌다. 오른쪽 눈을 꼭 감고 왼쪽 눈으로만 바라보았을 때 그는 대문자의 구부러진 선을 겨우 판별할 수 있었다.

하지만 하포드 선생님은 아주 점잖은 분이라서 불끈 화를 내는 법이 없었다. 그 외의 다른 선생님들은 모두 끔찍할 정도로 불끈 화를 내곤 했다. 하지만 왜 그들이 상급반 아이들이 한 짓 때문에 고통을 받아야만 하는가. 웰스는 상급반 아이들이 제의실의 장에서 성찬용 포도주를 훔쳐 마시고 냄새 때문에 누가 그랬는지가 발각되었다고 말했다. 어쩌면 그 아이들이 성광(聖光)*을 훔쳐 가지고 도망친 다음 어딘가에서 팔아치웠는지도 모른다. 밤중에 몰래 그곳에 들어가서, 어두운 빛깔의 목재 장을 열고 번쩍이는 금으로 된 성물(聖物)을 훔쳤다는 것은 정말로 끔찍한 죄를 지은 것임이 틀림없다. 성체강복(聖體降福)이 있을 때면, 한 아이가 향로를 이리저리 흔들어 연기가 구름처럼 제단 양옆에서 피어오르고, 도미닉 켈리가 합창대에서 선창(先唱)으로 성가의 첫 부분을 시작하곤 했다. 그러는 사이 꽃들과 촛불들로 둘러싸인 제단 위의 성광으로 하느님을 모시곤 했다. 그런 성물을 훔치다니! 하지만 아이들이 성물을 훔쳤을 때에는 물론 그 안에 하느님은 없었다. 그래도 그것을 만지는 것만으로도 낯설고 끔찍한 죄였다. 그는 깊은 경외감에 사로잡혀 이에 대해 생각해보았다. 이는 정말 끔찍하고도 낯선 죄였다. 펜들이 종이 위를 스치면서 가볍게 사각사각 소리를 내는 사이, 조용히 이에 대한 생각을 하는 것만으로도 그에게는 소름이 끼쳤다. 장에서 성찬용 포도주를 훔쳐 마시고 냄새 때문에 발각되는 것 또한 죄였다. 하지만 그런 종류의 죄는 끔찍한 것도 아니고 낯선 것도 아니었다. 포도주 냄새 때문에 약간 메스껍다는 느낌이 드는 정도 이상은 아닐 것이다. 왜 그렇게 생각하는 걸까. 그가 성당에서 처음으로 영성체를 받아 모시던 바로 그

---

*인터넷 가톨릭 정보 천주교 용어 자료집에 의하면, 성광(聖光, monstrance)은 "성시간, 성체 강복이나 성체 거동 등의 특별한 성체 공경 예절 때 신자들이 성체를 보고 경배하도록 고안된 도구"이며, "가운데 둥근 부분에 성체를 안치하여 사용한다."

날, 눈을 꼭 감고 입을 벌려 혓바닥을 조금 내밀었었다. 이어서 교장 선생님이 몸을 숙여 그에게 성찬을 베풀려 했을 때 미사 때 마신 포도주 때문에 교장 선생님의 숨결에서는 희미한 포도주 냄새가 났었다. 포도주라는 말은 참으로 아름다운 말이었다. 지중해 연안 그리스에 있는 집들, 하얀 사원과도 같은 집들 바깥에서 익어가고 있는 포도의 색깔이 짙은 보랏빛이기 때문에, 포도주 하면 떠오르는 것은 짙은 보랏빛 색깔이었다. 하지만 교장 선생님의 숨결에서 느껴졌던 희미한 포도주 냄새 때문에 첫 영성체를 받아 모시던 날 아침 그는 메스꺼움을 느꼈다. 첫 영성체를 받아 모시는 날은 인생에서 가장 행복한 날이다. 언젠가 한 번 수많은 장군들이 나폴레옹에게 그의 인생에서 가장 행복했던 날이 언제냐고 물었다고 한다. 그들은 나폴레옹이 엄청난 전투에서 승리했던 날이나 황제로 즉위했던 날을 가장 행복했던 날이라고 말할 것이라 생각했다고 한다. 하지만 그는 이렇게 말했다 한다.

"제장(諸將)들, 내 인생에서 가장 행복했던 날은 첫 영성체를 받아 모시던 바로 그날이라오."

아놀 신부가 교실로 들어와 라틴어 수업이 시작되었다. 그는 팔짱을 낀 자세로 책상 위로 머리를 숙인 채 가만히 앉아 있었다. 아놀 신부가 작문 과제장을 아이들한테 돌려주면서 부끄러운 줄 알아야 할 것이라 말했다. 이어서 모두에게 과제물 내용을 고쳐준 대로 당장 다시 쓸 것을 명했다. 아무튼, 가장 형편없는 것은 플레밍의 것으로, 잉크 자국 때문에 과제장의 종이가 들러붙어 있었기 때문이었다. 아놀 신부는 그의 과제장 한 귀퉁이를 잡아 들어 올리고는 이런 식의 과제물을 제출한다는 것은 선생님을 모욕하는 것이나 다름없다고 말했다. 이어서

잭 로턴에게 명사 '마레(mare)'*의 격변화를 해보라고 했다. 잭 로턴은 탈격 단수형까지 열거한 다음 복수형을 시작하기 전에 말문이 막히고 말았다.

"부끄러운 줄 알아라." 아놀 신부의 말이 이어졌다. "이 반의 반장이면서 그 정도밖에 못하나!"

이어서 다음 아이를, 그리고 그 다음 아이를, 그리고 또 그 다음 아이를 차례로 지명했다. 그런데 아무도 제대로 답을 하지 못했다. 아놀 신부의 목소리가 점점 더 차분해졌다. 아이들이 격변화를 하려 하다가 제대로 못하는 일이 계속되면서 아놀 신부의 목소리는 더욱 더 차분해졌다. 하지만 목소리는 차분해져 있었으나, 얼굴 표정은 점점 더 험상궂게 변했고 눈빛은 점점 더 날카로워졌다. 이윽고 플레밍의 차례가 되었고, 플레밍이 그 단어에는 복수형이 없다고 말했다. 그러자 아놀 신부가 갑자기 책을 거칠게 덮더니 그에게 이렇게 소리쳤다.

"저기 교실 한가운데로 나가 꿇어앉아! 내 일찍이 너처럼 게으른 녀석은 본 적이 없다. 그리고 너희들은 뭐 하나? 과제물 내준 것을 다시 쓰지 않고 말이야!"

플레밍이 느린 동작으로 자기 자리에서 일어나 맨 뒤에 있는 두 의자 사이에 무릎을 꿇고 앉았다. 나머지 아이들은 과제장에 얼굴을 파묻고는 글을 쓰기 시작했다. 정적이 교실 안을 채우고 있었으며, 겁에 질린 채 아놀 신부의 어두운 표정을 흘끗 바라본 스티븐은 그의 얼굴이 노여움 때문에 약간 붉어져 있음을 감지할 수 있었다.

아놀 신부가 불끈 화를 내는 것은 죄일까. 아니면, 아이들이

---

*라틴어로 '바다.'

게으를 때는 불끈 화를 내서라도 공부를 열심히 하게 할 수 있다면 화를 내도 괜찮은 걸까. 그것도 아니면, 화를 내고 있지 않으나 겉으로만 그런 척하는 걸까. 아놀 신부는 성직자이고, 성직자라면 무엇이 죄인지 안다. 그리고 그런 이상 그는 죄를 짓지 않을 것이다. 따라서 그는 화를 내도 괜찮기 때문에 화를 내는 것이리라. 하지만 그가 어쩌다 한 번 실수로 죄를 짓는다면, 고해성사의 자리에 가기 위해 그는 무엇을 어떻게 할까. 아마도 그는 교감 선생님께 가서 고해성사를 하겠지. 그리고 만일 교감 선생님이 죄를 지으면 교장 선생님께 가서 고해성사를 하겠지. 그리고 교장 선생님이 죄를 지으면 그때는 관구장을 찾아가게 되겠지. 관구장이 죄를 지으면 예수회의 총장을 찾게 되겠지.* 그것이 이른바 위계질서라고 하는 것이었다. 그리고 그는 아버지가 그들은 모두 유능한 사람들이라 말하는 것을 들은 적이 있었다. 만일 그들이 예수회 신부가 되지 않았다면 그들은 모두 이 세상에서 아주 높은 지위의 사람들이 되었을지도 모른다. 만일 예수회 신부가 되지 않았다면 아놀 신부와 패디 배럿 선생님은 어떤 사람이 되었을까, 맥글레이드 선생님과 글리슨 선생님은 어떤 사람이 되었을까. 그것이 그는 궁금하기도 했다. 하지만 다른 사람이 된 그들의 모습을 상상하기란 어려웠다. 전혀 다른 색깔의 코트와 바지를 입고 있을 것이고 턱수염과 콧수염을 기를지도 모르며 또 전혀 다른 종류의 모자를

*여기에서 스티븐이 말하는 것은 예수회의 위계질서인데, 물론 스티븐의 말처럼 고해성사가 위계질서에 따라 이루어지는 것은 아니다. 한편, 예수회의 우두머리에 해당하는 사람을 '총장'이라 하며, 총장 아래에는 아일랜드와 같이 넓은 지역을 담당하는 '관구장'이 있다. 관구장 아래에는 작은 지역을 담당하는 사제가 있는데, 소설 속 클롱고우스 우드 칼리지의 교장은 학교 일을 관리하는 동시에 해당 지역을 담당하는 사제이기도 했다.

쓰고 있을지도 모르는 등, 전혀 다른 방식으로 그들의 모습을 상상해야 하기 때문이었다.

그때 문이 조용히 열렸다 닫혔다. 갑작스럽게 수군거리는 소리가 교실을 휩쓸었다. 학업 및 교무 담당 학감이었다. 다시금 즉시 쥐 죽은 듯 주위가 고요해졌고, 곧이어 맨 뒤쪽의 책상을 회초리로 치는 커다란 소리가 들렸다. 겁에 질린 스티븐의 맥박이 빨라졌다.

"아놀 신부님, 이 반에 매를 맞아야 할 친구가 있습니까?" 학업 및 교무 담당 학감이 소리쳐 말했다. "게으르게 빈둥거려 매를 맞아야 할 녀석이 혹시 이 반에 있나요?"

그가 교실 한가운데로 오자, 무릎을 꿇고 있는 플레밍이 그의 눈에 띄었다.

"하, 이게 누구야!" 그가 소리쳤다. "무릎을 꿇고 있는 이 친구가 누구지? 얘, 네 이름이 뭐니?"

"플레밍입니다."

"하, 플레밍이라고! 물론 게으름을 피운 녀석이겠지. 눈만 보아도 알 수 있어. 아놀 신부님, 이 녀석이 왜 무릎을 꿇고 있는 거지요?"

"그 녀석이 라틴어 작문 과제를 엉터리로 해 왔다오." 아놀 신부가 말했다. "게다가 문법 질문에 대해서도 뭐 하나 제대로 답을 하지 못했어요."

"물론 그랬을 겁니다." 학업 및 교무 담당 학감이 소리쳤다. "물론 그랬을 겁니다. 타고난 게으름뱅이 녀석이니까요. 눈가에 그렇게 씌어 있는 게 보이네요."

그가 회초리로 책상을 꽝 내리치더니 이렇게 소리쳤다.

"일어섯, 플레밍! 자, 일어서!"

플레밍이 천천히 일어섰다.

"자, 손 내밀어!" 학업 및 교무 담당 학감이 소리쳤다.

플레밍이 한쪽 손을 내밀었다. 회초리가 그의 손바닥에 닿는 순간 요란한 소리가 났다. 찰싹. 하나, 둘, 셋, 넷, 다섯, 여섯 번이나 찰싹이는 소리가 났다.

"다른 손 내밀어!"

회초리가 다시금 여섯 번이나 요란하게 찰싹이는 소리를 냈다.

"다시 무릎 꿇어!" 학업 및 교무 담당 학감이 소리쳤다.

플레밍이 양손을 겨드랑이에 넣고 조인 채 다시 무릎을 꿇었다. 그의 얼굴은 고통으로 일그러져 있었다. 하지만 스티븐은 그의 손바닥이 얼마나 단단한가를 알고 있었다. 플레밍은 항상 손바닥에 송진을 대고 문지르기 때문이었다. 하지만 회초리 소리가 엄청났던 것으로 보아 아마 끔찍이도 아플 것이다. 스티븐의 심장이 펄떡펄떡 빠르게 뛰고 있었다.

"자, 모두들 공부에 집중하도록!" 학업 및 교무 담당 학감이 다시 한 번 소리쳤다. "게으름 피면서 빈둥거리는 녀석들은 누구도 용서하지 않겠다. 빈둥거리면서 잔꾀나 부리는 녀석들은 용서할 수가 없어요! 자, 다시 말하지만, 모두들 공부에 집중하도록! 이 돌런 신부가 매일같이 너희들이 어떻게 공부하나 보러 올 것이다. 내일도 살펴보러 올 것이니 명심하도록 해라!"

그가 회초리로 옆에 앉아 있던 아이 하나를 쿡 찌르며 이렇게 말했다.

"얘, 너, 돌런 신부가 언제 다시 올 거라고 했지?"

"내일 온다고 하셨습니다." 톰 퍼롱의 목소리였다.

"내일 또 내일 그리고 또 내일*에도 올 것이다." 학업 및 교무 담당 학감이 말을 이었다. "그러니, 너희들, 단단히 각오하고 있어야 할 게다. 이 돌런 신부가 매일같이 올 거니까. 자, 즉시 쓰지 않고 뭣들 하나? 애, 넌 누구니?"

스티븐의 심장이 갑작스럽게 펄쩍 뛰었다.

"디덜러스입니다."

"왜 너는 다른 아이들처럼 쓰고 있지 않는 거지?"

"저는―, 제 안경이― "

놀라서 그는 말을 잇지 못했다.

"아놀 신부님, 이 애는 왜 글을 쓰고 있지 않죠?"

"그 애의 안경이 망가졌대요." 아놀 신부가 설명했다. "그래서 그 애한테는 쓰기를 면제해준 겁니다."

"망가졌다고? 망가졌다고 했나? 그래, 네 이름이 뭐라고 했지?" 학업 및 교무 담당 학감이 물었다.

"디덜러스입니다."

"디덜러스, 이리로 나와라. 잔꾀나 부리는 이 게으른 녀석! 네 얼굴에 잔꾀를 부린다고 써 있는 게 내 눈엔 다 보인다. 어디서 안경을 망가뜨렸나?"

두려움과 조급함 때문에 눈앞이 캄캄해진 채 스티븐이 비틀거리며 교실 한가운데로 나왔다.

"어디서 안경을 망가뜨렸냐니까?" 학업 및 교무 담당 학감이 되풀이해서 물었다.

"석탄재가 덮여 있는 길에서 망가뜨렸습니다."

"호, 그래요? 석탄재가 덮여 있는 길이라!" 학업 및 교무 담당 학감이 소리쳤다. "네 녀석이 무슨 꾀를 부리는지 알겠다."

놀란 스티븐이 눈을 들어 잠깐 동안 돌런 신부의 회백색을

---

*셰익스피어의 《맥베스》 5막 5장 18절에 나오는 맥베스의 독백에 담긴 표현.

띤 젊지 않은 얼굴을 바라보았다. 대머리가 진 회백색 머리 아래쪽 양옆으로 머리털이 보풀이 일어나 있듯 덮여 있는 것이 보였으며, 철제로 된 안경테와 안경을 통해 내려다보고 있는 특징 없는 색깔의 눈동자가 눈에 띄기도 했다. 꾀를 부리는 것을 알고 있다고 말하는 이유는 무엇일까.

"게으름이나 피우고 빈둥거리기나 하는 이 돼먹지 못한 녀석!" 수업 담당 학감이 고함쳤다. "안경을 망가뜨렸다고? 그런 낡은 수법의 잔꾀로 나를 속이겠다니! 당장 손바닥 내놓지 못하겠나!"

스티븐이 눈을 질끈 감고 손바닥을 위로 한 채 떨리는 손을 허공 속으로 내밀었다. 그는 학업 및 교무 담당 학감이 굽혀져 있는 그의 손가락들을 펴기 위해 잠시 그의 손에 자기 손을 갖다 대는 것을 느꼈고, 이윽고 그가 손바닥을 내려치기 위해 회초리를 치켜드는 순간 수단의 소매가 휙 소리를 내며 움직이는 것을 느낄 수 있었다. 불에 덴 듯 화끈하고 찌른 듯 아프고 얼얼한 매질—그러니까 막대기가 우지끈 소리를 내며 부러질 때를 떠올리게 하는 격렬한 매질—이 그의 떨고 있는 손을 불 속에 던져진 낙엽처럼 오그라들게 했다. 그리고 그 소리와 통증 때문에 그의 눈으로 뜨거운 눈물이 치밀어 흘러나왔다. 그의 온몸은 겁에 질려 떨고 있었으며, 그의 팔도 떨리고 있었고, 화끈거리는 통증 때문에 오그라든 그의 멍든 손이 허공에 던져진 낙엽처럼 심하게 떨고 있었다. 울음이, 그만 벗어나게 해달라는 기도가 그의 입가에 샘솟듯 저절로 터져 나오려 했다. 그렇지만 그는 뜨거운 눈물을, 그의 목을 뜨겁게 달구고 있는 울음을 억눌러 참았다. 비록 눈물이 그의 눈을 뜨겁게 달구고 통증과 두려움 때문에 그의 사지가 사시나무 떨듯 떨리고 있었지만 말이다.

"다른 손을 내밀어!" 학업 및 교무 담당 학감이 소리쳤다.

스티븐은 제 기능을 못하게 된 떨리는 오른쪽 팔을 거둬들이고 왼쪽 팔을 앞으로 내밀었다. 학감이 회초리를 치켜들 때 다시 옷소매가 휙 움직이는 소리가 났고, 이어서 요란한 소리가 찰싹 났다. 곧이어 모진 통증이, 정신을 잃게 할 만큼 얼얼한 통증이, 불에 덴 듯 격심한 통증이 그의 손을 오그라들게 했으며, 손바닥과 손가락은 떠는 것 이외에는 아무것도 못하는 살덩이가 되고 말았다. 뜨거운 눈물이 그의 눈에서 솟구쳐 흘러나왔으며, 수치심과 고통과 두려움의 불길에 휩싸인 채 그는 공포에 질려 있는 팔을 거둬들이고는 고통에 찬 비명을 내지르고 말았다. 그의 몸은 공포에 질려 마비된 채 떨고 있었고, 수치심과 분노에 젖어 있던 그는 뜨거운 울음이 그의 목구멍에서 터져 나오고 있음을, 그리고 그의 눈에서 뜨거운 눈물이 흘러내려 타는 듯 뜨거운 뺨을 적시고 있음을 느꼈다.

"꿇어앉아!" 학업 및 교무 담당 학감이 다시 한 번 소리쳤다.

스티븐은 매 맞은 손으로 양쪽 옆구리를 누른 채 재빨리 무릎을 꿇고 앉았다. 매를 맞아 통증에 시달리고 있는 부어오른 양손을 생각하노라니, 손이 마치 자기 손이 아니고 다른 사람의 손이어서 너무나 가엽다고 느끼기라도 하듯 자신의 손이 가엽다는 생각이 들기도 했다. 그는 무릎을 꿇고 앉은 자세로 목구멍에서 치밀어 오르는 훌쩍임을 진정시키는 동시에 양옆구리를 짓누르고 있는, 불에 덴 듯 화끈거리고 얼얼한 통증을 되새김하는 동안, 손바닥을 위로 한 채 허공 속으로 내밀었던 자신의 양손을 떠올려보기도 했고, 자신의 떨리는 손가락들을 바로 하기 위해 학업 및 교무 담당 학감이 갖다 대었던 손의 단단한 느낌을 떠올려보기도 했다. 그리고 이제는 매를 맞아 빨갛게 부어오른 살덩이와 다름없어진 손바닥과 손가락들을, 허공 속에서 힘없이 떨고 있던 바로 그 손바닥과 손가락들을 떠올려보기도 했다.

"너희들 모두 한눈 팔지 말고 공부에 전념하기 바란다." 학업 및 교무 담당 학감이 교실 문을 나서며 소리쳤다. "이 돌런 신부가 매일 같이 올 것이다. 게으름을 피고 빈둥대는 등 매를 맞기 원하는 녀석이 있나 없나를 확인하기 위해서 말이다. 매일같이. 매일 같이 올 것이다."

그가 나가고 문이 닫혔다.

숨을 죽이고 있던 아이들이 계속해서 과제물을 베껴 쓰고 있었다. 아놀 신부가 자리에서 일어나더니 아이들 사이를 돌아다니며, 부드러운 어투로 아이들의 과제물 베껴 쓰기를 도와주기도 했고 아이들이 실수를 하면 어떤 실수를 했는지 말해주기도 했다. 그의 목소리는 아주 점잖고 부드러웠다. 이윽고 그가 자기 자리로 돌아가 앉더니 플레밍과 스티븐에게 이렇게 말했다.

"이제 너희들 두 사람 자리에 돌아가 앉아라."

플레밍과 스티븐이 일어나서 자기들 자리로 걸어가 앉았다. 수치심으로 얼굴이 발갛게 달아올라 있는 스티븐은 힘 빠진 손으로 얼른 책을 펼치고는 고개를 숙여 얼굴을 책에 바싹 댔다.

의사 선생님이 안경 없이는 책을 읽지 말라고 했고, 그날 아침 새로운 안경을 보내달라고 아버지에게 편지를 써서 부치기까지 했다는 점을 생각하면, 공평치 못하고 야만적인 처사였다. 아놀 신부가 새로운 안경이 올 때까지 공부를 하지 않아도 된다고 했다. 반에서 항상 1등 아니면 2등을 하고, 요크 편의 지도자쯤 되는 그가 아이들 앞에서 잔꾀나 부리는 녀석으로 낙인찍히고 회초리로 매를 맞다니! 어떻게 학업 및 교무 담당 학감이 그에게 잔꾀를 부린다고 단정해 말할 수 있단 말인가. 그의 손을 바로 하기 위해 학업 및 교무 담당 학감이 그의 손에 손가락을 갖다 대는 것이 느껴졌을 때, 그의 손가락이 부드럽고 단단하여 처음에는 그가 악수를 하려는 것이라 생각했었다. 하지만 곧 학감이 입고 있던 수단의 옷소매가 휙 움직이는 소리가 났고 찰싹 매질하는 소리가 들렸다. 매질한 다음 교실 한가운데서 무릎을 꿇고 앉아 있게 하다니, 공평치 못하고 야만적인 처사였다. 게다가 아놀 신부까지도 그와 플레밍 사이에 아무런 차이도 두지 않은 채 똑같이 둘 다 자리로 돌아가도 좋다고 했다. 그는 아놀 신부가 학생들의 과제를 고쳐주고 있을 때 들리는 낮고 온화한 목소리에 귀를 기울였다. 아마도 지금쯤 미안하다는 생각이 들어 점잖은 태도로 아이들을 대하고 있는지도 모르겠다. 그렇지만 그것은 여전히 공평치 못하고 야만적인 처사였다. 학업 및 교무 담당 학감은 사제였지만, 그래도 그것이 여전히 공평치 못하고 야만적인 처사이긴 마찬가지였다. 그리고 그의 회백색 얼굴과 철제 테로 된 안경을 통해 바라보던 특징 없는 그의 눈도 무자비해 보이기는 마찬가지였다. 무엇보다 먼저 단단하고 부드러운 손가락으로 그의 떨리는 손을 바로 한 것도 더욱 효과적으로 또한 더 요란한 소리가 나게 때리기 위한 것이었다는 점에서 보면 그렇다.

"정말이지, 이건 말도 안 되는 비열한 짓거리야. 아무 잘못도 하지 않은 애를 마구 매질하다니 말이야." 아이들이 줄을 지어 교실에서 나와 식당으로 가는 도중, 복도에서 플레밍이 말했다.

"얘, 정말로 사고 때문에 안경이 부서진 거, 맞니? 정말이냐?" 심술쟁이 로치가 물었다.

스티븐은 앞서 말한 플레밍의 말에 가슴이 꽉 막힌 듯 답답해져 대답할 수가 없었다.

"물론이지." 플레밍이 대신 대답을 해주었다. "나 같으면 참지 않을 거야. 교장 선생님한테 가서 다 말해버릴 거야."

"맞아, 그래야 해." 세실 선더가 열을 내며 말했다. "그리고, 내가 봤는데, 그가 회초리를 어깨 높이 이상으로 치켜들었어. 그건 규칙 위반이야."

"많이 아팠니?" 심술쟁이 로치가 물었다.

"많이 아팠어." 스티븐이 대답했다.

"나 같으면 참지 않을 거야." 플레밍이 같은 말을 되풀이했다. 그 대머리가 그랬건, 딴 대머리가 그랬건, 난 참지 않을 거야. 정말이지, 이건 말도 안 되는 비열한 짓거리야. 나 같으면 저녁을 먹고 곧장 교장실로 달려가서 죄다 말해버릴 거야."

"그래, 그렇게 해라. 그렇게 하는 게 좋겠다." 세실 썬더가 말했다.

"그래, 그렇게 해라. 가서 교장 선생님께 죄다 말하는 게 좋겠다, 디덜러스." 심술쟁이 로치가 말했다. "너를 매질하기 위해 내일 다시 오겠다고 했잖아."

"그래, 그래. 교장 선생님께 말하는 게 좋겠다." 모든 아이들이 이구동성으로 말했다.

그런데 2급 문법반 아이들 몇몇이 이런 이야기가 오고가는 것을 듣고 있다가, 그 가운데 한 아이가 나서서 이렇게 말했다.

"원로원과 로마의 시민들은 디덜러스가 부당하게 처벌받았음을 선언하노라."

그것은 부당한 처벌이었다. 공평치 못하고 야만적인 처사였다. 식당에 앉아 있는 동안, 그는 어쩌다 한 번씩 자기가 받은 모욕을 기억 속에 되살리고는 그때마다 고통에 시달려야 했다. 그러다가 마침내 그는 자신의 얼굴 모습에서 잔꾀나 부리는 녀석처럼 보이게 하는 무언가가 정말로 있는 것은 아닐까 생각하기도 했고, 작은 거울이 있어 자신의 모습을 들여다보았으면 좋겠다 생각하기도 했다. 하지만 그럴 리가 없었다. 그가 받은 벌은 부당한 것이었고 공평치 못한 것이었으며 야만적인 것이었다.

사순절 기간 동안* 수요일마다 나오는 거무스레한 생선 튀김이 목에 넘어가지 않았다. 게다가 그가 받은 감자들 가운데 하나에는 삽에 찍힌 자국이 그대로 남아 있었다. 그래, 친구들이 그에게 충고한대로 하자. 교장 선생님에게 가서 그가 부당하게 처벌을 받았다고 이야기하자. 역사에서 보면 옛날에도 누군가가 그와 같은 일을 한 적이 있었다. 그의 얼굴 형상이 역사책에 나와 있는 어떤 위대한 인물이 그렇게 한 적이 있었다. 그러면 교장 선생님이 그가 부당하게 처벌을 받았다는 선언을 해줄 것이다. 원로원과 로마의 시민들이 항상 부당하게 처벌을 받았다고 신고한 사람들이 부당하게 처벌받았음을 선언했듯이 말이다. 그들은 리치멀 맥널의 《문제집》**에 그 이름이 나와 있는 그런 위대한 인물들이었다. 역사는 다 그런 위대한 인물들과 그런 위대한 인물들이 한 일에 관한 이야기였고, 그리스

---

*사순절은 부활주일 전 40일 동안 이어지는 참회와 고난의 기간이라 할 수 있는데, 이 기간에 사람들은 금욕과 금식 또는 절식을 실천한다. 이 경우는 육류 대신 생선을 먹음으로써 절식을 실천하는 예라 할 수 있다.
**19세기에 널리 교과서로 사용되었던 리치멀 맹널(Richmal Mangnall, 1769~1820)의 《청소년을 위한 역사 및 기타 주제에 관한 문제집(Historical and Miscellaneous Questions for the Use of Young People)》(1800)을 말한다. 조이스는 맥널(Magnall)이라 표기하고 있는데, 이는 잘못된 것이다.

와 로마에 관한 피터 팔리의 《이야기 모음집》*도 다 그런 사람들에 관한 이야기로 차 있었다. 그 책에는 피터 팔리 자신의 사진이 첫 페이지에 나와 있었다. 황야 위로 길이 나 있었고 길가 양쪽은 풀과 작은 관목으로 덮여 있었다. 그 길을 따라 피터 팔리는 개신교 목사와 같이 챙이 넓은 모자를 쓰고 커다란 지팡이를 든 채, 로마와 그리스를 향해 빠른 걸음으로 걸어가고 있었다.

그가 해야 할 일은 간단했다. 저녁 식사가 끝난 다음 그의 차례가 되어 식당에서 나오면, 복도를 향해 걸어가는 것이 아니라 오른쪽에 있는 계단을 따라 올라가 성으로 가기만 하면 되는 것이었다. 해야 할 일은 그것이 전부였다. 오른쪽으로 몸을 돌려 빠른 걸음으로 계단을 타고 올라가면 30초가량의 시간 안에 천장이 낮은 데다가 어둡고 좁은 복도에 들어설 것이다. 그 복도를 지나 성으로 가면 교장 선생님의 방이 나온다. 게다가 모든 아이들이 부당한 일이었다고 말하지 않았던가. 심지어 원로원과 로마의 시민에 관해 이야기했던 2급 문법반 아이도 부당한 일이라 하지 않았던가.

그러면 어떤 일이 일어날까. 그는 식당의 가장 위쪽에 앉아 있던 상급반 아이들이 일어서는 소리를 들었고, 양탄자 위를 걸어 아래로 내려오고 있음을 알리는 발소리를 들었다. 패디 래스, 지미 매기, 스페인에서 온 아이, 포르투갈에서 온 아이가 차례로 내려오고, 글리슨 선생님한테 매를 맞게 되어 있다는 덩치 큰 코리건이 다섯 번째로 내려왔다. 그 일 때문에, 학

---

*피터 팔리(Peter Parley)는 새뮤얼 굿드리치(Samuel Goodrich, 1769~1820)의 필명이며, 그는 청소년을 위해 《피터 팔리의 고대 로마 이야기 모음집(Peter Parley's Tales about Ancient Rome, 1833)》 및 그와 유사한 제목의 책들을 출간한 바 있다.

업 및 교무 담당 학감이 그를 잔꾀나 부리는 녀석으로 낙인찍은 것이고, 아무런 이유도 없이 매를 때린 것이었다. 눈물을 흘려 피로해진 약한 시력의 눈을 바짝 긴장시킨 채, 그는 덩치 큰 코리건이 줄을 지어 나가는 동안 그의 넓은 어깨와 고개를 숙이고 있는 검은빛 머리칼로 덮인 그의 커다란 머리를 쳐다보았다. 하지만 그가 무언가 일을 저질렀다 했다. 그런데도 글리슨 선생님이 그를 심하게 매질하지 않을 것이라니! 그는 덩치 큰 코리건을 목욕탕에서 본 적이 있었던 것을 기억해냈다. 그의 피부는 목욕탕 끄트머리 옅은 곳에 고여 있던 이탄 빛깔의 물과 똑같은 빛깔을 띠고 있었다. 그리고 그가 목욕탕 주변을 따라 물에 젖은 타일 위를 걸어 다닐 때 그의 발 아래서는 철버덕거리는 소리가 요란하게 났으며, 걸음을 옮길 때마다 허벅지가 약간씩 흔들렸는데 이는 그가 뚱뚱하기 때문이었다.

이윽고 아이들이 빠져나가고 식당 안에는 원래 있던 아이들의 절반가량밖에 남아 있지 않게 되었으며, 여전히 아이들이 줄을 지어 밖으로 나가고 있었다. 식당 문밖에는 사제든 학감이든 누구도 나와 있던 적이 한 번도 없었기 때문에 그는 방해를 받지 않고 계단을 따라 올라갈 수 있을 것이었다. 하지만 그는 갈 수가 없었다. 교장 선생님이 학업 및 교무 담당 학감 편을 들어 그가 하는 말을 학생들이 으레 동원하는 속임수라 생각할지도 몰랐다. 그리고 학업 및 교무 담당 학감이 여전히 매일같이 교실로 찾아와서, 사태는 더욱 악화되는 쪽으로 진행될 뿐 나아지지 않을 수도 있었다. 왜냐하면 자기 때문에 교장 선생님을 찾아간 아이라면 누구한테든 그가 끔찍할 만큼 불같이 화를 낼 수도 있을 것이기 때문이었다. 아이들이 그에게 교장 선생님을 찾아가라 하지만 그 아이들 가운데 누구도 나서서 교장 선생님에게 가려 하지는 않을 것이다. 아이들은 그 일에 관해 벌써 다 잊었을 것이다. 그렇다, 그 일에 관해 다 잊어버리는 것이 상책이다. 그리고 어쩌면 학업 및 교무 담당 학감이 다만 말로만 매일같이 오겠다고 했는지도 모른다. 그렇다, 눈에 띄지 않도록 숨어버리는 것이 상책이다. 아직 작고 어릴 때는 때때로 그런 방식으로 사태를 모면할 수도 있기 때문이다.

같은 식탁에 앉아 있던 아이들이 자리에서 일어났다. 그도 일어서서 차례로 줄을 지어 움직이는 그들 사이에 끼어 식당 밖으로 나왔다. 그는 결정을 해야만 했다. 이제 문 가까이까지 다 왔다. 만일 아이들과 함께 가면 그는 결코 교장 선생님에게 갈 수 없을 것이다. 왜냐하면, 그 일로 해서 나중에 운동장을 떠날 수는 없을 것이기 때문이었다. 그리고 만일 그가 교장 선생님에게 찾아갔는데도 여전히 전과 다름없이 회초리로 매를 맞게 된다면 아이들이 그를 웃음거리로 여길 것이며, 디덜러스라는 순진한 아이가 학업 및 교무 담당 학감이 한 일을 일러바치려고 교장 선생님한테 찾아갔다는 말을 수군거릴 것이었다.

그는 양탄자를 따라 걷고 있었으며, 바로 눈앞에 문이 있는 것을 보았다. 불가능했다. 그는 할 수가 없었던 것이다. 학업 및 교무 담당 대머리 학감이 특색 없는 색깔의 잔인한 눈으로 그를 쳐다보던 모습이 생각났고, 두 번이나 자신의 이름을 물어보던 그의 목소리가 귀에 들리는 듯도 했다. 처음에 스티븐이 자기 이름을 밝혔을 때 학감이 왜 그의 이름을 기억하지 못했던 것일까. 처음에는 그가 귀를 기울이지 않았던 것일까. 아니면, 그의 이름이 이상하다고 하여 이를 웃음거리로 삼은 것일까. 역사에 등장하는 위대한 인물들을 보면 그와 마찬가지로 이상한 이름을 갖고 있었지만, 누구도 그걸 갖고 웃음거리로 삼지는 않았다. 만일 그가 이름을 웃음거리로 삼고자 한다면, 자기 이름이나 웃음거리로 만들어야 할 것이다. '돌런'이라니? 빨래나 하는 여자 이름 같지 않은가.

그는 드디어 문이 있는 곳까지 왔다. 식당 문을 나서자 그는 곧 오른쪽으로 몸을 돌려 계단을 따라 올라갔다. 그리고 되돌아가야겠다고 마음을 먹기도 전에 이미 성으로 이어지는 천장이 낮고 어두운 복도로 들어섰다. 복도에 있는 문의 턱을 넘어서면서 그는 뒤를 돌아보지 않고서도 모든 아이들이 줄지어 가면서 자기를 건너다보고 있다는 것을 알았다.

그는 좁고 어두운 복도를 따라 갔다. 그러는 동안 그 공동체의 성직자들이 공동 생활을 하는 방으로 통하는 문들 앞을 지나치기도 했다. 그는 계속 자신의 앞쪽과 좌우를 살피면서 어둠을 헤치고 앞으로 나아갔다. 앞으로 나아가면서 그는 좌우 양쪽 벽에 무언가가 걸려 있는 것을 보고 초상화들일 것이라 생각했다. 주위는 어둡고 고요했으며, 시력이 좋지 않은 데다가 눈물을 흘려 눈이 피로해 있었기 때문에 그는 주위를 제대로 볼 수 없었다. 하지만 그는 그것들이 자신이 지나가는 동안 자신을 조용히 내려다보고 있는 수도회의 성인들과 위대한 인물들의 초상화일 것이라 생각했다. 펼쳐놓은 책을 든 채 그 안에 쓰여 있는 '아드 마이요렘 데이 글로리암'*이라는 말을 가리키고 있는 성 이냐시오 로욜라, 자신의 가슴을 가리키고 있는 성 프란치스코 하비에르, 각 학급의 학감들처럼 머리에 사각모를 쓰고 있는 로렌조 리치의 초상화일 것이고, 또 젊었을 때 죽음을 맞이했기 때문에 모두가 젊은이의 얼굴로 그려져 있는 성

*"Ad Majorem Dei Gloriam": "하느님의 더 큰 영광을 위하여"의 뜻을 지닌 라틴어 표현으로, 예수회의 좌우명.

스타니슬라우스 코스트카, 성 알로이시우스 곤사가, 복자(福者) 얀 베르크만스와 같이 경건한 젊은이들을 위한 세 분 수호 성인의 초상화일 것이다. 그리고 커다란 외투를 두른 채 의자에 앉아 있는 피터 케니 신부의 초상화일 것이다.*

그는 현관을 향해 내려가는 계단의 중간 지점에 있는 층계참에 이르러 주변을 살폈다. 그곳이 바로 해밀턴 로원이 지나갔던 자리로, 병사들이 쏘았던 총탄의 흔적이 있었다. 그리고 그곳이 바로 늙은 하인들이 백색 망토를 걸친 사령관의 유령을 보았던 바로 그 지점이었다.

층계참 끄트머리에서 늙은 하인 하나가 빗자루로 바닥을 쓸고 있었다. 스티븐이 그에게 교장 선생님 방이 어디에 있는가를 물었다. 그러자 늙은 하인이 저 멀리 끝에 있는 문을 가리켰다. 그리고 그는 스티븐이 그곳을 향해 다가가 문을 두드리는 것을 내내 지켜보았다.

문을 두드렸지만 반응이 없었다. 그가 다시 한 번 좀 더 크게 문을 두드리자, 방 안에서 둔탁한 소리가 새어나왔다. 그 소리를 듣는 순간 스티븐의 심장이 펄떡펄떡 뛰었다.

"네, 들어오세요."

그가 손잡이를 쥐고 돌려 문을 열었다. 그런 다음 문 안쪽에

---

*성 이냐시오 로욜라(Ignacio de Loyola, 1491~1556): 1540년 로마 교황청으로부터 인가를 받고 예수회를 설립한 스페인 출신의 사제. 성 프란치스코 하비에르(Francisco Javier, 1506~1552)는 현재의 스페인 북부 지방 귀족 가문의 출신으로, 로욜라를 도와 예수회를 설립한 로욜라의 제자. 로렌조 리치(Lorenzo Ricci, 1703~1775)는 예수회 18대 총장을 역임한 이탈리아 출신의 예수회 사제. 성 스타니슬라우스 코스트카(Stanislaus Kostka, 1550~1568), 성 알로이시우스 곤사가(Aloysius Gonzaga, 1568~1591), 얀 베르크만스(Jan Berchmans, 1599~1621) 복자(福者)는 16세기와 17세기의 예수회 성인들로, 출신 지역은 각각 폴란드, 이탈리아, 네덜란드. 피터 케니(Peter Kenney, 1779~1841)는 클롱고우스 우드 칼리지를 창설한 더블린 출신의 예수회 사제. 소설의 본문에서 조이스는 피터 케니의 이름을 'Kenny'로 잘못 표기하고 있다.

있는 녹색 모직 천으로 된 커튼식 문의 손잡이를 더듬어 찾았다. 마침내 손잡이를 찾아 이를 밀어 열고 안으로 들어갔다.

책상 앞에 앉아 글을 쓰고 있는 교장 선생님이 보였다. 그의 책상 위에는 해골*이 하나 있었으며, 마치 오래된 가죽 의자에서 나는 것과도 같은 생소하고도 근엄한 냄새가 방안을 감돌고 있었다.

그가 들어와 있는 공간의 근엄한 분위기와 방 안의 고요함에 압도당하여 그의 심장이 빠르게 뛰고 있었다. 그는 책상 위에 놓여 있는 해골과 온화한 표정을 짓고 있는 교장 선생님의 얼굴을 번갈아 바라보았다.

"어이구, 이거 어린 학생 방문객이로군. 무슨 일로 왔지?" 교장 선생님이 물었다.

스티븐이 목을 꽉 메우고 있는 것을 삼키고는 이렇게 말했다.

"교장 선생님, 제 안경이 망가졌습니다."

교장 선생님이 입을 열어 이렇게 말했다.

"아, 그래?"

이윽고 그가 얼굴에 웃음을 띤 채 이렇게 말했다.

"만일 안경이 망가졌다면, 집에 편지를 해서 새 안경을 보내 달라고 해야겠지."

"집에 편지를 써서 보냈습니다." 스티븐이 말을 이었다. "그리고요, 아놀 신부님께서 안경이 올 때까지 공부를 하지 않아도 된다 하셨습니다."

"물론 그렇게 해야지." 교장 선생님이 말했다.

스티븐이 목을 꽉 메우고 있는 것을 다시 한 번 꿀꺽 삼키고

*전통적으로 해골은 언제라도 죽음을 맞이할 영적 준비를 하라는 경고를 담는 '죽음의 상징'(메멘토 모리[Memento Mori])의 역할을 해 왔다.

는 떨리는 다리와 목소리를 진정시키려 애를 썼다.

"그런데, 교장 선생님."

"그래, 뭔데?"

"돌런 신부님이 오늘 교실에 들어오셔서 저에게 매질을 했습니다. 제가 과제물 쓰기를 하지 않는다고요."

교장 선생님이 말없이 그를 바라보았다. 그러자 그는 피가 얼굴로 몰려 올라오고 눈물이 눈가로 치밀어 올라오고 있음을 느낄 수 있었다.

교장 선생님의 말이 이어졌다.

"네 이름이 디덜러스지? 그렇지?"

"네, 맞습니다."

"어디에서 안경을 망가뜨렸는데?"

"석탄재가 덮여 있는 길에서입니다. 어떤 애가 자전거 보관소에서 갑자기 튀어나와 부딪치는 바람에 제가 넘어졌고, 그래서 안경을 망가뜨렸습니다. 그 애 이름은 뭔지 모르겠습니다."

교장 선생님이 다시금 말없이 그를 바라보았다. 그리고 웃음 띤 표정을 얼굴에 담은 채 이렇게 말했다.

"아, 그래, 선생님께서 실수를 하셨군. 정말이지, 돌런 신부님이 모르고 그러셨을 게다."

"하지만 제가 신부님께 안경이 망가졌다고 말씀드렸습니다. 그런데도 저를 때리셨어요."

"새 안경을 보내달라고 집에다 편지를 보낸 사실을 말씀드렸니?" 교장 선생님이 물었다.

"아니요."

"아, 그렇구나." 교장 선생님이 말을 이었다. "돌런 신부님이 잘 모르고 그러셨던 거겠지. 며칠 동안 과제물을 하지 않아도 된다고 내가 너에게 허락했다는 것을 선생님께 말씀드리도록 해라."

몸과 마음이 떨리는 것 때문에 말문이 막힐까 봐 걱정이라도 되는 듯 스티븐이 재빨리 이렇게 말했다.

"그런데, 교장 선생님, 돌런 신부님께서 내일도 오셔서 제가 과제물을 하지 않으면 다시 또 회초리로 때리겠다고 말씀하셨습니다."

"아, 그래?" 교장 선생님의 말이 이어졌다. "그건 실수로 그렇게 말씀하신 거고, 내가 직접 돌런 신부님께 말씀드려주마. 이제 됐니?"

스티븐이 눈에서 눈물이 솟아오르는 것을 느꼈다. 곧 그는 이렇게 말했다.

"알겠습니다, 교장 선생님. 감사합니다."

교장 선생님이 해골이 놓여 있는 책상의 한쪽 편 너머로 손을 내밀었다. 잠시 동안 교장 선생님의 손에 자신의 손을 맡긴 스티븐은 교장 선생님의 손이 축축하고 차갑다는 것을 느낄 수 있었다.

"자, 그럼 잘 가거라." 교장 선생님이 손을 거둬들이고 고개를 끄덕여 작별 인사를 하며 말했다.

"교장 선생님, 안녕히 계십시오." 스티븐이 말했다.

그가 고개 숙여 인사를 한 다음, 조심스럽게 천천히 교장 선생님의 사무실 문을 닫고는 조용히 밖으로 나왔다.

하지만 층계참에 있던 늙은 하인의 곁을 스쳐 지나 다시금 천장이 낮은 데다가 어둡고 좁은 복도에 들어서자 그는 점점 더 빠르게 걷기 시작했다. 그는 흥분된 상태에서 걸음걸이의 속도를 점점 더 높여 마침내 어둠을 벗어났다. 마지막 문에 팔꿈치를 부딪힌 그는 서둘러 계단을 따라 내려간 다음 재빨리 두 개의 복도를 지나 밖으로 나왔다.

그는 운동장에서 아이들이 소리치는 것을 들을 수 있었다. 그는 냅다 달려, 3급반 아이들이 놀고 있는 운동장에 이르렀다.

아이들이 그가 달려오는 것을 보았다. 아이들이 모여들어 둥그렇게 그를 에워쌌다. 좀 더 가까이에서 그의 말을 들으려고 서로 밀치면서.

"뭐라고 하셨냐? 궁금하다, 궁금해!"

"교장 선생님이 뭐라 하셨니?"

"교장실에 들어갔었냐?"

"교장 선생님이 뭐라 하셨어?"

"뭐라 하셨냐? 궁금하다, 궁금해!"

그는 자기가 교장 선생님께 어떤 말을 했는지, 그리고 교장 선생님이 그에게 뭐라 하셨는지를 그들에게 말해주었다. 스티븐의 말을 듣고는 모든 아이들이 모자를 벗어 하늘 높이 감아 던져 올리면서 환성을 질렀다.

"만세!"

빙글빙글 돌며 떨어지는 모자를 잡아 다시금 하늘 높이 감아 던져 올리면서 다시금 환성을 질렀다.

"만세! 만세!"

아이들이 서로 손을 엮어 손가마를 만든 다음, 그를 그 위에 태우고는 이리저리 돌아다녔다. 그가 몸부림쳐 빠져나올 때까지 아이들은 계속 그렇게 했다. 그리고 그가 빠져나오자 아이들이 사방으로 흩어지면서 다시 한 번 공중 높이 모자를 감아 던져 올렸다. 모자가 빙글빙글 돌며 올라가는 동안 아이들은 휘파람을 불기도 하고 환성을 지르기도 했다.

"만세!"

그런 다음 대머리 돌런 신부에게는 세 마디의 신음소리를, 콘미 교장 선생님*에게는 세 마디의 환성을 보냈다. 그리고 아이들은 콘미 선생님은 클롱고우스 우드 칼리지를 이끌었던 교장 선생님 가운데 가장 점잖은 분이라 말하기도 했다.

환성이 부드러운 잿빛 하늘 속으로 흩어져 자취를 감췄다. 이제 그는 혼자 남게 되었다. 그에게 행복하고 홀가분하다는 느낌이 들었다. 하지만 그는 돌런 신부 앞에서 우쭐해하지 않을 것이다. 그는 아주 조용하고 순종적인 아이가 될 것이다. 그리고 자신이 우쭐해하지 않는다는 것을 보여 줄 수 있도록 돌런 신부에게 무언가 착한 일을 할 수 있다면 좋겠다 생각했다.

잿빛을 띠고 있는 대기는 부드럽고 온화했다. 저녁이 다가오고 있는 것이었다. 대기에서 저녁의 냄새가 느껴졌다. 아이들과 함께 바턴 소령**의 농장까지 산보를 나갔다가 거기에서 순무를 뽑아 껍질을 벗겨 먹었을 때 시골의 밭에서 나던 그런 냄새가, 그 농장의 정자 건너편 쪽 오배자(伍倍子)***들이 달려 있는 키 작은 나무들의 숲 사이에 있었을 때 나던 그런 냄새가 느껴졌던 것이다.

아이들이 크리켓 공을 가지고 멀리 던지기 연습을 하거나 커브 공이나 느린 공 던지기 연습을 하고 있었다. 부드러운 잿빛 고요 속에서 그는 공이 바닥에 부딪힐 때 나는 소리를 들

---

*14쪽의 역주에서 밝혔듯, 콘미 신부는 조이스가 클롱고우스 우드 칼리지에서 공부할 때의 교장 선생님으로, 조이스는 그를 대단히 존경했었다 한다.
**버트람 F. 바턴(Bertram F. Barton): 당시 킬데어 카운티의 유지급 인사였으며, 그의 사유지가 클롱고우스 우드 칼리지에서 약 4킬로미터 떨어진 곳에 있었다.
***떡갈나무 또는 그 외의 나무에 벌레가 기생하여 된 혹 모양의 벌레집으로, 약이나 물감 원료로 사용되기도 한다.

을 수 있었다. 그리고 여기저기에서 크리켓 방망이로 공을 치
는 소리가 고요한 대기를 뚫고 울려 퍼지는 것을 들을 수 있었
다. 픽, 팩, 폭, 퍽 소리가 나는 것이, 마치 넘치듯 찰랑찰랑 물
이 차 있는 분수대 위로 솟은 물이 천천히 아래로 떨어질 때 나
는 소리처럼 들렸다.

제2장

찰스 아저씨가 밧줄 모양으로 꼬아 만든 독한 담배를 피웠기 때문에, 하고 싶은 말은 참지 못하는 성격의 그의 조카가 마침내 그에게 아침 녘에 피우는 담배는 정원 끄트머리에 있는 자그마한 헛간에 가서 즐길 것을 제안했다.

"그렇게 하세, 사이먼. 문제될 거 없지." 노인이 차분하게 말을 이었다. "자네가 좋다고 하는 곳이면 어느 곳이라도 괜찮네. 헛간은 나한테 아주 편한 곳이지. 그곳이 건강에는 오히려 더 좋을 거야."

"도대체 알 수가 없네요." 디덜러스 씨가 솔직하게 말했다. "어떻게 해서 그처럼 끔찍이도 흉악한 담배를 피울 수 있는 거죠? 맙소사, 그게 화약이지 어디 담배라 할 수 있겠습니까?"

"아주 기막힌 담배라네, 사이먼." 노인이 이렇게 대답했다. "아주 상쾌하고, 마음에 위안을 주는 담배지."

따라서 매일 아침 찰스 아저씨는 헛간으로 행차했는데, 그 전에 반드시 자신의 뒷머리에 기름을 바르고 꼼꼼하게 빗질을 한 다음 원통형의 높다란 실크해트를 솔질하여 머리에 쓰는 일을 잊지 않았다. 그가 담배를 피우는 동안 모자의 챙과 담뱃대의 대통이 헛간 출입문의 문설주 너머로 빠끔히 보이곤 했다. 그는 지독한 담배 냄새가 배어 있는 이 헛간을, 그것도 고양이하고 정원 관리 도구하고 함께 나눠 쓰고 있는 이 헛간을 자신의 정자(亭子)라 불렀는데, 헛간은 그에게 정자 역할뿐만 아니라 공명상자 역할을 하기도 했다. 매일 아침 그는 자신의 애창곡 가운데 하나를 만족스러운 마음으로 흥얼거리곤 했는데, 그가 즐겨 부르는 노래는 〈오, 나뭇가지를 엮어 나에게 휴식의 장소를 마련해 주오〉, 〈푸른 눈과 금발의 머리〉, 〈블라니의 작은 숲들〉* 등이었다. 잿빛과 파란빛을 띤 담배 연기가 담뱃대에서 천천히 피어올라 맑은 대기 속으로 사라질 때면 그는 이 노래들 가운데 하나를 흥얼거리곤 했던 것이다.

스티븐은 그해 여름이 시작되고 얼마 동안을 블랙록**에서 보냈는데, 그 동안 내내 찰스 아저씨가 스티븐의 한결같은 친구가 되어주었다. 찰스 아저씨는 햇빛에 잘 그을린 피부에다가 억센 용모와 백발의 구레나룻 수염을 갖춘 건장한 노인이었다. 찰스 아저씨가 주중에 하는 일은 캐리스포트 애비뉴에 있는 디덜러스 씨의 집***에서 디덜러스 씨의 가족과 거래하는 시내 중심가의 몇몇 상점들을 오가며 잔심부름을 하는 것이었다. 스

---

*〈오, 나뭇가지를 엮어 나에게 휴식의 장소를 마련해 주오(O, twine me a bower)〉는 토머스 크로프턴 크로커(Thomas Crofton Croker, 1798~1854)가 가사를 쓰고 알렉산더 로치(Alexander Roche)가 작곡한 민요. 〈푸른 눈과 금발의 머리(Blue eyes and golden hair)〉는 아일랜드의 작곡가 제임스 L. 몰로이(James L. Molloy, 1837~1909)의 곡이라는 주장도 있으나, '푸른 눈'에 대한 노래는 있어도 '금발의 머리'까지 소재가 되고 있는 노래는 없다. 〈블라니의 작은 숲들(The Groves of Blarney)〉은 아일랜드의 작사 작곡가인 리처드 앨프레드 밀리큰(Richard Alfred Milliken, 1767~1815)의 곡.
**더블린 남쪽에 있는 해안 도시.
***1892년 조이스 가족은 잠시 블랙록에 있는 캐리스포트 애비뉴의 23번지에 살았던 적이 있다.

티븐은 즐거운 마음으로 찰스 아저씨가 맡아 하는 이런 심부름을 따라다녔다. 왜냐하면 찰스 아저씨가 계산대 바깥에 진열해 놓은 열려 있는 상자나 통에 담겨 있는 것이면 그것이 무엇이든 아주 넉넉하게 한 줌씩 듬뿍 쥐어주며 그것을 즐기게 했기 때문이었다. 찰스 아저씨는 포도를 넣어 만든 톱밥 과자 한 움큼을, 또는 서너 개의 미국산 사과를 손에 쥔 다음 이를 아낌없이 자기 조카의 아들 손에 쥐어주곤 했는데, 이를 보면서 상점 점원은 어색한 웃음을 흘리곤 했다. 스티븐이 받기를 꺼려하는 척하면 찰스 아저씨는 인상을 찡그리면서 이렇게 말하곤 했다.

"자, 도련님, 받으시지요. 우리 도련님, 귀가 먹었나? 이거 위장에 좋은 거거든."

주문 명세서의 내용이 장부에 기록되면 둘은 함께 공원으로 가곤 했다. 공원에 가서 보면, 으레 디덜러스 씨의 오랜 친구인 마이크 플린이 벤치에 앉아 그들을 기다리곤 했다. 그와 만나면 공원 주위를 도는 스티븐의 달리기 훈련이 시작되었다. 마이크 플린이 기차 정거장 근처에 있는 문 옆에 서서 손목시계를 보고 있는 동안, 스티븐은 마이크 플린이 선호하는 자세로 공원 주위를 달리곤 했다. 머리를 높이 치켜세우고 양팔은 쭉 펴서 몸 옆에 붙이되 양쪽 무릎을 번갈아 충분히 위로 번쩍번쩍 들어올리는 것이 마이크 플린이 선호하는 자세였다. 아침나절의 훈련이 끝나면, 마이크 플린이 훈련 코치 자격으로 나름대로 촌평을 하고는 때때로 파란색 천으로 된 낡은 신을 신은 채 익살스럽게 1미터 가량 발을 질질 끌며 달림으로써 자신의 촌평 내용을 실제 동작으로 보여주곤 했다. 그가 그렇게 하면 몇몇 아이들과 유모들이 신기하다는 표정을 지은 채 주위에 둥그렇게 모여 서서 그의 몸짓을 지켜보곤 했으며, 그들은 그

와 찰스 아저씨가 다시금 자리에 앉아서 운동 경기*와 정치에
관해 이야기할 때도 주위를 서성이곤 했다. 스티븐은 아버지
가 마이크 플린이 그의 손으로 직접 당대의 가장 우수한 달리
기 선수를 길러낸 사람이라 말하는 것을 들은 적이 있긴 했다.
하지만 자신의 훈련 코치가 담뱃진으로 얼룩이 진 기다란 손가
락으로 담배를 말기 위해 고개를 앞으로 숙이고 있을 때면 스
티븐은 그루터기 수염이 덥수룩한 데다가 생기가 느껴지지 않
는 그의 얼굴을 미심쩍은 눈으로 바라보곤 했다. 담배를 말다
가 갑자기 눈을 들어 이곳 하늘보다 더 파랗게 보이는 저 먼 곳
의 하늘을 막연하게 응시하는 그의 눈을, 광채가 느껴지지 않
는 그의 부드러운 푸른 눈을 바라보고 있노라면, 연민의 정이
느껴지기도 했다. 그가 그처럼 먼 곳을 응시하고 있을 때면 담
배 마는 일을 중단한 그의 기다란 손가락에서, 물에 불은 것처
럼 느껴지는 그의 손가락에서 담뱃가루가 떨어져 다시금 쌈지
안으로 들어가곤 했었다.

집에 오는 길에 찰스 아저씨는 가끔 성당**에 들르곤 했다.
성당 안의 성수반(聖水盤)이 스티븐의 손이 닿기에는 너무 높
은 곳에 있었기 때문에 찰스 아저씨가 대신 손을 물에 담갔다
가 뺀 다음 스티븐의 옷과 성당 출입구 바닥에 기운차게 성수
를 뿌려주곤 했다. 기도를 할 때면 자신의 빨간색 손수건을 펼
쳐놓고 그 위에서 무릎을 꿇은 다음, 페이지마다 아래쪽에 다
음 페이지의 첫 글자가 적혀 있는, 손때가 묻어 시커메진 기

---

*당시 19세기 말의 아일랜드 사회에서는 운동 경기에 관한 이야기가 정치적 주제일
수 있었는데, 당시의 아일랜드 문화 부흥 운동과 깊은 관련이 있는 주제였기 때문이
었다.
**뉴타운 애비뉴(Newtown Avenue) 35번지 소재의 세례자 성 요한 성당(Roman
Catholic Church of St. John the Baptist).

도서의 내용을 목청을 한껏 높여 읽었다. 스티븐은 비록 찰스 아저씨처럼 경건한 신앙심에서 우러나와 그런 것은 아니었지만, 그래도 나름대로 경외의 마음을 간직한 채 그의 옆에 무릎을 꿇고 앉았다. 그에게는 때때로 찰스 아저씨가 무엇 때문에 그처럼 심각하고 진지하게 기도를 올리는지 의문이 들기도 했다. 어쩌면 연옥에 빠진 영혼들을 위해 기도를 올리는 것인지도 모르고, 모든 죄를 씻고 행복한 죽음*에 이르도록 하느님의 은총이 있기를 소망하여 기도를 올리는 것인지도 몰랐다. 그리고 또 어쩌면 코르크**에서 탕진한 그의 엄청난 재산의 일부를 하느님께서 되돌려주기를 바라서 기도를 올리는 것인지도 몰랐다.

일요일이 되면 스티븐은 아버지와 아버지의 삼촌인 찰스 아저씨와 함께 건강을 위해 산책을 하곤 했다. 찰스 아저씨는 발가락에 티눈이 있었지만 걸음걸이가 날렵했으며, 때때로 15킬로미터에서 20킬로미터나 되는 길을 걷기도 했다. 스틸로건이라는 작은 마을에 이르면 길이 둘로 나뉘었다. 그곳에 이르러 왼쪽 길로 들어서면 더블린 산맥에 이르고, 고츠타운의 길을 따라 가면 던드럼에 이르는데, 그곳에서 다시 샌디포드를 거쳐 집으로 돌아오곤 했다.*** 터벅터벅 길을 따라 걷거나 길가에 있는 누추한 목로주점에 서서 목을 축이며 두 어른은 끊임없이 이야기를 나눴다. 그들은 가장 친근하게 느끼는 주제들에

*죽음이 이르러 병자성사를 올릴 수 있고 그리하여 모든 죄에 대한 사함을 받아 천국으로 바로 갈 수 있도록 하느님의 자비가 내려진 상태에 이르는 죽음을 말한다.
**아일랜드 남부 지방에 있는 코르크 카운티의 중심 도시.
***스틸로건은 블랙록에서 2킬로미터가 조금 넘는 곳에 있는 마을이며, 고츠타운은 스틸로건에서 약 2.5킬로미터 정도 떨어진 곳에 있는 마을. 던드럼은 위클로 산간 지방 기슭에 있는 마을이며, 샌디포드는 던드럼에서 3킬로미터 가량 남남동쪽에 있는 마을.

관해, 또한 아일랜드의 정치에 관해, 먼스터 지방*에 관해, 그
들 집안에 전해 내려오는 전설적 일화들에 관해 이야기를 나눴
고, 온갖 이야기에 스티븐은 열심히 귀를 기울였다. 그가 이해
하지 못하는 낱말들이 있으면 그는 그 낱말을 혼자 수없이 되
뇌었고, 그리하여 마침내 그 낱말들을 암기하기에 이르렀다.
그리고 그런 낱말들에 의지하여 그는 자기 주변의 현실 세계를
언뜻 들여다볼 수 있었다. 그는 주변의 세계에서 전개되는 삶
의 현장에 자기 자신도 뛰어들어 주어진 역할을 해야 할 시간
이 점점 더 가까이 다가오고 있다 느끼기도 했으며, 자신을 기
다리고 있다 느껴지는 무언가의 중요한 역할을 수행할 마음의
준비를 남모르게 하기 시작하기도 했다. 비록 그 역할이 어떤
성격의 것인지에 대해서는 다만 희미하게만 감지하고 있을 뿐
이긴 했지만.

그에게 저녁 시간은 혼자만의 시간이었다. 그 시간에 그는
싸구려 번역본《몬테 크리스토 백작》을 탐독했다. 음울한 복수
자 에드몽 단테스는 그가 어릴 적 듣거나 상상했던 낯설고 끔
찍한 온갖 것들을 대표하는 인물로 여겨졌다. 한밤에 그는 환
승용 전차표와 종이로 만든 조화와 채색된 화장지와 초콜릿을
쌌던 은박지와 금박지 조각들을 총동원하여 응접실에 있는 식
탁 위에다 그처럼 놀라운 섬의 동굴 모형을 재현해보기도 했
다. 엉터리 동굴 모형에 싫증이 나서 만들어놓았던 것을 부수
고 나면, 그의 마음에는 마르세유의 환한 풍경이 그려지기도
했고, 햇빛 찬란한 곳에 있는 격자 장식 벽의 모습이나 메르세
데스**의 모습이 환하게 그려지기도 했다. 블랙록을 벗어나면

*코르크 카운티가 있는 아일랜드 남부 지방의 지역 명칭.
**몬테 크리스토 백작 에드몽 단테스가 사랑했던 여인의 이름.

산간 지방으로 통하는 길이 있었고, 그 길 주변에는 하얀색으로 칠해 놓은 자그마한 집이 한 채 있었다. 그리고 그 집의 정원에는 수많은 장미나무가 우거져 있었다. 바로 그 집에 또 한 명의 메르세데스가 살고 있을 것이라고 스티븐은 혼자 단정해 보기도 했다. 집에서 나와 어디로 갈 때나 어딘가에서 집으로 돌아올 때나 항상 스티븐은 이 집을 기준 삼아 거리를 재곤 했다. 그리고 자신의 상상 속에서 그는 자신이 바로 그 책에 나오는 것과 같은 불가사의한 모험이 꼬리를 물고 계속 이어지는 삶을 살고 있는 그런 존재였다. 그는 모험이 끝날 무렵의 자기 자신의 모습을 상상해보기도 했는데, 그가 그린 상상 속의 자기 모습은 전보다 좀 더 나이를 먹고 좀 더 슬픈 표정의 어른으로 변해 있었다. 그리고 그처럼 오랜 세월 자신의 사랑을 가볍게 여겼던 여인 메르세데스와 함께 달빛에 젖어 있는 정원에 서서 이렇게 말하는 자신의 모습을 상상 속에서 그리기도 했다. 당당하기에 그만큼 더 슬픔이 느껴지는 거부의 몸짓과 함께 이렇게 말하는 자신의 모습을.

"부인, 난 뮈스카 종 포도 열매를 즐겨본 적이 없소."*

스티븐은 오브리 밀스라는 이름의 소년과 단짝이 되어, 그와 함께 아이들을 모아 거리의 모험단을 조직했다. 오브리는 셔츠 단춧구멍에 호루라기를 매달고 허리띠에는 자전거용 조명등을 부착하고 다녔으며, 다른 아이들은 허리띠 안쪽에 짤막한 막대기를 단도처럼 차고 다녔다. 나폴레옹의 수수한 옷차림에 관해 읽은 적이 있는 스티븐은 아무런 장식도 하지 않는 쪽

*소설 《몬테 크리스토 백작》의 이야기에 의하면, 에드몽 단테스가 감옥에서 탈출한 뒤 몬테 크리스토 백작이라는 이름으로 위장하여 옛 애인 메르세데스 앞에 나타났을 때 이제 원수의 부인이 된 그녀가 그에게 뮈스카 종 포도 열매를 권한다. 그러자 에드몽 단테스는 이를 사양한다.

을 택했고, 그럼으로써 명령을 내리기 전에 자신의 부관과 상의하는 일이 주는 즐거움을 한층 격조 높은 것으로 만들 수 있었다. 모험단은 혼자 사는 노처녀들의 집 정원을 습격하기도 했고, 성*으로 몰려가서 틈 사이로 얼기설기 잡초가 무성한 돌밭 위에서 전투를 벌이기도 했다. 그런 다음 피로에 젖은 부랑자 모습이 되어 집으로 돌아갈 때, 그들의 콧구멍에는 고약한 냄새가 나는 바닷가 개흙이 묻어 있었고, 그들의 손과 머리에서는 바닷가 해초의 썩은 냄새가 나는 기름이 묻어 있었다.

오브리와 스티븐은 같은 배달원으로부터 우유를 받아 마셨는데, 이따금 그들은 우유 배달 마차를 얻어 타고 소 떼가 풀을 뜯고 있는 캐릭마인스**로 가곤 했다. 어른들이 우유를 짜고 있는 동안 두 소년은 길들여진 유순한 암말을 번갈아 가며 차례로 얻어 타고 목장 주변을 돌아다니곤 했다. 하지만 가을이 되자 사람들은 소 떼를 들판에서 우리로 몰아넣었다. 그리고 어쩌다 스티븐은 스트래드브룩***에 가서 지저분한 소 외양간을 처음으로 보게 되었다. 외양간의 녹색을 띤 물웅덩이들, 액체 상태의 배설물 덩어리들, 김이 무럭무럭 나는 밀기울 여물통들이 스티븐의 속을 뒤집어놓았다. 맑게 개인 날 시골의 들판에 있는 것을 보았을 때 그처럼 아름다워 보였던 바로 그 소 떼가 그의 비위를 건드렸던 것이며, 이로 인해 그는 소들이 제공하는 우유를 쳐다볼 수조차 없게 되었다.

이제 9월이 되었지만 그는 아무런 걱정도 하지 않았다. 클롱고우스 우드 칼리지로 보내지지 않을 것이라는 사실을 알고 있

*나폴레옹 전쟁 시절 아일랜드 동쪽 해변을 따라 지어진 방어용 진지인 마텔로 타워 (Martello tower)들 가운데 하나.
**블랙록 남쪽으로 5킬로미터 정도 떨어진 곳에 있는 마을.
***블랙록에서 남동쪽으로 2킬로미터 가량 떨어진 속의 지명.

기 때문이었다. 마이크 플린이 병원에 입원하자 공원에서 하던 달리기 연습도 끝나게 되었다. 오브리도 학교에 가는 바람에, 저녁 한두 시간 정도만 함께 자유로운 시간을 보낼 수 있게 되었다. 모험단도 와해되고 말아, 더 이상 야간 습격도, 돌밭 위에서의 전투도 계속될 수 없었다. 때때로 저녁 우유를 배달하기 위해 오는 마차를 얻어 타고 돌아다닐 기회가 생기기도 했다. 배달 마차를 타고 차가운 바람을 맞으며 돌아다니다 보니 외양간의 오물에 대한 기억도 바람을 타고 날아가버렸다. 그리하여 이제 그는 우유 배달부의 상의에 묻어 있는 젖소의 털과 건초 부스러기를 보아도 아무런 역겨움을 느끼지 않게 되었다. 우유 배달 마차가 어느 한 집 앞으로 다가가면 스티븐은 언제나 기다렸다는 듯 깨끗하게 바닥을 솔질해놓은 부엌이나 부드럽게 조명이 된 거실을 흘끗 바라보기도 하고, 하녀가 우유 항아리를 받쳐 들고 있는 모습이나 우유를 받은 다음 문을 닫는 모습을 바라보기도 했다. 만일 따뜻한 장갑을 끼고 있고 주머니에 생강과자가 두둑이 담긴 봉지가 있어 어느 때나 꺼내 먹을 수만 있다면, 우유 배달을 위해 매일 저녁마다 길을 따라 우유 배달 마차를 몰고 다니는 것도 충분히 즐거운 삶이 될 수 있으리라는 생각에 빠져들기도 했다. 하지만 그가 공원을 돌아 달리는 동안 그의 마음을 아프게 하고 사지의 힘이 쭉 빠지게 했던 바로 그 예감이, 그리고 자신의 훈련 코치가 담뱃진으로 얼룩이 진 기다란 손가락으로 담배를 말기 위해 고개를 앞으로 숙이고 있었을 때 스티븐에게 그루터기 수염이 덥수룩한 데다가 생기가 느껴지지 않는 그의 얼굴을 미심쩍은 눈으로 바라보게 했던 바로 그 직감이, 미래에 대한 그 어떤 희망에 찬 예견도 물거품으로 만들어버리곤 했다. 그는 자기 아버지가 어려움에 직면해 있음을, 그리고 그것이 바로 그 자신이 다시금 클롱고우스 우드 칼리지로 되돌아갈 수 없는 이유임을 어렴풋하게나마 감지하고 있었다. 얼마 동안 그는 자신의 집에 무언가 미세한 변화가 일어나고 있음을 느꼈다. 그리고 그가 생각하기에 결코 변하지 않으리라 생각했던 것에서 일어나는 이 같은 변화들이 세상에 대한 그의 어린아이다운 이해에 수없이 많은 미세한 충격으로 작용했다. 그의 영혼 깊숙이 어두운 곳에서 때때로 꿈틀거리고 있음이 느껴지던 야망이 출구를 찾지 못하고 있었다. 록 로드*의 선로를 따라 마차를 끌면서 달리는 암말의 발굽소리에, 그리고 커다란 우유통이 그의 등 뒤에서 흔들리고 덜그럭거리며 내는 소리에 귀를 맡기고 있는 동안, 바깥 세상에 드리워진 어둠과도 같은 어둠이 그의 마음에 드리워졌다.

그의 마음은 다시 메르세데스에게로 향했다. 그녀의 이미지를 놓고 곰곰이 생각에 잠겨 있는 동안, 야릇한 불안감이 살그머니 그의 혈관 속으로 스며들었다. 이따금 그의 내부에 모이고 축적된 열기가 그를 밖으로 내몰았고, 조용한 저녁 길을 따라 혼자 방황케 했다. 집집마다의 정원에 깃든 평온함과 창문에서 흘러나오는 아늑한 불빛이 불안에 젖어 있는 그의 마음을 부드럽게 어루만져주었다. 그와는 달리, 놀고 있는 아이들이 내는 소음에 그는 짜증이 나기도 했고, 그 아이들의 날카로운 목소리를 듣다보면 자신이 남들과 다르다는 느낌에 젖기도 했다. 그가 클롱고우스 우드 칼리지에서 느꼈던 것보다 한층 더 강렬하게. 그래서 그는 아이들과 놀고 싶지가 않았다. 오히려 그는 현실 세계에서 실체가 없는 비현실적인 여인의 형상과 만

*블랙록에서 더블린을 향해 북서쪽으로 나 있는 길.

나기를, 그의 영혼이 그처럼 변함없는 눈길을 보냈던 바로 그 여인의 형상과 만나기를 원했다. 그는 어디에서 어떻게 그것을 추구해야 할지 몰랐다. 하지만 그를 여기까지 이끌어 온 예감은 그가 눈에 띄는 그 어떤 행동을 하지 않더라도 이 여인의 형상이 그를 찾아올 것이라 말해주었다. 마치 이미 오래전부터 서로 아는 사이이고 밀회의 시간을 가지기라도 한 것처럼, 그와 이 여인의 형상은 어쩌면 어느 장소의 문 앞에서 또는 그보다 더 은밀한 곳에서 조용히 만나게 될 것이다. 그들은 어둠과 고요에 휩싸인 채 단둘이서만 만나게 될 것이다. 그리고 바로 그 순간에, 지고(至高)의 부드러움이 주위를 감싸는 바로 그 순간에, 그의 변모가 이루어질 것이다.* 이 여인의 형상이 주시하고 있는 가운데 그는 연기처럼 분해되어 감지할 수 없는 그 무언가로 바뀔 것이다. 이윽고 한순간에 변모가 이루어질 것이다. 연약함과 소심함과 미숙함은 바로 그 마술적인 순간에 그로부터 떨어져나가게 될 것이다.

＊　＊　＊

어느 날 아침 두 대의 커다란 노란색 포장마차가 다가와 그의 집 문 앞에 멈춰 섰다. 그리고 몇몇 남자들이 집 안으로 뚜벅뚜

---

*조이스의 원문에서는 이때의 '변모'에 해당하는 말로 'transfigure'라는 표현을 사용하고 있다. 이 표현은 종교적 함의를 갖는 것으로, 예수가 40일 간 광야에서 고난의 기간을 보내고 돌아온 다음 제자들 앞에서 보였던 변모의 순간을 암시하기도 한다: "엿새 뒤에 예수님께서 베드로와 야고보와 그의 동생 요한만 따로 데리고 높은 산에 오르셨다. 그리고 그들 앞에서 모습이 변하셨는데, 그분의 얼굴은 해처럼 빛나고 그분의 옷은 빛처럼 하얘졌다"(《마태오 복음서》 17장 1~2절). 여기에서 묘사된 예수의 변모는 그의 공적 생활에 하나의 전환점이 되는 것이라 할 수 있음에도 유의하기 바란다. 천주교에서는 매년 예수의 거룩한 변모 축일을 기념하기도 한다.

벅 걸어 들어와 가구들을 걷어냈다. 급하게 끌려나온 가구들은 짚다발과 밧줄 토막이 여기저기 널려 있는 집 앞 정원을 거쳐 문 앞에 세워져 있는 거대한 포장마차에 실렸다. 모든 가구들을 무사히 마차에 싣는 일이 끝나자, 포장마차들은 요란한 소리를 내면서 길을 따라 굴러갔다. 스티븐은 울어서 눈이 빨개진 어머니와 함께 마차에 올라탔고, 선로를 따라 달리는 마차의 창문을 통해 포장마차들이 메리온 로드*를 따라 무겁게 움직이고 있는 것을 볼 수 있었다.

그날 저녁 거실 벽난로에 불이 좀처럼 지펴지지 않았다. 그리하여 디덜러스 씨는 난로의 받침대 쇠살에 부지깽이를 기대어놓고 불을 지펴 올렸다. 가구도 아직 다 들여놓지 않은 데다가 양탄자도 깔리지 않은 방 한쪽 구석에서 찰스 아저씨가 졸고 있었고, 그의 곁에는 집안 어른들의 초상화들이 비스듬히 벽에 기대어진 채 세워져 있었다. 그리고 식탁 위에 놓인 등불이 짐꾼들의 발자국으로 더럽혀진 마룻바닥에 희미한 빛을 던지고 있었다. 스티븐은 아버지 곁에 놓인 발판 의자에 걸터앉아 조리 없이 길게 이어지는 아버지의 독백에 귀를 기울이고 있었다. 처음에는 아버지가 뭐라 하는지 거의 이해하지 못하거나 아예 아무것도 이해할 수 없었지만, 아버지에게 적이 여럿 있고, 곧 모종의 싸움이 벌어질 것이라는 점을 서서히 감지하게 되었다. 스티븐 또한 자기 역시 싸움에 동원되리라는 것을, 자신의 어깨에도 무언가 의무가 지워지리라는 것을 느끼기도 했다. 블랙록에서 즐겼던 안락함과 몽상을 뒤로하고 갑작스럽게 빠져나왔다는 사실이, 안개 낀 음울한 도시의 거리를 지나

*블랙록에서 더블린으로 가는 주도로 가운데 일부에 해당하는 길.

왔다는 사실이, 또한 이제부터 그들이 머물게 될 썰렁하고 음산한 집에 대한 생각이 그의 마음을 무겁게 했다. 곧이어 미래에 대한 직감 또는 예감이 다시금 그에게 다가왔다. 그는 또한 무엇 때문에 하인들이 종종 응접실에서 함께 모여 수군거렸는가를, 무엇 때문에 아버지가 종종 난로를 등지고 그 앞의 깔개 위에 서서, 자리에 앉아 저녁 식사를 하라고 설득하는 찰스 아저씨를 향해 큰 소리로 이야기를 했었던가를 이해하게 되었다.

"얘, 스티븐, 이 아빠에겐 아직도 기회가 남아 있단다." 가물가물 꺼져 가는 불씨를 부지깽이로 격렬하게 들쑤시면서 디덜러스 씨가 말을 이었다. "얘야, 우린 아직 죽지 않은 거다. 절대 아니지, 예수님의 이름에 걸어 맹세하건대 (하느님, 용서해주소서) 아직 죽음 근처에도 가지 않았어!"

더블린은 새롭고도 복잡한 자극제 역할을 했다. 찰스 아저씨는 이제 정신이 맑지 못하여 더 이상 심부름하는 일에 동원될 수가 없었다. 이사와 새로 자리를 잡아가다 보면 피할 수 없는 어수선한 집안 분위기로 인해, 스티븐은 블랙록에 있을 때보다 더 많은 자유를 누릴 수 있었다. 처음에는 겁을 먹은 채 소극적으로 근처 광장*을 한 바퀴 돌거나 기껏해야 샛길을 반쯤 갔다가 돌아오는 것으로 만족해야 했다. 하지만 도시에 대한 개략적인 지도를 마음 속에 그릴 수 있게 되자 그는 대담하게도 중심 도로 가운데 하나를 따라 세관이 있는 건물까지 가기도 했다.** 그는 아무런 제지도 받지 않은 채 자유로이 이 선착장에서 저 선착장으로 돌아다니기도 했고 방파제를 따라 걷

---

*마운트조이 스퀘어.
**여기에서 말하는 중심 도로는 가디너 스트리트로, 이 길은 마운트조이 스퀘어 옆을 지나 세관이 있는 곳까지 이어져 있다.

기도 했다. 그러는 동안 그는 두껍게 쌓여 있는 누런 거품 사이에서 수면으로 고개를 내밀고 있는 코르크 부표(浮漂)가 엄청나게 많다는 사실에 놀라기도 했고, 부두 짐꾼들, 우르릉거리며 지나다니는 짐차들, 형편없는 차림새에다가 수염을 기른 순경들이 뒤섞여 북적대고 있는 엄청나게 번잡한 광경을 보고 놀라기도 했다. 벽을 따라 쌓여 있거나 증기선의 화물칸에서 공중 높이 줄을 따라 운반되는 엄청난 양의 화물이 그에게 삶이란 거대하고도 신기한 것임을 암시하기도 했는데, 이것이 계기가 되어 그의 내부에서는 메르세데스를 찾아 저녁 무렵 이 정원에서 저 정원으로 방황하도록 그를 내몰던 불안감이 다시금 고개를 들었다. 그리고 이 새롭고 번잡한 삶의 환경 한가운데서 그는 자신이 새로운 마르세유에 와 있는 것으로 상상할 뻔했다. 하지만 밝게 개인 하늘이 없고 포도주 가게의 햇볕에 따뜻해진 격자 장식 벽들이 없는 곳을 어찌 새로운 마르세유라 할 수 있겠는가! 방파제와 강과 잔뜩 흐린 찌푸린 하늘을 바라보는 동안, 그의 내부에서는 막연한 불만의 감정이 싹터 올랐다. 그럼에도 그는 자신을 피해 달아나는 누군가를 정말로 뒤쫓기라도 하듯 매일같이 이리저리 방황을 계속했다.

그는 한두 번 어머니와 함께 친척집을 방문하기도 했다. 그때 그들은 성탄절을 위해 불을 밝히고 장식을 해놓은 화사한 가게들이 줄지어 있는 지역을 지나치기도 했다. 하지만 화가 나서 아무 말도 하고 싶어하지 않는 그의 마음은 좀처럼 나아지지 않았다. 그는 자신이 너무 어려서 불안정하고 어리석은 충동의 제물이 되고 있다는 생각으로 자기 자신에게 화가 나 있었다. 또한 자기 주변 세계를 누추하고 불성실한 모습의 세계로 바꿔놓은 가운(家運)의 변화에 대해서도 화가 나 있기도 했다. 하지만 그가 화를 낸다 해서 세계의 모습이 바뀌는 것은 아니었다. 그는 자신이 본 것과 일정한 거리를 유지한 채, 또한 그것이 일깨우는 분한 마음을 남몰래 삭히면서, 그의 눈에 보이는 모든 것들을 끈기 있게 차례로 마음속에 기록해나갔다.

그는 숙모의 집 부엌에 있는 등받이 없는 의자에 앉아 있었다. 반사경이 달린 등불이 검고 윤이 나게 옻칠을 해놓은 벽난로가 위쪽의 벽에 매달려 있었다. 그리고 그 빛에 의지하여 그의 숙모는 무릎에 올려놓은 석간신문을 읽고 있었다. 신문에 나와 있는 어떤 사람의 웃음 띤 얼굴을 한참 동안 들여다보더니, 생각에 잠겨 이렇게 말했다.

"메이블 헌터라는 여자, 참 예쁘기도 하네!"

고수머리를 한 소녀가 발끝을 들어 사진을 들여다보더니 속삭이듯 이렇게 말했다.

"어디에 출연한 거야, 엄마?"

"무언극에."

여자아이가 고수머리 형의 머리를 자기 어머니의 소맷자락에 기댄 채 사진을 응시하더니, 홀리기라도 한 듯 이렇게 중얼거렸다.

"메이블 헌터라는 여자, 참 예쁘기도 하다!"

홀리기라도 한 듯 여자아이는 오랫동안 사진 속 인물의 두 눈을 들여다보았다. 얌전한 척하면서도 도도한 빛이 역력한 사진 속 인물의 눈을 들여다보던 여자아이가 열정적인 목소리로 다시 또 이렇게 중얼거렸다.

"어쩜 이렇게 예쁠 수가!"

이때 14파운드나 되는 석탄 자루를 짊어진 채 소년 하나가

길 쪽에서 집으로 들어왔다.* 석탄의 무게 때문에 몸을 제대로 가누지 못한 채 비틀거리며 들어오던 그가 여자아이의 말을 들었다. 즉시 짐을 바닥에 내려놓은 그가 여자아이의 곁으로 가서 무엇을 보고 그러는지 확인하려 했다. 하지만 여자아이가 느긋하게 어머니의 소맷자락에 기대어놓은 머리를 들어 올리지 않았다. 남자아이가 여자아이를 옆으로 밀치면서 잘 보이지 않는다고 불평을 하고는 추위에 발갛게 달아오르고 석탄 자국이 시커멓게 묻어 있는 손으로 거칠게 신문을 잡아당겼다.

스티븐이 앉아 있는 곳은 창문이 어두침침한 낡은 집 꼭대기에 있는 비좁은 거실이었다. 벽에 반사된 난로의 불빛이 깜박였고, 창문 너머로 보이는 강 위로 유령과도 같은 어둠이 쌓이고 있었다. 난로 앞에는 늙은 여인이 차를 준비하느라 바쁘게 움직이고 있었고, 부산을 떨며 자신에게 맡겨진 일을 하는 동안 그녀는 낮은 목소리로 사제와 의사가 무슨 이야기를 했는지를 말했다. 그녀는 또한 자신**이 목격한 어떤 여자의 최근 변화에 대해, 그리고 그녀의 기이한 태도나 말에 대해 이야기하기도 했다. 그는 앉아서 그녀의 말에 귀를 기울였고, 자신의 상상 속에서 난로의 석탄덩이들이 펼쳐 보이는 모험의 여정들을 따라가기도 했다. 아치형의 문과 둥근 천장을 지나고 구불구불 이어지는 갱도와 들쭉날쭉 거친 표면의 동굴을 따라 상상의 모험을 이어갔던 것이다.

느닷없이 그는 문가에 무언가가 있음을 의식하게 되었다.

<hr>

*약 6킬로그램에 해당하는 14파운드의 석탄 자루는 아이가 들기에 대단히 무거운 것이지만, 그 당시 생활 풍속도로 볼 때는 한 번에 사들이는 석탄의 양으로는 소량에 불과했다. 이는 스티븐의 숙모가 넉넉지 못한 생활을 하고 있음을 암시한다.
**이 부분의 원문을 검토해보면, 소설의 텍스트에 따라 '그들이'로 되어 있는 것도 있다.

어두침침한 문가에 해골과 같은 형상 하나가 허공으로 떠올랐던 것이다. 원숭이를 연상케 하는 허약한 몰골의 노파가 난로 주변의 사람들 목소리에 이끌려 그곳으로 와 있었다. 곧이어 흐느끼듯 애처로운 목소리가 문가 쪽에서 들려왔다.

"조제핀이니?"

부산을 떨고 있던 여인이 난롯가에서 쾌활한 목소리로 이렇게 말했다.

"아니에요, 엘렌. 스티븐이 왔어요."

"아! 아, 그런가. 잘 있었니, 스티븐?"

그가 인사에 답하자, 멍청한 표정의 미소가 문가에 있는 노파의 얼굴 위로 번졌다.

"뭐 필요한 거 있어요, 엘렌?" 난롯가에서 늙은 여인이 물었다.

하지만 노파는 이에 대꾸하지 않고 이렇게 말했다.

"난 조제핀인 줄 알았어. 애야, 스티븐, 난 네가 조제핀인 줄 알았다고."

그리고 이 말을 여러 번 되풀이한 다음 힘없는 웃음을 지어 보였다.

스티븐은 해럴스 크로스*에서 벌어진 어린아이들을 위한 파티 자리 한가운데 앉아 있었다. 조용히 지켜보기만 할 뿐인 태도가 어느덧 몸에 배어 있는 그는 아이들의 놀이에 거의 끼어들지 않고 있었다. 폭죽에서 튀어나온 장식물들을 뒤집어쓴 채 아이들은 춤을 추기도 했고 떠들썩하게 뛰어 놀기도 했다. 비록 아이들과 함께 즐거워하는 척하긴 했지만, 그는 자신이 고깔 모자와 보닛을 쓴 유쾌한 아이들 틈에 어울리지 않게 끼어

---

*더블린의 남쪽 교외에 있는 마을.

있는 음울한 존재라 느꼈다.

그는 자기 차례가 되어 노래를 부른 다음 방 안 한구석 아늑한 곳으로 몸을 사렸다. 그렇게 해서 그는 고독함에서 오는 즐거움이 어떤 것인가를 맛보기 시작했다. 저녁 때 파티가 시작될 무렵 그에게 거짓되고 하찮은 것으로 비쳤던 유쾌한 분위기 속의 떠들썩한 소리가 감각을 밝게 스쳐 지나감으로써, 그리고 열기에 들떠 격심하게 동요하고 있는 그의 혈기를 다른 아이들의 눈에 띄지 않게 숨겨줌으로써, 이제 마음을 달래는 음악처럼 느껴지게 되었다. 그가 몸을 사리고 있는 동안, 둥그렇게 둘러서서 춤을 추는 아이들 사이를 가로질러, 또한 아이들의 떠들썩한 웃음소리와 음악을 비집고, 그 여자아이의 눈길이 그가 있는 구석으로 다가왔다. 그 눈길은 그를 향해 던지는 찬사의 눈길인 동시에 비웃음의 눈길이기도 했으며, 동시에 그의 가슴을 탐색하는 눈길인 동시에 동요하게 하는 눈길이기도 했다.

가장 늦게까지 머물러 있던 아이들이 현관에서 자기 옷을 찾아 입고 있었다. 이제 파티는 끝난 것이었다. 그 여자아이가 자신의 몸을 숄로 감쌌다. 곧이어 함께 마차를 향해 가는 동안 그녀는 두건처럼 머리를 감싸고 있는 숄 위로 자신의 싱그럽고 따뜻한 숨결을 환하게 흩뿌렸다. 그리고 그녀의 구두는 유리처럼 매끄러운 길 위에서 경쾌한 소리를 냈다.

그것은 그날 밤 마지막 마차였다. 깡마른 갈색 말들이 이 사실을 알고 이번 마차가 막차임을 알리기라도 하듯 맑은 밤하늘로 종소리를 울려 퍼뜨렸다. 차장과 마부는 녹색의 등불 아래서 함께 고개를 끄덕이며 이야기를 나누고 있었다. 마차의 빈 좌석에는 몇 장의 울긋불긋한 차표가 흩어져 있었다. 거리에서는 오가는 사람들의 발소리가 전혀 들리지 않았다. 깡마른 갈색 말들이 서로 코를 맞비비면서 종을 울릴 때 나는 소리를 빼고는 그 어떤 소리도 밤의 평화를 깨뜨리지 않았다.

위쪽 계단에 서 있던 그와 아래쪽 계단에 서 있던 여자아이 모두 그 소리에 귀를 기울이는 것처럼 보였다. 이윽고 그들은 몇 마디의 간단한 말을 주고받았는데, 그러는 사이 여자아이가 몇 번이고 그가 있는 자리로 올라왔다가 다시 자기 자리로 내려가곤 했다. 그리고 한두 번은 내려갈 것을 잊은 채 한동안 그의 곁에 서 있다가 아래로 내려가기도 했다. 마치 파도에 코르크 부표가 춤을 추듯 그의 마음은 여자아이의 움직임에 맞춰 춤을 췄다. 그는 여자아이의 두 눈이 숄 아래쪽에서 그에게 전하는 말을 들었고, 그것은 생시에서였는지 꿈에서였는지 모르지만 희미한 그 옛날에 그가 이미 들었던 이야기임을 깨달았다. 그는 여자아이가 자신을 감싸고 있는 장식물에 그의 눈길을 끌고자 함을 감지했다. 여자아이가 멋진 드레스와 허리띠와 검은색의 긴 스타킹에 그의 눈길을 끌려는 것을 그는 감지했고, 여자아이의 그런 의도에 자신이 이미 수천 번이나 굴복한 바 있음을 그는 알고 있었다. 하지만 그의 내부에서 그 어떤 목소리가 춤에 취해 시끄럽게 뛰고 있는 그의 마음 저 너머에서 묻고 있었다. 손을 뻗기만 하면 취할 수 있는 여자아이의 선물을 취하겠는가 라고. 그 순간 그는 그와 아일린이 호텔* 마당을 들여다보며 서 있었을 때를 기억했다. 그들은 웨이터가 깃대에다가 한 폭의 휘장을 걸어 올리고 있는 것을 바라보고 있었고, 또 폭스테리어 종의 강아지 한 마리가 햇빛이 내리쪼이는 잔디밭 위를 이리저리 뛰어다니고 있는 것을 바라보고 있었다. 그

---

*스티븐의 집과 아일린의 집에서 멀지 않은 곳에 있던 마린 스테이션 호텔.

때 아일린이 갑작스럽게 웃음을 터뜨리고는 굽이진 오솔길을
따라 달려갔었지. 그때와 마찬가지로 지금도 그는 그 자리에서
안절부절못한 채 서 있을 뿐이었다. 겉으로 보기에는 그의 앞
에서 펼쳐지는 정경에 차분한 눈길을 보내는 관망자의 태도를
취한 채.

　"이 여자아이 또한 내가 자기를 잡아주기를 원하고 있을 거
야." 그가 생각을 이어갔다. "그렇지 않고서야 왜 나와 함께 마
차가 있는 곳으로 왔겠어? 이 여자아이가 내가 있는 자리로 올
라올 때 얼마든지 쉽게 잡을 수 있지 않은가. 게다가 아무도 보
는 사람이 없어. 붙잡고 입을 맞출 수도 있으리라."

　하지만 그는 여자아이를 잡지도 않았고 입을 맞추지도 않았
다. 그리고 이제 아무도 없는 마차 안에 혼자 서 있게 되었다.
그렇게 되었을 때, 그는 자신의 차표를 조각조각 찢어버리고는
발아래 주름진 발판을 우울한 표정으로 내려다볼 뿐이었다.

　다음 날 그는 가구가 없어 스산해 보이는 위층의 방으로 올
라가, 그곳에 있던 자기 책상 앞에 앉아 몇 시간을 보냈다. 그
의 앞에는 새 펜대 하나와 새 잉크 한 병, 그리고 에메랄드 빛
깔*의 공책 한 권이 놓여 있었다. 습관에 이끌려 공책 첫 페이
지 위쪽에다가 "A. M. D. G."**라고 예수회의 좌우명을 첫 글
자만 따서 써놓았다. 그 페이지의 첫 줄에다가 그가 쓰려고 하
는 시의 제목을 "E__ C__에게"***라고 썼다. 그는 바이런 경

---

*아일랜드의 별칭이 "에메랄드 섬"이라고 할 정도로 에메랄드 빛깔은 아일랜드를
상징하는 빛깔이다. 1890년대에는 에메랄드 빛깔의 표지로 된 공책이 아일랜드의
독립을 기원하는 마음을 표현하는 애국적 기념물로 판매되기도 했다.
**"Ad Majorem Dei Gloriam"의 약자. 제1장의 역주에서 밝혔듯, 이는 "하느님의
더 큰 영광을 위하여"의 뜻을 지닌 라틴어 표현.
***"E__ C__"는 에머 클러리(Emma Clery). 이 여자에 관한 이야기는 《젊은 예술가의
초상》의 원본에 해당한다 할 수 있는 《스티븐 히어로(Stephen Hero)》를 참조하기 바람.

의 시집에서 비슷한 제목을 본 적이 있었기 때문에 자신의 시를 그런 제목으로 시작하는 것도 괜찮겠다고 생각했다. 그렇게 제목을 써놓고 그 아래에 장식선을 하나 그어놓은 다음 공상에 잠겨 있다가 공책 표지에 갖가지 도형을 그리기 시작했다. 그는 브레이에서 살던 시절에 있던 일을 떠올렸다. 성탄일 저녁 식사 자리에서 논쟁이 있고 나서 바로 그 다음 날 아침 자기 책상 앞에 앉아 아버지에게 날아온 하반기 대금 결제 청구서의 뒷면에 파넬에 관한 시를 써보려 했던 일이 생각났던 것이다. 하지만 그 당시 그의 머리는 그런 주제와 씨름하는 일을 감당하지 못했다. 그래서 이를 포기하고 대신 몇몇 학급 친구들의 이름과 주소로 빈 지면을 채웠을 뿐이었다.

　　로드릭 키컴
　　잭 로턴*
　　앤터니 맥스위니
　　사이먼 무넌

　이번에도 역시 실패할 것 같아 보였다. 하지만 지난밤에 있었던 일이 계기가 되어 그는 자기 자신에 관해 확신에 이를 때까지 곰곰이 생각해보게 되었다. 생각에 열중하는 동안 그가 범속하고 무의미하다고 간주했던 요소들이 모두 장면에서 지워졌다. 마차 자체가 흔적도 없이 사라졌고, 마차의 마부나 차장은 물론 말 역시 흔적도 없이 사라졌다. 자기 자신이나 여자

*조이스는 여기에서 옛 친구의 이름을 '존 로턴(John Lawton)'으로 밝히고 있는데, 제1장에서 '잭 로턴(Jack Lawton)'의 이름이 여러 번 등장한다. 이를 감안하여 '잭 로턴'으로 바꾸기로 한다.

아이의 모습조차 생생하게 드러나지 않을 정도였다. 그가 쓴 시는 다만 밤과 향기로운 미풍과 맑고 순결한 달빛만을 이야기하고 있었다. 주인공이 잎이 떨어져 앙상한 나무 아래 서 있는 동안 그의 가슴에는 무언가 형언할 수 없는 슬픔이 숨어 있었음을, 작별의 순간이 다가오자 한 쪽에서 주저하던 입맞춤을 두 사람이 서로 주고받았음을 이야기하고 있었다. 이런 내용의 시를 쓰고 나서 그는 "L. S. D."*라고 페이지 아래쪽에 썼다. 그런 다음 공책을 숨겨두고 어머니의 침실로 들어가서 어머니의 화장대에 있는 거울에 비친 자신을 모습을 오랫동안 들여다보았다.

오랫동안 이어지던 한가하고 자유로운 삶에 종지부를 찍어야 할 시간이 마침내 다가왔다. 어느 날 저녁 아버지가 새 소식을 하나 가득 가지고 와서 저녁 식사 시간 내내 쉬지 않고 이야기를 계속했다. 스티븐은 아버지가 돌아오기를 기다리고 있었는데, 그날 저녁 식사 시간에는 양고기다짐 요리가 준비되어 있는데다가 아버지가 그에게 양고기 국물에 빵을 찍어 먹게 할 것임을 알고 있었기 때문이었다. 하지만 그는 양고기다짐 요리를 즐길 수 없었다. 아버지가 클롱고우스 우드 칼리지 이야기를 해서 그의 미각이 더덕더덕 혐오감으로 뒤덮이고 말았기 때문이었다.

"그 양반**과 꽝 마주치지 않았겠어?" 디덜러스 씨가 같은 말을 네 번이나 되풀이했다. "다른 곳도 아니고 바로 광장 한구석에서 말이야."

---

*"언제나 하느님을 찬양하라"라는 뜻의 라틴어 "Laus Deo Semper"의 약자. 예수회의 좌우명 가운데 하나로, 과제를 마친 뒤에 종종 이 표현을 사용한다.
**스티븐이 클롱고우스 우드 칼리지에 적을 두고 있을 때 교장이었던 콘미 신부.

"그러면 그 양반이 자리를 알아봐주시겠군요." 디덜러스 부인이 말을 이었다. "벨비디어 학교에 다닐 수 있도록 말이에요."

"물론 그렇지." 디덜러스 씨가 말했다. "당신한테 그 양반이 이제 예수회의 관구장이 되었다 내가 말하지 않았소?"

"저는 사실 스티븐을 그리스도교 형제회* 소속 학교에 보낸다는 게 영 내키지 않았어요." 디덜러스 부인이 말했다.

"그리스도교 형제회 소속 학교라니, 말도 안 되오!" 디덜러스 씨가 말을 이었다. "거긴 냄새나는 애들이나 흙투성이 애들이 다니는 학교 아니오? 안 되지, 우리 애는 예수회에서 학업을 시작했으니까 무슨 수를 써서라도 그쪽에서 계속 교육을 받게 해야지. 나중에 가서도 그 양반들이 우리 아이에게 도움이 될 거야. 그 양반들이야 우리 애한테 자리 하나쯤은 거뜬히 마련해줄 수 있는 그런 분들이지."**

"게다가 예수회는 아주 부유한 재단이지요, 여보?"

"그런 편이지. 장담하는데, 그 양반들의 삶은 아주 윤택해요. 클롱고우스에서 당신도 그들의 식탁을 보지 않았소? 맙소사, 투계용 장닭도 그런 융숭한 대접은 받지 못할걸."

디덜러스 씨가 자신의 접시를 스티븐에게 밀어주면서 남은 것을 마저 먹게 했다.

*그리스도교 형제회(The Congregation of Christian Brothers): 아일랜드의 상인 에드먼드 라이스(Edmund Rice, 1762~1844)가 설립한 천주교 소속의 전도 및 교육을 위한 단체로, 이 단체는 등록금 부담을 적게 함으로써 빈민을 위한 교육 활동에 힘썼다. 1802년 아일랜드의 워터포드에 첫 번째 학교가 설립되었으며, 조이스가 다니던 이 단체 소속의 학교는 더블린의 노스 리치먼드 스트리트에 있으며, 1829년에 설립된 이 학교의 이름은 오코널 스쿨(O'Connell School)이다.
**조이스는 클롱고우스 우드 칼리지에 1888년 입학하여 1892년까지 그곳을 다녔다. 그리고 잠깐 동안 노스 리치먼드 스트리트 소재 그리스도교 형제회 소속 학교를 다닌 다음, 1893년 예수회 소속의 학교인 벨비디어 칼리지(Belvedere College)로 적을 옮겼다.

"자, 얘야, 이제부터 부지런히 공부해야 한다." 디덜러스 씨가 말을 이었다. "그 동안 아주 오랜 시간 멋진 휴가를 즐긴 셈이지."

"아, 저 애는 틀림없이 열심히 공부할 거예요." 디덜러스 부인이 덧붙여 말했다. "모리스도 함께 학교에 다니게 될 테니까, 더욱 열심히 하겠지요."

"아이고, 이런! 모리스를 깜빡 잊고 있었네." 디덜러스 씨가 말을 이었다. "얘야, 모리스! 이리 온, 우리 예쁜 돼지새끼! 아빠가 널 학교에 보내려는 걸 알기나 하니? 학교에 가면 선생님들이 너한테 '고양이'라는 말을 어떻게 쓰는지 가르쳐주실 거야. 그리고 아빠가 너한테 예쁘고 자그마한 1페니짜리 손수건을 사줄 거란다. 그걸 가지고 코를 깨끗이 닦을 수 있도록 말이야. 멋지지 않니?"

모리스가 아버지와 형을 차례로 바라보면서 씩 웃음을 지었다. 디덜러스 씨가 외알 안경을 눈에 끼고서 두 아들을 모두 유심히 바라보았다. 스티븐은 아버지의 시선을 외면한 채 빵만 우물우물 씹고 있었다.

"그런데 말이지." 디덜러스 씨가 마침내 입을 열었다. "교장 선생님이, 아니, 관구장님이라 해야겠지, 아무튼 그 양반이 나한테 너와 돌런 신부님에 관한 이야기를 하나 해주셨단다. 너 참 맹랑한 녀석이라 하시더군."

"여보, 설마 그분이 그렇게 말씀하셨을 리가!"

"물론 그렇게 말씀하신 건 아니지!" 디덜러스 씨가 말했다. "하지만 말이야, 그가 나에게 사건의 전말을 자세히 얘기해주셨다오. 우리는 말하자면 잡담을 나누고 있었는데, 얘기에 얘기가 꼬리를 물고 이어졌어요. 그건 그렇고, 당신은 누가 더블린 시 자치단체장이 될 거라고 관구장님이 나한테 말해주었다 생각하오? 하지만 그 얘기는 나중에 합시다. 아무튼, 당신에게 말했듯, 우리는 친구처럼 아주 편하게 잡담을 나누고 있었는데, 그가 나한테 물어봅디다. 여기 이 녀석이 여전히 안경을 쓰느냐고 말이야. 그런 다음 사건의 전말을 들려주더군."

"아이 때문에 화가 나 있으셨던가요?"

"화가 나 있다니! 아니, 아니오! '아주 당당한 꼬마'라 말씀하시더군!" 그가 말했다.

디덜러스 씨는 교장 선생님의 점잔을 빼는 듯한 콧소리를 흉내까지 내며 이렇게 말을 이었다.

"저녁 식사 시간에 내가 모든 사람들이 모인 자리에서 그 얘기를 했다오. 얘기를 한 다음, 돌런 신부님하고 내가 말이오, 얼마나 박장대소를 했는지 모른다오. 내가 신부님에게 이렇게 말했다오. '돌런 신부님, 앞으로 조심하셔야 할 겁니다. 잘못하다가는 꼬마 디덜러스 군한테 불려가 양손에 각각 아홉 대씩 회초리를 맞을 거요.' 그 얘기를 하고 우리는 얼마나 엄청나게 폭소를 터뜨렸는지 당신은 모를 거요. 하, 하, 하!"

디덜러스 씨가 자기 아내 쪽으로 고개를 돌린 다음, 원래의 자기 목소리로 돌아가 다음과 같은 말을 사이에 끼워 넣었다.

"이것만 봐도 그들이 어떤 정신으로 그곳에서 아이들을 교육하는지 알 수 있지 않소? 사람을 다루는 수완 면에서 예수회 사람들을 따라갈 수 없단 말이오."

다시 교장 선생님의 목소리를 흉내 내어 디덜러스 씨가 이렇게 되풀이해 말했다.

"저녁 식사 시간에 내가 모든 사람들이 모인 자리에서 그 얘기를 했어요. 그리고 돌런 신부님하고 나하고 거기에 있던 사람들 모두가 배꼽이 다 빠지도록 웃었지요. 하, 하, 하!"

*　*　*

성령 강림 대축일 연극 공연의 밤이 되었다. 스티븐은 제의실의 창문을 통해 중국식 초롱들을 매달아놓은 줄이 여러 개 가로질러 가는 곳 아래의 자그마한 풀밭을 내다보고 있었다. 그는 또한 방문객들이 건물에 있는 계단을 따라 내려와 극장으로 들어오는 것도 지켜보았다. 야회복으로 갈아입고 안내원 역할을 하는 벨비디어 칼리지의 상급 학년 학생들이 무리를 지어 극장 입구에서 서성이다가 방문객이 찾아오면 격식을 갖춰 극장 안으로 안내했다. 갑자기 환하게 밝혀진 초롱불 아래서 환하게 웃고 있는 한 사제의 얼굴이 눈에 들어오기도 했다.

　성체(聖體)는 이미 감실(龕室)에서 옮겨졌고,* 제단 받침단 위와 그 앞의 공간을 비워놓기 위해 맨 앞줄의 의자들은 뒤로 밀어놓은 상태였다. 바벨과 체조용 곤봉이 벽에 기대어 세워져 있었고, 아령이 한쪽 귀퉁이에 쌓여 있었다. 운동화와 체육복과 셔츠를 담아놓은 어수선한 갈색 꾸러미들이 헤아릴 수 없이 많이 쌓여 있는 곳 한가운데서 튼튼하게 가죽옷을 입혀놓은 뜀틀이 무대 위로 옮겨질 차례를 기다리고 있었다. 그리고 은으로 주변을 장식한 거대한 청동 방패가 제단의 받침단 옆쪽에 기대어 세워져 있었는데, 이 또한 무대로 옮겨질 것이었다. 체조 경연이 끝나고 무대로 옮겨져 우승한 팀의 한가운데에 세워질 상패였던 것이다.

*행사 도중 일어날지도 모르는 만일의 사고를 대비하여 성체를 감실에서 다른 곳으로 옮겨 놓았음을 암시한다.

글을 잘 쓴다는 명성 덕택에 체육관 총무로 선출되긴 했지만, 스티븐이 그날의 제1부 행사에서 맡아 하는 역할이 있는 것은 아니었다. 하지만 제2부 행사인 연극에서 그는 주연에 해당하는 우스꽝스럽고도 현학적인 교육자 역을 맡아 하기로 되어 있었다.* 그가 그런 역을 맡도록 선정된 것은 키가 큰 데다가 평소 그의 태도가 어른스러웠기 때문이었다. 하기야 그는 현재 벨비디어 칼리지의 중급 학년을 거의 마칠 시점**에 와 있는 제2급반 소속*** 학생이었다.

흰색 반바지와 셔츠 차림의 스무 명 가량의 나이어린 아이들이 퉁탕거리며 무대에서 내려와 제의실을 가로질러 성당 안으로 들어갔다. 제의실과 성당은 공연을 앞두고 마음을 졸이는 선생들과 학생들로 붐비고 있었다. 땅땅하게 살이 찌고 머리가

*조이스는 소설의 내용과 마찬가지로 졸업을 앞두고 얼마 되지 않았을 무렵 학교 연극 〈거꾸로(Vice Versa)〉에 참여하여 교육자 역을 맡아 연기했다. 〈거꾸로〉는 토머스 앤스티 거스리(Thomas Anstey Guthrie, 1856~1934)의 동명 소설을 배우이자 극작가인 에드워드 로우스(Edward Rose, 1849~1904)가 극화(劇化)한 것으로, 학교 연극 공연이나 그 밖의 아마추어 연극 단체에게 대단한 인기를 끌던 작품이었다. 하지만 이 극에서 주역은 학교 교장인 "우스꽝스럽고도 현학적인 교육자"가 아니라, 마법에 의해 자신의 아버지와 몸을 바꾼 딕 벌티튜드라는 이름의 소년이다. 이 극의 인기가 어찌나 대단했던지, 1910년에 거스리 자신이 이를 좀 더 길고 복잡하게 극화하여 발표하기도 했다.
**소설의 원문에 스티븐은 '제2학년을 거의 마칠 시점(the end of his second year)'에 와 있는 것으로 되어 있는데, 이때 '제2학년'이라 함은 졸업 시점을 기준으로 하여 '둘째 학년'을 뜻한다. 당시 벨비디어 칼리지의 상위 네 개 학년은 '예비, 초급, 중급, 상급(preparatory, junior, middle, senior)'으로 구성되어 있었는데, 이에 따르면 스티븐은 현재 마지막에서 둘째 단계인 '중급 학년'에 소속된 학생이다. 다시 말해, 중급 학년 교육 과정을 마치고 진급하여 한 해만 더 학교를 다니면 졸업할 단계에 와 있는 학생이다. 소설의 원문대로 번역하자면 "제2학년을 거의 마칠 시점"으로 해야겠지만, 오늘날의 산정 방법과의 차이에 따른 혼동을 피하기 위해 "중급 학년을 거의 마칠 시점"으로 번역한다.
***'제2급반'은 졸업을 2년 앞둔 '중급 학년'의 학생들에게 배정되는 교실을 말한다. 소설의 뒷부분에 스티븐이 벨비디어 칼리지에 처음 입학했을 때의 소속이 '제6급반'으로 되어 있는데, 이는 졸업하기 전에 학교에서 수업을 받을 기간이 6년임을 나타낸다. 조이스가 실제로 벨비디어 칼리지를 다닌 것도 1893년에서 1898년까지 햇수로 따져 6년이었다.

벗어진 잡역부 반장이 뜀틀의 구름판을 발로 실험해보고 있었
다. 복잡한 곤봉 체조를 특별 공연하기로 되어 있는 호리호리
한 청년이 긴 외투를 걸친 채 곁에 서서 흥미롭다는 듯 이를 지
켜보고 있었는데, 은색으로 칠한 곤봉의 끄트머리가 그의 외투
양쪽에 있는 깊숙한 주머니에서 한 짝씩 삐죽 나와 있었다. 또
다른 한 팀의 아이들이 무대로 올라갈 준비를 하고 있었는데,
나무로 만들어진 속이 비어 있는 그 아이들의 아령이 서로 부
딪히면서 달그락거리는 소리를 내는 것이 들리기도 했다. 그리
고 어느 순간에는 흥분한 표정의 학감이 수단의 소맷자락을 신
경질적으로 펄럭이면서, 동시에 뒤처진 아이들에게 서두르라
고 독촉을 하면서, 마치 거위 떼를 몰아가듯 아이들을 제의실
을 가로질러 급하게 몰아가기도 했다. 성당 끄트머리 쪽에서는
나폴리의 농부처럼 차려 입은 또 한 무리의 아이들이 서로 보
조를 맞추는 연습을 하고 있었는데, 어떤 아이들은 두 팔을 둥
글게 모아 머리 위로 올리는 동작을, 또 어떤 아이들은 오랑캐
꽃 조화가 담긴 바구니를 흔들면서 무릎을 꿇어 인사하는 동작
을 취하기도 했다. 한편, 성당의 제단 왼쪽으로 사제가 복음을
낭송하는 곳* 근처의 어두운 구석에서는 뚱뚱한 체격의 나이든
부인이 검은색의 풍성한 치맛자락에 싸인 채 무릎을 꿇고 앉아
있었다. 그녀가 자리에서 일어서자 분홍빛 옷을 입은 여자아이
가 따라 일어나는 것이 보였다. 눈썹을 검게 그리고 뺨에 홍조
가 감돌도록 섬세하게 화장을 하고 분을 바른 그 여자아이는
금발의 고수머리 가발과 밀짚으로 엮은 고풍스러운 보닛으로
치장하고 있었다. 성당 안에 있던 아이들은 이 여자아이의 모

*신도들의 시선으로 보았을 제단의 왼쪽에서는 사제가 신약 성경의 복음서를 낭송
하고 제단의 오른쪽에서는 신약 성경의 사도 서간을 낭송한다.

습을 보고 호기심을 억누를 수 없다는 듯 여기저기서 낮은 목소리로 수군거렸다. 학감 가운데 한 사람이 미소를 띤 채 고개를 끄덕이며 그쪽으로 다가가 뚱뚱한 몸집의 나이 든 부인에게 고개를 숙여 인사하고는 즐거운 듯 이렇게 말했다.

"탤런 부인, 여기 부인과 함께 있는 분은 젊고 아름다운 숙녀인가요, 아니면 인형인가요?"

곧이어 고개를 숙여 보닛의 차양 아래의 화장을 한 채 미소를 짓고 있는 얼굴을 유심히 들여다보던 학감의 입에서 탄성이 흘러나왔다.

"아니, 이럴 수가! 누군가 했더니, 귀염둥이 버티 탤런 도련님이구먼!"

스티븐은 그가 서 있던 창문 곁 지점에서 나이 든 부인과 사제가 함께 웃음을 터뜨리는 소리를 들을 수 있었다. 또한 보닛을 쓰고 추는 춤을 독무(獨舞) 형식으로 공연할 예정인 자그마한 그 남자아이를 보기 위해 아이들이 그의 뒤편으로 몰려들어 낮은 목소리로 찬탄의 말을 속삭이고 있는 것까지 들을 수 있었다. 그는 참을 수 없는 기분이 되어 자기도 모르게 돌발적인 행동을 했다. 그는 쳐들고 있던 창문의 블라인드를 갑작스럽게 탁 내려놓고는 서 있던 의자에서 내려와 성당을 빠져나왔던 것이다.

그는 학교 건물을 통과하여 나온 다음 정원 옆에 지어놓은 움막 아래로 가서 걸음을 멈췄다. 반대편에 있는 극장에서 관객의 웅얼거림 소리가 나지막하게 들려왔다. 그러더니 군악대 연주가 시작되기라도 한 듯 갑자기 귀에 거슬릴 정도로 요란한 소리가 나고, 곧이어 극장의 유리 지붕 위로 빛이 환하게 퍼져 올라갔다. 극장의 그런 모습은 잔치가 벌어지고 있는 방주(方

舟)를 떠올리게 했다. 그리고 주변의 학교 건물들은 마치 폐선이 된 거함(巨艦)들과도 같아 보였으며, 초롱이 일렬로 매달려 있는 줄들은 방주를 정박시켜놓은 연약한 닻줄 같아 보이기도 했다. 극장의 옆문이 갑자기 열리더니 한 줄기의 빛이 새어나와 풀밭을 지나 그에게 다가왔다. 그와 함께 음악의 선율이 방주에서 갑자기 물밀듯 흘러나왔는데, 이는 왈츠의 전주곡이었다. 다시 문이 닫히자 들리던 음악의 선율이 희미해졌다. 음악의 도입 소절에서 느껴지는 정취가, 나른하고 나긋나긋하게 이어지는 선율이 도저히 형언할 길이 없는 감정을 다시금 일깨우고 있었다. 하루 종일 그가 느끼던 불안감의 원인이자 방금 전 그가 취했던 돌발적인 행동의 원인이기도 했던 그 감정을 일깨우고 있었던 것이다. 그의 불안감은 소리의 파동처럼 그의 내부로부터 흘러나왔다. 이윽고 흐르는 음악의 파도에 밀려 방주는 뱃길을 따라 초롱을 매단 줄들을 길게 드리운 채 여정을 이어갔다. 곧이어 소인국(小人國)의 포병대가 내는 것 같은 소음이 음악의 선율을 깨뜨렸다. 이는 무대 위로 아령 팀이 올라가는 것을 보고 관객이 치는 박수소리였다.

길가에서 가까운 쪽인 움막 저편 끄트머리 어딘가에서 진홍색 불빛이 어둠을 뚫고 보였다. 스티븐이 그 불빛이 보이는 쪽으로 다가가자 희미한 향내가 나는 것을 감지할 수 있었다. 두 소년이 출입구 아래 가려진 곳에 서서 담배를 피우고 있었다. 그리고 그곳에 이르기 전에 그는 목소리를 듣고 담배를 피우고 있는 소년 가운데 하나가 헤런이라는 것을 알아차렸다.

"아니, 이게 누구신가! 존귀하신 디덜러스 씨께서 어찌 이곳까지?" 고음의 쉰 목소리가 들려왔다. "믿음직한 친구여, 어서 오시게!"

이 같은 환영의 인사말에 이어 헤런은 가볍게 의례적인 웃음을 터뜨렸다. 웃음을 터뜨리면서 그는 아랍인들처럼 이마에 손을 대고 무릎을 굽혀 절을 하는 시늉을 하고는 몸을 굽힌 채 지팡이로 바닥을 쿡쿡 찌르기 시작했다.

"과분한 환영의 인사, 몸둘 바를 모르겠소." 스티븐이 헤런의 어투를 흉내 내어 그렇게 대꾸하면서 멈춰 섰다. 그런 다음 헤런과 그의 친구에게 번갈아 눈길을 주었다.

헤런의 친구는 스티븐에게 낯선 아이였다. 하지만 어둠 속에서도 담배 불빛의 도움을 받아 그가 창백한 얼굴빛에 멋쟁이다운 용모를 갖춘 아이라는 것은 물론, 그 아이의 얼굴 위로 천천히 번지는 미소까지도 감지할 수 있었다. 또한 훤칠한 몸매에 외투를 차려입고 있는 데다가 예모까지 갖춰 쓰고 있음도 확인할 수 있었다. 헤런이 그를 스티븐에게 소개하는 번거로움을 생략하고는 대신 이렇게 말했다.

"지금 막 내 친구 월리스한테 너에 관한 이야기를 하고 있던 참이었어. 오늘 네가 연극에서 교장 역을 맡아 할 때 말이지, 우리 학교 교장 선생님 흉내를 내면 그것처럼 유쾌하고 재미있는 일도 없을 거라고 말이야. 그것만큼 끝내주게 재미있는 장난도 없을 거야."

헤런이 자신의 친구 월리스를 위해 교장 선생님의 중후하고 현학적인 목소리를 흉내내려 시도했지만 결과는 변변치 않았다. 자신의 변변치 않은 시도에 실소를 흘리면서 그가 스티븐에게 한 번 해볼 것을 청했다.

"디덜러스, 네가 한 번 해봐라." 그가 재촉했다. "넌 끝내줄 만큼 멋지게 흉내낼 수 있잖아. '그가, 에, 또, 교회의 마알도 들으려고 하아지 않거든, 에, 또, 그를 다아른 미인족 사람이

나, 에, 또, 세에리처럼 여어겨라.'*"

월리스가 가볍게 짜증을 내는 바람에 헤런의 흉내 내기는 여기서 중단되고 말았다. 자신의 물부리에 담배가 너무 꽉 끼어 그가 짜증을 냈던 것이었다.

"이런, 빌어먹을 놈의 물부리!" 그가 입에 물고 있던 물부리를 손에 들고 참을성 있게 바라보면서 웃음을 띠기도 하고 인상을 찡그리기도 하면서 말했다. "어떻게 이처럼 매번 구멍이 막히지! 너도 물부리 사용하니?"

"난 담배를 피우지 않아." 스티븐이 대답했다.

"안 피우다마다." 헤런이 말했다. "디덜러스는 모범생이거든. 저 애는 담배도 피우지 않고 재미 보러 시장거리에도 나가지 않는단 말이야. 여자아이들하고 연애질도 하지 않고, 뭐 하는 짓이 있어야지! 저 애는 아무 짓거리도 하지 않는 그런 친구야!"

스티븐은 고개를 가로 저으면서, 앞으로 삐죽 나온 것이 새의 머리를 연상케 하는 경쟁 대상의 얼굴을 향해, 그것도 수시로 안색이 변하다가 이번에는 발갛게 달아올라 있는 그의 얼굴을 향해 웃음을 지어 보였다. 스티븐은 때때로 빈센트 헤런이 새를 뜻하는 이름**을 가지고 있는 데다가 생김새까지 새의 얼굴 모습을 하고 있는 것에 대해 신기해하곤 했다. 그의 이마에 드리워진 옅은 색깔의 머리카락 한 움큼이 마치 새의 곤두선 벼슬 같아 보였다. 또한 좁고 살집이 없어 보이는 앞이마에다가, 옅은 빛깔의 무표정한 두 눈―그것도, 아주 가깝게 붙어 있는 툭 불거진 두 눈―의 사이로 솟아 있는 홀쭉한 매부리코

---

*〈마태오 복음서〉 18장 17절에 나오는 말. 헤런은 교장의 어투를 흉내 내어 이 구절을 낭송하고 있다.
**헤런(heron)은 왜가리, 해오라기 등 백로과의 새를 총칭하는 말이기도 하다.

가 꼭 새의 얼굴 모습을 떠올리게 했다. 둘은 서로 경쟁 상대이지만 한 학급의 친구이기도 했다. 그들은 한 교실에서 함께 공부하는 사이였고, 성당에서 함께 무릎꿇고 미사를 올리는 사이였으며, 묵주 기도를 올린 다음 점심 식사 시간에 함께 이야기를 나누는 사이이기도 했다. 졸업반인 제1급반 아이들이 모두 그만그만한 멍청이들이었기 때문에 스티븐과 헤런은 함께 그해 학교 학생들을 대표하는 역할을 하기도 했다. 교장 선생님께 함께 찾아가 하루 휴일을 신청한다든가* 어떤 아이의 처벌을 면제해줄 것을 요청한다든가 하는 일은 그들에게 주어진 몫이었던 것이다.

"아무튼, 그건 그렇고, 오늘 너희 집 어른이 극장에 들어가는 걸 봤어." 헤런이 갑작스럽게 말을 바꿨다.

스티븐의 얼굴에서 웃음이 사라졌다. 친구든 선생님이든 누가 자신의 아버지에 대해 언급하기만 하면 그는 즉시 마음의 평정을 잃곤 했다. 그는 겁을 먹은 채 헤런이 그 다음에 무슨 말을 할 것인가에 귀를 기울였다. 그런데 헤런이 모르느냐는 듯한 표정을 지은 채 팔꿈치로 그를 슬쩍 찌르며 이렇게 말했다.

"디덜러스, 뒤로 호박씨 까지 마."

"뒤로 호박씨 까다니?" 스티븐이 물었다.

"이런, 시치미를 떼는 데도 선수네." 헤런이 말을 이었다. "아무튼, 내가 보기에 넌 뒤로 호박씨 까는 그런 녀석이더군."

"도대체 무슨 말을 하는 건지 물어봐도 될까?" 스티븐이 어조를 바꿔 그렇게 물었다.

*당시에는 학생들의 사기를 진작하기 위해서나 또는 학업 성과가 뛰어나거나 기억할 만한 선행을 한 학급을 격려하기 위해, 학교장 재량에 의해 임시로 휴일을 정하여 학교 수업을 면제해주는 제도가 있었다.

"정말로 넌 뒤로 호박씨 까는 녀석이란 말이야." 헤런의 대꾸였다. "우린 그 여자아이를 봤단 말이야. 안 그러냐, 월리스? 게다가 기막히게 미인이던데. 그리고 어쩌나 조잘조잘 물어대는지! '디덜러스 씨, 스티븐이 맡은 역할이 무엇인가요? 스티븐이 노래를 하지는 않나요, 디덜러스 씨?' 너희 집 어른은 다른 일에는 아무 관심도 없다는 듯 외알 안경으로 그 여자아이만 쳐다보고 있더군. 그래서 난 그 양반이 너의 비밀을 모두 알고 있다고 생각했지. 물론 나하고는 상관없는 일이지만 말이야. 그 여자아이, 끝내주는 미인이더군. 안 그러냐, 월리스?"

"상당히 괜찮더군." 물부리를 다시금 입가에 물면서 월리스가 조용히 말했다.

낯선 친구가 듣는 자리에서 이런 식의 암시로 가득 찬 황당한 말을 쏟아내다니, 스티븐의 마음에 순간적으로 화가 치밀어 올랐다. 그의 입장에서 보면, 한 여자아이가 그에게 관심과 흥미를 가졌다 해서 그것 때문에 그가 즐거워할 일은 하나도 없었다. 하루종일 그가 떠올렸던 것이라고는 해럴스 크로스에서 함께 탄 마차의 계단에서 작별 인사를 했던 것과 그로 인해 그의 마음을 스치고 지나갔던 한 줄기의 우울한 감정, 그리고 그에 관해 그가 시를 썼다는 것이 전부였다. 또한 그가 하루종일 상상했던 것이라고는 그들 사이에 새롭게 이루어질 만남의 자리였다. 그 여자아이가 연극을 보러 오리라는 것을 이미 알고 있었기 때문이었다. 옛날 파티가 있었던 날 밤 그랬던 것처럼 그를 안절부절못하게 했던 침울한 기분이 다시금 그의 가슴을 채웠지만, 그렇다고 해서 시를 써서 그런 감정을 발산할 수도 없었다. 지난 2년의 세월 동안 그가 거쳐온 성장의 과정과 쌓아온 지식이 옛날의 그와 오늘날의 그 사이를 가로막고 서서, 그와 같은 방식의 감정 발산을 금지하고 있기 때문이었다. 그리고 하루종일 우울하면서도 부드러운 마음의 흐름이 그의 마음 안에서 여울져 밀려나갔다가는 다시 어두운 물길을 따라 소용돌이치며 되돌아오곤 함으로써 그를 지치게 했다. 그리하여 너무나 지친 나머지 학감의 악의 없는 농담을 듣고 화장을 짙게 한 어린아이의 모습을 보는 순간 마침내 그는 더 이상 참을 수 없는 지경이 되어 돌발적으로 성당에서 뛰쳐나왔던 것이다.

"자, 그러니 이제 순순히 인정하는 게 좋을걸." 헤런이 계속 그를 다그쳤다. "이번엔 우리한테 꼼짝없이 들켰다는 것을 말이야. 이젠 더 이상 내 앞에서 성자인 척할 수 없게 되었다, 이 말씀이야. 이번엔 틀림없어."

가벼운 의례적인 웃음이 그의 입가에서 터져 나왔다. 그리고 전에 그랬던 것처럼 몸을 아래로 굽힌 채 지팡이로 스티븐의 장딴지를 가볍게 두드렸다. 스티븐을 장난삼아 나무라기라도 하듯.

스티븐의 화는 이미 수그러든 상태였다. 그는 우쭐해져 있는 것도 아니었고 당황해 있는 것도 아니었다. 다만 이 같은 놀림이 어서 끝나기만을 바랄 뿐이었다. 말도 안 되는 어리석고 황당한 짓거리라 생각되었기 때문에 처음에 일었던 불쾌감이 이제는 거의 느껴지지 않았다. 그의 마음속 모험이 그들의 말 때문에 위태로워지지는 않을 것임을 알고 있기 때문이었다. 그리고 마치 경쟁 상대의 모습을 거울에 그대로 비춰 보이기라도 하듯 그는 상대가 짓고 있는 거짓 웃음을 그대로 흉내내고 있었다.

"인정하라니까!" 헤런이 지팡이로 그의 장딴지를 다시 한 번 두드리면서 되풀이 말했다.

그의 그런 행동은 물론 장난스러운 것이었지만, 처음에 그
랬던 것처럼 그렇게 가벼운 것은 아니었다. 헤런의 지팡이가
닿았던 부위가 미약하게나마 얼얼하고 화끈거렸던 것이다. 하
지만 그렇다고 해서 아프다고 할 정도까지는 되지 않았다. 이
윽고, 장난스럽게 놀리고 있는 친구의 기분에 맞추기라도 하
듯, 스티븐은 굴복의 표시로 고개를 숙인 다음 '고백 기도'*의
기도문을 암송하기 시작했다. 스티븐의 이 같은 엉뚱한 짓거리
를 보고는 헤런과 월리스가 너그럽게 봐주겠다는 듯 웃어넘기
는 바람에 상황은 그것으로 그럭저럭 마무리되었다.

스티븐이 올리는 '고백 기도'는 입술만 움직여 건성으로 하
는 것이었다. 입술만 움직여 기도문을 읊조리는 동안, 기억 하
나가 갑작스럽게 되살아나 그가 앞서 잠깐 떠올렸던 어느 한
장면으로 그를 이끌어갔다. 마치 마술이 작용하기라도 한 듯,
웃음 짓는 헤런의 입가에 희미하게 잡혀 있는 잔인한 느낌의
보조개가 눈에 띄는 바로 그 순간, 그리고 헤런이 지팡이로 자
신의 장딴지를 두드릴 때와 '인정하라'는 위협 투의 말을 했을
때 그것이 처음이 아니라는 생각이 들던 바로 그 순간, 그의 마
음속으로 과거의 한 장면이 떠올랐던 것이다.

그가 벨비디어 칼리지에 제6급반 학생으로 입학한 다음 첫
학기가 끝나갈 무렵이었다. 당시는 예상치 못했던 누추한 생활
양식이 가하는 채찍질을 받아 그의 예민한 성품이 아직도 통증
을 느끼고 있을 때였다. 또한 그의 영혼이 더블린의 따분한 풍
광에 아직 불안해하고 의기소침해 있을 때이기도 했다. 그때
그는 2년 동안 이어진 몽환의 세월에서 빠져나와, 새로운 풍경

*고해성사를 시작하는 자리에서 올리는 기도.

그리고 새로운 사건들과 인물들 한가운데서 자기 자신을 찾고 있었다. 당시 그가 접하는 사건들과 인물들은 그를 낙담케 하거나 유혹하는 등 그에게 깊이 영향을 미쳤으며, 그를 낙담에 빠져들게 하든 유혹으로 이끌든 당시의 사건들과 인물들은 항상 그의 마음을 불안감과 쓰라린 기억으로 채워주었다. 그리고 그는 학교생활이 그에게 허락하는 모든 여가 시간을 파괴적이고 과격한 작가들의 작품을 읽는 것으로 보냈다. 그들의 비웃음과 폭력적인 언사가 그의 머리 안에서 발효 과정을 거친 다음 넘쳐 흘러나와, 정제되지 않은 그의 글 속으로 들어가 자리를 잡곤 했다.

글쓰기 과제는 그가 일주일 동안 하는 일 가운데 가장 공을 들여 하는 일이었고, 매주 화요일마다 집에서 학교로 걸어가는 동안 그는 길에서 일어나는 일에서 자신의 운명을 읽곤 했다. 그는 앞서 가는 사람과 자신을 경쟁 구도에 놓고는 걸음을 빨리 하여 어떤 일정한 지점에 이르기 전에 그를 앞지른다든가 보도에 깔아놓은 석판들을 하나하나 조심스럽게 밟고 지나감으로써, 이번 주의 자기 글쓰기 과제물이 1등을 할 것인가 그렇지 못할 것인가를 점치기도 했다.

어느 화요일 그가 계속 달려오던 승리의 여정이 무참히 끊기고 말았다. 영어를 담당하는 테이트 선생님*이 손가락으로 그를 지목하더니 퉁명스럽게 말했다.

"이 친구의 글에 이단적인 부분이 있더군."

교실 전체가 쥐 죽은 듯 침묵에 휩싸였다. 테이트 선생님이 침묵을 깨는 대신 꼬고 앉은 다리 사이에 두 손을 넣었다. 풀을

---

*원문에서 스티븐은 테이트를 지칭하는 표현으로 '미스터'를 쓰고 있다. 이는 테이트가 사제가 아니었기 때문이다.

심하게 먹인, 리넨 천으로 된 그의 셔츠가 팔과 목 부분을 스치면서 내는 소리만이 정적을 깰 뿐이었다. 스티븐은 고개를 들어 선생님을 바라볼 수 없었다. 아직 싸늘한 봄날 아침이어서, 눈에 아직 통증을 느끼고 있고 시력도 시원치 않기 때문이었다. 또한 자신이 실패했다는 것과 그 점을 들켰다는 것을, 자기 자신의 마음과 집의 누추함을 의식하고 있었기 때문이었다. 그리고 접어서 톱니처럼 날이 선 셔츠 깃의 거친 가장자리가 목을 스쳐 아프게 하고 있기 때문이기도 했다.

테이트 선생님이 짤막하게 소리 높여 웃음을 터뜨리자 반 아이들은 더욱 안절부절못했다.

"아마 자넨 그런 사실을 몰랐겠지." 그가 말했다.

"어디에 그런 것이 있나요?" 스티븐이 물었다.

테이트 선생님이 손을 빼더니 글쓰기 과제물을 펼쳐놓았다.

"바로 여기에 있네. 창조주와 영혼에 관한 구절이었지. 음— 음— 음— 아! '영원히 가까이 다가갈 가망이 없이.' 이건 이단적이야."*

스티븐이 떠듬떠듬 말을 이었다.

"저는 '영원히 도달할 가망이 없이'라는 뜻으로 그 말을 쓴 겁니다."**

이는 순종을 표시하는 것이었다. 마음이 누그러진 테이트 선생님이 과제물을 접어 그에게 건네주면서 이렇게 말했다.

*천주교의 정통적인 입장에서 볼 때, 모든 영혼에게는 하느님에게 다가가 하느님과 영적 교류를 하는 축복된 상태에 이를 수 있도록 충분한 은총이 주어져 있다. 스티븐의 진술을 이단이라 함은 영혼에게 충분한 은총이 주어져 있지 않다거나 또는 하느님이 허락한 것보다 더 많은 은총을 목말라한다는 암시가 들어 있다는 뜻에서다.
**스티븐은 영혼이 하느님께 다가갈 수 있지만 결코 자신에 대한 자의식 때문에 도달할 수 없다는 말로 바꿈으로써 이단을 피하고 있다.

"아, 그런가! '영원히 도달할 수 없다'라. 그렇다면 이야기가 달라지지."

하지만 아이들의 마음은 그처럼 빠르게 누그러지지 않았다. 비록 누구도 수업이 끝난 다음에 그 일에 관해 그에게 말하지는 않았지만, 그는 막연하게나마 그가 지적을 받은 것을 놓고 아이들 모두가 심술궂게도 고소해하고 재미있어하는 것을 느낄 수 있었다.

공개석상에서 이처럼 질책을 받고 나서 며칠이 지난 어느 날 밤, 그가 편지 한 통을 들고 드럼콘드러 로드*를 따라 걷고 있을 때 그를 향해 외치는 소리가 들렸다.

"잠깐!"

몸을 돌려 바라보니, 자기 반 아이들 세 명이 해질 녘의 어둠을 헤치고 그에게 다가오고 있었다. 그를 부른 아이는 헤런이었다. 수행원이라도 되는 양 양쪽에 두 친구를 거느리고 행진하듯 다가오던 그는 자기네 걸음걸이의 속도에 맞춰 가느다란 지팡이로 그의 앞 허공을 가르고 있었다. 볼런드라는 이름의 그의 친구는 얼굴에 하나 가득 멍청한 웃음을 띤 채 다가오고 있었고, 내시라는 이름의 친구는 몇 걸음 뒤에서 보조를 맞추느라 헐떡이기도 하고 거대한 붉은 머리를 이리저리 흔들기도 하면서 따라오고 있었다.

오던 길을 따라 아이들이 함께 걷다가 클론리프 로드**로 들어서게 되었다. 그때부터 아이들은 책과 책의 작가에 관해 이야기를 하기 시작했는데, 어떤 책들을 읽고 있는지, 집에 있는 자기 아버지의 서가에는 책이 얼마나 많은지가 화제가 되기도

---

*더블린의 로열 커낼 바로 북쪽에 있는 거리.
**드럼콘드러 로드를 따라가다 동쪽으로 꺾어지면 나오는 거리.

했다. 볼런드는 돌대가리이고 내시는 게으름뱅이라는 사실을 알고 있던 스티븐은 어느 정도 놀란 상태에서 그들의 이야기에 귀를 기울였다. 아니나 다를까, 자기네들이 좋아하는 작가에 대해 이야기를 약간 나눈 다음, 내시가 캡틴 메리어트*야말로 세상에서 가장 위대한 작가라 선언했다.

"말도 안 되는 소리 좀 작작 해라!" 헤런이 말했다. "디덜러스한테 물어 봐라. 야, 디덜러스, 누가 세상에서 가장 위대한 작가냐?"

그의 물음에는 조소가 담겨 있는 것을 감지한 스티븐이 이렇게 물었다.

"산문 작가 가운데 말이니?"

"응."

"내 생각엔 뉴먼** 같아."

"뉴먼 추기경 말이냐?" 볼런드가 물었다.

"응." 스티븐이 대답했다.

고개를 돌려 스티븐을 향하고 있는 내시의 주근깨 가득한 얼굴에 멍청한 웃음이 가득 번지고 있었다.

"디덜러스, 너 뉴먼 추기경을 좋아하냐?"

"아, 산문 문체에 관한 한 뉴먼이 최고라고 말하는 사람들이 많지." 헤런이 다른 두 친구한테 설명을 해주듯 말했다. "물론 그는 시인이 아니야."

"얘, 헤런, 그럼 누가 최고의 시인이냐?" 볼런드가 물었다.

"물론 테니슨 경이지." 헤런이 대답했다.

*캡틴 프레드릭 메리어트(Captain Frederick Marryat, 1792~1848)는 영국의 해군 장교로, 수많은 해양 모험 이야기를 써서 당시 아이들에게 큰 인기를 얻었다.
**존 헨리 뉴먼(John Henry Newman, 1801~1890)은 영국의 구교 성직자였다가 천주교로 개종하여 추기경의 위치에까지 오른 사람으로, 문필가로서도 아주 명성이 높았다.

"아, 그래, 맞아. 테니슨 경이 최고의 시인이야." 내시가 말했다. "우리 집에 그의 시가 다 들어 있는 책이 있어."

이 말에 스티븐은 속으로 했던 다짐을 잊은 채 불쑥 이렇게 말했다.

"테니슨이 시인이라고! 그는 운율 맞추는 일에나 급급했던 엉터리 시인에 불과해!"

"말도 안 되는 소리 작작 하시지!" 헤런이 말했다. "테니슨이 가장 위대한 시인이라는 건 누구나 다 아는 사실이야."

"그럼 넌 누가 가장 위대한 시인이라고 생각하냐?" 볼런드가 옆에 있던 그를 팔꿈치로 툭 치면서 물었다.

"물론 바이런이지." 스티븐의 대답이었다.

헤런의 주도 아래 셋이 한통속이 되어 스티븐을 비웃었다.

"뭐가 그렇게 우습다는 거냐?" 스티븐이 물었다.

"네 말이 우습다는 거야." 헤런이 말했다. "바이런이 가장 위대한 시인이라니! 그는 무식한 인간들한테나 시인 대접을 받을 작자에 지나지 않아."

"그 작잔 틀림없이 아주 잘난 시인일 거야!" 볼런드가 말했다.

"넌 입 좀 다물고 있지 못하겠니?" 스티븐이 과감하게 그에게 공격의 화살을 퍼부었다. "네가 시에 대해 아는 거라곤 화장실 벽에다가 낙서해 놓은 것이 전부 아니냐? 그런 짓거리 때문에 다락방*으로 보내져 벌이나 받을 주제에, 무슨 말이 그렇게 많아!"

실제로 볼런드가 화장실 벽에 2행 연구 형식의 시를 썼다는 소문이 있었다. 종종 조랑말을 타고 학교에서 집으로 돌아가는 한 반의 어떤 친구에 관해 다음과 같은 시를 썼다는 것이다.

*당시 벨비디어 칼리지에서는 벌을 받기 위해 불려 가는 장소를 '다락방(loft)'이라 했다.

타이슨이 말을 타고 들어가던 바로 그곳은 예루살럼,

그가 말에서 떨어져, 상처를 입힌 건 그의 알렉 카푸즐럼.*

이 같은 공격이 수행원 격인 두 아이들의 입을 다물게 하긴
했지만, 헤런은 말을 멈추지 않았다.

"아무튼, 바이런은 이단자에다가 부도덕한 인간이었어."

"그가 어떤 인간이든 난 상관하지 않아." 스티븐이 격한 어
조로 말했다.

"넌 그가 이단자든 아니든 상관하지 않는다고?" 내시가 말
했다.

"시를 읽는다 해봤자 일생 자습서나 들여다볼 주제에 뭘 안
다고 떠들어! 볼런드, 너도 마찬가지야."

"바이런이 나쁜 인간이라는 거, 나도 알아." 볼런드가 말했다.

"야, 애들아, 이 이단자 놈을 좀 붙잡아라." 헤런이 큰 소리
로 외쳤다.

순식간에 스티븐은 그들의 손아귀에 붙들리게 되었다.

"며칠 전 테이트가 너를 빠져나가게 해줬지?" 헤런이 말을
이었다. "네 글에 들어 있던 이단을 눈감아줬다, 이 말이야."

"내일 가서 테이트한테 일러바쳐야지." 볼런드가 말했다.

"일러바치겠다고?" 스티븐이 말했다. "겁이 나서 입도 뻥끗
하지 못할 주제에 일러바치겠다니!"

---

*위의 번역에서 일반적으로 통용되는 '예루살렘'이 아닌 '예루살럼'으로 표기한 것은
영어에서 'Jerusalem'과 'Kafoozelum'은 '-럼'을 각운으로 지니고 있기 때문이다. 비
록 시라고 할 수 없는 엉터리 시이긴 하지만, 그래도 이를 쓴 사람이 어떻게 해서든
시의 흉내를 내려 애쓴 흔적을 보여주는 것이 이 각운이라 할 수 있다. 한편, 위의 엉
터리 시와 관련하여, 예루살렘의 매춘부인 카푸즐럼(Kafoozelum)이 사제와 변태적인
성행위를 했다는 가사가 담긴 외설적인 속요(俗謠)가 있었음을 참고할 수 있다.

"겁이 나서라고?"

"그래, 겁이 나서 입도 뻥끗하지 못할 거라 했다, 어쩔래?"

"얌전하게 굴어!" 헤런이 지팡이로 스티븐의 다리를 내려치며 고함을 질렀다.

이것을 신호로 그들의 공격이 시작되었다. 내시가 그의 양 팔을 뒤에서 단단히 붙잡고 있는 동안 볼런드는 하수구에 있던 기다란 양배추 뿌리를 움켜쥐었다. 지팡이를 휘둘러 내려치고 마디진 양배추 뿌리로 공격을 가하는 동안 스티븐은 몸을 뒤틀고 발길질을 해댔지만, 철조망이 있는 곳까지 떠밀려 가고 말았다.

"바이런은 형편없는 인간이라는 걸 인정해!"

"인정 못 해."

"인정하라니까."

"못 해."

"인정하란 말야!"

"못 해. 절대 못 해."

미친 듯이 달려든 끝에 마침내 빠져나와 자유의 몸이 되었다. 그를 괴롭히던 녀석들은 그를 비웃고 조롱하면서 존스 로드*를 향해 가버렸다. 그러는 동안 눈물 때문에 거의 앞이 보이지 않게 된 그는 비틀거리며 앞으로 나아갔다. 미친 듯이 주먹을 불끈 쥐고 훌쩍이면서.

너그럽게 봐주겠다는 투의 웃음소리가 두 아이의 입에서 터져 나오는 것을 들으면서 여전히 고백 기도를 드리는 동안, 그리고 악의가 지배하던 그 사건의 장면들이 선명하게 또한 재빠

---

*드럼콘드러 로드에서 클론리프 로드로 들어선 다음 400미터 가량을 가서 남쪽으로 꺾어지면 나오는 거리. 드럼콘드러 로드와 평행을 이루고 있다.

르게 그의 마음을 스쳐 지나가는 동안, 그가 의아해했던 것은 그를 괴롭히던 녀석들한테 이제 더 이상 아무런 원한도 느껴지지 않는다는 점이었다. 그는 그들의 비겁함과 야비함을 조금도 잊지 않은 채 몽땅 기억하고 있었다. 하지만 그에 대한 기억을 아무리 떠올려도 분노의 감정이 되살아나지 않았다. 그런 연유로 그에게는 그가 책에서 만났던 열정적인 사랑과 증오에 대한 모든 묘사 역시 비현실적인 것으로 느껴지곤 했다. 심지어 존스 로드를 따라 집으로 비틀거리며 가던 그날 밤에도 그는 무언가 알 수 없는 힘이, 마치 익어서 연해진 껍질로부터 과일이 쉽게 떨어져나가듯, 갑작스럽게 휘몰아쳤던 분노에서 그를 벗어나게 하는 듯한 느낌이 들었다.

그들이 하는 이야기에 또는 극장에서 터져 나오는 박수 소리에 한가하게 귀를 기울이며, 스티븐은 두 친구와 함께 움막 끄트머리에 서 있었다. 어쩌면 그 여자아이는 그가 무대 위에 등장하기를 기다리며 그곳 극장 관람석의 사람들 틈에 끼어 앉아 있으리라. 그 여자아이의 모습을 떠올려보려 했으나 쉽지가 않았다. 다만 그 여자아이가 마치 두건을 쓴 것처럼 숄로 머리를 감싸고 있었다는 것만을, 그리고 그 여자아이의 검은 눈동자가 자신의 마음을 사로잡는 동시에 안절부절못하게 한 것만을 기억할 뿐이었다. 그는 그 여자아이가 자기 마음에 있듯 그도 그 여자아이의 마음에 있는가가 궁금했다. 이윽고 다른 두 사람의 눈에 띄지 않게 어둠 속에서 그는 한 쪽 손의 손가락을 모아 그 끄트머리를 다른 쪽 손의 손바닥 위에 올려놓았다. 그것도 거의 건드릴 듯 말 듯, 그렇지만 가볍게 힘을 주어. 하지만 그녀의 손가락이 주는 감촉은 그것보다 더 가벼웠지만 더 안정감이 느껴지는 그런 것이었다. 손가락의 감촉에 대한 기억을 떠올리자 그때의 느낌이 갑자기 그의 머리와 몸을 꿰뚫고 지나갔다. 마치 보이지 않는 따뜻한 파도처럼.

한 아이가 움막을 가로질러 그들에게 달려왔다. 그 아이는 흥분해 있었으며 또한 가쁘게 숨을 몰아쉬고 있었다.

"애, 디덜러스!" 그 아이가 소리쳤다. "도일이 너 때문에 굉장히 화가 났어. 빨리 들어가서 옷 갈아입고, 무대에 올라갈 준비해. 어서, 서두르는 게 좋을걸."

"가고 싶을 때 갈 테니 그리 알아." 헤런이 스티븐을 부르러 온 아이에게 거만한 어조로 느릿느릿하게 말했다.

그 아이가 헤런에게 고개를 돌리고 되풀이해서 말했다.

"도일이 굉장히 화가 났다니까."

"너 도일한테 가서 내 인사 정중히 전하고, 그만 좀 법석 떨라고 해주지 않겠냐?" 헤런이 대꾸했다.

"아무튼, 난 그만 가 봐야겠다." 그런 식으로 위신 문제를 따지는 일에 관심이 없는 스티븐이 말했다.

"나라면 안 갈 거야." 헤런이 말을 이었다. "나라면 죽어도 안 가. 이런 식으로 상급생한테 사람을 보내 오라 가라 하는 법이 어디 있냔 말이야. 화가 났다니! 그가 벌이는 빌어먹을 놈의 연극판에 네가 나가 역을 맡아 해주는 것만으로도 감지덕지해야 할 판에 말이야."

친구를 위한답시고 이처럼 툭하면 시비조로 나오는 경향이 그의 경쟁 상대한테 있음을 스티븐은 최근 목격하게 되었다. 물론 그는 경쟁 상대의 그런 시비조의 태도에 이끌려 다른 사람의 말에 조용히 순응하는 자신의 원래 성향을 버린 적은 없었다. 그는 소란스런 몸짓이나 행동을 불신하고 있었을 뿐만 아니라 그런 식의 소란스런 우정 표시에 담긴 진실성에 대해서도 미심쩍어하고 있었다. 스티븐의 눈에는 그런 식의 우정 표시가 성인 남자가 되어가고 있음을 알리는 전조이기는 하나, 그런 전조 가운데서도 한심하고 딱한 것으로 비치기도 했다. 여기에서 제기된 체면 문제는 그런 종류의 문제가 다 그렇듯 그에게는 하찮은 것으로 보였다. 그의 마음이 실체가 없는 환영을 추적하고 있는 동안에도, 그리고 아무것도 해결되지 않은 막연한 상태에서 그러한 추적을 단념하는 동안에도, 그는 그의 주위에서 끊임없이 이어지는 자기 아버지와 선생님들의 목소리를, 무엇보다도 신사가 될 것을 촉구하고 무엇보다도 훌륭한 천주교 신자가 될 것을 촉구하는 그들의 목소리를 들어야 했다. 그러한 목소리들이 그의 귀에는 이제 공허하게 느껴졌다. 이윽고 체육관이 문을 열자* 그는 또 하나의 목소리를 듣게 되었는데, 이는 강해질 것을, 사나이다워질 것을, 건강할 것을 촉구하는 목소리였다. 민족성 회복 운동**의 기운이 학교에서 느껴지기 시작하자 또 하나의 목소리가 그의 귀에 들리기 시작했다. 이는 조국에 충성할 것을, 빈사 상태에 처한 조국의 언어와 전통을 되살리는 데 맡은 바 역할을 할 것을 명령하는 목소리였다. 또한, 그가 예상했듯, 현실적 삶의 세계에서는 세속의 목소리가 그를 향해 열심히 노력할 것을, 그렇게 해서 기울어진 가운을 다시 일으켜 세울 것을 명령하곤 했다. 한편, 학교의 친구들은 그에게 모나지 않은 원만한 친구가 될 것을, 친구들이 야단맞지 않도록 보호막 역할을 하거나 벌 받을 친구들을 빼내

---

*1884년 11월 1일 창립된 '게일인 체육 협의회(Gaelic Athletic Association)'의 활동과 관련된 것으로 추정된다.
**영어 대신 아일랜드 고유의 언어인 게일어를 사용하자는 게일어 연맹(1893년 창설)의 활동을 말한다.

주는 탄원자 역할을 할 것을, 또한 학교에 사정하여 수업이 없는 휴일을 얻어내는 데 최선을 다할 것을 촉구하기도 했다. 그리고 이 모든 시끄럽고 공허한 목소리들이야말로 그에게 환영을 쫓는 일을 엉거주춤한 상태에서 포기하도록 하는 데 결정적인 역할을 했던 장본인이었다. 한동안 그는 그런 시끄러운 목소리에 귀를 기울이긴 했다. 하지만 그런 목소리와 떨어져 있게 되었을 때에만, 그들이 부르는 소리가 들리지 않는 곳에 혼자 또는 환영이라 이름하는 친구들과 함께 있을 때에만, 그는 비로소 행복감에 젖을 수 있었다.

제의실에 들어가 보니, 앳된 얼굴 모습의 통통하게 살이 찐 예수회 소속 사제 하나와 나이가 지긋해 보이는 남자 하나가 낡은 청색 옷차림으로 상자에 담긴 여러 색깔의 물감과 분필을 만지작거리고 있었다. 막 분장을 끝낸 아이들은 오락가락하고 있거나, 여전히 어색해하는 표정을 얼굴에 담은 채 서서 분장이 된 자신들의 얼굴을 손가락 끝으로 조심스럽게 살짝 만져 보기도 했다. 제의실의 한가운데에서는 당시 학교를 방문하고 있던 젊은 예수회 소속 사제 하나가 양손을 옷 양쪽 주머니에 푹 찔러 넣은 채 서서, 발가락 끝과 발뒤꿈치를 번갈아 들었다 내렸다 하는 동작을 율동적으로 되풀이하고 있었다. 윤이 나는 붉은 고수머리로 인해 도드라져 보이는 그의 작은 머리와 새로 면도를 한 그의 얼굴은 그가 입고 있는 먼지 하나 없이 깨끗하고 품위 있는 수단과 아주 잘 어울렸고, 또한 티 하나 없이 깨끗한 그의 신발과도 잘 어울렸다.

이처럼 율동적으로 몸을 흔들고 있는 사제의 모습을 바라보면서 비웃음이 담긴 듯한 그의 미소가 의미하는 바가 무엇인지를 가늠해보는 동안, 클롱고우스 우드 칼리지를 가기 전에 아버지에게 들었던 말 하나가 스티븐의 기억 속에서 되살아났다. 아버지의 말에 의하면, 예수회 사제인지 아닌지는 언제나 옷 입는 모양만 봐도 알 수 있다는 것이었다. 바로 그 순간 그에게 는 자기 아버지의 마음과 말쑥하게 옷을 차려입은 채 미소를 보내고 있는 이 사제의 마음 사이에는 무언가 공통점이 존재한 다는 생각이 들었다. 아울러, 그는 사제의 사무실이나 제의실 과 같은 곳에서라면 으레 느껴지곤 하던 성스러운 분위기가 탈 색되어 있음을 의식하기도 했다. 시끄러운 말소리와 농담 때문 에, 그리고 가스램프 냄새와 기름 냄새로 메케해진 실내 공기 때문에, 그런 곳을 감돌던 정적의 분위기가 현재로서는 망가져 있었던 것이다.

　나이가 지긋해 보이는 남자가 그의 앞이마에 주름을 그려 넣어주고 턱을 검은색과 푸른색으로 칠해주는 동안, 스티븐은 제대로 정신을 집중하지 않은 상태로 통통하게 살이 찐 젊은 예수회 소속 사제의 말에 귀를 기울이고 있었다. 그는 목소리 가 또렷하게 들리도록 소리 높여 대사를 낭송해야 하며 요점을 명료하게 드러내야 한다고 스티븐에게 주의를 주고 있었던 것 이다. 밴드가 〈킬라니의 백합〉*을 연주하는 소리가 들렸다. 그 는 곧이어 무대의 커튼이 올라가리라는 것을 알고 있었다. 그 는 무대 위에 서는 것이 두렵지는 않았으나, 자신이 맡아 할 역 을 생각하니 창피하다는 느낌을 떨칠 수 없었다. 그에게 주어 진 대사의 몇몇 구절들을 떠올리자 분장을 해놓은 그의 뺨이 갑작스럽게 달아올랐다. 그는 그 여자아이가 청중들 사이에 앉 아서 진지하고도 매혹적인 두 눈으로 그의 공연을 지켜보는 모

*영국에서 주로 활동한 독일의 작곡가 줄리우스 베네딕트(Julius Benedict, 1804~1885) 가 작곡한 〈킬라니의 백합〉이라는 동일 제목 오페라의 서곡.

습을 떠올려보았다. 여자아이의 두 눈을 떠올리는 순간 망설이는 마음이 일시에 사라지고 의지가 굳어졌다. 그에게는 자신이 또 하나의 성품을 타고난 것처럼 느껴지기도 했는데, 주위의 흥분된 분위기와 젊음의 기운이 그를 감염시켜 그를 지배하던 음울한 불신의 감정을 순식간에 뒤바꿔놓았던 것이다. 아주 드물게 순간적으로 그는 자신이 진정한 소년다운 소년이 되어 있다는 느낌을 갖게 되었다. 이윽고 다른 출연자들과 함께 무대의 옆에 섰을 때 그는 실내를 지배하고 있는 즐거운 분위기에 휩쓸리게 되었다. 그러는 사이에 두 명의 건장한 사제가 격렬하게 몸을 움직여 무대의 막을 걷어올렸으며, 이로 인해 무대의 막은 온통 뒤틀린 채 올라갔다.

잠시 후에 그는 무대 위로 올라가 어둠에 싸여 보이지 않는 무수한 사람들의 얼굴 앞에 섰다. 그리고 휘황한 가스램프 불빛을 받으며 어둠으로 둘러싸인 무대 한가운데서 연기를 했다. 연습할 당시에는 조각조각 나뉘어져 생명이 없는 것으로 여겨졌던 연극이 갑자기 그 나름의 생명을 지닌 유기체로 바뀌는 것을 보고 그는 놀라지 않을 수 없었다. 마치 연극이 스스로 연극을 진행해 나아가고 있고, 그와 그의 동료 연기자들은 그들에게 주어진 역을 통해 연극의 진행을 돕고 있을 뿐인 것처럼 느껴지기도 했다. 마지막 장면이 끝나고 막이 드리워졌을 때 그는 어둠이 사람들의 박수갈채로 채워지는 소리를 들었다. 곧 이어, 무대 옆의 갈라진 틈으로 보니, 그가 연기할 때 그 앞에서 하나가 되어 있던 사람들이 마술처럼 헝클어져 그 형태가 망가지고 있었고, 보이지 않던 무수한 사람들의 얼굴이 온 사방으로 흩어지고 산산조각 나뉘어지더니 분주하게 움직이는 작은 집단들로 바뀌고 있었다.

그는 재빨리 무대를 떠나, 연극을 위해 준비했던 무대 의상이든 치장이든 모두 벗어 던지고 성당을 지나 학교 정원으로 나갔다. 이제 연극은 끝난 만큼, 그의 신경은 무언가 좀 더 새로운 모험을 갈망하고 있었다. 마치 그런 모험을 뒤쫓아가기라도 하듯 그는 서둘러 앞으로 나아갔다. 극장의 문은 모두 열려 있었으며 관객은 이미 모두 자리를 비운 상태였다. 그가 방주의 닻줄이라 상상했던 여러 가닥의 줄에 매달려 있는 초롱 가운데 몇 개만이 한밤의 미풍에 흔들리며 쓸쓸하게 깜박이고 있었다. 그는 그 어떤 먹이도 놓치지 않겠다는 열망에 사로잡힌 채 서둘러 정원에서 계단을 따라 올라갔다. 그리고 현관에 몰려 있는 사람들 사이를 비집고 앞으로 나아가 예수회 사제 둘이 서 있는 곳을 지나쳐 갔다. 두 사제는 학교를 빠져나가는 방문객들을 지켜보다가 그들과 인사와 악수를 나누고 있었다. 그는 좀 더 서둘러야 하는 척하면서 신경이 예민해진 상태로 계속 걸음을 재촉했다. 아직 분장을 지우지 않은 그의 얼굴이 지나가는 동안 사람들이 건네는 미소와 응시의 눈길을, 그리고 팔꿈치로 가볍게 찔러 인사를 전하는 사람들의 몸 동작을 희미하게 의식하면서.

그가 계단에서 나서자, 첫 번째 초롱 아래서 가족들이 기다리고 있는 것이 눈에 띄었다. 한눈에 그는 기다리고 있는 사람들 모두가 다 아는 사람들뿐이라는 것을 알고는 성이 나서 계단을 따라 다시 내려갔다.

"조지 스트리트* 쪽에 가서 전할 말이 있어요." 그가 재빨리 아버지에게 말했다. "나중에 집에 가서 뵐게요."

---

*벨비디어 칼리지에서 2.5킬로미터 가량 떨어진 곳에 있는 거리 이름.

아버지의 대답을 기다리지 않은 채 그는 거리를 가로질러 뛰어갔다. 그런 다음 목이 부러질 만큼 무서운 속도로 언덕을 따라 내려가기 시작했다. 그는 자신이 어디를 걸음을 옮기고 있는지를 거의 의식하지 않고 있었다. 그의 가슴속에서 자부심과 희망과 욕망이 마치 으깨진 약초와도 같이 짓이겨져 그의 마음의 눈앞으로 향연(香煙)을, 사람을 미치게 할 만큼 강렬한 향연을 피워 올리고 있었다. 상처 난 자부심과 꺾인 희망과 좌절된 욕망이 뒤섞여 갑작스럽게 피워 올리는 향연의 소용돌이 속에서 그는 언덕을 따라 성큼성큼 걸어 내려갔다. 향연은 사람을 미치게 할 만큼 짙고 강렬한 연기가 되어 고뇌에 찬 눈으로 바라보는 그의 앞에서 여울져 올라가 머리 위로 사라졌다. 그리하여 마침내 대기는 다시 원래의 맑음과 차가움을 되찾았다.

얇은 막이 하나 그의 눈을 가리고 있었지만, 그의 눈에서는 더 이상 불길이 느껴지지 않았다. 가끔 끓어오르는 분노와 적개심에서 그를 벗어나게 했던 미지의 힘과 비슷한 그 어떤 힘이 마침내 그의 발걸음을 멈추게 했다. 그는 멈춰 서서, 임시 시신 안치소의 음산한 현관문과 그 현관문을 지나 자갈이 깔린 안쪽의 어둡고 좁은 통로를 차례로 응시했다. 통로의 벽에 쓰여 있는 '로츠'*라는 글자를 바라보면서 그는 코를 찌르는 냄새를 풍기는 습한 공기를 천천히 들이마셨다.

"말 오줌과 썩은 짚 냄새로구나." 그가 속으로 중얼거렸다. "들이마시기에 괜찮은 냄새로군. 마음을 진정시켜주겠지. 이젠 마음이 많이 가라앉았으니, 집으로 가자."

*더블린에 있는 한 골목 이름.

   ＊　＊　＊

스티븐은 킹스브리지 역*에서 열차에 탑승하여 다시 한 번 아
버지 곁에 앉게 되었다. 그는 아버지와 함께 야간 우편열차로
코르크를 향해 여행하는 중이었다. 열차가 증기를 내뿜으며
역을 출발하자, 그는 여러 해 전 어린아이다운 놀라움에 빠져
들게 했던 일들을 떠올려보기도 했고, 클롱고우스 우드 칼리
지에서 보낸 첫날에 있었던 사건들을 하나하나 떠올려보기도
했다. 하지만 이제 그는 더 이상 그런 식의 놀라움에 빠져들지
않았다. 그는 어둠에 잠긴 풍경이 그의 눈앞을 스쳐 지나가는
것을 보았다. 침묵을 지킨 채 서 있는 전신주들이 그가 앉아
있는 자리 옆의 창문을 매 4초마다 하나씩 빠르게 지나갔고,
몇 명의 역원들이 말없이 지키고 있는 희미한 불빛의 자그마
한 역들이 마치 우편열차에게 내던져지기라도 한 양 그의 옆
을 휙휙 지나 뒤로 멀어졌다. 역들은 달리기 선수가 달리면서
뒤로 흩뿌리는 불똥처럼 어둠 속에서 잠시 반짝이다 사라지곤
했던 것이다.

　아버지가 코르크의 풍경과 아버지가 보낸 젊은 시절의 장면
들을 떠올리게 하는 이야기를 해주었으나 그는 건성으로 귀를
기울이고 있을 뿐이었다. 아버지는 이미 세상을 떠난 몇몇 친
구들의 이미지가 떠오르거나 자신의 이번 여행의 실질적인 목
적이 무엇인가를 갑작스럽게 떠올릴 때마다 한숨을 쉬거나 또
는 주머니에 넣고 온 작은 술병의 술을 한 모금씩 마셨으며, 그
때문에 아버지가 하는 이야기는 종종 끊기곤 했다. 스티븐은

*서쪽 및 남쪽 방향으로 가는 열차 종착역. 더블린 서부 지역에 있으며, 지금은 휴스
턴(Heuston) 역으로 그 이름이 바뀌었다.

이야기를 듣고 있긴 했지만 공감이 가지 않았다. 그에게는 죽은 사람의 이미지는 찰스 아저씨의 것 말고는 모두가 다 낯설게 느껴졌다. 하기야 찰스 아저씨의 이미지도 최근에 들어서서는 기억에서 희미해지고 있었다. 하지만 그는 아버지의 재산이 경매에 부쳐져 매각될 것이라는 사실을 알고 있었다. 그에게는 세상이 이런 식으로 자기 자신이 소유한 것을 박탈함으로써 미래의 풍요에 대한 그의 환상이 거짓된 것임을 거칠게 증명하고 있는 것처럼 느껴지기도 했다.

메리버러*에서 그는 잠이 들었다. 그가 잠에서 깨어났을 때, 열차는 멜로우**를 빠져나가고 있었으며 아버지는 다른 좌석에서 몸을 길게 눕힌 채 잠이 들어 있었다. 싸늘한 새벽빛이 시골 풍경 위로, 인적이 없는 들판 위로, 문이 닫혀 있는 오두막 위로 드리워져 있었다. 적막한 시골 풍경을 바라보노라니, 그리고 이따금 몰아쉬는 아버지의 깊은 숨소리나 갑작스러운 뒤척임 소리를 듣다보니, 잠에 대한 공포가 그의 마음을 사로잡았다. 눈에 보이지 않으나 잠을 자고 있는 주변의 승객이 마치 그에게 해코지라도 할 것 같은 묘한 공포감이 그를 엄습했던 것이다. 그래서 그는 어서 날이 밝아오기를 기도했다. 신을 향한 것도 성자를 향한 것도 아닌 이 같은 기도를 그는 오슬오슬 떨면서 시작했는데, 차가운 아침 바람이 그의 발아래 쪽 객실 문 틈을 비집고 들어왔기 때문이었다. 그렇게 시작한 기도는 열차의 끈질긴 리듬에 맞춰 그가 연이어 내뱉는 일련의 멍청한 말들로 끝나고 말았다. 그리고 4초 간격으로 조용히 지나가는 전신주들은 정확하게 시간을 맞춰 빠르게 진행되는 음악을 나눠

---

*더블린의 남쪽으로 80여 킬로미터 지점의 지명.
**코르크에서 30여 킬로미터 떨어진 곳에 있는 마을.

놓는 악보의 세로줄 같았다. 이 격렬한 음악이 그의 공포감을 달래주었다. 그리하여 그는 창턱에 머리를 기댄 채 자기도 모르게 스르르 눈을 감았다.

아직 이른 아침에 그들은 2륜 포장마차를 타고 코르크를 가로질러 갔으며, 스티븐은 빅토리아 호텔*의 침대에서 모자라는 잠을 마저 채웠다. 따뜻하게 내리쬐는 환한 햇빛이 창문을 통해 흘러들어 왔으며, 차량이 지나다니며 내는 시끄러운 소리가 그의 귀에 들렸다. 아버지는 화장대 앞에 서서 정성을 다해 머리와 얼굴과 수염을 손질하고 있었다. 그런 아버지의 모습을 보니, 아버지는 자신의 모습을 더 잘 볼 수 있도록 물 주전자 너머로 고개를 길게 빼기도 하고 목을 옆으로 끌어당기기도 하고 있었다. 그렇게 하는 동안 아버지는 기묘한 억양과 말투로 혼자 노래를 웅얼거리고 있었다.

젊은이들이 결혼하는 것은
어리석고 젊기 때문이오.
그리하여, 내 사랑, 나는 여기에
더 이상 머물지 않을 것이오.
치유할 수 없다면, 어쩌겠소,
상처를 견디어야 하지, 어쩌겠소.
그리하여 나는 떠나려 하오,
아메리카로.

내 사랑 그녀는 아름답고,

*당시 코르크에서 가장 숙박료가 비쌌던 최고급 호텔.

내 사랑 그녀는 날씬하지.

새로 빚어 향기로운

위스키와 같은 그녀이지.

하지만 세월이 흐르고

온기를 잃으면,

그 향기 희미해져 사라지지,

산 이슬처럼.*

따뜻한 햇빛을 받고 있는 창문 밖의 도시를 생각하노라니,
또한 슬픔과 행복을 동시에 느끼게 하는 묘한 노래를 장식음을
넣어 부르는 아버지의 부드러운 목소리를 듣고 있노라니, 지난
밤 안개처럼 드리워져 있던 우울한 기분이 스티븐의 머리에서
모두 사라졌다. 그는 재빨리 일어나서 옷을 입고 기다렸다가,
아버지의 노래가 끝나자 이렇게 말했다.

"아빠가 즐겨 부르는 '모두 모여라'로 시작되는 노래들**보
다 한결 더 예쁜 노래네요."

"그렇게 생각하니?" 디덜러스 씨가 물었다.

"지금 그 노래가 좋아요." 스티븐이 말했다.

"그건 상당히 오래된 노래지." 콧수염 끝을 꼬아 다듬으면
서 디덜러스 씨가 말을 이었다. "아, 아무튼 말이다, 미크 레
이시가 그 노래를 부르는 걸 네가 한번 들어봤어야 하는 건데!
아, 그 친구, 참 안됐어! 그 친구, 그 노래에다가 약간의 꾸밈음
을 넣곤 했는데, 나로서는 도저히 흉내도 내지 못할 그런 장식
음이었지. '모두 모여라'로 시작되는 노래들도 그 친구가 하면

*출처가 불분명한 노래 가사.
**아일랜드 민요 가운데 적지 않은 곡이 "모두 모여라(come all you)"로 시작된다.

정말 아주 멋졌지."

디덜러스 씨가 아침 식사로 블러드 소시지*를 주문했고, 식사를 하는 동안 그 지방 소식을 듣기 위해 종업원에게 이것저것 자세히 캐물었다. 대부분의 경우 누군가 사람 이름이 나오면 그들은 동문서답 식으로 이야기를 주고받곤 했는데, 종업원은 현재의 소유주를 염두에 두고 이야기하는 반면 디덜러스 씨는 자신의 아버지 대나 때에 따라서는 할아버지 대를 염두에 두고 이야기했기 때문이었다.

"이것 참, 사람들이 퀸스 칼리지**까지 다른 곳으로 옮기지나 않았으면 좋겠는데." 디덜러스 씨가 말을 이었다. "여기 있는 내 아들 녀석한테 학교를 한 번 보여주고 싶어서 하는 말이네."

마다이크***라는 이름의 산책로를 따라 나무마다 꽃이 환하게 피어 있었다. 그들은 학교 교정에 들어섰고, 수다스러운 수위의 안내로 학교 건물에 둘러싸인 사각형의 안뜰을 지나갔다. 하지만 자갈길을 건너는 도중 그들은 열댓 발걸음 정도를 걷다 걸음을 멈추기를 반복했는데, 그들이 그렇게 했던 것은 디덜러스 씨의 물음에 이어지는 수위의 답변 때문이었다.

"아, 그래요? 애석하게도 포틀벨리가 세상을 떴다고요?"

"네, 그렇습니다, 선생님. 그렇고말고요."

이처럼 두 사람이 이야기를 나누다 걸음을 멈추면 스티븐도

---

*돼지, 소, 양, 오리, 염소 등의 고기와 그 피를 섞어 만들었기 때문에 검은색이 감도는 소시지로, '블러드 푸딩'으로 불리기도 한다. 영국이나 아일랜드 일부 지방에서는 제대로 갖춰 먹는 아침 식사에 곧잘 등장한다. 이 지역에서 이 요리에 사용되는 것은 주로 돼지고기이며, 코르크 지방의 명물로 꼽히는 것 가운데 하나가 이 블러드 소시지 또는 블러드 푸딩이다.
**어떤 종파에 소속되지 않은 동일한 이름의 학교가 코르크뿐만 아니라 벨파스트와 골웨이에도 있었는데, 천주교 신자도 이 학교에서 교육을 받을 수 있었다.
***코르크 시 서쪽에 있는 산책로.

그들 뒤에서 어색하게 멈춰 섰다. 그들의 이야기에 싫증을 느끼고 있던 스티븐은 느린 발걸음이 다시 시작되기를 불편한 마음으로 기다리곤 했다. 드디어 안뜰을 다 지났을 무렵 그의 불편한 마음은 초조감으로 바뀌고 말았다. 그리고 매사에 빈틈이 없고 남의 말을 쉽게 믿지 않는 사람으로 알고 있는 자기 아버지가 어찌하여 수위의 굽실거리는 듯한 태도에 그처럼 쉽게 속아 넘어갈 수 있는지가 의심스러워졌다. 아침 내내 그에게 그처럼 재미있게 느껴지던 쾌활한 남부 말투가 이제는 귀에 거슬리기까지 했다.

그들은 마침내 계단식으로 된 해부학 교실에 들어섰는데, 수위의 도움을 받아 디덜러스 씨는 자신의 이름 첫 글자들이 새겨진 책상을 찾기 시작했다. 교실 내부의 어둠과 정적 때문에, 또한 지루하고 형식적인 공부를 연상케 하는 교실의 분위기 때문에 마음이 전보다 더욱 가라앉은 스티븐은 뒷전에 남아 있었다. 뒷전에 남아 있던 그는 자신이 서 있는 곳 앞의 책상에 '태아'라는 낱말이 새겨져 있는 것을 보았다. 손때로 검게 변한 목재 책상 위에 누군가가 칼질을 되풀이해 새겨놓은 것이었다. 그 낱말을 보자 그의 피가 갑작스럽게 요동쳤다. 그곳에 이미 존재하지 않는 학생들이 그의 주변에 있는 것처럼 느껴졌고, 그들에 둘러싸여 몸이 움츠러드는 듯한 느낌이 들기도 했다. 아버지의 맥 빠진 말로는 도저히 일깨워지지 않았던 그들의 생활 모습이 책상에 새겨진 낱말 하나에서 불쑥 튀어나와 그의 앞에 모습을 드러내고 있었던 것이다. 어깨가 넓은 데다가 콧수염까지 자란 학생 하나가 심각한 표정을 한 채 주머니칼로 글자를 새기고 있었다. 다른 학생들은 그의 곁에 서거나 앉아서 그의 공예 솜씨에 웃음을 보내고 있었다. 한 친구가 그의 팔꿈치를 살짝 밀자, 덩치 큰 학생은 인상을 쓰면서 그를 쏘아보았다. 그는 잿빛의 헐렁한 옷을 입고 있었으며 무두질한 가죽 반장화를 신고 있었다.

스티븐의 이름을 부르는 소리가 들렸다. 상상 속에 떠오르는 장면으로부터 가급적 멀리 달아나기 위해 그는 서둘러 교실 안의 계단을 따라 내려갔다. 이윽고 그는 발갛게 상기된 자신의 얼굴이 보이지 않도록 아버지의 이름 첫 글자들을 가까이서 들여다보았다.

하지만 건물에 둘러싸인 안뜰을 다시 건너 교문을 향해 가는 동안에도 계속 '태아'라는 낱말과 학생들의 모습이 그의 눈 앞에서 어른거렸다. 그는 그때까지 자기 마음이 지니고 있는 야만스럽고도 개인적인 고질병이라 생각했던 것의 흔적을 바깥 세상에서 발견하고는 커다란 충격을 받았다. 최근 그를 괴롭혔던 기괴한 몽상들이 무리 지어 그의 기억 속에 떠올랐다. 그러한 몽상들 역시 단순한 낱말들에서 어느 순간 갑작스럽게 무서운 기세로 튀어나온 것들이었다. 그는 곧 그 몽상들에게 굴복하고는 그 몽상들이 그의 지성을 마음껏 유린하고 비하하도록 내버려두었다. 그러는 동안 그는 항상 그것들이 어디에서 왔는가, 그 어떤 기괴한 이미지들의 소굴에서 나왔는가에 대한 의문을 떨칠 수 없었다. 그리고 그러한 몽상들이 그를 유린할 때면 그는 항상 남들 앞에서 자신을 잃고 비굴해지기도 하고 또 안절부절못하는 동시에 자신에 대한 혐오감에 젖기도 했다.

"아이고, 그래! 분명히 저기에 술도 마실 수 있는 식료품점이 있었지!" 디덜러스 씨가 소리쳤다. "애야, 스티븐, 내가 너한테 그곳에 대해 가끔 말하는 것을 들은 적이 있지? 생각에 없는 식사 자리라도 꼭 참석해야 한다는 게 의무 사항이었고 이를 이행했나를 기록하던 시절에 말이지, 그곳을 수도 없이 들락거렸단다. 해리 피어드, 꼬마 잭 마운턴, 밥 다이어스, 프랑스 출신 애였던 모리스 모리아티, 톰 오그레이디, 오늘 아침 내가 너에게 얘기했던 믹 레이시, 조이 코벳, 방황족(彷徨族)의 일원인 마음씨 곱고 착했던 꼬마 조니 키버스, 우리 모두가 무리 지어 그곳에 가곤 했었지."

마다이크를 따라 늘어서 있는 나무의 잎새들이 햇빛 아래서 속삭이듯 바스락거리는 소리를 내고 있었다. 날렵한 청년들로 이루어진 크리켓 선수단이 지나갔다. 그들은 모두 플란넬 바지 및 동일한 색상과 디자인의 경기용 상의를 입고 있었으며, 그들 가운데 한 명은 크리켓 경기에서 사용하는 세 개의 말뚝이 담긴 녹색의 기다란 가방을 매고 있었다. 조용한 샛길에서는 다섯 명의 연주자로 구성된 독일인 악단이 낡은 유니폼 차림으로 낡고 찌그러진 금관 악기를 연주하고 있었는데, 청중이라고는 거리의 부랑아들과 한가한 심부름꾼 아이들이 전부였다. 그리고 하얀 모자를 쓰고 하얀 앞치마를 두른 하녀 아이 하나가 따뜻하게 내리쬐는 눈부신 햇살 아래 석회암 판자처럼 환하게 빛나는 창틀 위에 놓인 화분 상자의 화초에 물을 주고 있었다. 활짝 열어 놓은 또 다른 창문으로는 한 음계씩 차례로 높아지면서 최고의 고음을 향해 치닫는 피아노 소리가 들리기도 했다.

스티븐은 이미 전에 들었던 적이 있는 이야기를 들으면서 아버지 곁에서 발걸음을 옮겼다. 디덜러스 씨는 그가 한때 젊은이였던 시절 그의 친구였지만 이제는 뿔뿔이 흩어지거나 세상을 떠난 한량들의 이름을 다시금 들먹였다. 걸음을 옮기는 동안 희미한 멀미 기운이 스티븐의 가슴속에서 한숨처럼 일었다. 벨비디어 칼리지에서 자신이 처해 있는 애매한 위치가 떠올랐기 때문이었다. 학비 면제를 받으면서 학교에 다니는 아이, 자신에게 부여된 권위를 두려워하는 지도자급의 아이, 자부심이 강하지만 예민한 동시에 매사를 의심의 눈길로 보는 아이, 자신에게 주어진 열악한 삶의 환경에 맞서 또한 마음속에서 일고 있는 소란스러운 동요에 맞서 싸움을 이어가는 아이인 자신의 모습이 떠올랐던 것이다. 손때가 입혀진 목재 책상 위에 새겨져 있는 글자들이 그를 빤히 쳐다보고 있었다. 그의 신체적 허약함과 허망한 열정에 조소의 눈길을 보내면서. 동시에 광적이고 불결한 탐닉 행위에서 헤어나지 못하는 그를 자기혐오에 빠져들게 하면서. 목 안쪽에 고인 침이 삼키기에는 너무 불결하게 느껴지는데다가 희미한 멀미 기운이 머리까지 치솟아 올라와, 그는 눈을 감은 채 어둠 속에서 걸음을 옮겼다.

하지만 여전히 아버지의 목소리를 들을 수는 있었다.

"애야, 스티븐, 네게도 너 혼자 힘으로 세상을 헤쳐 나갈 때가 머지 않아 올 거야. 그때가 되면, 네가 무슨 일을 하든, 명예를 알고 남을 존중하는 신사들과 어울려야 한다는 것을 잊지 말도록 해라. 내가 젊었을 때는 정말로 인생을 즐겼단다. 품위 있는 멋진 친구들과 어울리곤 했지. 우리 모두한테는 나름대로 무언가 재주가 있었단다. 어떤 친구는 목소리가 아주 좋았고, 또 어떤 친구는 연기 능력이 탁월했어. 또 어떤 친구는 우스운 노래를 멋지게 부를 수 있었지. 그리고 또 어떤 친구는 노를 잘 저었고, 어떤 친구는 뛰어난 라켓 선수였단다. 또 어떤 친구는 이야기를 아주 멋들어지게 하는 등 모두가 뛰어난 재주를 갖고 있었지. 아무튼, 우리는 무슨 일이든 재미있는 일을 끊임없이 계속해가면서 우리 인생을 즐겼단다. 인생이란 것이 어떤 건지 맛을 보면서 말이야. 하지만 그렇다고 해서 우리가 그만큼 나쁜 짓을 했다는 건 아니다. 스티븐, 우리 모두가 신사였거든. 적어도 나는 우리 모두가 신사였다 믿는다. 게다가 우리는 지독히도 선량하고 정직한 아일랜드의 남아들이었지. 나는 말이다, 네가 그런 친구들과 어울리길 바란다. 말하자면, 착실한 성품의 친구들과 말이야. 애야, 스티븐, 이건 아빠가 너한테 친구로서 충고하는 말이야. 나는 말이다, 엄한 아빠가 되어야 한다는 말을 믿지 않아. 아들이 아빠를 두려워해서야 되겠니? 정말이지, 아빠가 어렸을 때 너의 할아버지가 아빠를 대하셨던 것과 마찬가지로 아빠도 너를 대하고 있단다. 우리는 아빠와 아들 사이라기보다 형제 사이 같았거든. 너의 할아버지한테 아빠가 담배 피우는 것을 처음 들켰던 그날을 난 아직도 잊지 못한단다. 어느 날 사우스 테러스* 끄트머리 쪽에서 아이티를 겨우 벗은 내 또래의 친구들과 함께 서 있었어. 입가에 파이프를 꼬나물고 있었는데, 그러다 보니 우린 우리가 대단한 존재라도 된 것 같은 착각에 빠져 있었지. 바로 그때 말이다, 생각지도 않게 너의 할아버지가 우리 앞으로 지나가시는 게 아니겠니? 그런데 너의 할아버지는 아무 말씀도 없으셨고, 멈칫 걸음을 멈추는 몸짓조차 하지 않으셨던 거야. 그리고 말이다, 그 다음 날인 일요일 함께 산책을 나갔다가 집으로 돌아오는 길에, 너의 할아버지가 담뱃갑을 꺼내면서 이렇게 말씀하시는 게 아니겠니? '아무튼, 애야, 사이먼, 난 네가 담배 피우는지 몰랐다.' 뭐 그와 비슷한 말씀을 하셨지. 물론 나는 가급적 최선을 다해 시치미를 떼고 넘어가려 했던 거야. 그런데 이렇게 말씀하시는 거였어. '너 말이다, 정말로 괜찮은 담배 한번 피워보고 싶지 않

*당시 상류층이 모여 살던 코르크 시의 남동쪽의 주거 지역.

냐? 그렇다면 말이다, 이 시가 한 번 피워봐라. 어제 밤 퀸스타운*에 갔을 때 미국인 선장 양반이 나에게 선물한 거란다.'"

스티븐은 디덜러스 씨의 말이 거의 훌쩍이는 울음에 가까운 웃음으로 변하는 것을 느낄 수 있었다.

"당시 너의 할아버지는 코르크에서 가장 멋진 분이셨단다. 정말이지, 멋진 분이셨어! 길거리에서 여자들이 그 양반을 돌아보느라고 걸음을 멈출 정도였으니까 말이야."

그는 흐느낌이 소란스럽게 아버지의 목을 타고 내려가는 소리를 듣고는 느닷없이 불안해져 자기도 모르게 눈을 떴다. 갑작스럽게 그의 시야를 엄습하는 햇빛으로 인해, 마치 하늘과 구름이 거무스름한 물질로 이루어진 환상의 세계, 그것도 검붉은 빛의 호수와도 같은 공간들이 점점이 박혀 있는 그런 환상의 세계로 바뀌어 있는 것처럼 느껴졌다. 자신의 두뇌 자체가 병들어 힘을 상실한 것처럼 느껴지기도 했다. 그는 상점의 간판을 장식하고 있는 글자들마저 제대로 읽을 수가 없었다. 그는 특유의 기형적인 생활 방식 탓에 스스로 자신을 현실의 경계 밖으로 내몬 것 같다는 착각에 빠져들기도 했다. 그의 내부에서 일어나는 격앙된 외침들과 공명을 이루는 그 무엇이 현실 세계에 존재하여 그것이 그의 귀에 들리지 않는 한, 현실 세계의 그 어떤 것도 그의 마음을 움직이거나 그에게 말을 걸 수 없었다. 그는 세속적이거나 인간적인 것에 담긴 매력이 무엇이든 그것에 반응할 수 없었던 것이다. 여름날의 즐거움과 우정의 부름에도 무감각하고 냉담했으며, 아버지의 목소리도 그를 피로하게 하고 마음을 가라앉게 할 뿐이었다. 그는 자신의 생각

*코르크 카운티의 남쪽 해안에 있는 항구. 수많은 아일랜드 사람들이 이곳을 거쳐 미국이나 그 외의 곳으로 이민을 떠났으며, 이 항구의 현재 이름은 코브(Cobh).

168

을 거의 자신의 것으로 인식하지 못할 지경에 이르러 있었다. 그런 가운데 그는 천천히 속으로 이렇게 중얼거렸다.

"나의 이름은 스티븐 디덜러스. 스티븐 디덜러스는 지금 아빠 곁에서 걷고 있으며, 아빠의 이름은 사이먼 디덜러스. 사이먼 디덜러스와 스티븐 디덜러스가 현재 와 있는 곳은 아일랜드의 코르크. 코르크는 도시이며, 우리가 머무는 방이 있는 곳은 빅토리아 호텔. 빅토리아와 스티븐과 사이먼. 사이먼과 스티븐과 빅토리아. 연속되는 이름들."

갑작스럽게 어린 시절의 기억이 흐릿하게 되살아났다. 그는 기억에 생생한 어린 시절의 순간들을 떠올리려 했으나, 잘 되지 않았다. 다만 명칭들을 기억해낼 수 있을 뿐이었다. 아줌마, 파넬, 클레인, 클롱고우스. 아주 자그마한 소년 하나가 서랍장에 두 개의 옷솔을 보관하고 있는 나이든 어떤 여자한테 지리를 배웠지. 그리고 그는 집에서 학교로 보내졌지. 학교에서 그는 처음으로 영성체를 받았고, 크리켓 경기용 모자에서 슬림짐*을 꺼내 먹기도 했었지. 진료실의 자그마한 방의 침대에 누워 벽에 반사되고 있는 난로의 불길을, 뛰어오르기도 하고 춤을 추기도 하는 그 불길을 지켜보기도 했었지. 그리고 그곳에서 죽음을 생각해 보기도 했고, 교장 선생님이 검은색과 금색으로 된 긴 제의를 입고 그를 위해 미사를 드리는 장면을 상상해보기도 했으며, 라임나무가 늘어서 있는 한길에서 좀 떨어진 곳에 있는 성직자 공동체에 소속된 자그마한 묘지에 묻히는 것을 상상해보기도 했었지. 하지만 그는 그때 죽지 않았다. 죽은 사람은 파넬이었다. 위령(慰靈) 미사가 성당에서 열리지도 않았

---

*조이스의 편지 내용(《서간집》 제3권, 129면)에 따르면, 기다란 조각 모양으로 만들어진 설탕을 입힌 과자.

고, 장례 행렬도 있지 않았다. 그는 죽은 것이 아니라, 마치 햇빛 아래 엷은 막이 녹아 없어지듯 사라져 없어진 것이었다. 그는 더 이상 이 세상에 존재하지 않기 때문에 행방불명이 된 것으로 보아야 하거나 존재의 영역 바깥으로 길을 떠난 것으로 보아야 했다. 그가 그런 식으로 존재의 영역에서 사라질 수 있다니! 그러니까 죽음을 통해서가 아니라 햇빛 아래 녹아 없어지거나 우주 어딘가에서 행방불명이 되고 그래서 잊히는 방식으로 사라질 수 있다니, 생각만 해도 기이했다. 기이하게도 그의 자그마한 몸이 잠시 동안 다시금 그 모습을 드러냈다. 허리띠를 두른 채 잿빛 옷을 입고 있는 작은 소년의 모습이었다. 그는 옷의 양옆에 있는 주머니에 손을 집어넣은 모습의 소년, 고무줄을 이용하여 무릎 부분에서 아랫단을 안쪽으로 접어 넣은 바지를 입은 그런 모습의 소년이었다.

아버지의 재산이 경매에 부쳐져 팔리던 날 저녁, 스티븐은 아버지를 따라 온순하게 도시의 이 술집에서 저 술집으로 옮겨 다녔다. 시장판 장사꾼들에게, 술집 지배인들과 여자 종업원들에게, 한 푼을 구걸하는 거지들에게, 디덜러스 씨는 똑같은 이야기를 되풀이했다. 자신은 그 옛날 이곳에서 살던 코르크 출신의 사람임을, 지난 30년 동안 더블린에 살면서 코르크 지방의 억양을 없애려고 애를 써왔음을, 자기 옆에 있는 친구는 자신의 장남이긴 하지만 잘난 척이나 하는 더블린 상놈에 불과한 녀석임을 되풀이해 늘어놓곤 했던 것이다.

그들은 다음 날 아침 일찍 뉴콤 찻집*에서 하루를 시작했다. 그 찻집에 머무는 동안 디덜러스 씨의 찻잔이 찻잔 받침에 부

---

*코르크 시의 패트릭스 스트리트에 있던 찻집으로, 당대 코르크 시의 상류층 인사들이 애호하던 곳.

딮혀 요란하게 딸그락거리는 소리를 냈으며, 지난 밤 아버지가 술자리에서 폭음을 했음을 알리는 그 창피한 증거를 은폐하기 위해 스티븐은 의자를 움직이며 헛기침을 하기도 했다. 창피한 일들이 꼬리를 물고 이어졌다. 시장판의 장사꾼들이 그들을 향해 거짓 미소를 짓는가 하면, 아버지와 농지거리를 하던 술집의 여자 종업원들이 장난질을 하거나 추파를 던지기도 했고, 아버지의 친구들이 의례적인 찬사나 격려의 말을 늘어놓기도 했다. 그들은 스티븐에게 할아버지의 뛰어난 외모를 꼭·빼어 닮았다 말하기도 했는데, 이에 대해 디덜러스 씨는 닮긴 했으되 못생긴 쪽으로 닮았다는 말로 얼버무렸다. 그들은 스티븐의 말투에서 코르크 지방 사람 특유의 억양이 희미하게나마 있음을 추적해내기도 했으며, 리가 리피보다 한결 더 멋진 강*이라는 점을 인정하도록 스티븐을 부추기기도 했다. 그들 가운데 한 사람이 스티븐의 라틴어 실력을 실험해보기 위해 《델렉투스》**에 나오는 짤막한 라틴어 구절들을 번역하게 하기도 했다. 그리고 'Tempora mutantur nos et mutamur in illis'와 'Tempora mutantur et nos mutamur in illis'라는 표현*** 가운데 어느 쪽이 올바른 것인가를 묻기도 했다. 또 한 사람은 활기가 넘치는 노인이었는데, 디덜러스 씨가 조니 캐쉬먼이라는 이름으로 부르던 그 노인은 더블린 여자와 코르크 여자 가운데 어느 쪽이 더 예쁜지 말할 것을 요구함으로써 스티븐을 당황케

---

*리는 코르크 시를 흐르는 강이며, 리피는 더블린 시를 흐르는 강.
**리처드 발피(Richard Valpy, 1754~1836)가 편집한 19세기 초의 라틴어 문장 모음집으로, 원래 제목은 《델렉투스 센텐티아룸(Delectus Sententiarum)》. 당시 라틴어 교재로 널리 사용되던 책이기도 하다.
***두 문장 모두 "세월은 변하고 우리도 세월 속에서 변한다"로 번역될 수 있으며, 어느 쪽도 문법적으로 하자가 없다. 다만 운율을 문제 삼는 경우 후자가 옳은 표현이다.

하기도 했다.

"이 아이는 그런 거 모릅니다." 디덜러스 씨가 말했다. "그냥 좀 내버려두세요. 이 녀석은 분별력이 있고 생각이 깊은 아이라서, 그런 말도 안 되는 일에는 아예 머리를 쓸 생각을 하지 않는단 말입니다."

"그러면 그 아버지에 그 아들이 아니로구먼." 작은 체구의 노인인 그가 말했다.

"하긴 그 점에 대해선 나도 잘 모르겠네요." 득의에 찬 미소를 지으며 디덜러스 씨가 말했다.

"네 아버지는 말이다." 작은 체구의 노인이 스티븐에게 말했다. "한창 시절에 코르크 시에서 가장 대담무쌍한 바람둥이였단다. 너, 그거 알고 있냐?"

스티븐은 고개를 아래로 향한 채 그들이 어쩌다 들어오게 된 술집의 타일 바닥을 찬찬히 훑어보고 있었다.

"자, 그런 쓸데없는 생각을 아이 머리에 집어넣지 마세요." 디덜러스 씨가 말했다. "창조주의 뜻에 맡기도록 하잔 말입니다."

"천만에, 내가 아이의 머리에다 쓸데없는 생각을 집어넣다니! 나야, 저 아이의 할아버지만큼이나 나이가 많다네. 게다가 난 실제로 할아버지이기도 해." 작은 체구의 노인이 스티븐을 향해 물었다. "너, 그 사실 알고 있냐?"

"정말 그러세요?" 스티븐이 물었다.

"아무렴, 정말 그렇고말고." 작은 체구의 노인이 대꾸했다. "나한텐 말이야, 선데이스 웰*에 떡두꺼비 같은 손자가 둘이나 있지. 자, 어떠니! 네가 보기엔 내가 몇 살쯤 된 것 같으냐? 그

---

*코르크 시 중심부에서 약 2킬로미터 떨어진 곳에 있는 도시 외곽 지역.

리고 말이다, 난 네 할아버지가 사냥개들을 앞세우고는 빨간색 외투를 차려입은 모습으로 마차를 타고 사냥을 가던 것까지 기억하고 있단다. 그건 네가 태어나기 한참 전의 일이야."

"물론이지요. 태어날 생각조차 하기 전이지요." 디덜러스 씨가 말했다.

"정말이지, 기억난다니까!" 작은 체구의 노인이 되풀이해 말했다. "게다가 난 말이야, 네 증조부인 존 스티븐 디덜러스 씨까지도 기억하고 있단다. 그 양반 참으로 성깔이 대단한 분이셨지. 자, 어떠냐! 이만하면 대단한 기억력이 아니냐?"

"그러면 모두 3대, 아니, 4대에 걸쳐 본 셈이로군요." 함께 있던 사람들 가운데 하나가 말했다. "그럼, 조니 캐쉬먼 씨, 댁의 나이는 한 백 살쯤 되겠군요."

"글쎄올시다." 작은 체구의 노인이 말했다. "사실을 말하자면, 난 스물일곱 살밖에 되지 않았소."

"캐쉬먼 영감님, 나이란 우리가 느끼기 나름이지요." 디덜러스 씨가 말했다. "거기 남은 것 마저 비우고, 한 잔 더 합시다. 이보게, 자네 이름이 팀인지 톰인지 잘 모르겠지만, 아무튼 같은 걸로 다시 한 잔씩 갖다 주게. 맙소사, 내 느낌으론 내가 열여덟 살밖에 되지 않은 것 같네. 저기 내 아들 녀석의 나이가 내 나이의 절반도 되지 않지만, 일주일 중 어떤 요일이건 관계없이 언제나 내가 저 애보다 더 생생하단 말이야."

"허풍 떨지 말게나, 디덜러스. 내 생각으론 자네가 이젠 뒷자리로 물러날 때가 된 것 같네." 앞서 말을 했던 신사가 말했다.

"천만에, 무슨 당치도 않은 말씀을!" 디덜러스 씨가 단언을 하듯 말했다. "목소리를 한껏 높여 테너로 노래하는 시합이라도 저 애와 해야 한다면 할 용의가 있네. 그리고 말일세, 5단 높이 빗장문* 뛰어넘기라도 하라면 하겠네. 아니면, 사냥개를 따라 들판을 가로지르는 시합이라도 하라면 하겠네. 30년 전에 그 방면에서 최고로 정평이 나 있던 케리** 출신의 친구와 시합을 했던 것처럼 말일세."

"아무리 그래도 자네가 질걸." 작은 체구의 노인이 자기 이마를 잔으로 톡톡 치더니 잔을 들어 남기지 않고 다 들이마셨다.

"아무튼 저 아이가 지 애비 정도만 되어준다면 나한테 바랄 것이 뭐 있겠어. 내가 하고 싶은 말은 바로 이거지." 디덜러스 씨가 말했다.

"자네만큼만 되면 뭐 걱정할 게 있겠는가?" 작은 체구의 노인이 말했다.

"그건 그렇고, 캐쉬먼 영감님, 우리가 이렇게 오래 살면서도 이처럼 남한테 별다른 해를 끼치지 않은 게 얼마나 다행입니까?" 디덜러스 씨가 말했다.

"해를 끼치기는커녕 이득이 되는 일을 엄청 많이 하지 않았나, 사이먼." 작은 체구의 노인이 엄숙한 표정으로 말했다. "우리가 이렇게 오래 살면서 이처럼 좋은 일을 엄청 많이 했다니, 이 얼마나 다행스런 일인가."

스티븐은 세 개의 잔이 카운터에서 들어올려지는 것을 지켜보았다. 아버지와 아버지의 두 술친구가 지난날을 회상하며 축배의 잔을 들었던 것이다. 운명의 차이든 기질의 차이든 그들 사이에 존재하는 차이가 스티븐과 그들 사이의 거리를 심연만큼이나 깊이 갈라놓았다. 스티븐에게는 자신의 마음이 그들의 마음보다 더 나이를 먹은 것처럼 느껴졌다. 마치 달이 아직 나

*다섯 개의 가로대가 있는 야외의 나지막한 문.
**아일랜드 서남부 지역의 지명.

이 어린 지구를 비춰주듯, 그의 마음은 갈등과 행복과 후회에
젖어 있는 그들 위로 싸늘하게 빛을 던지고 있었다. 그들과는
달리 그의 내부에서는 어떤 활력도 젊음의 기운도 일지 않았
다. 그는 그 동안 다른 사람들과 우정을 나눌 때의 즐거움이라
는 것, 야성적이고 남성적인 건강이 허락하는 강한 생명력이라
는 것, 또한 효도의 마음이라는 것이 무엇인지 모르고 지냈다.
어떤 것도 그의 영혼 안에서 싹트지 않은 채, 다만 사랑을 결여
한 차갑고 잔인한 욕망만이 그의 내부에서 꿈틀거리고 있을 뿐
이었다. 그의 어린 시절은 죽어 있거나 실종 상태에 있었고, 그
와 더불어 소박한 즐거움을 누릴 능력을 갖춘 그의 영혼 역시
그러했다. 그는 메마른 껍데기만 남은 달처럼 삶의 한가운데를
표류하고 있었던 것이다.

그대, 외로운 방랑자여,

하늘로 올라 지상을 응시하는 일에 지쳐

그대는 그리도 창백한 것인가?*

그는 셸리의 시에 담긴 이 구절을 마음속으로 되풀이해 읊
조렸다. 애처로울 만큼 무력한 인간의 모습과 주기에 따라 움
직이는 거대한 초자연의 모습을 번갈아 암시하는 이 구절이 그
의 마음을 달래주었다. 그리하여 그는 자신의 슬픔을, 무력한
인간으로서는 어쩔 수 없는 자신의 슬픔을 잊을 수 있었다.

---

*영국의 낭만주의 시인 퍼시 비시 셸리(Percy Bysshe Shelley, 1792~1822)의 시 〈달에
게(To the Moon)〉의 시작 부분.

어머니와 그의 남동생 및 그의 사촌 가운데 한 명을 한산한 포스터 플레이스* 한 모퉁이에서 기다리게 하고, 스티븐은 아버지와 함께 계단을 따라 올라갔다. 이어서 스코틀랜드의 하일랜드식 복장의 보초병이 이리저리 움직이며 근무하고 있는 회랑의 기둥을 차례로 지나, 마침내 거대한 방에 들어섰다. 스티븐은 그 방에 있는 출납 계산대 앞에 이르러, 아일랜드 은행 총재 앞으로 33파운드의 현금 지급을 요청하는 수표를 꺼냈다. 이 돈은 그가 전국 학업 평가 시험에서 우수한 성적을 거뒀기 때문에 받는 상금에다가 글쓰기 경시 대회에서 받은 상금을 더한 것이었는데, 출납계 직원이 해당 금액의 돈을 지폐와 주화로 그에게 즉시 지불했다. 그는 짐짓 침착한 척하면서 돈을 받아 주머니에 넣었다. 아버지와 잡담을 나누던 다감한 직원이 널찍한 출납 계산대 너머로 손을 내밀어 악수를 청하면서 그에게 훗날 크게 성공하라는 축복의 말을 해주었으며, 스티븐은 마지못해 그의 손을 잡았다. 그는 아버지와 직원이 나누는 이야기를 듣고 있자니 조바심이 났고, 그래서 발을 가만히 두고 있을 수 없었다. 하지만 은행 직원은 다른 고객을 상대해야 할 의무를 뒤로 미룬 채, 자기는 변화하는 시대를 살고 있다느니, 아무리 돈이 많이 들더라도 최상의 교육 기회를 아이에게 제공하는 것만큼 값진 선물은 없다느니 하며 장황하게 이야기를 늘어놓았다. 디덜러스 씨는 밖으로 나가지 않은 채 실내를 서성이며 주변을 살펴보기도 하고 천장을 올려다보

<hr>

*아일랜드 은행 뒷쪽에 있는 막다른 길.

기도 했다. 그러면서 밖으로 나가자고 조르는 스티븐에게 지금 그들이 있는 곳은 옛날 아일랜드 의회의 하원이 있던 건물 안이라 말하기도 했다.

"우리에게 신의 가호가 있기를!" 디덜러스 씨가 경건한 어조로 말했다. "애야, 스티븐, 힐리-허친슨, 헨리 플러드, 헨리 그래턴, 찰스 켄달 부시*와 같은 그 옛날의 어른들을 생각하면 말이다, 국내외에서 아일랜드의 민족 지도자라 떠벌리는 요즘 우리 주변의 귀족 양반들이 한심하지 않니? 맹세코 말이다, 그 양반들 죽은 다음에 아무리 자리가 텅 빈 채 남아 있더라도 옛 어른들 곁에 묻히는 꼴은 볼 수 없지! 절대 그럴 수 없어! 이렇게 말해서 미안하긴 하지만, 그 양반들은 향기롭고 즐거운 7월이 되어서도 '화창한 5월 어느 날 아침 내가 산보를 하고 있는데'**라고 타령하는 인간들에 지나지 않아."

몸을 에는 듯한 매서운 10월의 바람이 은행 주변에 불고 있었다. 진흙탕의 길 한 모퉁이에 서 있던 세 사람의 뺨이 추위에 얼어 있었고 그들의 눈에는 눈물이 고여 있었다. 스티븐은 추위를 견디기에 너무 얇은 어머니의 옷에 눈길을 주고는 며칠 전 바나도 상점***의 진열장에서 가격이 20기니로 되어 있는 외투를 보았던 것을 떠올렸다.

"자, 이제 돈은 찾았으니." 디덜러스 씨가 말했다.

"우리 밥 먹으러 가요." 스티븐이 말했다. "어디로 가죠?"

"밥 먹으러 가지고?" 디덜러스 씨가 말했다. "그래, 그렇게

---

*힐리-허친슨(John Hely-Hutchinson, 1724~1794), 헨리 플러드(Henry Flood, 1732~1791), 헨리 그래턴(Henry Grattan, 1746~1820), 찰스 켄달 부시(Charles Kendal Bushe, 1767~1843): 18세기 말에서 19세기 초에 활약했던 아일랜드 정치가들.
**이는 〈멋진 내 사랑, 우리 집 머슴(The Bonny Labouring Boy)〉이라는 민요의 시작 부분.
***더블린의 번화가에 있는 고급 모피 상점.

하자꾸나. 그런데 어디로 가지?"

"너무 비싸지 않은 데로 가요." 디덜러스 부인이 말했다.

"언더돈스*로 갈까?"

"그래요. 어디든 조용한 곳으로 가요."

"자, 다들 따라 오세요." 스티븐이 재빨리 말했다. "비싼 거 안 비싼 거는 따지지 말기로 해요."

그가 미소를 머금은 채 종종걸음으로 앞장서 갔다. 나머지 식구들 역시 그의 진지한 태도에 미소를 머금은 채, 그와 보조를 맞추려 했다.

"애야, 좀 천천히 가자." 아버지가 말했다. "800미터 달리기 경주에 출전한 것도 아닌데 말이다."

흥청망청 방종하게 즐기다 보니 시간은 빨리도 흘러갔고, 상금으로 받은 돈도 손가락 사이로 술술 잘도 새어나갔다. 큼직한 식품꾸러미, 과자꾸러미, 건과(乾果)꾸러미들이 시내에서 배달되었다. 매일같이 그는 가족을 위해 식단을 짰고, 저녁마다 서너 명씩 초청하여 〈야만인 잉고마르〉나 〈리옹의 여인〉과 같은 연극**을 보기 위해 극장을 가기도 했다. 그의 외투 주머니는 초청한 친구들에게 나눠줄 사각형의 비엔나 초콜릿들로 채워져 있었으며, 바지 주머니는 잔뜩 들어 있는 은전과 동전으로 불룩했다. 그리고 그는 모든 사람을 위해 선물을 사기도 했다. 또한 자신의 방을 새롭게 꾸미기도 했고, 결의문을 작

성하기도 했으며, 책꽂이 아래위로 책을 다시 정돈하기도 했다. 온갖 종류의 가격 목록을 꼼꼼히 들여다보기도 했고, 가족의 구성원 모두에게 나름의 직책을 부여하는 일종의 가족 공화국 제도를 입안하기도 했다. 가족을 위한 은행을 개설하기도 했는데, 행여 돈을 빌릴 뜻을 비치는 사람이 있으면 억지를 써서라도 돈을 빌려주곤 했다. 이는 영수증을 작성한다든가 빌려준 돈에 대한 이자를 계산하는 일을 즐기기 위해서였다. 그런 일도 더 이상 할 수 없게 되자 그는 궤도 마차를 타고 도시 이곳저곳을 돌아다니기도 했다. 이윽고 방종의 세월이 막을 내리게 되었다. 분홍빛 에나멜페인트 통의 바닥도 드러났고, 침실의 벽 하단 장식 나뭇판도 제대로 회칠이 되어 있지 않은 미완의 상태로 남게 되었다.

집안 분위기는 다시 예전의 분위기로 되돌아갔다. 그의 어머니 입장에서는 돈을 흥청망청 낭비한다는 이유로 그를 나무랄 일이 더 이상 없게 되었다. 그는 또한 학교에서도 옛날 생활로 되돌아갔으며, 그의 모든 새로운 기획은 산산조각이 나고 말았다. 가족 공화국도 무너지고, 대출 은행도 상당한 손실을 입은 채 그 금고를 폐쇄하고 장부를 덮는 지경에 이르고 말았다. 또한 그가 자신의 주변에 마련해놓았던 생활 규범도 무용지물이 되고 말았다.

그의 목표는 얼마나 어리석은 것이었던가! 그는 자신의 바깥쪽에서 밀어닥치는 천박한 삶의 물결을 막기 위해 정연함과 우아함을 재료로 삼아 방파제를 쌓으려 했었다. 그리고 적절한 행동 규범과 적극적 관심과 부모와 자식 사이의 새로운 관계 정립을 통해 자신의 내부에서 강력하게 되살아나려 하는 천박한 삶의 물결을 막으려 했었다. 하지만 소용이 없었다. 안에서와 마찬가지로 바깥에서도 급류는 그가 쌓아놓은 장벽을 아랑 곳하지 않은 채 마구 넘쳐흘렀다. 그리고 그 물결은 허물어진 방파제 위로 다시 한 번 맹렬하게 밀어닥치기 시작했다.

그는 또한 스스로 자신을 고립시키려는 시도가 부질없는 것임을 분명하게 깨달았다. 그는 자신이 가까이 가고자 하는 삶으로 한 걸음도 다가가지 못했고, 자신과 아버지, 자신과 어머니, 자신과 남동생들, 자신과 누이동생들 사이를 갈라놓는 부끄러움과 적대감이라는 불편한 감정을 극복하지도 못했다. 그에게는 자신이 그들과 피를 나눈 가족의 일원이라는 느낌이 거의 들지 않았다. 자신이 알 수 없는 인연으로 그들의 집으로 보내져 양육되고 있는 존재, 그들에게 기껏해야 의붓자식 또는 부모가 다른 형이나 오빠에 불과한 존재로 느껴졌던 것이다.

그는 불같이 강렬한 가슴속의 갈망을, 그 외의 다른 모든 것을 하찮고 낯선 것으로 만들어버리는 강렬한 갈망을 달래는 일에 열중했다. 그는 자신이 지옥으로 떨어질 만큼의 대죄를 짓건 말건 상관하지도 않았고, 자신의 삶이 온통 속임수와 거짓에 휩싸이건 말건 상관하지 않았다. 마음속에 품고 있는 끔찍한 악을 실현하고자 하는 자기 내부의 야만적 욕망 이외에는 그 어떤 것도 그에게는 신성하게 생각되지 않았다. 마음속에서 동요가 일 때면 그는 자신의 눈을 이끄는 어떤 매력적인 이미지든 이를 더럽히는 일에 끈기 있게 몰두했고 마침내 그 일에 성공하면 기뻐 날뛰곤 했는데, 바로 이런 일을 가능케 하는 그의 마음속 비밀스런 동요의 수치스러운 면면을 그는 냉소적인 태도로 견뎌내기도 했다. 낮이든 밤이든 그는 외부 세계의 일그러진 이미지들 사이에서 움직이곤 했다. 낮에는 그에게 얌전하고 순결하게 보였던 여인의 형상이 밤이 되어 굽이굽이 휘어져 있는 어둠 속의 잠을 통해 그를 향해 다가올 때면, 그녀의 얼굴은 음란하고 간교한 모습으로 바뀌어 있었고 그녀의 눈은 야수적인 쾌락에 젖어 이글거리고 있었다. 아침이 되어서야 비로소 그는 어두운 쾌락을 탐닉하던 소란스런 동요의 시간에 대한 희미한 기억 때문에, 극심하고도 치욕적인 죄책감 때문에 고통스러워했다.

그는 다시금 방황을 시작했다. 안개가 드리워진 듯 뿌연 가을날 저녁, 그는 블랙록에서 조용한 거리거리를 따라 방황했듯 더블린의 거리거리를 따라 이곳에서 저곳으로 방황하곤 했다. 하지만 단정하게 손질이 된 집 앞뜰의 정원과 마주해도, 창문에서 흘러나오는 다정한 불빛과 마주해도 이제 그의 마음은 더 이상 부드러워지지 않았다. 다만 어쩌다 가끔 그의 욕망이 가라앉았을 때, 그러니까 그를 소진케 하던 음란한 마음이 부드러운 권태에게 자리를 내어주었을 때, 메르세데스의 이미지가 다시금 기억의 뒤편을 스쳐 지나가곤 했다. 그럴 때면 하얀색으로 단장한 자그마한 집과 산으로 이어지는 길을 따라 있던 그 집의 장미나무 정원이 다시금 마음의 눈에 그려지곤 했다. 그리고 사랑하는 여인과 결별하고 오랫동안 모험의 세월을 보낸 후에 돌아와 달빛에 젖은 정원에 그녀와 함께 서게 되었을 때 그곳에서 그가 보이고자 했던 거부의 몸짓, 당당하기에 그만큼 더 슬픔이 느껴지는 거부의 몸짓이 기억 속에 떠오르기도 했다. 바로 그런 순간에는 클로드 멜노트*의 다정한 말이 입

*〈리옹의 여인〉에 나오는 남자 주인공. 정원사의 아들이었던 그는 자신이 사랑하는 여인 폴린 데샤펠과 결혼에 이르지만, 그가 속임수를 썼다는 사실이 발각되자 결혼은 무효화된다. 이후 괴로워하던 멜노트는 군에 입대한다. 후에 전쟁 영웅이 되어 돌아온 멜노트는 폴린 데샤펠과 행복한 재결합에 성공한다.

가에 떠올라 그의 불안한 마음을 진정시켜주기도 했다. 그가 그 옛날 기대했던 밀회에 대한 달콤한 예감이 그를 감동케 하기도 했다. 비록 그가 희망에 젖어 있던 당시와 현재의 시간 사이에는 끔찍한 현실이 가로놓여 있었지만, 옛날에 그가 상상했던 바로 그 성스러운 만남—그러니까 연약함과 소심함과 미숙함을 순식간에 그로부터 떨어져나가게 할 바로 그 성스러운 만남—에 대한 달콤한 예감이 그를 감동에 젖게 하기도 했던 것이다.

하지만 그런 순간은 곧 지나고, 다시금 마음을 소진케 하는 욕망의 불길이 솟아오르곤 했다. 멜노트의 시적 대사는 입가에서 사라지고, 발음이 분명치 않은 울부짖음과 입 밖으로 내뱉지 않았던 야수적인 말들이 그의 두뇌에서 치밀고 나와 출구를 찾기도 했다. 그의 피가 들끓고 있었던 것이다. 그는 골목과 출입구를 덮고 있는 어둠에 눈길을 고정한 채, 또한 무슨 소리라도 들리지 않을까 귀를 바짝 세운 채, 어둡고 불결한 거리거리를 이리저리 헤매고 다녔다. 그는 마치 헛되이 몸부림치며 이리저리 방황하는 한 마리의 야수처럼 마음속으로 고통의 신음소리를 내곤 했다. 그는 자신과 같은 부류의 여자와 공모하여 죄를 짓길 원했으며, 그녀에게 억지를 써서라도 자신과 함께 죄를 짓게 하고 그럼으로써 죄악의 구렁텅이에서 함께 기뻐 날뛸 수 있게 되기를 원했다. 그는 정체불명의 어두운 존재가, 그를 순식간에 온통 휘감아 채우는 밀물처럼 속삭이며 다가와 부지불식간에 그를 휘어잡고자 하는 그 어떤 존재가, 어둠 속에서 그를 향해 불가항력적으로 다가오고 있음을 느꼈다. 그 존재의 속삭임이 꿈속에 본 군중들의 웅얼거림처럼 그의 두 귀를 에워쌌으며, 그 존재의 미묘한 흐름이 그의 내부 깊이 침투해 들어왔다. 그는 그 존재가 자신의 내부를 침투해 들어올 때의 고통을 참아내기라도 하듯 두 손을 꽉 쥐고 입을 앙 다물었다. 그는 실신해서 쓰러질 듯 가냘픈 형상을, 애가 타게도 잡힐 듯 잡히지 않는 형상을 꽉 움켜잡기 위해 길거리 한가운데서 팔을 길게 내뻗기도 했다. 그 순간 그가 그처럼 오랫동안 목안에 억눌러놓았던 울부짖음이 입가로 터져 나왔다. 마치 지옥에서 고통받고 있는 자들이 내지르는 절망의 울부짖음과도 같이 그의 입에서 터져 나와, 광포한 애원의 울부짖음이 되어, 사악한 방종을 갈망하는 애원의 흐느낌이 되어, 화장실의 음습한 벽에서 그가 읽은 적이 있는 음탕한 낙서와 다를 것이 없는 그런 애원의 흐느낌이 되어 사라져버렸다.

그는 방황을 계속하다 마침내 미로처럼 얽혀 있는 좁고 불결한 길로 들어서게 되었다. 그의 귀에는 더럽고 냄새나는 골목에서 사람들이 거칠게 난동을 부리거나 말다툼을 하는 소리가 들리기도 했고, 주정꾼들의 혀 꼬부라진 노래 소리가 들리기도 했다. 자신이 이미 유대인 구역*에 들어선 것은 아닌가 하는 생각을 하면서 그는 움츠러들지 않고 침착하게 계속 길을 따라 걸음을 옮겼다. 화려한 색상의 기다란 가운을 걸친 여자들과 여자아이들이 이 집에서 저 집으로 거리를 배회하고 있었다. 한가한 표정의 그들 몸에서는 향수 냄새가 나기도 했다. 갑자기 그의 몸이 떨리기 시작했고 시야가 흐려졌다. 노란색의 가로등 가스 불꽃이 안개 낀 하늘을 배경으로 하여 흐려진 그의 눈앞에서 춤을 추고 있었다. 마치 제단 앞에서 타오르는 촛불처럼. 문 앞과 불이 밝혀져 있는 실내에는 마치 성찬 의식을

*당시 더블린의 악명 높은 홍등가.

치르기 위해 모여 있기라도 하듯 사람들이 무리 지어 있었다. 그는 전혀 다른 세계로 들어선 것이었다. 이제 그는 수세기 동안 계속되던 잠에서 깨어난 셈이었다.

길 한가운데에 멈춰 선 그는 자신의 심장이 격렬하게 가슴 안에서 쿵쿵 뛰고 있음을 느낄 수 있었다. 그가 멈춰 서도록 기다란 분홍빛 가운 차림의 젊은 여자가 그의 팔에 손을 얹었던 것이다. 그런 다음 그의 얼굴을 들여다보며 쾌활한 어조로 이렇게 말했다.

"젊은 오빠, 안녕!"

그녀의 방은 따뜻했고 밝았다. 커다란 인형 하나가 다리를 벌린 채 침대 옆의 푹신해 보이는 안락의자 위에 앉아 있었다. 그는 여자가 옷을 벗는 것을 지켜보았고, 그녀가 향수로 단장한 머리를 자랑스러운 듯 일부러 흔드는 것에 눈길을 주기도 했다. 그러는 동안 자신이 불안해하지 않는다는 것을 보여주기 위해 무언가 말을 하려 애를 썼다.

방 한가운데에 말없이 서 있는 그를 향해 여자가 다가와 쾌활하면서도 진지한 몸짓으로 그를 껴안았다. 그녀의 포동포동한 팔이 그를 그녀 쪽으로 꼭 끌어당겼다. 그녀가 그를 향해 진지하고 침착하게 얼굴을 들어올리는 모습에 눈길을 주는 동안, 그는 자신에게 밀착된 그녀의 가슴이 따뜻하고 침착하게 오르내리고 있음을 느낄 수 있었다. 이 순간 그는 거의 발작적으로 울음을 터뜨릴 뻔했다. 환희와 안도의 눈물이 기쁨에 젖어 있는 그의 눈에서 빛났으며, 말을 하려 하지 않는데도 그의 입술은 벌어졌다.

그녀가 짤랑짤랑 팔찌 소리를 내며 손을 들어 그의 머리카락 속에 넣고는 그를 귀여운 악동이라 불렀다.

"키스해줘요." 그녀가 말했다.

그의 입술은 좀처럼 그녀에게 키스를 건네려 하지 않았다. 그는 다만 그녀의 팔에 꼭 안긴 채 천천히, 천천히, 아주 천천히 애무를 받고 싶을 뿐이었다. 그녀의 팔에 안기자 그는 자신이 갑작스럽게 강하고 두려움이 없으며 확신에 찬 존재로 변했음을 느낄 수 있었다. 하지만 그의 입술은 좀처럼 그녀에게 키스를 건네려 하지 않았다.

그녀가 갑작스럽게 팔을 움직여 그의 머리를 아래쪽으로 끌어당기더니 자신의 입술을 그의 입술에다 갖다 대었다. 그는 크게 뜬 그녀의 솔직한 눈에서 그녀의 동작이 무엇을 의미하는지를 읽을 수 있었다. 그것은 그가 감당하기에 너무 벅찬 것이었다. 그는 두 눈을 감고, 그녀의 부드럽게 벌어진 입술이 전하는 어둡고 비밀스런 압박 이외에는 어떤 것도 의식하지 않은 채 자신의 몸과 마음을 모두 그녀에게 맡겼다. 그녀의 입술은 마치 무언가 어렴풋한 말을 전달하기 위한 도구라도 되는 양 그의 입술뿐만 아니라 두뇌까지도 부드럽게 내리누르고 있었다. 그녀의 두 입술 사이에서 그는 자신이 아직 모르고 있던, 망설임이 담긴 소극적인 압박을, 가물가물 죄에 빠져드는 것보다 더 어둡고 비밀스런 동시에 소리나 냄새보다 더 부드러운 압박을 느낄 수 있었다.

제3장

단조로운 한낮이 지나고 12월의 땅거미가 어릿광대처럼 재주를 넘으며 빠른 속도로 다가왔다. 단조로운 사각형의 교실 창문을 통해 밖을 내다보고 있는 동안, 그는 자신의 배가 먹을 것을 요구하고 있음을 느꼈다. 그는 저녁 식사로 스튜 요리가 나왔으면 좋겠다고 생각했다. 밀가루와 지방(脂肪)을 섞어 만든 걸쭉한 소스*를 후춧가루로 맛을 낸 다음 여기에 무와 당근과 으깬 감자와 기름진 양고기 조각을 넣어 만든 스튜를 국자로 듬뿍 떠서 먹을 수 있다면! 그의 배가 그런 요리로 자신을 채울 것을 제안하고 있었다.**

음침하고 은밀한 밤이 될 수도 있었다. 일찍 해가 진 뒤 노란색의 가로등이 지저분한 사창가 여기저기에서 불을 밝힐 것이다. 그는 우회로를 택해 주변을 이리저리 맴돌 것이고, 그러

---

*여기에서 스티븐이 말하는 것은 '루(roux)'로 추정된다. '루'는 그릇에 지방(흔히 버터)을 넣고 열을 가하여 액체 상태로 녹인 다음 동일한 무게의 밀가루를 넣고 저어 밀가루가 익을 때까지 조리하여 만든 걸쭉한 소스로, 각종 서양 요리에서 폭넓게 사용된다.
**인간이 범할 수 있는 일곱 가지 죄악 가운데 하나인 탐식(gluttony)이 암시되고 있다.

는 가운데서도 다가올 불안과 환희의 순간에 가슴 조이며 가까이, 좀 더 가까이 다가갈 것이며, 마침내 갑작스럽게 발걸음에 이끌려 자기도 모르는 사이 어두운 어느 한구석 근처에 이를 것이다. 잠에서 깨어나 나른하게 하품을 하면서 머리핀으로 머리를 가다듬던 매춘부들은 이제 밤을 맞이할 준비를 마치고는 막 집을 나섰을 것이다. 그는 자신의 의지가 움직일 때까지, 또는 보드랍고 향긋한 육체가 죄악에 빠진 그의 영혼을 불시에 부를 때까지 침착하게 기다리면서 그들 앞을 지나칠 것이다. 그가 그러한 부름을 기다리며 거리를 서성이는 동안, 그의 감각은 비록 자신의 욕망에만 눈이 멀어 멍청해져 있긴 하지만 이에 상처를 주거나 모욕감을 주는 것이라면 그것이 무엇이든 하나도 빼지 않고 예리하게 감지할 것이다. 예컨대, 식탁보가 없는 맨 식탁에 남아 있는 둥그런 맥주 거품 자국을, 또는 차렷 자세를 하고 서 있는 두 병사의 사진을, 또는 야하고 요란한 벽보를 그의 눈은 놓치지 않을 것이고, 매춘부들이 그들 나름의 표현을 동원하여 느린 어조로 건네는 인사말을 그의 귀는 놓치지 않을 것이다.

"멋쟁이 아저씨, 안녕! 맘에 드는 아가씨 있어?"

"아니, 이게 누구야! 젊은 오빠 아냐!"

"10번 손님. 영계 넬리가 손님을 모실 거예요."

"서방님, 어서 오세요. 짧게 놀다 가시려고요?"

그의 잡기장 위에 적어놓은 방정식이 공작새 꼬리처럼 눈 모양과 별 모양이 있는 꼬리를 점점 더 넓게 펼치기 시작했다. 그리고 지수(指數)들의 눈 모양과 별 모양을 제거하자 방정식은 펼쳤던 꼬리를 다시금 천천히 접기 시작했다. 나타났다 사라졌다 하는 지수들은 떴다 감기는 눈들이었고, 떴다 감기는 눈들은 태어났다 소멸하는 별들이었다. 별들이 태어나서 소멸하기까지 이어지는 엄청나게 긴 생명의 궤도가 그의 지친 마음을 바깥쪽 경계까지 데리고 갔다가 안쪽 중심까지 데리고 가는 동안, 은은한 음악이 밖으로 안으로 움직이는 그의 마음을 따라다녔다. 음악이라니? 음악이 점점 가까이 다가왔고, 이윽고 그에게 어떤 구절이 떠올랐다. 그것은 바로 피로에 지쳐 창백해진 안색으로 외롭게 떠다니는 달에 관한 셸리의 시 구절이었다. 별들은 부서지기 시작했고, 부서진 별들의 미세한 먼지가 구름처럼 허공 속으로 흩어졌다.

생기를 잃은 빛이 좀 더 희미하게 잡기장의 지면 위에 드리워졌고, 그 위로 또 다른 방정식 하나가 천천히 모습을 드러내더니 점점 더 넓게 꼬리를 펼치기 시작했다. 그것은 바로 경험을 찾아 길을 나서는 그 자신의 영혼이었다. 자신을 이 죄악에서 저 죄악으로 차례로 노출시키고, 타오르는 별들로 이루어진 모닥불을 사방으로 넓게 펼치다가 스스로 자신을 제어하고 천천히 사그라져 마침내 빛과 불꽃을 완전히 상실하는 그의 영혼이었다. 빛과 불꽃이 꺼지면, 차가운 어둠이 혼돈을, 그의 영혼을 지배하고 있는 혼돈을 가득 채웠다.

곧이어 차갑고 맑은 무관심이 그의 영혼을 지배했다. 그가 최초로 격렬한 죄악의 늪에 빠져들던 바로 그때 그는 생명의 물결이 자신한테서 빠져나가리라 느꼈고, 과도하게 손상을 입어 불구가 된 자신의 육체와 영혼을 확인하게 될 것 같아 겁을 먹기도 했다. 하지만, 그런 일이 일어나는 대신, 치솟는 활력의 물결이 그를 그 자신의 내부에서 꺼내어 가슴에 얼싸안은 채 데리고 다녔다. 그리고 그 물결이 잦아드는 가운데 그를 다시 그 자신에게로 데려다주었다. 육체와 영혼의 어떤 부분도 손상을 입지 않았고, 다만 어두운 평화가 그의 육체와 영혼 사이에 깃들게 되었을 뿐이었다. 욕망의 불이 꺼진 자리를 지배하는 혼돈, 그것이 그가 냉정하고 공평하게 인식한 자신의 모습이었다. 그는 치명적인 죄를 단 한 번만 지은 것이 아니라 수도 없이 지었다. 최초에 지은 죄만으로도 영원한 형벌에서 벗어나지 못할 처지임에도 불구하고 이처럼 되풀이하여 계속 죄를 지음으로써, 그는 자신이 받아야 할 벌을 몇 배로 늘리고 있음도 알고 있었다. 그가 한낮의 시간을 보내면서 바르게 일하고 바르게 생각한다 해서 이것이 속죄의 수단이 될 수는 없었으니, 죄를 사해주는 은총의 샘물이 이미 메말라 그의 영혼은 이제 새롭게 다시 태어날 기회를 얻을 수 없었던 것이다. 기껏해야 거지에게 적선하고 그것이 무언가 실질적인 은총을 받는 수단이 될 수 있기를 지친 마음으로 희망해보기도 했지만, 적선을 받은 거지가 축복의 말이라도 하면 그는 이를 마다하고 도망치기 일쑤였다. 열렬한 신앙심도 마치 꺾여 바닷물 속으로 내던져진 돛대처럼 이미 그의 곁에 남아 있지 않았다. 그의 영혼이 파멸의 길을 스스로 열망하고 있음을 알고 있는 판국에 기도를 올린다 해서 무슨 소용이 있겠는가! 그가 잠들어 있는 사이 그의 생명을 앗아가고 자비를 애원할 짬을 얻기도 전에 그의 영혼을 지옥으로 내던질 수 있는 힘을 지닌 분이 하느님임을 알면서도, 그는 잠자리에 들기 전에 단 한 번의 기도조차 올리지 않았다. 그가 그처럼 기도를 올리지 않은 것은 얼마간 교만한 마음이 작용했기 때문이기도 했고, 얼마간 두려움이 작용했기 때문이기도 했다. 자기 자신의 죄에 대한 교만한 마음이 빌미가 되어, 또한 사랑의 마음을 결여한 채 하느님에게 갖는 두려움의 마음이 빌미가 되어, 그는 자신이 지은 죄가 너무나 심각한 것이어서 모든 것을 보고 있고 모든 것을 알고 있는 전지전능한 하느님에게 허울뿐인 경배의 마음을 갖더라도 그는 결코 전체적으로든 부분적으로든 용서받지 못할 것이라는 점을 깨닫고 있기도 했다.

"자, 에니스, 너 같은 녀석한테 머리가 있다고 할 바에는 차라리 내 지팡이에 머리가 있다고 하는 게 낫겠다. 무리수(無理數)가 뭔지 설명할 수 없단 말이지?"

머뭇거리며 제대로 답을 못하는 한 반 아이를 보자 자기 반 아이들에 대한 경멸감이 그의 마음 안에서 불씨처럼 되살아났다. 한 반 아이들에게 그는 부끄러워하는 마음도 두려워하는 마음도 갖고 있지 않았다. 어느 일요일 아침 교회 문 앞을 지나가다가 그는 교회 밖에서 모자를 벗어든 채 4열로 늘어서 있는 신자들에게 차가운 눈길을 보낸 적이 있었다. 그들은 볼 수도 없고 들을 수도 없는 미사에 마음으로나마 참여하고 있었던 것이다. 그들의 멍청한 신앙심이, 그리고 그들이 머리에 바른 싸구려 기름의 역한 냄새가 제단에 대한 혐오감을, 그들이 기도를 올리고 있는 바로 그 제단에 대한 혐오감을 그의 마음에 심어주었다. 마음만 먹으면 그처럼 쉽게 꼬임의 희생물로 만들 수도 있는 그 사람들의 순진함에 대한 회의의 마음을 떨쳐내지 못한 채, 그는 그들과 함께 위선이라는 악덕에 고개 숙여 복종했다.

그의 침실 벽에는 화려하게 치장한 두루마리가 하나 걸려 있었는데, 이는 교내 성모 마리아 성심회(聖心會)의 회장이 되었음을 알리는 임명장이었다. 매주 토요일 아침 소규모의 성무일도(聖務日禱)를 위해 성심회가 성당에 모일 때마다 그의 자리는 제단 바로 오른쪽의 쿠션이 갖춰진 기도대였다. 기도대 앞에 무릎 꿇고 앉아 그는 기도문이 낭송될 때마다 이에 대한 자기 쪽 학생들의 화답송(和答頌)을 이끌었다. 그는 자신이 그릇되게도 그런 자리를 차지하고 있다는 사실 때문에 고통을 느끼지 않았다. 때때로 영광스러운 자신의 자리에서 일어나 그들 앞에서 자신이 얼마나 가치 없는 존재인가를 고백하고 성당을 떠나고 싶다는 충동이 그의 내부에서 일기도 했지만, 그런 충동을 억제하는 데는 그들의 얼굴을 한 번 쳐다보는 것만으로도 충분했다. 예언의 시편들에 담긴 이미지들이 교만함으로 메말라 있는 그의 마음을 달래주기도 했고, 성모 마리아의 영광이 그의 영혼을 사로잡기도 한 것이 사실이었다. 성모의 영혼에게 하느님이 전하는 선물이 얼마나 값진 것인가를 상징적으로 말해주는 감송향(甘松香)과 몰약(沒藥)과 유향(乳香), 성모의 고귀한 혈통에 대한 상징이자 표상인 그녀의 풍요로운 의상, 성모를 향해 사람들이 지닌 공경심이 오랜 세월에 걸쳐 날마다 점점 더 커져만 가고 있음을 상징하는 늦게 꽃을 피우는 화초와 나무들, 이런 이미지들이 그의 영혼을 사로잡았던 것이다. 그날의 성무일도를 마감할 시간이 다가와 그에게 다음과 같은 구절을 낭송할 차례가 오면, 음악처럼 이어지는 그 가락에 맞춰 자신의 양심을 달래고 어르면서 그는 죄 없는 자의 목소리를 가장하여 이를 읽어 나갔다.

나는 레바논의 향백나무처럼, 헤르몬 산에 서 있는 삼나무처럼 자랐다. 나는 엔게디의 야자나무처럼 예리코의 장미처럼 평원의 싱싱한 올리브나무처럼 플라타너스처럼 자랐다. 나는 향기로운 계피와 낙타가시나무처럼 값진 몰약처럼 풍자 향과 오닉스 향과 유향처럼 천막 안에서 피어오르는 향연처럼 사방에 향내를 풍겼다.*

*〈집회서〉 24장 13~15절.

하느님을 볼 수 없도록 그의 시야를 가린 죄로 인해 그는 죄인들의 피난처*로 좀 더 가까이 다가가게 되었다. 그에게는 성모 마리아가 다정한 연민의 눈길을 자신에게 보내는 것처럼 느껴졌던 것이다. 또한 성모의 성스러움과 성모의 섬세한 몸 위로 희미하게 감돌고 있는 신비한 빛은 그녀를 향해 다가가는 자가 비록 죄인일지라도 그를 자신의 죄로 인한 굴욕감에 빠져들게 하지 않았던 것이다. 만일 어쩌다 그가 죄악의 삶을 벗어던지고 자신을 움직이는 충동에 대해 회개하고자 하는 마음을 가졌다면, 그를 그렇게 하도록 이끈 것은 바로 성모의 기사(騎士)가 되고자 하는 그의 염원이었다. 만일 육체의 욕망에 굴복하여 광란의 시간을 보낸 다음 부끄러움에 젖은 채 그의 영혼이 어쩌다 성모가 머물러 있는 곳을 다시 찾기도 했다면, 그리고 그곳에서 '밝고 조화로운 샛별'로 '표상'되는 아름다움을 지닌 성모를 향해, '천국의 이야기를 우리에게 들려주시고 세상을 평화로 채워'주시는 성모**를 향해 눈을 돌렸다면, 이는 더럽고 부끄러운 말들과 음란한 키스의 뒷맛이 아직 남아 있는 자신의 입가에 성모를 가리키는 여러 이름이 떠올라 조용히 중얼거렸던 바로 그런 때였다.

참으로 기묘했다. 어떻게 해서 그런 일이 가능할 수 있는가를 생각해보려 했지만, 교실을 점점 더 깊은 어둠에 잠기게 하는 땅거미가 그의 생각마저 덮어버리고 말았다. 드디어 수업을 마치는 종이 울렸다. 선생님은 다음 수업 시간에 다룰 유클리드 기하

---

*성모 마리아를 뜻함.
**존 헨리 카디널 뉴먼(John Henry Cardinal Newman, 1801~1890)의 〈당신의 아들을 위한 성모 마리아의 영광(The Glories of Mary for the Sake of Her Son)〉에 나오는 구절. 이 소설의 제3장 마지막 부분에 나오는 스티븐의 기도 참조.

학의 문제들을 표시해주고는 교실을 나갔다. 스티븐의 옆에 앉아 있던 헤런이 단조로운 어조로 이렇게 읊조리기 시작했다.

다정한 나의 친구 봄베이도스.*

운동장으로 나갔던 에니스가 돌아와서는 이렇게 말했다.

"사택에서 사환 아이가 오고 있어. 교장 선생님을 부르러 오는 거야."

스티븐 뒤쪽에서 키가 큰 아이가 손을 비비면서 이렇게 말했다.

"그거 좋은 징조네. 한 시간 내내 농땡이 칠 수 있겠군. 2시 30분이 지날 때까지는 오지 않을 거야. 디덜러스, 교장이 돌아오면 네가 나서서 교리문답에 관한 질문을 해라."

몸을 뒤로 젖힌 채 한가하게 잡기장에 낙서를 하고 있던 스티븐은 그의 주변에서 아이들이 나누는 이야기 소리에 귀를 기울이고 있었다. 아이들의 이야기 소리는 때때로 헤런이 질러대는 고함소리 때문에 끊기곤 했다.

"야, 너희들 입 다물지 못하겠냐? 도대체 왜들 이처럼 시끄럽게 떠드는 거야!"

결국에 가서 더욱더 절실하게 들리는 것과 느껴지는 것이라고는 오로지 자기 자신의 죄악에 대한 준엄한 심판임에도 불구하고, 그가 교회의 교리가 정해놓은 엄격한 노선을 끝까지 따라가다가 마침내 그 너머 모호한 침묵의 세계에 이르는 일에서 메마른 즐거움을 찾고 있다니, 이 또한 참으로 기묘한 일이었

---

*〈봄베이도스(Bombados)〉라는 무언극에 나오는 구절.

다. 하나의 계율을 어기면 모든 계율을 어기는 죄에 빠져들게
될 것이라 말한 성 야고보의 판결*이 처음에는 그에게 과장된
말로 비쳤다. 적어도 그 자신이 처한 암흑의 세계를 더듬어 헤
쳐가기 시작하기 전에는 그렇게 느꼈다. 음욕이라는 악의 씨앗
에서 모든 치명적인 죄의 싹이 텄다. 자신에 대한 자만심과 타
인에 대한 경멸감, 불법적 쾌락을 사는 데 필요한 돈을 마음대
로 쓸 수 있기 바라는 탐욕의 마음, 그가 감히 따라갈 수 없을
만큼 엄청난 악덕을 소유한 사람들에 대한 시기심, 경건한 사
람들에 대한 은밀한 비방과 중상, 음식에 대한 탐닉, 자신이 갈
망하는 것을 이루지 못해 언짢아하는 가운데 일어나는 둔한 분
노의 감정, 그의 온 존재가 빠져 허우적거리고 있는 정신적 나
태와 육체적 나태의 늪, 이 모든 죄악이 뒤를 이었던 것이다.
　의자에 앉아 교장 선생님의 빈틈없이 예리하고 엄한 표정을
침착한 마음으로 떠올리는 동안, 그의 마음은 자신을 향해 던
진 엉뚱한 문제들의 안팎으로 넘나들고 있었다. 만일 어떤 사
람이 젊었을 때 1파운드의 돈을 훔친 다음 그 돈을 사용하여 엄
청난 재산을 모으게 되었다면, 얼마나 되는 돈을 돌려줘야 하
는가. 단지 그가 훔친 1파운드의 돈만 돌려주면 될까. 아니면
그가 훔친 돈에 대한 이자를 복리로 계산한 다음 1파운드에 이
를 합한 돈을 돌려줘야 할까. 그것도 아니면 그의 엄청난 재산
을 몽땅 줘야 할까. 어떤 아이가 세례를 받을 때 사제가 기도
하기 전에 평신도가 그 아이에게 세례의 물을 부었다면 그 아
이는 세례를 받은 것일까. 광천수로 세례를 해도 여전히 세례
의 효과가 있는 것일까. 지고의 복을 말하면서 처음에는 마음

---

*"누구든지 율법을 전부 지키다가 한 조목이라도 어기면, 율법 전체를 어기는 것이
됩니다"(《야고보 서간》 2장 10절).

194

이 가난한 사람들에게 하늘나라를 약속하더니 뒤에 가서 온유한 사람들에게 땅을 차지할 것을 약속했는데,* 이는 도대체 어찌된 영문인가. 만일 예수 그리스도의 살과 피가, 그의 영혼과 신성이 다만 빵만으로도 또는 포도주만으로도 현현(顯現)이 가능하다면, 어찌하여 성체성사는 빵과 포도주 둘을 다 동원하여 거행하도록 제도화된 것일까. 축성(祝聖)을 받은 빵의 아주 작은 부스러기 안에 예수 그리스도의 살과 피가 몽땅 들어 있는 것일까, 아니면 다만 일부만 들어 있는 것일까. 만일 축성을 받은 다음에 포도주가 변해 식초가 되고 빵이 썩어 부스러진다 해도 예수 그리스도는 여전히 신과 인간으로서 그 안에 존재하는 것일까.

"야, 오신다. 오셔!"

창가에 앉아 지켜보던 아이가 사택에서 이곳으로 오는 교장 선생님을 보았다. 모든 아이들이 교리서를 펼치고는 고개를 숙인 채 조용히 펼쳐놓은 교리서에 눈길을 주었다. 교장 선생님이 교실에 들어와 강단 위에 있는 자리에 앉았다. 스티븐의 뒤에 앉아 있는 키가 큰 아이가 가볍게 그를 발로 건드리면서 대답하기 어려운 질문을 하라고 부추겼다.

교장 선생님은 교리문답을 통해 아이들이 교리를 얼마나 익혔는지를 알아보려 하지 않았다. 그는 깍지 낀 두 손을 책상 위에 올려놓은 채 이렇게 말했다.

"성 프란치스코 하비에르의 축일**이 이번 토요일인데, 그를 추념하여 수요일 오후부터 피정(避靜)이 있을 예정이다. 피

---

*스티븐은 여기에서 〈마태오 복음서〉에 나오는 예수의 산상수훈을 생각하고 있다. 특히 〈마태오 복음서〉 5장 3~11절 참조.
**성 프란치스코 하비에르의 축일은 12월 3일.

정은 수요일에 시작하여 금요일까지 계속될 것이다. 금요일에
는 묵주 기도가 있고 나서 오후 내내 고해성사가 있을 것이다.
만일 고해성사를 맡아 해주실 신부님이 정해져 있으면, 바꾸지
않는 게 좋겠다. 미사는 토요일 아침 9시에 있을 것이며, 전교
학생을 위한 영성체가 이어질 예정이다. 이번 토요일에는 수업
이 없고, 일요일에도 물론 수업이 없다. 하지만 토요일과 일요
일에 수업이 없다고 해서 월요일까지 수업이 없으리라고 생각
하고 싶어하는 엉뚱한 녀석들이 있을지 모르겠다. 그런 식의
실수를 하지 말도록! 내 생각에는 말이다, 자네, 로우리스, 자
네가 그런 실수를 할 것 같구먼.”

“제가요? 선생님, 하필이면 왜 접니까?”

교장 선생님의 근엄한 미소에 이어 잔잔하고 가벼운 웃음의
물결이 교실 안에 있는 아이들 위로 번져갔다. 스티븐의 가슴
은 마치 시들어가는 꽃처럼 두려움 때문에 천천히 주름이 잡히
고 생기를 잃어가기 시작했다.

엄숙한 어조로 교장 선생님이 말을 계속 이었다.

“이 반에 있는 학생들 모두 우리 학교의 수호성인인 성 프란
치스코 하비에르의 생애에 대해 잘 알고 있으리라 믿는다. 그
는 스페인의 오래된 명문 집안 출신으로, 자네들도 알고 있듯
예수회 창립 초기부터 성 이냐시오와 뜻을 같이했던 사람들 가
운데 한 분이다. 그들은 파리에서 처음 만났는데, 당시 프란치
스코 하비에르는 대학에서 철학을 강의하는 교수였지. 젊고 총
명한 귀족이자 문사(文士)였던 프란치스코 하비에르는 우리 예
수회의 영광스러운 창립자께서 가지고 있던 생각을 온 마음과
영혼으로 받아들였단다. 그리고 그분은 성 이냐시오의 부름을
받고 자신의 뜻에 따라 인도인들에게 복음을 전하러 갔다는 사

실을 자네들도 알고 있을 것이다. 그분은 자네들도 알다시피 인도인들의 사도라 불리고 있다. 그분은 아프리카에서 인도까지, 인도에서 일본까지, 동방의 이 나라 저 나라를 다니면서 사람들에게 세례를 베풀었다. 전해오는 이야기에 의하면, 그분은 한 달에 만 명이나 되는 이교도들에게 세례를 베푼 적도 있다 한다. 세례를 받는 사람들의 머리 위로 손을 하도 많이 들어올리다 보니 그분의 오른쪽 팔이 마비되고 말았다는 이야기도 전해지고 있지. 이어서 그분은 한결 더 많은 영혼을 하느님 편에 서게 하기 위해 중국으로 가길 원했는데, 열병을 얻어 상추안 섬*에서 그만 숨을 거두고 말았다. 성 프란치스코 하비에르야말로 위대한 성자인 동시에 하느님을 위해 싸운 위대한 병사였던 것이다!"

교장 선생님은 이쯤에서 호흡을 가다듬고는 앞으로 모아 쥔 손을 흔들면서 이렇게 말을 이어나갔다.

"그분은 산이라도 움직일 만큼 굳건한 신앙심을 지니고 있었다. 단 한 달에 만 명의 영혼을 하느님 편에 서게 할 수 있었다니 말이다! 그분이야말로 진정한 정복자, 우리 예수회의 좌우명인 '하느님의 더 큰 영광을 위하여'에 충실했던 진정한 정복자였다. 자네들이 잊지 않기를 바라는 것은 그분은 하늘에서 크나큰 힘을 지닌 성자라는 점이다. 그분이야말로 우리가 슬픔에 잠겨 있을 때 중재의 힘을 발휘하여 우리를 도와주실 분, 우리의 영혼에 유익한 것이라면 우리가 기도하는 것을 무엇이든 얻게 할 힘을 지닌 분, 무엇보다도 우리가 죄악의 늪에 빠져 있

---

*상추안(上川)은 중국 광둥성 해안에 있는 추안샨(川山) 군도에 소속된 섬의 이름. 군도에 있는 섬 가운데 가장 큰 섬이며, 중국 본토에서 약 14킬로미터 떨어진 곳에 있다. 프란치스코 하비에르는 1552년 12월 3일 열병으로 인해 이 섬에서 숨을 거두었다.

을 때 회개할 수 있도록 은총을 얻게 할 힘을 지닌 분이다. 성 프란치스코 하비에르야말로 위대한 성자인 동시에 수많은 영혼을 낚아 올린 위대한 낚시꾼*이었다!"

이제 그는 모아 쥔 손을 흔드는 대신 이마에 얹고 있었다. 그런 자세를 한 채 그는 근엄한 표정의 검은 눈동자를 들어 그의 앞 좌우 양쪽에 앉아 있는 학생들을 번갈아가며 날카롭게 바라보았다.

모두가 침묵을 지키고 있는 사이 교장 선생님의 눈에 담긴 검은 불꽃이 땅거미에 불을 붙여 황갈색으로 타오르게 했다. 스티븐의 가슴은 저 멀리서 다가오는 열풍을 감지하고 있는 사막의 꽃처럼 시들어 말라가고 있었다.

*　*　*

"'너에게 주어진 네 가지 최후의 일들을 생각하여라. 그러면 결코 죄를 짓지 않으리라.' 그리스도를 믿는 사랑하는 나의 어린 형제들이여, 이 말은 전도서 7장 40절에 나오는 말씀입니다.** 성부, 성자, 성령의 이름으로 기도하나이다, 아멘."

스티븐은 성당 맨 앞자리에 앉았다. 앉아서 보니, 아놀 신부

---

*여기에 동원된 비유와 관련하여 호수에 어망을 던지는 베드로와 안드레아에게 예수가 했던 다음 말 참조: "나를 따라오너라. 내가 너희를 사람 낚는 어부로 만들겠다"(⟨마테오 복음서⟩ 4장 19절).

**이때의 "네 가지 최후의 일들"은 죽음, 심판, 천국, 지옥을 말함. 한편 이상과 같은 말은 ⟨전도서⟩에 나오지 않으며, 유사한 말이 ⟨집회서⟩에 나온다. 전도서(Ecclesiastes)와 집회서(Ecclesiasticus)의 철자가 비슷한 데서 온 오기로 추정됨. 아울러, ⟨집회서⟩의 7장 40절이 아닌 7장 36절에 나오는 말임을 참조하기 바람. ⟨집회서⟩에 나오는 말을 그대로 옮기면 다음과 같다: "모든 언행에서 너의 마지막 때를 생각하여라. 그러면 결코 죄를 짓지 않으리라."

가 제단의 왼쪽에 있는 탁자 앞에 앉아 있었다. 그는 어깨 위로 무거운 외투를 걸치고 있었다. 그의 창백한 얼굴에는 긴장감이 감돌고 있었으며, 목소리는 콧물감기로 인해 갈라져 있었다. 뜻밖의 순간에 다시 모습을 드러낸 옛날 선생님의 모습이 스티븐의 마음에 클롱고우스 우드 칼리지에서 지내던 때를 떠오르게 했다. 널찍한 운동장과 옹기종기 모여 있던 아이들, 사각형의 오물 구덩이, 자신이 묻히리라 상상했던 라임나무가 늘어서 있는 한길에서 좀 떨어진 곳에 있는 성직자 공동체에 소속된 자그마한 묘지, 그가 아파 누워 있을 때 진료실의 벽에 반사되고 있던 난로의 불길, 마이클 수사의 슬픔에 잠긴 얼굴 등이 그의 기억에 떠올랐던 것이다. 이런 기억들이 그를 다시 찾는 동안 그의 영혼은 다시금 어린아이의 영혼으로 바뀌었다.

"그리스도를 믿는 사랑하는 나의 어린 형제들이여, 오늘 우리는 바깥세상의 번잡함에서 잠시 동안 멀리 벗어나 이 자리에 모였습니다. 우리가 이 자리에 모인 것은 위대한 성자 가운데 한 분이고 인도인들의 사도이자 여러분이 다니는 학교의 수호 성인인 성 프란치스코 하비에르를 찬양하고 기념하기 위해서입니다. 사랑하는 나의 어린 형제들인 여러분이 기억할 수 있는 것보다 훨씬 더 오랜 세월 동안, 또는 제가 기억할 수 있는 것보다 훨씬 더 오랜 세월 동안, 해마다 이 학교의 학생들은 수호 성자를 기리는 축일을 맞이하기에 앞서 바로 여기 이 성당에 모여 피정의 시간을 가져왔습니다. 세월은 흐르고, 흐르는 세월과 함께 여러 가지 변화가 있었던 것도 사실입니다. 심지어 지난 몇 년 동안만 해도 여러분 가운데 대부분이 기억할 수 있는 그런 변화가 있지 않았습니까? 얼마 전까지만 해도 여기 이곳의 앞자리에 앉아 있던 학생들 가운데 많은 이들이 아마도 지금쯤에는 먼 나라에 가 있을 것이고, 심지어 이글거리는 태양 아래의 열대 지방에도 가 있을 것입니다. 또는 자기가 맡은 전문적인 일에 몰두하고 있거나 신학교에서 공부를 하고 있을 것입니다. 또는 깊고 넓은 바다 위에서 항해를 하고 있거나, 어쩌면 위대한 하느님의 부름을 받아 이미 다른 세계로 가서 그들에게 맡겨진 하느님의 청지기 역할을 하고 있을지도 모릅니다. 하지만 세월이 흐르고 그와 함께 좋든 나쁘든 변화가 찾아올지라도 위대한 성자에 대한 기억은 매년 축일에 앞서 며칠 동안 피정의 시간을 보내는 그분의 학교인 이 학교의 학생들에 의해 새롭게 되새겨질 것입니다. 바로 이 축일은 우리에게 성모의 역할을 하는 교회가 천주교의 나라 스페인이 낳은 위대한 아들 가운데 한 분인 그의 이름과 명성을 만세에 전하기 위해 따로 정해놓은 것이기도 하지요.

자, '피정'이라는 이 말이 의미하는 바는 무엇인가요? 그리고 하느님이 내려다보시고 모든 사람이 지켜보는 가운데 진정한 그리스도교인으로서의 삶을 영위하기를 갈망하는 사람들 모두에게 피정이야말로 더할 수 없이 유익한 행사라고 사방에서 널리 인정받고 있는 이유는 무엇일까요? 사랑하는 나의 어린 형제들이여, 피정은 우리들 삶의 근심과 걱정에서, 일상의 관심사에서 잠시 동안 물러나는 것을 의미합니다. 그렇게 함은 우리 양심의 상태를 점검하는 동시에, 성스러운 종교인 천주교의 신비에 대해 깊이 명상하고, 우리가 왜 여기 이 세상에 존재하는가를 더욱 잘 이해하기 위해서입니다. 얼마 안 되는 요 며칠 동안 나는 여러분에게 네 가지 최후의 일들과 관련하여 몇 가지 생각을 전하고자 합니다. 교리문답을 통해 여러분이 잘 알고 있겠지만, 네 가지 최후의 일들은 죽음, 심판, 지옥, 그리고 천국을 말합니다. 며칠 동안 이어지는 이번 피정 기간에 우리는 이를 완전하게 이해하려 노력할 것입니다. 이에 대한 이해를 통해 우리의 영혼에 영구적인 도움이 되는 것이 무엇인지를 찾아낼 목적에서 말입니다. 사랑하는 나의 어린 형제들이여, 우리는 하나의 과업을 위해, 단 하나의 과업만을 위해 이 세상에 보내졌다는 사실을 잊지 말기 바랍니다. 단 하나의 과업이란 하느님의 성스러운 뜻을 행하고 우리 인간에게 주어진 불멸의 영혼을 구원하는 일을 말합니다. 다른 모든 일은 다 부질없는 것들입니다. 단 하나의 과업만이 우리에게 필요할 뿐인데, 이는 우리 영혼을 구제하는 일, 바로 그것입니다. 만일 인간이 불멸의 영혼을 상실하는 고통을 겪는다면, 전 세계를 얻는다 한들 그게 무슨 소용이 있겠습니까?* 아, 사랑하는 나의 어린 형제들이여, 이 한심한 세상에는 영혼을 상실하는 것을 보상해줄 수 있는 것이라고는 아무것도 없다는 나의 말을 믿어주기 바랍니다.

따라서 나는 사랑하는 나의 어린 형제들에게 앞으로 며칠 동안 모든 세속적인 생각들을 여러분의 마음에서 털어 버리길 요청합니다. 그것이 공부에 관한 것이든 즐거움에 관한 것이든 야망에 관한 것이든 말입니다. 아울러, 여러분의 영혼이 어떤 상태에 있는가에 여러분의 온 마음을 기울일 것을 요청합니다. 피정이 진행되는 동안 여러분 모두가 과묵하고 경건한 태도를 취할 것과 모든 시끄럽고 단정치 못한 오락거리는 피할 것을 기대하는데, 이를 새삼 여러분에게 상기시킬 필요는 없겠지요. 상급반 학생들은 당연히 이런 관행에 손상이 가지 않도록 주위

---

*〈마태오 복음서〉16장 12절 참조.

를 잘 보살펴야 할 것입니다. 나는 특히 성모 마리아 성심회와
천사 성심회의 회장들과 간부들이 동료 학생들에게 모범이 되
기를 기대합니다.

그리하여 우리의 온 정성과 온 마음을 다하여 성 프란치스
코 하비에르를 기리기 위한 이번 피정을 이끌어 나가도록 합시
다. 그러면 하느님의 축복이 1년 내내 여러분의 학업에도 내려
질 것입니다. 하지만 무엇보다도 중요한 것은 이번 피정을 세
월이 흐른 다음 여러분이 어쩌면 학교를 떠나 여러 가지 다양
한 환경에 처해 있을 때 되돌아볼 수 있는 것이 되도록 하는 것
입니다. 즐거움과 감사의 마음으로 되돌아보고, 이번 행사를
통해 경건하고 영예로우면서도 열정적인 그리스도교인으로의
삶을 살아가는 데 바탕이 될 첫 번째 반석을 놓는 계기를 여러
분에게 마련해주셨음을 하느님께 감사할 수 있는 그런 피정이
되도록 합시다. 그리고, 어쩌다 그런 일이 있을 수 있기에 하
는 말이지만, 바로 이 순간 여기 이 자리에 말 못할 불운을 만
나 하느님의 거룩한 은총을 잃거나 고통스러운 죄악의 늪에서
헤매고 있는 불쌍한 영혼이 있다면, 나는 이번 피정이 그 영혼
의 삶에 전환점이 될 것임을 굳게 믿고 또 그렇게 되기를 열렬
히 기도하고자 합니다. 그와 같은 불쌍한 영혼을 진심에서 우
러나오는 회개로 인도하기를, 또한 올해의 성자 축일에 거행될
영성체가 하느님과 불쌍한 영혼 사이에 맺어지는 영원한 계약
이 될 수 있기를 하느님의 열렬한 종이었던 프란치스코 하비에
르의 미덕에 기대어 하느님께 기도를 올리고자 합니다. 의로운
자에게든 의롭지 못한 자에게든, 성자에게든 죄인에게든, 이번
피정이 기억에 남을 만한 것이 되기를 기원합니다.

그리스도를 믿는 사랑하는 나의 어린 형제들이여, 나에게

힘을 보태주기 바랍니다. 여러분의 경건한 주의력을 통해, 여러분의 신앙심을 통해, 그리고 여러분의 단정한 행실을 통해 나에게 힘을 보태주기 바랍니다. 여러분의 마음에서 모든 세속적인 생각들을 걷어내고, 다만 죽음, 심판, 지옥과 천국이라는 네 가지 최후의 일들만을 생각하도록 합시다. 〈전도서〉*는 이를 기억하는 이는 영원히 죄를 짓지 않으리라 했습니다. 최후의 일들을 잊지 않고 기억하는 사람은 이를 항상 그의 눈으로 보듯 행동하고 생각할 것입니다. 그는 이 지상에서의 삶에서 많은 것을 희생하면 새롭게 다가올 삶의 세계에서, 영원한 왕국에서 백 배 천 배 보상이 있을 것을 알고 또 믿는 가운데, 선량한 삶을 살다가 선량한 죽음을 맞이할 것입니다. 사랑하는 나의 어린 형제들이여, 여러분에게 하느님의 축복이 있기를 마음으로 기원합니다. 모두에게 하느님의 축복이 있기를, 성부, 성자, 성령의 이름으로 기도하나이다, 아멘."

친구들과 함께 말없이 집을 향해 걸어가는 동안, 그는 짙게 긴 안개가 그의 마음을 에워싸고 있는 것 같은 느낌에 젖어 있었다. 멍한 상태에서 그는 안개가 걷히고 그 안에 숨겨져 있던 것이 드러나기를 기다렸다. 저녁 식사를 하긴 했지만 입맛이 썼다. 식사가 끝나고 기름기 묻은 접시들만이 식탁 위에 남았을 때, 그는 일어서서 혀로 입안에 남은 음식찌꺼기를 걷어내고 입술을 핥으면서 창가로 갔다. 이처럼 그는 고기를 먹고 나서 혀로 입안이나 핥는 동물의 상태로 전락한 것이었다. 이제 그에게 종말이 온 것이었다. 희미한 두려움의 빛이 그의 마음속 안개를 관통하기 시작했다. 그는 창문의 유리에 자신의

*앞서 언급한 바와 같이 〈전도서〉가 아니라 〈집회서〉.

얼굴을 기대고 어두운 밤거리를 응시했다. 희미한 불빛 속으로 사람들의 형상이 이곳으로 또는 저곳으로 지나가는 것이 보였다. 저것이 바로 삶이었다. 그가 밖을 응시하는 동안, 굼뜨고 촌스러운 고집을 피우면서 여기저기서 서로를 퉁명스럽게 밀어내고 있는 더블린이라는 이름의 글자들이 그의 마음을 무겁게 내리눌렀다. 점차 비대해져 값싼 기름 덩어리로 굳어가고 있는 그의 영혼은 무딘 두려움에 휩싸인 채 어둠침침하고 위협적인 땅거미 속으로 점점 깊이 빠져들고 있었다. 그러는 사이 그의 소유인 육체는 기가 꺾인 채 멍한 상태로 서 있었다. 그리고 어두워진 눈으로, 무기력하고 혼란에 빠져 있는 인간의 눈으로, 응시하고자 하는 대상인 우신(牛神)*을 찾고 있었다.

다음 날에는 죽음과 심판의 문제가 제기되어 그의 영혼을 무기력한 절망의 상태에서 천천히 일깨웠다. 설교자의 거친 쉰 목소리가 그의 영혼에 죽음을 불어넣고 있는 동안, 희미한 두려움의 빛은 이제 정신의 공포로 바뀌었다. 그는 죽음의 고통을 느꼈다. 싸늘한 죽음이 그의 손과 발의 끝을 건드리더니 심장을 향해 기어올라오고 있음을, 그의 두 눈을 죽음의 장막이 가리고 있음을, 환하게 밝혀져 있는 두뇌의 중심부에서 등불이 꺼지듯 불이 하나하나 꺼지고 있음을, 마지막 땀방울이 피부에서 스며 나오고 있음을, 죽어 가는 사지에 힘이 빠지고 있음을, 말이 어눌해지고 겉돌다 마침내 끊기고 있음을, 심장이 희미하게 그리고 점점 더 희미하게 뛰고 있음을, 이제 거의 그 박동을 멈추었음을, 숨결이, 겁에 질려 있는 가엾은 숨결이, 의지할 데

---

*모세가 시나이 산에 올랐을 때 이스라엘의 백성들은 "수송아지 상"을 만들어 이를 숭배함으로써 스스로 타락의 길로 빠져들었다. 구약성경의 〈탈출기〉 32장 1~20절 참조.

없는 가엾은 인간의 영혼이 훌쩍이고 한숨짓고 있음을, 목구멍
에서 할딱이고 가르랑거리고 있음을 그는 느꼈다. 어쩔 수 없
었다! 도저히 어쩔 수가 없었다! 그가, 그 자신이, 그의 의지를
굴복시켰던 그 자신의 육체가 죽어가고 있었다. 육체와 함께
그는 무덤에 묻힐 것이다! 나무로 된 관에 그의 시신을 넣고 못
질을 하라. 인부들의 어깨에 들려 관은 집 밖으로 운반하라. 사
람들의 시야에서 사라져 보이지 않도록 땅에 파놓은 기다란 구
덩이 안에, 무덤 안에 관을 던져 넣어라. 그리하여 썩어 없어지
게 하라. 스멀스멀 기어 다니는 무덤 속 수많은 벌레들의 먹이
가 되게 하고, 종종걸음을 치며 게걸스럽게 먹을 것을 탐하는
배불뚝이 쥐들의 먹이가 되게 하라.

　그리고 친구들이 눈물에 젖어 아직 침대 곁에 서 있는 동안
때 죄 지는 자의 영혼은 심판을 받게 되었다. 의식이 남아 있는
마지막 순간에 세속의 삶 전체가 주마등처럼 영혼의 눈앞을 스
쳐 지나갔고, 돌이켜 생각해볼 여유도 없이 육체는 죽음을 맞
이하고 영혼은 심판대 앞에서 겁에 질린 채 서 있었다. 오랫동
안 자비로웠던 하느님은 이제 공정한 심판자가 될 것이다. 하
느님은 오랫동안 참아 왔으며, 죄악에 빠져 있는 영혼을 타이
르기도 하고 회개할 시간을 주기도 했으며, 잠시 심판을 유예
해주기도 했다. 하지만 이제 때는 늦었다. 죄악을 저지르던 때
도 있었고, 쾌락을 즐기던 때도 있었다. 하느님을 조롱하던 때
도 있었으며, 하느님의 성스러운 교회가 건네는 경고를 조롱하
던 때도 있었다. 하느님의 위엄에 도전하던 때도 있었고, 하느
님의 명령에 불복하던 때도 있었다. 동료 인간들을 속이던 때
도 있었고, 죄에 죄를 거듭하여 그리고 다시 또 죄에 죄를 거듭
하여 짓던 때도 있었으며, 자신의 타락을 다른 사람들에게 들

키지 않도록 숨기던 때도 있었다. 하지만 이제 때는 늦었다. 이제 하느님의 차례가 되었다. 그런데 하느님은 인간의 속임수나 기만에 넘어갈 분이 아니다. 그리하여 모든 죄가 숨어 있던 장소에서 나와 그 모습을 드러낼 것이다. 하느님의 뜻에 거역하여 더할 수 없이 극악하게 반항한 죄도, 인간의 가련하고 부패한 본성을 더할 수 없는 타락으로 몰아간 죄도, 아무리 사소한 결점도, 더할 수 없이 가증스러운 잔학 행위도 모두 그 모습을 드러낼 것이다. 사정이 그러하니, 아무리 위대한 황제였다 해도, 아무리 위대한 장군이었다 해도, 아무리 놀라운 발명가였다 해도, 아무리 학식이 높은 사람이었다 해도, 그의 명성이 다 무슨 소용이 있겠는가. 그들 모두가 하나같이 하느님의 심판대 앞에 서 있었다. 하느님은 선한 자에게 상을 내릴 것이고 악한 자에게 벌을 내릴 것이다. 인간의 영혼을 심판하는 데는 단 한 순간이면 충분하다. 육체가 죽음에 이르자마자 곧 한순간에 인간의 영혼에 대한 저울질은 끝날 것이다. 개별적인 심판이 끝나면 영혼은 환희의 천국에 보내지기도 하고 연옥에 보내지기도 할 것이며 지옥으로 던져지기도 할 것이다.

그것이 전부가 아니었다. 여전히 하느님의 정의가 인간들 앞에서 입증되어야 하기 때문이었다. 개별적인 심판이 있은 다음에도 여전히 전체적인 심판이 남아 있는 것이었다. 최후의 날이 다가와 있었다. 심판의 날이 임박한 것이었다. 하늘의 별들은 거센 바람에 흔들리는 무화과나무에서 열매가 떨어지듯 땅으로 떨어지고 있었다. 우주의 거대한 발광체인 해는 털로 짠 망사 옷처럼 검게 변해 있었고, 달은 피처럼 붉어져 있었다. 그리고 창공은 두루마리가 말리듯 말려 사라지고 없었다. 그리고 천국의 군대를 지휘하는 대천사 미가엘은 영광스럽

206

고도 무시무시한 모습으로 하늘을 배경으로 그 모습을 드러냈다. 한 쪽 발은 바다를 딛고 한 쪽 발은 육지를 디딘 채 그는 대천사의 나팔을 불어 단호하게 시간의 죽음을 알렸다. 대천사가 부는 세 번의 나팔 소리가 우주를 가득 채웠다.* 현재의 시간도 있고 과거의 시간도 있었지만, 미래의 시간은 더 이상 있지 않을 것이다. 마지막 나팔소리에 모든 사람의 영혼이 떼 지어 여호사팟의 골짜기**로 몰려간다. 부유한 자와 가난한 자, 귀한 자와 천한 자, 어진 자와 어리석은 자, 선한 자와 악한 자, 모두가 떼 지어 몰려간다. 일찍이 이 세상에 존재했던 모든 사람의 영혼이, 앞으로 태어날 예정인 사람들의 영혼이, 아담의 모든 아들들과 딸들이, 모두 이 지고(至高)의 날에 한 자리에 모여 있다. 그리고 보라, 지고의 심판자가 그 모습을 드러내고 있음을! 그는 더 이상 하느님의 순한 양이 아니요, 더 이상 나자렛의 온유한 예수가 아니며, 더 이상 고통의 사람도 아니고 착한 목자도*** 아니로다. 이제 그 예수 그리스도가 엄청난 권위와 위엄을 갖춘 채 구름을 타고 오는 것이 보이지 않는가. 그분은 아홉 계급의 천사들—천사들, 대천사들, 권천사들, 능천사들, 역천사들, 주천사들, 좌천사들, 지천사들, 치천사들****—에 둘러싸여 오고 있나니, 예수 그리스도야말로 전지전능한 하느님이요, 영원한 하느님이 아니신가! 예수 그리스도가 입을 열면, 그

*이상의 이야기와 관련해서는 〈요한 묵시록〉의 6장과 10장을 참조할 것.
**하느님의 심판이 이루어질 것으로 예언된 묵시록적인 장소. 〈요엘서〉4장 1~2절 참조.
***〈이사야서〉53장 3절 및 〈요한 복음서〉10장 11절 참조.
****천사의 위계질서는 모두 아홉 단계로 이루어져 있는데, 높은 순서부터 열거하면 다음과 같다: 1) seraphim 치천사(熾天使); 2) cherubim 지천사(智天使); 3) thrones 좌천사(座天使); 4) dominions 주천사(主天使); 5) virtues 역천사(力天使); 6) powers 능천사(能天使); 7) principalities 권천사(權天使); 8) archangels 대천사(大天使); 9) angels 천사(天使).

의 목소리는 우주의 가장 먼 곳에서조차 들리고 바닥이 없는 심연의 가장 깊은 곳에서조차 들릴 것이다. 지고의 심판관인 예수 그리스도가 심판을 내리면 이에 대한 그 어떤 항소도 없을 것이며 있을 수도 없을 것이다. 예수 그리스도는 의로운 자들을 불러 그의 곁에 있게 할 것이며, 그들을 위해 마련된 영원한 지복(至福)의 왕국으로 들어가는 것을 허락할 것이다. 의롭지 못한 자들은 그의 곁에서 내치면서, 위엄을 갖춘 성난 어조로 이렇게 외칠 것이다. "저주받은 자들아, 나에게서 떠나 악마와 그 부하들을 위하여 준비된 영원한 불 속으로 들어가라."* 아, 죄 지은 불쌍한 자들이 겪어야 할 고통은 얼마나 큰 것이겠는가! 친구가 친구와 헤어져야 하고, 아이들이 부모와 헤어져야 하며, 남편이 아내와 헤어져야 할 것이다. 죄 지은 불쌍한 자들은 이 세상을 살아가는 동안 그토록 그에게 소중했고 가까웠던 이들에게, 소박한 신앙심을 지닌 사람들이라 하여 어쩌면 비웃었을 그 사람들에게, 조언의 말을 베풀고 올바른 길로 인도하기 위해 애를 썼던 사람들에게, 다정한 형제에게, 사랑스런 누이에게, 자신을 그처럼 사랑했던 어머니와 아버지에게 팔을 내밀어 안으려 할 것이다. 하지만 이제는 너무 늦었다. 의로운 자들은 이제 모든 사람의 눈에 끔찍하고 사악한 성품이 있는 그대로 드러나 보이는 이 저주받은 불쌍한 영혼에게 등을 돌릴 것이기 때문이다. 오, 그대, 위선자여! 오, 그대, 회칠한 무덤**과 같은 자여! 오, 그대, 그대의 영혼은 썩은 냄새 진동하는 죄악의 시궁창에 처박혀 있는데도 세상을 향해 유연하게 미소 짓는 표정을 보여주는 자여! 그 무시무시한 날에 그대는 과연 어찌할 것인가.

*〈마태오 복음서〉 25장 41절.
**〈마태오 복음서〉 23장 27절.

  그리고 죽음의 날과 심판의 날, 바로 그 최후의 날은 올 것이고, 오지 않을 수 없으며, 반드시 와야 한다. 인간은 죽게 마련이고, 죽음 이후에는 심판을 받게 마련이다. 흔들림 없이 확실한 것이 죽음이다. 다만 언제 어떻게 죽음이 찾아올지가 확실치 않을 뿐이다. 오랜 지병 끝에 죽음이 찾아올 수도 있고, 예기치 않은 사고 때문에 죽음이 찾아올 수도 있다. 하느님의 아들은 우리가 전혀 예상치 않은 시각에 찾아오게 마련이니까. 따라서 언제 죽음이 찾아올지 모른다는 사실을 직시하고, 항상 마음의 준비를 갖춰야 한다. 죽음은 우리 모두에게 종말을 의미한다. 인류 최초의 부모가 죄를 지음으로써 이 세상에 도래한 죽음과 심판은 이 세상에서 우리가 살아가는 삶을 마감하는 어두운 문이다. 알 수도 없고 볼 수도 없는 세계를 향해 열려 있는 문, 모든 영혼이 이제까지 한 선행 이외에는 어떤 것의 도움도 받지 않은 채 홀로, 도와줄 친구도 형제도 부모도 스승도 없이 홀로 외롭게 두려움에 떨면서 지나가야 하는 문이다. 바로 이러한 생각을 항상 우리 마음속에 간직하면 우리는 결코 죄를 지을 수 없을 것이다. 죄 지은 자에게 공포의 원인이 되는 죽음은 올바른 길을 걸어온 사람에게는 축복의 순간이 될 것이다. 삶을 살아가면서 자신의 위치에 따라 주어진 의무를 성실히 수행하고, 아침저녁으로 기도를 올리는 일에 성실하며, 거룩한 성사(聖事)에 늘 참여할 뿐만 아니라 선하고 자비로운 일을 행한 이에게는 말이다. 경건한 마음으로 천주교를 믿는 사람에게는, 정의로운 사람에게는 죽음이 공포의 원인이 될 수 없다. 임종이 가까웠을 때 사악한 젊은 워릭 백작*을 불러 그

---

*제7대 워릭 백작이었던 에드워드 리치(Edward Rich, 1698~1721). 가정교사였던 애디슨과 그의 어머니가 결혼을 하게 되어, 애디슨의 의붓아들이 되었다.

리스도교인이라면 어떻게 자신의 종말을 맞이하는가를 보여
준 사람이 바로 영국의 위대한 작가 애디슨*이 아니었던가. 경
건하고 신앙심이 깊었던 그리스도교인이었던 바로 그가, 아니,
오로지 그만이 마음속으로 이렇게 말할 수 있었을 것이다.

　　오, 무덤이여, 그대의 승리는 어디에 있는가?
　　오, 죽음이여, 그대의 독침은 어디에 있는가?**

　말 한 마디 한 마디가 모두 그를 향한 것이었다. 하느님의
모든 분노는 불결하고도 비밀스러운 그의 죄를 겨냥한 것이었
다. 설교자의 칼이 그의 병든 양심을 깊이 파고들어 죄를 낱낱
이 들춰냈고, 이제 그는 자신의 영혼이 죄악의 늪에 빠져 부패
하고 있음을 감지하게 되었다. 그렇다, 설교자의 말이 옳았다.
하느님이 심판할 차례가 온 것이었다. 마치 굴속에 처박혀 있
는 야수처럼 그의 영혼은 자기 자신의 오물에 휩싸여 누워 있
었지만, 이제 천사의 나팔소리가 그를 어두운 죄악의 구렁텅이
에서 끌어내어 광명 속에 내던진 것이었다. 천사가 외치는 심
판의 말들이 그의 가당치 않은 평화를 순식간에 깨부순 것이
었다. 최후의 심판이 내려지는 날의 바람이 그의 마음을 헤집

*조지프 애디슨(Joseph Addison, 1672~1719)은 영국의 수필가이자 시인이며 극작가.
오랜 친구 리처드 스틸(Richard Steele, 1672~1729)과 《스펙테이터(The Spectator)》라는
신문을 창간하여 광범위한 독자층을 확보한 것으로 특히 유명하다. 당시 런던 시의
인구의 10분의 1 가량이 이 신문을 읽었다고 한다.
**영국의 시인 알렉산더 포프(Alexander Pope, 1688~1744)의 시 〈죽어 가는 그리스도
교인이 자신의 영혼에게(The Dying Christian to His Soul)〉의 17~18행. 애디슨이 이처
럼 포프의 시를 인용한 것처럼 묘사되어 있으나, 이처럼 시를 인용하기에는 둘 사이
의 관계가 아주 안 좋았음. 비록 위의 인용은 포프의 시에서 나온 것이지만 성경이
그 출처: "죽음아, 너의 승리가 어디 있느냐? 죽음아, 너의 독침이 어디 있느냐?"(〈코
린토 신자들에게 보낸 첫째 서간〉 15장 55절).

고 지나갔으며, 그가 지은 죄의 증거물들인, 그의 상상 속에 존재하는 보석으로 치장한 창녀들*이 마치 공포에 질려 갈기처럼 휘날리는 털 안으로 몸을 웅크린 생쥐들처럼 비명을 지르며 혼비백산 달아나고 있었다.

광장**을 건너 집을 향해 걸음을 옮기는 동안 한 여자아이의 가벼운 웃음소리가 타는 듯이 뜨거운 그의 귀를 스쳤다. 명랑한 웃음소리는 가녀린 것이었지만 나팔소리보다 더 강한 힘으로 그의 가슴을 내리쳤다. 그러는 동안 그는 감히 눈을 올려 뜨지도 못한 채 고개를 돌리고는 뒤엉켜 있는 관목 숲의 어둠 속을 응시하면서 발걸음을 옮겼다. 부끄러움이 강하게 얻어맞은 가슴에서 치솟아 올라 홍수처럼 그의 온몸을 휘몰아쳤다. 에머***의 이미지가 그의 눈앞에 떠올랐으며, 상상 속의 그녀가 그를 바라보는 가운데 홍수와도 같은 부끄러움이 그의 가슴에서 새롭게 휘몰아쳐 솟아 나왔다. 만일 그가 마음속으로 그녀를 어떻게 생각하고 있는지를 그녀가 안다면, 그의 짐승 같은 욕망이 어떻게 그녀의 순결을 찢어발기고 짓밟고 있는가를 그녀가 어쩌다 알기라도 한다면! 그것이 사내아이가 가질 법한 사랑인가. 그것이 기사도 정신일 수 있겠는가. 그것이 과연 시일 수 있겠는가. 그의 난잡한 환락에 대한 탐닉의 지저분한 면면이 풍기는 악취가 자신의 코에도 느껴졌다. 벽난로의 환기통 안에 숨겨놓아 그을음으로 얼룩져 있는 그림 뭉치에 담겨 있는 추잡한 자태의 또는 수줍어하는 자태의 음탕한 여자의 모습을 보면서 그는 몇 시간이고 자리에 누워 상상으로 그리고 행동으로

*〈요한 묵시록〉 제17장 4절 참조.
**마운트조이 광장.
***앞서 스티븐이 쓰고자 했던 시의 제목에 약자로 등장하는 에머 클러리.

죄를 짓기도 했다. 그리고 원숭이와 같은 인간들이나 보석처럼 빛나는 눈매의 창녀들로 들끓는 기괴한 꿈을 꾸기도 했다. 자신의 죄를 고백하는 데 쾌감을 느낀 그는 네 통의 길고도 추잡한 편지를 써서 남몰래 며칠이고 계속 가지고 다니다가, 어쩌다 여자아이가 지나가다가 이를 발견하고는 몰래 읽을 수 있도록 하기 위해 어둠으로 휩싸인 밤을 틈타 들판 구석의 풀 속에, 또는 경첩이 없는 어떤 문 밑에, 또는 관목 울타리의 움푹 들어간 곳에 던져놓기도 했다. 미친 짓이었다! 정말로 미친 짓이었다! 그가 어찌 이런 일을 할 수 있단 말인가. 더럽고 불결한 기억들이 그의 머리 안에서 하나로 응축되는 동안 그의 이마에서는 식은땀이 솟았다.

부끄러움에서 오는 고통의 느낌이 잦아들자, 그는 참담한 무기력 상태에서 자신의 영혼을 일으켜 세우려 했다. 그에게는 하느님과 성모 마리아가 너무 멀리 떨어져 있는 것처럼 느껴졌다. 하느님은 너무나 거대하고 엄한 분이었고, 성모 마리아는 너무나 순결하고 거룩한 분이었다. 하지만 그는 까마득한 벌판 한가운데 에머의 곁에 서 있는 자신의 모습과 눈물에 젖은 채 겸손한 자세로 그녀의 소맷자락에 키스하는 자신의 모습을 상상해보았다.

부드럽고 투명한 저녁 하늘 아래 드넓은 들판 위에, 창백한 초록빛의 바다와 같은 창공 한가운데서 서편을 향해 떠가는 한 조각의 구름 아래 드넓은 들판 위에, 그와 에마가 잘못을 저지른 두 아이가 되어 함께 서 있었다. 비록 그들이 저지른 잘못은 어린아이들의 것에 불과했지만, 이로써 그들은 하느님의 권위에 도전하는 심각한 죄를 짓게 된 것이었다. 하지만 '바라보기에 위험한 세속의 미인'*이 지닌 아름다움과는 다른, '밝고 조화로운 샛별'로 '표상'되는 그런 아름다움을 지닌 성모 마리아의 마음까지 상하게 한 것은 아니었다. 성모가 그들을 바라보았을 때 그녀의 눈길에서는 노여움의 자취도 느껴지지 않았고 꾸짖음의 자취도 느껴지지 않았다. 성모는 그들 둘에게 손을 맞잡게 하고는 그들의 마음속 깊이 그 울림이 전해지는 위안의 말을 건넸다.

"스티븐과 에머, 손을 마주잡아라. 지금 하늘은 아름다운 저녁 빛으로 가득하구나. 너희는 잘못을 저질렀지만 언제나 나의 아이들이며, 사랑이란 마음과 마음 사이에 이루어지는 것이란다. 사랑하는 나의 아이들아, 손을 마주잡아라. 너희는 함께 행복할 것이며, 너희는 서로를 마음으로 사랑하게 될 것이다."

낮게 드리워진 블라인드의 날개 사이로 물밀듯이 새어 들어온 무거운 진홍색의 빛이 성당 안을 가득 채우고 있었으며, 마지막 블라인드 날개와 창문턱 사이의 벌어진 틈으로 한 줄기 희미한 빛살이 투창처럼 들어와 제단 위의 촛대들을 비추고 있었다. 햇살을 받아 번득이는 촛대들의 울퉁불퉁한 놋쇠 장식은 마치 수많은 전투를 거치다 보니 어느새 낡게 변한 천사들의 미늘 갑옷 같아 보였다.

성당 위로, 정원 위로, 학교 건물 위로 비가 내리고 있었다. 소리 없이 언제까지나 비가 내릴 것만 같았다. 바닥에 고이는 빗물은 점차 불어갈 것이며, 풀밭들과 관목 숲들을 물에 잠기게 할 것이다. 그리고 나무들과 집들을 물에 잠기게 하고, 마침내 산들과 산의 정상들까지 물에 잠기게 할 것이다. 새들도, 인간들도, 코끼리들도, 돼지들도, 어린아이들도 모두, 생명이 있는 것들은 모두, 소리 없이 물에 잠겨, 숨을 쉴 수 없게 될 것이다. 세상의 표류물들이 어지럽게 떠다니는 사이로 사체들이 소리 없이 떠다닐 것이다. 40일 낮 40일 밤을 비가 내려, 마침내 온 세상이 다 물에 잠기게 될 것이다.*

그럴 수도 있을 것이다. 그러지 않으리라는 법은 없지 않은가.

"'저승이 목구멍을 한껏 벌리고 그 입을 한없이 열어젖히면.' 그리스도를 믿는 사랑하는 나의 어린 형제들이여, 이 말은 〈이사야서〉 5장 14절에 나오는 말씀입니다. 성부, 성자, 성령의 이름으로 기도하나이다, 아멘."

설교자는 수단에 있는 주머니에서 줄이 없는 시계를 꺼냈다. 그리고 잠시 동안 시계의 글자판을 말없이 들여다보더니 그의 앞에 놓인 탁자 위에 조용히 올려놓았다.

조용한 어조로 그는 설교를 시작했다.

"사랑하는 나의 어린 형제들이여, 여러분도 알다시피, 아담과 이브는 우리 인류 최초의 부모입니다. 그리고 하느님께서 그들을 창조하신 것은 루시퍼와 그를 따르는 반항적인 천사들의 타락으로 인해 비워진 자리를 다시 채우기 위해서였다는 사실을 여러분은 기억하고 있을 것입니다. 우리가 듣기로 루시퍼는 아침의 아들입니다.** 그는 강력한 힘을 지닌 빛나는 천사였지요. 하지만 그는 타락했습니다. 그가 타락한 것이었습니다. 그리고 그와 함께 천사의 무리 가운데 삼분의 일이 타락의 늪에 빠졌습니다. 그가 타락하자 그는 그를 따르는 반항적인 천사들과 함께 지옥으로 던져졌습니다. 그가 지은 죄가 어떤 것

*〈창세기〉 7장 4~17절 참조.
**〈이사야서〉 14장 12절 참조.

인지 우리는 모릅니다. 신학자들은 그가 교만함에 빠지는 죄를 지었다 믿고 있습니다. '논 세르비암'*—그러니까 '나는 더 이상 섬기지 않겠다'는 죄악에 찬 생각이 순간적으로 그에게 떠올랐던 것이라 봅니다. 바로 그 순간이 그에게 파멸의 순간이었던 것입니다. 단 한순간 죄악에 찬 생각을 함으로써 그는 하느님의 권위에 도전하는 심각한 죄를 짓게 되었고, 하느님은 천국에서 그를 추방하여 영원히 지옥으로 보낸 것입니다.

그런 다음 하느님은 아담과 이브를 창조하여 에덴동산에 머물게 했습니다. 햇빛과 온갖 색채로 눈부실 뿐만 아니라 온갖 식물이 풍요롭게 자라고 열매를 맺는 다마스쿠스 평원 안의 바로 그 아름다운 정원**에 머물게 했던 것입니다. 비옥한 땅은 그들에게 은혜를 베풀었고, 뭍짐승들과 날짐승들은 기꺼운 마음으로 그들에게 봉사했습니다. 그들은 우리의 육신이 대대로 이어받고 있는 재난인 질병도 가난도 죽음도 모르고 지냈습니다. 위대하고 자비로운 하느님께서는 당신이 베풀 수 있는 일이

*라틴어 표현인 'Non serviam'은 직역하면 '나는 더 이상 섬기지 않겠다'라는 뜻이다. 〈예레미야서〉 2장 20절에 이 표현이 나오나, 여기에서는 신에 대한 거부가 사탄의 것이 아니라 이스라엘 사람들의 것으로 되어 있다. 하지만 이는 일반적으로 악마가 하느님을 거부한 말로 널리 알려져 있다.
**성서에 나오는 에덴동산의 지리적 위치에 대해 일치된 의견은 있을 수 없겠으나, 사람들은 〈창세기〉 2장 10절에서 14절에 에덴의 위치와 관련하여 등장하는 네 개 강 이름—피손, 기혼, 티그리스(힛데겔), 유프라테스—과 세 지역 이름—하윌라, 에티오피아(구스), 아시리아—에 근거하여 이를 추정하기도 한다. 추정에 따라, 티그리스 강과 유프라테스 강의 발원지인 메소포타미아 북부 지방, 메소포타미아 지방(오늘날의 이라크), 아프리카, 페르시아 만(灣)을 내세우기도 한다. 그리고 또 다른 성서의 내용에 근거하여 여러 곳이 언급되지만, 어느 경우든 "다마스쿠스 평원"과는 거리가 멀다. 이런 점에서 볼 때 "다마스쿠스 평원"에 대한 아놀 신부의 발언은 〈아모스서〉 1장 5절에 나오는 "나[하느님]는 다마스쿠스의 성문 빗장을 부러뜨리고 아웬 골짜기에서는 그 주민들을, 벳 에덴에서는 왕홀을 쥔 자를 없애 버리며 아람 백성은 키르로 잡혀가게 하리라"라는 구절의 영향에 의한 것일지 모른다는 설명도 가능할 수 있겠다. "벳 에덴"은 '에덴의 집'을 뜻하며, 성서 해석에 따르면 이는 다마스쿠스의 왕(왕홀을 쥔 자)이 소유한 환희의 궁전을 말한다.

라면 무엇이든 다 그들에게 베풀어주셨던 것입니다. 하지만 하느님은 그들에게 약속을 하나 지킬 것을 원하셨습니다. 이는 그분의 말씀에 복종하는 것, 바로 그것이었습니다. 금단의 나무에 열린 열매를 따먹지 말라는 그분의 말씀에 복종하는 것, 그것이 바로 하느님께서 그들에게 지킬 것을 원한 약속이었습니다.

아아, 슬프게도, 사랑하는 나의 어린 형제들이여, 그들도 타락의 늪에 빠지고 말았습니다. 한때는 그리도 찬란하던 천사이자 아침의 아들이었지만 이제 흉측한 악마로 변한 루시퍼가 모든 들짐승 가운데에서 가장 간교한 뱀*의 형상을 하고 그들에게 접근했던 것입니다. 그는 인간들을 시기한 것입니다. 한때는 그리도 대단한 존재에서 전락한 그에게는 자신이 지은 죄 때문에 영원히 빼앗기게 된 유산을 진흙에 불과한 인간이 차지한다는 것은 생각조차 하기 싫었던 것입니다. 그는 남자보다 연약한 그릇**인 여자에게 다가가 독약과도 같은 자신의 달변을 여자의 귀에 쏟아 부었습니다. 만일 그녀와 아담이 금단의 열매를 먹는다면 그들은 신들과 같은 존재가 될 것이라고, 아니, 하느님과 같은 존재가 될 것이라고 단언한 것입니다! (아, 어찌 하느님을 모독하는 이처럼 불경스러운 단언을 할 수 있겠습니까!) 이브는 이 엄청난 유혹자의 계략에 넘어갔습니다. 그녀는 금단의 열매를 먹고 이를 또한 아담에게, 이브의 유혹에 저항할 정신적 용기가 없었던 아담에게 주었습니다. 사탄의 독을 머금은 혀가 일을 저지른 것이었습니다. 그리하여 그들은 타락의 늪에 빠지게 되었던 것입니다.

*〈창세기〉 3장 1절.
**〈베드로의 첫째 서간〉 3장 7절. 가톨릭 성경 번역 이외에 대한성서공회 개역개정판을 참조했다.

이윽고 하느님의 목소리가 그 정원에서 들렸습니다. 당신이 창조하신 인간들에게 해명을 요구하는 목소리였지요. 이어서 천국의 군대를 지휘하는 대천사 미가엘이 손에 불칼을 들고 죄 지은 두 남녀 앞에 나타나서 이 둘을 에덴 동산에서 추방했습니다. 그리하여 그들은 질병과 다툼의 세계에서, 냉혹함과 좌절의 세계에서, 노역과 고난의 세계에서 삶을 살아가게 되었고, 먹을 것을 얻기 위해 이마에 땀을 흘려야만 하게 되었던 것입니다. 그럼에도 하느님은 얼마나 자비로운 분인가요! 가련하게도 전락한 우리 인류 최초의 부모를 불쌍히 여겨, 때가 되면 천국에서 그들을 구원해주실 분을, 다시금 하느님의 아들딸이 되어 천국을 물려받을 수 있도록 그들을 구원해주실 분을 보내주시겠다 약속하셨습니다. 그리고 거룩하고도 거룩한 삼위일체의 제2인격체이자 영원한 말씀이신 하느님의 유일한 아들이 타락한 인간의 구원자가 될 것임을 약속하셨습니다.

마침내 그분이 오셨습니다. 순결한 동정녀 성모 마리아를 어머니로 하여 그분이 우리에게 오신 것이었습니다. 그분은 유대 지방의 어느 허름한 외양간에서 태어나, 마침내 맡겨진 사명을 완수할 시간이 올 때까지 30년의 세월을 비천한 목수로 지내셨습니다. 그리고 인간에 대한 사랑을 가슴에 하나 가득 담은 채 그분은 사람들 앞에 나와, 새로운 복음에 귀 기울일 것을 소리 높여 외치셨습니다.

그분의 말씀이 사람들의 귀에 들렸나요? 그렇습니다, 그분의 말씀이 그들의 귀에 들렸습니다. 하지만 사람들은 그분의 말씀에 귀를 기울이려 하지 않았습니다. 그분은 시정의 잡배와 다름없이 체포되고 결박되었으며, 어리석은 자라 조롱을 받고, 소문난 강도에게 밀려 그 옆자리로 내쳐진 다음 5천 대의 채찍질을 견뎌야 했습니다. 그리고 가시 면류관이 씌워진 채 그분은 유대의 어리석은 군중들과 로마의 병사들에 이리 밀리고 저리 밀리며 길거리의 구경거리가 되어야 했고, 마침내 옷이 벗겨진 채로 십자가에 묶이고 말았습니다. 십자가에 묶인 그분은 옆구리를 창으로 찔리는 수난까지 받아야 했고, 창으로 찔린 우리 주 예수의 옆구리에서는 물과 피가 끊임없이 흘러나왔습니다.

하지만 바로 그때에도, 그처럼 더할 수 없이 견디기 어려운 고통의 시간에도, 우리의 자비로운 구세주께서는 인류를 불쌍히 여기셨습니다. 게다가 그분은 골고다 언덕에 거룩한 천주교 교회를 세우고, 이 교회에 대항하여 그 어떤 지옥의 문도 위세를 떨치지 못할 것임을 약속하셨습니다.* 그분은 영원한 반석 위에 교회를 세우고, 그 교회에 은총을, 성사(聖事)와 성찬(聖餐)을 베푸셨습니다. 그리고 사람들에게 이렇게 약속하셨습니다. 만일 사람들이 그분이 세운 교회의 말에 순종을 하면 그들은 영생을 얻을 것이요, 그들을 위해 그렇게 많은 것을 하느님께서 베풀었는데도 그들이 여전히 사악함을 고집할 때는 영원한 고통인 지옥이 그들을 기다릴 것이라고."

설교자의 목소리가 잦아들었다. 그는 말을 멈추고 일순간 두 손을 모아 쥐었다가 풀었다. 그리고 다시 말을 계속 이었다.

"자, 이제 우리 잠깐 동안 우리의 능력이 닿는 데까지 노력하여 저주받은 자들이 머무는 곳이 과연 어떤 곳인지를 가시화해보도록 합시다.** 죄를 지은 자들에게 내리는 영원한 벌로 하느님의 정의가 마련해놓은 그곳은 과연 어떤 곳일까요. 지옥

*〈마태오 복음서〉16장 18절 참조.

218

은 좁고 답답하며 어두운 동시에 역겨운 냄새가 가득한 감옥입니다. 악귀들과 버림받은 영혼들의 거처로, 불과 연기가 가득한 곳이기도 합니다. 하느님은 일부러 이 감옥을 좁고 답답한 곳으로 만들어놓으셨는데, 이는 그분의 율법에 순종하기를 거부한 자들을 벌하기 위한 곳이기 때문입니다. 이 세상의 감옥을 보면, 그 안에 갇혀 있는 가련한 인간들에게는 그래도 최소한 움직일 자유만은 허락됩니다. 비록 사방이 벽으로 막힌 감옥의 방 안에서나 감옥 안의 음침한 마당에서 누릴 수 있는 자유이긴 하지만 말입니다. 하지만 지옥에서는 그런 자유조차 허락되지 않습니다. 저주받은 자들이 엄청나게 많기 때문에, 그곳에서는 끔찍할 정도로 좁은 방안에 끔찍할 정도로 많은 죄인들이 무더기로 수용되어 있으며, 그 감방의 벽이 얼마나 두꺼운가 하면 6천 킬로미터나 된다고 알려져 있습니다. 게다가 죄인들은 너무도 철저하게 묶여 있는 데다가 몸을 가눌 수조차 없을 만큼 기력이 없어, 거룩한 성자 성 안셀모***가 비유에 관한 그의 책에 기록했듯, 자기네들의 눈을 파먹는 벌레들을 눈에서 떼어낼 수조차 없다고 합니다.

그들이 머무는 그곳은 항상 어둠에 휩싸여 있습니다. 지옥의 불은 그 어떤 빛도 발산하지 않기 때문임을 여러분은 잊지 말기 바랍니다. 하느님의 명령에 따라 바빌로니아의 불가마****가 뜨거운 열기는 잃었지만 환한 빛을 잃지 않았던 것과

**성 이나시오 로욜라는 1548년 《영적 훈련(Spiritual Exercise)》이라는 책을 집필했으며, 이 책에서 그는 명상을 할 때 명상의 대상이 되는 장소를 가시화할 때 명상은 더욱 효과적인 것이 될 수 있음을 강조한 바 있다. 아놀 신부는 성 이나시오 로욜라의 바로 이 같은 조언을 받아들여 이를 실천에 옮기고자 하는 것이라 할 수 있다.
***캔터베리의 성 안셀모(Saint Anselm of Canterbury, 1033~1109). 베네딕트 수도회의 신학자로, 기독교에 관한 중요한 책을 쓰긴 했으나 비유에 관한 책을 쓰지는 않았다.
****〈다니엘서〉 3장 19~50절 참조.

마찬가지로, 하느님의 명령에 따라 지옥의 불은 뜨겁기가 이루 말할 수 없지만 영원한 어둠 속에서 빛도 없이 타오르고 있습니다. 이는 그칠 줄 모르고 계속 이어지는 어둠의 폭풍이요, 타오르는 유황불의 어두운 불꽃이며 어두운 연기일 따름입니다. 그 불꽃 속에 사람들의 몸은 겹겹이 싸여 있고, 그들 사이에는 공기가 드나들 틈조차 없습니다. 파라오의 땅에 내린 온갖 재앙 가운데 어둠*이라는 단 하나의 재앙만이 끔찍한 것이라는 이름을 받았습니다. 그렇다면 사흘 동안만 계속되는 것이 아니라 영원히 계속될 지옥의 어둠**에게 우리가 부여할 수 있는 이름은 과연 무엇이겠습니까?

좁고 답답하며 어두운 감옥의 공포를 더욱 가중시키는 것은 바로 그곳에서 풍기는 끔찍한 악취입니다. 우리가 듣기로, 최후의 심판이 있는 날 끔찍한 화재가 세상을 정화한 다음, 세상의 모든 쓰레기가, 세상의 모든 썩은 찌꺼기와 불순물이 악취 풍기는 거대한 시궁창으로 모이듯 그곳으로 모일 것이라 합니다. 게다가, 그곳에서 엄청난 양의 유황이 타고 있는데, 이 또한 지옥을 온통 견딜 수 없는 악취로 가득 채웁니다. 그리고 저주받은 자들 자신의 몸은 질병을 일으킬 만큼 유해한 냄새를 뿜어냅니다. 그 냄새가 얼마나 유해한가 하면 성 보나벤투라***가 말하듯 그들 가운데 하나의 몸에서 나오는 냄새만으로도 이 세상 전체를 질병으로 창궐하게 할 수 있을 정도입

---

*이스라엘 백성을 학대한 것에 대한 응징으로 하느님은 이집트에 열 가지 재앙을 내렸는데, 아홉째 재앙이 어둠이었다. 이와 관련된 이야기는 〈탈출기〉 7장에서 12장까지, 특히 아홉째 재앙과 관련해서는 10장 21절 이하를 참조.
**이집트의 땅에 내린 아홉 가지 재앙에 관한 이야기가 나오는 〈탈출기〉 제10장 참조.
***성 보나벤투라(San Bonaventura, 1221~1274)는 이탈리아 출신의 중세 철학자이자 신학자.

니다. 이 세상의 공기 그 자체는 원래 순수한 것이지만 오랫동안 가둬놓으면 더러워져 숨을 쉬기 어려울 정도가 됩니다. 그러니 지옥의 공기가 얼마나 더럽겠습니까? 무덤 속에 뉘인 채 썩어가고 분해되고 있는 더럽고 악취 가득 풍기는 시체를, 액체 상태로 썩어가고 있는 흐물흐물한 덩어리를 상상해보기 바랍니다. 그리고 그런 시체가 불 속에 던져졌다고 한 번 상상해보세요. 타오르는 유황불이 먹이 삼아 집어삼킨 시체가 뿜어내는 숨막힐 정도로 짙고 매캐한 연기를, 구역질날 정도로 역겨운 부패물이 뿜어내는 끔찍한 연기를 한 번 상상해보기 바랍니다. 아울러, 역한 냄새로 가득한 어둠 속에서 고약한 악취를 풍기는 사체들이 몇 백만이나 뒤엉켜 하나의 거대한 썩어 가는 인간 버섯 덩어리를 이루고 있는 가운데, 그 사체들이 내뿜는 지독한 악취가 몇 백만 배로 불어나는 정황까지도 상상해보기 바랍니다. 이 모든 것을 상상해본다면 여러분은 지옥의 악취가 얼마나 끔찍한 것인가를 짐작할 수 있을 것입니다.

하지만 비록 이 같은 악취가 끔찍한 것이긴 하나 이는 저주받은 자들이 견뎌야 하는 육체적 고문 가운데 가장 끔찍한 것은 아닙니다. 불에 의한 고문은 폭군이 자기 백성에게 가하는 가장 끔찍한 고문입니다. 여러분의 손가락을 타오르는 촛불의 불꽃에 잠깐 대보십시오. 그러면 여러분은 불의 고통이 어떤 것인지 알게 될 것입니다. 하지만 우리에게 주어진 이 세상의 불은 하느님께서 인간을 위해 창조하신 것입니다. 인간에게 생명의 불꽃을 유지하는 도구로 사용하도록, 또한 갖가지 유익한 방법으로 인간에게 도움이 되도록, 하느님께서 창조하신 것이지요. 반면 지옥의 불은 성질이 완전히 다른 것으로, 하느님께서 회개하지 않는 죄인을 고문하고 벌하기 위해 창조하신 것입니다. 사실 이 세상의 불은 태우고자 하는 대상이 어느 정도 불의 공격에 잘 견디는가 잘 견디지 못하는가에 따라 이를 느리게 태우거나 빠르게 태우기 때문에, 인간은 창의력을 발휘하여 불의 활동을 통제하거나 저지할 수 있는 화학 물질을 발명해내는 데 성공하기까지 했습니다. 하지만 지옥에서 타오르고 있는 독기 가득한 유황불은 영원히, 이루 형언하기 어려울 정도로 성난 듯이 영원히 타오르도록 특별히 설계된 불입니다. 아울러, 이 세상의 불은 타오르는 동시에 스러지기 때문에, 불길이 강렬하면 강렬할수록 타는 시간도 짧아지게 마련입니다. 하지만 지옥의 불은 태우는 대상을 있는 그대로 보존하는 성질을 지니고 있으며, 믿기 어려울 정도로 사납게 날뛰면서도 영원히 그 기세를 꺾지 않습니다.

이 세상의 불은 또한 아무리 사납다 해도 또한 아무리 넓게 퍼져 있다 해도 항상 한계가 있게 마련입니다. 하지만 지옥의 불바다는 끝이 없고 기슭도 없으며 바닥도 없습니다. 기록에 의하면, 어떤 병사가 묻자, 악마는 산 하나 전체를 타오르는 지옥의 불바다에 던져 넣으면 순식간에 밀랍 조각처럼 타버릴 것이라고 실토할 수밖에 없었다 합니다. 그리고 이 끔찍한 불은 저주받은 자의 몸을 바깥쪽에서만 태우는 것이 아닙니다. 경계를 모르는 무한한 불길이 그 자신의 오장육부에서도 미친 듯 타오르기 때문에, 타락한 영혼 모두가 하나하나 그 자체로서 지옥이 될 것입니다. 아, 저주받은 자들의 운명은 정말로 끔찍한 것입니다! 피가 혈관 속에서 부글부글 끓어오를 것이고, 두뇌는 해골 안에서 삶아질 것이며, 가슴속 심장은 벌겋게 달아올라 터질 것입니다. 내장은 불길에 타는 시뻘겋고 흐물흐물한 고깃덩어리가 될 것이며, 가냘픈 눈은 용암덩어리처럼 화염을 내뿜을 것입니다.

이제까지 나는 이 지옥의 불이 얼마나 강한 것이고 어떤 성질의 것이며 또 얼마나 무한한 것인가에 대해 말했습니다. 하지만 이 모든 특성은 이 지옥의 불이 얼마나 강렬한가에 비하면 아무것도 아닙니다. 하느님의 뜻에 따라 육체와 영혼을 함께 벌하기 위한 수단으로 선택된 것인 만큼, 그 강렬함은 이루 헤아릴 수 없을 만큼 대단한 것입니다. 이는 하느님의 노여움에서 직접 발원한 것으로, 단순히 불로 존재하는 불이 아니라 하느님이 죄인을 응징하기 위한 도구로서의 불입니다. 세례의 성수가 육체와 함께 영혼을 깨끗하게 해주듯, 응징의 불은 육체와 함께 영혼에게도 고문을 가합니다. 육체의 모든 감각이 고문을 받고, 이와 함께 정신의 모든 능력이 고문을 받게 됩니다. 눈은 꿰뚫을 수 없는 깊은 어둠을 견뎌야 하고, 코는 역겨운 냄새를 견뎌야 하며, 귀는 비명과 울부짖음과 저주의 말을 견뎌야 합니다. 그리고 미각은 더러운 물질과 불치의 병을 일으키는 부패물과 이름을 알 수 없는 숨막히는 오물을 견뎌야 하며, 촉각은 발갛게 달아오른 침과 꼬챙이를, 무자비하게 날름거리는 불길을 견뎌야 합니다. 이처럼 감각 기관이 수많은 고문을 견디는 동안, 영원불멸의 영혼은 그 자체의 본질에 이르기까지 영원히 가해지는 고문을 견뎌야 합니다. 권위에 손상을 입은 전능하신 하느님께서 천길 만길 심연에서 지펴 올린 작열하는 불길에 휩싸인 채, 하느님이 내뿜는 분노의 숨결을 받아 영원히 꺼지지 않고 점점 더 무섭게 타오르는 불길에 휩싸인 채 말입니다.

마지막으로 이 지옥의 고통은 저주받은 자들과 한자리에 있음으로써 더욱 더 커진다는 점을 생각해보도록 합시다. 이 세상을 살아가는 동안 만나는 사악한 친구는 어찌나 해로운 존재인지, 식물조차 몸을 움츠립니다. 자신에게 치명적이거나 해가 되는 것이면 그것이 무엇이든 마치 본능의 인도를 받은 듯 그 앞에서 식물조차 몸을 움츠리게 마련입니다. 지옥은 모든 율법이 무너져 있는 곳입니다. 가족이라든가 조국에 대한 생각도 존재하지 않고, 유대 관계나 친족 관계에 대한 생각도 존재하지 않습니다. 고통에 휩싸인 채 자기네들과 똑같이 사납게 날뛰고 괴로워하는 상대를 바로 눈앞에서 확인하는 가운데 그들의 고통과 괴로움은 더욱 강렬하게 느껴질 것이고, 이에 저주받은 자들은 그만큼 더 격렬하게 서로를 향해 울부짖고 비명을 지를 것입니다. 모든 인간성이 망각될 것입니다. 고통받고 있는 죄인들의 비명소리가 광활한 심연을 구석구석 채울 것입니다. 그리고 저주받은 자들의 입은 하느님을 모독하는 불경스러운 말들로, 함께 고통을 받고 있는 자들에 대한 증오의 말들로, 죄를 지을 때 공범자였던 영혼들을 향해 던지는 저주의 말들로 가득 찰 것입니다. 옛날에는 부친을 살해한 자, 자기 아버지에 대항하여 살인의 손을 치켜든 자는 자루에 넣되 장닭과 원숭이와 뱀을 함께 넣어 깊은 바다 한가운데로 내던짐으로써 그를 벌하는 것이 관례였습니다.* 우리 시대의 눈으로는 잔

---

*그나이우스 폼페이우스 마구누스(Gnaeus Pompeius Magnus, 기원전 106~기원전 48)가 유일한 로마의 집정관이었던 시절인 기원전 52년에 마련된 《존속 살해범에 관한 폼페이우스 법(Lex Pompeia de parricidiis)》에는 '존속 살해'의 범위를 혈연관계에 있는 사람들뿐만 아니라 의붓아버지나 의붓어머니, 의붓자식, 심지어 후견인에 대한 살해에까지 광범위하게 확대하고 있다. 특히 아버지나 어머니, 할아버지나 할머니를 살해한 자는 피를 흘릴 때까지 계속 매질을 한 다음 살아 있는 개, 독사, 장닭, 원숭이와 함께 가죽 부대에 넣어졌다. 그리고 그 부대를 꿰매 봉한 다음 바다에 투척했다. 바다가 근처에 없는 경우 야수의 밥이 되도록 하거나 화형에 처했다. 이처럼 엄한 형벌이 존속 살해범에게 내려졌는데, 이는 루시우스 코르넬리우스 술라 펠릭스(Lucius Cornelius Sulla Felix, 기원전 138[?]~기원전 78)가 독재 정치를 하던 기원전 82년에 마

인해 보이는 그러한 법을 만든 사람들의 의도는 서로 미워하고 서로 상처를 주는 동물들과 함께 있게 함으로써 범죄자에게 심각한 벌을 주자는 것이었습니다. 하지만 말입니다, 지옥에 떨어진 저주받은 자들이 죄를 지을 때 공모하거나 부추긴 사람들과 비참한 모습으로 한자리에 있으면서 서로를 마주보고 있을 때, 사악한 생각과 사악한 삶의 첫 씨앗을 그들 마음에 심어준 사람들과 비참한 모습으로 마주보고 있을 때, 음란한 암시를 함으로써 함께 죄에 빠져들게 한 그 사람들과 비참한 모습으로 마주보고 있을 때, 부추기고 유혹하는 눈길을 보내 순결의 길을 벗어나 악에 빠져들게 한 사람들과 비참한 모습으로 마주보고 있을 때, 그들의 아픈 목구멍과 타는 입술에서 터져 나오는 광포한 저주의 말과 비교해보십시오. 이에 비한다면, 그와 같은 멍청한 동물들의 광포함이 뭐 그리 대단한 것이겠습니까! 그리하여 그들은 공모자에게 덤벼들어 그들을 탓하고 저주할 것입니다. 하지만 이젠 어쩔 수가 없고 희망도 없습니다. 회개하기에는 너무 늦었기 때문입니다.

이제 정말 마지막으로, 유혹을 한 자든 유혹을 당한 자든 가릴 것 없이, 악마들과 가까이하는 저주받은 영혼들이 겪어야 할 소름끼치는 고문에 대해 생각해보도록 합시다. 악마들은 두 가지 방법으로 저주받은 자들을 고문합니다. 한 가지 방법은 그들 앞에 자기들 모습을 드러내는 것이고, 다른 한 가지 방법은 그들을 질책하는 것입니다. 우리는 이 악마들이 얼마나 끔찍한 존재들인지 알 수 없습니다. 시에나의 성 가타리나*는 언젠가 한 번 악마를 본 적이 있었는데, 그처럼 끔찍한 괴물을 단 한순간만이라도 다시 보기보다는 일생 동안 시뻘겋게 달궈진 석탄 길을 걷는 쪽을 택하겠다는 기록을 남긴 바 있습니다. 한때 아름다운 천사였던 이 악마들은 한때 아름다웠던 것에 비례해서 그만큼 더 소름끼칠 정도로 추악하고 흉측한 모습을 하고 있습니다. 그들은 자기네들이 나서서 파멸로 이끈 길 잃은 영혼들을 비웃고 조롱합니다. 지옥에서 양심의 소리를 들려주는 것은 바로 이들, 더러운 악마들입니다. 너는 왜 죄를 지었느냐? 너는 왜 악마의 유혹에 귀를 기울였느냐? 너는 왜 경건한 예배와 선한 일들을 멀리했느냐? 너는 왜 죄지을 기회를 피하지 않았느냐? 너는 왜 사악한 친구 곁을 떠나지 않았느냐? 너는 왜 그런 음탕한 습성, 불결한 습성을 포기하지 않았느냐? 너는 왜 고해 신부의 충고에 귀를 기울이지 않았느냐? 너의 죄를 사해주기 위해 하느님이 너의 회개를 기다리고 있는데, 너는 왜 한 번, 두 번, 세 번, 네 번, 백 번 타락을 한 다음에도 너의 사악한 행실을 회개하고 하느님을 찾지 않았느냐? 이제 회개할 시간은 지나갔다. 현재의 시간도 있고 과거의 시간도 있었지만, 미래의 시간은 더 이상 있지 않을 것이다. 은밀하게 죄를 짓던 시간도, 나태와 자만에 탐닉했던 시간도, 불법적인 것을 탐했던 시간도, 네 자신의 저열한 성품이 선동하는 대로 끌려 다녔던 시간도, 들판의 짐승들처럼 삶을 살아가던 시간도, 아니, 들판의 짐승들은 적어도 단지 짐승들에 불과할 뿐

---

*시에나의 성 가타리나(이탈리아어로 Santa Caterina da Siena, 라틴어로 Sancta Catharina Senensis, 1347~1380)는 도미니크 수도회의 회원으로, 여성이면서도 정치적으로나 종교적으로 당대에 영향력이 컸던 인물. 시에나의 성 가타리나는 1940년 비오 12세 교황에 의해 아시시의 성 프란치스코(San Francisco d'Assisi, 1181/12~1226)와 함께 이탈리아의 수호 성자로 명명되었다.

그들을 인도할 이성을 소유하고 있지 않다는 점에서 보면 들판의 짐승들보다 더 못한 삶을 살았던 시간도 있었다. 이처럼 과거의 시간은 있었지만, 미래의 시간은 더 이상 있지 않을 것이다. 하느님이 그렇게 여러 목소리로 너에게 말을 했지만 너는 도대체 들으려 하지 않았으며, 네 가슴속의 교만함과 분노를 깨부수려 하지 않았고, 부정한 수단으로 얻은 재물을 되돌려주려 하지 않았다. 너는 성스러운 교회의 가르침에 순종하려들지 않았고, 종교적 의무에 신경을 쓰지도 않았으며, 온갖 사악한 친구들을 포기하려 하지도 않았다. 그리고 너는 온갖 위험한 유혹을 피하려 하지도 않았다. 극악한 고문을 일삼는 악마들이 동원하는 언어는 이상과 같은데, 이는 조롱과 비난을 드러내는 말이요, 증오감과 혐오감을 드러내는 말입니다. 그렇습니다, 혐오감을 드러내는 말입니다! 비록 악마들이긴 해도 악마들이 죄를 지었을 때에는 천사들의 본성에 유일하게 어울리는 죄인 지적(知的) 반란이라는 죄를 지었기 때문입니다. 그리고 악마들은, 아니, 더러운 악마들조차도, 타락한 인간들이 짓는 도저히 입에 담을 수조차 없는 죄들, 타락한 인간이 지음으로써 성령의 신전을 어지럽히고 모독할 뿐만 아니라 자기 자신까지 모독하고 더럽히는 그런 죄들에 대해 생각하는 것만으로도 틀림없이 불쾌해하고 이에 대해 혐오감을 느끼면서 고개를 돌릴 것입니다.

오, 그리스도를 믿는 사랑하는 나의 어린 형제들이여, 악마들한테 그런 말을 들어야 할 만큼 우리의 운이 사나운 것이 되지 않도록 기도합시다. 거듭 말하지만, 결코 그럴 만큼 우리의 운이 사나운 것이 되어서는 안 될 것입니다! 하느님께 간절히 기도하건대, 무서운 최후의 심판의 날이 왔을 때 오늘 이 성당 안에 자리한 사람들의 영혼 가운데 단 하나도 낙오하지 않기를! 위대한 심판자께서 영원히 그의 눈에 띄지 않는 곳으로 떠날 것을 명하셔서 불쌍하고도 가련한 버려진 인간들 사이에 끼지 않게 되기를! '저주받은 자들아, 나에게서 떠나 악마와 그 부하들을 위하여 준비된 영원한 불 속으로 들어가라.'* 우리들 가운데 누구의 귀에도 이 같은 준엄한 내침의 판결문이 울리지 않기를!"

성당의 통로를 따라 내려오는 동안, 그의 다리가 후들후들 떨리고 있었고 그의 머리를 감싸고 있는 두피는 마치 유령의 손길이 닿기라도 한 듯 팔딱팔딱 뛰고 있었다. 그는 계단을 지나 복도로 들어섰다. 복도의 좌우 양쪽 벽을 따라 외투와 비옷이 걸려 있었는데, 그 모습이 마치 교수형을 당하여 머리를 잃은 죄수가 피를 흘리며 볼품없이 세워져 있는 것처럼 보였다. 그는 발걸음을 옮길 때마다 자신이 이미 죽어 있는 것은 아닌가 하여, 자신의 영혼이 육신이라는 보호막에서 비틀려 꺼내진 것은 아닌가 하여, 그가 지금 허공 속으로 거꾸로 내던져져 추락하고 있는 것은 아닌가 하여, 두려움에 떨었다.

그는 자신의 다리로 마루 위를 버티고 서 있을 수가 없어, 힘겹게 책상 앞에 앉았다. 책상 앞에 앉아 자신의 책 가운데 하나를 되는 대로 펼쳐놓고 눈길을 주었다. 모든 것이 다 그에게 해당하는 말이었다! 정말로 그랬다. 하느님은 전지전능한 분이었다. 이제 곧 하느님께서 그를 부르실 수도 있었다. 하느님의 부르심을 의식조차 할 틈도 없이 줄지에, 지금 책상 앞에 앉아 있는 이대로 그를 부르실 수도 있었다. 아니, 벌써 하느님이 그를 불렀다. 네? 뭐라고요? 네? 굶주린 듯 날름거리

*앞서 인용한 바 있는 〈마태오 복음서〉 25장 41절.

228

는 불꽃의 혓바닥이 다가오는 것이 느껴지는 순간 그의 몸 전체가 오그라들었다. 또한 숨막힐 듯한 공기가 주변에서 소용돌이치는 것이 느껴지는 순간 그의 몸은 생기를 잃고 바싹 말라버렸다. 그가 죽은 것이었다. 그렇다. 그가 심판을 받은 것이었다. 불길이 한 번 그의 몸을 휩쓸고 지나갔다. 이어서 다시 한 번 불길이 휩쓸고 지나갔다. 그의 뇌가 뜨겁게 달궈지기 시작했다. 다시 또 한 번 불길이 휩쓸고 지나가자, 쩍쩍 갈라지는 소리를 내는 해골 안에서 그의 뇌가 거품을 일으키며 부글부글 끓어올랐다. 불꽃들이 그의 해골 안에서 화관(花冠)처럼 밖으로 터져 나와, 사람의 목소리를 흉내내어 이렇게 소리쳤다.

"지옥! 지옥! 지옥! 지옥! 지옥!"

가까운 곳에서 사람들의 말소리가 들렸다.

"지옥에 관한 설교가 있었어요."

"설교자가 그걸 자네들 머리 속에 제대로 넣어준 것 같군."

"정말 그런 것 같아요. 우리 모두가 파랗게 질리고 말았으니까요."

"그게 바로 자네들한테 필요한 거야. 자네들을 제대로 공부하게 하려면 그런 설교를 많이 해줘야 해."

책상 앞에 앉아 있던 그는 기운 없이 몸을 뒤로 젖혔다. 그는 죽지 않았다. 하느님께서 아직 그를 벌하지 않으신 것이었다. 그가 있는 곳은 여전히 학교라는 친숙한 세계 안이었다. 테이트 선생님과 빈센트 헤런이 창가에 서서 이야기를 나누고 있었다. 그들은 농담을 하기도 했고, 을씨년스럽게 내리는 비를 물끄러미 바라보며 고개를 천천히 흔들기도 했다.

"비가 그쳐야 할 텐데. 친구들과 자전거를 타고 한 바탕 달려 말라하이드*까지 갔다 오기로 했거든. 비가 저렇게 오면, 길이 무릎까지 빠질 정도로 엉망일 텐데."

"비가 그칠 것도 같은데요."

그가 아주 잘 알고 있는 목소리와 귀에 익은 일상의 말들이, 말소리가 끊겼을 때 교실을 감돌던 고요함이, 그리고 다른 아이들이 조용히 점심 식사를 하며 내는 소리가 그 사이를 채우는 동안, 소가 부드럽게 풀을 뜯으면서 내는 것과 같은 그런 소리가 그 사이를 채우는 동안 교실에서 느껴지던 고요함이 그의 아파하는 영혼을 달래주었다.

아직도 시간은 있었다. 오, 성모 마리아여, 죄인들의 피난처인 성모 마리아여, 저를 대신하여 탄원의 말씀을 전해주소서! 오, 순결한 동정녀 마리아여, 저를 죽음의 질곡에서 구원해주소서!

영어 수업이 역사 이야기로 시작되었다. 왕족들과 총신(寵臣)들과 모사꾼들과 주교들이 각자의 이름이라는 베일 뒤로 침묵 속의 유령처럼 지나갔다. 모두가 죽음에 이르렀고 모두가 심판을 받았으리라. 만일 영혼을 잃는다면, 온 세상을 얻는다 한들 그것이 다 무슨 소용이겠는가. 마침내 그는 이해하게 되었다. 그리고 인간의 삶이 그의 주변을 둘러싸고 있었으며, 삶의 평화로운 들판 위에서는 개미와 같은 인간들이 서로 형제가 되어 땀 흘려 일하고 있었고 조용한 흙무덤 아래에는 그들의 죽은 형제들이 잠들어 있었다. 옆에 앉은 친구가 팔꿈치로 그를 툭 쳤을 때 그의 마음까지 움직였다. 선생님의 질문에 대답을 할 때 그는 평온한 겸손함과 뉘우치는 마음이 자신의 목소리를 가

---

*더블린 북쪽의 어촌.

득 채우고 있음을 느꼈다.

그의 영혼은 더 이상 두려움에 떨고 고통스러워하지 않은 채 다시금 평온한 뉘우침의 상태로 점점 더 깊이 빠져들어 갔다. 그리고 그러는 동안 희미한 기도의 말이 영혼의 내부에서 흘러나왔다. 아, 그렇다, 그는 아직 벌을 받지 않았다. 그는 마음으로 회개할 것이고, 그렇게 해서 용서를 받게 될 것이다. 이어서 저 위쪽 하늘나라에 계신 분들이 그가 과거를 보상하기 위해 무엇을 하는지 내려다보실 것이다. 살아가는 동안 내내, 살아가는 동안 매 순간마다 내려다보실 것이다. 다만 기다려주소서.

"모든 것을, 하느님! 모든 것, 모든 것을!"

사환이 문 앞까지 와서 성당에서 고해성사가 있을 것임을 알려주었다. 네 명의 아이가 교실을 나섰다. 그리고 다른 반 아이들이 복도를 따라 성당으로 가는 소리가 그의 귀에 들렸다. 미약한 떨림이 느껴지는 예민한 한기가, 미풍보다 더 미약하게 느껴지는 미세한 한기가 그의 심장 주변을 스쳐갔다. 조용히 귀 기울인 채 고통을 삭이고 있노라니, 그에게는 마치 자신이 자기 자신의 심장 근육에 귀를 바싹 갖다 댄 채 심실의 펄떡임 소리에 귀 기울이고 있는 것처럼, 그러면서 심장이 닫히고 움츠러드는가를 살피고 있는 것처럼 느껴지기도 했다.

피할 도리가 없었다. 고백을 할 수밖에, 그가 행하고 생각했던 죄를 하나하나 말로 구체화해서 드러낼 수밖에 없었다. 하지만 어떻게? 어떻게 해야 하나.

"신부님, 전―"

고백을 해야만 한다는 생각이 차갑게 번쩍이는 양날의 가늘고 기다란 검(劍)처럼 그의 예민해진 살을 미끄러지듯 파고들었다. 하지만 교내 성당에서 할 수는 없었다. 그는 행동으로 지은 죄와 생각으로 지은 죄를 성실하게 낱낱이, 모든 것을 고백하고 자 했다. 하지만 친구들이 있는 학교에서 고백하고 싶지는 않았 다. 학교에서 멀리 떨어진 곳, 어딘가 가려진 어두운 곳으로 가 서 그는 자신의 부끄러운 죄를 중얼중얼 고백하리라. 그런 생각 을 하며 그는 자신이 교내 성당에서 감히 고백하지 못한다 해서 노여워하지 마시기를 하느님께 간청하는 기도를 겸손한 자세로 올렸다. 완전히 기가 꺾인 상태에서 그는 자신의 어리고 유치한 마음을 하느님께서 용서해주시길 간절히 원했다.

시간이 흘렀다.

그는 다시 성당의 맨 앞자리에 앉아 있었다. 바깥세상의 해 는 이미 기울기 시작했다. 단조로운 붉은빛 블라인드 사이로 햇빛이 천천히 들어오는 것을 보노라니, 최후의 날이 되어 이 제 해가 저물고 모든 영혼이 심판을 받기 위해 모여들고 있는 것 같은 느낌이 들기도 했다.

"'저는 당신 눈앞에서 잘려 나갔습니다.' 그리스도를 믿는 사랑하는 나의 어린 형제들이여, 이 말은 〈시편〉 30장 23절에 나오는 말씀입니다.* 성부, 성자, 성령의 이름으로 기도하나이 다, 아멘."

설교자는 조용하고 친절한 어조로 설교를 시작했다. 그는 얼굴에 온화한 표정을 띠고 있었으며, 양손을 앞으로 모으고 있었다. 양손을 모으되 다섯 손가락 끝을 서로 살짝 마주 대고 있는 모습이 자그맣고 부서지기 쉬운 새장을 떠올리게 했다.

---

*두웨이 성경 판본에 따르면 〈시편〉 30장 23절. 하지만 현재 우리나라 천주교 성경 판본에 따르면 〈시편〉 31장 23절에 나오는 말이다. 개신교의 성경 판본(대한성서공회) 에 따르면 〈시편〉 31장 22절.

　"오늘 아침 우리는 지옥에 대해 생각해보되, 우리 수도회의 거룩한 설립자께서 영적 훈련에 관한 저서를 집필하면서 '장면의 구성'*이라 명명한 바를 실천해보려 했습니다. 말하자면, 우리는 우리 마음의 오감을 동원하여, 그 끔찍한 장소의 물질적 특성이 어떠하고 지옥에 있는 모든 사람이 견뎌야 할 물리적 고통이 어떤 것인지를 우리의 상상 속에 그려보고자 했습니다. 오늘 저녁 우리는 잠시 동안 지옥에서 죄인들이 겪어야 하는 영적 고통의 본질에 대해 생각해볼 것입니다.

　우선 죄를 짓는다는 것은 2중으로 극악(極惡)을 행하는 것임을 여러분은 기억해야 합니다. 첫째, 우리 인간의 타락한 본성, 저급한 본능, 추잡하고도 야수와 같은 성품의 요구에 천박하게 굴복한다는 점에서 극악을 행하는 것이 됩니다. 둘째, 우리 내부에 존재하는 고귀한 품성이 전하는 충고, 순결하고 성스러운 모든 것, 거룩한 하느님 자신으로부터 고개를 돌린다는 점에서도 또한 극악을 행하는 것이 됩니다. 이런 까닭에 죄 지은 인간은 지옥에서 서로 다른 두 가지 형태의 벌을 받게 되는데, 육체적 고통과 영적 고통이 바로 그것입니다.

　온갖 영적 고통 가운데 단연코 가장 끔찍한 것은 상실의 고통입니다. 사실 이는 너무도 끔찍한 것이어서 그 하나만으로도 다른 모든 것을 합친 것보다 더 큰 아픔의 원인이 됩니다. 교회의 가장 위대한 신학자라 불리기도 하고 천사 같은 신학자라 불리기도 하는 성 토마스 아퀴나스**는 인간이 감당해야 하는

저주 가운데 가장 끔찍한 저주가 어떤 것인가에 대해 말한 적이 있습니다. 그에 의하면, 가장 끔찍한 저주는 본질적으로 인간의 오성이 신성의 빛을 완전히 잃어버리고 그의 감성이 하느님의 선함을 고집스럽게 외면하는 것, 바로 그것입니다. 하느님은 무한하게 선한 존재이기 때문에 그와 같은 하느님의 속성을 상실하는 것은 무한하게 고통스러운 상실일 수밖에 없음을 여러분은 잊지 말아야 할 것입니다. 우리가 이 세상에서 삶을 살아갈 때는 그와 같은 상실이 무엇을 의미하는가에 대해 분명하게 이해하지 못합니다. 하지만 지옥에 떨어진 저주받은 자들은 자신들이 상실한 것이 얼마나 소중한 것인가를 완벽하게 이해합니다. 이해하는 만큼 더 고통스럽게도 말입니다. 그리고 그들 자신이 지은 죄 때문에 그러한 상실이 초래됐으며 이로써 영원히 상실의 아픔을 견뎌야 한다는 사실도 잘 이해합니다. 죽음이 다가오는 바로 그 순간에 육체와 영혼을 잇는 끈은 산산이 조각나며, 영혼은 즉시 하느님께 날아 올라갑니다. 영혼은 자기 존재의 중심부를 향해 다가가려 하는 것처럼 하느님을 향해 다가가려 합니다. 사랑하는 나의 어린 형제들이여, 우리의 영혼은 하느님과 함께하기를 갈망한다는 사실을 잊지 말기 바랍니다. 우리는 하느님에게서 왔으며 하느님 곁에서 살고 하느님에게 속해 있습니다. 우리는 하느님의 소유물, 누구에게도 양도가 불가능한 하느님의 소유물입니다. 하느님께서는 거룩한 사랑의 마음으로 모든 인간의 영혼을 사랑하시고, 모든 인간의 영혼은 그러한 사랑 속에서 삶을 살고 있습니다. 당연히 그럴 수밖에 없지 않겠습니까? 우리가 쉬는 숨 하나하나, 머리로 생각하는 것 하나하나, 우리 삶의 한순간 한순간이 모두 무한하고 무한하여 끝을 알 수 없는 하느님의 무궁한 선(善)

에서 비롯된 것입니다. 그리고 만일 어머니가 자기 자식과 헤어지는 것이 더할 수 없는 아픔이라면, 또한 한 인간이 가정과 따뜻한 난로 곁에서 추방되어 홀로 살아가는 것이 더할 수 없는 아픔이라면, 친구가 친구와 헤어져야 하는 것이 더할 수 없는 아픔이라면, 오, 여러분, 생각해보십시오, 가련한 영혼이 지고의 선과 지고의 사랑을 지니고 계신 창조주 하느님, 그 영혼을 무(無)에서 창조하여 존재하게 하시고 생명을 누리게 하셨을 뿐만 아니라 헤아릴 수 없는 사랑으로 그 영혼을 사랑해주시는 하느님의 면전에서 내침을 당한다면 그것이 얼마나 큰 고통이고 또 얼마나 큰 고뇌이겠습니까? 그러니까 지고의 선인 하느님과 영원히 헤어져야 한다는 것, 사정이 결코 바뀌지 않으리라는 것을 너무나 환하게 알고 있는 상황에서 바로 이 헤어짐이 주는 고뇌를 감당해야 한다는 것, 이것이 바로 피조물인 인간의 영혼이 감당할 수 있는 고통 가운데 가장 끔찍한 고통인 것입니다. 다시 말해, '포에나 담니'* 또는 상실의 고통, 이것이 가장 끔찍한 고통입니다.

저주받은 지옥의 영혼들을 괴롭히는 또 하나의 고통은 양심의 고통입니다. 시체가 썩어가면서 그 안에서 벌레가 생기듯, 길 잃은 영혼의 내부에서 죄가 썩어가면서 생기는 것은 바로 끊임없는 후회의 마음, 교황 인노센치오 3세**가 3중의 침을 가진 벌레라 부른 바 있는 양심의 가책입니다. 이 잔인한 벌레가 쏘아대는 침 가운데 첫 번째 것은 과거의 즐거움에 대한 기억이라는 침입니다. 아, 과거의 즐거움에 대한 기억이란 얼

*'poena damni': 라틴어 표현으로, 본문에 밝혀져 있듯 '상실의 고통.'
**교황 인노센치오 3세(1160/61~1216): 역사상 가장 강력한 교황권을 행사한 것으로 알려져 있는 교황.

마나 끔찍한 것인가요! 모든 것을 집어삼키는 불바다 한가운데서도 교만했던 왕은 궁전의 화려함을 기억할 것이고, 총명하나 사악했던 학자는 자신의 연구 서적과 도구를, 예술적 즐거움을 사랑했던 사람은 자신이 수집한 대리석 조각품과 그림과 그 밖의 예술적 보물들을, 식도락을 탐했던 사람은 자신의 호화로운 성찬과 그처럼 엄청난 진미의 요리 재료를 사용하여 만든 요리와 최고급 포도주를 기억할 것입니다. 그리고 구두쇠는 그가 쌓아놓은 황금덩어리들을 기억할 것이며, 약탈자는 부정한 수단으로 얻은 재산을, 분노와 복수심으로 가득 찼던 무자비한 살인자들은 그들이 한껏 즐겼던 피와 폭력의 행위들을, 음란하고 부정(不貞)했던 자들은 그들이 탐닉했던 입 밖에 낼 수 없는 더러운 쾌락을 기억할 것입니다. 그들은 이 모든 것을 기억하고는 자기들 자신을 혐오할 것이고 자기들이 지은 죄를 혐오할 것입니다. 지옥의 불길에 휩싸인 채 영겁의 세월 동안 고통을 당하도록 저주를 받은 영혼에게 그 모든 온갖 즐거움이 얼마나 부질없고 초라한 것으로 보이겠습니까. 세속의 가치 없는 찌꺼기를, 몇 조각의 황금을, 허망한 명예를, 육신의 편안함을, 말초신경의 자극을 위해 천국의 기쁨을 잃게 되었다는 것을 생각하면 그들은 분노하여 미쳐 날뛸 것입니다. 정말로 그들은 후회할 것입니다. 지은 죄에 대해 때늦고 소용없는 슬픔에 잠기는 것, 이것이 바로 양심의 가책이 쏘아대는 침 가운데 두 번째 것이지요. 하느님의 정의는 이 모든 가련한 저주받은 자들에게 그들 자신들의 이해력을 동원하여 그들이 지은 죄가 무엇인지를 끊임없이 되새길 것을 요구하고 있습니다. 게다가, 성 아우구스티누스*가 지적한 바와 같이, 하느님께서는 죄에 대한 하느님 자신의 지식을 죄 지은 자들에게 나눠주십니다. 그리하여 그들이 지은 죄의 너무도 끔찍하고 사악한 모습이 하나도 숨김없이, 하느님의 눈에 보이는 그대로, 죄 지은 자들의 눈에 보이게 됩니다. 그들은 자신들이 지은 죄의 더러운 참상을 있는 그대로 똑똑히 바라보고는 후회할 것입니다. 하지만 이미 때는 너무 늦었습니다. 그리하여 그들은 회개할 좋은 기회를 소홀히 여겼던 것을 놓고 땅을 치며 통곡할 것입니다. 이것이 양심의 벌레가 쏘아대는 마지막이자 가장 깊고 가장 잔인한 침입니다. 양심은 그들에게 이렇게 말할 것입니다. 회개할 시간과 기회가 있었는데 너는 회개하지 않았다. 너는 너의 부모에 의해 종교적으로 양육되었다. 너는 성사(聖事)**에 참여하고, 하느님의 은총을 받았으며, 교회의 도움으로 대사(大赦)를 얻기도 했다. 그리고 너에게는 너에게 설교의 말씀을 들려주고, 네가 길을 잘못 들어서면 너를 바른 길로 불러들이는 동시에 네가 아무리 수많은 죄를 짓고 아무리 끔찍한 죄를 지었더라도 네가 고백하고 회개하기만 하면 너의 죄를 사해주는 하느님의 사제가, 하느님의 뜻을 대행하는 사제가 있었다. 하지만 너는 고백하고 회개하지 않았다. 너는 신성한 그리스도 교회의 사제들을 비웃었고, 고해성사에 등을 돌렸으며, 더욱더 깊이 죄악의 늪에서 뒹굴었다. 하느님께서 너에게 호소하기도 하고 위협하기도 하셨으며, 또 하느님의 품으로 돌아올 것을 간청하기도 하셨다. 아, 어찌 이런 부끄러운 일이 있을 수 있겠느냐! 아, 어찌

*아프리카 태생의 초기 기독교 교회의 사제였던 성 아우구스티누스(Augustinus, 354~430)는 《고백록(Confessions)》과 《신국론(City of God)》과 같은 저서를 통해 오늘날까지 종교적으로, 철학적으로 넓고 깊은 영향력을 발휘하고 있다.
**천주교에는 세례(baptism), 견진(confirmation), 성체(the Eucharist), 고해(penance), 혼인(matrimony), 성품(ordination), 병자(病者, extreme unction)라는 일곱 가지 성사(聖事, sacrament)가 있다.

이런 한심한 일이 있을 수 있겠느냐! 우주를 다스리는 분인 하느님께서 흙으로 창조한 피조물에 불과한 너에게 간청하시길, 너를 창조하신 하느님을 사랑하고 하느님의 율법에 순종하라 하셨다. 하지만 너는 그렇게 하려고 하지 않았다. 이제 아직 너에게 울 여력이 남아 있어서 네가 눈물을 홍수같이 흘려 지옥을 온통 잠기게 한다 하더라도, 그렇게 흘린 회개의 눈물이 바다를 이루더라도, 네가 살아생전 한 방울의 진정한 회개의 눈물로 얻을 수 있었던 것을 이제는 얻을 수 없다. 이제 너는 회개할 수 있도록 지상에서의 삶을 한순간만이라도 달라고 애원하지만, 소용없다. 회개할 시간은 지나갔다. 영원히 지나간 것이다.

양심의 벌레가 쏘아대는 3중의 침은 그런 것입니다. 지옥에서 이 독사와 같은 벌레는 저주받은 자들의 심장 한가운데까지 깊숙이 갉아먹고 있기 때문에, 저주받은 자들은 가증스럽고도 끔찍한 분노로 가득 차 자신들의 어리석음에 대해 스스로를 저주할 것이고, 그러한 타락으로 자신들을 이끈 사악한 친구들에게 저주를 퍼부을 것입니다. 또한 살아생전 그들을 유혹하더니 이제 그들을 조롱하고 영원히 고문하는 악마들을 저주할 것입니다. 심지어는 그들이 경멸하고 경시하던 선의와 인내를 지니고 계시며 그들이 피할 수 없는 정의와 권세를 지니고 계신 지고의 존재인 하느님에게까지 욕을 하고 저주를 할 것입니다.

저주받은 자들이 견뎌야 할 그 다음의 영적 고통은 확장(擴張)의 고통입니다. 사람들은 수많은 악을 저지를 잠재력을 지니고 있으나 이 세상을 살아가는 동안에는 한꺼번에 모든 악을 동시에 저지를 수는 없습니다. 왜냐하면, 하나의 독이 다른 하나의 독을 치료하는 일이 종종 있듯, 하나의 악이 다른 악을 교정하거나 서로 반대로 작용하여 효과를 상쇄하기 때문입니다. 하지만 지옥에서는 그 반대입니다. 하나의 고통이 다른 하나의 고통과 서로 반대로 작용하여 효과를 상쇄하는 대신 한결 더 강력한 것으로 만듭니다. 그리고 내면의 정신 능력은 외면의 감각보다 더 완벽한 것이기 때문에 고통을 수용하는 잠재력도 그만큼 더 큽니다. 한편, 모든 감각이 그에 상응하는 고통 요인 때문에 고통을 겪듯 영적 정신 능력도 그렇습니다. 예컨대, 상상력은 끔찍한 이미지 때문에 고통을 받고, 감성은 번갈아 되풀이되는 동경과 열망 때문에 고통을 받으며, 이성과 오성은 끔찍한 감옥인 지옥을 지배하는 외적 암흑보다 한결 더 끔찍한 내적 암흑 때문에 고통을 받습니다. 지옥의 악령들을 사로잡고 있는 원한의 감정은 비록 무력한 것이긴 하나 무한한 확장과 끝없는 지속이 가능한 악입니다. 이는 소름끼치는 사악한 정신 상태로, 죄란 얼마나 극악무도한 것인가와 하느님께서 죄를 얼마나 미워하시는가를 명심하지 않는다면 그것이 얼마나 소름끼치는 것인가를 우리는 거의 이해할 수 없습니다.

이 같은 확장의 고통과 반대되지만 이와 공존하고 있는 것이 강렬함의 고통입니다. 지옥은 모든 악의 중심부이고, 여러분도 알다시피 상황의 강도는 아주 멀리 떨어진 주변 지점보다는 중심부에서 더 높게 마련입니다. 지옥의 고통을 조금이나마 완화하거나 누그러뜨릴 그 어떤 종류의 해독제나 묘약도 존재하지 않습니다. 아니, 본래의 성질이 선한 것이라 해도 지옥에서는 사악한 것으로 변하고 맙니다. 다른 곳에서였다면 고통받는 자에게 위안의 원천이 되었을 친구라 하더라도 지옥에서는 끊임없는 고통의 원인이 될 것이며, 지성의 최고선이라 하여 그처럼 갈망의 대상이었던 지식도 그곳에서는 무지보다도 더 심각한 증오의 대상이 될 것입니다. 심지어 만물의 영장인 인간에서 시작하여 숲 속의 변변치 않은 식물에 이르기까지 하느님께서 창조하신 온갖 생명체가 그처럼 갈망하는 빛도 그곳에서는 강렬한 혐오의 대상이 될 것입니다. 이 세상의 삶을 살아가는 동안 우리가 겪는 슬픔이란 그리 오래가는 것도 아니고 그리 엄청난 것도 아닙니다. 천성적으로 인간은 습관적으로 되풀이해 겪다보면 눈앞의 슬픔을 어느덧 극복하게 마련이고, 슬픔에 굴복하여 그 무게를 끝까지 감당함으로써 슬픔을 마감하기도 한다는 점에서 보면 그렇습니다. 하지만 지옥에서라면 습관의 도움으로 고통을 극복할 수는 없습니다. 왜냐하면, 그 고통은 끔찍할 정도로 강렬한 것일 뿐만 아니라 시시각각으로 그 모습을 바꿔 계속 새로운 것이 되기 때문입니다. 이 과정에 일테면 각각의 고통은 서로 다른 고통으로부터 불길을 옮겨 받고, 불길을 옮겨준 서로 다른 고통에게 한층 더 맹렬한 불길을 되돌려줍니다. 또한 고통에 굴복한다 해서 인간의 천성이 이 강렬하고도 변화무쌍한 고통에서 벗어날 수 있는 것도 아닙니다. 지옥에서는 영혼이 겪는 고통이 계속 더 강렬한 것이 되도록 하기 위해 영혼을 재앙 속에 묶어두고 여기에서 벗어나지 못하게 하기 때문입니다. 고통의 무한한 확장, 견뎌내야 할 통증의 엄청난 강도, 고통을 가하는 방법의 변화무쌍함—이것이 바로 죄인들 때문에 진노한 하느님께서 그들에게 감당할 것을 요구하시는 벌입니다. 이것이 바로 타락한 육체의 음탕하고 저열한 쾌락에 빠져 하느님의 거룩한 뜻을 가볍게 여기고 무시하는 자들에게 감당할 것을 지엄한 하느님께서 명하신 벌입니다. 그리고 또한 이것이 바로 죄인들을 구원하기 위해 흘린 하느님의 순결한 양인 예수 그리스도의 피가 이를 짓밟은 사악하고도 사악한 자들이 감당해야 할 것이라고 역설하신 벌입니다.

지옥이라는 끔찍한 장소의 온갖 고통 가운데 단연 으뜸의 자리를 차지하는 궁극의 고통은 다름 아닌 지옥의 영원함입니다. 그렇습니다, 지옥은 영원합니다! 아, 이 얼마나 끔찍하고 무서운 말인가요! 다시 말하지만, 지옥은 영원합니다! 어찌 인간의 정신력으로 이 말의 뜻을 제대로 이해할 수 있겠습니까? 하지만 잊지 말기 바랍니다, 지옥의 영원함은 고통의 영원함을 뜻한다는 것을! 비록 지옥의 고통들이 그토록 끔찍한 것이 아니라 해도, 영원히 지속되도록 설계되었기 때문에 이는 무한한 것이 될 수밖에 없습니다. 하지만, 그러한 고통들은 영원히 지속되는 것인 동시에, 여러분도 알다시피 견딜 수 없을 정도로 강렬한 것일 뿐만 아니라 참을 수 없을 정도로 넓게 확장되는 것이기도 합니다. 벌레 한 마리의 침을 영원히 감당하는 것만으로도 끔찍한 고통이 될 것입니다. 그렇다면 지옥의 복합적인 고통을 영원히 견뎌내야 한다는 것은 얼마나 끔찍한 일이겠습니까? 영원히! 영겁의 세월 동안! 한 해도 아니고 한 시대도 아니고 영원히! 이 말이 갖는 끔찍한 의미를 상상해보십시오. 여러분은 가끔 바닷가에서 모래밭을 보았을 것입니다. 모래의 작은 알갱이들이 얼마나 미세합니까! 또한 그처럼 미세한 모래알이 얼마나 있어야 어린아이가 바닷가에서 장난을 하다가 자그마한 손으로 움켜쥐는 한 줌의 모래가 되겠습니까? 자, 이제 그러한 모래알로 이루어진 산을 상상해봅시다. 땅에서 저 하늘 아주 높은 곳까지 솟아 있는 수백만 킬로미터 높이의 모래 산을, 그리고 아주 먼 곳까지 펼쳐져 있는 수백만 킬로미터 넓이에 수백만 킬로미터 두께의 모래 산을 상상해보기 바랍니다.

그리고 헤아릴 수 없을 만큼 수많은 모래 입자들로 이루어진 이 같은 거대한 산이 숲 속에서 낙엽들이 불어나는 것만큼이나 빈번하게 불어나고, 거대한 대양에서 물방울이 불어나는 것만큼이나 빈번하게 불어나며, 새의 몸에서 깃털이 불어나는 것만큼이나 빈번하게 불어난다고 상상해보세요. 또는 물고기의 몸에 비늘이 불어나는 것만큼, 동물의 몸에서 털이 불어나는 것만큼, 거대한 대기에 원자들이 불어나는 것만큼이나 빈번하게 불어난다고 상상해보기 바랍니다. 그리고 백만 년의 세월이 지나갈 때마다 작은 새 한 마리가 그 산으로 날아와서 주둥이에 작은 모래알 하나를 물고 간다고 상상해보세요. 그 새가 그 산의 사방 한 자 넓이에 있는 모래알을 모두 옮기는 데만 해도 몇 억 년에 또 몇 억 년의 세월이 필요할 것입니다. 그러니 그 산의 모래알 전부를 옮기는 데는 억겁의 세월에 또 억겁의 세월이 필요하겠지요. 하지만 그처럼 억겁에 또 억겁이라는 엄청난 세월이 흘렀다 해도 영원의 단 한순간도 지났다 할 수 없을 것입니다. 그처럼 몇 조(兆), 몇 경(京) 년의 세월이 흘렀다 해도 영원은 시작조차 되었다고 할 수 없을 것입니다. 그리고 그 산의 모래가 모두 옮겨진 다음 그와 같은 산이 다시 솟아올랐다 하고, 새가 다시 와서 다시금 한 알씩 한 알씩 모래알을 물고 가서 마침내 모두 다 옮겼다 합시다. 그리고 다시 산이 솟아올랐다 없어지기를 하늘의 별만큼이나 수도 없이 되풀이되고, 대기 속의 원자들만큼이나, 바다를 이루는 물방울만큼이나, 숲에 있는 나뭇잎들만큼이나, 새들의 몸에 난 깃털만큼이나, 물고기들의 몸에 있는 비늘들만큼이나, 동물들의 몸에 난 털들만큼이나 수도 없이 되풀이되었다 합시다. 측량이 불가능할 정도로 거대한 산이 수도 없이 솟아올랐다 없어지는 일이 이처럼 수도 없이 진행된 다음이라 해도, 영원의 단 한순간조차 지났다고 말할 수 없을 것입니다. 생각만 해도 우리의 머리에 현기증을 일으킬 정도인 그 오랜 세월이, 억겁의 세월이 지난 다음이라 해도, 영원은 거의 시작조차 하지 않았다고 보아야 할 것입니다.

우리 예수회 소속의 신부님이었다고 생각됩니다만, 어느 거룩한 성자 한 분이 언젠가 하느님의 특별한 허락을 받아 지옥의 광경을 보게 되었다고 합니다. 그에게는 엄청난 시계가 째깍째깍 돌아가는 소리를 내는 것을 제외하면 온통 어둡고 조용하기만 한 방에, 그것도 엄청나게 큰 방 한가운데에 들어와 서 있는 것 같았다고 합니다. 시계의 째깍 소리는 쉬지 않고 계속 이어졌고, 성자의 귀에는 시계 소리가 같은 말을 끊임없이 되풀이하는 것처럼 들렸다는 것입니다. 에버, 네버, 에버, 네버.* 영원히 지옥에 갇혀, 결코 천국으로 갈 수 없나니. 영원히 하느님이 계신 곳으로부터 단절되어, 결코 축복의 광경을 즐길 수 없나니. 영원히 불꽃의 밥이 되고 벌레의 먹이가 되며 불 창살에 찔린 채, 결코 이런 고통에서 벗어날 수 없나니. 영원히 양심의 가책, 들끓어 오르는 기억, 마음에 가득 채워진 어둠과 절망 때문에 괴로워할 뿐, 결코 여기에서 벗어날 수 없나니. 영원히 더러운 악마들에게, 자신들에게 속아 넘어간 어리석은 인간들의 불운을 사악한 눈길로 바라보며 이를 즐기는 더러운 악마들에게 저주와 욕설을 퍼부을 수 있을 뿐, 결코 복 받은 영혼들의 빛나는 의상을 즐거운 눈길로 바라볼 수 없나니. 영원히 심연의 불구덩이에서 하느님을 향해 한순간만이라도, 단 한순간

*시계의 규칙적인 째깍 소리가 연상케 한 말의 리듬 효과를 살리기 위해 이 부분은 번역하지 않았다. 영어의 'ever, never, ever, never'를 굳이 번역하자면 '영원히, 결코 없나니, 영원히, 결코 없나니' 정도가 될 것이다.

만이라도 그처럼 끔찍한 고통에서 벗어나게 해주길 호소할 뿐, 결코 단 한순간도 하느님의 용서를 받을 수 없나니. 영원히 고통을 견뎌야 하고, 결코 즐거움은 없나니. 영원히 저주받아, 결코 구원은 없나니. 에버, 네버, 에버, 네버. 아, 이 얼마나 끔찍한 벌입니까! 단 한 가닥의 희망의 빛도 없이, 단 한순간의 휴식도 없이, 영원히 이어지는 끊임없는 번뇌와 영원히 이어지는 육체와 영혼의 고통, 끝없이 확장에 확장을 거듭하고 끝없이 강렬해지는 영원한 고뇌, 무한하게 지속되고 무한하게 그 모습을 바꾸는 영원한 고통, 자신이 집어삼킨 대상을 영원히 놓아주지 않은 채 영원히 괴롭히는 고문과도 같은 고통, 육체를 망가뜨리는 동시에 끝없이 영혼을 먹이 삼아 이어지는 영원한 번민, 영원의 세월, 그 자체로서 영원인 매 순간, 그 자체로서 영원한 번뇌인 바로 그 영원한 세월, 이 모든 것이 다 끔찍한 벌입니다. 이런 것들이 모두 끔찍한 죄를 짓고 죽은 자들의 몫으로 전능하고 정의로운 하느님이 마련해놓은 벌입니다.

그렇습니다, 하느님께서는 정의롭습니다! 항상 자신의 입장에서 사리분별을 따지는 인간들은 단 한 번 심각한 죄를 지었다 해서 지옥의 불 한가운데서 끝없이 지속되는 영원한 벌을 죄인의 몫으로 하느님께서 마련해놓았다는 사실을 알고는 놀라게 마련입니다. 인간들이 놀라는 데는 이유가 있습니다. 그들은 육신이 조장하는 그릇된 환상과 인간 고유의 무지한 이해력 때문에 눈이 멀어 끔찍한 죄악에 담긴 가증스러운 악의를 제대로 이해하지 못하기 때문입니다. 또한 그들이 그처럼 놀라는 것은 아무리 경미한 죄*라 해도 이는 더럽고 소름끼치는 죄

---

*하느님의 율법과 일치하지 않는 생각이나 말이나 행동은 경미한 죄로, 끔찍한 대죄와 달리 용서가 가능한 죄다.

244

라는 사실을 제대로 이해하지 못하기 때문입니다. 경미한 죄조차 너무나 더럽고 소름끼치는 죄이기 때문에, 경미한 죄—말하자면, 거짓말 하나, 화난 표정 하나, 한순간의 고의적인 게으름 등의 경미한 죄—를 한 번 저지르는 것이야 벌하지 않은 채 넘어가는 것을 조건으로 하여 이 세상의 모든 악과 불행—예컨대, 전쟁, 질병, 도둑질, 범죄, 죽음, 살인과 같은 것들—을 종식시킬 수도 있었지만, 위대하고 전능한 창조주께서는 그렇게 하지 않으셨습니다. 그렇게 하지 않으신 것은 생각으로든 행동으로든 지은 죄는 하느님의 율법을 위반한 것이기 때문이고, 만일 하느님께서 율법을 위반한 자를 벌하지 않는다면 하느님은 하느님일 수 없기 때문입니다.

루시퍼와 천사의 무리 가운데 삼분의 일이 영광의 자리에서 쫓겨나 타락의 늪으로 던져진 것도 한순간 지적 교만함에 빠져 반항의 마음을 품는 죄를 지었기 때문입니다. 아담과 이브가 에덴 동산에서 쫓겨나고 죽음과 고통을 이 세상에 가져온 것도 한순간의 어리석음과 약한 마음에서 비롯된 죄를 지었기 때문입니다. 그 죄로 인해 빚어진 모든 것을 보속(補贖)하기 위해 하느님의 유일한 아들이 이 세상에 오셔서 삶을 살고 고통을 겪다가, 세 시간 동안 십자가에 못 박혀 매달린 채 더할 수 없이 고통스러운 죽음을 맞이하셨습니다.

그리스도를 믿는 사랑하는 나의 어린 형제들이여, 사정이 그러한데 우리가 그처럼 선한 속죄자의 뜻을 거슬러 그분의 노여움을 사야 하겠습니까? 그처럼 찢기고 훼손당한 그분의 시신을 다시금 짓밟아야 하겠습니까? 그처럼 슬픔과 사랑이 가득한 그분의 얼굴에 침을 뱉어야 하겠습니까? 너그럽고 자비로운 구세주를, 우리를 위해 홀로 슬픔의 포도주를 짜는 확*을 밟았던 바로 그 너그럽고 자비로운 구세주를 우리 또한 모진 유대인들과 로마의 잔인한 병사들처럼 조롱해야 하겠습니까? 죄악의 말 한 마디 한 마디가 그분의 부드러운 옆구리에 상처가 될 것입니다. 죄악의 행동 하나하나가 그분의 머리를 찌르는 가시가 될 것입니다. 우리가 의도적으로 우리 마음에 품는 불순한 생각 하나하나가 사랑으로 가득한 그분의 거룩한 심장을 꿰뚫는 날카로운 창이 될 것입니다. 안됩니다, 그래서는 정말로 안됩니다. 인간이라면 누구도 하느님의 권세를 심각하게 훼손하는 짓을, 영원한 고뇌가 벌로 주어질 그런 짓을, 하느님의 아들을 다시 한 번 십자가에 못 박고 그분을 조롱하는 짓을 저지를 수는 없습니다.

하느님께 간절히 기도합니다. 오늘 제가 전한 보잘것없는 말이 하느님의 은총 안에 있는 이들에게는 거룩한 마음을 더욱 굳건히 하는 데 도움이 되게 하시고, 마음이 흔들리는 이들에게는 그런 마음을 다잡는 데 힘이 되게 하소서! 그리고 행여 어린 형제들 사이에 길 잃고 방황하는 불쌍한 영혼이 있다면 그가 하느님의 은총 안으로 되돌아오는 데 저의 말이 도움이 되게 하소서! 여러분, 나와 함께 하느님께 기도합시다. 하느님, 우리에게 우리 죄를 뉘우칠 수 있도록 힘을 주소서! 이제 여러분 모두, 하느님께서 보고 계신 가운데, 이 누추한 성당에서 무릎 꿇고 나를 따라 통회의 기도문을 낭송합시다. 인류에 대한 사랑으로 불타는 하느님께서는 고통받는 자들에게 언제든 위안을 줄 마음의 준비를 하고 저기 감실(龕室) 안에 와 계십니다. 그러니, 여러분, 두려워하지 마십시오. 아무리 많은 죄를 저질

*〈이사야서〉 63장 2~3절 및 〈요한 묵시록〉 19장 15절 참조.

렀고 아무리 더러운 죄를 저질렀다 해도 죄를 뉘우치기만 한다면 여러분은 용서받을 것입니다. 세상 사람들 보기에 부끄럽다 하여 주저하지 마십시오. 하느님께서는 언제나 자비로우셔서, 죄 지은 자들이 영원한 죽음을 맞게 하기보다는 회개하여 마음을 바꾸고 새로운 삶을 살기를 원하십니다.

하느님께서 여러분을 하느님 곁으로 부르고 계십니다. 여러분은 하느님의 것입니다. 하느님은 무(無)에서 여러분을 창조하신 분입니다. 하느님께서는 오직 하느님만이 하실 수 있는 방식으로 여러분을 사랑하십니다. 비록 여러분이 하느님의 뜻을 거슬러 죄를 지었다 해도 하느님께서는 여러분을 맞이하기 위해 팔을 벌리고 계십니다. 죄 지은 가련한 자여, 허영에 들떠 길 잃고 방황하는 죄 지은 가련한 자여, 하느님 곁으로 오라. 지금이 곧 그분의 품에 안길 수 있는 시간이요, 지금이 바로 기회이나니."

설교를 하던 사제가 일어서서 제단을 향해 몸을 돌리고는 어스름이 드리워진 감실 앞 계단에서 무릎을 꿇었다. 그는 성당 안의 모든 학생들이 무릎을 꿇을 때까지, 그리고 아주 작은 잡음조차 들리지 않고 완전히 고요해질 때까지 기다렸다. 이윽고 그가 머리를 들고 통회의 기도문을 한 구절 한 구절 진지하고 열정적으로 낭송했고, 아이들은 그의 뒤를 이어 한 구절 한 구절 응송했다. 스티븐은 혓바닥이 입천장에 들러붙은 듯한 기분에 젖어 고개를 숙이고는 온 마음을 다하여 기도를 올렸다.

오, 나의 하느님!
오, 나의 하느님!
제가 주님께 죄를 지었기에

제가 주님께 죄를 지었기에

이를 진심으로 뉘우치나이다

이를 진심으로 뉘우치나이다

제 모든 사랑을

제 모든 사랑을

받으셔야 할 나의 주님

받으셔야 할 나의 주님

저의 죄가 주님의 마음을 아프게 하기에

저의 죄가 주님의 마음을 아프게 하기에

그 어떤 악보다

그 어떤 악보다

저는 저의 죄를 미워하나이다

저는 저의 죄를 미워하나이다

다시는 죄를 짓지 않을 것이며

다시는 죄를 짓지 않을 것이며

제 삶을 바로잡을 것을

제 삶을 바로잡을 것을

주님의 은총에 기대어

주님의 은총에 기대어

굳게 다짐하나이다

굳게 다짐하나이다*

*한국의 천주교에서 낭송되는 통회의 기도문은 다음과 같다. "하느님, 제가 죄를 지어 참으로 사랑 받으셔야 할 주님의 마음을 아프게 하였사오니 악을 저지르고 선을 소홀히 한 모든 잘못을 진심으로 뉘우치나이다. 또한 주님의 은총으로 속죄하고 다시는 죄를 짓지 않으며 죄 지을 기회를 피하기로 굳게 다짐하오니 우리 구세주 예수 그리스도의 수난 공로를 보시고 저에게 자비를 베풀어주소서. 아멘." 이는 조이스가 제시한 기도문과는 다소 차이가 있어, 참고는 하되 소설에 나오는 기도문을 그대로 번역하는 쪽을 택했다.

*　*　*

그는 자신의 영혼과 단 둘이 있기 위해 저녁 식사 후 자신의 방으로 올라갔다. 방을 향해 계단을 따라 발걸음을 옮길 때마다 자신의 영혼이 한숨짓는 것 같았다. 그에게는 발걸음을 옮길 때마다 영혼이 그의 발 위에 올라선 채 진하고 끈적끈적한 어둠의 영역을 힘겹게 헤치고 올라가며 한숨을 짓는 것처럼 느껴지기도 했다.

방문 앞의 층계참에서 그는 걸음을 멈췄다. 그런 다음 사기로 된 손잡이를 잡아 돌리고는 재빨리 방문을 열었다. 그가 두려움에 잠긴 채 멈춰 서서, 자신이 문지방을 넘는 순간 죽음이 자신의 이마를 건드리지 않기를 조용히 기도하는 동안, 또한 어둠 속에 깃들어 있던 악마들이 그를 제압하지 않기를 기도하는 동안, 그의 영혼은 그의 내부에서 파리하게 말라가고 있었다. 마치 이름 모를 동굴의 출입구에 서 있듯 그는 문지방에서 꼼짝 않고 기다렸다. 얼굴들이 그곳에 있었고, 눈들이 그곳에 있었다. 그들은 그가 오는지 지켜보면서 기다리고 있는 것이었다.

"우린 물론 더할 나위 없이 잘 알고 있었어. 어차피 그의 죄는 드러나고 말 것인데도, 누가 자신의 영적 전권대사가 되어야 할지를 확인하는 일에 나서도록 자신을 유도하는 데 상당한 어려움을 겪으리라는 걸 우린 잘 알고 있었거든. 그래서 말이야, 우린 물론 더할 나위 없이 잘 알고 있었어."

그렇게 중얼거리는 얼굴들이 그가 오는지를 지켜보며 기다리고 있었다. 중얼거리는 목소리들이 동굴의 어두운 공간을 채우고 있었다. 그는 정신적으로 그리고 육체적으로 강렬한 공포를 느꼈다. 하지만 용감하게 머리를 치켜세우고 단호한 태도로 성큼성큼 방으로 걸어 들어갔다. 문간을 지나 방으로 들어가서 보니, 여느 때의 방에 여느 때의 창문이었다. 어둠 속에서 중얼 중얼 들려오는 것처럼 느껴졌던 그 말들은 절대적으로 아무 의미가 없는 것이었다고 그는 침착하게 자신을 타일렀다. 그가 마주하고 있는 것은 그저 문이 열린 자신의 방일 따름이라고 자신을 타일렀다.

그는 방문을 닫고 재빨리 침대 쪽으로 걸어갔다. 그리고 침대 옆에 무릎을 꿇고는 두 손에 얼굴을 파묻었다. 그의 손은 차갑고 축축했으며, 그의 사지는 한기로 욱신욱신 쑤셨다. 육신의 불안과 한기와 피로가 그를 공격하는 바람에 그는 생각을 한 곳으로 모을 수 없었다. 마치 잠자리에 들기 전에 기도하는 어린아이처럼 그가 왜 여기에 이렇게 무릎을 꿇고 있는 것일까. 자신의 영혼과 단둘이 있기 위해서였다. 그리고 자신의 양심을 점검하기 위해서였으며, 자신의 죄와 정면으로 마주하기 위해서였고, 죄를 짓던 때와 방법 그리고 그때의 정황을 돌이켜보기 위해서였다. 또한 이 모든 것에 대한 회한의 눈물을 흘리기 위해서였다. 하지만 울음이 나오지 않았다. 자신이 지은 죄가 기억에 떠오르지도 않았다. 오직 영혼과 육체의 통증을, 자신의 전 존재, 기억력, 의지, 이해력, 육신이 마비되어 있고 피곤하다는 것이 느껴질 뿐이었다.

죄로 타락한 비겁한 육신으로 통하는 여러 문에서 그를 공격하면서 그의 생각을 흩뜨려 놓고 양심을 흐리게 하는 것, 그것은 바로 악마들의 소행이었다. 자신의 허약함을 용서해주실 것을 하느님께 겁을 먹은 마음으로 기도하면서, 그는 침대로 기어올라갔다. 그리고 담요로 몸을 꼭 감싼 다음 두 손으로 얼굴을 가렸다. 그는 죄를 지었다. 그는 하느님의 뜻을 거역한 데

다가 하느님 앞에서 너무도 심각한 죄를 지었기 때문에 하느님
의 아들이라 불릴 자격도 없는 존재가 되고 말았다.

　스티븐 디덜러스, 그가 그와 같은 죄를 짓다니, 이것이 있을
수 있는 일인가. 그의 양심이 대답을 하며 한숨을 지었다. 그렇
다, 은밀하게, 불결하게, 그것도 몇 번이고 되풀이해서, 그리고
죄악에 마음이 무뎌지고 굳어져 뉘우칠 것을 잊은 채, 그가 죄
를 지었다. 그는 자기 안의 영혼이 살아 있는 부패의 덩어리인
데도 감히 감실 바로 그 앞에서 경건함의 가면을 쓰려 했다. 어
찌하여 하느님이 그를 내리쳐 죽음에 이르게 하지 않은 것일
까. 죄악이라는 더럽고 오염된 무리들이 그의 주위를 둘러싸고
는 그를 향해 몸을 숙인 채 그에게 악취를 뿜어내고 있었다. 그
는 사지를 바싹 웅크린 채 눈을 꼭 감고 기도를 함으로써 그들
의 존재를 잊으려 애썼다. 하지만 영혼의 감각들은 그의 뜻에
묶이려 하지 않았다. 눈을 질끈 감고 있긴 했지만 그는 자신이
죄를 지었던 장소들을 볼 수 있었고, 귀를 꼭 막고 있었지만 그
는 들을 수 있었다. 그는 자신의 의지를 총동원하여 듣지도 않
고 보지도 않으려 애를 썼다. 어찌나 갖은 애를 다 썼던지, 이
에 못 이겨 그의 온몸이 떨렸고, 마침내 영혼의 감각들마저 닫
혔다. 영혼의 감각들이 순간적으로 닫혔다가 다시 열렸다. 그
리고 그는 보았다.

　억센 잡풀들과 엉겅퀴들과 빽빽하게 뒤엉켜 있는 쐐기풀 더
미들로 뒤덮인 벌판이었다. 무성하게 자란 억센 잡초더미들 한
가운데에는 찌그러진 깡통들과 엉켜 있거나 똬리를 튼 채 굳
어 있는 배설물들이 촘촘히 널려 있었다. 희미한 빛이 온갖 배
설물들을 비집고 늪에서 힘겹게 솟아 나와 잿빛 감도는 녹색의
뻣뻣한 잡초들 사이를 감돌고 있었다. 그 빛만큼이나 희미하고

탁한 악취가 깡통들과 덩이지고 말라비틀어진 배설물들에서 천천히 소용돌이치며 올라오고 있었다.

들판에 짐승들이 있었다. 하나, 셋, 여섯 마리의 짐승들이 들판 여기저기로 움직이고 있었다. 염소처럼 생긴 그 동물은 인간의 얼굴을 하고 있었는데, 지우개 고무처럼 잿빛을 띠고 있는 그의 얼굴 이마에는 뿔이 나 있었고 턱에는 성근 수염이 돋아 있었다.* 그들이 기다란 꼬리를 질질 끌고 이리저리 움직이는 동안, 그들의 냉정한 눈에서는 악의가 번쩍이고 있었다. 그들이 이를 드러낸 채 깊은 증오감이 서린 잔인한 웃음을 짓자, 그들의 늙고 깡마른 얼굴에는 잿빛이 번득였다. 그 중 한 녀석은 찢겨진 플란넬 천 조끼를 갈비뼈 주위에 꼭 조이게 두르고 있었고, 다른 한 녀석은 빽빽하게 뒤엉켜 있는 잡초더미에 수염이 끼자 단조로운 목소리로 불평을 해댔다. 그들은 덜그럭 소리를 내는 깡통 사이로 기다란 꼬리를 질질 끌면서 잡초 사이를 여기저기 맴돌고 있었다. 그들이 꼬리를 휙휙 움직이는 소리를 내면서, 천천히 원을 그리며 벌판을 계속 맴도는 동안, 그들의 바싹 마른 입술 사이에서는 계속 나직한 말이 새어나왔다. 그들은 천천히 원을 그리며 움직이되, 점점 반경을 좁히고 좁혀 그를 가까이, 좀 더 가까이 에워싸고 있었다. 나

*여기에 묘사된 짐승의 이미지는 그리스 신화에 등장하는 들판, 숲, 양치기들의 신인 판(Pan)의 모습을 연상케 하는데, 흔히 판은 염소의 뿔이 있는 동시에 하반신이 염소의 뒷다리 모양인 반인반수의 모습으로 묘사된다. 판은 대단한 성적 능력을 지닌 음탕한 신으로, 기원전 3~2세기 경 상류층 로마 문화가 헬레니즘화하는 과정에 로마 신화에 등장하는 목축의 신인 파운(Faun)과 동일시되기에 이르렀다. 판은 기독교에서 파운과 함께 사탄의 이미지를 묘사하는 데 동원되기도 한다. 한편, 판과 파운은 종종 그리스 신화의 사티로스(Satyr)와 연결되기도 하는데, 주색(酒色)을 탐하는 것으로 유명한 사티로스는 원래 말의 꼬리를 갖고 있긴 하나 염소의 특징은 지니지 않는 것으로 묘사되었다. 후에 로마 시대에 이르러 사티로스의 이미지는 판의 이미지나 파운의 이미지와 합쳐지면서 염소의 특징을 지닌 존재로 묘사되기 시작했다.

직한 말을 계속 입 밖으로 쏟아 내며, 휙휙 소리를 내는 기다란 꼬리에 말라비틀어진 배설물을 덕지덕지 묻힌 채, 그리고 끔찍한 얼굴을 위로 쳐든 채.

사람 살려!

그는 미친 듯이 담요를 걷어 젖혀 얼굴과 목을 담요 밖으로 내밀었다. 이것이 그의 지옥이었다. 하느님께서 그의 죄에 대한 벌로 마련해놓은 지옥을 그에게 들여다보도록 허락한 것이었다. 악취가 진동하고 흉포한 짐승들과 악의가 지배하는 곳을, 염소처럼 생긴 음란한 악마들이 머물고 있는 지옥을 보여준 것이었다. 그의 몫으로 마련해놓은 지옥을! 바로 그 자신의 몫으로 마련해놓은 지옥을!

그가 침대에서 벌떡 일어났다. 고약한 냄새가 그의 목구멍을 타고 쏟아져 내려가서 그의 내장을 메운 채 난동을 부리고 있었기 때문이었다. 공기를! 하늘나라의 공기를! 구역질 때문에 거의 졸도할 지경에 이른 채, 그가 신음소리를 내며 비틀비틀 창가로 다가갔다. 세면대 쪽에 이르는 순간 속에서 경련이 일어났다. 그는 자신의 차가운 이마를 거칠게 움켜쥐고 고통에 휩싸인 채 엄청난 양의 토악질을 했다.

발작이 저절로 가라앉자 그는 기운이 빠진 몸을 억지로 추슬러 창가 쪽으로 걸어갔다. 창문을 위로 젖혀 올린 다음, 창가의 한 쪽 구석에 앉아 창틀에 팔꿈치를 기대었다. 비는 이미 멎어 있었다. 점점이 켜져 있는 가로등 주위로 수증기가 일렁이고 있었고, 그러는 가운데 도시는 마치 누에가 실을 자아 고치 안에 자기 몸을 감추듯 노란빛이 감도는 부드러운 안개로 실을 자아 그 주위를 덮어 감싸고 있었다. 하늘은 조용했으며, 희미한 빛을 발하고 있었다. 소낙비에 흠뻑 젖은 덤불 숲에 들어와 있기라도 한 양 숨결 속에 느껴지는 대기는 향기로웠다. 평온함에 젖어, 가물거리는 불빛과 고요한 대기의 향기에 젖어, 그는 마음을 다하여 맹세했다.

그가 기도를 올렸다.

"한때 하느님께서는 하늘의 영광으로 몸을 감싼 채 지상으로 내려오려 하셨습니다. 하지만 우리 인간이 죄를 지었습니다. 그리하여 하느님께서는 자신의 권세를 가리고 빛을 흐리게 하지 않고서는 안전하게 우리를 찾아오실 수 없었습니다. 하느님께서는 하느님이시기 때문입니다. 그리하여 하느님께서는 권세를 가린 채 허약한 모습으로 몸소 우리를 찾아오셨습니다. 그리고 하느님께서는 우리의 처지에 알맞은 아름다움과 광채를 지닌 성모 마리아를 자신의 대리자로 보내주셨습니다. 사랑하는 성모 마리아여, 이제 당신께서는 얼굴과 모습으로 우리에게 영원한 존재에 대해 이야기해주십니다. 바라보기에 위험한 세속의 미인과는 달리, 당신의 표상(表象)인 밝고 음악처럼 조화로운 샛별과도 같이, 순결한 숨결로 당신은 천국의 이야기를 우리에게 들려주시고 세상을 평화로 채워주십니다. 오, 한낮의 시작을 알리는 선각자여! 오, 순례자의 빛이여! 당신이 이제까지 우리를 이끌어주셨듯 앞으로도 계속 우리를 이끌어주소서. 어두운 밤 거친 광야를 건너 우리의 안식처인 우리 주 예수님께 이를 수 있도록 우리를 인도해주소서."*

그의 눈이 눈물로 흐려졌다. 겸허한 마음으로 얼굴을 하늘로 향한 채, 그는 잃어버린 자신의 순결이 안타까워 눈물을 흘렸다.

*존 헨리 카디널 뉴먼의 〈당신의 아들을 위한 성모 마리아의 영광〉에 나온 구절을 거의 원문 그대로 인용하고 있다.

저녁이 되자 그는 집을 나섰다. 어둡고 축축한 밤공기가 피부에 와 닿고 등 뒤로 문이 닫히는 소리가 들리는 순간, 기도와 눈물로 달랜 그의 양심이 다시금 통증을 느끼기 시작했다. 고백해야 한다! 고백해야만 한다! 눈물과 기도로 양심을 달래는 것만으로는 충분치 않았다. 성령의 뜻을 대행하는 사제 앞에서 무릎을 꿇고, 진심으로 후회하는 마음을 담아 숨겨진 죄를 고백해야만 한다. 그가 안으로 들어올 수 있도록 문이 열기 위해 집안 식구가 문지방 너머 문 앞 통로의 발판 위로 걸어오는 소리가 다시금 자신의 귀를 울리기 전에, 그를 위해 식당의 식탁 위에 식사 준비가 되어 있는 것이 다시금 자신의 눈에 들어오기 전에, 그는 무릎을 꿇고 고백할 수 있으리라. 아주 간단한 일이었다.

양심의 통증이 가라앉자, 그는 어두운 거리를 따라 빠른 걸음으로 앞을 향해 나아갔다. 거리의 보도에는 그처럼 수많은 판석(板石)이 깔려 있었고, 더블린이라는 도시에는 그처럼 수많은 거리가 있었으며, 이 세상에는 그처럼 수많은 도시가 있었다. 하지만 영원에는 끝이 없었다. 그는 대죄를 지었다. 한 번만 짓더라도 대죄가 되는 죄를 지은 것이었다. 대죄를 짓는 일은 눈 깜짝할 사이에도 가능하다. 하지만 그처럼 순식간에 대죄를 짓는 일이 어떻게 가능한가. 단순히 보는 것만으로도, 또는 보려고 생각하는 것만으로도 대죄를 지을 수 있다. 보고자하는 생각을 애초에 갖지 않더라도 눈은 눈에 띄는 것을 볼 수 있다. 그리하여 한순간에 죄를 짓게 된다. 하지만 예컨대 눈과 같은 육체의 부위는 자신에게 보이는 것이 무엇인지 이해할까, 아니면 무어란 말인가. 이는 뱀, 모든 들짐승 가운데에서 가장 간교한 뱀과 다를 바 없다. 뱀과 다를 바 없어서, 순간적으로 무언가를 탐하고 그런 다음 사악하게도 매 순간 자기 자신의 탐욕을 연장하는 것을 보면 이해하는 것이 틀림없다. 육체의 부위는 느끼고 이해하고 탐한다. 이 얼마나 끔찍한 일인가! 누가 그것을 그렇게 만든 것일까. 육체의 동물적 부위가 동물적으로 이해하고 동물적으로 탐하게 만든 것은 누구란 말인가. 그것은 그 자신인가, 아니면 자신의 영혼보다 저급한 영혼의 뜻에 따라 움직이는 비인간적인 그 무엇인가. 동면중인 뱀과 같은 생명체가 자신의 가냘픈 생명의 골수를 먹이 삼아 배를 채우고 더러운 육욕의 점액으로 살을 찌운다니, 생각만 해도 영혼의 욕지기가 일었다. 아, 왜 그래야만 하는가. 아, 도대체 왜 그래야만 하는 것인가.

세상의 만물과 인간을 창조하신 하느님에 대한 두려움에 휩싸여 자신을 한없이 낮춘 채, 그는 그런 생각의 그늘 아래서 몸을 움츠렸다. 미쳤다, 미쳤어. 도대체 누가 그런 황당한 생각을 할 수 있단 말인가.* 어둠 속에서 몸을 움츠린 채 비참한 기분에 젖어, 그는 자신의 수호천사에게 기도를 올렸다. 칼을 휘둘러 자신의 머릿속에 엉뚱한 말을 속삭여 주입하고 있는 악마를 쫓아 달라고 말없이 기도를 올렸던 것이다.

악마의 속삭임이 멎었다. 곧이어 그는 자신의 영혼이 제멋대로 자신의 육체를 도구로 삼아 생각의 죄와 말의 죄와 행동의 죄를 저질렀음을 명료하게 깨닫게 되었다. 고백해야 한다! 그는 모든 죄를 낱낱이 고백해야만 했다. 하지만 어떻게 자신

*'황당한 생각'이란 인간이 알든 모르든 의지하든 의지하지 않든 인간의 육체는 필연적으로 죄를 짓도록 하느님이 인간을 만들었다고 보는 이단적 생각을 말한다. 기독교의 정통적인 입장에 따르면, 인간의 육체는 인간의 첫 부모인 아담과 이브의 죄로 인해 타락하게 되었으며, 이로 인해 이해력이 흐려지고 의지가 약해져 죄로 빠져들고자 하는 유혹에서 벗어나지 못한다는 것이다.

이 지은 죄를 신부 앞에서 말로 바꿔 입 밖에 드러낼 수 있단 말인가. 하지만 해야 한다, 해야만 한다. 그렇다 하더라도, 어떻게 수치심 때문에 숨 막혀 죽지 않은 채 자신의 죄를 다 설명할 수 있겠는가. 아니, 어떻게 수치심도 없이 뻔뻔하게 그런 일을 할 수 있단 말인가. 미친놈, 역겨울 정도로 미친놈, 자신이 바로 그런 미친놈이었다! 고백해야 한다! 아, 진실로 원하건대, 죄에서 해방되어 다시금 깨끗한 인간이 될 수 있다면! 어쩌면 사제는 알아주리라. 아, 어찌 해야 한단 말인가!

그는 가로등 불빛이 제대로 밝혀져 있지 않은 어두운 거리를 걷고 또 걸었다. 자신을 기다리고 있는 일을 피하기 위해 망설이는 것처럼 보일까 봐 두려워, 또한 자신이 갈망의 마음을 안고 향해 다가가는 곳에 마침내 도달할까봐 두려워, 그는 한 순간도 걸음을 멈출 수 없었다. 하느님이 사랑의 마음으로 내려다보았을 때 은총의 빛에 휩싸여 있는 영혼은 얼마나 아름다울까!

더럽고 남루한 모습의 여자아이들이 바구니를 앞에 놓은 채 차도와 보도를 나누는 갓돌 위에 앉아 있었다. 뭉쳐져 떡이 된 머리가 그 여자아이들의 이마를 덮고 있었다. 진흙탕 속에 몸을 웅크리고 있는 그 아이들의 모습이 아름다워 보이는 것은 아니었다. 하지만 하느님께서 그 아이들의 영혼을 내려다보고 계시리라. 그리고 만일 그 아이들의 영혼이 은총의 빛에 휩싸여 있다면 그들은 얼마나 찬란하게 빛나 보이겠는가. 하느님은 사랑이 가득한 마음으로 그 아이들을 내려다보시리라.

어찌하여 자신이 이처럼 타락했는가 하는 생각에, 그들의 영혼이 자신의 영혼보다 하느님에게 더 사랑스러우리라는 느낌에, 굴욕감이 한 가닥의 차가운 숨결이 되어 그의 영혼 위로 스산하게 스쳐지나갔다. 그 바람이 그를 스쳐지나 헤아릴 수 없이 많고도 많은 다른 영혼들을 향해 다가갔다. 하느님의 은총이 던지는 빛에 따라 때로 밝아지고 때로 어두워지는 영혼들을 향해, 때로 밝아졌다 때로 흐려지는 별들, 떠 있는 별들과 스러지는 별들을 향해. 이윽고 명멸하는 영혼들이, 떠 있거나 스러지는 그 영혼들이 흘러가, 한 가닥의 살아 움직이는 숨결로 합쳐졌다. 하나의 영혼, 아주 미세한 영혼 하나의 행방이 묘연했다. 그의 영혼이었다. 그의 영혼은 한 번 깜박이고는 꺼져, 잊히고 사라졌다. 종말을 맞이한 것이었다. 어둡고 차가운, 공허한 불모지만 남아 있을 뿐.

밝혀진 적도, 느껴진 적도, 체험된 적도 없는 까마득한 시간의 영역 저 너머로 서서히 장소에 대한 의식이 그에게 물결처럼 밀려왔다. 이윽고 누추한 정경이 그의 주위에서 모습을 드러냈다. 귀에 익은 천한 말투가, 가게들 안쪽 버너에서 가스 타는 소리가, 생선 냄새와 술 냄새와 젖은 톱밥 냄새가, 오락가락하는 남자들과 여자들이 그 정경을 이루고 있었다. 그때 한 노파가 손에 기름 깡통을 든 채 막 길을 건너려 하고 있었다. 그가 몸을 굽히고 그녀에게 근처에 성당이 있는지를 물었다.

"성당 말이우? 있구말구. 처치 스트리트 채플*이 있지."

"처치 스트리트 채플이라고요?"

그녀가 깡통을 다른 손에 옮겨 쥐고 성당이 있는 곳을 그에게 일러주었다. 그녀가 악취 풍기는 주름진 오른손을 숄 아래에서 쳐들어 어딘가를 가리키고 있는 동안, 그녀를 향해 좀 더 몸을 굽힌 그는 그녀의 목소리에서 슬픔과 위안을 동시에 느꼈다.

*처치 스트리트 채플(Church Street Chapel)은 리피 강을 건너 처치 스트리트를 따라 북쪽으로 가다 보면 왼쪽에 있는 캐퓨친 수도원(Capuchin Friary)의 성당을 말한다.

258

“감사합니다.”

“뭘, 천만의 말씀을!”

높직한 제단 위의 촛불들은 꺼져 있었으나, 향내가 아직 어두컴컴한 성당 안을 감돌고 있었다. 턱수염을 기른 경건한 표정의 일꾼들이 제단 덮개를 옆문을 통해 옮기는 동안, 성당 관리인이 조용한 몸짓과 어조로 그들을 거들고 있었다. 신자들 가운데 몇 사람이 아직 성당 안에 머물러 있었는데, 어떤 사람들은 보조 제단 가운데 하나를 택하여 그 앞에서 기도를 올리고 있기도 했고, 또 어떤 사람들은 고해소 근처에 있는 의자의 기도대에 무릎을 꿇고 있기도 했다. 그는 자신이 없는 태도로 조심스럽게 다가가 본당의 맨 뒤에 있는 의자의 기도대에 무릎을 꿇었다. 고맙게도, 은은한 향내가 감도는 성당 안은 평온함과 고요함이 깃들어 있었고 또한 그늘이 져 있었다. 그가 무릎을 꿇고 있는 기도대는 좁았으며 오랜 사용으로 인해 닳아 있었다. 그와 가까운 곳에 무릎을 꿇고 있는 사람들을 보노라니 모두가 예수님의 행적을 따르는 겸손한 사람들이었다. 예수님도 가난한 집에서 태어나 나무판을 자르고 대패질을 하는 등 목공소에서 목수 일을 하셨으며, 가난한 어부들을 상대로 하여 하느님의 나라에 대한 이야기를 처음 하셨다. 그리고 그는 모든 사람들에게 온유하고 겸손한 마음을 가질 것을 가르치기도 했다.

그는 양손 위에 머리를 숙인 채, 자신의 마음에게 온유하고 겸손해질 것을 명했다. 그 자신도 옆에 무릎을 꿇고 있는 이들과 같은 사람이 되어 하느님께서 그들의 기도를 받아들이듯 자신의 기도도 받아들이기를 바라는 마음에서였다. 그는 그들의 옆에서 기도를 올리고 있었지만, 이는 쉬운 일이 아니었다. 그의 영혼은 죄로 더럽혀져 있었으며, 그로 인해 그들처럼 순박한 믿음의 마음으로 용서를 구하는 일을 그로서는 감히 할 수 없기 때문이었다. 그들처럼, 하느님의 오묘한 섭리에 따라 예수님이 누구보다 먼저 그의 곁으로 부른 사람들인 나무를 깎고 다듬어 무언가를 만드는 목수들, 참을성 있게 그물을 손질하는 어부들, 자신에게 맡겨진 초라한 일을 묵묵히 따라하는 가난하고 순박한 사람들이 지니고 있던 순박한 믿음의 마음으로 용서를 구하는 일이 그에게는 불가능했기 때문이었다.

키가 큰 사제 한 분이 통로를 따라 내려오자 고해성사를 기다리던 사람들이 몸을 움직이기 시작했다. 마지막 순간에 그는 빠르게 눈길을 움직여 사제의 기다란 백발 수염과 캐퓨친 수도회*의 갈색 수도복을 확인했다. 사제가 고해소**로 들어가 모습을 감추었다. 고해성사를 기다리던 이들 가운데 두 사람이 일어서서 고해소의 양쪽 칸막이 안으로 들어갔다. 사제가 있는 곳과 칸막이 사이에 설치된 나무로 된 작은 미닫이문이 열렸고, 곧 희미하게 이어지는 웅얼거림 소리가 정적을 깼다.

마치 잠을 자다 불려가 심판을 받는 죄악의 도시***가 웅얼거리듯, 그의 피가 혈관 속에서 웅얼거리기 시작했다. 작은 불똥들이 쏟아져 내리고 먼지처럼 고운 재가 부드럽게 내려와,

*프란체스코 수도회에 소속된 교파로, 이 교파의 수사들이 착용하는 두건이 달린 갈색의 겉옷인 카울(이탈리아어로 카푸치노)로 인해 붙여진 이름.
**천주교에서 고해소는 일반적으로 세 개의 칸으로 나뉘어져 있다. 사제는 문이 달린 가운데 칸에 들어가 앉아 고해자들의 고백을 들으며, 고해자들은 문이 없는 양쪽 칸 가운데 하나에 들어가 무릎을 꿇고 고백을 한다. 사제가 들어가 앉아 있는 칸과 고해자들이 고백을 하러 들어가는 칸 사이에는 작은 미닫이문이 있으며, 그 문을 열면 차폐 장치가 되어 있는 작은 창이 나온다. 고해자는 그 창을 통해 사제에게 고백을 하며, 사제는 고해자의 비밀을 존중하는 의미에서 고해자에게 눈길을 주지 않는다. 다만 귀를 창 쪽으로 향하고 고해자의 고백을 경청할 뿐이다.
***〈창세기〉 및 성경의 여러 곳에서 언급되고 있는 죄악의 도시인 소돔과 고모라를 암시.

인간들이 머물고 있는 집들의 지붕을 덮었다. 사람들이 잠에서 깨어나, 갑자기 달궈진 공기에 불안해져 부산하게 움직였다.

미닫이문이 닫히고, 고해성사를 마친 사람이 칸막이에서 나왔다. 건너편 칸막이 안의 미닫이문이 열렸다. 어떤 여자가 조용하게 빠르고 익숙한 동작으로 맨 처음 고해자가 무릎을 꿇었던 이편 칸막이 안으로 들어갔다. 웅얼거리는 말소리가 다시 희미하게 들려왔다.

그는 아직 성당을 떠날 수 있었다. 일어서서 한 걸음을 내딛고 다시 한 걸음을 내딛어 부드럽게 걸음을 옮긴 다음 재빨리 거리의 어둠 속으로 사라지기만 하면 되었다. 그에게는 아직 부끄러움에서 벗어날 시간이 남아 있었다. 아, 이 부끄러움을 어찌할 것인가! 그의 얼굴이 부끄러움으로 벌겋게 달아오르고 있었다. 바로 그 죄만 아니라면 그 어떤 끔찍한 죄라도 괜찮을 텐데! 차라리 살인죄를 저질렀더라도 이처럼 부끄럽지는 않을 텐데! 부끄러운 생각들과 부끄러운 말들과 부끄러운 행동들이 하나하나 작고 뜨거운 불똥으로 변한 다음 사방에서 떨어져 내려 그의 얼굴을 건드렸다. 마치 끊임없이 떨어지는 미세한 입자의 시뻘건 재가 감싸듯 부끄러움이 온통 그를 감쌌다. 자신의 죄를 말로 표현해야만 한다니! 숨이 막힌 채 무력한 상태가 되어 그의 영혼은 이제 존재를 상실할지도 모를 일이었다.

건너편 칸막이 안의 미닫이문이 닫히고, 고해성사를 마친 사람이 칸막이에서 나왔다. 이편 칸막이 안의 미닫이문이 열렸다. 그러는 동안 또 한 사람의 고해자가 고해성사를 마친 사람이 나온 건너편 칸막이 안으로 들어갔다. 부드러운 웅얼거림 소리가 증기를 머금은 한 조각 구름이 되어 칸막이 밖으로 흘러나왔다. 조금 전에 본 여자의 목소리였다. 한 조각 구름과도

같은 부드러운 속삭임이, 수증기처럼 부드러운 속삭임이 굽이
쳐 일어났다 사라졌다.

나무로 된 팔걸이의 도움을 받아 그는 아무도 모르게 주먹
으로 자신의 가슴을 두드렸다. 그것도 겸허한 자세와 마음으
로. 그는 다른 사람들과 한마음이 되고, 하느님과 한마음이 되
고 싶었다. 그는 자신의 이웃을 사랑하고 싶었다. 그는 자신을
창조하셨고 자신을 사랑하셨던 하느님을 사랑하고 싶었다. 그
는 남들과 함께 무릎을 꿇고 기도를 올림으로써 행복을 느끼고
싶었다. 하느님께서 그와 그 옆의 사람들을 내려다보시고 모두
를 사랑해주시길!

선한 자가 되기는 쉬운 일이었다. 하느님의 멍에는 달콤하
고도 가벼운 것이었다. 결코 죄를 짓지 않은 채 늘 어린아이로
남아 있는 것이 더 좋을 것이었다. 하느님께서는 어린아이들을
사랑하시고 어린아이들이 하느님께 다가오는 것을 말없이 허
락하시기 때문이었다. 죄를 짓는다는 것은 너무나도 끔찍하고
슬픈 일이었다. 하지만 하느님은 진심으로 회개하는 자라면 죄
지은 가련한 자에게도 자비로운 분이다. 이 얼마나 엄연한 진
실인가! 진실로 하느님은 그런 분이다.

칸막이 안의 미닫이문이 닫히고, 고해성사를 마친 여자가
칸막이에서 나왔다. 다음은 그의 차례였다. 그는 공포에 질려
자리에서 일어섰으며 눈앞이 캄캄하여 아무것도 제대로 보지
못한 채 칸막이 안으로 걸어 들어갔다.

마침내 때가 온 것이었다. 그는 고요한 어둠 속에서 무릎을
꿇고는 눈을 들어 벽 위쪽에 걸려 있는 하얀 십자가를 올려다
보았다. 하느님께서는 그가 얼마나 자신의 죄를 후회하고 있는
지를 아실 것이다. 그는 자신의 모든 죄를 낱낱이 고백하고자

했다. 그의 고백은 길고도 아주 긴 것이 될 것이었다. 그러면 성당에 있는 모든 사람들이 그가 얼마나 부끄러운 죄인인지를 알게 되겠지. 전부가 사실인 것을 모두가 안다 해서 무슨 상관이겠는가. 모두가 사실이지만, 그가 죄를 회개하면 하느님께서 그를 용서해주시겠다 약속하셨다. 그는 자신이 지은 죄를 회개하고 있었다. 그는 양손을 맞잡고 하얀 십자가를 향해 들어올렸다. 그리고 앞이 보이지 않는 눈을 들고 온몸을 와들와들 떨며 기도를 올렸다. 마치 길 잃은 짐승처럼 이리저리 머리를 흔들면서, 흐느낌을 참느라고 입술을 삐죽거리며, 그는 기도를 올렸다.

"참회합니다, 참회합니다! 아, 진실로 참회합니다!"

칸막이 안의 미닫이문이 딸깍 소리를 내며 열릴 때 그의 가슴속에서는 심장이 쿵쾅쿵쾅 뛰고 있었다. 작은 격자 창문 너머로 늙은 사제의 얼굴이 보였다. 사제는 그에게서 얼굴을 돌린 채 한 손을 숙인 이마에 대고 있었다. 그는 성호를 긋고, 자신이 죄를 지었으니 그에게 죄 사함의 축복을 내려줄 것을 사제에게 간청했다. 그리고 고개를 숙인 채 고해성사를 위한 기도문을 낭송했다. '저의 가장 중한 죄'라는 대목에 이르러 그는 숨이 차서 잠시 낭송을 멈춰야 했다.

"교우는 지난 번 고해성사를 받고 얼마나 되었지요?"

"오래 되었습니다, 신부님."

"한 달쯤 되었나요?"

"그보다 더 오래되었습니다, 신부님."

"세 달쯤 되었나요?"

"아니, 그것보다 더 오래되었습니다, 신부님."

"그럼, 여섯 달쯤 되었나요?"

“여덟 달쯤 되었습니다, 신부님.”

그의 고백이 시작된 것이었다. 사제가 그에게 이렇게 물었다.

“지난 번 고해성사를 받고 나서 무슨 죄를 지었는지 기억하나요?”

그가 자신이 지은 죄를 낱낱이 고백하기 시작했다. 미사를 빼먹은 죄, 기도를 올리지 않은 죄, 거짓말을 한 죄를 모두 고백했다.

“그밖에 또 지은 죄가 있나요?”

화를 낸 죄, 다른 사람들을 시기한 죄, 먹을 것을 탐한 죄, 허영심에 빠진 죄, 순종하지 않은 죄를 고백했다.

“그밖에 또 지은 죄가 있나요?”

게으름을 부린 죄를 고백했다.

“그밖에 또 지은 죄가 있나요?”

어쩔 도리가 없었다. 그가 우물우물 낮은 목소리로 고백을 이어갔다.

“저는—” 스티븐이 멈추었던 말을 이었다. “순결을 잃는 죄를 지었습니다, 신부님.”

사제가 그 말에도 고개를 돌리지 않았다.

“혼자 그 죄를 지었나요?”

“아니, 아닙니다. 다른 사람들과 함께입니다.”

“여자들과 함께인가요”

“네, 신부님.”

“결혼한 여자들이었나요?”

그것에 관해서는 알 수 없었다. 그가 지은 죄가 하나하나 그의 입에서 방울져 새어나왔다. 상처가 덧나고 곪아 진물이 흐르는 듯한 그의 영혼에서 부끄러운 죄들이 한 방울 한 방울 새어나와 죄악의 더러운 물길을 이루었다. 마지막 죄들이 굼뜨게, 불결하게 하나둘 흘러나왔다. 이제 더 이상 고백할 것이 남지 않았다. 그는 완전히 기가 죽어 고개를 숙였다.

사제는 조용히 침묵을 지키다가 이렇게 물었다.

"나이가 얼마나 되지요?"

"열여섯입니다, 신부님."

사제가 손으로 자신의 얼굴을 몇 번이고 문질렀다. 그런 다음, 숙인 이마에 손을 얹은 자세로 격자 창문 쪽을 향해 고개를 돌렸다. 여전히 시선을 옆으로 돌린 채 그가 천천히 말을 이어 갔다. 그의 목소리에는 늙고 지친 노인의 기색이 역력했다.

"아직 나이가 많지 않은 어린 형제로군요." 그가 말을 이었다. "내, 진심으로 간청하는데, 그런 죄악의 행위는 떨쳐버리기 바라오. 그건 정말 끔찍한 죄라오. 육체를 죽일 뿐만 아니라 영혼까지 죽이는 죄이기 때문이오. 그건 또 수많은 범죄와 불운의 원인이 되기도 한다오. 그러니 제발 그런 죄악의 행위에서 벗어나기 바라오. 그건 명예롭지 못한 짓일 뿐만 아니라 남자답지 못한 짓이기도 하오. 그런 한심한 짓을 습관적으로 하다 보면 어떤 어려움으로 빠져들지, 어디에서 갑작스럽게 화를 당하게 될지 모른다오. 그런 죄를 짓는 한, 나의 어린 형제여, 하느님께 한 푼의 가치도 없는 존재가 될 것이오. 우리의 성모 마리아님께 도움을 간청하는 기도를 올리도록 하시오. 성모 마리아께서 도움을 주실 것이오. 어쩌다 그런 죄악이 마음에라도 떠오르면 은혜로운 우리의 성모 마리아님께 기도를 올리시오. 필히, 그렇게 할 수 있겠지요? 지금 나의 어린 형제는 모든 죄를 회개하였소. 그랬다고 나는 확신하오. 그리고 이제 하느님의 거룩한 은총에 기대어 맹세할 것이라 확신하오. 앞으로 다시는 그처럼 사악한 죄를 지어 하느님을 진노케 하지 않겠다고 말이오. 하느님께 엄숙하게 맹세할 거지요? 그렇지요?"

"네, 맹세하겠습니다, 신부님."

늙고 지친 노인의 목소리가 바싹 마른, 떨고 있는 그의 심장을 단비와도 같이 적셔주었다. 얼마나 달콤하고, 또 얼마나 애절한가!

"나의 어린 형제여, 맹세하기 바라오. 이제까지 형제는 악마의 이끌림에 길을 잃고 헤매었소. 혹시 악마가 그런 방식으로 나의 어린 형제를 유혹해서 몸을 망가뜨리도록 유혹하거든 그 놈의 악마를, 우리 주 하느님을 증오하는 그 더러운 영혼을 내몰아 지옥으로 되돌려보내도록 하시오. 이제 하느님께 맹세하시오. 그러한 죄악의 행위를, 끔찍하고 지독한 죄악의 행위를 떨쳐버리겠다고 말이오."

눈물이 앞을 가려 앞이 보이지 않은 상태에서, 또한 하느님의 눈부신 자비로움에 감히 눈을 뜨지 못하는 상태에서, 그는 머리를 숙여 죄를 사하여주는 사제의 엄숙한 말에 귀를 기울였다. 그리고 죄 사함의 표시로 사제의 손이 머리 위쪽으로 올라가는 것을 보았다.*

"바라옵건대, 나의 어린 형제에게 하느님의 은총이 있기를!"

그는 어둠에 젖어 있는 본당의 한구석에서 무릎 꿇고 참회의 기도를 올렸다. 마치 하얀 장미꽃의 한가운데서 향기가 여울져 피어오르듯 그의 기도는 죄 사함을 받아 순결해진 그의 마음으로부터 여울져 피어올라 하늘 저 높은 곳을 향했다.

*성호를 그었다는 뜻.

진흙창의 거리였지만 그의 발걸음은 경쾌했다. 그는 보이지 않는 은총이 고루 퍼져 자신의 다리를 가볍게 해주고 있음을 의식하면서, 성큼성큼 집을 향해 걸음을 옮겼다. 모든 어려움에도 불구하고 그는 마침내 그 일을 해냈다. 그는 고백을 했고 하느님께서는 그를 용서해주셨다. 그의 영혼은 다시금 아름다워지고 경건해졌으며, 경건해지고 행복해졌다.

만일 하느님의 뜻이라면 죽음조차 아름다운 것이리라. 만일 하느님의 뜻이라면 삶은 그만큼 더 아름다운 것이리라. 하느님의 뜻에 따라 그분의 은총 한가운데서 평화롭고도 선한 삶을, 타인에 대해 관용을 베푸는 삶을 산다는 것이 얼마나 아름다운 것인가!

행복감을 겉으로 드러낼 엄두조차 내지 못한 채 그는 부엌의 벽난로 옆에 앉아 있었다. 바로 그 순간까지 그는 삶이 그처럼 아름답고 평화로운 것일 수 있다는 사실을 알지 못했다. 램프 주위를 핀으로 고정시켜 놓은 사각형의 초록색 종이가 부드러운 그늘을 만들어주고 있었다. 찬장 위에는 한 접시의 소시지와 하얀 빛깔의 푸딩이 놓여 있었고, 선반 위에는 계란이 놓여 있었다. 교내 성당에서 거행될 영성체 의식*에 참여하고 나서 들게 될 아침 식사를 위한 것들이었다. 하얀 빛깔의 푸딩과 계란과 소시지와 홍차라니! 따지고 보면, 삶이란 얼마나 소박하고 아름다운 것인가! 그리고 그러한 삶이 그의 앞에 통째로 펼쳐져 있는 것이었다.

꿈꾸는 듯한 기분에 젖어 그는 잠이 들었다. 그리고 꿈꾸는

*벨비디어 칼리지의 피정은 성 프란치스코 하비에르를 기리는 미사로 끝나며, 이 미사 시간에 학생들은 영성체 의식을 갖는다. 만일 스티븐이 고해를 하여 죄 사함을 받지 못했다면, 신성 모독을 함으로써 이미 죄를 지은 상태를 더욱 심각하게 만드는 것이 될 수 있었다.

듯한 기분에 젖어 잠에서 깨어나 보니, 아침이었다. 그는 여전히 꿈꾸는 듯한 기분에 젖어 아침 공기를 헤치고 학교를 향해 갔다.

모든 아이들이 그곳에 모여, 각자의 자리에서 무릎을 꿇고 있었다. 그는 남의 눈을 끌지 않으려 조심하면서 행복한 마음으로 그들 사이에 자리를 잡고 무릎을 꿇었다. 제단 위에는 하얀 빛깔의 향기로운 꽃들이 여러 다발 쌓여 있었다. 그리고 아침햇살을 받아 촛불의 희미한 불꽃들이 하얀 빛깔의 꽃들 사이에서 그 자신의 영혼처럼 선명하고 고요하게 타오르고 있었다.

그는 자기 반 아이들과 손을 모아 만든 살아 움직이는 난간 위로 제대보(祭臺褓)를 받쳐든 채, 그들과 함께 제단 앞에 무릎을 꿇고 있었다. 제대보를 받쳐든 그의 손이 떨고 있었다. 사제가 성합(聖盒)을 받들고 성체를 받을 사람들 곁을 차례로 지나가는 소리가 그의 귀에 들리자 그의 영혼도 함께 떨었다.

"코르푸스 도미니 노스트리."*

성체를 받아도 되는 것일까. 그곳에 얌전히 무릎을 꿇고 있는 그는 이제 죄에서 자유로운 몸이었다. 그는 혓바닥 위로 주어지는 성체를 받을 것이었다. 하느님께서 정화된 그의 영혼 안으로 들어오실 수 있도록.

"인 비탐 에터르남.** 아멘."

새로운 삶이 시작되었다! 은총과 미덕과 행복의 삶이 시작된 것이었다! 그것은 사실이었다. 그가 깨어나 아쉬워할 그런

---

* "Corpus Domini nostri": "우리 주님의 몸이나니"라는 뜻의 라틴어 구절. 아래 구절과 함께 영성체를 거행하는 동안 사제가 사용하는 표현.
** "In vitam eternam": "영원한 생명 안에서"라는 뜻의 라틴어 구절. 위의 구절과 함께 영성체를 거행하는 동안 사제가 사용하는 표현.

꿈이 아니었다. 과거는 이미 흘러간 과거였다.

"코르푸스 도미니 노스트리."

성합이 그의 앞까지 왔다.

제4장

스티븐은 일요일 하루는 성 삼위일체의 신비로움*을 묵상하는
데 바쳤으며, 월요일은 성령을, 화요일은 수호천사들을, 수요
일은 성 요셉을, 목요일은 거룩하고도 거룩한 성체 현시를, 금
요일은 수난 중의 예수를, 토요일은 성모 마리아를 묵상하는
데 바쳤다.

　매일 아침 그는 성스러운 이미지나 신비 앞에서 날마다 새
롭게 자신을 정화했다. 그는 하루 일과를 교황의 뜻이 실현될
수 있도록 매 순간 자신의 생각이나 행동 모든 것을 다 바치겠
다는 헌신 서약**을 올리는 일과 새벽 미사에 참여하는 일로 시
작했다. 쌀쌀한 아침 공기가 그의 단호한 신앙심을 더욱 단단
하게 했다. 그리고 때때로 그는 성당 안의 보조 제단 앞에서 몇
안 되는 신도들과 함께 무릎을 꿇고 있는 동안, 자기 나름의 기

*천주교 교리에 따르면, 신비(神秘, mystery)는 하느님의 무한함 또는 영원함과 같이
인간의 지력(知力)으로 이해할 수 없는 것을 말한다.
**원문의 "heroic offering"에 대응하는 우리말 표현을 찾을 수 없어 "헌신 서약"으
로 번역한다. 이는 다른 누군가의 영적인 번영을 위해 자신의 모든 선행을 바치겠다
고 서약하는 것을 말한다. 소설에서 스티븐이 마음속에 지니고 있는 대상은 교황.

도문을 끼워놓은 기도서를 들고 사제가 나직하게 낭송하는 기
도문을 따라 되풀이하면서, 또한 구약성서와 신약성서를 상징
하는 두 개의 촛불 사이 어둠이 깔려 있는 지점에 제의를 갖춰
입고 서 있는 사제의 모습을 언뜻 바라보면서, 자신이 지금 카
타콤*에서 거행되는 미사에 참여하고 있다는 상상을 해보기도
했다.

　그의 일과는 진지한 신앙 생활의 연속으로 이루어져 있었
다. 그는 연옥에 있는 영혼들이 그곳에서 보내야 할 시간을 수
백 일이든, 수백 개월이든, 수백 년이든 단축할 수 있도록 아낌
없이 화살 기도**와 일상의 기도를 올렸다. 하지만 교회법으로
규정되어 있는 그처럼 엄청나게 긴 회개의 시간을 쉽게 단축할
수 있다는 데서 영적 승리감을 느끼긴 했지만,*** 그것이 기도
에 대한 그의 열정에 전적인 보상이 되었던 것은 아니었다. 고
통스러워하는 영혼들을 위한 기도를 통해 그가 얼마나 대단하
게 시간적으로 그들의 죄를 덜어주었는지를 알 수 없었기 때문
이었다. 영원치 않다는 점에서만 지옥의 불길과 다를 뿐 모든
점에서 지옥의 불길과 다름없는 연옥의 불길 한가운데 있는 영
혼들에게 자신의 회개는 한 방울의 물 이상의 효과가 없을지도
모른다는 두려움에, 그는 여분의 공덕을 조금이라도 더 쌓기
위해 자신의 영혼을 매일같이 다그쳤다.

　그는 주어진 삶의 위치에서 현재 자신이 해야 할 의무라 여

---

*초기 기독교인들이 로마인들의 눈을 피해 예배 의식을 가졌던 지하 동굴 무덤.
**화살 기도(ejaculation): 자녀가 부모에게 매달리듯 순간적으로 느끼는 정과 원의를
하느님께 올리며, 간절한 기도를 짧게 올리는 것을 말한다. 예를 들어 "예수 마리아 요
셉, 저를 도와주소서," "지극히 거룩하신 예수 성심이여, 주님의 마음과 제 마음을 같
게 하소서" 등의 간단한 말을 수시로 하는 경우를 말한다. 인터넷 가톨릭 정보 참조.
***가톨릭의 교리에 따르면, 스티븐이 하는 기도와 같은 기도는 연옥에 있는 영혼들
이 정화하는 데 필요한 시간을 줄여주는 역할을 한다.

겨지는 온갖 과제들로 하루 일과를 꽉 짜놓고는 영적 활력을 구심점으로 삼아 그 주위를 쉬지 않고 맴돌며 일과를 수행해나가는 식으로 나날의 삶을 이어나갔다. 그에게는 자신의 삶이 좀 더 영원에 가까이 다가가 있는 것처럼 느껴졌다. 모든 생각 하나하나, 모든 말과 행동 하나하나, 의식의 활동 하나하나, 온갖 것에 대한 공명(共鳴)이 하늘나라에서 찬란하게 이루어지게 하는 일이 가능하다 느껴지기도 했다. 그리고 이 같은 공명 현상이 지체하지 않고 즉각적으로 이루어질 것이라는 느낌이 때로는 너무도 생생하여, 그는 신앙심으로 가득 차 있는 자신의 영혼이 손가락을 내밀어 엄청나게 큰 금전 등록기의 자판을 누르자 자신이 구매한 액수가 천국에 등록된 다음 숫자가 아닌 자그마한 향 한 다발 또는 가녀린 꽃 한 송이로 등록 액수가 표시되는 것 같은 느낌을 받기도 했다.

그는 길거리를 걸어 다니면서도 기도를 올릴 수 있도록 바지 주머니에 묵주를 넣어 가지고 다녔는데, 그가 끊임없이 이어가는 묵주 기도들 역시 그의 상상 속에서 하나하나 활짝 핀 꽃들로, 그것도 이 세상에 존재하지 않는 이름 없는 꽃들로, 이름이 없는 만큼 색깔도 없고 향기도 없으리라 여겨지는 막연한 질감과 형상의 활짝 핀 꽃들로 바뀌었다. 그가 매일같이 올리는 세 번의 묵주 기도는 한결같이 세 가지 대신덕(對神德)*의 측면에서 자신의 영혼이 더욱 강해지기 바라는 마음을 담은 것이었다. 말하자면, 자신을 창조하신 하느님에 대한 믿음이, 자신을 구원하신 하느님의 아들에 대한 소망이, 자신의 죄를 씻어주신 성령에 대한 사랑이 더욱 강해지기를 바라는 마음에서 매

---

*대신덕(theological virtues)은 스콜라 철학에서 말하는 인간이 하느님을 향해 지녀야 할 세 가지 덕목. 믿음(faith), 소망(hope), 사랑(love)이 이에 해당한다.

번 차례로 기도를 이어갔다. 이처럼 삼위일체를 향해 하루 세 번에 걸쳐 세 차례의 기도를 이어가되, 그는 모든 기도를 성모 마리아를 통해, 기쁨과 슬픔과 영광의 신비를 지닌 성모 마리아의 이름에 의지하여 올렸다.

일주일의 이레 동안 매일같이 그는 성령의 일곱 가지 선물*가운데 하나가 그의 영혼에 내려주시기를 바라고, 또한 과거에 그의 영혼을 더럽혔던 일곱 가지 끔찍한 죄악을 날마다 몰아내 주기를 바라는 기도를 다른 기도와 별도로 올렸다. 그는 자신에게 성령이 선물을 보내 주시리라는 확신을 갖고서 정해진 날에 각각 하나의 선물을 기원하는 기도를 올렸다. 하지만 때로 그에게는 지혜와 슬기와 지식이 서로 나눠 기도를 올려야 할 만큼 성격상 그처럼 뚜렷하게 구분되는 것인지 의아하게 느껴지기도 했다. 그럼에도 불구하고, 그는 자신이 영적으로 성장하고 진보하는 미래의 어느 시점에 이르게 되면 지극히 복된 삼위일체의 제3위격(位格)인 성령의 도움으로 자신의 죄 많은 영혼이 허약한 상태에서 건져 올려지고 깨우침을 받게 될 것이라 믿었고, 그때가 되면 이 같은 어려움은 저절로 해결될 것이라 믿었다. 비둘기와 거센 바람으로 일컬어지는** 성령이, 거역하여 죄를 지으면 결코 용서를 허락하지 않는 성령이, 사제들

---

*지혜(wisdom), 통찰(understanding), 의견(counsel), 용기(fortitude), 지식(knowledge), 하느님을 향한 공경(piety)과 경외(fear)를 말한다. 〈이사야서〉 11장 2절 참조.
**"비둘기" 상징과 관련하여 다음 참조: "예수님께서는 세례를 받으시고 곧 물에서 올라오셨다. 그때 그분께 하늘이 열렸다. 그분께서는 하느님의 영이 비둘기처럼 당신 위로 내려오시는 것을 보셨다"(〈마태오 복음서〉 3장 16절) 및 "온 백성이 세례를 받은 뒤에 예수님께서도 세례를 받으시고 기도를 하시는데, 하늘이 열리며 성령께서 비둘기 같은 형체로 그분 위에 내리시고, 하늘에서 소리가 들려왔다. '너는 내가 사랑하는 아들, 내 마음에 드는 아들이다'"(〈루카 복음서〉 3장 21~22절). "강한 바람" 상징과 관련해서는 다음 참조: "그런데 갑자기 하늘에서 거센 바람이 부는 듯한 소리가 나더니, 그들이 앉아 있는 온 집 안을 가득 채웠다"(〈사도행전〉 2장 2절).

이 1년에 한 번씩 불꽃 모양의 혀들*을 상징하는 진홍색 제의를 입고 미사를 올리는** 대상인 영원하고도 신비로우며 비밀스러운 존재이자 하느님인 성령이, 보이지 않는 바로 그 성령이 머물러 있는 곳의 성스러운 어둠과 고요함 때문에, 그는 그만큼 더 굳건히 모든 것에 대한 믿음을, 그것도 온 몸을 휘감는 전율을 느끼며, 지킬 수 있었다.

그가 읽은 기도서에는 삼위일체를 이루는 세 위격의 본질과 관계에 관해 어렴풋하게 암시적으로 묘사되어 있을 뿐이었다. 이에 따르면, '성부께서는 영원에서 거울을 들여다보듯 자신의 신성한 완벽함을 들여다보고 계시며, 그로 인하여 영원한 성자를 영원히 낳으시며, 성령은 영원에서 성부와 성자로부터 나온다'는 것이었다. 너무도 장엄하여 아예 이해할 엄두조차 못 내도록 하는 불가해한 묘사 그 자체가 원인이 되어, 이 같은 묘사가 전하는 이미지는 하느님께서 그가 이 세상에 태어나기 전 아득한 세월 동안, 이 세상이 존재하기 전 아득한 세월 동안, 그러니까 영원의 세월 동안 그를 사랑하셨다는 단순한 사실보다도 더 쉽게 그의 마음에 받아들여졌다.

그는 사랑과 증오라는 열정의 감정을 지시하는 표현들이 연단과 강론대 위에서 엄숙한 어조로 언급되는 것을 들은 적도 있고, 책에 엄숙한 논조로 거론되어 있는 것을 확인한 적도 있었다. 그러는 동안 그는 자신의 영혼이 잠시 동안만이라도 그런 표현을 마음속에 새겨 담지 못하는 이유가 무엇인지, 또는

---

*"불꽃 모양의 혀들"에 관한 언급은 앞서 참고한 〈사도행전〉 2장 2절에 이어지는 다음 3절을 참조: "그리고 불꽃 모양의 혀들이 나타나 갈라지면서 각 사람 위에 내려앉았다."
**부활 제7주일 성령 강림 축제일에 사제들은 진홍색의 제의를 입는데, 이는 성령이 불 모양의 혀들로 강림함을 암시한다.

확신에 차서 그런 표현을 입 밖에 내지 못하는 이유가 무엇인지 의문을 갖기도 했다. 한순간의 분노가 가끔 그를 감싸기도 했지만, 한번도 그것을 지속적으로 타는 열정의 불꽃으로 바꿀 수 없었다. 마치 자신의 몸이 바깥쪽 피부나 껍질에서 손쉽게 빠져나오듯 항상 자신이 그러한 감정에서 쉽게 빠져나오고 있다는 느낌을 지울 수 없었다. 물론 무언가 미묘하며 어둡고 나지막한 소리로 속삭이는 그 어떤 형상이 자신의 존재 안으로 침투하여 짧은 순간 타올랐다가 꺼질 사악한 욕망의 불길을 붙이고 있다는 느낌에 사로잡힐 때도 있었다. 하지만 이 역시 그의 손아귀에서 미끄러지듯 빠져나가 그의 마음은 곧 평정을 되찾고 무감각한 상태가 되었다. 이것이 그의 영혼이 품었던 유일한 사랑과 유일한 증오의 감정인 것처럼 그에게는 느껴졌다.

하지만 하느님께서 거룩한 사랑의 마음으로 자신의 영혼을 영원히 사랑하고 있음을 알게 된 이상 그는 사랑의 현실에 대해 더 이상 불신의 마음을 가질 수 없게 되었다. 그의 영혼이 영적 지식으로 풍요로워짐에 따라, 점차적으로 그는 이 세계 전체가 하느님의 권세와 사랑을 균형 있게 드러내고 있는 하나의 거대한 표상임을 감지하게 되었다. 삶은 하느님의 선물이기 때문에, 비록 그 선물이 나뭇가지에 매달린 한 장의 나뭇잎을 바라보는 것에 불과할지라도, 이를 매 순간 접하고 이에 감동할 수 있도록 해 주셨음을 기려 그의 영혼은 선물을 주신 하느님을 찬양하고 감사해야 한다. 이 세계가 아무리 확실한 실체로 존재하는 동시에 아무리 복잡한 것이라 해도, 하느님의 권세와 사랑과 보편성이라는 원리를 통해 바라보지 않는다면 그의 영혼에게 이 세계는 더 이상 존재하지 않는 것이나 마찬가지였다. 그의 영혼에게 감지할 것이 허락된 자연의 만물에 담긴 하느님의 뜻에 대한 이 같은 이해는 그 자체로서 너무나 완전하고 아무런 의문의 여지가 없는 것이기 때문에, 그는 자신이 자신의 삶을 계속 이어가야 하는 것이 어떤 형태로든 필요하다면 그것이 왜 그런지 도저히 이해할 수 없었다. 하지만 그것 또한 하느님의 목적의 일부였고, 그는 감히 그 용도가 무엇인지 물을 수 없었다. 특히 하느님의 목적에 거슬러 그 누구보다도 깊이, 그리고 누구보다도 더럽게 죄를 지은 그로서는 감히 물을 엄두조차 내지 못했다. 영원하고 온 세상 어디에나 동시에 존재하는 완벽한 현실인 하느님께서 계시다는 이 같은 깨달음으로 인해 온순해지고 겸손해진 그의 영혼은 미사, 기도, 성사, 고행이라는 신앙 생활의 짐을 다시금 짊어졌다. 그때서야, 사랑이라는 엄청난 신비에 대해 골똘히 생각해 보기 시작한 이래 처음으로 비로소 그는 자신의 내부에서 무언가가 따뜻하게 움직이고 있음을, 새롭게 태어난 영혼의 삶 또는 미덕에 비할 수 있는 그 무언가가 따뜻하게 움직이고 있음을 느낄 수 있었다. 성화(聖畵)에서 보는 황홀경에 빠져 있는 사람들의 자세, 그러니까 두 손을 들어올린 채 벌리고 있거나 곧 기절할 것처럼 입술과 눈이 벌어져 있는 것 등등이 모두 그에게는 기도를 올리는 영혼의 이미지로, 창조주 앞에서 겸손한 마음으로 기진맥진한 모습으로 기도를 올리는 영혼의 이미지로 이해되었다.

하지만 영적 희열의 경지가 초래할 수도 있는 위험에 대해 미리 경고를 받은 적이 있었기 때문에, 그는 위험이 따르는 성자의 경지를 추구하기보다는 작고 소박한 신앙 생활이라 할지라도 이를 중단하는 일이 없도록 하는 데 각별히 신경을 썼고, 또한 죄 많은 과거를 깨끗하게 씻기 위한 끊임없는 고행에 노력을 기울이기도 했다. 그는 자신의 감각 기관을 어느 하나도 예외 없이 엄격하게 규제했다. 시각의 고행을 위해 그는 길을 갈 때 좌우 옆이나 뒤를 결코 돌아보지 않은 채 눈을 아래로 내리깐 자세로 걷는 것을 원칙으로 삼았다. 그리고 그는 자신의 눈이 그 어떤 여인의 눈과 마주치는 것도 허락하지 않았다. 그는 또한 때때로 갑작스럽게 의지를 발동하여 눈의 활동을 방해하기도 했는데, 글을 읽는 도중 갑자기 글에서 눈을 뗀 다음 아예 책을 덮어버리는 것이 그 예가 될 수 있었다. 청각의 고행을 위해서는 때마침 변성기에 있는 자신의 목소리에 아무런 통제를 가하지 않는 방법을 동원하기도 했고, 노래를 하거나 휘파람을 부는 일을 그만두기도 했으며, 숫돌에 칼을 가는 소리라든가 부삽으로 난로의 재를 긁어모으는 소리 또는 양탄자를 빗자루로 세차게 닦아내는 소리와 같이 신경을 자극하여 고통을 유발하는 소음을 피하려 하지도 않았다. 후각에 고통을 가하는 일은 다른 일보다 더 어려웠는데, 고약한 냄새를 본능적으로 싫어하는 경향이 자신에게는 결여되어 있음을 확인했기 때문이었다. 바깥세상의 악취와 자기 몸의 냄새를 놓고 기묘한 비교와 실험을 수없이 시도해보기도 했던 그에게는 배설물이나 타르에서 나는 것과 같은 바깥세상의 악취든 또는 자기 몸에서 나는 악취든 어느 것도 역겹게 느껴지지 않았던 것이다. 마침내 그는 자신의 후각이 거부하는 유일한 악취가 오래 방치해 놓은 소변에서 나는 것과 비슷한 종류의 썩은 생선에서 나는 냄새임을 확인했다. 그리하여 기회가 주어지기만 하면 그는 이 역겨운 냄새를 맡도록 자신을 내몰았다. 미각의 고행을 위해서는 정해 놓은 식사 습관을 엄격하게 지켰으며, 교회가 일러 준 단식 규정을 글자 하나 틀리지 않게 엄수했고, 여러 가지

음식의 고유한 맛을 즐길 수 없도록 정신을 산란케 하려 하기도 했다. 하지만 촉각의 고통을 위해 그는 어느 경우보다 더 주도면밀하게 교묘한 창의력을 발휘했다. 그는 결코 잠자리에서 자기 몸의 위치를 의식적으로 바꾸지 않는 것을 원칙으로 정했다. 자리에 앉되 가장 불편한 자세로 앉는 것을, 가렵거나 통증이 느껴져도 끝까지 참을 것을, 춥더라도 난로에서 멀리 떨어져 있을 것을, 복음서를 읽을 때 일어서는 것을 빼고는 미사 시간 내내 무릎을 꿇고 있기를, 공기가 닿아 따끔따끔해지도록 목과 얼굴 몇몇 부위의 물기를 닦지 않고 내버려두기를 원칙으로 정했던 것이며, 묵주 기도를 올리지 않을 때면 언제나 달리기 선수처럼 팔을 양옆에 꼿꼿이 펴 붙인 자세로 걸었다. 주머니에 손을 넣거나 뒷짐을 지는 일은 결코 없었다.

끔찍한 죄를 짓고 싶다는 유혹에 빠져든 적은 없었다. 하지만 복잡하게 뒤얽힌 신앙생활과 자기 절제의 시간을 거치고 난 뒤에도 너무나 쉽게 자신이 어린아이와도 같이 무가치한 투정에 휘둘릴 수 있다는 사실에 놀라지 않을 수 없었다. 그의 기도와 단식은 어머니가 재채기를 하는 소리를 듣거나 신앙생활에 방해가 되는 일이 있었을 때 치솟는 분노의 감정을 억제하는 데 아무런 도움이 되지 못했다. 짜증을 돋우는 그런 일에 대해 감정을 배출하고자 하는 충동을 억누르기 위해서는 엄청난 자제력이 필요했다. 선생님들 사이에서 그가 가끔 확인했던 가볍게 분노를 드러내는 모습들, 예컨대, 입술을 씰룩이거나 입을 꼭 다물거나 뺨을 붉히거나 하는 모습들이 그의 기억에 떠오르곤 했다. 그런 모습들과 자신의 모습을 비교하면서, 겸손해지려는 온갖 훈련이 허사임에 기가 꺾이곤 했다. 다른 사람들이 살아가는 평범한 삶의 물결에 자신의 삶을 휩쓸리게 하는 일은 그에게 단식이나 기도보다 더 어려웠으며, 이 일을 만족스럽게 수행하는 데 계속해서 실패하자 마침내 그는 자신이 영적으로 메말라 있음을 느끼는 동시에 자신의 영혼 안에서 의혹과 망설임이 자라고 있음을 감지하기에 이르렀다. 한동안 그의 영혼은 황량한 벌판을 가로질러 가는 듯한 느낌을 견뎌야 했으며, 그 무렵 그에게는 교회의 성사들마저 말라버린 샘물 같아 보였다. 그런 그에게 고해성사는 머뭇거릴 뿐 회개하지 않는 자의 부족함이 빠져나가는 도피구였다. 성체를 받는 의식이 실제로 거행될 때조차, 그는 성체조배(聖體朝拜)*의 마지막 순간에 가끔 가졌던 혼자만의 영적 성체성사에서 체험한 바 있는 황홀한 순간을, 순결한 자기 내맡김의 의식이 이루어지는 바로 그 황홀한 순간을 맛볼 수 없었다. 그가 조배성사를 위해 사용했던 책은 성 알폰수스 리구오리**가 저술한 것으로, 희미해져 글자가 잘 보이지 않을 뿐만 아니라 종이도 누렇게 퇴색되어 있었다. 누구도 거들떠보지 않는 이 낡은 책의 면면에는 〈아가(雅歌)〉***의 이미지들과 성체성사의 기도문들이 한데 어우러져 있었는데, 이를 읽으면서 그는 열렬한 사랑과 순결한 응답으로 이루어진 세계가, 이제는 빛이 바래 희미해진 그 세계가 자신의 영혼 앞

---

*인터넷 가톨릭 정보에 따르면, 성체조배(Visit to the Blessed Sacrament)는 "성체 앞에서 특별한 존경을 바치는 신심 행위. 가톨릭교회는 신자들이 가끔 성당에 와서 감실에 모셔진 성체 앞에 무릎을 꿇고 성체조배를 함으로써 성체에 현존하는 그리스도께 흠숭(欽崇)과 사랑을 표현하고 성체의 신비를 더욱 깊이 깨달을 수 있기를 권장하고 있다."

**성 알폰수스 리구오리(Alphonsus Liguori, 1696~1787)는 이탈리아 출신의 주교. 스콜라 철학자이자 저술가이기도 했던 그는 천주교단에 널리 알려져 있는 '지극히 성스런 구세주 수도회(Redemptoristae)'를 1732년 창설했다.

***〈솔로몬의 노래〉로 알려져 있기도 한 구약성서의 〈아가〉는 우의적인 해석을 통해 인간과 신의 사랑을 노래한 것으로 이해된다. 즉, 인간의 영혼이 하느님의 신부이자 연인으로 묘사되어 있는 것으로 이해된다.

에 되살아나고 있음을 느꼈다. 들리지 않는 목소리가 자신의 영혼을 어루만지면서, 여러 이름과 영광을 말해주고는 혼례의 자리를 향해 가듯 일어나 함께 떠날 것을, 신부가 되어 아마나 산과 표범 산에서 앞을 내다볼 것을 명하는 듯한 느낌에 젖기도 했다.*이에 자신의 영혼 역시 들리지 않는 목소리로 부름에 응답하면서 자신을 내맡기는 듯한 환상에 빠지기도 했다:

인테르 우베라 메아 콤모라비투르**

당시는 기도와 명상의 시간에 다시금 그에게 말을 걸어오기 시작한 육체의 집요한 속삭임 때문에 그의 영혼이 다시 한 번 고통에 시달리고 있던 때였다. 그런 때였기 때문에, 자신을 하느님께 내맡긴다는 이 같은 생각은 자신의 마음에 모험의 상황을 떠올리게 하는 그런 매력을 지닌 것으로 비쳐졌다. 단 한 번 허용의 몸짓으로도, 단 한순간의 생각만으로도 그는 자신이 쌓아올린 온갖 것을 일시에 망가뜨릴 수 있음을 알고 있었기에, 이 같은 생각은 그에게 강력한 힘을 불어넣어주었던 것이다. 그는 자신이 자신의 맨발을 향해 물결이 천천히 다가오고 있음을 감지하고 있는 사람, 머뭇거리며 소리 없이 다가오는 희미하고 작은 첫 물결이 열에 들떠 있는 자신의 발끝을 스칠 순간을 기다리고 있는 사람과도 같다 생각했다. 그리고 그 물결이

---

*〈아가〉 제4장 8절 참조: "나와 함께 레바논에서, 나의 신부여, 나와 함께 레바논에서 떠납시다. 아마나 산 꼭대기에서, 스니르 산과 헤르몬 산 꼭대기에서, 사자 굴에서, 표범 산에서 내려갑시다."
**"Inter ubera mea commorabitur": "그는 내 가슴 사이에서 지내리라"의 뜻을 갖는 라틴어 성경 구절. 〈아가〉1장 13절 참조: "나의 연인은 내게 몰약 주머니 내 가슴 사이에서 밤을 지내네."

발끝에 거의 닿을 듯 말 듯한 순간이 다가왔을 때, 죄악을 받아들이거나 피해야 할 마지막 양자택일의 순간이 다가왔을 때, 갑작스럽게 발동된 의지에 힘입어 또는 갑작스러운 화살 기도에 힘입어, 물결이 밀려오는 곳에서 몸을 피해 멀리 마른 땅 위로 옮겨가 서 있는 사람과 같다고 생각했다. 이어서, 줄지어 밀려오는 은빛 물결이 저 멀리에 있는 것을 바라보며, 또한 자신의 발끝을 향해 다시금 천천히 다가오기 시작하는 것을 바라보며, 그가 아직 죄악에 굴복하지도 않았고 자신의 모든 것을 망가뜨리지도 않았다는 사실을 깨닫고는 새롭게 솟아오르는 짜릿한 힘과 만족감에 자신의 영혼을 내맡기고 있는 사람과도 같다 생각하기도 했다.

그가 이런 식으로 수도 없이 유혹의 물결을 피하고 있던 무렵, 그는 자신이 결코 빼앗기고 싶어하지 않는 은총을 누군가가 그한테서 조금씩 훔쳐가고 있는 것은 아닌가 하는 의문으로 인해 마음의 어지러움을 느끼기도 했다. 자신은 결코 죄악에 빠지지 않으리라는 명료한 확신이 점차 희미해졌으며, 이를 이어 자신의 영혼이 자기도 모르는 사이에 실제로는 타락하고 있는지도 모른다는 두려움의 느낌이 뒤따르기도 했다. 그는 자신이 유혹의 순간마다 하느님께 기도를 올렸으며 자신이 갈구하여 기도하던 은총은 하느님께서 약속해주신 것인 만큼 분명히 자신에게 베풀어질 것이라고 자신에게 타일러 말함으로써, 아주 어렵게 옛날에 지녔던 확신의 마음을, 자신이 은총을 받고 있다는 확신의 마음을 되찾을 수 있었다. 유혹이 얼마나 빈번히 그를 찾아오며 또 얼마나 광포한 것인가를 체험하는 가운데 그는 마침내 성자들이 겪어야 했던 시련에 관해 그가 들었던 이야기들이 얼마나 진실된 것인가를 깨달을 수 있었다. 유혹이 빈번하고 광포하다는 것 자체가 영혼의 성체가 아직 무너지지 않았음을, 악마가 이를 무너뜨리기 위해 광분하고 있음을 보여주는 증거였던 것이다.

때때로 그가 자신의 의문과 망설임을, 기도를 올리던 도중 순간적으로 딴 생각을 했던 일, 영혼에 작은 분노가 일었던 일, 또는 말과 행동을 통해 부지불식간에 고집을 피웠던 일을 고백할 때면, 그에게 죄를 용서함이 내려지기 전 과거에 어떤 죄를 지었는가를 고백할 것을 명하는 고해 신부도 있었다. 그는 굴욕감과 수치심에 젖어 그 죄를 고백했고, 다시 한 번 이에 대한 회개를 했다. 그가 아무리 거룩한 삶을 살더라도, 또는 그 어떤 미덕과 완벽함을 성취한다 하더라도, 과거의 죄에서 결단코 완전하게 벗어날 수 없으리라 생각하니, 그는 굴욕감과 수치심에서 벗어날 수 없었다. 결코 잠들지 않을 죄의식이 그와 항상 함께할 것이다. 그는 고백을 할 것이고 회개를 할 것이며 죄를 용서받을 것이다. 그리고 다시 고백을 할 것이고 회개를 할 것이며, 다시 죄를 용서받을 것이다. 아무런 열매도 맺지 못한 채. 어쩌면 지옥에 대한 두려움으로 인해 억지로 쥐어짜듯 그의 입에서 나온 성급한 첫 고백은 선한 것이 아니었는지도 몰랐다. 어쩌면 곧 다가올 심판에 대한 걱정에 급급했던 나머지 자신의 죄에 대해 진정한 슬픔의 마음을 지니지 않았는지도 몰랐다. 하지만 그의 고백이 선한 것이었고 그가 자신의 죄에 대해 진정한 슬픔의 마음을 가졌다는 것을 말해주는 확실한 증거, 무엇보다도 확실한 증거는 그의 삶이 개선되었다는 점 바로 그것임을 그는 알고 있었다.

"나는 내 삶을 개선했다. 그렇지 않은가?" 그는 자신에게 묻기도 했다.

　　　　　*　　*　　*

교장 선생님이 햇빛을 등지고 십자형 틀로 창문 한가운데를 장식한 창문의 갈색 블라인드에 한쪽 팔꿈치를 기댄 채 그 앞에 서 있었다. 미소를 띤 표정으로 말을 건네며 그는 다른 쪽 블라인드의 여닫이 줄의 끝을 천천히 흔들기도 했고 이를 고리 모양으로 만들기도 했다. 스티븐은 교장 선생님 앞에 서서, 길고 긴 여름 한낮이 이제 지붕 위로 저물고 있는 것에 잠시 동안 눈길을 주기도 했고, 또 그가 손가락을 천천히 능란하게 움직이고 있는 것에 눈길을 주기도 했다. 사제의 얼굴은 완전히 그늘에 가려 있었지만, 그의 뒤쪽에 있는 저녁의 햇빛으로 인해 깊이 파인 관자놀이와 머리의 윤곽이 환하게 드러나 있었다. 스티븐은 사제가 이제 막 끝난 여름 방학이라든가 외국에 있는 예수회 소속의 학교들 또는 학교 선생님들의 전근 등 대수롭지 않은 주제들을 놓고 심각하고 진지하게 이야기하는 동안 그의 목소리에 담긴 억양에 귀를 기울이기도 하고 간간이 말이 끊어지는 순간에 주의를 기울이기도 했다. 사제는 심각하고 진지한 목소리로 편하게 이야기를 계속 이어나갔다. 그러다 이야기가 끊어지는 경우 스티븐은 무언가 예의 바른 질문을 해서 이야기가 계속 이어지도록 해야 하는 것은 아닌가라는 강박감을 느끼기도 했다. 그는 온갖 이야기가 서설에 불과한 것임을 알고 있었기에, 이어질 본론을 마음속으로 기다리고 있었다. 교장 선생님이 그를 찾는다는 전갈을 받은 다음부터 그는 줄곧 그가 자신을 찾는 이유가 무엇인가를 놓고 마음속으로 헤아려보려 애를 썼다. 그리고 학교 응접실에 앉아 교장 선생님의 모습이 보이기를 초조하게 기다리던 그 오랜 시간 동안 그의 눈길은

벽을 둘러 장식하고 있는 근엄한 분위기의 초상화들을 하나하
나 둘러보았다. 그 동안 그는 생각을 이런 추측에서 저런 추측
으로 옮기다 마침내 그가 자신을 부른 이유가 무엇인지를 거의
뚜렷하게 짐작할 수 있게 되었다. 이어서, 무언가 예기치 않았
던 일이 생겨 그가 모습을 드러낼 수 없게 되기를 바라는 바로
그 순간, 문의 손잡이가 돌아가는 소리가 들렸던 것이고 사제
들의 수단 옷깃이 스칠 때 나는 소리가 들렸던 것이다.

이윽고 교장 선생님은 도미니크 수도회와 프란체스코 수도
회에 관한 이야기와 성 토마스 아퀴나스와 성 보나벤투라 사이
의 우정*에 관해 이야기를 시작했다. 이어서 너그러운 웃음이
담긴 표정으로 그가 생각하기에 캐퓨친 수도회의 복장은 다소
지나쳐 보인다는 이야기도 꺼냈다.

사제의 너그러운 웃음에 스티븐도 이에 화답하는 웃음을 지
었다. 그리고 자신의 생각을 표현하고 싶은 마음이 앞서는 것
은 아니어서 어떤 이유에서 그런지 궁금하다는 표정을 입가에
살짝 담기만 했다.

"내가 알기로는 말일세." 교장 선생님이 말을 이었다. "요즘
캐퓨친 수도회 사람들 사이에서도 자기네 복장을 포기해야 하
지 않겠냐는 이야기가 더러 나오고 있다네. 다른 프란체스코
수도회의 예를 따라서 말일세."

"제 생각입니다만, 수도원 안에서는 그런 복장을 유지할 수
도 있을 것 같습니다." 스티븐이 말했다.

"아, 물론 그렇지." 교장 선생님이 말했다. "수도원 안에서
는 아무 문제가 없고말고. 하지만 말일세, 거리에 나설 때는 그

*두 사람이 파리 대학에서 교직 생활을 했던 때는 서로 겹치며, 당시 그 둘은 친구가
되어 이후에도 계속 우정을 나누게 되었다 한다.

런 복장은 접어두는 것이 좋겠다는 것이 내 생각이네. 자네 생각은 어떤가?"

"제 생각으로도 굉장히 거추장스러울 것 같습니다."

"물론 그렇다네. 한번 상상해보게나. 내가 벨기에에 가 있을 때인데, 그들이 날씨가 어떻든 상관없이 그 복장을 무릎까지 걷어 올린 채 자전거를 타고 가는 모습을 보곤 했단 말일세. 그건 정말 가관이더군. 벨기에 사람들은 그런 복장들을 보고 캐퓨친 수도회 사람들을 '레 쥐프'*라 놀려대곤 하지."

모음이 완전히 바뀌어 제대로 알아들을 수 없었다.

"뭐라 놀려댄다고요?"

"레 쥐프."

"아, 알겠습니다."

그늘져 보이지 않는 사제의 얼굴에 떠올라 있을 법한 미소에 답하여, 스티븐은 다시 한 번 미소를 지었다. 선명하게 구별이 되도록 억양을 바꿔 발음하는 소리가 낮은 목소리를 타고 자신의 귀에 들려오는 동안, 사제의 얼굴은 보이지 않은 채 다만 얼굴의 이미지 또는 환영만이 빠르게 그의 마음을 스쳐 지나갈 뿐이었다. 그는 자신의 앞쪽 창문을 통해 빛을 잃어가는 하늘을 조용히 바라보며, 선선해진 저녁 공기에, 또한 자신의 뺨에 지펴진 아주 작은 불씨를 보이지 않게 가려주는 노란빛의 희미한 저녁햇살에 기꺼움을 느꼈다.

여성이 입는 옷의 명칭이나 그런 옷을 만드는 데 사용되는 부드럽고 섬세한 옷감의 명칭을 접하기만 해도 그는 항상 우아하면서도 죄악으로 이끌 듯한 향수 냄새를 떠올리곤 했다. 어

---

*Les jupes : 프랑스어로 "치마들."

린 시절 그는 말을 몰 때 사용하는 고삐가 날렵한 비단 띠로 만들어진 것이라 상상했다가, 스트래드브룩에서 마구(馬具)의 기름투성이 가죽 끈을 만져보고는 충격을 받은 적이 있었다. 또한 떨리는 손가락으로 처음 여자의 스타킹을 만져보았을 때 느꼈던 차가운 감촉에 충격을 받기도 했었다. 책을 읽더라도 자신의 상황에 상응하거나 이를 예견케 하는 것이라 여겨지는 것만 기억하고 다른 모든 것을 잊듯, 부드러운 생명력을 지닌 채 움직이는 여성의 영혼과 몸에 대해 감히 상상을 하더라도 그는 반드시 부드러운 단어로 된 말을 통해 또는 장미처럼 보드라운 물질에 빗대어 상상을 이어나갔기 때문이었다.

사제의 입에서 나온 말은 꾸밈없는 솔직한 것이 아니었다. 사제라면 그런 주제에 대해 그처럼 가볍게 말하지 않는다는 자신의 판단에 비춰보면 그랬다. 그가 어떻게 반응하나 떠보기 위해 사제는 의도적으로 가볍게 이야기를 한 것이었다. 스티븐에게는 그가 그늘에 몸을 가린 채 두 눈으로 자신의 얼굴을 찬찬히 뜯어보고 있다는 느낌이 들기도 했다. 예수회 소속 사제들의 노회함에 관해 그가 듣고 읽은 것이 무엇이든, 자신의 체험을 통해 확인한 것이 아니기 때문에 솔직히 이를 무시해왔다. 설사 호감이 가지 않는 선생님들이 있다 해도 그들을 포함한 모든 선생님들이 그의 눈에는 항상 지적이고 진지한 사제들 또는 건장하고 활기 왕성한 학감들로 비쳤다. 그에게는 그들이 찬물로 몸을 활기차게 닦고 차갑고 깨끗한 리넨 천 내의를 입는 사람들로 상상되기도 했다. 클롱고우스 우드 칼리지와 벨비디어 칼리지에서 이들 예수회 소속 사제들과 그처럼 오랜 세월 함께 생활해오는 동안 그는 그들한테서 딱 두 번 회초리로 매를 맞았는데, 비록 두 경우 모두 부당하게 매질을 당한 것이긴 했지만, 가끔 마땅히 받을 벌을 모면한 적 또한 여러 번 있다는 것도 알고 있었다. 오랜 세월 동안 내내 그는 어떤 선생님도 경박한 말을 사용하는 것을 들은 적이 없었다. 따지고 보면, 그에게 기독교 교리를 가르치고 있을 뿐만 아니라 선한 삶을 살도록 촉구하는 사람들이 그들이었고, 또한 그가 심각한 죄를 지었을 때 그를 다시 은총의 삶으로 인도한 사람들도 다름 아닌 그들이 아니었던가. 클롱고우스 우드 칼리지 시절 그가 아무것도 모르는 애송이일 때 그들이 눈앞에 보이는 것만으로도 그는 수줍어 머뭇거렸다. 벨비디어 칼리지에서 그가 애매한 입장*에 있는 동안에도 그들이 눈앞에 보이기만 하면 그는 역시 수줍어 머뭇거렸다. 이 같은 느낌은 이제 학교생활을 마감하는 마지막 학년이 이르기까지도 줄곧 그에게 남아 있었다. 그는 단 한 번도 선생님의 말에 거역한 적이 없었고, 말썽꾸러기 친구들의 꾐에 자신을 내맡김으로써 묵묵히 순종하는 자신의 평소 습관을 버린 적도 없었다. 그리고 심지어 선생님의 말씀 가운데 무언가 의문스러운 것이 있어도 그는 건방지게 대놓고 의문을 제기한 적도 없었다. 하지만 최근 그들의 판단 가운데 어떤 것은 그가 듣기에 좀 유치하다 생각되는 것도 있었다. 그런 생각이 드는 순간 그의 마음을 비집고 들어온 것은 아쉬움과 애석함이 있는데, 그가 이제까지 익숙해 있던 세계로부터 천천히 벗어나고 있고 이제 그 세계의 언어를 마지막으로 듣고 있는 듯한 느낌을 지울 수 없기 때문이었다. 어느 날 몇몇 아이들이 성당 근처 헛간 아래쪽에 어떤 사제를 중심으로 하여 모여 있었는데,

*다른 학생들과 달리 학비를 면제받고 있는 입장. 당시 영국과 아일랜드에서 장학금을 받는다는 것은 종종 기관의 요구나 기대에 순응할 것을 암묵적으로 동의하는 것으로 받아들여지기도 했다. '애매한 입장'이란 이런 상황을 암시한다.

그는 어쩌다 사제가 이렇게 말하는 것을 듣게 되었다.

"내가 믿기로, 머콜리 경*은 살아생전 한 번도 치명적 중죄를, 말하자면 고의적으로 치명적 중죄를 지은 적**이 없는 사람이야."

이어서 어떤 아이가 사제에게 빅토르 위고가 프랑스의 가장 위대한 작가가 아닌지를 물었다. 사제는 빅토르 위고가 교회에 대해 반기를 들었을 때 쓴 글을 보면 그가 천주교 신자였을 때 썼던 글에 비해 글의 수준이 반도 따라가지 못한다고 대답했다.

"아무튼, 빅토르 위고가 위대한 작가인 게 확실하긴 해도, 루이 뵈이요***만큼이나 순수한 프랑스어 문체를 구사한 사람은 아니라 생각하는 저명한 프랑스 비평가들이 수도 없이 많지." 사제가 말했다.

치마에 대한 사제의 언급 때문에 스티븐의 뺨에 피어올랐던 아주 작은 불씨가 진정되었다. 그러는 동안에도 그의 눈은 여전히 흐릿한 빛의 하늘을 향해 조용히 고정되어 있었다. 그런 모습의 그의 마음 앞으로 가라앉지 않은 의문 하나가 이리저리 날아다니고 있었다. 가면에 가려져 있는 기억들이 되살아나 그의 앞으로 빠르게 지나갔다. 장면들 하나하나 사람들 하나하나 또렷이 기억나지만, 이를 둘러싼 핵심적 사실 정황이 무엇인지를 제대로 파악하지 못했었던 것도 의식되었다. 그는 클롱고우

---

*영국의 수필가이자 역사학자였던 토머스 배빙턴 머콜리(Thomas Babington Macaulay, 1800~1859).
**'치명적 중죄'란 본질적으로 고의성을 전제로 하는 개념이기 때문에, '자기도 모르게 치명적 중죄를 저질렀다'는 말은 개념상 있을 수 없다.
***프랑스의 저널리스트이자 작가였던 루이 뵈이요(Louis Veuillot, 1813~1883)는 교황권 지상주의를 대중화하는 데 큰 역할을 했던 열렬한 천주교 신자였다.

스 우드 칼리지의 운동장에서 벌어지고 있는 운동 경기를 지켜
보면서, 그리고 크리켓 경기용 모자에서 슬림 짐을 꺼내 먹으
면서, 운동장 주변을 걷고 있던 자신의 모습을 떠올렸다. 몇몇
예수회 소속 사제들이 여자들을 대동하고 자전거 길을 따라 걷
고 있었다. 클롱고우스 우드 칼리지의 아이들 입에 오르내리던
모종의 표현들이 그의 마음 저 깊은 동굴에서 울리고 있었다.

응접실의 정적 한가운데서 그는 이처럼 저 멀리서 울리는
소리에 귀를 기울였다. 그때 그는 그에게 이렇게 말하는 사제
의 어조가 바뀌었음을 의식하게 되었다.

"스티븐, 오늘 내가 자네를 부른 것은 아주 중요한 문제를
놓고 자네와 이야기를 나누고 싶었기 때문이네."

"아, 네."

"자네, 소명을 받았다는 그런 느낌이 들었던 적이 있나?"

스티븐이 '네'라고 대답하기 위해 입을 벌렸다가 그 말을 입
밖에 내는 것을 갑자기 보류했다. 대답을 기다리던 사제가 이
렇게 말했다.

"내 말은 말일세, 자네 마음 안에, 그러니까 자네 영혼 안에,
예수회의 일원이 되고 싶다는 욕망이 일었던 적이 있었나, 이
를 묻는 걸세. 한 번 생각해보기 바라네."

"이따금 생각해본 적이 있습니다." 스티븐이 대답했다.

사제가 잡고 있던 블라인드 여닫이 줄을 한 쪽으로 내려뜨
린 다음 양손을 모아 쥐었다. 그리고는 진지한 자세로 모은 양
손에 턱을 괸 채 깊은 생각에 잠겼다.

"우리 학교와 같은 곳에는 말일세." 마침내 그가 입을 열었
다. "하느님이 영적 생활로 이끄는 학생들이 한 명 때로는 두세
명이 있다네. 그런 학생은 신앙심으로나 다른 학생들한테 보여

주는 모범적 행동을 통해 주위 학생들 사이에서 드러나게 마련이지. 다른 학생들이 그를 존경하게 되고, 어느 때는 동료 성심회 회원들에 의해 회장으로 선출되기도 한다네. 그런데 자네 스티븐은 바로 그런 학생이네. 자네는 이 학교 성모 마리아 성심회 회장이 아닌가? 어쩌면 자네야말로 이 학교 학생들 가운데 하느님께서 당신 곁으로 오도록 뜻하신 학생이 아닌가 싶네.”

사제의 목소리에 담긴 근엄함을 더욱 강화하는 강한 어조에 반응하여, 자부심을 느끼게 하는 강한 어조에 반응하여, 스티븐의 심장은 전보다 더 빨리 뛰기 시작했다.

“스티븐, 그런 소명을 받는다는 것은 전능하신 하느님이 인간에게 내려줄 수 있는 영광 가운데 가장 큰 것이라네. 이 세상의 어떤 왕도, 어떤 황제도 하느님의 사제가 되는 것만큼 큰 힘을 누리지 못하지. 천국에 있는 천사든 대천사든, 성자든, 심지어 성모 마리아님께서도 하느님의 사제가 발휘하는 힘을 누릴 수는 없어. 사람들을 천국의 문으로 들어가게 하는 열쇠를 사용하는 힘,* 죄를 매듭짓거나 죄에서 풀어 주는 힘, 악귀를 쫓아내는 힘, 하느님의 창조물을 지배하려는 사악한 영혼들을 쫓아내는 힘, 하늘에 계신 위대한 하느님을 제단으로 내려오시게 하고 빵과 포도주로 성체를 현현케 하는 힘과 권위를 사제는 갖는다네. 이 얼마나 엄청난 힘인가, 스티븐!”

사제의 자부심이 담긴 이 같은 말에 귀를 기울이는 동안 그는 자부심에 찬 묵상을 통해 자신이 꿈꾸어 왔던 바에 상응하는 무언가를 확인했고, 그 순간 그의 뺨에서는 다시금 부끄러움의 불꽃이 춤추기 시작했다. 얼마나 자주 그는 자신이 사제

*〈마태오 복음〉 16장 19절 참조.

가 되어, 천사들과 성자들이 경외의 눈으로 바라볼 만큼의 엄청난 힘을, 자신에게 주어진 바로 그 힘을 침착하고 겸손하게 행사하는 그런 모습을 그려보았던가! 그의 영혼은 남모르게 이 같은 욕망을 놓고 깊이 생각을 해왔던 것이었다. 그는 자신이 젊고 조용한 몸가짐을 갖춘 사제가 되어, 사람들이 기다리지 않게 제때 고해성사에 임하는 자신의 모습을, 제단의 계단을 밟고 올라가 향을 지핀 다음 한쪽 무릎을 꿇고, 막연하긴 하나 사제로서 해야 할 일들을 해나가는 자신의 모습을, 현실과 너무나 가까운 동시에 현실과 너무나 동떨어져 있다는 이유 때문에 그를 즐겁게 했던 그런 일들을 해나가는 자신의 모습을 그려보기도 했었다. 상상 속에서 그가 꿈꾸어왔던 사제로서의 삶을 막연하게나마 마음속으로 살아가는 동안 그는 여러 사제들한테서 듣거나 보고 기억에 남겨 두었던 목소리와 몸짓을 흉내내기도 했다. 그는 그런 사람들 가운데 한 사람이 그랬던 것처럼 옆으로 몸을 돌려 무릎을 꿇을 것이고, 그런 사람들 가운데 한 사람이 그랬던 것처럼 향로를 흔들되 보이지 않을 만큼 아주 미세하게 흔들 것이며, 사람들에게 축복을 내린 다음 다시 제단으로 향해 올라갈 때 그런 사람들 가운데 한 사람이 그랬던 것처럼 제의*를 확 열어젖힐 것이다. 그리고 무엇보다도 그를 즐겁게 한 것은 그가 상상 속에서 꿈꾸어 왔던 그와 같은 막연한 정경 안에서 보조역의 자리에 있는 자신의 모습이었다.

*제의(라틴어 casula, 영어 chasuble): "사제가 미사를 집행할 때에 장백의 위에 입는 반수원형(半袖圓形)의 옷. 로마인의 옷에서 그 기원을 찾아볼 수 있다. 원래 남녀가 함께 입던 겨울 외투였으며 4세기에 로마 원로원의 제복이 되었고 귀족들의 집회에서 유행하였다. 후대에 일반인들의 옷은 변했으나 성직자들의 옷은 그대로 남아 미사 때 입게 된 것이다. 소매가 없이 앞뒤로 늘어지게 양옆이 터져 있다. 제의는 예수의 멍에를 상징하고 애덕을 표시한다." 인터넷 가톨릭 정보 천주교 용어 자료집 참조.

그는 의식을 앞자리에서 주도하는 사제의 위엄을 사양할 것이
다. 온갖 막연한 허식이 자신의 몫이 되어야 한다는 생각이나
의식을 집전하는 일이 그에게 그처럼 명료하고 결정적으로 주
어진 의무가 되어야 한다는 생각에 마음이 편치 않았기 때문이
었다. 그는 사소하고 부차적인 성무(聖務)를 맡아하는 쪽을 원
했다. 장엄 미사에 보조 사제의 제의를 입고 제단에서 멀리 떨
어져 있어 아무도 그를 기억하지 못하게 되기를 그는 원했다.
어깨에 두른 어깨보(褓)로 성반(聖盤)을 받쳐들고 있다든가, 성
체성사가 끝난 다음에는 부제(副祭)의 금빛 제의*를 걸친 모습
으로 주례 사제보다 한 계단 아래에 서서 양손을 모은 채 사람
들을 바라보며 미사가 끝났음을 알리는 노래 '이테, 미사 에스
트'**를 부르는 쪽이 그가 원하는 역할이었다. 만일 그가 주례
사제가 된 자신의 모습을 상상해본 적이 있다면, 이는 그가 어
린아이였을 때 보았던 미사 경본에 나오는 미사의 정경 안에
서였다. 신자가 아무도 없는 교회에서, 성찬을 위한 천사***만
있을 뿐 제단 역시 텅 비어 있는 그런 교회에서, 나이로 치자
면 그와 거의 다를 바 없는 앳된 시종의 도움을 받아 올리는 그
런 의식의 자리에서였다. 막연하나마 희생 의식 또는 성체 의
식이라 여겨지는 행위를 할 때만 유일하게 현실과 맞서고자 하
는 그의 의지가 발동되는 것 같았다. 따지고 보면, 자신의 분노

*달마티카(라틴어 dalmatica, 영어 dalmatic): "부제복(副祭服). 부제가 미사와 행렬 등 장
엄한 의식 때 다른 모든 제의 위에 입는 옷, 소매는 폭이 넓고 짧으며 양옆이 터져 있
고 길이는 무릎까지 온다. 앞과 뒤에, 어깨에서 가장자리까지, 소매 끝에 다양한 색
상의 줄무늬가 두 줄로 장식되어 있다. 미사 집전 사제의 제의와 동일한 천과 색으로
만들어진다. 라틴 전례에서 부제서품 때 수여된다." 인터넷 가톨릭 정보 천주교 용어
자료집 참조.
**"Ite, missa est": "돌아가시오, 미사가 끝났습니다"라는 뜻의 라틴어.
***성체의 빵을 담는 성반(聖盤)에 대한 비유적 표현.

나 자부심을 숨기기 위해 침묵 속으로 빠져들든, 또는 직접 주
도하여 하고자 갈망했던 포옹을 다만 수동적으로 받기만 하든,
그가 항상 행동을 억제했던 것은 부분적인 이유이긴 하나 정해
진 의식이 따로 없기 때문이었다.

　그는 공손한 자세로 조용히 사제의 설득에 귀를 기울였다.
그리고 사제의 말을 통해 그는 보다 더 명확하게 어떤 한 목소
리가 그에게 다가올 것을 명하는 것을 들을 수 있었다. 은밀
한 지식과 은밀한 힘을 줄 것을 제안하면서. 은밀한 지식과 힘
을 얻게 되면 그는 마술사 시몬의 죄*가 무엇인지 알게 될 것이
고, 절대로 용서가 있을 수 없는 성령에 거스르는 죄가 무엇인
지 알게 될 것이었다. 가려져 사람들이 볼 수 없는, 분노의 아
이들**을 잉태하고 태어나게 한 사람들이 볼 수 없는 막연한 것

---

*〈사도행전〉 8장 9~25절 참조. 시몬은 "마술을 부려 사마리아의 백성을 놀라게 하
면서 자기가 큰 인물이라고 떠들어" 대던 사람이었지만 마침내 세례를 받는다. 그런
그가 사는 곳으로 베드로와 요한이 와서 그들의 "안수"로 사람들이 "성령"을 받는
다. 이를 본 시몬이 "그들에게 돈을 가져다 바치면서" 이렇게 말한다. "저에게도 그
런 권능을 주시어 제가 안수하는 사람마다 성령을 받을 수 있게 해주십시오." 이에
베드로가 그에게 이렇게 대답한다. "그대가 하느님의 선물을 돈으로 살 수 있다고 생
각하였으니, 그대는 그 돈과 함께 망할 것이오. 하느님 앞에서 그대의 마음이 바르지
못하니, 이 일에 그대가 차지할 몫도 자리도 없소. 그러니 그대는 그 악을 버리고 회
개하여 주님께 간구하시오. 혹시 그대가 마음에 품은 그 의도를 용서받을 수 있을지
도 모르오. 내가 보기에 그대는 쓴 쓸개즙과 불의의 포승 속에 갇혀 있소." 그러자 시
몬이 이렇게 말한다. "여러분께서 말씀하신 일이 저에게 벌어지지 않도록 저를 위하
여 주님께 간구해주십시오."
**〈에페소 신자들에게 보낸 서간〉 2장 3절 참조: "우리도 다 한때 그들 가운데에서
우리 육의 욕망에 이끌려 살면서, 육과 감각이 원하는 것을 따랐습니다. 그리하여 우
리도 본디 다른 사람들과 마찬가지로 하느님의 진노를 살 수밖에 없었습니다." 소설
의 원문 "children of wrath"는 "진노의 아이들"로 번역될 수 있는데, 이와 관련하여
천주교 성경 번역의 "본디 다른 사람들과 마찬가지로 하느님의 진노를 살 수밖에 없
었습니다"라는 구절은 대한성서공회의 공동번역에 "다른 이들과 같이 본질상 진노
의 자녀이었더니"로 되어 있음을 참조하기 바란다. 킹 제임스 판 영어 성경에 따르면
이 부분은 "[we] were by nature the children of wrath, even as others(우리는 다른 이들
과 마찬가지로 본래 진노의 자녀였다)"로 되어 있어, 대한성서공회의 공동번역에 가깝다.

들을 알게 될 것이다. 그는 또한 다른 사람들의 죄를, 죄악으로
물들어 있는 갈망을, 죄악으로 물들어 있는 생각을, 죄악으로
물들어 있는 행동을 알게 될 것이었다. 교회의 어둠에 부끄러
움을 가린 채 고해소 안에서 여인들과 소녀들이 입술을 움직여
웅얼웅얼 그의 귀로 전하는 온갖 것을 알게 될 것이다. 하지만
서품식 자리에서 받은 안수(按手)의 힘으로 신비롭게도 죄에 빠
지는 일이 없이 그의 영혼은 죄에 더럽혀지지 않은 몸으로 다
시금 신전을 장식하고 있는 순백의 평화를 향해 다가갈 수 있
을 것이다. 성찬의 빵을 들어 올려 이를 나누는 그의 손에도 그
어떤 죄악의 흔적이 다가가 머뭇거릴 수 없을 것이다. 주님의
성체임을 의식하지 않은 채 먹고 마시도록 그를 유혹하여 스스
로 파멸에 이르게 할 그 어떤 죄악의 흔적도 기도하는 그의 입
술에 다가가 머뭇거릴 수 없을 것이다. 그는 순결한 자들처럼
죄악에 물들지 않은 상태에서 자신의 비밀스러운 지식과 비밀
스러운 힘을 유지할 것이다. 그는 멜키체덱의 관례*를 따라 영
원한 사제가 될 것이었다.

　"내일 아침에 내가 올리는 미사는 전지전능한 하느님께서
당신의 거룩한 뜻을 자네에게 밝혀주시길 기원하는 데 바치겠
네." 교장 선생님이 말을 이었다. "그리고, 스티븐, 자네도 최
초의 순교자이셨던 자네의 수호성인**에게 9일 기도를 올리게.
하느님께서 자네의 마음에 환한 빛을 내리도록, 하느님의 강력
한 힘을 부여받은 자네의 수호성인에게 기도를 올리게나. 아무

---

*구약의 〈창세기〉 14장 18절의 다음 구절 참조: "살렘 임금 멜키체덱도 빵과 포도주
를 가지고 나왔다. 그는 지극히 높으신 하느님의 사제였다." 아울러 〈신약의 히브리
인들에게 보낸 서간〉 5장 6절 참조: "너는 멜키체덱과 같이 영원한 사제다."
**기독교 최초의 순교자인 성 스테파노. 〈사도행전〉 7장 참조. 스티븐은 스테파노의
영어식 표기.

튼, 스티븐, 자네가 소명을 받은 사람인가부터 확실하게 확인하도록 하게. 후에 가서 소명을 받은 사람이 아니라는 사실을 확인하게 된다면 그처럼 끔찍한 일은 없을 테니까 말일세. 일단 사제가 되면 영원한 사제임을 잊지 말게. 교리문답을 통해 자네도 배웠겠지만, 사제가 되는 의식은 일생에 단 한 번 치를 수 있는 그런 의식 가운데 하나라네. 절대로 지울 수 없는 불멸의 영적 표식을 영혼에 새겨놓기 때문이지. 그러니 결심을 한 후에가 아니라 결심을 하기 전에 신중히 잘 생각해봐야 하네. 스티븐, 영원한 자네의 영혼이 구원을 받는 일이 걸려 있다는 점을 감안한다면 이는 엄숙하게 다룰 문제이네. 하지만 우리 함께 하느님께 기도를 올리도록 하세."

육중한 현관문을 열고 선 채로 그가 이미 신앙생활을 함께 하고 있는 동료를 대하듯 스티븐에게 손을 내밀었다. 문을 지나 계단 위쪽의 널찍한 단상으로 나온 스티븐은 부드러워진 저녁 공기가 그의 몸을 감싸고 있음을 의식했다. 네 명의 젊은이가 서로 팔짱을 낀 채 활달한 걸음으로 핀들래터 교회*를 향해 다가가고 있었다. 그들은 통솔자가 연주하는 아코디언의 경쾌한 음악 소리에 보조를 맞춰 머리를 흔들며 행진하듯 걸어가고 있는 중이었다. 예기치 않은 음악의 처음 몇 소절과 만났을 때 항상 그러하듯, 음악소리가 종잡을 수 없는 이러저러한 생각으로 복잡해져 있는 그의 마음 위로 스쳐 지나가면서 아무런 고통도 주지 않고 아무런 소리도 없이 그 모든 생각의 성을 허물어뜨렸다. 마치 갑작스러운 파도가 아이들이 쌓아놓은 모래성을 풀어헤쳐 허물어뜨리듯. 시시한 음악 소리에 미소를 보내면

*러틀랜드 광장(현재 파넬 광장)의 주변에 있는 장로교회. 러틀랜드 스퀘어 노스(현재 파넬 스퀘어 노스)와 프레드릭 스트리트 노스라는 두 거리가 만나는 지점에 있다.

서 그는 눈을 들어 사제의 얼굴을 바라보았다. 저물어 가는 해의 생기 잃은 마지막 햇살이 그의 얼굴을 우울하게 비추고 있는 것을 보면서, 그는 사제가 보여주는 동료 의식에 머뭇머뭇 순응하여 잡았던 자신의 손을 천천히 떼었다.

그가 계단을 내려오는 동안, 그의 불안하고 어지러운 자아 성찰을 중도에서 멈추게 한 것은 문을 나서서 보았던 사제의 인상, 저물어 가는 해의 마지막 생기 잃은 햇살이 비춰주던 사제의 우울한 인상이었다. 이윽고 학교생활의 그림자가 그의 의식 위로 무겁게 지나갔다. 그를 기다리는 것은 무겁고 질서정연하며 열정이 결여되어 있는 생활, 물질적인 근심과 걱정이 제거된 생활이었다. 그는 수도자 수련원에 들어가서 자신이 어떤 첫날밤을 보낼 것인가, 그 다음날 아침 잠자리에서 깨어났을 때 자신이 얼마나 낙담할 것인가를 상상해보기도 했다. 클롱고우스 우드 칼리지의 기다란 복도에서 나던 냄새, 마음을 불안케 하던 그 냄새가 그의 기억에 다시 떠올랐다. 그리고 타오르는 가스등 불꽃에서 새어나오던 조심스러운 웅얼거림 소리가 다시금 들리는 듯도 했다. 즉시 그의 몸 온갖 부분에서 불안감이 새어나와 사방으로 빛을 내뿜기 시작했다. 이어서 열에 들뜬 듯 심장의 맥박이 빨라지기 시작했으며, 소란스럽게 뒤엉킨 무의미한 말들이 그의 정돈된 생각들을 혼란스럽게 이리저리 마구 내몰았다. 마치 호흡이 불가능한 뜨겁고 습한 공기를 들이마시기라도 한 듯, 허파가 팽창하여 아래로 가라앉는 것만 같았다. 그리고 다시금 클롱고우스 우드 칼리지 목욕탕의 생기 없는 이탄 빛깔의 물 위로 떠돌던 덥고 습한 공기의 냄새가 코를 찌르는 것 같았다.

이러한 기억에 힘입어 깨어난 그 어떤 본능이, 교육이나 신

양심으로 통제될 수 없는 그 어떤 강렬한 본능이, 그가 그런 무거운 삶으로 한 걸음 한 걸음 다가갈 때마다 그의 내부에서 더욱 빠르게 되살아났다. 날카롭고 적의에 찬 본능이 그의 마음을 무장시켜 묵종을 거부하도록 부추기고 있는 것이었다. 사제로 살아가야 할 삶의 한기(寒氣)와 질서가 그의 내부에 강한 혐오감을 불러일으켰던 것이다. 그는 자신이 차가운 아침 공기를 느끼며 잠자리에서 일어나 다른 사람들과 함께 줄지어 새벽미사를 드리러 가는 모습을, 희미하게 느껴지는 복통을 참으며 기도에 집중하려고 헛되이 애쓰는 모습을 상상해보았다. 그리고 학교의 예수회 동료들과 함께 저녁 식탁에 앉아 있는 자신의 모습을 상상해보기도 했다. 아, 낯선 집의 식탁에 앉아 먹고 마시는 일을 끔찍이도 싫어하도록 그를 이끌어왔던 그 자신의 뿌리 깊은 수줍음은 과연 어찌하는 것이 좋겠는가. 자신은 어떤 체제 안에서도 타인과 거리를 둔 채 존재하는 개별자라는 생각을 갖도록 그를 항상 이끌어왔던 영혼의 자부심은 또 어찌할 것인가.

예수회 소속 스티븐 디덜러스 신부.*

이 같은 새로운 삶의 과정에 그에게 주어질 이름이 그의 눈앞에 활자화되어 펼쳐졌고, 이어서 확실치 않은 어떤 얼굴의 모습이 또는 안색이 홀연히 마음속에 그려졌다. 마치 색감이 엷은 벽돌의 붉은빛이 시시각각으로 달아올라 선명해지듯, 일순 희미해졌던 그 얼굴의 안색이 다시금 또렷해졌다. 겨울 아침 갓 면도한 사제들의 턱밑 피부에서 그가 종종 확인하곤 했던 맨살의 붉은 혈색을 들여다보고 있는 것 같기도 했다. 아무

*이에 대한 영어 본문은 "The Reverend Stephen Dedalus, S. J."이다. 이때 이름 뒤에 붙어 있는 "S. J."는 "Society of Jesus"로 예수회 소속 사제임을 알리는 표현임.

튼, 까다로운 인상에다 경건한 표정의 그 얼굴에는 두 눈이 보이지 않았으며, 억누른 분노가 분홍빛 반점이 되어 여기저기 수를 놓고 있었다. 혹시 몇몇 아이들은 '랜턴 죠스'*라 부르고 다른 몇몇 아이들은 '폭시 캠블'**이라 부르던 어떤 예수회 사제의 얼굴이 환영처럼 그의 마음에 떠올랐던 것은 아닌지?

바로 그 순간 그는 가디너 스트리트에 있는 예수회 소속의 건물*** 앞을 지나가고 있었다. 그 앞을 지나며 그는 만일 자신이 예수회에 들어가면 어떤 창문의 방이 자신에게 배정될 것인가가 희미하게나마 궁금해지기도 했다. 이윽고 그는 이 같은 자신의 궁금증이 아주 희미한 것이라는 데 놀랐다. 또한 그가 지금까지 거룩한 성소라 생각했던 바로 그곳과 자신의 영혼이 이제 멀찌감치 거리를 유지하고 있다는 데 놀라기도 했다. 아울러, 자신의 결정적이고 돌이킬 수 없는 어떤 행동 하나가 조만간 그리고 영원히 그의 자유를 빼앗아가겠다는 위협을 가하자, 그를 단단하게 움켜쥐고 있던 오랜 명령과 복종의 세월이 그처럼 허약하게 장악력을 상실하는 것을 보고 놀라기도 했다. 교회의 자랑스러운 권리를, 성직이 지니는 신비와 성직이 행사하는 힘을 그에게 역설하던 교장 선생님의 목소리가 그의 기억 속에서 헛되이 되풀이되고 있었다. 그의 영혼은 교장 선생님의 목소리에 귀 기울이고 이를 받아들이기 위해 그 곁에 머물러 있지 않았으며, 그는 자신이 경청했던 간곡한 권유가 이미 쓸모없는 의례적 이야기가 되고 말았다는 것도 알고 있었다. 그는 결

---

*'랜턴 죠스(Lantern Jaws)'는 '볼이 옴폭 꺼져 뾰족해 보이는 마른 턱'을 뜻함. 여기에서는 이런 인상적 특징을 지닌 사람의 별명.
**폭시 캠블(Foxy Campbell)은 '여우같은 얼굴 모습의 캠블'. 벨비디어 칼리지에는 리처드 캠블(Richard Campbell)이라는 이름의 사제가 있었다.
***가디너 스트리트 어퍼에 있는 성 프란치스코 하비에르 성당에 부속된 사제관.

코 사제가 되어 감실 앞에서 향로를 흔들지 않을 것이다. 운명
적으로 그가 갈 길은 사회 조직이든 종교 단체든 이를 피하는
쪽이 될 것이다. 사제의 간곡한 호소에 담긴 지혜가 그의 마음
을 속속들이 움직이지는 못했던 것이다. 다른 사람들의 것과는
다른 자기만의 지혜를 터득하는 것이 그에게 주어진 운명이었
다. 또는 세상이라는 그물 안에서 방황하는 가운데 스스로 다른
사람들의 지혜를 터득하는 것이 그의 운명이기도 했다.

세상이라는 그물은 죄악의 길로 얽혀 있기에, 그는 그 길로
빠져들 것이었다. 그는 아직 빠져들지 않았으나, 조용히 어느
한순간에 빠져들 것이었다. 그 길로 빠져들지 않기란 너무도,
너무도 어렵다. 다가올 어떤 순간에 그 길로 빠져들 것이기에,
빠져들 것이지만 아직 빠져들지 않았기에, 아직 빠져들지 않았
지만 이제 곧 빠져들 것이기에, 그는 자신의 영혼이 말없이 그
길로 빠져들고 있음을 느꼈다.

톨카 강을 가로질러 놓여 있는 다리*를 건넌 다음, 아주 잠
깐 동안 차가운 눈길로 그 모습이 희미해져가는 성모 마리아
의 파란빛 성소를, 초라한 오두막들**이 옹기종기 모여 형성된
마을 한가운데의 기둥 위에 새처럼 얹혀져 있는 성모 마리아의
성소***를 바라보았다. 이윽고, 왼쪽으로 몸을 꺾어 집으로 이
르는 좁은 길로 들어선 다음, 길을 따라 걸어갔다. 썩은 양배추
의 시큼한 냄새가 강가의 경사지(傾斜地)에 있는 고만고만하고

---

*더블린 북부에 위치한 톨카 강을 가로질러 놓여 있는 밸리보 브리지. 톨카 강은 리
피 강과 도더 강과 함께 더블린의 3대 강 가운데 하나.
**당시 톨카 강 주변의 집들은 가축우리나 다름없이 남루하고 초라한 것이었다. 후
에 철거됨.
***주각(柱脚) 위에 세워진 성모 마리아 상의 펼쳐진 푸른색 옷자락이 날개를 펼치고
있는 새의 모습을 연상케 한 것. 푸른색과 흰색은 성모 마리아를 상징하는 색깔이다.

작은 채소밭들에서 그를 향해 희미하게 풍겨왔다. 바로 이 무질서가, 자기 아버지의 집에서 확인되는 혼란과 난맥상이, 식물이 썩어가며 풍기는 냄새가 자신의 영혼 안에서 승리를 거둘 것이라는 생각에 미소가 그의 입가에 번졌다. 이윽고 그들의 집 뒤에 널려 있는 채소밭들 한가운데서 혼자 일하던, 그들이 '모자 쓴 아저씨'라 별명을 붙여준 일꾼이 생각나자, 그의 입가에서 가벼운 웃음이 새어 나왔다. 곧이어, 일을 하던 '모자 쓴 아저씨'가 하늘의 네 구석을 차례로 올려다보고는 유감스럽다는 듯 삽을 땅에 푹 찔러 넣던 모습을 생각하노라니, 첫 웃음에 이어지는 또 한 번의 웃음이 입가로 올라와 자기도 모르게 터져 나왔다.

그는 빗장이 없는 현관문을 밀어젖히고 아무런 가구 장식도 없는 현관을 가로질러 부엌으로 들어갔다. 그의 남동생들과 여동생들이 식탁 주위에 둥그렇게 앉아 있었다. 차는 이미 거의 다 없어지고, 물을 다시 부어 우려낸 찻물*마저도 찻잔으로 사용하는 작은 유리병과 잼 단지의 바닥에 조금 남아 있을 뿐이었다. 먹다 남긴 설탕 뿌린 빵 껍데기들과 조각들이 그 위에 부은 홍차 때문에 누렇게 변색이 된 채 식탁 위 여기저기에 흩어져 있었다. 식탁에는 또한 여기저기 찻물이 괴어 있었고, 부서진 상아 손잡이가 달린 나이프 하나가 이리 뜯어 먹히고 저리 뜯어 먹힌 파이 한가운데에 박혀 있었다.

저무는 해가 비춰주는 잿빛 감도는 파란빛의 처량하고도 고요한 빛이 창문과 열려진 문을 통해 들어와, 스티븐의 가슴에서 갑작스럽게 치솟는 본능적인 회한의 감정을 가려주는 동시

*한 번 끓인 차에 물을 다시 부은 상태의 약한 차를 말한다. 경제적 형편이 어렵다는 암시를 여기에서 읽을 수 있다.

에 조용히 가라앉혔다. 그들에게는 허락되지 않았던 온갖 것이 장남인 그에게는 풍요롭게 주어졌었다. 하지만 고요한 저녁 햇살을 받고 있는 그들의 얼굴에서 스티븐은 아무런 원망과 유감의 빛도 찾아볼 수 없었다.

그는 그들 가까이에 자리를 잡고 앉아 아버지와 어머니가 어디 계시냐고 물었다. 여동생 하나가 이렇게 대답했다.

"아빠하고요 엄마하고요 집을요 보러요 나가셨어요."

그처럼 여러 번 이사를 했는데, 또 이사를 해야 하다니! 벨비디어 칼리지의 팰런이라는 이름의 아이가 멍청한 웃음을 얼굴에 담고는 왜 그렇게 자주 이사를 하느냐고 그에게 종종 묻곤 했었다. 이 같은 질문을 해대는 녀석의 멍청한 웃음소리가 다시 들리는 것 같아, 그는 재빨리 경멸감이 담긴 찌푸림으로 이마를 어둡게 했다.

그가 물었다.

"물으나 마나 한 질문이겠지만, 왜 또 이사를 한다니?"

조금 전에 대답했던 여동생이 또 이렇게 대답했다.

"왜냐면요, 집주인이요 우리를요 바깥으로요 나가라고요 한대요."

난로 저쪽 끝에 앉아 있던 가장 나이 어린 남동생이 목소리를 높여 〈고요한 밤에 종종〉*이라는 노래를 부르기 시작했다. 한 명 한 명 아이들이 그를 따라 노래를 부르기 시작하더니 마침내 모두가 한 목소리로 합창을 하게 되었다. 동생들은 이 노래에서 저 노래로, 이 합창곡에서 저 합창곡으로, 몇 시간이고 계속해서 노래를 할 것이다. 파리한 마지막 저녁 햇빛이 지평

---

*아일랜드 시인 토머스 무어(Thomas Moore, 1779~1852)의 시를 가사로 삼아 만들어진 유행가. "고요한 밤에 종종"은 이 노래의 제목이기도 하고 첫 소절이기도 하다.

선으로 완전히 사라질 때까지. 밤하늘의 첫 검은 구름이 모습을 드러내고 마침내 밤이 될 때까지.

그는 동생들의 노래에 귀를 기울인 채 잠시 머뭇거리다가, 그 역시 동생들과 함께 노래를 불렀다. 그는 동생들의 연약하면서도 생기 있고 청순한 목소리 이면에 지친 기색이 감돌고 있는 것을 감지하고는 영혼의 아픔을 느꼈다. 삶의 여정을 제대로 시작하기도 전에 벌써 동생들은 삶의 길에 지쳐 있는 것처럼 보였다.

그는 부엌 안을 울리는 동생들의 합창소리가 끝없는 세월을 이어오며 노래하는 세상의 모든 어린아이들의 합창소리와 서로 끝없는 울림을 주고받으면서 점점 더 커져만 가는 것을 감지했다. 그 모든 울림 안에서 그가 또한 감지했던 것은 지치고 아파하는 아이들의 마음이 담긴 노랫가락이 쉬지 않고 되풀이하여 울리고 있다는 점이었다. 모두가 삶의 길에 들어서기도 전에 이미 삶에 지쳐 있는 것처럼 보였다. 이윽고 그는 뉴먼도 베르길리우스의 단선적으로 이어지는 시 구절에서 이 같은 노랫가락을 감지했던 적이 있음을 기억해냈다. '마치 자연의 여신이 입을 열어 노래하듯, 모든 시대의 어린아이들이 겪어왔던 지치고 아픈 삶을 이야기하면서도 여전히 어린아이들의 보다 나은 삶에 대한 희망을 노래하고'* 있음을 뉴먼은 감지했던 것이다.

*　*　*

그는 더 이상 기다릴 수 없었다.

*존 헨리 뉴먼의 《승언의 원리(A Grammar of Assent)》(1870)에 나오는 구절.

바이런 주점의 문 앞에서 클론타프 성당*의 문 앞까지, 그리고 다시 클론타프 성당의 문 앞에서 바이런 주점의 문 앞까지, 그리고 다시 성당까지 갔다가 주점 앞으로 되돌아오는 동안, 그는 처음에는 보도의 판석에 발걸음을 차례로 신중하게 내딛으면서 천천히 걸었다. 그러다가 시의 운율에 맞춰 발걸음을 옮겼다. 아버지가 대학에 관해 무언가 알아낼 것이 있나 확인하기 위해 대학 강사인 댄 크로스비와 주점으로 들어간 지 한 시간은 족히 지났다. 꼬박 한 시간을 성당까지 왔다갔다하며 기다렸다. 하지만 이제는 더 기다릴 수가 없었다.

그는 돌연 불** 쪽을 향해 발걸음을 옮겼다. 아버지의 날카로운 휘파람소리가 그를 뒤돌려 세울 수 없도록 빠르게 걸음을 옮겼다. 그리고 곧 그는 경찰서 모퉁이를 돌아 아버지의 시선이 닿지 않을 곳에 이르렀다.

그렇다, 어머니의 냉담한 침묵에서 확인할 수 있었듯 어머니는 그가 대학을 간다는 생각에 호의를 갖고 있지 않았다. 못 미더워하는 어머니의 태도가 자랑스러워하는 아버지의 태도보다 더 예리하게 그의 마음을 찔렀다. 그리고 그는 자신의 영혼에서 시들어가고 있는 신앙심이 어머니의 눈빛에서 더욱 깊어져 가고 강해져 가고 있음을 자신이 어떤 마음으로 지켜보았던가를 냉담한 마음으로 되짚어보기도 했다. 등을 돌린 어머니에 항거하여 막연한 적대감이 그의 내부에서 구름처럼 피어올라 그의 마음을 어둡게 뒤덮었다. 구름처럼 흘러가듯 적대감이 어디론가 사라져 그의 마음이 다시 평온함을 되찾고 또 어머니에

---

*더블린 만(灣)의 북쪽 해안 쪽 지명. 여기에서 말하는 클론타프 성당은 세례자 성 요한 성당.
**더블린 만 북쪽에 있는 방파제. 클론타프의 동쪽에 위치해 있다.

대한 공손한 마음이 되살아나면, 그는 어머니의 삶과 자신의 삶 사이에 최초의 분리가 소리 없이 이루어지고 있음을 희미하게 또한 후회의 감정 없이 의식하기도 했다.

대학이라! 결국 그는 자신의 소년 시절에 보호자 역할을 했을 뿐만 아니라 그들 가운데 그를 묶어두려 했던 감시인들의 제지를, 자신을 그들의 지배 아래 두어 그들의 대의(大義)를 실현하는 데 일조하게 하려 했던 감시인들의 제지를 따돌리는 데 성공했다. 만족감 뒤의 자부심으로 인해, 그는 느리게 밀려오는 기다란 파장의 파도를 탄 것처럼 고양된 기분에 젖어 있었다. 그가 운명적으로 몸 바쳐 실현해야 할 대의가 무엇인지 아직 그의 눈에 보이지는 않았지만, 그를 인도하여 보이지 않는 길을 따라 탈출을 감행하도록 한 것은 바로 그것이었다. 이제 보이지 않는 그 무엇이 다시금 그를 손짓하여 부르고 있었고, 그리하여 새로운 모험의 길이 그의 앞에 열리기 시작한 것이었다. 그는 한밤의 숲 속에서 차례로 한 가닥씩 갑자기 치솟았다가 잦아드는 세 가닥의 불길처럼 단속적으로 이어지는 음악의 가락을 듣고 있는 듯한 느낌에 젖기도 했다. 그의 귀에는 마치 장2도 위로 치솟다가 감4도 내려가고 다시 장2도 올라갔다 장3도 내려가는 음악의 가락이 들리는 듯도 했던 것이다. 이는 숲의 요정들이 연주하는 끝도 없고 형체도 없는 서곡이었다.* 그 음악이 박자 감각을 잃은 불꽃처럼 점점 더 격해지고 점점

*스티븐이 상상 속에 듣고 있는 음악의 소절은 "C→D→#→B#〔C〕→A♭"으로, 이는 온음 음계의 특징을 지니고 있다. 비록 구체적으로 어떤 곡인지는 확인할 수는 없으나, 이는 온음 음계를 체계적으로 사용했던 당대의 프랑스 작곡가 드비시(Claude Debussy, 1862~1918)의 음악을 암시하는 것으로 추정됨. 이를 뒷받침하는 것이 "숲의 요정들이 연주하는 끝도 없고 형체도 없는 서곡"이라는 표현으로, 이는 드비시의 〈목신의 오후 서곡(Prelude a l'apres-midi d'un faune)〉을 지시하는 것으로 추정된다.

더 빠르게 이어지는 동안, 그의 귀에는 나뭇가지와 풀잎 아래서 야생의 생명들이 나뭇잎에 후두두 떨어지는 빗물처럼 요란한 소음을 내며 발걸음을 재촉하는 소리가 들리는 듯도 했다. 산토끼와 집토끼의 발이, 수사슴과 암사슴과 영양의 발이 후두두 어지럽고 혼란스러운 소음을 내며 그의 마음을 스쳐 지나갔다. 마침내 그의 귀에는 더 이상 아무런 소리도 들리지 않게 되었고, 이윽고 뉴먼의 글 가운데 하나의 마지막을 장식하는 도도한 어구가 그의 기억에 떠올랐다. "그의 발이 수사슴의 발과 같고, 그 아래에 영원하신 팔이 있도다."*

어렴풋한 그 이미지에서 느껴지는 도도한 분위기가 그가 거부했던 직책의 위엄을 다시금 마음에 떠올리게 했다. 그는 자신의 운명이라 생각했던 그 일을 놓고 소년 시절 내내 그렇게도 자주 깊은 생각에 잠기곤 했었다. 그런데 그에게 부름에 순응할 순간이 다가오자 그는 예기치 않은 뜻밖의 본능에 이끌려 이를 거부했다. 이제 그의 앞에 놓인 것은 거부와 새로운 모험 사이의 시간이었다. 결코 사제 서품의 자리에서 그의 몸에 성유(聖油)가 뿌려지는 일은 없을 것이다. 그는 거부했다. 하지만 왜 거부했던 것일까.

돌리마운트**에 이르러 길을 바다 쪽으로 꺾었다. 나무로 만

---

*뉴먼의 《대학의 이념(The Ideas of the University Defined and Illustrated)》(1852)에 나오는 구절. 뉴먼은 이 책의 서론 부분에서 교회의 "성공"을 역사적으로 개관하는 일련의 수사적 물음을 던지고 있는데, 마지막을 장식하는 것이 다음과 같은 물음이다: "독수리처럼 그의 젊음이 항상 새롭게 되살아나며, 그의 발이 수사슴의 발과 같고, 그 아래에 영원하신 팔이 있는 유다의 머리 위에 어찌 흰머리가?(What gray hairs are in the head of Judah, whose youth is renewed like the eagle's, whose feet are like the feet of harts, and underneath the Everlasting arms?)" 유다는 야곱의 넷째 아들이고, "영원한 팔"은 하느님을 지칭한다. 구약성서 〈신명기〉 33장 27절 참조: "The eternal God is thy refuge, and underneath are the everlasting arms"(킹 제임스판 성경).
**클론타프와 불 사이의 지명.

들어진 빈약한 다리를 건너는 동안, 그는 무겁게 내리딛는 발걸음에 다리의 발판이 흔들리는 것을 느꼈다. 그리스도교 형제회의 수사들이 무리지어 불을 떠나 집으로 돌아가고 있었는데, 그들은 둘씩 짝을 지어 다리를 건너기 시작했다. 이윽고 다리 전체가 흔들리고 울렸다. 까칠한 인상의 사람들이, 바다 바람의 영향으로 군데군데 누렇게, 붉게, 검푸르게 변색이 된 얼굴의 사람들이 그를 스쳐지나갔다. 그들의 얼굴을 애써 느긋하고 무관심한 표정으로 바라보려고 하는 동안, 개인적 부끄러움과 연민의 감정이 희미하게 올라와 자신의 얼굴을 점점이 수놓고 있음을 느낄 수 있었다. 그런 자신의 모습에 화가 난 그는 그들의 시선에서 자신의 얼굴을 감추려 했다. 다리 아래쪽 여울져 움직이고 있는 옅은 물 쪽으로 눈길을 돌려 그들의 시선을 피하려 했지만, 그는 여전히 물에 비친 그들의 머리를 무겁게 내리누르고 있는 실크해트와 줄자 같아 보이는 초라한 옷깃과 헐렁하게 늘어져 있는 성직자 복장에서 눈길을 뗄 수는 없었다.

히키 수사.
퀘이드 수사.
매카들 수사.
키오 수사.

그들은 아마도 그들의 이름과 같은 신앙심을, 그들의 얼굴과 같은 신앙심을, 그들의 복장과 같은 신앙심을 지니고 있으리라. 그는 그들이 지닌 겸손하고 죄를 뉘우치는 마음은 자신의 마음이 이제까지 지녀왔던 것보다 더 풍요로운 신앙의 선물을, 아마도 자신의 정교한 숭배의 마음보다 열 배는 더 받으시는 이의 마음을 즐겁게 할 선물을 하느님께 제물로 바쳤을 것이라 마음속으로 생각해보았다. 하지만 부질없는 생각이었다. 그들에게 너그러워지도록 자신을 타일러보기도 했다. 하지만 이 역시 부질없는 생각이었다. 어쩌다 그가 자부심을 송두리째 빼앗긴 채 기진맥진한 상태가 되어 거지 차림으로 그들의 집 문 앞으로 다가갔다면 그들이 그를 너그럽게 받아주고 자신들을 사랑하듯 그를 사랑해주었을 것이라 생각해보기도 했지만, 이런 생각 역시 부질없기는 마찬가지였다. 자신을 사랑하듯 이웃을 사랑하라는 사랑의 율법은 동일한 양과 강도로 이웃을 사랑하라는 것이 아니라 우리 자신을 사랑하는 것과 동일한 종류의 사랑으로 사랑하라는 것이라 주장해보기도 했지만, 자신의 냉정한 확신에 거슬러 이처럼 주장해보기도 했지만, 이 역시 마찬가지로 부질없고 마음만 더욱 아프게 하는 생각일 뿐이었다.

그는 자신의 마음에 간직하고 있는 보물 창고에서 한 구절을 꺼내 조용히 속삭여보았다.

"바다를 떠도는 얼룩진 구름의 하루."*

이 구절의 말과 한낮의 시간과 눈앞의 정경이 잘 조화를 이루었다. 말이 조화를 이루었다니? 이는 말의 색채 때문일까. 그는 떠오르는 아침 해의 금빛, 사과 농원의 황갈색과 초록색, 파도의 남빛, 양털구름의 가장자리를 수놓은 잿빛 등, 말이 시시각각으로 색조를 바꿔가며 타올랐다 꺼지도록 내버려두었다. 아니, 그것은 말의 색채가 아니었다. 그것은 아름다운 문장

그 자체의 균형과 조화였다. 그렇다면 그는 말이 떠올리게 하는 전설과 색채보다는 말의 율동적인 억양의 변화를 더 사랑한 것일까. 아니면, 그의 마음이 수줍은 만큼이나 시력이 약하기 때문에, 환하게 빛나는 감각적 세계가 언어의 프리즘을 통해 다양한 색채로 또한 풍요로운 층위(層位)로 반사되는 것에서 즐거움을 느끼기보다, 명징하고 유연한 산문으로 이루어진 아름다운 문장 속에 완벽하게 반영되어 있는 한 개인의 내면적 감정 세계를 깊이 명상하는 것에서 더 큰 즐거움을 느꼈던 것은 아닐지?

그는 흔들리는 다리를 건너 다시금 단단한 땅에 발걸음을 내딛었다. 바로 그 순간 그에게는 대기가 싸늘하게 느껴졌으며, 눈길을 옆으로 돌려 바다를 향하자 한 줄기 돌풍이 파도치는 바다를 갑작스럽게 어둡게 하고 잔물결로 뒤덮는 것을 볼 수 있었다. 심장이 희미하게 펄떡이고 목구멍이 희미하게 울렁이는 것을 보면, 그의 몸이 차갑고 비인간적인 바다 냄새를 얼마나 두려워하는가를 다시 한 번 확인할 수 있었다. 하지만 그는 왼편으로 펼쳐져 있는 모래 언덕을 가로질러 가는 대신 강의 입구 쪽을 향해 뻗어 있는 바위의 등을 타고 똑바로 앞으로 나아갔다.

안개에 가려 엷어진 햇빛이 만(灣)을 이루고 있는 강 입구의 잿빛 물결을 희미하게 비춰주고 있었다. 저 멀리 유유히 흐르는 리피 강의 물길을 따라 가느다란 돛대들이 수평선 위 하늘에 점점이 수를 놓고 있었고, 한결 더 먼 곳에서는 안개에 가려져 희미해진 모습의 도시가 몸을 낮게 웅크리고 있었다. 마치 인간의 피로만큼이나 낡고 오래된 풍경이 벽걸이 양탄자 위에 펼쳐져 있듯, 기독교 세계에서 일곱 번째로 큰 도시*의 영상이 시간을 초

월하여 존재하는 공기를 가로질러 그의 눈앞에 펼쳐져 있는 것이었다. 팅모트 시대**보다도 더 낡지도 않고 예속의 상태에 대해 더 피로해하거나 더 못 견뎌 하지도 않은 바로 그런 상태로.

 가라앉는 마음을 추스르기라도 하듯 그는 눈을 들어 바람에 밀려 천천히 떠가고 있는 구름들을, 얼룩진, 바다를 떠도는 구름들을 향해 눈길을 주었다. 구름들은 이동 중인 한 무리의 유목민처럼 하늘이라는 사막을 가로질러, 아일랜드의 하늘 저 높은 곳을 가로질러 서쪽을 향해 떠가고 있었다. 그들이 지나온 유럽은 아일랜드 해협 저 너머로 펼쳐져 있었다. 구름들은 낯선 언어들과 패인 계곡들과 둘러싼 숲들과 요새화한 성채들이 있는 유럽을, 참호에 갇히고 전투 대열로 내몰린 민족들이 있는 유럽을 지나온 것이었다. 그는 자신의 내부에서 혼란스런 음악이, 가물가물 떠오르긴 하지만 단 한순간도 명확하게 포착할 수 없는 기억들과 이름들로 뒤엉켜 있는 듯한 혼란스런 음악이 울려나오고 있음을 감지했다. 이윽고 음악이 서서히, 아주 서서히, 아주 서서히 잦아들고 있음을 느꼈다. 안개와도 같이 막연한 가락의 음악이 조금씩, 아주 조금씩, 아주 조금씩 잦아들 때마다 길게 꼬리를 드리운 부름의 소리 하나가, 어둠의 침묵을 꿰뚫는 별빛과 같은 부름의 소리가, 예외 없이 비집고 들어와 그 자리를 채웠다. 그 부름의 소리가 다시, 그리고 다시, 그리고 또 다시, 그리고 또 한 번 다시 울렸다. 이 세상의

---

*어떤 출처나 근거에 의해 더블린이 '기독교 세계에서 일곱 번째로 큰 도시'라는 주장을 펼치고 있는지는 확인 불가.
**팅모트(Thingmote)는 옛 스칸디나비아의 정복자들(데인 족)이 회합을 갖던 언덕처럼 생긴 장소. 더블린은 9세기에서 11세기—정확하게 말해, 1014년 클론타프 전투에서 정복자들이 패배할 때—까지 그들의 지배하에 있었다. 더블린의 팅모트는 17세기경에 철거되었다.

바깥쪽 어딘가에서 누군가 그를 부르고 있었다.

"어이, 스테파노스!*"

"디덜러스 어르신께서 행차하셨군!"

"야, 그만 둬, 드와이어! 너 그만두지 않으면, 한 방 먹일 거다. 네 주둥아리가 남아나지 않도록 말야. 어, 이런!"

"타우저, 잘한다. 아주 물귀신을 만들어버려!"

"어서 오십시오! 디덜러스 어르신! 보우스 스테파노우메노스! 보우스 스테파네포로스!**"

"물귀신을 만들어버리라니까! 물을 잔뜩 먹이란 말야, 타우저!"

"살려줘! 살려줘요! 어어!"

그는 그들의 얼굴을 알아보기 전에 이미 한꺼번에 누가 누구인지를 알아차렸다. 옷을 벗고 한데 뒤엉켜 뒹구는 그들의 모습을 바라보는 것만으로도 뼛속까지 냉기가 느껴졌다. 창백한 금빛 햇살을 온몸에 받아 시체처럼 창백한 빛을 띠고 있거나 햇볕에 거칠게 그을린 그들의 몸은 바닷물에 젖어 번들거리고 있었다. 얼기설기 쌓여 있는 돌 더미 위에 엉성하게 얹혀져 있어 누구든 그 위에 올라가 물로 뛰어들 때마다 흔들거리는 돌판—그러니까 그들이 다이빙대로 사용하고 있는 돌덩이—과 경사진 방파제의 거칠게 다듬어진 돌덩이들도 물기를 머금은 채 차가운 빛으로 번들거리고 있었다. 그들이 자기네들 몸을 철썩철썩 쳐대는 수건들도 바닷물을 머금어 무거워 보였고, 그들의 머리 역시 차가운 바닷물에 흠뻑 젖어 있었다.

*스티븐의 이름을 그리스어 식으로 발음한 것. 그리스어로 '스테파노스'는 승리자에게 수여하는 '화환' 또는 '왕관'을 뜻하는 말.
**그리스어로 '화환을 쓴 황소' 및 '화환을 짊어진 황소.' 희생 제의에 산 채로 제물로 바쳐지는 황소에게 화환을 씌우는 풍습이 고대 사회에 있었다.

스티븐은 그들의 부름에 응하여 그 자리에 멈춰 선 채, 그들의 야유를 적당한 말로 받아넘겼다. 어쩌면 저렇게 하나같이 개성이 느껴지지 않는 것일까! 단추를 다 채우지 않고 가슴 깊이 옷깃을 풀어헤친 채 입고 다니던 상의를 벗어던진 슐리의 모습에서, 뱀처럼 구불구불한 모양의 버클 장식이 있는 주홍빛 혁대를 벗어 던진 에니스의 모습에서, 덮개가 없는 주머니들이 달린 노픽 식 외투*를 벗어 던진 코널리의 모습에서, 그는 평소 느꼈던 그들의 개성을 확인할 수 없었다. 그들의 모습을 바라보는 것만으로도 통증이 느껴졌다. 그들의 한심하고 가련한 알몸을 보기에 더욱 역겹게 만들고 있는 사춘기의 성징(性徵)들을 바라보고 있자니, 예리한 통증이 칼로 쑤시듯 그의 마음을 아프게 했다. 어쩌면 그들은 그네들의 영혼 안에 깃들어 있는 은밀한 두려움에서 벗어나기 위해 떼 지어 몰려와서 법석을 떨고 있는 것이리라. 그들과 떨어진 곳에서 침묵에 잠긴 채 그는 자기 몸의 신비로 인해 그 자신이 얼마나 두려움에 떨었던가를 기억 속에 떠올렸다.

"스테파노스 디덜러스! 보우스 스테파노우메노스! 보우스 스테파네포로스!"

그들의 야유는 그에게 새삼스러운 것이 아니었으며, 항상 그러했듯 이번에도 그들의 야유는 자기 이름의 독자성과 비범성에 대한 가벼운 자부심을 만족시켜줄 따름이었다. 하지만 전과는 달리 이번에는 자신의 이상한 이름이 그에게 하나의 예언처럼 느껴지기도 했다. 따뜻한 잿빛의 대기가 더할 수 없이 완벽하게 시간을 초월해 존재하는 것처럼 느껴졌고, 기분이 더할

*스포츠 활동을 할 때 입는 품이 헐거운 재킷으로, 헐거운 혁대가 부착되어 있다.

수 없이 유연해지고 자의식의 통제를 벗어나 자유로워져 있어서, 그에게는 마치 모든 시대가 자기 앞에서 하나로 합쳐져 있는 것처럼 느껴지기도 했다. 조금 전에는 데인 족의 고대 왕국이라는 유령이 안개에 둘러싸인 도시의 장막을 뚫고 드러나 보이는 것 같았다. 전설적인 장인*의 이름을 듣자, 이제 그는 희미한 파도 소리가 들리는 것을 느낄 수 있었고, 날개를 단 한 형상이 파도 위로 날아다니다 천천히 공중으로 솟아오르는 것을 볼 수 있었다. 이것이 뜻하는 바는 무엇인가. 바다 위에서 태양을 향해 매처럼 날아오르는 사나이, 이는 예언과 상징으로 가득 찬 중세의 어떤 서적을 한 페이지 열기 위한 신기한 도구가 아닌가. 그가 운명적으로 몸 바쳐 실현해야 할 대의가 무엇인지를, 안개를 헤매듯 어린 시절과 소년 시절을 지내는 동안 줄곧 그를 따라다녔던 대의가 무엇인가를 말해주는 예언이 아닌가! 이는 자신의 작업실에 들어앉아 지상의 생명력 없는 물질을 동원하여 저 높은 곳을 향하여 높이 솟아오르는 불멸의 새로운 생명체를, 인간의 능력으로 감지할 수 없는 불멸의 생명체를 새롭게 빚어내는 예술가에 대한 상징이 아닌가!

그의 가슴이 뛰고 있었다. 그의 호흡이 점점 빨라지고, 마치 그 자신이 태양을 향해 날아오르고 있기라도 하듯 야성적인 생명력이 그의 팔과 다리를 휩쓸고 지나갔다. 그의 심장은 황홀하고 아찔한 두려움에 떨고 있었고, 그의 영혼은 하늘을 날고 있었다. 하늘을 날던 그의 영혼이 이윽고 이 세상 너머의 저편 하늘을 향해 드높이 치솟아 올랐다. 한편, 그가 알고 있는 육체는 단숨에 정화되고 또 의혹에서 벗어나, 영혼을 이루는 모든

*그리스 신화에 등장하는 다이달로스(Daedalus). 이 소설의 맨 앞을 장식하는 제사(題詞)에 대한 역주 참조.

312

요소와 뒤섞여 하나가 된 채 찬란하게 빛을 내뿜고 있었다. 황홀한 비상이 그의 눈을 빛나게 했고, 그의 숨결을 거칠게 했으며, 바람결에 휩쓸리는 그의 팔과 다리를 전율케 하고 자유롭게 하는 동시에 환하게 빛나게 했다.

"하나! 둘! 야, 조심해!"

"아이쿠! 나, 빠져죽는다!"

"하나! 둘! 셋, 자, 가라!"

"다음엔 나야, 나!"

"하나! 어어, 이런!"

"스테파네포로스!"

소리 내어 외치고 싶은 충동을 참느라 목이 아팠다. 매가, 독수리가 저 하늘 높은 곳에서 소리 내어 울듯, 자신이 해방되었음을 바람에게 소리쳐 알리고 싶었던 것이다. 이는 자신의 영혼을 향한 생명의 외침이었지, 의무와 절망으로 어깨가 무거워진 세속의 둔탁하고 천박한 외침이 아니었다. 생명력을 결여한 성찬 의식으로 그를 불러 이끄는 비인간적인 외침도 아니었다. 한순간의 자유로운 비상(飛翔)이 그를 구원에 이르게 했으며, 그의 입술이 참고 있던 승리의 외침이 그의 두뇌에 깊은 금을 새겼다.

"스테파네포로스!"

밤낮으로 그를 따라 함께 걸음을 옮기던 두려움, 그의 주변에서 그를 둥글게 에워싸던 의혹, 마음 안팎으로 그를 비참하게 했던 부끄러움, 이 모든 것이 시신에서 거칠게 벗겨진 수의가 아니고 무엇이겠는가! 수의가 아니라면, 무덤 속의 천이 아니라면, 과연 무엇이란 말인가!

그의 영혼은 무덤 속의 수의를 벗어던지고 이제 소년 시절이라는 무덤에서 부활한 것이었다. 그래! 그렇다! 틀림없이 그렇다! 자신과 같은 이름을 지녔던 전설적인 장인이 그러했듯, 그는 영혼의 자유와 힘을 근원 삼아 하나의 살아 있는 생명체를, 저 높은 곳을 향하여 마음껏 날아오르는 아름답고 새로운 생명체를, 인간의 능력으로 감지할 수 없는 불멸의 생명체를 창조할 것이다!

그는 더 이상 그의 혈관 속에 지펴진 불꽃을 주체할 수 없어서 돌덩이에서 자리를 박차고 벌떡 일어섰다. 그는 자신의 뺨이 발갛게 달아올라 있고 목구멍은 터져 나오는 노래를 참느라고 벌떡이고 있음을 느꼈다. 지구의 끝까지라도 걸음을 옮기고 싶다는 방랑의 욕구가 그의 발에서 용솟음쳤다. 가자, 앞으로 가자! 그의 심장이 그렇게 외치고 있었다. 바다 위로 저녁의 어둠이 깊어져 갈 것이고, 밤은 곧 벌판을 덮을 것이다. 새벽은 나그네 앞에서 희미하게 빛을 밝혀, 그를 낯선 들판과 언덕과 사람들에게 인도할 것이다. 하지만 어디로 갈 것인가.

그는 북쪽 방향인 하우스* 쪽을 바라보았다. 방파제의 수심이 낮은 쪽에서 해안으로 밀려온 해초가 있는 아래쪽까지 바닷물이 빠져 있었고, 조류가 이미 빠른 속도로 갯벌을 따라 빠져나가고 있었다. 벌써부터 타원형의 기다란 모래 언덕 하나가 잔물결에 둘러싸인 채 따뜻하고 마른 표면을 드러내고 있었으며, 여기저기에서 따뜻한 모래섬들이 얕은 조류 위로 반짝이고 있었다. 모래섬들 주변에서, 기다란 모래톱을 따라, 그리고 흐름이 얕아진 바닷물 한가운데서, 가벼운 옷차림의, 밝은 옷차림의 사람들이 이리저리 철벅철벅 돌아다니며 바닥을 파거나 살피고 있었다.

*더블린 만(灣)의 북쪽 해안에 있는 갑(岬).

314

잠시 후 그도 맨발이 되었다. 양말은 접어 주머니에 넣고, 운동화는 양쪽 끈을 묶어 어깨에 걸쳤다. 그런 다음 바닷물에 절은 끝이 뾰족한 나무막대 하나를 바위틈 사이에 쌓여 있는 표류물에서 찾아내 집어들고, 방파제의 비탈진 면을 따라 아래로 내려갔다.

바닷가에는 기다란 물줄기가 있었다. 그 물줄기를 따라 천천히 걸음을 옮기면서, 그는 해초가 끝도 보이지 않을 정도로 바닷물에 떠 있는 것을 보고 내심 놀라지 않을 수 없었다. 흐르는 바닷물 아래서 에메랄드빛과 검은빛과 황갈색과 올리브색의 해초가 이리저리 흔들리고 뒤집히면서 움직이고 있었다. 개울을 이룬 물줄기는 끊임없이 떠 있는 해초 때문에 검은빛을 띠고 있었고, 하늘에 떠 있는 구름들을 거울처럼 비추고 있었다. 구름들은 그의 머리 위에서 조용히 표류하고 있었으며, 해조류도 그의 발 아래에서 마찬가지로 조용히 표류하고 있었다. 잿빛의 따뜻한 대기도 잠잠했다. 그리고 그의 혈관 속에서는 야성의 기운으로 충만한 새로운 생명이 노래하고 있었다.

그의 소년 시절은 어디로 간 것일까. 자신의 운명을 외면한 채 머뭇거리던 영혼은 지금 어디에 있는 것일까. 부끄러운 상처를 놓고 혼자 골똘히 생각하느라, 누추함과 속임수로 꾸며진 집에 안주하여 빛바랜 수의를 걸치고 손만 대도 시들어버릴 화환을 쓴 채 여왕인 양 군림하느라, 머뭇거리던 그 영혼은 지금 어디에 있는가. 도대체 그는 지금 어디에 있는가.

그는 혼자였다. 누구의 눈길도 끌지 않은 채, 그는 행복한 마음으로 거칠게 뛰는 생명의 심장 가까이에 다가가 있었다. 그는 혼자였으며, 젊음을, 강한 의지를, 야성으로 들끓는 심장을 소유하고 있었다. 거친 대기와 짜디짠 바닷물로 이루어진 황량한 벌판 한가운데서, 조개껍질과 해조류로 이루어진 바다의 수확물이 쌓여 있는 곳 한가운데서, 안개에 흐려진 잿빛 햇살 한가운데서, 경쾌하고 가벼운 차림의 남자아이들과 여자아이들의 모습이 있고 그들의 남자아이답고 여자아이다운 떠들썩한 외침이 대기를 수놓고 있는 바로 그곳 한가운데서, 그는 혼자였다.

어떤 여자아이 하나가 물줄기 한가운데 서 있는 것이 그의 눈에 띄었다. 그 여자아이는 가만히 홀로 서서 바다를 바라보고 있었다. 그런 그녀의 모습이 마치 마법에 걸려 낯설고 아름다운 한 마리 바닷새의 형상으로 변신한 사람 같아 보였다. 맨살이 드러나 있는 그녀의 길고 가냘픈 다리는 해오라기의 다리처럼 섬세해 보였고, 또 에메랄드빛의 해초 한 조각이 무언가를 말해 주는 암호처럼 맨살을 수놓고 있는 곳을 제외하면 티끌 하나 없이 깨끗했다. 다리에 비해 풍만하고 상아처럼 부드러운 빛을 발하는 허벅지는 거의 엉덩이 근처까지 드러나 있었다. 엉덩이를 덮고 있는 속바지의 가장자리 하얀 술 장식은 솜털처럼 보드라운 하얀 깃털을 연상케 했다. 그녀의 짙은 하늘색* 치마는 대담하게도 허리까지 걷어 올려져 등 쪽에 새의 꼬리 모양으로 묶여 있었다. 그녀의 앞가슴은 새의 앞가슴처럼 부드럽고 섬세해 보였다. 짙은 색깔의 깃털로 덮인 한 마리 비둘기의 앞가슴처럼 섬세하고 부드러워 보였다. 하지만 그녀의 기다란 금발머리는 인간으로서의 여자아이에게 어울리는 그런 것이었다. 그녀의 얼굴 또한 인간으로서의 여자아이에게 어울리는 그런 얼굴이었고, 그 얼굴 위에는 경이로운 인간적 아름다움이 감돌고 있었다.

*이는 성모 마리아를 상징하는 색깔이기도 하다.

그 여자아이는 가만히 홀로 서서 바다를 바라보고 있었다. 이윽고, 누군가가 옆에 있다는 것을 의식하고, 누군가가 찬탄의 눈길을 자신에게 보내고 있다는 것을 의식하고는 자신을 향한 눈길을 조용히 받아 견디면서 그를 향해 눈을 돌렸다. 그를 향한 그녀의 눈길에서는 부끄러움도, 방종함도 느낄 수 없었다. 오래, 아주 오랫동안 그의 눈길을 견디더니, 이윽고 그녀는 조용히 자신의 눈길을 거둬 물줄기 쪽으로 향했다. 눈길을 물줄기 쪽으로 향한 채 그녀는 발을 움직여 부드럽게 물살을 이리저리 휘저었다. 부드럽게 휘젓는 물에서 나오는 희미한 첫 소리가 침묵을 깨뜨렸다. 낮고 희미하게, 속삭이듯, 잠으로 이끄는 종소리처럼 아주 희미하게, 여기저기, 여기저기에서. 그리고 희미한 불꽃 하나가 그녀의 뺨에서 가늘게 흔들리고 있었다.

"오, 하느님!" 돌연히 용솟음쳐 온몸을 전율케 하는 세속의 환희에 휩싸여 스티븐의 영혼은 그렇게 외쳤다.

갑작스럽게 그녀한테서 몸을 돌린 그는 바닷가를 가로질러 걸음을 옮기기 시작했다. 그의 뺨은 붉게 타고 있었고, 그의 몸 역시 붉게 달궈져 있었으며, 그의 팔과 다리도 떨고 있었다. 앞으로, 앞으로, 계속 앞으로, 계속 더 앞으로 그는 힘차게 걸음을 옮겼다. 바다를 향해 미친 듯 노래하며. 그를 소리쳐 부르던 삶이 이제 그 모습을 드러냄에 환영의 외침소리를 내지르며.

그녀의 영상은 그의 마음속으로 흘러 들어가 영원한 것으로 남게 되었으며, 어떤 말로도 그를 휩싸던 성스러운 침묵의 황홀경을 깰 수는 없었다. 그녀의 눈은 그를 불렀고, 그의 영혼은 그 부름에 깨어나 번뜩 몸을 일으켰던 것이다. 삶을 살아가는 것, 살아가며 잘못을 저지르는 것, 잘못을 저질러 타락하는 것, 타락에도 불구하고 승리하는 것, 삶에서 다시 삶을 창조하는 것, 그것이 다름 아닌 삶이 아닌가! 야성으로 무장한 천사가, 인간적인 젊음과 아름다움을 간직한 천사가, 현세의 아름다운 정원에서 파견된 전령이, 오류와 영광으로 점철된 모든 길로 통하는 문들을 활짝 열어주기 위해 어느 한 황홀한 순간에 돌연히 그의 앞에 모습을 드러낸 것이었다. 앞으로, 앞으로, 계속 앞으로, 계속 더 앞으로 나아가야 하지 않겠는가!

그는 돌연히 걸음을 멈추고 정적 속에서 심장의 고동소리에 귀를 기울였다. 얼마나 멀리 걸어온 것일까. 시간은 얼마나 흐른 것일까.

그의 근처에는 사람의 모습이 하나도 보이지 않았고, 허공을 가로질러 그에게 전달되는 소리라고는 아무것도 없었다. 하지만 이제 조류는 방향을 바꿀 때가 가까워 왔고, 날은 이미 기울어 있었다. 그는 육지 쪽으로 방향을 바꾼 다음 바닷가를 향해 달렸다. 날카로운 해변의 잔돌에 발이 찔리는 것을 개의치 않은 채 경사진 해안을 따라 달리는 동안, 그는 덤불숲으로 덮인 모래 언덕이 둥그렇게 둘러싸고 있는 곳 한가운데서 아늑한 모래 은신처를 하나 발견했다. 저녁의 평화와 정적이 들끓는 그의 피를 진정시켜주기 바라며 그는 그곳에 누웠다.

누워 있는 자신의 몸 위로 거대한 둥근 하늘이 펼쳐져 있음을, 그리고 천체들이 고요하게 움직이고 있음을 그는 느낄 수 있었다. 또한 그의 몸 아래의 지구를, 그를 받쳐주고 있는 지구가 자신을 품안으로 끌어안고 있음도 느낄 수 있었다.

그는 나른하게 밀려오는 잠에 겨워 두 눈을 감았다. 지구와 지구를 바라보는 천체들의 거대한 회전 운동에 반응이라도 하듯, 알 수 없는 새로운 세계가 전하는 낯선 불빛에 반응이라도 하듯, 그의 눈꺼풀이 떨렸다. 그의 영혼은 황홀경에 젖은 채 새로운 세계로 들어서고 있었다. 바다 속 같이 환상적이며 침침하고 불확실한 새로운 세계로, 구름 같은 형상들과 존재들이 가로질러 여행하는 그 새로운 세계로 빠져들고 있었던 것이다. 세계는 명멸하는 빛일까, 아니면 환한 꽃일까. 명멸하면서 떠는, 떨면서 열리는, 터져나오는 한 줄기 빛이, 피어나는 한 송이 꽃이, 끊임없이 빛이 빛을 이어, 꽃이 꽃을 이어 퍼져나간다. 충만한 선홍빛으로 터져나와 환하게 자신을 펼쳐 보이고는 더할 수 없이 창백한 빛의 장미로 시드는, 한 잎 한 잎의 꽃이, 한 줄기 한 줄기의 빛이, 부드러운 분홍빛 생명의 기운으로 하늘을 온통 채운다. 갈수록 더욱 깊어만 가는 분홍빛 생명의 기운으로 채우기를 멈추지 않는다.

그가 깨어났을 때는 이미 저녁의 어스름이 드리워져 있었고, 그가 침대 삼아 누웠던 모래와 메마른 풀들은 더 이상 햇빛에 반짝이고 있지 않았다. 그는 천천히 일어나, 잠결에 보았던 그 황홀한 정경을 되새겨보고는 그 세계에서 맛보았던 환희에 아쉬움의 한숨을 지었다.

그는 모래 언덕의 꼭대기로 올라가 주변을 살펴보았다. 사방에 저녁의 어스름이 드리워 있었다. 마치 잿빛 모래밭에 박힌 은빛 둥근 고리의 테두리가 모래밭을 둘로 나눠놓듯, 초승달의 테두리가 황량한 벌판과 같은 창백한 하늘을 둘로 나눠놓고 있었다. 그리고 속삭이듯 낮은 파도소리와 함께 조류가 빠르게 육지를 향해 몰려오고 있었다. 저 멀리 물웅덩이에 아직 남아 있는 마지막 몇 사람을 섬처럼 둘러싼 채.

제5장

석 잔째 묽은 홍차를 한 방울도 남기지 않은 채 다 비우고, 그는 유리병 안의 거무스름한 빛깔의 찻물을 들여다보며 가까이에 흩어져 있는 튀긴 빵의 껍질을 집어 들어 씹기 시작했다. 늪지 웅덩이에서 물을 퍼내듯 노란 찻물을 퍼낸 다음 그 아래 아직 괴어 있는 거무스름한 빛깔의 찻물을 보노라니, 클롱고우스 우드 칼리지의 목욕탕에서 보았던 이탄 빛깔의 거무스름한 목욕물이 기억에 떠올랐다. 그의 팔꿈치 쪽에는 그가 이제 막 뒤진 전당표를 모아두는 상자가 있었다. 그는 기름기가 묻어 있는 손가락으로 파란색과 하얀색의 전당 명세서를 이렇다 할 이유도 없이 하나씩 집어 들었다. 아무렇게나 휘갈겨 쓴 글씨로 작성되어 있는, 여기저기 얼룩이 져 있기도 하고 구겨져 있기도 한 전당표에는 데일리나 매커보이 등의 이름이 전당을 잡힌 사람으로 적혀 있었다.*

---

*저당을 잡히는 물건을 내놓을 때 가명을 사용했음을 암시한다.

반장화 한 켤레

검정색 상의 한 벌

흰색 내의 세 점

남성용 바지 한 벌

이윽고 그는 집어들었던 전당표들을 내려놓고, 깊은 생각에 잠겨 이가 남긴 자국*으로 얼룩져 있는 상자의 뚜껑을 한참 응시했다. 그러다가 혼자 중얼거리듯 이렇게 물었다.

"이젠 시계가 얼마나 빨리 가나?"

그의 어머니가 부엌의 벽난로 한가운데 옆으로 쓰러진 채 누워 있는 찌그러진 괘종시계를 바로 세워놓았을 때 얼핏 보니, 시계 바늘은 12시 15분 전을 가리키고 있었다. 세워놓자마자 시계는 다시 옆으로 누워버렸다.

"한 시간 25분이 빠르단다." 어머니가 말했다. "그러니까, 어머나, 벌써 10시 20분이네. 애야, 강의 시간에 늦지 않도록 서둘러야 하는 것 아니냐?"

"세숫물 좀 떠주시겠어요?" 스티븐이 말했다.

"케이티, 오빠 세숫물 좀 떠주지 않겠니?"

"부디, 오빠 세숫물 좀 떠줘라!"

"그럴 시간이 없어. 난 지금 정신없이 바쁘거든.** 얘, 매기,*** 네가 좀 해줄래."

---

*빈민가라면 어디에서나 그랬겠지만, 자국을 남길 정도로 이가 득실대고 있는 것이 당시 더블린 빈민가의 생활 환경이었음을 암시한다.
**원문은 "I'm going for blue"인데, 이는 더블린 사람들의 속어로 "나는 내 힘껏 최선을 다해 일하고 있다"의 뜻을 지닌다.
***케이티와 부디와 메기는 스티븐의 여동생. 참고로, 제임스 조이스는 10명의 형제 가운데 맏이로, 그에게는 3명의 남동생(John Stanislaus, Charles Patrick, George Alfred)과 6명의 여동생(Margaret Alice, Eileen, May Kathleen, Eva Mary, Florence, Mabel)이 있었다.

에나멜을 입힌 대야가 세면대의 움푹 파인 곳 위에 놓이고, 그 옆에 낡은 세면용 장갑이 던져져 놓였다. 곧이어 그는 어머니에게 얼굴을 맡겼다. 어머니는 그의 목에서 시작하여 귓바퀴 밑까지 그리고 양쪽 콧구멍 안쪽까지 깨끗이 닦아주었다.

"참, 딱하기도 하지!" 어머니가 말했다. "대학생이나 되는 녀석이 이리 더러워 어미가 이곳저곳 닦아줘야 하다니, 세상에 이래도 되는 거냐!"

"공연히 맘에도 없는 말씀을 하시네." 스티븐이 아무렇지도 않은 척 그렇게 말했다.

위층에서 귀를 찢는 듯한 날카로운 휘파람소리가 들렸고, 어머니가 물기 머금은 덧옷을 벗어 그의 손에 건네면서 이렇게 말했다.

"물기 닦고 서둘러 학교에 가도록 해라."

휘파람소리가 다시 들렸다. 짜증이 나 있음을 말해주듯 이번의 휘파람소리는 전보다 길게 이어졌다. 이 소리에 스티븐의 여동생 가운데 하나가 계단 아래쪽으로 갔다.

"아빠, 왜요?"

"게으름뱅이 암캐 같은 니 오빠 녀석은 나갔냐?"

"네, 나갔어요."

"정말이냐?"

"정말이고말고요."

"흠, 그래!"

여동생이 그에게로 와서 서둘러 뒷문으로 조용히 나가라는 신호를 보냈다. 스티븐이 웃으면서 이렇게 말했다.

"암캐가 남자한테 적용된다고 생각하시는 걸 보면, 아빠의 성 관념에 문제가 있는 것 같네."

“아이고, 창피한 줄 알아라, 스티븐.” 어머니의 말이 이어졌다. “네가 그곳에 발을 들여놓은 날을 후회할 때가 있을 게다.* 대학에 가더니 넌 아주 딴 애가 되어버렸어.”

“자, 그럼 모두 안녕!” 스티븐이 미소를 지으며 다섯 손가락 끝을 입으로 가져가 작별의 키스를 보냈다.

로열 테러스** 뒤쪽의 오솔길은 물에 잠겨 있었다. 물에 젖어 있는 쓰레기 더미 사이로 발 디딜 곳을 찾아가며 길을 따라 천천히 내려가는 동안, 담 너머에 있는 수녀들의 정신병원*** 에서 어떤 미친 수녀가 날카롭게 외쳐대는 소리가 그의 귀에 들렸다.

“예수님! 예수님! 오, 예수님!”

미친 수녀의 외침 소리를 귀에서 털어내려는 듯 그는 격렬하게 머리를 흔들었다. 그는 쓰레기더미 사이를 지나느라 비틀거리면서도 서둘러 옮기기 시작한 발걸음을 늦추지 않았다. 그런 그의 가슴은 혐오감과 반감에서 오는 통증 때문에 이미 만신창이가 되어 있었다. 아버지의 휘파람 소리, 어머니의 불평 소리, 보이지 않는 어떤 미친 여자의 외침 소리는 젊은이의 자부심을 무참하게 꺾어 놓을 정도로 그에게는 너무나 심하게 불쾌하고도 위협적인 목소리였던 것이다. 그는 저주의 말을 퍼부어 그러한 목소리들의 울림을 가슴속에서 쫓아내려 했다. 하지

---

*비록 예수회와 천주교 계통의 학교를 다니지만 스티븐이 대학에 들어간 이후 종교적 믿음이나 부모에 대한 공경심 등이 희박해졌다는 것이 그의 어머니의 입장이다.
**조이스의 가족이 살던 임시 거처 가운데 하나가 톨카 강 바로 북쪽 페어뷰 지역의 로열 테러스 8번지에 있었다. 디덜러스 가족이 살던 로열 테러스는 현재 인버니스 로드로 불린다.
***성 빈센트 정신병원(St. Vincent's Lunatic Asylum). 아일랜드 자선 수녀회(Irish Sisters of Charity)가 운영하는 병원으로, 더블린 북부 지역의 톨카 강 바로 건너편 페어뷰에 있다.

만, 넓은 길을 따라 걷는 동안 물방울이 떨어지는 나무들 사이를 비집고 그의 주변으로 쏟아져 내려오는 잿빛의 아침햇살을 느끼다 보니, 또한 축축이 젖은 나뭇잎과 나무껍질에서 나는 묘한 야생의 냄새를 맡다 보니, 그의 영혼은 어느덧 고통에서 벗어나 있었다.

넓은 길*가의 비를 머금은 가로수들을 보는 순간, 항상 그러했듯 그의 기억에 떠오른 것은 게르하르트 하우프트만**의 연극에 등장하는 소녀들과 여자들이었다. 그리고 그네들의 창백한 슬픔에 대한 기억이 젖은 가지에서 느껴지는 향내와 서로 뒤섞이는 가운데, 그의 마음은 조용한 기쁨에 젖어들었다. 도시를 가로질러 이어지는 그의 아침 산보가 시작된 것이었다. 페어뷰의 늪지대를 지날 때면 수도원을 연상케 하고 은맥(銀脈)을 담고 있는 것처럼 영롱하게 느껴지는 뉴먼의 산문을 떠올릴 것임을 그는 미리 알고 있었고, 노스 스트랜드 로드를 따라 걸을 때면 식료품 가게의 진열창을 한가하게 언뜻언뜻 들여다보면서 기도 카발칸티***의 어두운 유머를 생각하며 웃음을 지을 것임을, 탈버트 플레이스****에 있는 베어드 석재 작업장을 지날 때면 입센의 작가 정신—고분고분하지 않고 고집스런, 소년다운 아름다움이 느껴지는 그의 작가 정신—이 날카로운 바람처럼 그를 꿰뚫고 지나갈 것임을, 리피 강 건너편의 먼지가 덮인 선박 용품 가게 앞을 지날 때면 다음과 같이 시작되는 벤 존

*로열 테러스의 동쪽에 남북으로 놓인 필립스버그 애비뉴.
**게르하르트 하우프트만(Gerhart Hauptmann, 1862~1946): 독일의 작가로, 1912년 노벨 문학상을 수상.
***기도 카발칸티(Guido Cavalcanti, 1259~1300): 13세기 이탈리아 피렌체의 시인으로, 단테의 가까운 친구.
****페어뷰의 늪지대는 톨카 강 하구 북쪽 지역이고, 노스 스트랜드 로드는 톨카 강 남쪽에 있는 도로이며, 탈버트 플레이스는 톨카 강과 리피 강 사이의 지역.

슨의 노래를 되풀이할 것임도 미리 알고 있었다.

누워 있던 그 자리에서 조금도 더 지치지 않았기에.*

아리스토텔레스와 토마스 아퀴나스의 유령과 같은 말들 사이에서 아름다움의 본질을 찾다 지치면, 그의 마음은 때때로 엘리자베스 여왕 시대의 멋들어진 노래에서 즐거움을 찾곤 했다. 그의 마음은 의혹에 찬 수도승의 복장을 하고 있지만, 때때로 엘리자베스 여왕 시대의 창문 아래 그늘에 서서 류트 연주자들의 엄숙하면서도 조소가 담긴 노랫가락이나 창녀들의 솔직한 웃음소리에 귀를 기울이곤 했다. 그러다가도 너무 천박해진 웃음소리와 만나거나, 세월에 빛이 바라긴 했지만 음탕함과 거짓된 순결이 감지되는 구절과 만나게 되면, 침에 찔린 듯 그의 수도승다운 자존심에 통증이 일게 마련이었다. 그러면 그는 잠복해 있던 곳에서 도망치듯 벗어나 걸음을 계속 이어가곤 했다.

사람들은 그가 지식을 탐구하는 데 시간을 보내다 이에 빠져 같은 또래의 젊은이들과 어울릴 기회조차 갖지 못한다고 믿고 있었지만, 그가 탐구했던 지식이란 기껏해야 아리스토텔레스의

*벤 존슨(Ben Jonson, 1572~1637)은 영국 르네상스 시대의 극작가이자 시인이다. 그의 가면극 〈환희의 비전(The Vision of Delight)〉의 마지막 부분에 나오는 새벽의 여신 오로라(희랍 신화의 에오스)의 대사 일부분이다. 위의 구절이 나오는 부분은 다음과 같다: "얼어버린 티톤의 곁 오늘밤/ 누워 있던 그 자리에서 조금도 더 지치지 않았기에,/ 지금 기꺼운 마음으로 이곳에 머물러/ 당신의 즐거움에 참여하려 하오(I was not wearier where I lay/ By frozen Tithon's side to-night;/ Then I am willing now to stay,/ And be a part of your delight)." 트로이 왕 라오메돈의 아들인 티토노스(티톤)를 납치하여 자신의 연인으로 삼은 새벽의 여신은 티토노스가 영원한 삶을 살게 해달라고 제우스에게 간청한다. 하지만 영원한 젊음을 요구하는 것을 잊었기에 티토노스는 나이가 먹어 기력을 상실한 채 죽은 듯 살아 있다. 차갑고 기력을 상실한 늙은 티토노스의 신부인 새벽의 여신은 그러한 티토노스가 기껍지 않다. 그리하여 그녀는 아침의 향연에 즐거운 마음으로 참여하고 있으며 그 자리를 떠나고 싶어 하지 않는다.

시학과 심리학에 관한 책들과 《성 토마스 아퀴나스 이해를 위한 스콜라 철학 요론》과 같은 책*에서 뽑아낸 빈약한 문장들의 집합체에 불과한 것이었다. 그의 사유 과정은 의혹과 자기 불신의 그늘에 가려진 채 어둠에 덮여 있다가 번갯불과도 같은 직관에 의해 순간적으로 환하게 밝혀질 뿐이었다. 하지만, 이 같은 직관은 어찌나 선명하고 찬란한 것인지, 그의 사유 과정이 환하게 밝혀지는 바로 그 순간 세계가 완전히 화염에 타버린 듯 그의 발주변에서 소멸해버리곤 했다. 그런 일이 일어나면, 그의 입은 점점 더 무거워졌으며, 다른 사람과 눈이 마주칠 때도 아무런 반응을 보이지 않았다. 왜냐하면, 아름다움의 정령이 그를 외투처럼 둘러싸고 있다는 느낌이, 또 적어도 몽상 속에서는 고귀함과 만남의 시간을 가질 수 있다는 느낌이 그의 의식을 지배했기 때문이었다. 하지만 이처럼 자부심에 찬 침묵의 순간이 더 이상 유지되지 않을 때면 그는 기꺼이 자신의 삶을 일상의 범속한 삶 한가운데로 다시 내던졌다. 도시의 지저분함과 소음과 나태함 한가운데서 두려움 없이 가벼운 마음으로 길을 찾아 나서곤 하면서.

운하의 광고물 게시판 근처에서 스티븐은 얼굴이 인형처럼 생긴 폐병 환자와 마주쳤다. 챙이 없는 모자를 쓴 채 스티븐 쪽을 향해 다리의 경사면을 따라 좁은 보폭으로 조심스럽게 내려오고 있는 그는 단추를 단단하게 채운 초콜릿색 외투를 걸치고 있었고 접이식 우산을 탐지용 지팡이처럼 한두 뼘 가량 앞으로 내밀고 있었다. 아마도 11시쯤 되었을 것이라고 생각하며, 시계

*본문에서 책의 제목은 라틴어로 되어 있다: Synopsis Philosophiae Scholasticae ad mentem divi Thomae. 이러한 제목의 책은 존재하지 않는다. 이는 조이스가 소설에서 인용하는 토마스 아퀴나스의 구절들을 담고 있는 G. M. 만치니(Mancini)의 《성 토마스 아퀴나스 이해를 위한 철학의 기초(Elementa Philosophiae ad mentem D. Thomae Aquinatis)》를 잘못 지칭한 것으로 추정된다.

326

를 보기 위해 우유 판매점 안을 들여다보았다. 판매점 안의 시계가 5시 5분 전을 가리키고 있었다. 하지만 몸을 돌리는 순간 보이진 않지만 어딘가 가까운 곳에서 정확하고 빠르게 열한 번 시계 종소리가 울리는 것이 들렸다. 시계 종소리를 듣다가 그는 웃음을 터뜨렸는데, 종소리를 듣다 보니 매캔이 생각났기 때문이었다. 사냥용 상의와 바지를 입고 금발의 염소턱수염을 한 뚱뚱한 친구인 그가 홉킨스 상점* 모퉁이 바람이 부는 곳에 서 있던 모습이 눈에 선했다. 그렇게 선 채 그가 이렇게 말했었다.

"디덜러스, 너는 네 자신 안에 파묻혀 있는 반사회적인 친구야. 나는 그렇지가 않아. 나는 민주주의자거든. 나는 미래의 유럽 합중국**에서, 사회의 자유와 평등을 위해, 모든 계층의 사람들과 남녀의 평등을 위해, 일하고 활동할 거야."

벌써 11시라니! 그렇다면 그 강의 시간에 맞추기에도 늦었다. 오늘이 무슨 요일이지? 그는 신문 판매대 앞에 멈춰 서서 벽보에 붙어 있는 신문 기사 제목을 읽었다. 오늘은 목요일이다. 10시부터 11시까지가 영문학, 11시부터 12시까지가 불문학, 12시부터 1시까지가 물리학 시간이었다. 그는 영문학 강의 시간을 상상 속에 떠올려보았다. 그 순간 그처럼 멀리 떨어져 있는 데도 그에게는 불안감과 무력감이 느껴졌다. 그는 마음속으로 자기 반 아이들이 얌전히 고개를 숙인 채 선생님이 주목하라고 한 요점들을, 명목상 정의들을, 본질적 정의들을, 예문들 또는 출생 연도들을, 주요 작품들을, 나란히 제시해 놓은 호평과 악평***을

---

*보석, 금속 공예품, 시계를 판매하던 '홉킨스 앤 홉킨스(Hopkins and Hopkins).'
**'유럽 합중국(The United States of the Europe)'은 윌리엄 토머스 스테드(William Thomas Stead, 1849~1912)라는 영국의 저널리스트가 1899년에 출간한 책의 제목이기도 하다.
***양쪽의 의견을 나란히 제시하는 것은 철학자나 시인의 주장이나 작품을 제시할 때 예수회 교육 기관이 전형적으로 취하는 교육 방법.

공책에 받아 적고 있는 모습을 떠올려보기도 했다. 필경 그 자신은 고개를 숙이고 있지 않았을 것이다. 이러저러한 그의 생각들이 바깥세상을 여기저기 방황하고 있었을 것이기 때문이다. 그리고 그의 시선이 강의실에 모여 있는 몇 안 되는 학생들 주변으로 향하고 있든, 또는 창 밖의 인적이 없는 스티븐스 그린*의 정원 저 너머로 향하고 있든, 음산한 지하실의 습기와 부패에서 솟아나는 냄새가 그를 맹렬히 공격했을 것이다. 그의 머리 외에 또 한 아이의 머리가, 그가 앉은 곳에서 똑바로 앞쪽을 향할 때 강의실의 맨 앞자리에 앉아 있는 것이 보이는 아이의 머리가, 고개를 숙이고 있는 다른 아이들의 머리 위로 곧게 들려 있었을 것이다. 마치 사제가 자신을 낮추는 자세를 취하지 않은 채 머리를 들고 자기 주변의 겸허하게 고개 숙인 신도들을 위해 감실 앞에서 하느님의 은총을 빌고 있듯, 한 아이가 고개를 들고 있었을 것이다. 무슨 이유로 크랜리를 생각하기만 하면 몸 전체의 이미지가 떠오르지 않고 다만 머리와 얼굴의 이미지만 떠오르는 것일까. 심지어 지금 이 순간 커튼처럼 드리워진 잿빛 아침햇살을 배경으로 해서도, 그는 그의 앞에 나타난 꿈속의 유령을 보듯, 잘려진 머리의 얼굴 모습 또는 데스 마스크의 모습이, 마치 쇠로 된 관(冠)을 쓰고 있는 듯 검고 뻣뻣하고 곧은 머리카락이 이마까지 덮고 있는 얼굴 모습이 어른거렸던 것이다.** 이는 사제의 얼굴과 같은 모습의

---

*더블린의 중심부에 있는 네모 형태의 공원 또는 그 공원을 둘러싸고 있는 거리. 트리니티 칼리지 바로 남쪽에 위치해 있다.
**성경에 의하면, 헤롯 왕은 자신의 생일날에 의붓딸 살로메의 춤을 보고 무척 즐거워져 살로메가 원하는 것이라면 무엇이든 해주겠다고 했다. 심지어 자신의 왕국 절반을 내줄 수 있다고도 했다. 살로메는 어머니와 상의하고는 헤롯 왕의 비위를 거슬러 감옥에 갇혀 있던 세례자 요한의 목을 요구한다. 헤롯 왕은 놀라면서도 그녀의 청을 들어준다. 이상의 이야기와 관련해서는 〈마태오 복음서〉 14장 1∼12절, 〈마르코

얼굴이었다. 창백한 얼굴빛, 콧방울이 넓은 코, 눈 아래쪽과 턱 쪽의 그늘, 엷게 미소를 짓고 있는 길고 핏기 없는 입술, 이 모든 점이 사제의 모습을 연상케 했다. 스티븐은 자기 영혼 안에서 들끓는 온갖 동요와 불안과 갈망에 대해 크랜리에게 날이면 날마다 밤이면 밤마다 이야기했던 것을, 그리고 이야기를 조용히 듣기만 할 뿐 자신의 친구가 침묵으로 대답을 대신했던 것을 재빨리 기억해내고는, 죄를 사해줄 권한이 없으면서도 신도의 고백을 들어주고 있는 죄지은 사제의 얼굴 모습이 그러리라는 데까지 생각이 미치기도 했다. 하지만 그런 생각을 접고 그는 자신을 응시하던 여성적인 검은 두 눈을 다시금 기억에 떠올렸다.

이러한 이미지를 통해 그는 낯설고 어두운 사색의 동굴을 언뜻 들여다보게 되었지만, 즉시 그곳으로부터 고개를 돌렸다. 아직은 그 안으로 들어갈 시간이 아니라는 느낌이 들었기 때문이었다. 하지만 친구의 냉담함이라는 독초*가 그의 주변 공기에 희미하지만 치명적인 기운을 퍼뜨리고 있는 것 같았다. 그는 말들에서 즉각적인 의미가 그처럼 조용히 비워졌다는 사실에 놀라 멍해진 상태로, 어쩌다 눈에 띄는 좌우의 이러저러한 말들에 차례로 눈길을 보내고 있는 자신의 모습을 확인하게 되었다. 마침내 하잘것없는 가게 상호들 하나하나가 마치 마법의 말이라도 되는 양 그의 정신을 얽매었고, 죽은 언어의 더미

복음서〉6장 14~29절 참조. 크랜리에 대한 스티븐의 묘사는 이 세례자 요한에 대한 암시를 담고 있다.
*원문은 'nightshade'로, 이는 가지 과(科)의 유독성 풀인 '벨러도너(belladonna)'의 별칭이다. 또한 이 표현은 가지 속(屬)의 식물에 대한 별칭으로 사용되기도 하다. 가지 속의 식물 가운데는 농작물로 재배되는 것이 몇몇 있긴 하나, 이들 대부분이 유독성 식물이다. 이상의 특성을 감안하되 이해의 편의를 위하여 'nightshade'를 '독초(毒草)'로 번역하기로 한다.

들 사이의 길을 따라 그가 걸음을 옮기는 동안 그의 영혼은 나이든 사람처럼 한숨을 쉬며 움츠러들었다. 언어에 대한 자신의 의식이 그의 머리에서 썰물처럼 빠져나가, 일정치 않은 리듬에 맞춰 뭉쳤다 흐트러지기 시작한 말들 안으로 조금씩 스며들고 있었다.

> 벽 위에서 담쟁이덩굴이 흐느끼네
> 벽 위에서 흐느끼며 뒤엉키네
> 벽 위에서 담쟁이덩굴이 흐느끼네
> 벽 위의 노란 담쟁이덩굴
> 벽 위로 담쟁이덩굴, 담쟁이덩굴.

이런 허튼 소리를 들어본 적이 있는 사람이 있을까. 맙소사! 담쟁이덩굴이 벽 위에서 흐느끼는 소리를 들어본 사람이 과연 있을까. 노란 담쟁이덩굴이라니? 그거야 문제될 것이 없다. 노란 상아도 문제될 것이 없다. 하지만 상아빛의 담쟁이덩굴*은 어떤가?

이제 그 말이 코끼리의 얼룩진 어금니에서 잘라 낸 그 어떤 상아보다도 더 명료하고 더 환하게 그의 머리 안에서 빛나고 있었다. 아이보리, 이부아르, 아보리오, 에부르.** 라틴어를 배울 때 제일 먼저 익힌 예문들 가운데 하나가 '인디아 미티트 에브르'***였다. 그는 오비디우스의 《변신》을 우아한 영어로 해석하는 법을 가르쳐주던 교장 선생님의 북방인 특유의 날카로운

---

*영어 원문으로는 '아이보리 아이비(ivory ivy)'. 두 단어 사이의 존재하는 두운(頭韻)을 주목하기 바람.
**ivory, ivoire, avorio, ebur: 차례로 영어, 프랑스어, 이탈리아어, 라틴어로 '상아.'
***"India mittit ebur": '인도는 상아를 수출한다'의 뜻.

인상이 돼지새끼와 질그릇 조각과 돼지고기 등심살이라는 말을 입에 올릴 때 별나게 변하던 것을 기억에 떠올리기도 했다. 그가 라틴어 시의 법칙에 대해 알고 있는 많지 않은 지식은 포르투갈 사제가 쓴 낡은 책*에서 배운 것들이었다.

콘트라히트 오라토르, 바리안트 인 카르미네 바테스.**

로마 역사에 등장하는 온갖 위기와 승리와 분열의 순간은 '인 탄토 디스크리미네'***라는 진부한 표현을 통해 그에게 전달되었다. 그리고 그는 교장 선생님이 낭랑한 목소리로 '은화로 항아리를 채운다'로 해설한 바 있는 '임플레레 올람 데나리오룸'****이라는 표현을 통해 도시 중의 도시인 로마의 사회 생활을 들여다보려 애를 쓰기도 했었다. 손때 묻은 자신의 호라티우스***** 시집을 들출 때마다 그는 아무리 자신의 손가락이 냉기로 차가워져 있더라도 그 책을 만지는 손가락 끝에서 냉기를 느낄 수 없었다. 책장마다 거기에는 인간의 온기가 담겨 있기 때문이었다. 그리고 그 책의 책장들은 50년 전 존 던컨 인버러리티와 그의 동생 윌리엄 맬컴 인버러리티의 손가락이 넘기던 책장들이기도 했다. 그렇다, 책 안의 그늘진 기운이 감도

*포르투갈의 예수회 사제 엠마누엘 알바레스(Emmanuel Alvarez, 1526~1582)가 저술한 라틴어 문법책 《프로소디아(Prosodia)》.
**"Contrahit orator, variant in carmine vates": '웅변가는 말을 줄이고, 시인은 노래로 말을 늘인다'라는 뜻의 라틴어 표현.
***"in tanto discrimine": '그처럼 큰 위기에'라는 뜻의 라틴어 표현.
****"implere ollam denariorum": 본문에 나와 있듯, '항아리를 은화로 채운다'라는 뜻의 라틴어 표현.
*****퀸투스 호라티우스 플라쿠스(Quintus Horatius Flaccus, 기원전 65~기원전 8). 로마의 시인.

는 표지 뒤쪽의 면지에 담겨 있던 것은 그런 멋진 이름들이었
으며, 그 안에 담긴 구슬픈 시 구절들은 비록 형편없는 라틴어
독자이긴 했지만 그에게도 오랜 세월 동안 도금양(桃金孃)과 라
벤더와 마편초(馬鞭草)에 묻혀 있었던 것처럼 향기롭게 느껴졌
다. 하지만 세계 문화의 향연이 벌어지는 자리에서 자신은 다
만 수줍어하는 손님 이상은 될 수 없으리라는 점을 생각하노라
니, 또한 탐미적 철학을 도출해내기 위해 그가 각고의 노력을
기울이고 있는 수도승 분위기의 학구적 탐구가 자신이 몸담고
있는 시대의 사람들에게 문장학(紋章學)이나 사냥매 훈련법에서
사용되는 기묘하고 낯선 전문 용어들 이상의 높은 평가는 받지
못한다는 점을 생각하노라니, 그는 가슴의 통증을 달랠 수 없
었다.

그의 왼쪽으로 트리니티 칼리지*의 잿빛 건물이 보였다. 거
추장스러운 반지 위에 박아 놓은 크고 둔탁한 보석과도 같이
무지한 도시의 한가운데에 떡 버티고 서 있는 그 건물이 그의
마음을 무겁게 가라앉혔다. 다시 길을 따라 계속 걸어가다 보
니, 그것도 개혁 의식**이라는 족쇄에 자신의 다리를 묶이지 않
으려 애를 쓰면서 걷다 보니, 그는 아일랜드의 국민 시인이라
일컬어지는 사람의 우스꽝스러운 동상***과 마주치게 되었다.

동상을 바라보는 그의 마음에 화가 치밀지는 않았다. 비록

<hr>

*당시 트리니티 칼리지는 신교도들의 영국계 아일랜드 교육 기관으로, 천주교도 학
생들이 없었다. 처음에는 학교에서 천주교도들의 입학을 허가하지 않았기 때문이고,
나중에는 천주교 측에서 학생들의 입학을 허가하지 않았기 때문이었다.
**트리니티 칼리지로 대표되는 프로테스탄트 정신.
***트리니티 칼리지의 문 바깥쪽에 있는 토머스 무어(Thomas Moore)의 동상. 이 동
상이 우스꽝스러운 이유는 고대 로마 시대의 복장인 토가를 입고 있는 것으로 묘사
되어 있기 때문이다. 무어는 아일랜드가 공인한 국민 시인은 아니지만, 아일랜드 국
민에게 열렬한 사랑을 받는 시인이라는 점에서 국민 시인이라 할 수 있다.

몸과 영혼의 나태함이 보이지 않는 해충처럼 그 동상을 감싼 채, 질질 끄는 모습의 발 위로, 옷의 주름을 따라 그 위로, 비굴한 모습의 머리 주변으로 퍼져 있긴 했지만, 동상은 적어도 자신의 품위 없음을 겸손하게 의식하고 있는 것처럼 보였기 때문이었다. 그것은 밀리시언 족* 사람의 옷을 빌려 입은 퍼 볼그 족** 사람의 모습이었다. 퍼 볼그 족을 떠올리자, 농민 출신의 학생인 친구 대빈이 생각났다. 퍼 볼그는 그가 대빈을 부를 때 사용하는 농담조의 별명이었는데, 젊은 농부인 그 친구는 그러한 별명을 아무렇지 않은 듯 받아들이며 이렇게 말했었다.

"스티비, 마음대로 불러. 나야 머리가 나쁜 애니까, 네 멋대로 불러도 좋아."

자신의 기독교식 이름에 대한 애칭이 이처럼 친구의 입에서 흘러나오는 것을 처음 들었을 때 그 느낌이 스티븐의 마음을 즐겁게 했다. 그동안 애칭으로 불릴 일이 없었던 것은 다른 사람들과 이야기를 나눌 때 남들이 그에게 격식을 갖춰 대하듯 그 역시 남들에게 격식을 갖춰 대했기 때문이었다. 종종 그는 그랜섬 스트리트***에 있는 대빈의 방을 찾곤 했는데, 그의 방에 자리를 잡고 앉아 켤레 별로 벽을 따라 가지런히 놓여 있는 친구의 잘 만들어진 장화에 경탄의 눈길을 보내면서 이 순박한

---

*밀리시언 족(Milesians): 아일랜드 신화에 등장하는 민족의 이름으로, 이베리아 반도에서 아일랜드를 정복한 것으로 전해지는 '밀레스 히스파니애(Miles Hispaniae, 라틴어로 '스페인의 군사들'의 뜻)'의 후손. 전설에 의하면 이 종족은 시와 예술 방면에서 뛰어난 것으로 알려져 있는데, 무어의 동상이 밀리시언 족의 복장(토가)을 하고 있는 것은 이런 전설에 따른 것이다.
**퍼 볼그 족(Fir Bolg): 아일랜드에 원래부터 살고 있던 것으로 믿어지는 신화 속의 종족.
***리피 강 남쪽 더블린의 중심부에 있는 거리 이름. 당시 이곳은 중산층 사람들의 거주 지역.

친구의 귀에 자기 자신의 갈망과 절망을 살짝 감춰 놓은 다른 사람들의 시 구절과 노랫가락을 낭송해주기도 했다. 그러는 동안 낭송에 귀를 기울이고 있는 친구 대빈이 지닌, 퍼 볼그 족을 연상케 하는 세련되지 않은 마음이 스티븐의 마음을 끌어당기다가 곧이어 다시금 세차게 밀어내곤 했다. 타고난 예의바름에서 비롯된 주의 깊게 경청하는 태도, 고대 영어를 연상케 하는 묘한 어투, 거친 육체적 묘기를 즐길 수 있는 능력(그는 게일 사람 마이클 큐잭*의 지도를 받은 적이 있었다)이 긍정적으로 작용하여 그는 친구에게 이끌리기도 했지만, 그런 호감의 느낌은 친구가 둔감한 지력과 이해력을 드러내거나 투박한 감성을 드러낼 때, 또는 야간 통행 금지**가 아직 밤마다 공포의 대상이 되고 있는 궁핍한 아일랜드 시골 지방의 사람들이 느낄 법한 공포에 사로잡힌 영혼의 모습을 멍청하게 고정된 시선을 통해 드러낼 때, 재빠르고 갑작스럽게 혐오감으로 바뀌기도 했다.

이 농민 출신 학생은 자신의 삼촌이자 운동선수였던 매트 대빈***의 무용담에 대한 추억을 소중히 간직하고 있는 동시에 아일랜드의 슬픈 전설을 숭배하고 있었다. 지루한 대학 생활을 무슨 수를 써서라도 무언가 그럴듯한 것으로 만드는 데 총력을 기울이던 그의 주변 친구들이 잡담을 나누다가 그를 젊은 페니안 형제단 회원으로 생각하는 데 재미를 붙이기도 했다. 그

---

*마이클 큐잭(Michael Cusack, 1847~1906)은 1884년 '게일인 체육 협회'의 창설에 중요한 역할을 했던 사람.

**아일랜드에서는 화재 발생 가능성에 대비하여 등불을 끄는 것을 포함한 통행 금지가 18세기 초 영국의 지시로 시행되었다 없어졌지만, 치안 유지를 빙자하여 제정된 강압법(Coercion Act)에 의거하여 1800년부터 1921년까지 다시금 시행되었다.

***모리스 대빈(Maurice Davin, 1864~1927)을 가리킴. 농부 출신의 운동 선수였던 모리스 대빈은 '게일인 체육 협회' 창립의 주역 가운데 한 사람이며, 달리기, 장애물 경기, 멀리 뛰기 등의 분야에서 당시 세계적인 기록 보유자이기도 했다.

건 그렇고, 그의 보모가 그에게 아일랜드어를 가르쳤고, 단속적(斷續的)으로 불을 밝혀주듯 아일랜드 신화를 앞뒤 없이 단편적으로 이야기해줌으로써 그의 거친 상상력을 일깨운 것이었다. 누구도 이 신화에 기대어 단 한 구절의 아름다운 이야기도 이끌어낸 적이 없지만, 그는 이 신화를 향한 한결같은 마음자세를 버리지 않았다. 또한 상황이나 주인공이 계속 바뀌며 전해내려오는 가운데 서로 어긋나고 갈라져 걷잡을 수 없는 것이 되고 만 이 신화의 이야기들에 대해서도 그의 마음자세는 언제나 한결같았다. 경건한 신자가 천주교를 대하는 듯한 자세로, 아둔하고 충직한 농노가 상전을 대하는 듯한 자세로, 그는 이 신화와 신화의 이야기들을 숭배했던 것이다. 영국에서 온 것이라면, 또는 영국 문화를 거쳐 온 것이라면, 그것이 어떤 생각을 담고 있는 것이든 가리지 않고 또는 어떤 느낌에서 나온 것이든 가리지 않고, 그의 마음은 마치 적군 출현을 알리는 암호에 반응하여 재빨리 무장(武裝)을 갖추는 병사처럼 움직였다. 그리고 영국 너머 바깥쪽 세계와 관련하여 그가 알고 있는 것이라고는 프랑스의 외인부대가 전부였다. 그는 그러한 외인부대의 일원이 되고 싶다는 뜻을 내비치기도 했다.

친구가 지닌 이 같은 야망과 매사에 자신없어하는 그의 기질을 서로 연결하여, 스티븐은 그를 가끔 길든 기러기들* 가운데 한 마리라 부르기도 했다. 사색에 잠기고자 갈망하는 스티븐의 마음을 자극하여 아일랜드인의 숨겨진 생활 방식을 그처

---

*기러기들(wild geese)'이라는 표현은 1691년 윌리엄 3세가 아일랜드를 정복하자 대륙으로 피신해서 외국의 군대에 들어간 천주교계 아일랜드 군인을 지칭하는 표현이었다. 이에 대한 말장난에 해당하는 것이 '길든 기러기들(tame geese)'이라는 표현이다. '길든 기러기'는 우리말 표현으로 '거위'라 하는데, 이는 기러기를 식육용으로 개량한 것이다.

럼 자주 의식하도록 부추기는 것처럼 보이는 그의 성향—말하자면, 말이나 행동 면에서 주저하는 그의 성향—을 비꼬아 지적하기 위한 그 별명에는 심지어 짜증의 마음까지 담겨 있기도 했다.

어느 날 저녁 스티븐은 차가운 침묵에 잠겨 상대에 대한 지적 혐오감을 삭히는 대신 격렬하고도 화려한 언어를 쏟아냈는데, 이에 영혼을 자극 받은 이 젊은 농부가 스티븐의 마음에 기묘한 영상 한 장면을 일깨워주었다. 두 사람은 대빈의 방을 향해 유대인 빈민가의 좁고 어두운 길을 따라 천천히 걸어가던 중이었다.

"스티비, 지난 가을, 그러니까 겨울이 막 다가올 무렵, 나한테 이상한 일이 하나 일어났는데 말이야, 난 이에 관해 아무한테도 이야기를 한 적이 없어. 그러니까 그 얘기를 누구한테든 하는 것은 너한테가 처음이야. 그때가 10월이었는지 11월이었는지 잘 기억이 나지 않네. 아마 10월이었을 거야. 왜냐하면 대학 예과반(豫科班)*에 들어와 수업을 받기 위해 이곳에 오기 바로 전이었으니까 말이야."

스티븐이 웃음을 머금은 눈길을 돌려 친구의 얼굴을 바라보았다. 친구의 신뢰에 기분이 좋아진 데다가, 그의 소박한 억양에 이끌려 공감의 마음이 일었기 때문이었다.

"난 그날 하루종일 집에 있지 않고 부테반트**에 가 있었어.

<hr>

*당시 더블린 유니버시티 칼리지의 교과 과정에 따르면, 학생들은 졸업할 때까지 매년 소정의 과정을 이수하고 시험을 봐서 합격해야 했다. 이수 과정 또는 이에 따라 치러지는 시험의 명칭은 각각 'Matriculation,' 'First University or First Arts,' 'Second University or Second Arts,' 'Bachelor of Arts'이었는데, 소설에서 언급되고 있는 'Matriculation'과 'First Arts' 및 'Second Arts'를 각각 '예과반'과 '문과 1년차반' 및 '문과 2년차반'으로 번역하기로 한다.
**아일랜드의 코르크 카운티 북부 지역에 있는 마을.

너 그곳이 어디 있는지 아니? 하여간, 그곳에서 크록스 오운 보이스 팀과 피얼리스 설스 팀* 사이에 헐링** 시합이 있었기 때문이지. 스티비, 정말이지, 엄청 대단한 경기였어. 내 사촌인 폰시 대빈이 웃통을 훌러덩 벗어 던진 채 리머릭***지방 팀의 골문(門)을 지키고 있었는데, 경기 시간 절반은 미친 듯이 소리 치면서 공격하는 애들과 함께 뛰어다녔어. 난 말이지, 정말 그 날을 잊을 수 없을 거야. 하여간, 크록스 오운 보이스 팀 애 하나가 한 번은 헐링 경기용 스틱으로 내 사촌을 엄청 세게 후려 갈겼어. 단언컨대, 헐링 스틱이 관자놀이에서 아주 가까운 곳을 스치고 지나갔어. 맙소사, 헐링 스틱의 구부러진 곳으로 관자놀이를 맞았다면 내 사촌은 아마 그걸로 끝장났을 거야."

"피했다니 그거 정말 다행이군." 스티븐이 웃으면서 말했다. "하지만 말이야, 그게 너한테 일어난 이상한 일은 아니겠지?"

"물론 아니지, 그런 얘기야 너한테 무슨 재미가 있겠니? 하여간, 경기가 끝난 다음 엄청 큰 소동이 벌어져서 집에 가는 기차를 놓치고 만 거야. 게다가 나를 태워다 줄 만한 걸 아무것도 찾을 수가 없었어. 가는 날이 장날이라고, 그날 캐슬타운로시에서 대규모 군중 집회가 있어서 그 지방의 마차란 마차는 몽땅 그곳에 가 있었던 거지. 그래서 꼼짝없이 거기서 밤을 지새거나 걸어갈 수밖에 없게 되었던 거야. 그리고 어쩌다 보니 걸어가기 시작했지. 계속 걷다 보니 밤이 오더군. 밤이 온 건 내

가 발리호우라 구릉 지역에 들어섰을 때였어. 거기서부터 킬말록까지가 15, 6킬로미터는 훌쩍 넘는 거리였고, 거기부터 계속인적이 없는 쓸쓸하고 먼 길이 이어졌어.* 길을 따라 가면서 눈을 씻고 봐도 사람이 사는 집이란 흔적조차 볼 수 없었고, 아무리 귀 기울여도 사람 소리라고는 한 마디로 들을 수 없었던 거야. 게다가 사방이 칠흑 같은 어둠에 덮여 있었어. 어쩌다 한두번 길가 덤불 아래서 가던 길을 멈추고 파이프에 불을 붙이곤했지. 이슬만 심하게 내려 있지 않았다 해도 거기서 사지를 뻗고 잠을 청했을 거야. 마침내 구부러지는 길목에 이르게 되었는데, 창문으로 불빛이 보이는 작은 오두막이 한 채 보이더군. 그 집으로 다가가서 문을 두드렸지. 누구냐 묻는 목소리가 들려, 난 부테반트에서 있었던 운동 경기를 보고 집으로 걸어가는 사람이라 대답했지. 그리고 물 한 잔만 주면 고맙겠다고 했어. 잠시 후에 젊은 여자 하나가 문을 열고 나와, 우유가 가득담긴 커다란 잔을 나한테 건네는 것이었어. 내가 문을 두드려그 여자가 나왔을 때 보니 그 여자는 옷을 반쯤 벗고 있었어. 잠자리에 막 들려고 했던 사람처럼 말이지. 머리를 풀어 늘어뜨리고 있었어. 겉모습으로 보아, 그리고 눈에 담겨 있는 무언가의 표정으로 보아, 그 여자는 틀림없이 임신 중인 것 같았어. 여자가 문가에 서서 오랫동안 나를 붙잡고 말을 시켰는데, 가슴과 어깨의 맨살이 드러나 있어서 이상하다는 생각이 들었지. 여자가 나한테 피곤하지 않으냐, 하룻밤 그곳에서 머물다 가고싶지 않으냐 묻는 것이었어. 자기는 지금 집에 혼자 있으며, 자

*캐슬타운로시는 부테반트 근처에 있는 마을이며, 발리호우라 구릉 지역은 리머릭카운티 동남쪽과 코르크 카운티 북동쪽에 걸쳐 있는 구릉 지역. 킬말록은 리머릭 카운티의 남부 지역에 있는 마을.

338

기 남편은 그날 아침 자기 누이를 배웅하러 함께 퀸스타운으로 갔다는 거야. 그리고 말이지, 스티비, 여자가 이야기를 하는 동안 계속 내 얼굴만 들여다보고 있었어. 그리고 나한테 어찌나 가까이 붙어 서 있는지 숨소리까지 다 들릴 정도였지. 마침내 내가 잔을 돌려주었을 때, 여자가 내 손을 잡고 나를 문지방 너머로 잡아끌면서 이렇게 말하더군. '들어와서 오늘 밤 여기에 머무세요. 겁먹을 거 없어요. 여기엔 아무도 없고 우리 둘만 있는걸요.' 스티비, 난 들어가지 않았어. 난 감사하다고 말하고, 돌아섰지. 그리고 온몸이 열에 들떠 있는 채로 내 갈 길을 갔어. 길이 구부러지는 곳에 이르러 돌아봤더니, 여자가 여전히 문 앞에 서 있는 거야."

대빈이 한 이야기의 마지막 말이 그의 기억 속에 반향을 불러일으켰다. 이윽고 그의 이야기에 나오는 여인의 모습은 다른 농부 여인네들의 모습—클롱고우스 우드 칼리지 시절, 학교 마차들이 지나가는 동안, 클레인이라는 마을의 집 문 앞에 나와 서 있는 것을 보았던 농부 여인네들의 모습—에 반영되어, 그의 마음 속에 그 여인이 속한 민족, 따라서 스티븐 자신이 속한 민족의 모습을 보여주는 하나의 전형으로 부각되었다. 어둠 속에서 은밀하고 고독하게 삶을 살아가는 자신의 모습을 불현듯 깨닫고는 아무런 꾸밈도 술수도 없는 여인의 눈빛과 목소리와 몸짓을 통해 낯선 이를 침대로 끌어들이는 박쥐와도 같은 영혼, 그것이 바로 아일랜드 민족의 한 전형적인 모습이었던 것이다.

누군가의 손이 그의 팔을 잡더니, 어린 여자아이가 이렇게 외치는 소리가 들렸다.

"아저씨, 아저씨의 소녀가 인사 드려요. 아저씨가 오늘 제

첫 손님인데요, 이 예쁜 꽃다발 하나 사주세요. 아저씨, 그렇게 하실 거죠?”

여자아이가 그를 향해 들어올린 파란색의 꽃들과 아이의 어리고 파란 두 눈이 그 순간 그의 눈에는 꾸밈이나 술수가 없음을 형상화한 그런 이미지로 비쳐졌다. 그는 그런 이미지가 사라질 때까지 멈칫거렸으며, 이윽고 그의 눈에 비친 것은 여자아이의 누더기 옷과 축축이 젖어 있는 듯한 거친 머리와 말괄량이 같은 얼굴 표정이었다.

“아저씨, 하나 사주세요! 아저씨의 소녀가 드리는 부탁이에요.”

“돈이 없는데.” 스티븐의 대꾸였다.

“이 예쁜 꽃 사주시는 거, 맞죠? 1페니밖에 안 해요.”

“너, 내 말 안 들리니?” 스티븐이 여자아이에게 몸을 숙이면서 말했다. “돈이 없다고 했잖아. 돈이 없다고.”

“그래요? 그럼, 담에 꼭 사주셔야 해요.” 잠시 후에 여자아이가 말했다.

“글쎄다.” 스티븐이 말을 이었다. “그럴 수 있을지 모르겠구나.”

그는 재빨리 여자아이 곁을 떠났다. 격의 없는 태도가 조롱으로 바뀔까 겁이 나기도 했지만, 여자아이가 영국인 관광객이든 트리니티 칼리지의 학생*이든 다른 사람한테 물건을 팔려 하는 자리에서 벗어나고 싶기도 했기 때문이었다. 그라프턴 스트리트**를 따라 걷는 동안 자신의 빈곤한 처지에 기가 꺾였던

---

*조이스가 다니던 유니버시티 칼리지의 가난하고 정치적인 힘이 없는 아일랜드 토박이 집안 출신의 학생들과 달리, 트리니티 칼리지의 학생들은 부와 정치적 배경이 든든한 영국계 아일랜드 집안 출신이었다.
**아일랜드 은행(트리니티 칼리지의 서쪽 편에 있음)과 트리니티 칼리지 사이에서 시작하여 남쪽에 있는 스티븐스 그린 북서쪽 구석까지 이어져 있는 거리. 당시 유행하던 물건을 파는 호화로운 상점들이 즐비하게 늘어서 있었다.

그 순간이 좀처럼 그의 기억에서 떠나지 않았다. 거리 끝에 이르자 길가에 울프 톤을 추모하는 비석이 세워져 있는 것이 보였다.* 그는 그 비석이 세워질 때 아버지와 함께 그 자리에 참석했던 것을 기억해냈다. 또한 겉만 번지르르했던 천박한 추모의 장면을 언짢은 마음으로 떠올리기도 했다. 커다란 마차 안에는 네 명으로 된 프랑스 대표단이 타고 있었는데, 살이 통통하게 찐 젊은 프랑스인 하나가 웃음을 띤 표정으로 카드 한 장이 고정되어 있는 막대기를 들고 있었다. 카드에는 프랑스어로 '아일랜드 만세'라는 말이 담겨 있었다.

그의 마음이야 어떻든, 스티븐스 그린의 가로수들은 비에 젖어 향긋한 냄새를 풍기고 있었고, 비에 젖은 땅은 인간의 체취를 발산하고 있었다. 희미한 인간의 체취가 흙을 통해 수많은 사람들의 심장에서 올라오고 있었던 것이었다. 그의 인생 선배들이 화젯거리로 삼아 그에게 이야기해주곤 했던 당당한 모습의 이 세속적인 도시의 영혼은 세월의 흐름에 따라 움츠러들어 마침내 땅에서 올라오는 희미한 인간의 체취로 남게 된 것이었다. 그리고 그는 어두컴컴하고 음산한 대학 안으로 들어서는 순간 곧 벅 이건과 번채플 웨일리의 부패** 이외의 또 다른 부패를 감지하게 될 것임을 알고 있었다.

*영국에 저항하여 1798년 일어났던 민중 봉기의 100주년이 되는 해인 1898년 그라프턴 스트리트와 스티븐스 그린의 북서쪽 모퉁이가 만나는 지점에 울프 톤(Wolfe Tone, 1763~1798)을 추모하는 비석이 세워졌다. 비석을 세운 후 조각상까지 세울 계획이었으나 여러 이유로 실현되지 못했다가, 1967년 스티븐스 그린 북동쪽 모퉁이에 조각상이 세워졌다. 울프 톤은 프랑스 군대를 이끌고 아일랜드로 들어와 아일랜드 독립 운동을 했던 사람으로, 영국군에 체포되자 감옥에서 자결했다.
**이름에 혼동이 있었던 것으로 추정된다. 여기에서 말하는 벅 이건은 존 '불리' 이건(John 'Bully' Eagan, 1750~1810 추정)을 말하는 것으로 생각할 수도 있으나, 리처드 '번채플' 웨일리(Richard 'Burnchapel' Whaley, 1700~1769〔?〕)의 아들 토머스 '벅' 웨일

불문학 수업 시간에 들어가기 위해 위층으로 올라가기에도 너무 늦었다. 그는 현관을 가로질러 간 다음 왼쪽 편에 있는 복도를 따라 계단식 물리학 강의실이 있는 곳을 향했다. 복도는 어둡고 조용했으나 누군가 지켜보는 사람이 있는 것 같다는 느낌이 가시지 않았다. 누군가 지켜보고 있다는 느낌이 드는 것은 무슨 이유 때문일까. 벅 웨일리 시대에는 그곳에 비밀 계단이 있었다는 이야기를 들었기 때문일까. 아니면 예수회 건물은 치외 법권 지대*라서 이방인들 사이를 걷고 있기 때문일까. 톤의 아일랜드와 파넬의 아일랜드가 공간적으로 그만큼 축소되었다는 느낌이 들기도 했다.

그는 물리학 강의실의 문을 연 다음, 먼지 낀 창문을 통해 어렵사리 실내로 들어온 잿빛의 차가운 햇빛 속에서 잠시 멈칫했다. 거대한 벽난로의 받침쇠 앞에 누군가가 몸을 웅크리고 있었는데, 몸이 홀쭉하고 머리가 흰 것으로 보아 학업 담당 학감임을 알 수 있었다. 그가 난로에 불을 붙이고 있는 것이었다. 스티븐이 조용히 문을 닫고 벽난로 근처로 다가갔다.

"신부님, 안녕하세요! 제가 도와드릴까요?"

사제가 재빨리 고개를 들어 그를 바라보고는 이렇게 말했다.

"잠깐 기다리면서 한 번 보게나, 디덜러스 군. 불을 지피는 데도 기술이 필요하거든. 교육에는 교양 교육도 있지만 실용 교육이라는 것도 있지. 이건 실용 교육 가운데 하나야."

리(Thomas 'Buck' Whaley, 1766~1800)를 가리키는 것으로 봐야 할 것이다. 웨일리 부자는 둘 다 기벽과 타락으로 악명이 높았는데, 악마를 숭배한다는 소문이 있던 '지옥의 불 모임(Hellfire Club)'에 관여했던 것으로 추정된다. 스티븐이 웨일리와 대학을 연결 짓는 것은 스티븐스 그린 86번에 있는 웨일리의 집이 그가 다니고 있는 유니버시티 칼리지의 일부가 되었기 때문으로 추정된다.
*바티칸과 연결이 되어 있기 때문에 아일랜드의 일부로 느껴지지 않는다는 뜻을 암시하는 듯하다.

"배워보도록 하겠습니다." 스티븐이 말했다.

"석탄을 너무 많이 넣으면 안 되지." 부지런히 불을 지필 준비를 하면서 학감이 말을 이었다. "그게 바로 비결 가운데 하나야."

그는 자신의 수단 옆 주머니에서 작은 초 토막을 네 개 꺼내, 석탄과 여러 장의 구긴 종이 사이에 솜씨 좋게 끼워 넣었다. 스티븐은 조용히 바라만 보고 있었다. 불을 지피기 위해 난로 앞 판석 위에 무릎을 꿇은 채 불쏘시개용 종이와 초 토막을 가지고 분주하게 씨름하는 그의 모습을 보노라니, 스티븐에게는 어느 때보다도 더 그가 텅 빈 성전에서 성찬 의식을 미리 준비하고 있는 낮은 지위의 봉사자, 하느님을 섬기는 레위인(人)* 같아 보였다. 고위 성직자의 성의(聖衣)나 방울 달린 법의(法衣)가 어울리지도 않고 본인 자신도 거추장스러워할 사람, 바로 그런 사람의 무릎 꿇은 모습을 감싸고 있는 것처럼 보이는 학감의 낡고 빛바랜 수단은 수수한 리넨으로 만든 레위인의 제의(祭衣)를 떠올리게 했다. 스티븐이 학감의 모습에서 본 것은, 제단의 불을 보살피기도 하고 남몰래 소식을 전하는 일을 하거나 세속의 사람들을 돌보기도 하고 명령이 내려지면** 이에 응해 재빨리 잡무를 처리하는 등, 드러나지 않는 곳에서 하느님을 위해 일하는 봉사자의 모습이었다. 낮은 곳에서 봉사하는 가운데 이제 그의 몸은 늙고 말았지만, 여전히 성자나 고위 성직자의 아름다움에 견줄 만한 그 어떤 축복도 그에게는 내려지지 않았다. 어디 그뿐이랴. 영혼도 그런 봉사의 삶을 살아가는 가운데 늙고 말았지만, 그 동안 빛과 아름다움을 향해 성장할 기회도 얻지 못했고 영적 성스러움의 향기를 널리 퍼뜨릴 기회

*〈민수기〉 1장 49~54절 참조.
**'하느님을 위해 싸우는 병사로서' 또는 '예수회 조직 상부의 명령에 복종하여'의 뜻.

도 얻지 못했다. 은빛 솜털에 덮여 잿빛이 된 야위고 힘줄만 남은 그의 늙은 몸이 이제 사랑이나 투쟁과 같은 가슴 설레는 일에 더 이상 반응할 수 없게 된 것처럼, 고행의 삶을 견뎌온 그의 의지도 하느님께 순종하는 가슴 설레는 일에 더 이상 반응할 수 없게 된 것이리라.

스티븐은 학감이 뒤로 물러나 쭈그리고 앉은 자세로 장작에 불이 붙는 것을 지켜보았다. 침묵을 깰 요량으로 스티븐이 이렇게 말했다.

"장작불 붙이는 일, 전 못할 것 같은데요."

"디덜러스 군, 자넨 예술가지, 아닌가?" 학감이 그를 올려다보고는 침침한 눈을 껌뻑이며 말을 이었다. "예술가의 목적은 아름다움을 창조하는 데 있지. 그런데 아름다움이란 무엇인가? 이건 별개의 문젤세."

그는 어려운 문제를 내놓고는 천천히 그리고 덤덤한 표정으로 양손을 비볐다.

"자네 이 문제를 해결할 수 있겠나?" 그가 물었다.

"토마스 아퀴나스는 '풀크라 순트 쿠에 비사 플라첸트'*라 말한 적이 있습니다."

"우리 앞에 있는 이 불은 바라보기에 즐겁지." 학감이 말했다. "따라서 이 불은 아름다운 것인가?"

"심미적 사유 작용이라 할 수 있는 시각을 동원하여 감지한다는 점에서 본다면 아름답다 말할 수 있겠습니다. 하지만 토마스 아퀴나스는 또한 '보눔 에스트 인 쿼드 텐디트 아페티투

*"Pulcra sunt quae visa placent": '눈을 즐겁게 하는 것, 그것이 아름다움이다'로 번역될 수 있는 라틴어 표현. 토마스 아퀴나스의 《신학대전(Summa Theologica)》 1권 5장 4절에 나오는 '눈을 즐겁게 하는 것, 그것을 아름다움이라 부른다(Pulchra enim dicunter quae visa placent)'를 약간 변형한 말.

스'*라 말하기도 했습니다. 따뜻함에 대한 동물적 욕구를 만족시켜준다는 점에서 보면 불은 선이기도 합니다. 하지만 지옥에서 불은 악이지요."

"바로 그렇다네." 학감이 말했다. "자네, 정말로 정곡을 찔러 제대로 말하는군."

그가 날렵하게 몸을 일으켜 문을 향해 가서, 문을 약간 열어놓은 다음 이렇게 말했다.

"이런 경우엔 공기를 통하게 하면 도움이 되지."

약간 절긴 하지만 민첩한 발걸음으로 학감이 다시 벽난로 쪽으로 오는 동안, 스티븐의 눈에 보인 것은 사랑이 사라진 침침한 눈으로 그를 바라보고 있는 한 예수회 사제의 말 없는 영혼이었다. 그도 이냐시오처럼 다리를 절지만 그의 눈에서는 이냐시오의 눈에서처럼 열정의 불꽃이 타오르고 있지 않았다. 심지어 예수회 회원들의 전설적인 능력조차도, 비밀스럽고 신비로운 지혜를 담고 있는 것으로 알려진 수도회의 전설적인 서적들보다 더 비밀스럽고 더 신비로운 그들의 능력조차도, 사도(使徒)라면 의당 지녀야 할 열정적인 에너지로 그의 영혼을 불붙게 하는 데 실패했던 것이다. 하느님의 더 큰 영광을 위해 그는 수도회에서 명한 대로 세속의 속임수와 지식과 잔재주 등을 술책으로 동원했을 것이다. 하지만 이처럼 세속의 갖가지 술책을 다루는 일에 즐거움을 느끼지도 않았을 것이고 거기에 사악한 것이 있었다 해서 이를 증오하지도 않았을 것이며, 다만 확고한 순종의 몸짓으로 이를 받아들이고는 이를 다시 바깥 세상의 동일한

---

*"Bonum est in quod tendit appetitus": 이 말 역시 토마스 아퀴나스의 《신학대전》 1권 5장 4절의 동일 문장에 나오는 말을 약간 변형한 것으로, 우리말로 풀이하면 "욕망하도록 마음을 움직이는 것, 그것이 선이다."

술책에 마주 세웠을 것이다. 이처럼 말없이 행한 온갖 봉사에도 불구하고 그는 자신의 주인을 결코 사랑하지 않았을 것이고, 그가 몸바쳐 일하는 대의(大義)가 행여 있다 하더라도 이에 대한 애정도 갖고 있지 않았을 것이다. '시밀리테르 아트퀘 세니스 바쿨루스'*—예수회 설립자가 그에게 요구했듯 그는 그 말 그대로 노인의 손에 들린 지팡이와 같은 존재였을 것이다. 구석 자리에 던져져 있다가 누군가가 밤이 되어 길을 걸어가야 하거나 궂은 날씨에 바깥나들이를 해야 할 때면 그에게 기대어 의지할 도구가 되기도 하고, 정원의 의자에 숙녀의 작은 꽃다발과 함께 나란히 놓여 있는 장식품이 되기도 하고, 때로 누군가에게 위협의 수단으로 치켜드는 무기가 되기도 했었으리라.

학감이 난로 쪽으로 돌아온 다음 턱을 어루만지기 시작했다.

"미학적 문제에 관한 자네 의견을 언제쯤 들을 수 있겠나?" 그가 물었다.

"제 의견이라니요!" 스티븐이 놀란 표정으로 말을 이었다. "보름에 한 번 정도 생각 하나가 떠오를 정도밖에 되지 않는데요. 그것도 운이 좋으면 말예요."

"그건 아주 심오한 문제라네, 디덜러스 군." 학감이 말을 이었다. "모허**의 절벽에서 심연을 내려다보는 것과 같다고 해야 할 거야. 많은 사람이 그곳을 향해 몸을 던지지만 다시 수면 위로 올라오지 못하지. 오로지 숙련된 잠수부만이 심연의 끝까지 내려가 그곳을 탐사하고 다시 수면으로 올라올 수 있다네."

"신부님의 말씀이 사유의 세계에 관한 것이라면, 저도 같은

---

*"Similiter atque senis baculus": 라틴어로 '노인의 손에 들린 지팡이처럼'의 뜻. 스티븐은 이냐시오 로욜라의 예수회 헌장에 나온 말을 라틴어로 인용하고 있다.
**아일랜드 서부 해안 클래어 카운티에 있는 지역으로, 그곳에는 아주 가파른 절벽이 있다.

생각입니다." 스티븐이 말을 이었다. "모든 사유는 자체의 법칙에 따라 진행되지 않을 수 없기 때문에,* 준비 없이 이뤄지는 자유로운 사유란 불가능하다 저도 믿습니다."

"그렇지!"

"제가 추구하는 바를 위해 현재 저로서 할 수 있는 일이란 아리스토텔레스와 토마스 아퀴나스의 견해 한두 개를 등불 삼아 생각을 이어나가는 것입니다."

"알겠네. 자네 말의 핵심이 무언지 잘 알겠네."

"저에게 그런 등불이 필요한 건 다만 이를 이용하여 제가 갈 길을 인도 받기 위해서입니다. 마침내 도움을 받아 제 자신을 위한 무언가를 이뤄낼 때까지 필요한 등불인 셈이지요. 만일 불을 밝혀주는 등잔에서 그을음이 나오거나 냄새가 나면 불꽃을 조정하려 할 것입니다. 그리고 만일 등잔의 불이 충분히 밝지 않다 판단되면 그 등잔을 팔아치우고 새로 하나 사거나 남한테 빌려야겠지요."

"에픽테투스**도 등잔을 하나 가지고 있었지." 학감이 말을 이었다. "그가 죽은 다음에 그 등잔은 상당히 비싼 값에 팔렸다네. 바로 그 등잔의 불빛 아래서 그는 철학적 논문들을 썼지. 자네 에픽테투스가 누군지 아나?"

"영혼은 양동이에 담긴 물과 같다 말한 양반 아닙니까?" 스

*천주교의 기본적인 교리 가운데 하나. 교회의 권위를 벗어나 자의적인 논리에 입각하여 종교적 믿음을 형성하려는 것을 용납하지 않는 천주교의 입장을 암시하고 있다.
**고대 그리스의 스토아 철학자인 에픽테투스(Epictetus, 55〔?〕~135〔?〕)는 그의 《담론(Discourses)》에서 인간의 영혼을 물을 담아놓은 그릇에 비유한 바 있으며, 학감과 스티븐이 나누는 등잔에 관한 이야기의 출처 역시 그의 《담론》이다. 에픽테투스의 《담론》은 에픽테투스 자신이 직접 쓴 것이 아니라 그를 따르던 아리안(Arrian)이라는 사람이 받아 기록한 것이다. 에픽테투스는 추상적 사유를 위한 철학이 아니라 생활의 철학이 중요함을 강조한 사람이며, 이와 같은 생활의 철학을 뛰어넘어 추상의 사유 세계로 들어가고자 할 때 고통이 따름을 말하기도 했다.

티븐이 거친 어조로 말했다.

"그가 격의 없는 어조로 이렇게 우리에게 말하고 있다네." 학감의 말이 이어졌다. "어떤 신의 조상 앞에 쇠로 만든 등잔을 갖다 놓았는데, 도둑이 와서 이를 훔쳐갔다는 거야. 그래, 이 철학자가 어떻게 했겠나? 무언가를 훔치려는 성향이 도둑의 성품 안에 내재되어 있다는 데 마침내 그의 생각이 미쳤던 거야. 그래서 그다음 날 쇠로 만든 등잔 대신에 흙으로 만든 등장을 사야겠다고 마음을 먹었지."

학감이 장작 사이에 넣은 초 토막에서 수지(獸脂)가 녹아 타는 냄새가 났다. 그 냄새는 스티븐의 의식 안에서 양동이와 등잔, 등잔과 양동이와 같은 말들의 울림 소리와 뒤섞였다. 사제의 목소리에도 또한 강한 울림이 담겨 있었다. 기묘한 어조와 이미지들 때문에, 또한 불이 밝혀지지 않은 등잔 또는 초점이 맞지 않게 걸어 놓은 반사경과 같아 보이는 사제의 얼굴 때문에, 스티븐의 마음은 본능적으로 작동을 멈췄다. 그의 얼굴 뒤편에 또는 그 안에 무엇이 있는 것일까. 마비되어 무감각한 영혼일까, 아니면 지적 관념들로 가득 차 있고 하느님의 우울함마저도 능히 감당할 만한 둔탁한 먹구름일까.

"신부님, 제가 말하는 건 종류가 다른 등잔입니다." 스티븐이 말했다.

"물론 그렇지." 학감이 말했다.

"미학적 논의와 관련하여 제가 느끼는 어려움에는 이런 것이 있습니다." 스티븐이 말을 이었다. "우리의 언어가 문학의 전통에 맞춰 사용되고 있는 것인지, 아니면 일반 사회의 전통에 맞춰 사용되고 있는 것인지를 저로서는 모르겠습니다. 뉴먼이 어떤 글에서 성모 마리아에 관해 얘기하면서 '그분은 온갖 성자들 사이에 디테인되어 있었다'라 썼던 것이 기억나네요. 일반 사회에서는 같은 말이 전혀 다른 뜻으로 사용됩니다. '바쁘실 텐데 제가 디테인하고 있는 건 아닌지요.'"

"아니, 천만에." 학감이 품위를 갖춰 대답했다.

"아, 아니, 제가 지금 그걸 신부님께 물은 것이 아니라, 저는 다만—" 스티븐이 웃으면서 말했다.

"아, 아, 알겠네." 학감이 재빨리 대꾸했다. "자네가 무얼 말하는지 잘 알겠네. '디테인'의 뜻을 문제 삼고 있군."*

그는 아래턱을 앞으로 내민 채 헛기침에 가까운 소리를 냈다.

"등잔 얘기로 돌아가자면 말일세, 등잔에 기름을 채우는 일 또한 만만치 않은 작업이지." 그가 말을 이었다. "우선 불순물이 섞여 있지 않은 깨끗한 기름을 선택해야 하고, 또 기름을 부어 담을 때 넘치지 않도록 조심해야 하네. 너무 조급하게 퍼늘에 기름을 부었다가는 기름이 넘칠 수 있으니까, 조심해야지."

*위의 번역문에서 'detain'이라는 단어를 번역하지 않고 그냥 한글로 바꿔 '디테인'으로 해놓은 이유를 설명하지면, 스티븐이 제시한 두 표현에서 이 단어가 의미하는 바가 서로 다르고, 이처럼 동일한 단어가 상황에 따라 서로 다른 의미를 가진다는 점을 스티븐이 문제 삼고 있기 때문이다. 말하자면, 스티븐은 말에 대한 문학적 사용과 비문학적 사용 사이에 존재하는 차이를 'detain'이라는 단어를 통해 제시하고 있다. 스티븐이 제시한 뉴먼의 글에서 사용된 'detain'이라는 단어의 뜻에는 일반적으로 우리가 알고 있는 것과 달리 강제성이 담겨 있지 않다. 따라서 '그분은 온갖 성자들 사이에 디테인되어 있었다(she was detained in the full company of the saints)'는 '그분은 온갖 성자들 사이에 둘러싸여 있었다'로 이해해야 한다. 하지만 문학 외적으로 사용될 때는 이 단어에 강제성이 담긴다. 즉, '누군가가 상대의 의지와 관계없이 상대의 자유를 구속하다'의 의미가 암시된다. 따라서 스티븐이 제시한 '바쁘실 텐데 제가 디테인하고 있는 건 아닌지요(I hope I am not detaining you)'는 '바쁘실 텐데 제가 붙잡고 있는 건 아닌지요'의 뜻을 가진다. 한편, 스티븐이 일반 사회에서 'detain'이 어떤 의미로 사용되는가를 설명하기 위해 그 예로 제시하고자 한 표현을 학감은 스티븐이 자신에게 하는 말로 착각하여 "아니, 천만에"라고 대답한다. 이에 당황한 스티븐이 그 말은 학감을 향해 한 말이 아님을 밝힌다. 어찌 보면, 학감의 반응은 그에게 언어의 다차원성과 다양한 의미의 존재 가능성을 즉각적으로 이해할 능력이 결여되어 있음을 암시적으로 보여주는 예라 할 수도 있겠다.

"퍼늘이라니요?" 스티븐이 물었다.

"기름을 등잔 안에 부어 담을 때 사용하는 도구인 퍼늘을 말하는 거네."

"그거요?" 스티븐이 말을 이었다. "그걸 퍼늘이라 하나요? 그거 혹시 턴디시가 아닌가요?"*

"턴디시가 뭔가?"

"그거요? 그게 뭐냐 하면─" 스티븐이 멈추었던 말을 이었다. "퍼늘이지요."

"아일랜드에서는 그걸 턴디시라고 하는가?" 학감이 물음에 이어 이렇게 말했다. "그런 단어 생전 처음 들어 보는데."

"로워 드럼콘드라 지역**에선 사람들이 그렇게 부릅니다." 스티븐이 웃으면서 말했다. "거기 사람들이 사용하는 영어는 최상급이지요."

"턴디시라!" 생각에 잠긴 듯한 표정으로 학감이 말했다. "그것 참 흥미로운 말이군. 사전에서 한번 찾아봐야겠어. 정말이지, 꼭 한번 찾아봐야겠네."

그의 정중한 태도에서는 어딘지 모르게 가식이 느껴졌다. 스티븐은 돌아온 탕자에 관한 우화에서 나이 든 형이 탕자의 삶을 살다 돌아온 동생을 향해 던지는 것과 같은 눈길로 이 영국 국교에서 천주교로 개종한 사제를 바라보았다. 세상을 떠들썩하게 했던 개종의 물결***에 동참했던 보잘것없는 사람이자

*퍼늘(funnel)과 턴디시(tundish)는 모두 '깔때기'를 가리키는 표현이다. 두 사람의 대화에서 깔때기를 가리키는 이 두 표현의 차이가 문제되고 있기 때문에, 이 역시 '깔때기'로든 다른 어떤 표현으로든 번역하는 것은 적절치 않아 보인다.
**더블린 북쪽의 외곽 지역.
***1833년에 시작되었던 옥스퍼드 운동(Oxford Movement)을 말한다. 이는 옥스퍼드 대학을 중심으로 하여 과거의 기독교적 전통을 회복하기 위해 벌였던 신학 운동이

아일랜드에서 가난한 삶을 살아가는 영국인인 그는 음모와 고통과 질투와 투쟁과 분노로 점철된 기묘한 연극이 거의 다 끝나갈 무렵 예수회 역사의 무대에 그 모습을 드러냈던 사람 같아 보였다.* 그는 말하자면 지각생이요 굼뜬 영혼의 소유자였던 것이다. 그의 여정은 어디서 시작되었을까. 어쩌면 오로지 예수 안에서 구원의 가능성을 보는 동시에 기존 제도권이 보이는 허영과 허세를 끔찍이도 증오했던 어느 진지한 비국교도** 가정에서 그는 태어나고 양육되었을 것이다. 여섯 가지 교리를 앞세우는 교파, 선민주의 교파, 뱀의 씨앗이라는 가설에 근거한 침례교의 한 교파, 절대예정론을 내세우는 교파*** 등등으로 분화를 거듭하는 종파주의의 소용돌이 한가운데서 지내다 보니, 또한 어지러운 종파 분열의 결과 난무하게 된 뜻

다. 이 운동의 영향으로 1845년 뉴먼을 비롯한 여러 지도급 인사들이 천주교로 개종했으며, 그들의 뒤를 따라 적지 않은 사람들의 개종이 이어졌다. 이로 인해 이 운동은 세인의 주목을 끌며 논쟁거리로 부각되기도 했다.

*1845년이 있었던 뉴먼의 개종을 포함하여 당시 세상을 시끄럽게 했던 개종의 물결이 불어닥치고 나서 그 물결이 잠잠해질 무렵에 학감이 개종했음을 암시한다.

**영국 국교에 소속되어 있지 않은 개신교도.

***차례로 1)〈히브리인들에게 보낸 서간〉 6장 1~2절에 나오는 여섯 가지 교리—회개, 믿음, 세례, 안수, 부활, 심판—을 충실한 신앙생활의 목표로 삼아 1652년 미국 로드아일랜드에서 시작된 침례교 종파. 2)구약의 〈신명기〉에 나오는 신의 '선민(peculiar people)'이라는 개념에 기대어 1838년 영국 에식스(Essex)에서 존 밴야드(John Banyard)가 시작한 개신교 종파. 3)카인과 아벨은 이브가 뱀의 형상을 한 악마 및 아담과의 성적 교섭을 통해 태어난 자식이라는 오래되었지만 쉽게 용인되지 않던 믿음에 근거한 신교 교파. 악의 씨와 선의 씨가 이브의 행위로 인해 이미 정해져 있다는 입장에 서서 전도 활동의 무용성을 주장하는 이 교파의 대표자 가운데 한 사람이 미국 남부 지방에서 활동한 침례교 교파의 목사인 대니얼 파커(Daniel Parker, 1781~1844)였으며, 여기에서 말하는 '뱀의 씨앗 침례학파'는 이 파커의 교파를 지칭하는 것으로 추정된다. 4)칼뱅(Calvin, 1509~64)의 예정론을 믿되 인간의 타락은 인간에게 구원의 기회를 주기 위해 하느님이 미리 기획한 것이라는 입장을 취하는 사람을 '절대예정론자(supralapsarian)'라 한다. 한편, 이와는 대립되는 입장을 취하는 사람을 '예지예정론자(infralapsarian)'라 하는데, 그 역시 칼뱅의 예정론을 믿되 인간의 타락에 대한 구제책으로 하느님의 구원이 마련되었다고 본다.

모를 용어들 한가운데서 지내다 보니, 그는 주변 상황에 영향을 받지 않는 절대적 신앙이 필요함을 느꼈던 것일까. 세례의 입김 또는 안수례 또는 성령의 발현에 관한 미세한 추론의 실을 실타래에 무명실을 감듯 끝까지 감아나간 끝에 마침내 그는 갑작스럽게 진정한 교회를 발견하게 되었던 것일까. 아니면, 세관에 앉아 있었던 사도*와 같이 그가 양철로 지붕을 덮은 성당의 문 앞에 앉아 하품을 하면서 신자들의 헌금을 세고 있는데, 주 예수 그리스도께서 그를 만지고는 그에게 따를 것을 명했던 것일까.

학감은 아직도 같은 말을 되풀이하고 있었다.

"턴디시라! 그것 참 흥미로운 말이군!"

"저에게는 조금 전에 신부님께서 저에게 던진 질문이 더 흥미롭게 느껴집니다. 예술가가 흙덩어리를 동원해 표현해내고자 애쓰는 바로 그 아름다움이라는 것의 정체는 무엇일까요?" 스티븐이 냉랭하게 말했다.

이 작은 말을 통해 그는 예의바르고 매사에 조심스러운 적을 향해 감수성의 날카로운 칼끝을 겨눈 격이 되었다. 그는 자신이 이야기를 나누고 있는 상대가 벤 존슨과 한 나라의 사람이라는 사실에 가슴을 에는 듯한 아픈 좌절을 느꼈다. 그는 이런 생각을 이어갔다.

"우리가 이야기를 나누는 과정에 동원하고 있는 언어는 내 것이기 이전에 그의 것이야. '호움'이니, '크라이스트'니, '에일'이니, '마스터'니 하는 말들**이 그의 입에서 나오는 것과 내 입에서 나오는 것이 얼마나 다른가! 나는 이 말들을 입 밖에 내놓

*〈마태오 복음서〉 참조.
**영어 철자로 각각 home, Christ, ale, master.

352

거나 글로 옮길 때마다 영혼의 불안감을 느끼지 않을 수 없어. 너무도 친숙한 동시에 너무도 생소한 그의 언어는 나에게 항상 의식적으로 배워 습득한 언어로 남게 되겠지. 나는 이 언어의 말들을 만들지도 않았고 승인하지도 않았어. 내 목소리는 이 언어의 말들에 경계를 늦추지 않아. 나의 영혼은 이 언어의 그늘에 가려진 채 초조해하고 있어."

학감의 말이 이어졌다. "그리고 말일세, 아름다움과 숭엄함을 구별하는 것, 정신적 아름다움과 물질적 아름다움을 구별하는 것, 거기에 덧붙여 어떤 종류의 아름다움이 다양한 각각의 예술에 적합한 것인가를 탐구하는 것, 이 모든 것이 우리가 다룰 수 있는 흥미로운 주제가 되겠지."

스티븐은 학감의 확고하고도 메마른 어조에 갑작스럽게 말을 이어나갈 의욕을 상실하여 침묵을 지켰다. 학감 역시 침묵을 깨지 않았다. 이윽고 정적을 깨는 소리가 저 멀리서 다가오기 시작했으니, 그것은 계단을 따라 올라오는 수많은 발걸음 소리와 뒤섞여 혼란스럽게 들리는 학생들의 목소리였다.

"그런 종류의 사변적인 문제들을 파고드는 경우, 거기에 따르는 위험이 있다네." 학감이 이야기의 매듭을 짓듯 이렇게 말을 이었다. "그건 바로 영양 실조에 걸려 정신이 죽음에 이를 수도 있다는 거지. 우선 자네는 학위부터 따야 하네. 그걸 자네 앞에 놓인 첫째 목표로 생각하게. 학위를 따고 나면 차차 자네가 갈 길이 보일걸세. 모든 면에서 그럴 것이네. 인생을 살아가는 면에서나 생각을 이어나가는 면에서 말일세. 처음에는 자전거로 오르막길을 오르는 것처럼 힘들게 느껴질 거야. 무넌 군*을 보게. 정상에 오르기 전에 그가 얼마나 많은 시간을 보냈었나. 하지만 그는 정상에 도달했지 않았나."

"저에겐 그 사람만큼 재능이 있는 것 같지 않습니다." 스티븐이 차분하게 말했다.

"그렇게 속단할 수는 없지." 학감이 쾌활한 어조로 말했다. "우리 안에 숨어 있는 잠재력에 대해 누구도 그처럼 쉽게 단정해 말할 수는 없다네. 나라면 절대 미리 낙담부터 하지는 않을 거야. '페르 아스페라 아드 아스트라'**라는 말이 있지 않은가."

학감이 재빨리 난로 곁을 떠나, 수업에 들어오는 문과 1년차 반 학생들을 맞이하러 층계참으로 갔다.

벽난로에 기대어 스티븐은 수업에 들어오는 학생들 누구에게나 그가 공평하게 한결같이 쾌활한 어조로 인사를 건네는 소리를 들었다. 아직 세련되지 않은 학생들이 학감의 인사에 답하여 거리낌 없이 웃음을 짓는 모습이 그의 눈에 보이는 듯도 했다. 로욜라라는 이름의 기사(騎士)에게 성실하게 봉사하는 이 머슴을 향해, 다른 사제들에게는 이복형제나 다름없는 존재이고 그들보다 세속적인 어투로 말하지만 누구보다도 더 견실한 마음을 지니고 있는 그를 향해, 자신이 결코 고해 신부로 맞이하지 않을 사제인 그를 향해, 쓸쓸함을 자아내는 연민의 감정이 솟아올라 상처받기 쉬운 예민한 그의 가슴 위로 이슬처럼 떨어지기 시작했다. 이윽고 그는 어떻게 해서 이 사제와 그의 동료 사제들이 속인(俗人)이라는 이름을 얻게 되었나를, 예수회의 역사 전체를 통해 태만한 자들과 무관심한 자들과 타산적인

---

*제임스 조이스의 동생인 스태니슬로스 조이스가 《율리시스》의 내용과 관련하여 했던 진술에 따르면, 여기에 언급되는 무넌은 J. J. 오몰로이(O'Molloy)라는 이름의 사람을 지시하는 것으로 추정될 수 있다.
**"Per aspera ad astra": "어려움을 헤치고 별을 향하여"라는 뜻의 라틴어 표현. 이 라틴어 표현은 학교나 단체에서, 심지어 군대(예컨대, 스페인 공군, 남아연방 공군 등등)에서까지 좌우명으로 사용될 정도로 널리 일반화되어 있다.

자들의 영혼을 위해 하느님의 법정에서 그들을 변호해온 대가로 세속을 등진 사람들한테서는 물론이고 세속의 삶을 사는 사람들한테서도 그들이 속인이라는 이름을 얻게 된 경위를 생각해보았다.

어두컴컴한 계단식 강의실의 맨 위쪽 계단 거미줄이 쳐진 잿빛의 창문 아래 앉아 있던 아이들이 무겁게 발을 몇 차례 굴러 교수가 강의실로 들어오고 있음을 알리는 신호를 보냈다. 출석 점검이 시작되었으며, 부르는 이름에 대한 대답이 갖가지 어조로 이어지다가 마침내 피터 번이 대답할 차례가 되었다.

"네!"

깊은 저음의 대답이 위쪽에서 나오자, 못마땅하다는 듯 아이들이 여기저기서 헛기침을 했다.

교수가 잠시 멈췄다가 다음 사람의 이름을 불렀다.

"크랜리!"

대답이 없었다.

"크랜리 군!"

친구가 하는 공부를 생각하노라니, 스티븐의 얼굴 위로 잠깐 웃음이 스쳤다.

"레퍼스타운*을 뒤지면 찾을 수 있을 겁니다." 뒷좌석 어딘가에서 누군가가 소리쳤다.

스티븐이 재빨리 뒤돌아보았으나, 툭 불거져 나온 코가 인상적인 모이너핸의 얼굴은 잿빛 햇살에 윤곽을 드러낸 채 무표정할 뿐이었다. 교수가 공식 하나를 제시했다. 아이들이 바스락 소리를 내며 이를 공책에 받아 적는 동안 스티븐이 다시금

---

*더블린 중심부에서 남쪽으로 10킬로미터 떨어진 곳에 있는 경마장.

몸을 뒤로 돌리고 이렇게 말했다.

"야, 종이 좀 줄래?"

"형편이 그렇게 안 좋으시나?" 모이너핸이 얼굴 가득 웃음을 담은 채 말했다.

그가 자기 공책에서 종이를 한 장 뜯어내서는 그것을 아래쪽에 앉아 있는 스티븐에게 건네면서 이렇게 속삭였다.

"필요할 때는 성직자가 아닌 평신도 남자나 여자도 할 수 있느니라."*

그가 종이 위에 얌전히 따라 옮겨 놓은 공식이, 감겼다 풀렸다 하며 이어지는 교수의 계산이, 힘과 속도를 나타내는 유령 같은 기호들이 스티븐의 마음을 사로잡는 동시에 지치게 했다. 그는 몇몇 아이들이 노(老)교수가 무신론자 집단**인 프리메이슨의 단원이라 말하는 것을 들은 적이 있었다. 아, 어쩌면 이다지도 지루한 잿빛의 하루인가! 하루가 마치 통증을 느끼지 못하는 끈기 있는 의식이 지배하는 림보***와도 같았다. 그 림보를 수학자의 영혼들이 여기저기 방황하면서, 점점 희미해져가

*천주교 교리에 의하면, 세례 의식은 성직자에 의해 행해지는 것이 원칙이나 예외의 경우가 있을 수 있다. 예컨대, 세례를 받아야 할 아이가 죽음에 이를 위험에 처해 있는 경우, 성직자가 아닌 평신도 남자나 여자에 의해서도 세례가 이루어질 수 있음을 인정하고 있다. 이런 내용이 교리문답에서 다뤄지기도 하는데, 널리 알려진 "두웨이 교리문답"에는 다음과 같은 내용이 있다.

질문: 사제 이외에는 누구도 세례 의식을 이끌 수 없습니까?
답변: 아니다. 필요할 때는 성직자가 아닌 남자나 여자도 할 수 있느니라.
질문: 필요할 때란 예컨대 어떤 때를 말합니까?
답변: 아이가 죽어갈 위험에 처해 있지만 사제가 올 수 없는 때이니라.

소설 속에서 모이너핸은 교리문답의 한 구절을 농담 삼아 인용하고 있다.
**프리메이슨 조직이 기독교의 하느님뿐만 아니라 다른 모든 종교의 신을 용인한다는 점에서 볼 때 이는 정확한 표현이 아니다.
***지옥과 천국 사이의 영역. 세례를 받지 못한 어린이나 예수의 강림 이전에 삶을 살았던 착한 사람들의 영혼이 머무는 곳.

고 점점 창백해져가는 여명으로 뒤덮인 이 평면에서 저 평면으로 길고 가느다란 구조물을 연이어 투사하기도 하고, 끊임없이 넓어지고 멀어지는 동시에 감지하기 어려워지는 우주의 마지막 경계를 향해 재빠르게 움직이는 소용돌이를 줄곧 방사(放射)하고 있는 듯도 했다.

"따라서 우리는 타원형과 타원체를 구별해야만 하네. 아마 자네들 가운데는 W. S. 길버트* 씨의 작품에 대해 잘 알고 있는 학생들도 있겠지? 그의 노래 가운데는 당구 사기꾼이 어쩔 수 없이 치러야 하는 곤경에 관한 것이 있지.

> 가짜 천을 깔아 놓은 당구대에서
> 구부러진 당구대와
> 타원형의 당구공으로**

당구 시합을 해야 한다는 내용의 노래 말일세. 이때 그가 말하는 타원형의 당구공은 내가 조금 전 자네들에게 얘기한 여러 개의 주축(主軸)을 갖는 타원체를 말하네."

모이너핸이 몸을 굽힌 채 스티븐의 귀에 대고 이렇게 속삭였다.

"타원체 공들***을 어디다 써 먹겠어! 아가씨들이여, 날 따

---

*윌리엄 슈웽크 길버트(William Schwenck Gilbert, 1836~1911): 영국의 극작가, 오페라 대본 작가, 시인, 삽화가로, 특히 오페라 대본 작품으로 널리 알려져 있다. 그의 오페라 대본 가운데 대표적인 것은 작곡가 아서 설리번(Arthur Sullivan, 1842~1900)과의 공동 작품인 14편의 희가극(喜歌劇)이다. 교수의 강의 시간에 언급되는 〈미카도(Mikado)〉(1885)는 그러한 희가극 가운데 하나.
**길버트와 설리번의 2막으로 된 희가극 〈미카도〉의 제2막 중간 부분에 나오는 미카도의 노래 가사.
***'공(ball)'이라는 단어는 속어로 사용되어 '고환'을 암시하기도 함에 유의하기 바란다.

와 와요. 난 기병대 사나이라오!"

한 반 아이의 조잡한 농담이 수도원의 실내와도 같은 스티븐의 마음을 한 가닥의 돌풍처럼 휩쓸고 지나가면서, 그 안의 벽에 걸린 사제들의 흐느적거리는 옷자락에 활기찬 생기를 불어넣어 악마의 연회에 참석해 있는 것처럼 야단스럽게 휘청거리고 들까불게 하는 듯도 했다. 돌풍에 춤추는 옷들에서 예수회 사람들이 그 모습을 드러냈다. 모습을 드러낸 이들은 학업 담당 학감, 흰머리더미가 모자처럼 머리에 얹힌 뚱뚱하고 혈색이 좋은 회계 담당자, 총장, 경건한 시를 쓰기도 하는 체구가 작고 머리카락이 깃털 같은 사제, 땅딸한 농부를 연상케 하는 경제학 교수, 양심의 문제를 놓고 수업을 듣는 학생들과 층계참에서 토론을 하는 모습이 마치 한 무리의 영양에 둘러싸여 높은 곳의 나뭇잎을 따먹고 있는 기린을 떠올리게 하던 키가 크고 젊은 심리학 교수,* 음울하고 불안한 표정의 성심회 회장, 포동포동하게 살이 찌고 머리가 동그란 데다가 불량배의 눈매를 지닌 이탈리아어 교수였다. 그들이 그를 향해 다가오고 있었다. 느긋한 걸음으로 비틀거리면서, 뒹굴고 들까불면서, 구부린 남의 등을 타고 넘기 위해 옷자락을 걷어올리면서, 앞서 가는 사람의 등을 잡아당기면서, 요란한 거짓 웃음에 마치 포복절도라도 할 모습으로, 뒤에서 앞사람을 소리가 날 정도로 세차게 치기도 하고 그와 동시에 상대의 돌연한 악의를 웃어넘기기도 하면서, 친숙한 별명으로 서로를 부르면서, 어떤 거친 말투에 대해서는 갑작스럽게 점잔을 빼고는 상대를 나무라면

---

*'양심의 문제'는 인간의 행동과 관련하여 도덕적으로 옳고 그름을 논하는 것이라는 점에서 볼 때, 이는 '심리학'의 주제라기보다는 '윤리학'의 주제다. 말하자면, 수업이 목표하는 바와 실제 수업 사이에 괴리가 있음이 암시되고 있다.

서, 손으로 입의 한쪽을 가린 채 두 사람씩 소곤소곤 이야기를 주고받으면서.

교수가 강의실의 측면에 놓여 있는 유리 진열대로 가더니, 진열대의 선반에서 한 뭉치의 코일을 끌어내렸다. 그리고 여러 군데 입으로 불어 먼지를 털어 냈다. 이어서 이를 조심스럽게 들어다 교탁 위에 올려놓은 다음, 손가락 하나를 코일 위에 올려놓은 채 강의를 계속 이어갔다. 그는 오늘날의 코일 제품에 사용하는 전선은 F. W. 마티노*가 개발한 플라티노이드**라는 합금으로 되어 있음을 학생들에게 설명했다.

교수는 합금을 개발한 사람의 이름을 말하면서 약자와 성을 또렷하게 나눠 발음했다. 이에 모이너핸이 뒤에서 이렇게 속삭였다.

"거 참 대단한 프레시 워터 마틴***이로군."

"전기 처형할 사람이 필요한가 물어봐줄래?" 지루해하던 스티븐이 맞받아 속삭였다. "나를 제물로 내놓을 생각이니까."

교수가 코일 위로 머리를 숙이고 있는 사이를 놓치지 않고 모이너핸이 의자에서 일어났다. 일어나서는 오른손의 두 손가락을 맞부딪쳐 소리를 내는 척하면서, 침흘리개 어린아이가 다른 아이의 잘못을 일러바치는 목소리를 흉내 내어 이렇게 말했다.

"선생님, 선생님! 애가 지금 상소리를 했어요."

"플라티노이드는 양은(洋銀)보다 선호도가 높은 합금이지."

---

*교수가 말하는 F. W. 마티노(Martino)는 미국의 화학자 퍼난도 우드 마틴(Fernando Wood Martin, 1863~1933)을 가리키는 것으로 추정된다. '마티노'는 '마틴'을 '파격 라틴어' 식으로 표현한 것일 수 있다. 여기에서 '파격 라틴어'라 함은 원칙을 벗어나 구사하는 장난기 섞인 라틴어를 말한다.
**구리에 니켈과 아연 및 텅스텐을 섞어 만든 합금.
***이름의 약자 F와 W를 가지고 말장난을 하고 있다. '프레시 워터(fresh water)'를 뜻으로 풀이하면, '민물, (바닷물에 익숙지 못한) 신출내기, 애송이' 정도가 될 것이다.

교수가 엄숙한 어조로 강의를 계속했다. "온도의 변화에 대한 저항 계수가 더 낮기 때문이야. 플라티노이드 전선은 견직물로 절연 처리를 하는데, 그렇게 절연 처리한 전선이 지금 내가 막 손가락으로 건드린 에보나이트 틀에 복선(複線)의 형태로 감겨 있지. 만일 복선이 아닌 단선(單線)으로 감아 놓는 경우 잉여 전류가 코일 안으로 유도될 것이기 때문이야. 코일을 감는 데 사용하는 틀은 뜨거운 파라핀 왁스에 담갔다가—"

얼스터 지방*의 사투리가 담긴 날카로운 목소리가 스티븐 아래쪽의 자리에서 튀어나왔다.

"저희에게 응용과학에 관한 질문도 하실 건가요?"

교수가 순수과학이라는 용어와 응용과학이라는 용어에 대해 번갈아 가며 진지한 어조로 설명하기 시작했다. 금테 안경을 쓴 덩치 큰 학생 하나가 어처구니가 없다는 표정으로 질문한 학생을 빤히 바라보았다. 모이너핸이 평소의 목소리로 돌아와 뒤에서 이렇게 중얼거렸다.

"매칼리스터라는 이름의 저 녀석은 교수의 살 한 파운드를 원하는 악마**가 아닐까?"

스티븐은 아래쪽에 앉아 있는 그 아이의 길쭉한 머리통을, 노끈 색깔의 머리카락이 뒤엉켜 있는 그 머리통을 차가운 시선으로 내려다보았다. 질문을 한 아이의 목소리, 억양, 마음이 모두 그의 기분을 상하게 했고, 기분이 상한 김에 그는 제멋대로 매정하고 고약한 생각을 이어나갔다. 심지어 저 애 아버지가

---

*아일랜드는 크게 네 개의 지방으로 나뉘어 있는데, 이 가운데 북동쪽에 위치해 있는 것이 얼스터 지방이다. 이 지역의 주민들 대다수는 신교도.
**셰익스피어의 《베니스의 상인》에 나오는 샤일록을 암시. 매칼리스터가 인색한 사람들이 많은 곳으로 소문이 나 있는 지방 출신임을 빗대어 말하는 것이다.

자기 아들을 더블린으로 유학 보낼 것이 아니라 벨파스트*로
유학 보냈다면 기찻삯을 아꼈을 것이고, 그랬더라면 그것 때문
에 형편이 조금이라도 더 나아졌을 것이라는 생각까지 서슴지
않았다.

아래쪽의 길쭉한 머리통이 그가 보내는 생각의 화살을 맞이
하기 위해 뒤를 돌아보지는 않았다. 하지만 생각의 화살은 재
빨리 원래 있었던 활시위로 되돌아오고 말았으니, 바로 그 순
간 치즈를 만들고 난 우유 찌꺼기의 색깔만큼이나 창백한 빛을
띤 그 친구의 얼굴을 보았기 때문이었다.

"그런 생각은 내 것이 아니야." 그는 재빨리 속으로 중얼거
렸다. "그건 뒤편에 앉아 있는 익살맞은 아일랜드 친구한테서
나온 생각일 뿐이지. 참자, 참아야 한다. 너는 확신을 가지고
자신 있게 말할 수 있는가, 질문을 한 친구와 조롱을 한 친구
두 사람 가운데 누가 네 민족의 영혼을 팔아넘기고 또 민족이
선택한 사람을 배반한 자인지를? 참자, 참아야 한다. 그리고
에픽테투스를 기억하자. 어쩌면 그런 순간에 그런 어조로 그
런 질문을 한다든가 '사이언스'라는 단어를 단음절로 발음하려
는** 성향은 그의 성품 안에 내재되어 있는 것인지도 모를 일
이니까."

단조롭게 이어지는 교수의 목소리는 그가 설명 대상으로 삼
고 있는 코일의 주변을 천천히 칭칭 감고 또 감아, 코일이 길이
가 저항 수치를 늘리듯, 졸음을 유도하는 힘의 세기를 두 배,
세 배, 네 배로 늘리고 있었다.

*얼스터 지방에서 가장 큰 도시.
**영어의 'science'는 두 음절로 이루어진 단어다. 이 단어를 한 음절로 줄여 발음하는
것은 질문한 사람의 독특한 발음 습관 때문일 수도 있겠지만 사투리 때문일 수도 있다.

멀리서 울리는 종소리와 맞춰 모이너핸의 목소리가 뒤에서 터져 나왔다.

"신사 여러분, 문 닫을 시간이 됐습니다!"*

현관이 수업에서 나온 아이들로 혼잡해졌고 이야기 소리로 시끄러워졌다. 출입문 가까이에 있는 탁자 위에는 액자에 담긴 사진 두 장이 올려져 있었고, 그 사이에는 불규칙하게 꼬리를 물고 이어진 사람들의 서명이 담긴 기다란 두루마리 종이가 있었다. 매캔이 학생들 사이를 활기차게 왔다갔다하며, 빠르게 이야기를 하거나, 거절하는 아이들에게는 나름대로 적절히 응수하며 한 명 한 명 아이들을 탁자 있는 쪽으로 이끌었다. 안쪽 현관에서는 학업 담당 학감이 진지한 표정으로 턱을 쓰다듬거나 고개를 끄덕이면서 어떤 젊은 교수와 이야기를 나누고 있었다.

문 쪽의 인파에 걸려 스티븐은 어쩔 것인지 마음을 정하지 못한 채 서 있었다. 중절모의 넓게 늘어져 있는 챙 아래로 크랜리의 검은 두 눈이 그를 지켜보고 있었다.

"너, 서명했니?" 스티븐이 그에게 물었다.

가는 입술의 입을 꼭 다물고 있던 크랜리가 한순간 혼자 생각에 잠겼다가 이렇게 대답했다.

"에고 하베오."

"뭣 땜에?"

"쿼드?"

"뭣 땜에?"

크랜리가 창백한 얼굴을 스티븐에게 돌리고는 부드럽지만 괴로운 어조로 이렇게 말했다.

*술집 지배인이 영업시간이 끝났음을 알리는 표현이 장난스럽게 사용되고 있다.

"페르 팍스 우니베르살리스."*

스티븐이 러시아 황제의 사진**을 가리키며 이렇게 말했다.

"저 인간 얼굴은 술에 취해 정신이 몽롱해진 예수의 얼굴 같아."

그의 목소리에 담긴 조소와 분노를 감지하자, 현관의 벽을 조용히 둘러보고 있던 크랜리가 다시 눈을 돌려 그를 향했다.

"너, 화났니?" 그가 물었다.

"아니." 스티븐이 대답했다.

"너, 지금 기분이 언짢니?"

"아니."

"크레도 우트 보스 상귀나리우스 멘닥스 에스티스." 크랜리가 말을 이었다. "퀴아 파치에스 보스트라 몬스트라트 우트 보스 인 담노 말로 후모레 에스티스."***

탁자 있는 쪽으로 가던 모이너핸이 스티븐의 귀에 대고 이

렇게 말했다.

"매캔 녀석, 아주 살 판 났어. 마지막 피 한 방울까지도 흘릴 태세야. 완전히 새로운 세계를 위해서래. 술을 금지하고 암캐들한테 선거권을 허용한대."*

이처럼 은밀하게 귓속말을 전하는 그의 태도에 스티븐은 엷은 웃음으로 응수했다. 모이너핸이 지나가자, 그는 다시 눈을 돌려 크랜리의 눈과 마주했다.

"저 애가 왜 자기 속내 얘기를 네 귀에 대고 거리낌 없이 쏟아 붓는 건지, 아마 나한테 이유를 말해줄 수 있겠지? 왜 그러는 거지?"

음울한 표정이 크랜리의 앞이마에 깊고 어두운 주름을 만들었다. 모이너핸이 탁자 위로 몸을 숙인 채 두루마리 종이에 서명을 하는 모습을 잠시 쳐다보던 크랜리가 단호한 어조로 이렇게 말했다.

"개떡같은 녀석이니까!"**

"퀴스 에스트 인 말로 후모레, 에고 아우트 보스?"*** 스티븐이 물었다.

크랜리는 스티븐의 이 같은 다그침을 대수롭지 않게 받아들였다. 그는 언짢은 표정을 거둬들이지 않은 채 친구의 판단을 놓고 잠시 생각에 잠겼다가, 마찬가지의 단호한 어조로 스티븐의 말을 되받아 이렇게 말했다.

---

*절주(節酒)와 여성의 권리라는 주제는 당시 빅토리아 시대에 중요한 사회적 논쟁거리였다.

**이 부분의 영어 원문은 'Sugar!'로 되어 있다. 조이스가 밝힌 바에 따르면, 이는 배설물을 지칭하는 욕에 해당하는 'shit!'라는 말을 같은 's'자로 시작되는 단어로 바꿔 부드럽게 표현한 것이라 한다. 《조이스 서간집》 제3권 129~130쪽 참조.

***"Quis est in malo humore, ego aut vos?": 역시 파격 라틴어 표현으로, '지독히도 우울해하는 건 나냐, 너냐?'

"정말로 끔찍하게 시뻘건 개떡 같은 녀석이지. 저 녀석은 그런 놈이야!"

이는 끝장이 나 숨을 거둔 우정에 대해 그가 항상 동원하는 묘비명과도 같은 말이었다. 스티븐은 그가 언젠가는 자기와의 만남을 기억하면서 똑같은 어조로 똑같은 말을 하지는 않을까 하는 생각을 해보았다. 무겁고 덩이진 한마디의 말이 마치 수렁 속으로 돌덩이가 가라앉듯 청각의 영역에서 서서히 사라져 보이지 않게 되었다. 말의 무게가 가슴을 무겁게 내리누르는 듯한 느낌 속에서 스티븐은 전에 수없이 그랬던 것처럼 말이 천천히 가라앉는 것을 바라보았다. 크랜리의 말에서는 대빈의 말에서와는 달리, 좀처럼 듣기 힘든 엘리자베스 시대의 표현이 튀어나오는 것도 아니었고, 기묘한 방식으로 영어화한 아일랜드 고유의 관용적 표현이 튀어나오는 것도 아니었다. 하지만 크랜리 특유의 길게 늘어지는 어투는 쇠퇴해가는 어느 쓸쓸한 항구의 소음에 그 여운이 남아 있을 법한 더블린 부두의 소음을 떠올리게 했고, 그의 어조에 담긴 힘은 위클로우 지방의 어느 한 교회의 강론대에 아직 그 여운이 남아 있을 법한 옛 더블린 성직자들의 웅변을 떠올리게 했다.*

매캔이 현관의 맞은편에서 활기찬 걸음걸이로 그들에게 다가올 무렵에는 크랜리의 얼굴에서 찡그림으로 인해 깊게 일그러졌던 표정이 거둬지고 있었다.

"너, 여기 있구나!" 매캔이 쾌활한 어조로 말했다.

"그래, 나 여기 있다!" 스티븐이 응수했다.

---

*시골에서 성장한 대빈의 말에서는 아일랜드 특유의 언어 표현과 엘리자베스 시대의 영어가 감지되는 반면, 크랜리의 말에서는 18세기 아일랜드의 웅변가들 특유의 웅변적 어조가 감지됨을 암시한다.

"또 늦었구나. 너의 진보적 성향에다가 시간 지키는 습관을 더하면 금상첨화일 텐데."

"엉뚱한 것에다 갖다 붙이지 마." 스티븐이 말을 이었다. "그 다음 용건은?"

웃음을 머금은 스티븐의 눈이 선전 요원의 가슴 주머니에서 삐죽 밖으로 나와 있는 은박지로 싼 밀크 초콜릿에 가 머물렀다. 몇몇 친구들이 두 사람 사이에 벌어질 재치 싸움을 구경하느라 둥그렇게 모여 섰다. 올리브색 피부에다가 곱고 부드러운 머리칼이 눈에 띄는 호리호리한 아이 하나가 얼굴을 두 사람 사이로 밀어 넣고, 말이 나오는 쪽이 바뀔 때마다 번갈아 고개를 돌리고는 그쪽에 시선을 집중했다. 마치 두 사람의 입에서 나와 상대를 향해 날아가는 말이란 말은 모조리 침이 고인 벌어진 입으로 잡아채려는 듯 보였다. 크랜리가 주머니에서 작은 잿빛 송구(送球) 경기용 공*을 하나 꺼내, 그것을 계속해서 굴리면서 이리저리 꼼꼼히 살펴보기 시작했다.

"그 다음 용건이라!" 매캔이 말했다. "글쎄요."

그가 기침을 하듯 커다란 웃음소리를 한 번 내뱉더니, 활짝 웃으면서 각이 지지 않은 밋밋한 턱에 달려 있는 밀짚 색깔의 염소수염을 두어 번 잡아당겼다.

"그 다음 용건은 탁자 위 두루마리 종이에다 서명하라는 거야."

"서명하면 대가를 지불할 거냐?" 스티븐이 물었다.

---

*게일식 송구(Gaelic handball)에 사용되는 작은 공을 말한다. 게일식 송구는 보통 2명 또는 4명이 두 팀으로 나뉘어 경기를 하며, 경기는 네 개의 벽 또는 세 개의 벽으로 둘러싸여 있거나, 때로는 한 개의 벽만이 세워진 '앨리(alley)'라 불리는 경기장에서 이루어진다. 경기장 넓이는 18.3미터×9.15미터(60피트×30피트) 또는 12.2미터×6.1미터(40피트×20피트)이며, 벽의 높이는 큰 경기장의 경우 9.15미터(30피트)이고 작은 경기장의 경우 6.1미터(20피트)다. 게일식 송구는 스쿼시와 유사한 구기 종목 경기지만, 스쿼시와 달리 라켓을 사용하지 않고 손으로 공을 친다.

"난 네가 이상주의자인 걸로 알고 있는데." 매캔이 말했다.

집시처럼 생긴 아이 하나가 그의 주위를 둘러보더니, 염소 울음소리와도 같은 뚜렷하지 않은 목소리로 주위 구경꾼들을 향해 연설조로 이렇게 말했다.

"그것 참, 별 괴상한 생각도 다 하시네. 여러분, 그건 돈을 벌어보겠다는 생각이 아니겠습니까?"

그의 목소리가 곧 잠잠해졌다. 아무도 그의 말에 귀를 기울이지 않았던 것이다. 그는 다시 한 번 말해보라는 듯, 말[馬]의 표정을 연상케 하는 올리브색 얼굴을 들어 스티븐에게 향했다.

매캔이 유창하고도 힘에 넘치는 일장·연설을 시작했다. 그는 러시아 황제의 칙령*에 대해, 스테드**라는 사람에 대해, 전면적인 군비 축소에 대해, 국제적인 분쟁이 일어날 경우 중재 방안***에 대해, 시대의 징후에 대해, 최소의 비용으로 최대 다수의 사람들이 최대한의 행복을 누리도록 하는 방안****을 사회적 과제로 만드는 데 필요한 새로운 인간성과 새로운 삶의 복음(福音)에 대해 이야기했다.

매캔의 말이 끝나자 이에 반응하여 집시처럼 생긴 아이가 이렇게 외쳤다.

"사해동포주의를 위해 만세 삼창을 합시다!"

*니콜라스 2세는 1898년 '평화 칙서'를 공포했는데, 이것이 계기가 되어 1899년 헤이그에서 만국 평화 회의가 열렸다.
**제5장의 앞부분에서 밝힌 바와 같이, 영국의 저널리스트였던 윌리엄 토머스 스테드는 1899년 《유럽 합중국》이라는 제목의 책을 내기도 했으며, 적극적인 반전 운동을 펼치기도 했다.
***헤이그 평화 회담의 결과 가운데 하나로 1900년 헤이그에 상설 중재 재판소가 설립되었다.
****영국의 법학자이자 철학자인 제레미 벤덤(Jeremy Bentham, 1748~1832)의 공리주의적 이상.

"야, 계속해라, 템플!" 그의 옆에 있던 뚱뚱하고 혈색이 좋은 아이 하나가 말했다. "내가 이따 한 잔 살 테니까."

"나는 사해동포주의를 신봉하는 사람입니다, 여러분." 타원형의 검은 눈으로 주위를 둘러보면서 템플이 말했다. "카를 마르크스는 끔찍한 멍청이에 불과한 자입니다."

불편한 미소를 머금은 채 크랜리가 그의 입을 막으려는 듯 팔을 꼭 잡았다. 그리고 이렇게 되풀이해 말했다.

"야야, 그만해, 그만, 그만하라고!"

템플이 팔을 빼내려고 몸부림치면서, 입에 엷은 거품을 문 채 계속해서 지껄였다.

"사회주의를 창시한 사람은 아일랜드 사람이고, 사상의 자유를 설파한 최초의 사람은 콜린스*입니다. 그게 그러니까 200년 전의 일이지요. 그 사람이 사제들을 비판했던 겁니다. 미들섹스의 철학자가 말입니다. 존 앤터니 콜린스**를 위해 만세 삼창을 합시다, 여러분!"

둘러싸고 있는 아이들 가장자리에서 가느다란 목소리 하나가 이에 응했다.

"옳소! 옳소!"

모이너핸이 스티븐의 귀에 대고 이렇게 말했다.

"존 앤터니의 불쌍한 여동생은 어찌할 것인고!

로티 콜린스가 속옷을 잃었다네,

---

*영국의 신학자이며 《자유로운 생각에 관한 하나의 담론(A Discourse of Free-thinking)》 (1713)의 저자인 앤터니 콜린스(Anthony Collins, 1676~1729)를 말하는데, 그가 말하는 "자유로운 생각"이란 제도화된 종교와 교리에서 벗어나 생각하는 것을 말한다.
**'존 앤터니 콜린스'에서 '존'은 잘못 붙인 것이다. 어찌 보면, 템플의 부정확한 지식을 은연중에 암시하는 것일 수도 있다.

당신 것을 빌려 줄 수 없는지요?"*

스티븐이 웃자, 결과에 즐거워진 모이너핸이 다시 이렇게 중얼거렸다.

"존 앤터니 콜린스에다가 양쪽으로 5실링씩 걸어보세."**

"난 지금 네 답변을 기다리고 있어." 매캔이 짤막하게 말했다.

"그런 일에 나는 전혀 흥미가 없거든." 스티븐이 지루하다는 듯 말했다. "넌 그 사실을 잘 알면서, 왜 이리 소란을 피우는 거지?"

"좋다!" 매캔이 입을 쩝쩝 다시면서 말했다. "그럼 넌 보수 반동주의자냐?"

"네가 그따위 목검(木劍)을 휘두르면 내가 겁이라도 먹을 거 같냐?" 스티븐이 대꾸했다.

"은유법에 기대시겠다고?" 매캔이 퉁명스럽게 말했다. "사실에 충실해!"

스티븐이 얼굴을 붉히고는 그에게서 시선을 돌렸다. 매캔이 자기 입장을 굽히지 않은 채 적개심에 찬 어조로 이렇게 말했다.

"삼류 시인들께서는 세계 평화와 같이 시시한 문제들에 대해서는 초연한 입장인가 보지?"

크랜리가 머리를 들고, 평화를 제안하는 표시로 두 사람 사이에 공을 내민 다음 이렇게 말했다.

"팍스 수페르 토툼 상귀나리움 글로붐."***

---

*1890년대 영국과 미국에서 인기를 끌던 가수이자 무희 로티 콜린스(Lottie Collins, 1865~1910)를 소재로 한 우스개 노래.
**'존 앤터니 콜린스'를 경마용 말로 보아, 그 말이 시합에서 상위를 할 때와 하위를 할 때를 대비해 양쪽에다 다 돈을 걸겠다는 뜻의 농담.

스티븐이 주변에 서 있던 아이들을 밀쳐 낸 다음, 러시아 황제의 사진이 있는 방향으로 화가 난 듯 어깻짓을 하고는 이렇게 말했다.

"네 성상(聖像)이나 잘 지켜. 행여 예수와 같은 이의 성상이 필요하다면 제대로 된 것으로 갖추도록 해."

"세상에, 그거 괜찮은 말이다." 집시처럼 생긴 아이가 주변의 아이들에게 말했다. "그거 멋진 표현이네. 그 표현, 엄청 맘에 드는걸."

그는 마치 그 구절의 말을 목구멍으로 삼키기라도 하듯 침을 목으로 넘겼다. 그리고 자신의 트위드 천으로 된 모자의 꼭대기를 만지작거리면서 스티븐을 향해 이렇게 말했다.

"미안하지만 말야, 방금 한 그 멋진 말은 무슨 뜻으로 한 거냐?"

근처의 아이들이 자신을 밀쳐내고 있다는 것을 느끼면서 그가 그들에게 이렇게 말했다.

"쟤가 무슨 뜻으로 그런 말을 했는지 난 알고 싶단 말이야."

그가 다시 스티븐에게 몸을 돌리고 속삭이듯 이렇게 말했다.

"넌 예수를 믿냐? 난 인간을 믿어. 물론 네가 인간을 믿는지는 난 모르지만 말이야. 그래도 난 널 존경해. 난 모든 종교에서 자유로운 사람의 정신을 존경하지. 그게 예수의 정신에 대한 네 견해지?"

"계속해라, 템플." 항상 버릇처럼 그러하듯, 뚱뚱하고 혈색이 좋은 아이가 처음 생각으로 되돌아가 말을 이었다. "술 한

***"Pax super totum sanguinarium globum": 또 하나의 파격 라틴어 구절로, '이 시뻘건 지구 전체에 평화를'의 뜻. 크랜리가 스티븐과 매캔 사이로 공을 내밀고 있는데, 이 말에 나오는 'globum'은 '지구'를 뜻하기도 하지만 '공'을 뜻하기도 한다.

잔이 널 기다리고 있으니까."

"저 친구는 날 쪼다라고 생각해." 템플이 스티븐에게 설명하듯 말했다. "내가 정신의 힘을 믿는다는 이유로 말이야."

크랜리가 자신의 팔을 스티븐의 팔과 스티븐을 존경한다는 그 아이의 팔에 걸고 이렇게 말했다.

"노스 아드 마눔 발룸 요카비무스."*

크랜리에게 이끌려가는 스티븐의 눈길에 언뜻 벌겋게 달아오른 매캔의 특징 없이 펑퍼짐한 얼굴 모습이 잡혔다.

"내 서명이야 받든 안 받는 문제될 게 없지." 그가 정중한 어조로 말했다. "너에겐 네가 가고자 하는 길이 옳은 길이야. 하지만 나한텐 내가 가고자 하는 길이 있으니, 내버려두기 바래."

"디덜러스, 난 네가 괜찮은 친구라는 걸 믿어." 매캔이 또렷한 어조로 말했다. "하지만 넌 아직 남을 사랑하는 것이 얼마나 존귀한 것인지를 배워야 하고, 또 인간 개개인에게 요구되는 책임감이 무엇인지 배워야 해."

어떤 아이가 이렇게 말했다.

"자기 혼자 잘난 지성인인 척하는 괴짜라면 이런 운동에 참여하게 하는 것보다 제외하는 게 나아."

거친 어조로 그렇게 말하는 것이 매칼리스터의 목소리임을 알아차리고 스티븐은 목소리가 나오는 쪽을 돌아보지 않았다. 스티븐과 템플의 팔을 자기 팔에 낀 채, 크랜리가 엄숙한 태도로 무리 지어 있는 아이들 사이를 헤치고 앞으로 나아갔다. 마치 보조 사제들을 대동하고 제단을 향해 나아가는 사제와도 같은 모습이었다.

---

*"Nos ad manum ballum jocabimus": 또 한 구절의 파격 라틴어 표현. '우리 송구공 놀이나 하러 가세' 정도로 번역될 수 있다.

템플이 크랜리의 가슴 앞쪽을 가로질러 몸을 숙인 채 진지한 표정으로 이렇게 말했다.

"매칼리스터가 하는 얘기 들었지? 그 친구가 널 시기해. 넌 그걸 알아챘냐? 크랜리도 알아차리지 못했을 거야. 세상에, 난 그걸 한순간에 알아챘어."

그들이 안쪽 현관을 지나는 동안, 학업 담당 학감이 함께 이야기를 나누던 아이들 틈바구니에서 막 벗어나려 하고 있었다. 그는 계단 아래쪽에 서 있었는데, 한 쪽 발은 한 계단 위쪽을 디딘 채였다. 그는 계단을 오르기 위해 자신의 낡은 수단을 여성적인 조심스런 태도로 모아 쥐고 있었으며, 고개를 가끔 끄덕이며 이렇게 같은 말을 되풀이하고 있었다.

"그렇고말고, 해키트 군! 정말 그래! 정말 그렇고말고!"

현관 한가운데서 대학의 성심회 회장이 부드럽지만 따지는 듯한 어조로 진지하게 기숙사생과 이야기를 나누고 있었다. 그가 말을 하는 동안 주근깨가 있는 이마를 약간 찡그리기도 했고, 말하는 사이사이 뼈로 만든 작은 연필을 깨물기도 했다.

"예과반 학생들도 모두 왔으면 좋겠어. 문과 1년차반 아이들은 꼭 올 테고, 2년차반 아이들도 올 거야.* 새로 온 학생들은 틀림없이 모두 오게 해야 할 거야."

그들이 문을 지나가는 동안 템플이 다시 크랜리의 가슴 앞쪽으로 몸을 굽히더니, 재빠른 말투로 이렇게 속삭였다.

"저 사람, 유부남인 거, 너 모르지? 저 사람은 개종하기 전에 이미 결혼을 했대. 어딘가에 아내와 아이들이 있대요. 세상

---

*앞서 설명했듯, 예과반, 문과 1년차반, 문과 2년차반 과정을 마칠 때 시험을 보아 진급을 하고 마지막 1년 문과 3차반 수업 과정을 마치고 시험을 보아 합격하면 학위를 받게 되는 제도 아래 학교가 운영되고 있었다.

에, 결혼한 사제라니, 살다 보니 별난 애기도 다 듣네! 안 그러냐?"

그의 속삭임이 차츰 능글맞게 낄낄대는 웃음으로 바뀌었다. 문 밖으로 나서는 순간 크랜리가 그의 목을 난폭하게 휘어잡더니 마구 흔들어대면서 이렇게 말했다.

"이 끔찍이도 못난, 바보 같은 자식아! 이놈의 시뻘건 세상에 너보다 더 시뻘건 바보 원숭이 같은 녀석은 없다는 걸 성경에 손을 얹고 맹세라도 하라면 하겠다!"

템플이 그의 손아귀에 잡혀 몸을 비틀면서도 여전히 만족스러운 듯 능글맞은 웃음을 멈추지 않았다. 그러는 동안 크랜리는 난폭하게 흔들 때마다 단호하게 같은 말을 되풀이했다.

"끔찍이도 한심하고 못난, 이 시뻘건 병신 같은 자식아!"

그들은 함께 잡초가 무성한 정원을 가로질러 갔다. 헐렁하고 무거운 외투로 몸을 감싼 총장이 자신의 일과(日課) 기도문을 읽으면서 산책로 가운데 하나를 따라 그들 쪽으로 다가오고 있었다. 마침내 지나오던 산책로 끝에 이르러 길을 바꿔야 할 지점에 이르자 그가 눈을 들었다. 그들이 총장에게 인사를 했다. 템플은 언제나 그러했듯 자기 모자 꼭대기를 손으로 만지작거렸다. 인사를 한 다음 그들은 아무 말 없이 앞을 향해 걸어갔다. 그들이 게일릭 송구 경기장 가까운 지점에 이르렀을 때, 스티븐은 운동 선수들의 손과 손이 부딪치는 소리를, 마치 물에 젖기라도 한 듯한 공이 어딘가에 철퍼덕 부딪쳐 내는 소리를, 또한 타격을 가할 때마다 흥분한 듯 소리치는 대빈의 목소리를 들을 수 있었다.

세 사람은 대빈이 걸터앉아 게임을 관전하고 있는 상자 주변에 이르러 걸음을 멈췄다. 잠시 후 템플이 게걸음으로 스티븐에게 다가와 이렇게 말했다.

"미안하지만 말야, 너한테 묻고 싶은 말이 있는데, 넌 장 자크 루소가 성실한 사람이라 믿냐?"

그 물음에 스티븐이 곧바로 웃음을 터뜨렸다. 크랜리가 자신의 발아래 쪽 풀밭에서 부서진 통의 나무토막을 하나 집어들고는 재빨리 몸을 돌렸다. 그런 다음 준엄한 어조로 이렇게 말했다.

"템플, 하늘에 걸고 맹세하는데, 너 말이다, 무엇에 대해서든, 누구한테든 한 마디라도 더 입을 놀리면, 네 놈의 숨통을 끊어놓고 말 거다! 그것도 그 자리에서 당장!*"

"그 사람도 너처럼 감성적인 사람이었다는 게 내 생각이야." 스티븐이 말했다.

"야, 이 망할 놈, 빌어먹을 놈아!" 크랜리가 대놓고 욕설을 퍼부었다. "스티븐, 너 말이지, 저 녀석하고는 한 마디도 하지마! 저 녀석하고 얘기하느니 끔찍한 요강단지를 붙잡고 얘기하는 게 차라리 나을 게다. 템플, 집으로 가라. 제발 집으로 가버려."

"크랜리, 니가 뭐라 하든 난 조금도 상관치 않을 거야." 번쩍 치켜든 나무토막이 닿지 않을 곳으로 몸을 피하는 동시에 스티븐을 가리키면서 템플이 말을 이었다. "내가 보기에, 이 교육 기관에서 독자적인 정신을 소유하고 있는 사람은 유일하게 저 친구뿐이야."

"뭐, 교육 기관! 독자적인 정신!" 크랜리가 소리쳤다. "이 빌어먹을 놈아, 제발 집으로 가라. 정말로 가망 없는 시뻘건 녀

*여기서도 크랜리는 '수페르 스포툼(super spottum)'이라는 변칙 라틴어 표현을 동원하고 있는데, '그 자리에서 당장'이라는 뜻의 이 표현은 번역상의 어색함을 덜기 위해 우리말로 옮겨놓았다.

석이네."

"난 감성적인 인간이야." 템플이 말을 이었다. "그것 참 꼭 들어맞는 표현이네. 난 내가 감성주의자라는 게 자랑스럽거든."

템플이 능글맞게 웃으면서 게걸음으로 경기장을 빠져나갔다. 크랜리는 표정을 잃은 멍한 얼굴로 멀어져가는 그를 바라보았다.

"저 녀석 좀 봐라!" 그가 말했다. "저런 형편없는 인간은 세상 어디에서도 찾아보기 힘들 거다."

그가 그렇게 말하자, 챙에 눈이 가려 누군지 보이지 않을 정도로 모자를 깊이 눌러 쓴 채 느긋이 벽에 기대어 있던 누군가가 묘한 웃음을 보냈다. 근육질의 우람한 체구에서 나오는 날카로운 고음의 웃음소리는 코끼리의 울음소리를 떠올리게도 했다. 그가 온몸을 흔들면서 웃더니, 웃음을 진정시키려는 듯 즐겁다는 표정으로 자신의 양손을 허벅지 위에 올리고 문질러 댔다.

"린치가 잠에서 깨어났도다." 크랜리가 말했다.

린치가 대꾸하는 대신 기지개를 켜고 가슴을 앞으로 내밀었다.

"린치가 가슴을 내밀었도다." 스티븐이 말을 이었다. "인생에 대한 비판의 몸짓이나니."

린치가 소리 나게 자기 가슴을 치며 이렇게 말했다.

"누가 감히 내 가슴둘레에 대해 이러쿵저러쿵 떠드는 거지?"

이 말에 응하여 크랜리가 그를 붙잡았고, 그렇게 해서 두 사람 사이에 씨름판이 벌어졌다. 서로 맞잡고 힘을 겨루느라 얼굴이 시뻘겋게 달아오르자, 그들은 숨을 헐떡이며 상대에게서 떨어졌다. 앞에서 벌어지고 있는 경기에 열중하여 다른 사람 사이의 대화에 신경을 쓰지 않고 있는 대빈을 향해 스티븐이 몸을 굽혔다.

"내 사랑하는 길든 기러기께선 어떻게 지내시는가? 너도 서명했니?"

대빈이 고개를 끄덕이며 이렇게 물었다.

"스티비, 넌?"

스티븐이 고개를 가로저었다.

"스티비, 넌 참 대단한 녀석이야." 대빈이 물고 있던 짤막한 담배 파이프를 입에서 떼며 말했다. "항상 혼자 따로 노는 걸 보면 말이야."

"이제 세계 평화를 위한 탄원서에 서명했으니 말이다." 스티븐이 말을 이었다. "내가 네 방에서 보았던 그 자그마한 복사 책자는 태워버리겠군."

대빈이 대답을 하지 않자 스티븐이 책자에서 읽었던 구절을 인용해 되뇌었다.

"피어너*, 보무(步武)도 당당하게 앞으로! 반우향우, 피어너! 번호순으로 경례, 하나, 둘!"**

"그건 별개 문제야." 대빈이 말했다. "난 누가 뭐래도 우선은 아일랜드 민족주의자거든. 하지만 그건 참 너다운 말이다. 스티비, 넌 타고난 냉소주의자야."

"헐링 스틱을 들고 다음 번 저항 운동을 할 때 혹시 비밀 정보원이 꼭 필요하다면 나한테 말해줘." 스티븐이 말을 이었다. "내가 이 대학에서 몇 녀석을 찾아 너한테 알려줄 테니까."

"난 널 이해할 수가 없어." 대빈이 말했다. "언젠가 넌 영문학

---

*피어너(fianna): 'fenians(페니안 형제단의 단원들)'라는 말을 아일랜드식 발음으로 표기한 이 말의 뜻은 '전사들.'
**대빈이 갖고 있던 페니언 형제단 군사 훈련 지침서에 나오는 내용의 일부.

에 대해 그처럼 비판적이었지. 그런데 이젠 아일랜드인 비밀 정보원에 대해 비판적이구나. 너의 이름, 너의 생각, 그걸 모두 어떻게 받아들여야 할지 모르겠어. 너 아일랜드 사람인 거 맞니?"

"나하고 가계 기록 보관소에 한번 가볼까? 가서 내 가계도를 한번 확인해보는 것도 괜찮겠지." 스티븐이 말했다.

"그럼 말이야, 너도 그냥 우리들 가운데 한 사람이 되라." 대빈이 말을 이었다. "왜 아일랜드어를 배우지 않는 거니? 연맹*에서 후원하는 아일랜드어 수업에는 왜 첫 시간만 나가고 그만둔 거지?"

"이유 가운데 하나는 너도 알고 있잖아." 스티븐의 대답이었다.

대빈이 머리를 뒤로 젖히고 웃음을 터뜨렸다.

"아니, 이런! 그 젊은 여자와 모런 신부님 때문이라고?" 그가 말을 이었다. "스티비, 그건 다 네 마음속 생각일 뿐이야. 그들은 그저 이야기를 나누고 웃었을 뿐이라니까."

스티븐이 잠시 머뭇거리다가 대빈의 어깨에 다정스럽게 손을 얹었다.

"너, 기억나니?" 그가 말했다. "우리가 처음 만났을 때를 말이야. 우리가 처음 만난 그날 아침 네가 나한테 예과반 강의실로 가는 길을 물었잖아. 그때 넌 첫 음절에 아주 강한 억양을 넣어 발음했었어. 기억나니? 그리고 넌 예수회 회원들을 모두 신부님**이라고 부르곤 했던 것, 아직 기억하지? 그때 난 속으

---

*아일랜드 고유의 언어 부흥을 꾀하는 '게일어 연맹(Gaelic League)'을 가리킴.
**사제 서품을 받은 예수회 회원만이 '신부님'이라는 칭호로 불린다. 그 외의 예수회 회원은 '미스터'라는 칭호로 불리는데, 시골에서 온 대빈은 예수회 회원이면 누구에게나 '신부님'이라는 칭호를 썼던 것이다.

로 이렇게 물었어. '이 친구가 말에 때가 묻어 있지 않은 것만큼 성품에도 때가 안 묻어 있을까?'라고 말이야."

"난 단순한 인간이야." 대빈이 말했다. "그건 너도 알잖아. 그날 밤에 하코트 스트리트*에서 네가 나한테 너의 사생활에 관해 얘기하는 것을 듣고, 정말이지, 스티비, 난 제대로 저녁 식사도 할 수가 없었어. 정말로 난 마음이 무척이나 불편했었어. 그날 밤 오랫동안 잠을 이룰 수가 없더군. 왜 그런 얘기를 나한테 한 거니?"

"고마운 말씀이군." 스티븐이 말했다. "내가 괴물이라는 걸 말하고 싶은 거지?"

"그런 뜻이 아니야." 대빈이 말했다. "하지만 네가 그런 얘기를 나한테 하지 않았으면 좋았겠다고 생각하긴 했어."

대빈을 향해 스티븐이 느끼는 우정의 마음이 가리고 있어 겉으로 보기에는 잠잠했으나, 보이지 않는 곳에서 격랑이 일렁이고 있었다.

"이 민족과 이 나라와 이 삶이 오늘날의 나를 있게 했어." 그가 말했다. "나는 있는 그대로 나 자신을 드러낼 거야."

"너도 그냥 우리들 가운데 한 사람이 되려 할 수 없겠니?" 대빈이 되풀이해 말하고는 이렇게 말을 이었다. "넌 마음으로는 아일랜드 사람이야. 하지만 넌 그걸 받아들이기엔 너무 자존심이 강해."

"우리의 조상들은 자신들의 언어를 내팽개치고 딴 나라의 언어를 받아들였어." 스티븐이 말했다. "그들은 한 줌밖에 안 되는 이방인들에게 자신들이 예속되는 것을 허락한 거야.

*더블린 중심가 세인트 스티븐스 그린 남쪽에 있는 거리.

내가 내 자신의 삶을 살아가는 동안 직접 나서서 그들이 진 빚을 대신 갚아야 한다고 생각하니? 무엇 때문에 그래야 하지?"

"우리의 자유 때문이지." 대빈이 대답했다.

"톤의 시대에서 파넬의 시대에 이르기까지 누구보다도 고귀하고 진실한 사람들이 이 민족을 위해 자신의 생명과 젊음과 애정을 다 바쳤지만, 이 민족은 그들을 적에게 팔아넘기거나 그들이 정작 곤경에 처했을 때 그들을 외면했어. 또는 그들에게 욕설을 퍼붓고는 그들을 버리고 다른 사람들을 찾아 나섰어." 스티븐이 말을 이었다. "그런데도 넌 나에게 이 민족의 일원이 될 것을 권고하고 있는 거야. 난 이 민족이 망하는 꼴을 먼저 보고 싶단 말이야."

"스티비, 그들은 그네들의 이상을 위해 죽음을 선택했어." 대빈이 말했다. "언젠가는 우리의 나날이 올 거야, 틀림없어."*

스티븐은 제 나름의 생각에 잠겨 잠시 침묵했다.

"영혼은 내가 너에게 언젠가 말했던 바로 그와 같은 순간에 탄생하지." 그가 자신의 생각을 막연하게 드러내기 시작했다. "영혼의 탄생은 느리게 어둠에 싸여 이루어지게 마련이야. 육체의 탄생보다 더 신비로운 게 영혼의 탄생인 거지. 그런데 이 나라에서는 인간의 영혼이 탄생하면 그 영혼을 향해 던져지는 올가미가 있어. 날아오르지 못하도록 하는 올가미 말이야. 네가 말하는 민족이니, 언어니, 종교니 하는 것들이 바로 그런 올가미지. 난 그런 올가미를 벗어나 날아오르려 해."

대빈이 담배 파이프를 톡톡 쳐서 재를 털었다.

*"언젠가는 우리의 나날이 올 것이다"는 페니안 형제단의 슬로건.

"스티비, 그건 내가 이해하기에 너무 심오한 얘기야." 그가 말했다. "하지만 우리한테 무엇보다 중요한 건 나라라는 게 내 생각이야. 아일랜드가 모든 것에 앞선다, 이거지. 스티비, 아일랜드가 있고 난 다음에 넌 시인이든 신비주의자든 될 수 있는 거 아니니?"

"넌 아일랜드가 어떤 나란지 아니?" 차갑고 난폭한 어조로 스티븐이 묻고는 이렇게 말을 이었다. "제 새끼 잡아먹는 늙은 암퇘지 같은 존재, 그게 바로 아일랜드야."

대빈이 일어서서, 슬픈 듯이 고개를 가로저으며 운동을 하던 아이들에게 다가갔다. 하지만 그는 곧 슬픈 마음을 뒤로 한 채 크랜리와 그리고 막 시합을 끝낸 두 아이와 열띤 논쟁을 벌였다. 이어서 네 명이 두 팀으로 나눠 시합을 하기로 결정했는데, 크랜리가 이번 시합에서는 자기가 가져온 공을 사용할 것을 고집했다. 그는 공을 두세 번 자기 손에서 튀어 오르게 하더니 경기장 바닥에다가 강하고 빠르게 내리쳤다. 공이 바닥을 치면서 쿵 소리를 내는 것에 맞춰 그가 이렇게 소리쳤다.

"받아라, 얏!"*

스티븐은 린치와 함께 경기 점수가 올라갈 때까지 서 있었다. 이윽고 그가 린치의 소매를 잡아끌어 장소를 옮기자는 신호를 보냈다. 린치가 이렇게 말하면서 그의 제안을 받아들였다.

*크랜리가 공을 내리치며 내뱉는 기합소리를 원문 그대로 옮기면 'your soul'이다. 이는 아일랜드어에서 간투사(間投詞)로 쓰이기도 하는 'tanam'을 영어로 옮겨 놓은 것으로 볼 수 있다. 물론 여기서 'your soul'은 간투사로 쓰인 것이지만, 스티븐이 바로 앞에서 '영혼'에 관해 이야기한 것과 연결하여 이 말에 대한 별개의 의미 부여도 가능할 것이고, 어쩌면 조이스는 이를 노렸는지도 모르겠다. 하지만 그렇다 하더라도 이 표현에 담긴 '영혼'이라는 말을 그대로 살려 번역하는 경우 간투사로서의 이 말의 기능을 살리기 어려울 뿐만 아니라 번역도 어색해진다. 따라서 단순한 기합소리로 바꿔놓기로 한다.

"그래, 우리 '또' 가세. 크랜리의 말투를 빌려 말하자면 말야."*

린치의 이 같은 엉뚱한 반응에 스티븐은 웃음을 흘렸다. 그들은 정원을 다시 가로지른 다음, 노쇠한 학교 용원이 게시판에 통고문을 붙이고 있는 현관을 거쳐갔다. 계단 아래쪽에 이르러 스티븐이 주머니에서 담뱃갑을 꺼내 친구에게 담배를 권했다.

"너, 형편이 안 좋은 거 아는데." 스티븐이 말했다.

"무슨 그런 샛노란 모욕의 말씀을!" 린치가 대꾸했다.

린치의 문화적 소양을 보여주는 이 두 번째 증거**에 스티븐은 다시 웃음을 흘렸다.

"네가 '샛노란'이라는 표현을 사용해 악담을 하기로 마음먹었던 그 순간은 유럽 문화가 전기(轉機)를 맞이한 역사적인 날로 기록되어야 할 거야." 그가 말했다.

---

*조이스는 그의 서간문(《제임스 조이스 서간집》 3권 130면)에서 '크랜리'가 말을 오용하고 있음을 밝힌 바 있다. 그의 설명에 의하면, 크랜리는 'Let us e'en go' 또는 'Let us even go'라고 말해야 할 경우에 'Let us eke go'라고 말하는데, 이때 사용한 고어(古語)인 'eke'는 'also'를 뜻하는 단어이기 때문에 이 문장에서 아무런 의미를 지니지 못한다는 것이다. 말하자면, 'even'이나 'e'en'을 사용했다면 아무 문제가 없었을 문장에다 엉뚱한 고어 표현을 넣어 말을 어색하게 만드는 경향이 크랜리에게 있었다는 것이다. 이 모든 정보에도 불구하고, 어색하게 사용된 고어 'eke'의 뉘앙스와 의미를 모두 살려 우리말로 번역하기란 불가능하다. 따라서 어색한 표현이라는 것만을 드러내기 위해 '우리 또 가세' 정도로 옮기기로 한다.
**린치는 앞서 크랜리의 말을 흉내 내어 'eke'라는 표현이 들어가는 문장을 사용했는데, 이는 어색한 표현임을 앞서 밝힌 바 있다. 앞서 언급한 《서간집》 제3권 130면에서 조이스는 크랜리의 잘못된 언어 표현을 흉내 내어 말함으로써 린치가 자신의 문화적 소양이 어떤 것인지를 보여주고 있다고 말한 바 있다. 한편, 조이스가 《서간집》의 같은 지면에서 밝히고 있듯, 린치가 사용하고 있는 '샛노란(yellow)'이라는 표현은 크랜리가 자주 사용하는 '시뻘건(bloody)'이라는 단어를 자기 나름대로 바꿔 사용한 것이다. 말하자면, 린치는 크랜리가 즐겨 사용하는 표현인 '시뻘건(bloody)'을 익살스럽게 '샛노란(yellow)'으로 바꿔 사용하고 있는 것이다. 하지만 이 역시 어색한 언어 표현이라 하지 않을 수 없다. 스티븐이 이 같은 표현 사용을 린치의 문화적 소양을 보여주는 '두 번째 증거'라 한 것은 이런 맥락에서다.

그들은 담배에 불을 붙이고, 오른쪽 방향으로 바꿔 걸음을 계속 옮겼다. 잠시 후에 스티븐이 이렇게 말하기 시작했다.

"아리스토텔레스는 연민과 공포에 대해 정의해놓지 않았지.* 내 나름대로 정의를 시도했는데, 내 의견으로는 말이야."

린치가 걸음을 멈추더니 퉁명스럽게 말했다.

"그만! 네 말에 귀 기울일 형편이 못 돼. 난 지금 정상이 아니거든. 호랜하고 고긴스하고 어젯밤 샛노랗게 취하도록 술을 퍼마셨어."

하지만 스티븐은 하던 말을 멈추지 않았다.

"연민이란 말이야, 인간의 고통 속에 존재하는 무언가 엄숙하고도 불변하는 것에 우리 마음이 노출되었을 때, 그 마음을 사로잡아 꼼짝 못하게 하는 동시에 그 마음을 고통 받는 사람과 하나가 되도록 하는 감정이라 할 수 있지. 공포란 무언가 하면, 인간의 고통 속에 존재하는 무언가 엄숙하고도 불변하는 것에 우리 마음이 노출되었을 때, 그 마음을 사로잡아 꼼짝 못하게 하는 동시에 그 마음을 은밀하게 숨어 있는 고통의 원인과 하나가 되도록 하는 감정이라 할 수 있을 거야."

"뭐라고? 다시 말해볼래?" 린치가 말했다.

"며칠 전 어떤 여자아이가 이륜마차에 올라탔어." 그가 말을 이었다. "런던에서 말이야. 여러 해 동안 보지 못한 어머니를 만나러 가는 길이었어. 그런데 어떤 길모퉁이에서 지나가던 짐차의 끌채가 마차의 유리 창문을 뚫고 들어가 별 모양으로 부숴

---

*아리스토텔레스는 《시학》에서 비극에 대한 논의 과정에 관객이 카타르시스를 얻기 위해서는 관객의 마음에 연민과 공포의 감정이 일어야 함을 말하고 있다. 이처럼 그는 '카타르시스'라는 용어와 함께 '연민'과 '공포'라는 두 용어를 소개하고 있지만, 이들 용어에 대한 명확한 정의를 내리고 있지는 않다.

놓은 거야. 깨진 창문의 길고 가느다란 바늘 모양의 파편 하나가 여자아이의 가슴을 찔렀어. 그래서 여자아이에 그 자리에서 죽고 말았어. 신문 기자라면 그걸 비극적 죽음이라 말할 거야. 하지만 그건 비극적 죽음이 아니야. 여자아이의 죽음은 내가 정의한 바에 따른 공포와 연민의 개념과는 거리가 먼 것이지.

사실 비극적 정서란 공포와 연민 양쪽 방향으로 눈길을 던지는 하나의 얼굴이라 할 수 있어. 결국 공포를 향한 눈길과 연민을 향한 눈길은 비극적 정서의 두 양상에 해당하는 것이지. 내가 '사로잡아 꼼짝 못하게 하다'라는 표현을 동원한 이유가 뭔지 알겠니? 내가 그런 표현을 동원한 것은 비극적 정서란 정적(靜的)인 것이라는 뜻에서야. 아니, 극적 정서 자체가 다 정적인 것이지. 하지만 그릇된 예술에 의해 자극 받은 감정은 동적(動的)인 것이게 마련이야. 욕망이나 혐오의 감정이 그 예가 되겠지. 욕망의 감정은 우리를 부추겨 무언가를 소유하게 하거나 무언가를 향해 가도록 하고, 혐오의 감정은 우리를 부추겨 무언가를 포기하게 하거나 무언가로부터 멀어지게 하잖아. 이런 감정들은 동적인 정서라 할 수 있지. 외설적인 예술이나 교훈적인 예술은 이 같은 욕망과 혐오의 감정을 일깨운다는 점에서 볼 때, 그릇된 예술이야. 이런 관점에서 볼 때, 그리고 심미적이라는 일반 용어를 사용해서 말하자면, 심미적 정서는 정적인 것이지. 마음을 사로잡아 꼼짝 못 하게 하고, 우리 마음을 욕망과 혐오의 감정 너머로 끌어올린다는 점에서 그래."

"예술이 욕망을 자극해서는 안 된다는 말이냐?" 린치가 물었다. "어느 날 내가 박물관에서 프락시텔레스의 비너스* 등에

---

*더블린 국립 박물관에 있는 그리스의 조각가 프락시텔레스(Praxiteles, 기원전 4세기경)의 비너스 나체상 석고 모형.

다가 내 이름을 써 놓았다는 얘기를 너한테 한 적이 있지? 그
건 욕망이 아닌가?”

“내가 말하는 얘긴 정상적으로 생각하고 움직이는 사람에
관한 것이야.” 스티븐이 말을 이었다. “그 얘기뿐만 아니라 이
런 얘기도 나한테 했잖아. 네가 그 매력적인 가르멜 수도원* 소
속 학교의 학생이었을 때 마른 쇠똥 조각도 먹었다며?”

린치가 또 한 번 묘한 소리가 담긴 웃음을 킬킬 터뜨리더니,
다시금 자신의 양손을 허벅지 위에 올리고 문질러댔다. 하지만
이번에는 주머니에 손을 넣은 채였다.

“아, 그래, 그래, 맞아! 그랬어!” 그가 외쳤다.

스티븐이 친구 쪽으로 몸을 돌린 다음, 상대가 거북해 할 정
도로 빤히 그의 눈을 잠시 들여다보았다. 린치가 웃음을 수습
하고는 계면쩍은 표정으로 그를 마주 바라보았다. 챙이 기다란
모자** 아래쪽의 길고 갸름한 데다 평평한 두개골을 바라보고
있노라니 스티븐의 마음에는 두건을 쓴 파충류 동물의 이미지
가 떠올랐다. 스티븐에게 가만히 눈길을 던지고 있는 번들거리
는 그의 두 눈도 파충류의 눈길을 떠오르게 했다. 하지만 바로
그 순간 계면쩍어 하면서도 주의를 흩뜨리지 않고 있던 린치의
눈길에서 스티븐은 미세하나마 한 점의 인간적인 빛을 확인할
수 있었다. 그의 눈은 깊이 아파하고 자아에 대해 분노해 있는

---

*성경의 〈열왕기〉에 등장하는 성산(聖山)인 가르멜 산에서 시작된 것으로 추정되는
수도회.
**린치가 벽에 기대어 자고 있을 때 쓰고 있던 모자는 ‘챙이 있는 모자(peaked cap)’
였다. 그런데 이 부분에 해당하는 원문을 보면 ‘끝이 뾰족하게 생긴 기다란 모자(long
pointed cap)’를 쓰고 있는 것으로 묘사되어 있다. 이 두 모자의 형태는 확연히 구분될
뿐만 아니라, 산타클로스의 모자로 대표되는 ‘끝이 뾰족하게 생긴 기다란 모자’를 남
자들이 일상생활에 착용하고 다니지는 않는다. 이 점을 감안하여 이 부분을 ‘챙이 기
다란 모자(long peaked cap)’로 바꿔 번역하기로 한다.

어느 한 시든 영혼을 들여다보게 하는 창문과도 같았다.

"그 점과 관련해서 하는 말인데, 우리 모두는 동물이야." 하던 얘기에서 잠깐 벗어나 상대를 배려하듯 스티븐이 말했다. "나 또한 한 마리의 동물에 불과해."

"아무렴." 린치가 말했다.

"하지만 말이지, 우리는 지금 정신 세계에 관해 얘기하고 있어." 스티븐이 말을 이었다. "그릇된 심미적 수단에 의해 자극받은 욕망이나 혐오의 마음은 진정한 의미에서의 심미적 정서라 할 수 없지. 그런 감정은 특성상 동적인 것이기 때문만이 아니라 물리적인 것 이상이 될 수 없기 때문이야. 인간의 육체는 순전히 신경 조직의 반사 행동에 지나지 않는 몸짓을 통해, 두려워하는 것 앞에서 움츠러들게 마련이고, 욕망하는 것의 자극에 반응하게 마련이지. 파리 한 마리가 우리 눈에 들어오려는 것을 의식하기 전에 우리의 눈꺼풀은 닫히게 되어 있잖아."

"항상 그렇지는 않지." 린치가 시비조로 말했다.

"마찬가지 방식으로 너의 육체는 나체 조각상의 자극에 반응했던 거야." 스티븐이 말을 이었다. "아무튼, 내가 보기에 그건 순전히 신경 조직의 반사 작용에 불과한 거야. 예술가가 표현한 아름다움이 우리 내부에 일깨우는 게 동적인 정서 또는 순전히 물리적인 자극일 수야 없지. 예술가가 표현한 아름다움이 일깨우거나 유도하는 것은, 또는 당연히 일깨우거나 유도해야 하는 것은 바로 심미적 정지(停止) 상태야. 이때의 심미적 정지 상태란 이른바 아름다움의 리듬이라는 것의 자극을 받아 생겨나 이어지다 마침내 소멸하는 이상적인 공포 또는 이상적인 연민을 말하는 거지."

"아름다움의 리듬이라는 게 정확히 뭔데?"

"리듬이라는 말은 어느 한 심미적 대상의 전체와 부분 사이에 있을 수 있는 온갖 최초의 형식적인 심미적 관계를 지칭하기 위해 동원한 것이야." 스티븐이 말을 이었다. "이는 전체를 이루는 부분과 부분 사이의 관계를 말하는 것일 수도 있고, 전체와 부분 또는 부분들 사이의 관계를 말하는 것일 수도 있으며, 심미적 대상 전체의 어느 한 특정한 부분과 전체 사이의 관계를 말하는 것일 수도 있지."

"그게 리듬이라면 네가 아름다움이라고 하는 것은 뭐지?" 린치가 말을 이었다. "그리고 말이지, 내 비록 쇠똥 조각을 먹은 적이 있긴 하지만 나 역시 아름다운 것만을 찬양한다는 사실을 잊지 말았으면 좋겠어."

스티븐이 마치 인사라도 하듯 모자를 들었다 놓았다. 그런 다음 얼굴에 약간의 홍조를 띤 채 린치의 두툼한 트위드 재킷 소매에 자신의 손을 얹었다.

"우리가 올바른 길을 가고 있고, 남들은 잘못된 길을 가고 있는 거야." 그가 말을 이었다. "이런 것들을 얘기하고 그 본질을 이해하려 애쓰는 것, 그리고 본질을 이해하고 나서 거친 대지로부터 또는 대지가 낳은 만물로부터, 우리 영혼을 가두고 있는 감옥의 문인 소리와 형상과 색채로부터, 우리가 이해하게 된 아름다움의 이미지를 다시금 짜내려 애쓰는 것, 이를 천천히 겸손하게 지속적으로 표현하려 애쓰는 것, 그게 바로 예술이야."

그들은 운하* 위로 다리가 놓인 지점에 이르자, 방향을 바꿔 가로수 길을 따라 계속 걸었다. 완만하게 흐르는 운하의 물 위

*더블린 남부의 그랜드 커낼.

로 반사되고 있는 투박한 잿빛과 그들의 머리 위쪽의 젖은 나뭇가지들의 냄새가 스티븐이 이어가는 생각의 흐름을 막아선 채 싸움이라도 거는 것 같았다.

"하지만 넌 아직 내 물음에 답하지 않았어." 린치가 말했다. "예술이란 뭐지? 그리고 예술이 표현하는 아름다움이란 뭐지?"

"야, 이 잠꾸러기 친구야, 내가 얘기할 때 넌 꿈나라에 가 있었던 건 아니니? 그건 내가 이 문제를 놓고 내 나름의 생각을 정리하기 시작했을 때 너한테 말해주었던 최초의 정의였잖아." 스티븐이 말을 이었다. "그날 밤 기억나지 않니? 크랜리가 화를 벌컥 내고는 위클로우 지방의 베이컨에 대해 얘기하기 시작했던 바로 그날 밤 말이야."

"기억나." 린치가 말했다. "그 친구가 끔찍하게 살이 찐 악마 같은 돼지들에 관해 우리한테 얘기했었지."

"감각적이거나 지적인 자료들을 인간이 심미적 목적을 위해 처리하는 것, 그게 바로 예술이야." 스티븐이 말을 이었다. "넌 돼지 얘기는 기억하면서 그 얘긴 잊었구나. 너하고 크랜리는 정말 못 말릴 만큼 한심한 친구들이야."

린치가 낮게 드리워진 잿빛 하늘을 올려다보며 얼굴을 찡그리고는 이렇게 말했다.

"예술 철학에 관한 너의 설교를 더 들어야 할 팔자라면, 담배라도 한 대 더 피워야겠다. 나한테는 그까짓 거 아무래도 좋아. 난 심지어 여자에 대해서도 관심이 없어. 네 녀석이 뭐라 하든, 세상 만사가 어떻게 돌아가든, 나하고는 상관없다, 이 말씀이야. 내가 원하는 건 연봉 500파운드를 주는 직업이야. 네 녀석이 나한테 그런 거 마련해주지는 못할 거 아냐."

스티븐이 담뱃갑을 그에게 건넸다. 린치가 담뱃갑에 남아 있던 마지막 담배를 꺼내면서 간단히 이렇게 말했다.

"계속해보시지!"

"토마스 아퀴나스가 말했어." 스티븐이 말했다. "무언가에 대한 이해가 즐거움을 주면 그게 바로 아름다움이라고."

린치가 고개를 끄덕였다.

"그 말은 기억나네." 그가 말했다. "풀크라 순트 퀘 비사 플라첸트."

"온갖 종류의 심미적 이해를 총망라하는 데 토마스 아퀴나스가 동원한 것은 '눈'의 활동을 암시하는 '비사'라는 단어야." 스티븐이 말했다. "눈을 통한 것이든, 귀를 통한 것이든, 그밖에 다른 어떤 이해 경로를 통한 것이든, 가리지 않고 그가 한결같이 동원한 게 바로 그 말이야. 모호한 구석이 있긴 하지만, 욕망이나 혐오감을 자극하는 선과 악의 감정을 배제하기에는 충분할 만큼 암시하는 바가 선명한 단어가 바로 이 단어이기도 해. 이는 분명히 정지 상태를 암시하는 단어이지, 움직임을 암시하는 단어는 아니야. 그럼 참[眞]에 대해서는 뭐라 말할 수 있을까? 이 역시 마음의 정지 상태를 유도하지. 직각삼각형의 빗변에다가 연필로 자기 이름을 쓰려고 하는 사람이야 아마도 없겠지."

"물론 없겠지." 린치가 말했다. "프락시텔레스가 조각한 비너스의 빗변이라면 모르겠지만."

"따라서 정적인 것이지." 스티븐이 말했다. "내가 알기로는 말이지, 플라톤은 아름다움은 참된 것이 발산하는 광채라 말한 적이 있어.* 내 생각으론 말이야, 참된 것과 아름다운 것이 유

---

*플라톤은 《향연(Symposium)》과 《파에드로스(Phaedrus)》에서 아름다움과 참된 것—말하자면, 미(美)와 진(眞)—의 상관관계에 대해 언급한 적이 있다.

사한 것이 아니라면 이 말은 의미가 없는 말일 거야. 지적 인식 대상에 존재하는 더할 수 없이 만족스러운 질서들로 인해 편안해진 인간의 지성이 감지하는 것이 참이라면, 감각적 인식 대상에 존재하는 더할 수 없이 만족스러운 질서들로 인해 편안해진 인간의 상상력이 감지하는 것은 아름다움이라는 뜻에서 하는 말이야. 참을 향해 다가가는 첫 걸음은 지성 그 자체의 구조적 틀과 범위를 이해하고, 지성의 활동 그 자체가 무엇인지를 파악하는 일일 거야. 아리스토텔레스의 철학 체계 전체는 그의 심리학 저서에 근거하고 있는데, 내 생각으론 말이야, 다음과 같은 그의 진술이 그의 철학에서 핵심 역할을 하는 것 같아. 동일한 특성이 동일한 주제의 속성이 되는 동시에 되지 않는 일이 동일한 시간에 동일한 관계에서 일어나는 일은 있을 수 없다, 이게 바로 문제의 진술이지.* 따라서 아름다움을 향해 다가가는 첫 걸음은 상상력 그 자체의 구조적 틀과 범위를 이해하고, 심미적 이해의 활동 그 자체가 무엇인지를 파악하는 일일 거야. 무슨 말인지 알겠니?”

“하지만 아름다움이라는 게 뭐니?” 참을 수 없다는 어투로 린치가 되물었다. “다르게 정의할 수는 없냐? 우리가 보고 좋아하는 게 아름다움이다! 너나 토마스 아퀴나스가 할 수 있는 정의란 고작 그게 다니?”

“우리, 여자를 예로 들어 설명해보자.” 스티븐이 말했다.

“그래, 그러자!” 열렬히 호응하는 어조로 린치가 말했다.

“그리스인, 터키인, 중국인, 콥트인, 호텐토트인 모두가 여

*아리스토텔레스가 인간의 정신에 관해 글을 쓴 적이 있긴 하나, 인간의 심리에 주제를 한정시켜 책을 저술한 적은 없다. 하지만 자가당착의 문제와 관련된 아리스토텔레스의 논리가 그의 철학 체계에서 결정적인 역할을 한다는 스티븐의 주장은 옳은 것이다.

성적 아름다움에 경탄하지만 그 유형은 서로 달라." 스티븐이 말을 이었다. "어찌나 다른지, 이건 도저히 빠져나갈 방도가 없는 미로에 들어와 있는 것 같아. 하지만 나에겐 두 개의 출구가 보여. 다음과 같은 가정이 그 가운데 하나의 출구로 나가는 열쇠가 될 수 있겠지. 즉, 남자들이 여자에 대해 경탄하는 모든 물리적 특성은 종족 유지의 측면에서 여자의 다양한 기능과 직접적인 관련이 있다, 그렇게 가정해보는 거야. 이는 충분히 개연성이 있는 가정이지. 하지만 이 경우, 린치, 네가 상상조차 할 수 없을 정도로 세상은 엄청나게 따분해 보이게 마련이지. 내 입장을 말하자면, 그렇게 해서 마련된 출구는 내 마음에 들지 않아. 이건 심미적인 것이 아니라 우생학적인 것으로 귀결되기 때문이야. 그렇게 해서 마련된 출구를 따라가다보면 네가 도착하는 곳은 일테면 매캔과 같은 친구가 제공하는 새로운 유형의 강의, 겉만 번지르르한 야단스러운 강의가 이루어지고 있는 강의실일 거야. 한 손은 《종의 기원》*에 올려놓고 다른 한 손은 신약성서에 올려놓은 채, 그가 이렇게 설교할 거야. 당신이 비너스의 풍만한 옆구리에 경탄하는 것은 그녀가 당신에게 크고 튼튼한 아이를 낳아줄 수 있으리라고 느끼기 때문이며, 그녀의 엄청난 젖가슴에 경탄하는 것은 그녀와 당신의 아이들에게 풍부한 모유를 제공할 수 있으리라고 느끼기 때문입니다, 그렇게 떠들어대겠지."

"그런다면, 매캔이란 녀석은 유황처럼 샛노란 거짓말쟁이가 되는 거지." 린치가 강한 어조로 말했다.

---

*영국의 박물학자 찰스 다윈(Charles Darwin, 1809~1882)의 《종의 기원(The Origin of Species)》은 1859년 출간되었으며, 널리 알려져 있듯 이 책을 통해 그는 진화론을 내세워 기독교적 믿음 체계에 이의를 제기하고 있다.

"아직 출구가 하나 더 남아 있어." 스티븐이 웃으면서 말했다.

"그게 뭔데?" 린치가 물었다.

"우선 또 하나의 가정을 해볼 수 있는데." 스티븐이 그렇게 말을 시작했다.

이때 고철을 실은 기다란 짐마차가 패트릭 던 경(卿) 병원* 모퉁이를 돌아오면서 거칠고 날카로운 소음을 냈다. 쇠가 서로 부딪쳐 내는 쨍그랑거리고 쩔그럭거리는 소리에 스티븐의 말이 묻혀버리고 말았다. 린치가 귀를 막고는 짐마차가 다 지나 갈 때까지 거듭해서 욕설을 내뱉었다. 그러면서 그가 발뒤꿈치를 축으로 하여 몸을 반대편으로 돌렸다. 스티븐도 따라 몸을 돌리고는 친구의 화가 가라앉을 때까지 잠시 기다렸다.

"우선 또 하나의 가정을 해볼 수 있는데." 스티븐이 끊어졌던 말을 되풀이했다. 그리고 이렇게 말을 이었다. "이는 다른 출구로 나가기 위한 것이야." "비록 어느 한 대상이 모든 사람에게 다 아름답게 보이지는 않는다 하더라도, 아름다운 대상에 경탄할 줄 아는 사람이라면 그 대상에서 모종의 내적 질서―그러니까 모든 심미적 이해 과정의 각 단계를 만족시켜주고 이에 상응하는 일련의 내적 질서―를 사람들은 문제의 대상에서 발견할 것이다, 이게 바로 그 가정이지. 감각적 지각 대상에 존재하는 이 같은 일련의 내적 질서가 예컨대 너의 눈에는 이런 형상을 통해 보이고 나의 눈에는 저런 형상을 통해 보인다면, 이것들은 아름다움의 필연적인 특성이라 해야겠지. 자, 이제 우리의 오랜 친구인 성 토마스 아퀴나스한테 눈을 돌려, 몇 푼어치 지혜를 구해보는 것은 어떨까."

---

*패트릭 던 경 병원(Sir Patrick Dun's Hospital): 더블린의 그랜드 커낼 스트리트(Grand Canal Street)에 있는 병원. 1808년 설립되었으며, 병원 이름은 아일랜드의 내과의사 패트릭 던 경(1642~1713)을 기념하기 위한 것이다.

린치가 웃음을 터뜨렸다.

"야, 네가 말이지, 넉넉한 몸집의 쾌활한 수도승처럼 몇 번이고 되풀이해서 그 사람 말을 인용하는 걸 듣다 보면, 웃음이 엄청 나와 참을 수가 없어." 그가 말을 이었다. "너도 속으로 웃고 있는 건 아니냐?"

"매칼리스터 같은 녀석이라면 아마도 나의 예술론을 응용 아퀴나스 철학이라 부를 거야." 스티븐이 린치의 말을 받아 그렇게 말했다. "예술 철학의 이 같은 측면을 문제 삼고자 하는 한에는 토마스 아퀴나스가 앞으로도 계속 나를 이 방향으로 이끌어 줄 거야. 하지만 예술 작품이 인간의 정신 속에서 잉태하고 성장한 다음 마침내 세상의 빛을 보는 현상을 문제 삼고자 할 때는 새로운 용어와 새로운 개인적 체험이 나에게 요구되겠지."

"물론이지." 린치가 말을 이었다. "뛰어난 지성에도 불구하고 토마스 아퀴나스는 결국 넉넉한 몸집의 사람 좋은 수도승 그 이상도, 그 이하도 아니니까 말이야. 하지만 너의 새로운 체험과 새로운 용어에 대한 얘기는 나중에 듣기로 하자. 지금은 하던 얘기나 서둘러 끝내라."

"누가 알아?" 스티븐이 웃으면서 말했다. "어쩌면 토마스 아퀴나스가 너보다는 더 나를 잘 이해해줄는지도 모르지. 그 자신이 시인이었으니까 말이야. 그는 세족 목요일*을 위한 찬송가를 작사했을 정도였거든. 왜, '팡게 링구아 글로리오시'로 시작되는 노래** 있잖아. 찬송가 가운데 가장 영광스러운 자리

---

*부활절 직전의 성(聖)목요일에는 빈민의 발을 씻어 주는 행사가 거행되는데, 이는 예수가 제자들의 발을 씻어주었던 것을 기념하기 위한 것이다. '세족(洗足) 목요일'로 번역한 이 말의 영어 표현은 '몬디 서스데이(Maundy Thursday)'다.
**"Pange Lingua Gloriosi Corporis Mysterium(나의 혀여, 영광스러운 성체의 신비를 노래하라)"으로 시작되는 찬송가를 지칭.

에 놓인다고 사람들이 말하는 바로 그 노래 말이야. 아주 복잡하면서도 사람의 마음을 달래주는 그런 노래지. 난 그 노래가 좋더라. 하지만 애잔하면서도 장엄한 행렬 의식용 노래인 베난티우스 포르투나투스의 '벡실라 레지스'*와 어깨를 나란히 할 수 있는 찬송가는 없을 거야."

린치가 깊고 낮은 목소리로 부드럽고 장엄하게 이 노래를 부르기 시작했다.

　　　임플레타 순트 퀘 콘치니트
　　　다비드 피델리 카르미네
　　　디첸도 나티오니부스
　　　레냐비트 아 리뇨 데우스.**

"야, 멋지다!" 아주 만족해하면서 스티븐이 말했다. "대단한 음악이야!"

그들은 가던 길을 바꿔 로워 마운트 스트리트***로 접어들었다. 모퉁이를 돌아 몇 걸음 옮겼을 때, 비단 목도리를 목에 두른, 살이 뚱뚱하게 찐 젊은 녀석 하나가 다가와 그들에게 인사를 하고는 멈춰 섰다.

---

* 'Vexilla Régis Prodeunt(왕의 깃발들이 앞으로 나아가네)'로 시작되는 찬송가의 앞부분. 이 찬송가도 앞의 찬송가와 마찬가지로 세족 목요일의 의식을 위한 것이다. 베난티우스 포르투나투스(Venantius Fortunatus, 530[?]~600/609[?])는 메로빙 왕조 시대의 시인이자 주교.
** "Impleta sunt quae concinit/ David fideli carmine,/ dicendo nationibus :/ regnavit a ligno Deus.": 〈왕의 깃발들이 앞으로 나가네〉라는 제목의 찬송가 제3편의 가사로, 이를 우리말로 풀이하면 대체로 다음과 같다. "그 옛날 진정한 예언의 노래로 다비드 왕이 말한 것이 모두 실현되었네. 그가 노래했듯, 하느님이 나무에서 만백성을 다스리고 있나니."
*** 더블린의 그랜드 커낼 스트리트와 평행을 이루고 있는 그 근처의 거리.

"너희들, 시험 결과에 관해 얘기 들었니?" 그가 묻고는 이렇게 말을 이었다. "그리핀은 떨어졌대. 그리고 핼핀과 오플린은 국내 근무 문관 시험에 합격했다더군. 무넌은 인도 근무 문관 시험 가운데 5등을 했고, 오쇼네시는 14등을 했대.* 그리고 말이지, 클라크**에 있던 아일랜드 민족주의자 친구들이 지난 밤 그 애들한테 한턱냈다고 하더군. 모두가 카레 요리를 먹었대."

피둥피둥하게 살이 찐 창백한 그의 얼굴에서는 자비를 가장한 표정 뒤에 숨어 있는 악의가 읽혔다. 그가 주변 친구들의 합격 소식을 전하는 동안, 지방질로 둘러싸인 그의 작은 눈이 점점 작아지다 마침내 보이지 않게 되었고 헐떡이며 말을 내뱉는 그의 힘없는 목소리도 들리지 않게 되었다.

스티븐이 무언가를 묻자 그 물음에 대답을 하기 위해 그의 눈과 그의 목소리가 숨어 있던 곳에서 다시 밖으로 기어 나왔다.

"그래, 매컬러와 나야." 그가 말했다. "그 친구는 순수 수학 과목을 수강하고 있고, 난 헌정사 과목을 수강하고 있어. 개설 과목이 스무 개나 되거든. 난 또 식물학 과목도 수강하고 있어. 넌 내가 야외 자연 연구회 회원인 거 알고 있니?"

그가 두 사람 앞에서 위엄을 갖춰 몸을 사리더니 털장갑을 낀 통통한 손을 가슴에 얹었다. 그리고 곧 그의 가슴에서 씨근거리는 숨소리가 섞인 웃음소리가 낮게 울려 나왔다.

"다음에 너 야외에 나가거든 무하고 양파 좀 가져다줄래?" 스티븐이 아무런 감정도 실리지 않은 목소리로 말했다. "스튜

---

*5등을 했다는 것은 상당히 좋은 성적을 받아 유망한 자리에 근무하게 될 것임을 암시하는 것이고, 14등 역시 상당히 괜찮은 성적을 받은 것으로 이해할 수 있다.
**여기서 말하는 클라크는 아일랜드의 독립을 위해 평생을 바쳤던 토머스 클라크 (Thomas Clarke, 1857~1916)가 운영했던 가게로, 잡지, 신문, 담배 등을 판매했었다. 클라크는 1916년 부활절 봉기를 주도했다는 죄목으로 영국군에게 총살을 당했다.

요리를 좀 해볼까 하거든."

뚱보 친구가 상대의 무식을 너그럽게 봐주겠다는 투의 웃음을 터뜨리더니 이렇게 말했다.

"야외 자연 연구회 회원으로 있는 우리 모두가 다 대단한 품위를 갖춘 점잖은 친구들이야. 지난 토요일에 우리 일곱 명 회원 모두가 글렌말루어*로 나갔었지."

"도너번, 여자들도 같이 갔었냐?" 린치가 물었다.

도너번이 다시금 가슴에 손을 얹더니 이렇게 말했다.

"우리가 야외로 나가는 건 지식을 습득하기 위한 거야."

이어서 그가 재빠르게 이렇게 덧붙여 물었다.

"내가 듣기론, 네가 미학에 관해 뭔가 글을 쓰고 있다며?"

스티븐이 딱 부러지게는 아니지만 그렇지 않다는 몸짓을 해 보였다.

"괴테와 레싱이 그 문제에 관해 굉장히 많은 글을 썼지." 도너번이 말을 이었다. "고전주의 학파니, 낭만주의 학파니, 그밖에 모든 것에 관해서 말이야. 《라오콘》**을 읽어봤는데, 대단히 흥미롭더라. 물론 이상주의적이고 독일적인 데다가 엄청 심오한 글이더군."

그의 말에 두 사람 누구도 입을 열지 않았다. 도너번이 도시풍의 세련된 몸짓으로 두 사람에게 작별의 뜻을 알렸다.

"이젠 그만 가봐야겠어." 그가 부드럽고 자비심이 가득 담긴 듯한 어조로 말을 이었다. "난 말이야, 오늘 내 누이가 도너

---

*위클로우 카운티에 있는 계곡 지대.
**《라오콘 혹은 회화와 시의 경계에 관하여(Laokoon oder über die Grenzen der Mahlerey und Poesie)》(1766)는 시간적 예술로서의 문학과 공간적 예술로서의 조각 사이에 존재하는 가치 및 성격의 차이를 다룬 고트홀트 에프라임 레싱(Gotthold Ephraim Lessing, 1729~1781)의 저서.

번 가족의 만찬을 위해 팬케이크를 준비할 것이라는 강한 예감에 휩싸여 있거든. 아니, 예감을 넘어 거의 확신의 경지에 와 있다고 해야겠네."

"어서 가지, 그래." 스티븐이 그의 말을 받아 바로 대꾸하고는 이렇게 말을 덧붙였다. "그리고 말이지, 나하고 내 친구를 위해 뭐 가져오는 거 잊지 마."

린치의 시선이 그의 뒤를 쫓았다. 그리고 그의 입술이 경멸감으로 천천히 일그러지더니, 마침내 얼굴 표정마저 악마의 가면을 뒤집어쓴 것처럼 흉하게 변했다.

"팬케이크나 처먹는 저 샛노란 배설물 같은 자식이 괜찮은 직장을 구할 걸 생각하면!" 마침내 그가 입을 열었다. "그러는 동안 난 싸구려 담배나 피워야 할 걸 생각하니, 어이구, 억장이 무너진다!"

그들은 메리언 광장* 쪽으로 시선을 향한 채 잠시 동안 아무 말 없이 걸음을 옮겼다.

"아름다움에 대한 내 얘기를 마무리하기로 하자." 이윽고 스티븐이 말을 이었다. "따라서 감각적 지각 대상이 지니는 더할 수 없이 만족스러운 일련의 내적 질서는 심미적 이해 과정에 필요한 각 단계와 상응해야 한다, 이게 앞서 말한 가정의 요체(要諦)야. 만일 이 같은 일련의 내적 질서를 찾게 되면 우리는 보편적 아름다움의 특성에 이르게 될 거야. 토마스 아퀴나스는 이렇게 말했어. '아드 풀크리투디넴 트리아 레퀴룬투르, 인테그리타스, 콘소난티아, 클라리타스.'** 이 말을 나는 다음과 같

이 번역하고자 해. '아름다움을 위해서는 세 가지 요소가 요구되는데, 총체성, 조화, 광채가 그것이다.' 이 요소들이 심미적 이해 과정의 각 단계와 과연 상응하는 것일까? 내가 하는 말, 무슨 말인지 알겠냐?"

"물론이지." 린치가 말했다. "만일 내 지능이 배설물처럼 형편없다는 생각이 들거든, 도너번한테 달려가서 그 녀석한테 네 얘기를 들어달라고 부탁하지그래."

정육점 사환 아이가 거꾸로 뒤집어 자기 머리에 쓰고 있는 바구니를 가리키면서 스티븐이 이렇게 말했다.

"저기 저 바구니, 보이지?"

"응." 린치가 대꾸했다.

"저 바구니를 보기 위해, 우리 마음은 무엇보다 먼저 바구니가 아닌 나머지 가시적 세계로부터 바구니를 분리하는 일을 해야 해." 스티븐이 말을 이었다. "심미적 이해 과정의 첫 단계를 이루는 것은 이처럼 이해해야 할 대상의 주변에 경계선을 긋는 일이야. 물론 심미적 이미지는 우리에게 공간적으로 또는 시간적으로 제시되게 마련이지. 예컨대, 청각적인 것은 시간적으로, 시각적인 것은 공간적으로 제시되잖아. 하지만, 시간적인 것이든 공간적인 것이든 상관없이, 심미적 이미지는 우선 자체의 경계를 지닌 자족적인 것—그러니까 그 이미지와는 별개의 것인 배경과 명료하게 나뉜 채 무한한 시간적 또는 공간적 배경 위에 위치해 있는 그 무엇—으로 이해되게 마련이지. 우리는 대상을 독립적으로 존재하는 '하나의' 대상으로 이해한다, 이 말이야. 이는 대상을 하나의 총체로 본다는 뜻이기도 해. 말하자면, 우리가 심미적으로 이해하는 것은 바로 대상의 총체성이지. 그게 바로 '인테그리타스'야."

"정곡을 찔렀군!" 린치가 웃으면서 말했다. "계속 해봐."

"대상의 총체성을 이해하는 순간 우리는 곧 한 지점에서 다른 한 지점으로 넘어가. 이해 과정의 형식 절차에 따라서 말이야." 스티븐의 말이 이어졌다. "그리하여 우리는 대상을 이해하되 이를 둘러싸고 있는 경계 안에서 부분과 부분이 서로 균형을 이루고 있는 것으로 이해하게 되지. 그렇게 해서 대상의 구조에서 리듬을 감지하는 거야. 바꿔 말해, 직관적인 종합적 이해의 과정에 이어 이에 대한 분석이 뒤따르는 거지. 심미적 이해의 첫 단계에서 문제의 대상을 주변과 분리되어 독립적으로 존재하는 '하나의' 대상으로 감지한 우리가 이제는 대상을 있는 그대로 어느 한 '대상'으로 감지하는 것이라 할 수 있어. 우리는 여러 부분으로 구성되어 있는 대상을 복잡하거나 복합적인 것으로, 또는 세분할 수 있거나 분리할 수 있는 것으로 이해하고, 부분들 및 부분들의 합이 모여 이루는 결과물을 조화로운 것으로 이해하게 되지. 이게 바로 '콘소난티아'야."

"또 한 번 정곡을 찔렀네요!" 린치가 재치를 살려 그렇게 말했다. "자, 이젠 '클라리타스'가 무언지 말해보지그래. 다시 한 번 더 정곡을 찌르면 시가를 한 대 선사하지."

"그 말이 함의하는 바는 상당히 모호해." 스티븐이 말을 이었다. "정확하다고 보기 어려운 용어를 토마스 아퀴나스가 사용하고 있기 때문이지. 사실 난 이 용어 때문에 오랫동안 애를 먹었어. 아마 너 역시 그가 용어의 상징성을 고려해서, 또는 이상주의적 입장에서, 이 용어를 사용했을 것이라 믿고 싶을 거야. 말하자면, 이데아의 측면에서 보면 물질 세계란 그림자에 불과한 것이고 현실의 측면에서 보면 이는 그 무언가 본질적인 것에 대한 상징적 표현에 불과한 것이라는 입장에서 이 용어를 이해하고 싶을 거야. 그런 입장에서 보면, 아름다움이 지닌 최상의 특성이란 무언가 다른 세계로부터 오는 일종의 빛과 같은 것으로 생각하기 쉽지. 난 말이지, 사물에 숨어 있는 신의 의지를 예술을 통해 발견한다거나 재현할 수 있다는 뜻을 담고자 하여 그가 '클라리타스'라는 용어를 사용했던 것은 아닌가 생각하기도 했어. 또는 심미적 이미지를 보편적인 것으로 만들 수 있고 주어진 고유의 조건을 뛰어넘어 환하게 빛을 발하는 것으로 만들 수도 있는 일종의 일반화 능력을 암시하고자 하여 그 용어를 사용한 것 같다 생각하기도 했지. 하지만 그건 문학적인 애기일 뿐이야. 내가 이해하는 바로는 그래. 우리가 저 바구니를 하나의 사물로 이해하고 그것을 자체의 형식에 따라 분석하여 이를 어느 한 사물로 이해할 때, 우리가 수행하는 것은 논리적으로 또한 심미적으로 받아들일 수 있는 최상의 종합화 작업이야. 말하자면, 우리가 하는 작업은 저 바구니가 저 바구니일 뿐 다른 어떤 사물이 아님을 감지하는 일이야. 토마스 아퀴나스가 말하는 '클라리타스'는 스콜라 철학에서 '퀴디타스'*라 하는 것, 그러니까 한 사물의 '본질'이야. 예술가의 상상력 안에서 심미적 이미지가 처음 잉태되는 순간 예술가는 바로 이 지고의 본질을 감지하게 되지. 바로 이 신비로운 순간을 체

*'이것이 무엇인가'라고 물음에 대한 가능한 답은 '바구니'든 무엇이든 대상을 가리키는 본질적 특성을 드러내는 것이 될 것이다. 이때의 '무엇'이라는 물음에 대한 답이 될 수 있는 본질적 특성을 스콜라 철학에서 라틴어로 '퀴디타스(quidditas)'라 한다. 한편, 이와 대조되는 개념이 '하이케이타스(haecceitas)'인데, '이것'으로 번역될 수 있는 이 말은 본질적으로 같은 종류의 것일 수 있지만 개별적으로 구분되는 어느 하나의 특정한 사물—예컨대, 다른 바구니들과 구분되는 바로 '이' 바구니—의 '개별성'을 지시하는 용어다. 명백히 여기에서 스티븐은 '하이케이타스'를 '퀴디타스'와 혼동하고 있는 것으로 판단된다. "저 바구니가 저 바구니일 뿐 다른 어떤 사물이 아님을 감지하는 일"은 '퀴디타스'의 개념이 아닌 '하이케이타스'의 개념과 관계되는 것이라는 점에서 그러하다.

험하고 있는 예술가의 마음을 셸리는 가물가물 꺼져가는 석탄불에 아름답게 비유한 적*이 있어. 아름다움이 지닌 지고의 본질—말하자면, 심미적 이미지가 발하는 선명한 광채—가 어느 한 예술가의 정신에 의해, 그것도 아름다움의 총체성에 사로잡혀 있고 그 아름다움의 조화로움에 매혹되어 있는 예술가의 정신에 의해 환하게 이해되는 바로 그 순간, 그가 체험하는 것은 심미적 쾌감으로 충만해 있는 환하고도 고요한 정지 상태라 해야 할 거야. 또는 이탈리아의 생리학자 루이지 갈바니가 셸리의 표현 못지않게 아름다운 표현을 동원하여 심장의 황홀경**이라 부른 생리학적 상태와 매우 유사한 영적 정지 상태라 할 수 있을 거야."

스티븐이 잠시 말을 멈췄다. 친구가 아무런 말을 하지 않았지만, 그는 자신의 말이 일깨운 정적이, 사유 세계를 감도는 황홀한 정적이 그들 주변을 감싸게 되었음을 느낄 수 있었다.

"내가 이제까지 얘기한 것은 넓은 의미에서 볼 때 아름다움이란 무엇인가였어." 그가 다시 말을 시작했다. "그러니까 문예학의 전통에서 이 말에 부여된 의미를 문제 삼았던 거야. 하지만 현실 세계에서 이 말은 또 다른 의미로 이해되기도 하지. 우리가 바로 이 또 다른 의미에서의 아름다움을 얘기할 때, 무엇보다도 우리의 판단을 좌우하는 것은 예술 그 자체와 그 예술의 형식이야. 명백히, 심미적 또는 예술적 이미지가 놓일 자리는 예술가의 마음 또는 감각과 그밖에 다른 사람들의 마음 또는 감각 사이지. 우리가 만일 이 점을 염두에 두고 관찰하면, 예술이란 필연적으

---

*셸리는 〈시에 대한 옹호(A Defence of Poetry)〉(1821)라는 글에서 "창작 과정의 마음은 가물가물 꺼져 가는 석탄불과 같다"라고 말한 바 있다.
**루이지 갈바니(Luigi Galvani, 1737~1798)는 개구리의 심장을 바늘로 찔렀을 때 맥박이 정지하는 생리학적 현상을 그렇게 묘사한 바 있다.

로 세 가지 형식으로 나뉘는 동시에 하나의 형식에서 다른 하나의 형식으로 발전한다는 것을 감지할 수 있어. 이때의 세 가지 형식이란 서정 형식, 서사 형식, 극 형식을 말하는데, 우선 서정 형식이란 예술가가 자기 자신과 직접적인 관련을 맺는 가운데 자신의 이미지를 제시하는 형식이라 할 수 있지. 서사 형식이 예술가가 자기 자신 또는 남들과 간접적인 관련을 맺는 가운데 자신의 이미지를 제시하는 형식이라면, 극적 형식은 남들과 직접적인 관련을 맺는 가운데 자신의 이미지를 제시하는 형식이야."

"며칠 전 밤에 했던 얘기야." 린치가 말했다. "그 얘기가 발단이 되어 엄청 대단한 토론이 벌어졌었지."

"집에 있는 어떤 책에다 말이야, 네가 전에 던졌던 것들보다 더 재미있는 물음들을 여러 개 적어 놓았어." 스티븐이 말했다. "그리고 그런 물음들에 대한 답을 모색하는 과정에 지금 내가 너한테 설명하려 하는 미학 이론을 찾게 된 거야. 내가 나 자신에게 던진 물음 가운데 몇 개만 예를 들어볼게. '정교하게 만들어진 의자는 비극적인 걸까, 희극적인 걸까. 내가 모나리자의 초상을 보길 강렬하게 갈망한다면, 그 초상은 뛰어난 작품일까. 필립 크램프턴 경의 흉상*은 서정적인 걸까, 서사적인 걸까, 또는 극적인 걸까. 배설물이나 어떤 한 아이 또는 한 마리의 이는 예술 작품일 수 있을까. 아니라면, 왜 아닐까.'"

"아닌게 아니라, 왜 아니지?" 린치가 웃으면서 물었다.

"이런 물음은 어때?" 스티븐이 말을 이었다. "'어떤 남자가 화가 나서 도끼로 나무토막 하나를 난도질했는데 어쩌다 보니 한 마리 암소의 형상이 되었다면, 그 형상은 예술 작품일까. 아

---

*유명한 외과 의사인 크램프턴(Crampton, 1777~1858)의 기괴한 흉상이 한때 트리니티 대학 근처에 있었다.

니라면, 왜 아닐까.'"

"그것 참 재미있는 가정이네." 린치가 다시 웃으면서 말했다. "거기에선 진짜 고약한 스콜라 철학의 냄새가 나는걸."

"레싱은 한 무리의 조각상*에 관한 글을 쓰지 말았어야 했어." 스티븐이 말을 계속 이었다. "조각은 열등한 예술이기 때문에 내가 말한 세 가지 예술 형식을 선명하게 구분해서 보여주지 못하거든. 심지어 가장 고귀하고도 가장 영적인 예술인 문학에서조차 이들 형식은 때때로 잘못 이해되기도 하지. 사실, 즉석의 감정을 지극히 소박한 언어로 포장한 것이 서정 형식이야. 말하자면, 아주 오랜 옛날 노를 젓는 사람이나 돌덩이를 언덕 위로 끌어올리는 사람을 응원하기 위해 내뱉었던 율동적인 외침을 소박한 언어에 담은 것이 서정 형식이지. 이 같은 외침을 내뱉는 사람은 감정을 느끼고 있는 주체로서의 자기 자신보다 이 감정이 일어나는 순간을 더 강렬하게 의식하게 마련이야. 가장 소박한 형태의 서사 문학, 그것의 발원지는 바로 서정 형식이지. 그러니까 예술가가 자기 자신을 서사적 사건의 중심으로 여기고 이에 대해 지속적으로 생각을 이어갈 때 그 모습을 드러내는 것이 서사 형식이라 할 수 있어. 그리고 정서의 무게 중심이 예술가 자신으로부터 다른 사람들 쪽으로 옮겨가, 마침내 예술가와 다른 사람들 사이의 거리가 동일한 등거리 지점에 이를 때까지 이 같은 형식의 발전적 변화가 지속되

---

*그리스 신화에 등장하는 트로이의 사제 라오콘과 그의 아들들의 모습을 대리석으로 조각해놓은 작품을 흔히 '라오콘 군상(群像)'이라 하는데, 현재 이 조각 작품은 로마의 바티칸 박물관에 있다. 로마의 자연철학자이자 작가인 플리니우스(Plinius, 23~79)에 따르면, 이 작품은 로도스 섬 출신의 세 조각가 아게산드로스(Agesandros), 그의 아들이자 제자인 아테노도로스(Athenodoros), 그리고 폴뤼도로스(Polydorus)가 함께 조각한 것이라 한다.

지. 이 지점에 이르게 되면 서술은 이제 더 이상 순전히 사적(私的)인 것으로 남아 있을 수가 없어. 예술가의 개성은 이제 서술 안으로 옮겨가, 살아 움직이는 바다처럼 인물들과 사건을 감싸고 흐름을 계속 이어가게 마련이지. 이 같은 발전을 쉽게 확인케 하는 것이 영국의 옛 발라드 〈영웅 터핀〉*이야. 이 발라드는 1인칭 서술로 시작하여 3인칭 서술로 끝나잖아. 각각의 인물들 주변을 감싸고 흐르며 소용돌이치던 생명력이 모든 사람을 생기로 가득 채워 마침내 모든 인물이 나름의 고유하고도 쉽게 감지되지 않는 심미적 삶을 영위해 나갈 수 있게 되었을 때, 비로소 획득되는 것이 극적 형식이지. 예술가의 개성은 처음에는 하나의 외침 또는 하나의 운율 또는 하나의 분위기였다가, 부드럽게 넘실거리는 유연하고도 경쾌한 서술로 바뀌고, 마침내 스스로를 정화하여 존재를 상실하는 거야. 말하자면, 스스로 비개성적인 존재가 되는 거지. 극적 형식 안의 심미적 이미지란 인간의 상상력 안에서 정화의 과정을 거친 다음 그 상상력 밖으로 투사된 생명체라 할 수 있어. 신비로운 물리적 세계의 창조와 마찬가지로 신비로운 심미적 세계의 창조가 그렇게 해서 성취되는 거지. 예술가란 창조주 하느님과 마찬가지로 자신의 작품 안에서 또는 그 뒤에서 또는 그 너머에서 또는 그 위에서, 모습을 드러내지 않은 채, 스스로 정화하여 존재를 상실한 채, 또한 초연한 자세로, 손톱이나 다듬고 있는 그런 존재지."**

*악명이 자자하던 18세기의 노상강도 터핀이 1739년 교수형을 당한 다음 그를 노래한 발라드가 유행했는데, 스티븐의 말처럼 그러한 발라드의 몇몇 판본에서는 서술상의 인칭 변화가 확인된다.
**이 같은 진술은 프랑스의 소설가 귀스타브 플로베르(Gustave Flaubert, 1821~1880)가 1857년 편지에 썼던 내용과 유사하다. 플로베르에 의하면, 작품을 창작하는 예술가는 세계를 창조하고 있는 신과 같아서 보이지 않지만 그 힘이 어디서나 느껴진다는 것이다.

"손톱 또한 존재를 상실할 정도로 다듬고 정화하려 애쓰면
서 말이지." 린치가 덧붙여 말했다.

저 높이 구름의 장막이 드리워진 하늘에서 가랑비가 내리기
시작했다. 가랑비가 소낙비로 바뀌기 전에 서둘러 국립 도서관으
로 들어설 수 있도록 그들은 공작 저택의 잔디밭*으로 들어섰다.

"그런데 말이야, 하느님한테 버림받은 한심한 섬에서 아름
다움이 어떻고, 상상력이 어떻고, 지껄여본들 무슨 소용이 있
지?" 린치가 퉁명스런 어조로 말했다. "예술가가 이 나라를 부
정한 짓거리를 통해 싸질러놓았으니 자기 작품 속이나 뒤로 숨
어버리는 건 조금도 놀랄 일이 아니지."

비가 심해졌다. 킬데어 하우스** 옆의 통로를 지나가면서 보
니, 수많은 학생아이들이 도서관의 회랑에 서서 비를 피하고
있었다. 그리고 크랜리가 회랑의 기둥에 기대서서 뾰족하게 다
듬은 성냥개비로 이를 쑤시면서 몇몇 친구들의 대화에 귀를 기
울이고 있는 것이 보였다. 또한 여자아이들 몇몇이 도서관 출
입구 근처에 서 있었다. 린치가 스티븐에게 이렇게 속삭였다.

"야, 저기 네 연인도 있네."

스티븐은 세차게 내리고 있는 비를 아랑곳하지 않은 채 학
생 아이들이 모여 있는 곳 아래쪽의 계단에 말없이 서서, 이따
금씩 그녀에게 눈길을 주었다. 그녀 또한 자신의 친구들에게
둘러싸여 말없이 서 있었다. 지난 번 그녀를 보았던 때를 기억
에 떠올리면서, 그는 의식적으로 적의를 그러 모아 속으로 이
렇게 중얼거렸다. '함께 시시덕거릴 사제가 없어 어쩌지?' 린

---

*레인스터 공작(Duke of Leinster)의 저택이었던 레인스터 하우스와 그 집의 잔디밭은
국립 도서관 및 국립 박물관과 같은 구역에 있다.
**레인스터 하우스의 원래 이름은 '킬데어 하우스'.

치의 말이 옳았다. 이론과 기백은 어디론가 사라지고 그의 마음은 다시금 멍한 침묵 속으로 빠져 들어갔다.

그의 귀에는 주변의 학생아이들이 서로 이야기를 나누고 있는 것이 들렸다. 그들은 의사 시험의 마지막 관문을 통과한 두 친구에 대해, 원양 여객선에서 전속 의사로 일할 가능성에 대해, 개업해서 성공하느냐 실패하느냐에 대해 이야기를 주고받고 있었다.

"모든 게 다 허튼 소리야. 아일랜드 촌구석에 남아 개업하는 게 나아."

"하인스가 리버풀에 가서 2년을 있었는데, 똑같은 얘기를 하더군. 거긴 소름끼치는 데라는 거야. 산파 노릇 하는 게 고작 이래요. 반(半)크라운짜리 일밖에 없다고 하던데.*"

"리버풀 같은 부자 도시에서 개업하는 것보다 여기 촌구석에서 개업하는 게 낫다는 얘기냐? 내가 아는 친구가 하나 있는데 말이지—"

"하인스는 머리가 텅 빈 친구야. 그 친구는 타고난 재능 때문이 아니라 죽어라 공부해서, 순전히 죽자 사자 공부해서 의사가 된 거야."

"그 친구 얘긴 잊어버려. 거대한 상업 도시에 가면 깔린 게 다 돈이야."

"어디서 어떻게 개업하는가에 달린 거지."

"에고 크레도 우트 비타 파우페룸 에스트 심플리치테르 아트록스, 심플리치테르 상귀나리우스 아트록스, 인 리베르포올

---

*의사가 2실링 6펜스의 돈만을 받고 환자를 치료해주는 자선 의료 행위를 말한다. 아일랜드 해협 건너편에 있는 영국의 대도시 리버풀에 사는 가난한 아일랜드 사람들에게 의료 혜택을 제대로 받기란 쉽지 않았다.

리오."*

아주 먼 곳에서 다가오는 것처럼 그들의 목소리가 단속적으로 끊어졌다 이어지기를 되풀이하면서 그의 귀에 와 닿았다. 그녀가 친구들과 함께 떠날 준비를 하고 있었다.

불시에 왔다가는 가벼운 소낙비가 걷혔다. 소낙비가 떠나기를 주저하기라도 하듯 흩뿌려 놓은 다이아몬드와 같은 빗방울로 남아 사각형의 마당 안 관목들을 수놓고 있었고, 검게 변한 마당의 흙은 숨을 쉬듯 증기를 내뿜고 있었다. 여자아이들은 회랑의 계단에 서서 하늘의 구름을 올려다보며 조용하고 유쾌하게 이야기를 나누기도 했고, 하늘에서 떨어지는 마지막 몇 방울의 비를 피해 우산을 교묘한 각도로 잡고 있다 이를 다시 접기도 했으며, 치마를 얌전하고 조심스럽게 잡고 있기도 했다. 그러는 동안 그들이 신고 있던 단정한 반장화에서는 여자아이들의 재잘거림을 전하듯 달그락거리는 소리가 났다.

행여 그녀에 대한 그의 평가가 가혹한 것은 아닌지? 그녀의 삶이 몇 시간이고 이어지는 단순한 묵주 기도와 같은 것은 아닌지? 그녀의 삶이 새의 삶과 같이 단순하고 낯선 삶은 아닌지? 상쾌한 기분으로 아침에 일어나 하루 종일 바쁘게 지내고 피곤한 몸으로 저녁을 맞이하는 그런 삶은 아닌지? 그녀의 가슴은 새의 가슴처럼 단순하고 고집스러운 것은 아닌지?

*　*　*

----

* "Ego credo ut vita pauperum est simpliciter atrox, simpliciter sanguinarius atrox, in Liverpoolio": 변칙 라틴어 표현으로, "내가 믿기로는 말이지, 리버풀에서 빈민들의 생활은 정말 끔찍해, 말도 못할 정도로 정말 끔찍해"의 뜻.

새벽 무렵 그가 잠에서 깨어났다. 아, 얼마나 감미로운 음악이었던가! 그의 영혼은 온통 이슬에 젖은 듯 촉촉히 젖어 있었다. 잠들어 있던 그의 팔과 다리 위로 창백하고 서늘한 빛의 물결들이 이미 스쳐지나갔다. 마치 영혼이 서늘한 바다 한가운데 누워 있기라도 한 양, 희미하고 감미로운 음악에 의식의 문을 연 채 가만히 누워 있었다. 이윽고 그의 마음이 천천히 잠에서 깨어나, 떨림으로 가득한 아침을 의식하고 아침의 영감에 젖어들었다. 더할 수 없이 깨끗한 물과 같은 투명한 정기(精氣)가, 이슬처럼 감미롭고 음악처럼 마음을 움직이는 정기가 그의 내부를 채웠다. 하지만 그가 들이마시는 그 정기의 숨결은 어찌 그처럼 희미할 수가! 마치 치천사(熾天使)들*이 그에게 숨결을 불어넣기라도 하는 양, 이는 열정이 느껴지지 않는 아주 미약한 것이었다. 그의 영혼은 완전히 깨어나는 것을 두려워하면서 서서히 잠에서 깨어났다. 광기(狂氣)가 잠에서 깨어나던 그때는, 기묘한 식물들이 빛을 향해 몸을 열고 나방이 정적 속에서 날갯짓을 하던 그때는 바람 한 점 없는 새벽의 시간이었다.

심장의 황홀경! 지난밤은 황홀한 밤이었다. 꿈속에 잠긴 채 또는 환상에 잠긴 채, 그는 치천사의 삶과도 같은 황홀경을 체험했던 것이다. 이는 다만 순간의 황홀경이었던가, 아니면 몇 시간의, 며칠의, 몇 년의, 몇 시대의 황홀경이었던가.

바야흐로 순간적인 영감이 빛을 발하자, 과거에 일어났던 또는 과거에 일어날 수도 있었던 일들의 구름 같이 몽롱한 무수한 상황이 사방에서 그 빛을 동시에 반사하는 듯했다. 순간적인 영감이 한 점의 섬광처럼 빛을 반짝 발산하자, 겹겹이 구

*아홉 단계의 천사 가운데 가장 높은 자리를 차지하는 천사. 치천사는 일반적으로 죄를 태워 정화하는 불의 이미지를 지닌 천사.

름처럼 쌓여 있는 모호한 상황에서 혼란스런 형상 하나가 발원하여 이제 그 잔광(殘光)을 부드럽게 감싸고 있었다. 오오! 상상력이라는 동정녀의 자궁 안에서 말이 육신을 얻고 있는 것이었다. 그리고 동정녀가 머무는 방으로 치천사 가브리엘이 찾아와 있었다.* 하얀 불꽃이 지나간 스티븐의 영혼 안에서 잔광이 점점 짙은 빛깔을 띠더니, 마침내 장밋빛 열정의 빛으로 바뀌었다. 바로 그 장밋빛 열정의 빛은 낯설고 제멋대로 자유롭게 움직이는 그녀의 심장이었다. 이는 어떤 인간도 알지 못했고 알려고 하지도 않았던 것이기에 낯설 수밖에 없었고, 세계가 시작되기 이전부터 있었던 것이기에 제멋대로 자유롭게 움직일 수밖에 없었다. 이윽고, 장밋빛으로 타오르는 이 열정의 불빛에 이끌려, 치천사들로 구성된 합창단이 하늘에서 내려오고 있었다.

　　그대가 걷는 열정의 길에 지치지 않았는가?
　　그대, 영락한 천사들을 유혹하는 자여,
　　그대, 황홀했던 나날에 대한 얘기는 이제 그만.**

*가브리엘은 치천사가 아니라 대천사이다. 아무튼, 이는 신약에 나오는 예수의 탄생에 대한 예고를 연상케 하는 대목이기도 하다. "말씀이 사람이 되시어 우리 가운데 사"(《요한 복음서》 1장 14절)는 일이 있기 전, 천사 가브리엘이 마리아 앞에 나타나 예수를 수태할 것임을 예고한다(《루카 복음서》 1장 26~38절). 스티븐은 여기에서 예술적 상상력 안에서 이루어지는 창조 행위를 동정녀 마리아의 예수 탄생에 비유하고 있다.
**영어 원문을 우리말로 번역하는 경우, 자연스러운 번역을 위해서는 어쩔 수 없이 이 시 구절에 담긴 각운(脚韻)을 포기할 수밖에 없다. 하지만 스티븐은 이 시 구절을 제시한 다음 곧이어 여기에 담긴 각운에 대해 이야기하고 있다. 따라서 원문을 참조하지 않을 수 없는데, 시의 원문은 다음과 같다. "Are you not weary of ardent ways, / Lure of the fallen seraphim? / Tell no more of enchanted days." 여기에서 보듯, 'ways'와 'days'는 각운을 이루고 있다.

시 구절이 그의 마음에서 입가로 전해졌으며, 이를 되풀이해 웅얼거리는 동안 그는 빌라넬*의 율동적 운율이 그 구절을 꿰뚫어 지나고 있음을 느꼈다. 장밋빛으로 타오르는 열정의 불빛이 운율의 빛줄기들**을 발산했으며, 웨이스(ways), 데이스(days), 블레이스(blaze), 프레이스(praise), 레이스(raise)와 같은 어휘들이 그의 입가에 맴돌았다. 그 빛줄기들이, 제멋대로 자유롭게 움직이는 그녀의 심장인 장미꽃에서 새어나온 빛줄기들이 세상을 온통 불태우고, 인간들과 천사들의 심장을 불태워 재로 만들었다.

그대의 눈길이 한 남자의 심장에 불을 지폈지,
그대는 또한 그대 뜻대로 그의 마음을 사로잡았지.
그대가 걷는 열정의 길에 지치지 않았는가?***

그 다음엔? 율동이 차츰 사라져 마침내 그쳤다가, 다시금 움직여 맥박을 감지케 했다. 그 다음엔? 향연(香煙)이, 세계의 제단에 바친 향에서 향연이 피어오를 것이다.

불꽃 위로 찬양의 향연이 피어오르나니,
대양(大洋)의 가장자리에서 가장자리까지.

*'19행 6연 2운'으로 이루어지는 프랑스 시 형식. 이 시의 각운은 aba aba aba aba aba abaa 형태로 전개된다.
**스티븐이 여기에서 사용한 '빛줄기들'에 해당하는 단어는 '레이스(rays)'로, 이 역시 앞서 제시한 단어들과 마찬가지로 '-에이스'(/-eiz/)로 끝난다. 이로 인해 이 구절 자체에서도 시적 율동이 감지되기도 한다.
***이 부분에서도 물론 앞선 시 구절에서와 동일한 각운이 확인된다. "Your eyes have set man's heart ablaze/ And you have had your will of him./ Are you not weary of ardent ways?" 여기에서 새로 제시한 'ablaze'는 앞서 제시한 시 구절의 'ways' 및 'days'와 각운을 이루며, 제2행의 'him'은 앞서 제시한 시 구절의 'seraphim'과 각운을 이룬다.

그대, 황홀했던 나날에 대한 얘기는 이제 그만.*

향연이, 그녀를 찬양하는 향연이 온 대지에서, 물안개 자욱한 온 대양에서 피어올랐다. 지구는 향연을 피워 올리는 향로, 이리저리 흔들어 향연을 피워 올리는 흔들리는 향로와도 같았다. 아니, 지구는 한 덩어리의 향, 타원체로 된 한 덩어리의 향과도 같았다. 이윽고 율동이 한순간에 멈췄고, 그의 심장에서 솟아나던 외침도 깨어졌다. 그의 입술은 이들 첫 시 구절을 되풀이해서 웅얼거리기 시작했다. 이어서 미완(未完)의 시 구절들을 힘겹게 더듬더듬 읊조리며 헛되이 애를 쓰다, 마침내 더 이상 아무것도 이어나가지 못하게 되었다. 심장의 외침이 다시금 깨어지고 만 것이었다.

바람 한 점 없는 미명(未明)의 시간이 지나고, 커튼이 드리워져 있지 않은 유리창 저 너머로 아침 햇살이 힘을 모으고 있었다. 아주 먼 곳에서 희미한 종소리가 들리기도 했다. 새 한 마리의 지저귐 소리가 들리더니, 곧이어 두 마리, 세 마리의 새가 따라 지저귀는 소리가 들렸다. 이윽고 종소리와 새소리가 멈췄다. 생기 없는 희멀건 빛이 동서로 퍼지면서 온 세상을 뒤덮더니, 그의 심장에 있던 장밋빛의 불빛마저도 덮어버렸다.

모든 것을 잃어버릴까 두려워 그는 갑작스럽게 팔꿈치에 의지한 채 몸을 일으켜 종이와 연필을 찾았다. 탁자 위에는 종이도 없고 연필도 없었다. 다만 저녁 식사로 쌀 요리를 담아 먹었

*말할 것도 없이, 이 시 구절에서도 동일한 각운이 확인된다. "Above the flame the smoke of praise/ Goes up from ocean rim to rim/ Tell no more of enchanted days." 말하자면, 'praise'와 'days'는 앞의 'ablaze'와 'ways'와 각운을 이루며, 제2행의 'rim'은 앞서 제시한 시 구절의 'him'과 'seraphim'과 각운을 이룬다.

던 수프 접시와 촛대가 있을 뿐이었다. 촛대에는 덩굴손 같은 촛농이 여기저기에 매달려 있었고, 촛대의 종이 소켓에는 마지막 불꽃에 검게 그을린 자국이 남아 있었다. 그는 기운이 소진된 듯 힘겹게 침대의 발치 쪽으로 팔을 뻗어 거기에 걸려 있던 코트의 주머니에 손을 넣고 더듬었다. 그의 손가락에 연필 한 자루가 집혔고, 또한 담뱃갑이 집혔다. 그는 다시 몸을 뉘고, 담뱃갑을 찢어 젖히고는 그 안에 남아 있던 마지막 한 가치의 담배를 창틀 선반에 올려놓았다. 그리고 거친 담뱃갑 판지(板紙)의 표면에다 작은 글씨로 또박또박 빌라넬의 시 구절들을 적어 나가기 시작했다.

적는 일을 끝낸 다음, 그는 적어 놓은 시 구절을 웅얼거리며 울퉁불퉁한 베개 위로 다시 머리를 눕혔다. 머리 아래쪽 베개의 울퉁불퉁 덩어리진 양털 뭉치가 의식되는 순간 문득 그의 기억에 떠오르는 것이 있었으니, 그것은 그녀의 집 거실에 있는 소파에서 느껴지던 덩어리진 말털 뭉치였다. 그녀 때문에 또는 자신 때문에 기분이 상해서, 또한 텅 빈 찬장* 위에 걸린 성심화(聖心畵)** 때문에 어리둥절해져서, 왜 그가 그녀의 집을 찾았나를 자문하면서, 웃음 띤 표정으로 또는 심각한 표정으로 소파에 앉아 있었을 때 바로 그 소파에서 느껴지던 말털 뭉치가 그의 기억에 떠올랐던 것이다. 이어서 대화가 뜸해진 사이를 틈타 그에게 다가와 그가 부르곤 하던 예스런 노래를 한 곡조 불러 줄 것을 간청하던 그녀의 모습이 기억에 떠올랐다. 곧이어 낡은 피아노 앞에 앉아 얼룩덜룩한 건반을 부드럽게 두드

*술병이 진열되어 있다가 비워졌음을 암시하는 것으로 볼 수 있다.
**천주교를 믿는 아일랜드인의 집안에 흔히 걸려 있는 예수의 초상화로, 예수의 가슴에는 그의 사랑을 상징하는 심장이 그려져 있다.

려 화음을 울리고는, 다시금 방 안을 채우기 시작한 사람들의 대화 한가운데서 노래를 하는 자신의 모습도 기억에 떠올랐다. 노래는 벽난로에 기댄 채 서 있는 그녀를 향한 것이었고, 그가 부르던 노래는 엘리자베스 시대의 고상한 노래, 이별을 아쉬워하는 사람들의 슬프고도 감미로운 노래, 아쟁쿠르 전투* 당시의 승전가, 여인 그린슬리브스를 노래한 밝은 가락**이었다. 그가 노래하고 그녀가 귀를 기울이는 동안, 또는 귀를 기울이는 척하고 있는 동안, 그의 마음은 평온했다. 하지만 진기한 옛 노래들이 끝나고 그가 다시 방 안에 있는 사람들의 말소리를 듣게 되었을 때 자신이 품고 있던 빈정거리는 마음을 다시 떠올렸다. 그 집에서는 다소 성급하게 젊은이들이 격식을 벗어나 서로의 성이 아닌 이름으로 상대를 부르고 있는 것이었다.***

어떤 순간에는 그녀의 눈길이 그에게 신뢰를 보내는 것 같기도 했지만, 그는 헛되이 그녀가 눈길을 주기를 기다릴 뿐이었다. 카니발 무도회가 있었던 날 밤 그녀가 그랬던 것처럼, 지금 이 순간 그의 기억 속에서 그녀는 가볍게 춤을 추며 지나갔다. 그날 밤 그녀는 하얀 드레스를 약간 들고 있었으며, 그녀의 머리에는 하얀 나뭇가지 장식이 까닥이고 있었다. 그녀는 윤무(輪舞)의 자리에서 가볍게 춤을 추었다. 그녀는 그를 향해 춤추

---

*백년 전쟁의 기간 동안 프랑스의 칼레(Calais) 근처에 있는 마을 아쟁쿠르(Agincourt)에서 1415년 헨리 5세가 이끄는 영국군은 수적인 열세에도 불구하고 프랑스군을 무찌른 바 있다.
**16세기 영국의 발라드로, 자신을 버린 그린슬리브스라는 여인에게 사랑을 고백하는 노래.
***영국에서와 마찬가지로 당시 아일랜드의 중산층 사회에서는 젊은 여자나 남자는 서로의 성에 '미스터'나 '미스'를 붙여 부르는 것이 통례였다. 그리고 젊은 남자들끼리의 경우 서로를 부를 때는 이름이 아닌 성으로 상대를 불렀다. 성이 아닌 이름을 부르는 것은 집안 가족들 사이 또는 아주 가까운 사람들 사이에서나 있는 일이었다.

며 다가왔고, 그러는 동안 그녀는 약간 눈길을 돌리고 있었으며 그녀의 뺨에는 엷은 홍조가 깃들어 있었다. 상대의 손이 차례로 바뀌다가 마침내 어느 한순간 그녀의 손이 그의 손에 얹혔다. 부드러운 상품(商品)과도 같은 그녀의 손이.

"요즘 통 뵐 수가 없네요."

"네, 전 수도사가 될 팔잔가 봐요."

"혹시 이교도 수도사는 아닐까 걱정이 되네요."

"그게 그처럼 걱정이 돼요?"

대답을 대신하여 그녀가 이어져 바뀌는 손길을 따라 춤을 추며 그의 곁에서 멀어져갔다. 자신을 누구에게도 허락하지 않은 채 가볍게, 하지만 신중하게 춤을 추며. 그녀의 춤에 맞춰 그녀의 머리 위의 나뭇가지 장식이 까닥였으며, 그녀가 그늘진 곳으로 들어서자 뺨의 홍조는 더욱 짙어졌다.

수도사라니! 자신의 이미지가 수도원을 더럽히는 자로, 기꺼이 신을 섬기려 하는 동시에 섬기지 않으려 하는 프란체스코 수도회의 이교도적 승려로 그려졌다. 예컨대, 게라르디노 다 보르고 산 도니노*처럼, 마치 거미가 거미줄을 뽑아내듯 나긋나긋하게 현학적인 말을 줄줄이 뱉어내어 그녀의 귀에 속삭이는 자신의 모습이 그의 마음에 떠올랐던 것이다.

아니었다. 그것은 그 자신의 이미지가 아니었다. 그것은 바로 그녀가 지난번 마지막으로 보았을 때 함께 있었던 젊은 사제의 이미지였다. 그는 비둘기의 눈과 같은 온화한 눈으로 그

---

*게라르디노 다 보르고 산 도니노(Gherardino da Borgo San Donnino, ?~1276)는 기존 교회의 입장에서 보면 과격한 종교적 믿음으로 인해 이교도로 몰린 13세기 프란체스코 수도회의 수사다. 이교도로 몰려 감옥에서 죽음을 맞이할 때까지 종교적 신념을 굽히지 않았던 그를 스티븐은 현학적인 말로 여성을 유혹하는 사람처럼 묘사하고 있는데, 이는 물론 사실과는 다르다.

사제에게 눈길을 주면서 자신이 가지고 있는 아일랜드어 숙어 집*의 책장을 만지작거리던 그녀의 모습을 떠올리기도 했다.

"그래요, 그렇고 말고요. 여성들이 우리에게 동조하고 있어 요. 난 그걸 매일같이 확인할 수 있습니다. 여성들이 우리와 뜻 을 같이하고 있는 겁니다. 우리 아일랜드 말이 얻을 수 있는 최 상의 조력자를 얻게 된 것이지요."

"교회는 어떤가요, 모란 신부님?"

"교회도 마찬가집니다. 뜻을 같이하고 있어요. 그곳에서도 이 일이 잘 진행되고 있습니다. 교회 쪽에 관해서는 걱정하지 마세요."

얼씨구, 잘 논다! 그가 경멸감에 젖어 교실을 떠난 것은 잘 한 일이었다. 그리고 도서관의 계단에서 그녀를 보았을 때 인 사를 하지 않은 것도 잘한 일이었다. 그녀가 사제와 시시덕거 리거나 말거나 내버려둔 것, 기독교 세계의 부엌데기인 어느 한 교회를 가지고 장난질을 하거나 말거나 내버려둔 것 역시 정말로 잘한 일이었다.

거칠고 사나운 분노가 일자, 아직 남아 있던 황홀한 순간의 마지막 여운이 그의 영혼에서 자취를 감췄다. 분노의 마음이 그녀의 아름다운 이미지를 난폭하게 깨뜨려버렸고, 그 파편을 사방으로 흩어놓았다. 일그러진 채 투영된 그녀의 이미지가 그 의 기억에서 튀어나와 사방에 널리기 시작한 것이었다. 축축이 젖어 있는 듯한 거친 머리에다가 말괄량이 같은 얼굴 표정을 한 누더기 옷차림의 꽃 파는 여자아이의 이미지가 그녀의 이미

*추정에 의하면, 유진 오그로우니(Eugene O'Growney, 1863~1899)의 《간추린 아일랜 드어 강좌(Simple Lessons in Irish)》. 이는 게일어 연맹의 아일랜드어 강좌 시간에 널리 사용되었던 책.

지와 겹쳐졌다. 그 여자아이가 자신을 '아저씨의 소녀'라 하면서 꽃을 팔아 주는 첫 손님이 되어 달라고 했었지. 덜그럭덜그럭 접시 부딪히는 소리 너머로 민요 가수의 느린 말투를 흉내 내어 〈킬라니의 호숫가와 언덕에서〉*의 처음 몇 소절을 노래하던 옆집 식모아이의 이미지가 그녀의 이미지와 겹쳐지기도 했다. 코르크 힐** 근처 보도에서 망가진 구두 밑창이 길바닥의 격자형 깔판 틈에 걸려 그가 넘어지는 것을 보고 재미있다는 듯 웃어대던 여자아이의 이미지가 또한 그녀의 이미지와 겹쳐지기도 했다. 그리고 제이콥 비스킷 공장***을 나오던 어떤 여자아이의 이미지가 그녀의 이미지와 겹쳐지기도 했다. 통통하고 자그마한 입술에 이끌려 언뜻 눈길을 주었을 때 그 여자아이는 어깨 너머로 그를 향해 이렇게 소리쳤었지.

"내 외모가 맘에 들어? 곧은 머리하고 굽은 눈썹이 맘에 드나 보지?"

하지만 아무리 그가 그녀의 이미지를 향해 욕설을 하고 조롱을 보내더라도 자신의 분노는 그녀를 향한 또 한 형태의 찬미임을 느꼈다. 그녀를 향해 경멸감을 느끼면서 그는 교실을 떠났지만, 그때의 경멸감이 전적으로 그의 진심을 담고 있는 그런 것은 아니었다. 어쩌면 그녀의 민족이 지닌 비밀이 기다란 속눈썹이 언뜻 그늘지게 하는 바로 그 검은 눈 뒤에 숨어 있

---

*〈킬라니의 호숫가와 언덕에서(Killarney's Lakes and Fells)〉는 아일랜드의 작곡가 마이클 벌프(Michael Balfe, 1808~1870)가 작곡한 오페라 〈이니스펄런(Inisfallen)〉에 나오는 발라드.
**남부 더블린 시내에 있는 트리니티 칼리지에서 서쪽으로 조금 떨어진 곳의 지명.
***윌리엄 제이콥(William Jacob)과 로버트 제이콥(Robert Jacob)이 1881년 아일랜드 동남부에 있는 도시 워터포드(Waterford)에서 창업한 비스킷 제과점. 후에 더블린의 비숍 스트리트(Bishop Street)로 옮겼다. 비숍 스트리트는 스티븐스 그린의 바로 서쪽에 있다.

는지도 모른다는 느낌을 갖기도 했다는 점에서 보면 그렇다. 그는 거리를 따라 걸음을 옮기면서 비통한 마음으로 생각에 잠 겼다. 그녀는 그녀가 속한 나라의 여성을 대표하는 하나의 표 상(表象)으로, 어둠과 비밀과 외로움의 한가운데서 잠에서 깨어 나 의식을 되찾은 박쥐와도 같은 영혼, 사랑도 죄의식도 없이 상대와 미지근한 사랑을 나누며 잠시 그 곁에 머물다가 곧 그 의 곁을 떠난 다음 격자 창문 저편에 있는 사제의 귀에다 자신 의 순결한 탈선 행위를 고백하는* 그런 영혼은 아닐지? 그녀에 대한 그의 분노는 그녀의 애인을 향해 거친 악담을 퍼붓는 것 으로 그 출구를 찾았다. 그녀 애인의 이름과 목소리와 모습은 그의 좌절된 자존심에 상처를 주기에 충분한 것이었다. 그는 시골뜨기 사제로, 형제 가운데 하나가 더블린에서 경찰 생활을 하고 있고 또 하나는 모이컬런**에 있는 주막에서 사환 노릇을 하고 있었다. 그런 그에게 그녀는 자기 영혼의 부끄럽게도 벌 거벗은 모습을 내보이려 하는 것이었다. 형식적인 의식을 수행 하는 법이나 배우는 정도에 지나지 않는 교육을 받은 그에게, 체험이라 하는 일상의 양식을 영생의 빛나는 성체로 바꿀 능력 을 갖춘*** 영원한 상상력의 사제인 그 자신에게가 아닌 그에 게, 그녀가 벌거벗은 영혼을 내보이려 하는 것이었다!

성찬식의 빛나는 이미지가 그의 비통하고 절망적인 생각들 과 다시금 순식간에 하나로 합쳐지자, 아우성치는 생각들이 깨 어지지 않은 채 그대로 감사의 찬양으로 바뀌어 울려 퍼졌다.

*성당의 고해소에서 고백 성사가 이루어지는 상황을 암시.
**아일랜드 서부의 골웨이 카운티에 있는 작은 마을.
***스티븐의 예술가로서의 자신의 역할을 천주교 사제에 비유하고 있다. 이와 관련하
여, 성찬식에서 빵과 포도주를 성체로 바꾸는 역할을 하는 이가 사제임을 유의할 것.

우리의 조각난 아우성과 슬픈 노래들이
성찬의 찬양이 되어 일어나고 있나니.
그대가 걷는 열정의 길에 지치지 않았는가?

흘러넘칠 만큼이나 가득 채운 성배를
의식을 행하는 손길이 높이 들어 올리는 동안,
그대, 황홀했던 나날에 대한 얘기는 이제 그만.*

음악과 율동이 마음 하나 가득 퍼져 그의 마음이 평온한 즐거움에 흠뻑 젖어들 때까지, 그는 첫 행부터 시작하여 시 구절들을 소리 내어 읊조렸다. 이어서 시각을 통해 시의 효과를 더 잘 느낄 수 있도록 그는 공들여 이를 옮겨 적었다. 그런 다음 다시 베개 위쪽으로 몸을 뉘었다.

이미 날이 훤하게 밝았다. 아무 소리도 들리지 않았지만, 그는 그의 주변 온갖 곳에서 생명이 곧 깨어나 일상의 소음과 거친 목소리와 졸음에 겨운 기도 속에서 하루를 맞이하리라는 것을 알고 있었다. 그렇게 깨어나는 생명으로부터 몸을 움츠리기라도 하듯, 그는 벽을 향해 몸을 돌리고는 담요를 두건처럼 뒤집어쓴 채 너덜너덜해진 벽지의 진홍색 꽃무늬를, 활짝 핀 커다란 꽃들이 그려진 벽지를 뚫어지게 바라보았다. 그는 자신이 누워 있는 곳에서 시작하여 저 위쪽 온통 진홍색 꽃으로 뒤덮인 하늘나라를 향해 나 있는 장미의 길을 상상하는 등, 진홍색

---

*빌라넬 형식의 시가 계속되고 있음을 각운을 통해 확인할 수 있다. 시 구절의 원문은 다음과 같다. "Our broken cries and mournful lays/ Rise in one eucharistic hymn./ Are you not weary of ardent ways?// While sacrificing hands upraise/ The chalice flowing to the brim./ Tell no more of enchanted days."

으로 빛나는 꽃들의 도움을 받아 꺼져가는 자신의 환희를 일깨우려 애썼다. 지쳐 있었다! 지쳐 있었던 것이다! 그 역시 그가 걷는 열정의 길에 지쳐 있었다.

서서히 다가오는 온기가, 나른한 피로감이 그를 엄습하더니, 담요를 바싹 둘러쓴 머리에서 시작하여 등줄기를 타고 내려갔다. 온기와 피로감이 몸의 아래쪽으로 내려가는 것을 느끼면서 그는 누워 있는 자신의 모습에 눈길을 주었다. 그런 그의 입가로 웃음기가 떠올랐다. 그는 곧 다시 잠에 빠져들 것이었다.

그는 10년의 세월이 흐른 뒤에 다시금 그녀를 위해 시를 쓴 것이었다. 10년 전, 그녀는 숄을 두건처럼 머리에 감싼 채 따뜻한 숨결을 밤공기 속으로 환하게 흩뿌렸으며, 그날 유리처럼 매끄러운 길 위를 걸으며 경쾌한 소리를 냈었다. 그날 밤의 마지막 마차였다. 깡마른 갈색 말들은 이 사실을 알고 있었고, 이번 마차가 막차임을 알리기라도 하듯 맑은 밤하늘로 종소리를 울려 퍼뜨렸다. 그리고 차장과 마부는 녹색의 등불 아래서 함께 고개를 끄덕이며 이야기를 나누고 있었다. 그들은 마차의 계단 위에 서 있었다. 그는 위쪽 계단에 서 있었고 그녀는 아래쪽 계단에 서 있었다. 이야기를 주고받는 동안 그녀가 몇 번이고 그가 있는 자리로 올라왔다가 다시금 자기 자리로 내려가곤 했었지. 그리고 한두 번은 내려갈 것을 잊은 채 한동안 그의 곁에 서 있다가 아래로 내려가기도 했었지. 그만! 이젠 그만 하자!

어린아이의 지혜로움에서 현재의 어리석음에 이르기까지 10년의 세월이 흘렀다. 만일 그가 그녀에게 시를 보낸다면? 아마도 아침 식사 자리에서 껍질을 까기 위해 달걀을 접시에 톡톡 치는 가운데 그 시가 읽혀지리라. 정말로 어리석은 짓이 되리라! 그녀의 오빠들은 웃음을 터뜨리며, 강하고 단단한 손가락으로 시가 적힌 종이를 서로에게서 빼앗아보려 할 것이다. 점잖은 표정의 사제 그리고 그녀의 삼촌은 안락의자에 앉아 팔을 잔뜩 뻗은 채 시가 적힌 종이를 손에 쥐고 읽으리라. 그리고 미소를 지으면서 문학 형식만큼은 제대로 동원했음을 인정하리라.

아니, 아니, 그럴 수 없다. 그처럼 어리석은 짓을 할 수는 없다. 그가 그녀에게 시를 보내고 비록 그녀가 그 시를 다른 사람들한테 보여주지 않는다 하더라도 말이다. 아니, 아니, 그녀는 아마 보여줄 수 없을 것이다.

자신이 그녀에게 못할 짓을 하고 있는 것은 아닌가라는 느낌이 그의 마음에 들기 시작했다. 그녀는 순수한 사람이라는 느낌이 들기 시작하자, 그는 거의 그녀에게 연민의 정을 느낄 지경에 이르게 되었다. 죄를 통해 순수함이라는 것이 무엇인지 알게 되기 전에는 결코 이해할 수 없었던 순수함을, 그녀가 순수하기 때문에 또는 여성이기에 그녀가 느껴야 할 낯선 굴욕감*이 그녀를 처음 찾기 전이기 때문에 그녀 역시 결코 이해할 수 없을 바로 그 순수함을 그녀는 지니고 있는 것이리라. 그리고 그가 처음 죄를 지었을 때 그의 영혼이 살아야 했던 바로 그 삶을 그녀의 영혼도 이제 처음으로 살기 시작한 것이리라. 여성이기에 견뎌야 할 은밀한 수치감 때문에 겸손해지고 슬퍼진 그녀의 연약하고 창백한 얼굴빛과 눈매가 마음에 떠오르자, 따뜻한 동정의 감정이 그의 가슴을 가득 채웠다.

그의 영혼이 황홀경에서 나른한 상태로 옮겨가는 동안 그녀는 어디에 있었던 것일까. 어쩌면 영적 삶의 신비로운 경로를 통해 바로 그 순간에 그녀의 영혼도 그가 그녀에게 보내는 찬

*여성의 생리를 암시.

미의 마음을 감지하고 있는 것은 아닐지? 그럴 수도 있으리라.

욕망의 불꽃이 다시금 그의 영혼에 불을 붙였고, 그의 온몸을 태우는 동시에 가득 채웠다. 상상 속의 그녀는 그의 욕망을 의식하면서 그가 지은 빌라넬의 유혹자가 되어 향기로운 잠에서 깨어나고 있었다. 나른한 빛이 감도는 그녀의 검은 눈이 열렸을 때, 그녀의 눈앞에 어른거리는 것은 바로 그의 눈이었다. 환한 빛을 발하는 동시에 따뜻하고 향기로우며 풍만한 그녀의 나신(裸身)이 그의 부름에 순응하여, 빛나는 구름처럼 그를 감싸 안고, 흘러 움직이는 유연한 생명을 지닌 물처럼 그를 감싸 안았다. 그리고 수증기 가득 머금은 구름처럼, 또는 공간을 에워싸고 흐르는 바다처럼, 말을 구성하는 유연한 글자들이, 신비의 원소를 지시하는 기호들이 그의 두뇌 위로 흘러넘쳤다.

그대가 걷는 열정의 길에 지치지 않았는가?
그대, 영락한 천사들을 유혹하는 자여,
그대, 황홀했던 나날에 대한 얘기는 이제 그만.

그대의 눈길이 한 남자의 심장에 불을 지폈지,
그대는 또한 그대 뜻대로 그의 마음을 사로잡았지.
그대가 걷는 열정의 길에 지치지 않았는가?

불꽃 위로 찬양의 향연이 피어오르나니,
대양의 가장자리에서 가장자리까지.
그대, 황홀했던 나날에 대한 얘기는 이제 그만.

우리의 조각난 아우성과 슬픈 노래들이
성찬의 찬양이 되어 일어나고 있나니.
그대가 걷는 열정의 길에 지치지 않았는가?

흘러넘칠 만큼 가득 채운 성배를
의식을 행하는 손길이 높이 들어 올리는 동안,
그대, 황홀했던 나날에 대한 얘기는 이제 그만.

그리고, 그대, 나른한 눈빛과 풍만한 몸으로
여전히 갈망하는 우리의 시선을 사로잡고 있나니.
그대가 걷는 열정의 길에 지치지 않았는가?
그대, 황홀했던 나날에 대한 얘기는 이제 그만.*

*　　*　　*

무슨 새들이지?

　그는 지친 몸을 물푸레나무 지팡이에 기댄 채 새들을 바라보기 위해 도서관 계단에서 걸음을 멈췄다. 새들은 몰스워스 스트리트**에 있는 어떤 건물의 어깨처럼 툭 튀어나온 부위를 맴돌

---

*스티븐은 앞서 차례로 제시한 시 구절에 새로 4행으로 된 시 구절을 덧붙여 빌라넬 형식의 시를 완성하고 있는데, 새로 덧붙인 부분은 다음과 같다. "And still you hold our longing gaze/ With languorous look and lavish limb./ Are you not weary of ardent ways?/ Tell no more of enchanted days." 이로써 빌라넬 형식의 시가 완성되었는데, 또 하나 주목해야 할 빌라넬의 형식적 요건이 있다. 이는 빌라넬 형식의 경우 제1행은 제6행과 제12행과 제18행에서, 제3행은 제9행과 제15행과 제19행에서 반복 사용된다는 점이다. 위의 번역에서도 확인할 수 있듯, 스티븐은 바로 이러한 형식적 요건도 엄격하게 지키고 있다.
**국립 도서관과 국립 박물관이 있는 킬데어 스트리트의 근처에 있는 거리.

고 있었다. 3월 하순 저녁의 대기 덕분에 새들이 날아다니는 모습이 또렷하게 보였다. 쏜살같이 돌진하기도 하고 파르르 검은 빛깔의 몸을 떨기도 하는 새들이 하늘을 배경으로 하여, 엷은 잿빛을 띤 푸른 천이 후줄근하게 걸려 있는 것처럼 보이는 하늘을 배경으로 하여, 선명하게 그 모습을 드러낸 채 날고 있었다.

그는 새들이 연이어 나는 모습을 유심히 관찰했다. 새들은 어느 순간 갑자기 모습을 드러내는가 싶더니 방향을 비틀어 사라졌다가 다시금 순간적으로 모습을 드러냈고, 그런가 하면 근처로 돌진했다가 완만한 곡선을 그리며 날아올라가서는 날개를 파닥이기도 했다. 그는 쏜살같이 돌진하기도 하고 파르르 검은빛의 몸을 떨기도 하는 새들이 눈앞에서 모두 사라지기 전에 숫자를 세어보려 했다. 여섯 마리, 열 마리, 열한 마리. 새들의 숫자를 세어나가다 그는 그 수가 홀수인지 짝수인지가 궁금해졌다. 열두 마리, 열세 마리. 곧이어 두 마리의 새가 하늘 저 높은 곳에서 선회하며 내려왔다. 새들은 하늘 높은 곳에서 날기도 했고 낮은 곳에서 날기도 했지만, 직선을 그리든 곡선을 그리든 한결같이 주변을 빙글빙글 맴돌며 날고 있었고, 한결같이 왼쪽에서 오른쪽으로 날고 있었다. 새들은 그렇게 하늘이라는 성역(聖域)을 맴돌았다.*

*고대 로마의 복점관(卜占官)은 동서남북 네 지점을 꼭지점으로 하여 하늘과 땅의 일정한 공간을 일시적으로든 영구적으로든 '성역(聖域)'으로 정해놓고, 이 구역의 현상에 대한 관찰에 기대어 예언을 했다. 예컨대, 일정한 공간 안에서 새가 날아가는 것도 예언의 근거가 되기도 했는데, 이때 복점관은 새의 종류나 숫자, 울음소리나 날아가는 모양 등등에 모두 의미를 두었다. 위의 서술은 스티븐이 복점관의 위치에서 하늘을 관찰하고 있음을 암시하고 있다. 전통적인 복점술에 따르면, '열셋'이라는 숫자는 불길한 숫자로 여겨져 '죽음'과 관련되는 것으로 여겨지기도 하지만, 동시에 '물'과 '어머니'와 관련되는 것으로 여겨지기도 한다. 한편, 고대의 복점관은 시선을 남쪽에 둔 채 점을 쳤는데, 복점관은 자신의 왼쪽이자 해가 지는 쪽인 서쪽은 흉한

그는 새들의 울음소리에도 귀를 기울였다. 이 새들의 울음소리는 집안의 벽 하단을 두른 장식판 뒤쪽에서 생쥐들이 내는 찍찍 소리를 연상케도 했는데, 날카로운 2중음으로 이루어졌다는 점에서 그러했다. 하지만 생쥐들의 울음소리와는 달리 날카로우면서 길게 이어졌고 또 윙윙거리기도 했다. 또한 음조도 3도나 4도 가량 차츰 낮아졌으며, 날아오르면서 주둥이가 하늘을 가를 때는 떨리는 소리가 나기도 했다. 마치 윙윙거리며 돌아가는 실타래에서 풀려나오는 빛의 실처럼, 비단결처럼 윤이 나는 빛의 실처럼 새들의 울음소리는 날카로운 데다가 맑고 가늘었으며 뒤로 갈수록 차츰 낮아졌다.

어머니의 흐느낌과 나무람이 떠나지 않고 따라다니며 끈질기게 속삭이고 있는 듯한 느낌에서 빠져나오지 못하고 있는 그의 귀에 인간이 아닌 다른 생명체들이 들려주는 그 소리는 위안이 되었다. 연약한 검은 몸을 파르르 떨며 날아다니는 새들의 모습은, 대기로 이루어진 성역이라 할 수 있는 엷은 빛깔의 하늘 주위를 선회하기도 하고 파닥이거나 방향을 바꾸며 날기도 하는 그 새들의 모습은 어머니의 얼굴 모습이 잔상이 되어 아직 남아 있는 그의 눈에 또한 위안이 되기도 했다.

무엇 때문에 그는 날카롭게 우는 새들의 이중음에 귀를 기울인 채, 새들이 날아다니는 모습에 눈길을 준 채, 도서관의 현관에서 하늘을 올려다보고 있었던 것일까. 혹시 길흉의 징조를 읽기 위한 것은 아니었을까. 코르넬리우스 아그리파*의 말이

것, 그의 오른쪽이자 해가 뜨는 쪽인 동쪽은 길한 것과 연관지었다. 스티븐이 도서관에서 몰스워스 스트리트를 향해 눈길을 주고 있다는 점에서 볼 때 그는 약간 서쪽으로 치우친 남쪽 방향을 보고 있다고 할 수 있으며, 이런 점에서 볼 때 새가 '왼쪽에서 오른쪽으로' 날아갔다 함은 서쪽에서 시작하여 동쪽을 향하는 것이기에 결코 상서로운 것이라 할 수 없다.

새처럼 그의 마음을 스쳐 지나갔으며, 스웨덴보리**의 형체 없는 생각들이 그의 마음속에서 이리저리 날아다니기도 했다. 스웨덴보리는 지적 이해의 대상이 되는 것들과 새들 사이의 상응 관계에 대해 말하기도 했고, 공중의 생명체들이 나름의 지식을 갖추고 있고 또 시간과 계절을 알고 있는 것은 인간과 달리 그들은 그들 나름의 생명의 질서 속에서 살아가면서 이성에 의해 그 질서를 왜곡시키지 않았기 때문이라 말하기도 했었다.

그리고 그가 지금 날고 있는 새들을 올려다보고 있듯 인간은 오랜 세월 동안 하늘을 올려다보아 왔다. 그가 서 있는 회랑은 그에게 어렴풋이 고대의 신전을 떠올리게 했으며, 그가 자신의 지친 몸을 기대고 있는 물푸레나무 지팡이는 복점관의 굽은 지팡이***를 떠올리게 했다. 무언가 알 수 없는 것에 대한 두려움이 그의 지친 가슴에서 고개를 쳐들었다. 상징들과 전조들에 대한 두려움이, 유폐 상태에서 벗어나 버드나무가지로 엮은 날개에 의지하여 하늘 높이 비상했던 사람, 자신과 같은 이름을 지닌 매와 같은 바로 그 사람****에 대한 두려움이, 갈대를 펜 삼아 서판(書板)에 글을 쓰는 작가들의 신(神)인 토스, 따오기 형상의 좁은 머리 위에 끝이 뾰족한 달 모양의 관(冠)을 쓰고 있던 토스*****에 대한 두려움이 그를 엄습했던 것이다.

*독일의 신비주의 철학자인 하인리히 코르넬리우스 아그리파(Heinrich Cornelius Agrippa, 1486~1535)는 《신비주의 철학에 관하여(De Occulta Philosophia)》라는 책에서 새를 매개로 하여 이루어지는 복점에 관해 논의한 바 있다.
**스웨덴보리(Swedenborg, 1688~1772): 스웨덴의 신비주의 철학자로, 그에게는 '북유럽의 다이달로스'라는 별명이 있었다.
***복점관이 성역을 표시할 때 사용하는 굽은 지팡이.
****그리스 신화에 등장하는 다이달로스.
*****토스(Thoth)는 고대 이집트 신화에 등장하는 학문과 지혜와 창조와 글의 신. 지하 세계의 심판관인 오시리스(Osiris)가 사자(死者)를 심판할 때 토스는 사자의 심장을 저울에 달아 그 무게를 잰다.

그는 토스의 이미지를 떠올리고는 입가에 웃음을 지었다. 코끝이 뭉툭한 데다가 가발을 쓰고 있는 판사가 한쪽 팔을 쭉 펴 한 손에 문서를 들고는 다른 한 손으로 쉼표를 찍는 모습을 떠올리게 했기 때문이었다. 그가 웃음을 지었던 것은 또한 아일랜드의 신성 모독적 표현*에 나오는 말과 비슷하지 않았다면 그 신의 이름을 기억하지 못했으리라는 것을 알고 있기 때문이기도 했다. 생각하는 것이 모두 어리석고 유치했다. 하지만 그가 그에게 타고난 환경으로 주어졌던 기도(祈禱)와 검약의 가정**을 영원히 등지려 하고 또한 그에게 인생의 출발점이었던 삶의 질서를 영원히 등지려 하는 것도 바로 이 어리석음 또는 유치함 때문일까.

새들이 날카로운 울음소리를 내며 몰스워스 스트리트에 있는 건물의 튀어나온 부분으로 되돌아와, 어둠이 더해가는 하늘에 검은 윤곽을 그리며 날고 있었다. 무슨 새들일까. 그는 새들이 남쪽에서 날아온 제비들임이 틀림없을 것이라 생각했다. 이제 그도 떠나야 할까. 떠나기와 되돌아오기를 끊임없이 되풀이하는 저 새들처럼. 인간이 거주하는 집의 처마 밑에 잠시 머물 거처를 짓는 일을 끊임없이 되풀이하고, 방랑을 위해 지어 놓은 집을 떠나는 일을 끊임없이 되풀이하는 저 새들처럼.

우나와 알릴이여, 당신들의 얼굴을 숙여주세요.

*아일랜드어로 "thauss ag Dhee"는 영어의 "God knows"에 해당하는 표현으로, 이를 우리말로 번역하면 "아무도 몰라" 정도가 될 것이다. 신성한 대상을 함부로 끌어들여 말을 한다는 점에서 이는 '신성 모독적 표현(oath)'이다. 한편, 이 표현에 나오는 'thauss'라는 단어가 '토스(Thoth)'와 발음상 유사하다는 점에서 스티븐에게 이 표현이 '토스'의 이름을 쉽게 기억하게 했던 것이라 할 수 있다.
**아일랜드 중산층 천주교도 집안의 전형적인 생활 방식을 암시하는 표현.

거칠고 소란한 바다로 방랑의 길을 떠나기 전

제비들이 처마 밑 그들의 둥지를 바라보듯,

나 지금 당신들의 얼굴을 바라보고 있어요.*

드넓은 바다가 들려주는 철썩임 소리와도 같은 부드럽고 유연한 환희가 그의 기억을 스치고 지나갔다. 그리고 바다 위 어두워져 가는 미명(微明)의 하늘 그 고요한 공간을 부드럽게 채우고 있는 평화를, 대양의 고요에 아늑하게 깃들어 있는 평화를, 황혼의 하늘을 가로질러 흐르는 바다 위로 날아가는 제비들이 전하는 부드럽고 아늑한 평화를 그는 가슴으로 느낄 수 있었다.

극중 대사를 가로질러 포근하고 유연한 환희가 스쳐 지나갔으니, 그 대사에서는 부드러운 장모음들이 소리 없이 울려 퍼지다 서서히 사라졌고, 그런가 하면 철썩이며 되밀려와 하얀 파도의 종을 끊임없이 울려 무언(無言)의 화음과 무언의 울림을, 그리고 서서히 사라져 가는 부드럽고 낮은 아우성을 들려주었던 것이다. 이윽고 그는 선회하기도 하고 쏜살같이 돌진하기도 하는 새들의 모습과 자신의 머리 위 창백한 하늘 공간에서 자신이 찾으려 했던 전조가, 마치 성채의 탑에서 조용히 하지만 재빠르게 튀어나오는 새처럼, 그의 가슴에서 솟아나와 모습을 드러내고 있음을 느꼈다.

*아일랜드의 시인이자 극작가인 윌리엄 버틀러 예이츠(William Butler Yeats, 1865~1939)의 희곡 《캐슬린 백작 부인(The Countess Cathleen)》에 나오는 대목으로, 이는 굶주림에 시달리고 있는 농부들에게 빵을 준다는 조건으로 악마에게 영혼을 판 캐슬린 백작 부인이 죽음의 순간에 이르러 남기는 마지막 작별 인사의 시작 부분이다. 위의 대목에서 우나(Oona)는 캐슬린의 유모이고, 알릴(Aleel)은 시인으로, 캐슬린의 친구.

이별의 상징일까, 아니면 고독의 상징일까. 캐슬린 백작 부인의 시적 대사가 그의 기억 속 귓전에 낮게 울리자, 그의 눈앞으로 국립 극장이 개관하던 날 밤 공연장 안의 광경*이 서서히 떠올랐다. 그는 그날 혼자 공연장에 가서 2층 객석의 한구석을 차지한 채, 1층 특별석에서 일어나고 있는 더블린의 문화 현상을, 동시에 무대의 번쩍이는 조명에 그 모습을 드러내고 있는 값싸고 번지르르한 무대 배경 막(幕)과 인형처럼 보이는 배우들을 흐려진 눈으로 바라보고 있었다. 건장한 체구의 경찰관이 그의 뒤에서 땀을 흘리고 있었는데, 그는 언제라도 곧 행동을 취할 준비가 되어 있는 것처럼 보였다. 공연장 여기저기에 흩어져 있던 그의 동료 학생들한테서 야유가, 비난이, 조소가 담긴 고함소리가 터져 나와 사나운 돌풍처럼 장내를 휘저었다.

"이건 아일랜드에 대한 명예 훼손이야!"

"싸구려 독일제**에 불과해!"

"이건 신성 모독이야!"

"우리는 결코 믿음을 팔아넘긴 적이 없어!"

*1899년 5월 8일 '아일랜드 문예 극장(Irish Literary Theatre)'은 창립 첫 공연 작품으로 예이츠의 《캐슬린 백작 부인》을 무대에 올렸는데, 이에 대한 아일랜드 민족주의자들과 천주교도들의 격렬한 항의가 있었다. 그들은 캐슬린이 악마에게 영혼을 판다는 점을 문제 삼았던 것이다. 아일랜드 문예 극장은 애비 시어터(Abbey Theatre)라는 이름으로 널리 알려져 있는 아일랜드 국립 극장의 전신에 해당하며, 아일랜드 국립 극장이 문을 연 때는 1904년 12월 27일이다.
**당시의 아일랜드 사람들 사이에는 천주교적인 아일랜드와 달리 독일은 신교도적인 것과 유대교적인 것이 지배하고 있는 곳이라는 생각이 퍼져 있었다. 특히 아일랜드 사람들 사이에서는 독일의 마르틴 루터(Martin Luther)가 종교 개혁의 선두 주자라는 점에서 신교도적인 것을 '독일제'로 폄하하는 경향이 있었다. 아울러, 19세기 말에는 독일이 싸구려 공업 제품으로 세계 시장을 휩쓸려 한다는 생각이 영국 사람들 사이에는 물론 아일랜드 사람들 사이에도 팽배해 있었다. '독일제'라는 표현은 이를 반영한 것이기도 하다. 이 같은 표현의 대중화에는 독일의 산업적 팽창이 영국의 산업계에 미치는 영향에 대해 부정적이고도 선동적인 비판을 담고 있는 어니스트 윌리엄스(Ernest Williams)의 《독일제(Made in Germany)》라는 책자가 큰 역할을 하기도 했다.

"아일랜드 여성이라면 누구도 그런 짓을 한 적이 없어!"

"우리가 원하는 건 어설픈 무신론자가 아니야!"

"우리가 원하는 건 풋내기 불교도가 아니야!"*

그의 위쪽 창문들이 있는 곳에서 갑작스럽게 부드러운 쉬
소리가 났다. 그는 그 소리가 열람실의 전등들이 켜지는 소리
임을 알고 있었다. 이윽고 그는 몸을 돌려 기둥이 늘어서 있는
현관으로 들어섰다. 이제 차분하게 불이 밝혀져 있는 현관에
들어선 그는 계단을 따라 올라간 다음 찰칵 소리를 내며 돌아
가는 회전문을 통해 도서관 안으로 들어갔다.

크랜리가 사전들이 꽂혀 있는 곳 근처에 앉아 있었다. 속표
지 쪽으로 펼쳐진 두꺼운 책 한 권이 그의 앞에 있는 나무로 된
열람대 위에 놓여 있었다. 그는 의자 등받이에 기댄 몸을 뒤로
젖힌 채 고백 성사에 귀 기울이는 신부처럼 누군가의 얼굴 쪽
으로 귀를 향하고 있었다. 그는 의과대학에 다니는 한 친구가
신문의 체스란(欄)에 소개된 문제를 읽어주는 것을 듣고 있었
다. 스티븐이 그의 오른쪽 자리에 앉았다. 탁자 건너편에 앉아
있던 사제가 펼쳐보던 주간지 《태블릿》**을 화가 난 듯 탁 접고
는 자리에서 일어섰다.

크랜리가 덤덤하고 모호한 표정을 지은 채 그의 등 뒤로 눈
길을 주었다. 그리고 의과 대학에 다니는 친구는 좀 더 나지막
한 목소리로 계속 문제를 읽어나갔다.

"킹 네 칸 앞쪽으로 폰을 이동."***

---

*예이츠나 그의 주의 사람들에게 관심사였던 접신학(接神學)이나 초자연적 신비주의
에 대해 아일랜드 사람들이 가졌던 편견을 반영하는 야유. 그들이 탐구했던 초자연적
신비주의에는 물론 동양의 종교적 요소와 철학적 요소가 담겨 있었던 것도 사실이다.
**《태블릿(The Tablet)》은 보수적인 성향의 천주교 관련 주간지.
***체스 게임을 시작할 때 두는 전형적인 첫 수.

"딕슨, 우리 자리를 뜨는 게 좋겠다." 스티븐이 경고를 담아 말을 이었다. "저 친구, 시끄럽다고 불평하러 간 거야."

딕슨이 신문을 접고는 위엄을 갖춰 자리에서 일어났다.

"우리 편 군대는 질서정연하게 퇴각했노라."

"총을 들고 소떼를 이끌고 말이지." 크랜리가 펼쳐놓은 책의 속표지를 가리키며 스티븐이 덧붙여 말했다. 책의 속표지에는 '소의 질병'이라 인쇄되어 있었던 것이다.

탁자 사이의 통로를 지나가는 동안 스티븐이 이렇게 말했다.

"크랜리, 너한테 할 얘기가 좀 있어."

크랜리는 스티븐의 말에 대꾸하지도, 돌아보지도 않았다. 그는 그저 책을 도서 수납대 위에 올려놓은 다음 잘 차려 신은 그의 장화가 바닥에 닿을 때마다 내는 단조로운 소리를 뒤로 한 채 도서관을 빠져나갔다. 그가 계단에서 걸음을 멈춘 다음 멍한 표정으로 딕슨을 바라보면서 이렇게 되풀이해 말했다.

"폰을 킹 네 칸 앞쪽으로 빌어먹을 놈의* 이동을 하라고!"

"원하시면 그렇게 두시든지." 딕슨이 말했다.

딕슨은 항상 억양이 없는 조용한 목소리로 말을 하곤 했는데, 그의 거동에는 세련미와 품위가 느껴졌다. 그리고 그는 때때로 통통하고 깨끗한 손의 손가락에 인장(印章)이 새겨진 반지를 과시라도 하듯 끼고 다녔다.

현관을 가로질러 가는 동안 왜소한 체구의 남자 하나가 그들에게 다가왔다. 작고 둥근 모자 아래쪽으로 보이는 수염이 덥수룩한 그의 얼굴에는 즐겁다는 듯 미소가 번지기 시작했다.

*여기에서도 크랜리는 'bloody'라는 표현을 사용하고 있는데, 이를 '시뻘건 놈의'로 번역하는 경우 말이 아주 어색해진다. 따라서 이번만은 예외로 하여 '빌어먹을 놈의'로 번역하기로 한다.

그가 뭔가를 중얼거리는 소리가 들리기도 했다. 그런 그의 눈은 원숭이의 눈이 그러하듯 우수에 젖어 있었다.

"안녕하세요, 어르신!" 크랜리가 걸음을 멈추면서 말을 걸었다.

"신사 여러분, 안녕들 하쇼!" 원숭이를 연상케 하는, 수염이 덥수룩한 얼굴의 주인공이 말했다.

"3월의 날씨치고는 따뜻하네요." 크랜리가 말을 이었다. "사람들이 위층 창문을 열어놓을 정돕니다."

딕슨이 미소를 지으며 손가락에 낀 반지를 돌리고 있었다. 원숭이처럼 주름이 진 거무스레한 얼굴에서 그래도 인간의 것 같아 보이는 것은 입술이었는데, 그가 그 입술을 즐거운 듯 부드럽게 오므리더니 가르랑거리는 목소리로 이렇게 말했다.

"3월의 날씨치고는 따뜻하지. 그래서 그냥 즐거워."

"어르신, 위층에 멋진 아가씨가 둘이 있는데요, 기다리기 지쳤대요." 딕슨이 끼어들었다.

크랜리가 미소를 짓고는 상냥한 어조로 이렇게 말했다.

"어르신의 사랑은 단지 한 사람한테만 가 있는데, 그게 누군가 하면 월터 스코트 경이야. 선장님, 그렇죠?"

"어르신, 요즘 뭘 읽으시죠?" 딕슨이 물었다. "《래머무어의 신부(新婦)》* 아닌가요?"

"난 스코트를 좋아해." 부드럽게 움직이는 입술에서 이 같은 말이 흘러나왔다. "그는 글재주가 아주 뛰어난 사람이라는 게 내 생각이야. 월터 스코트 경에 대적할 작가는 세상 어디에도 없어."

*《래머무어의 신부(The Bride of Lammermoor)》는 영국의 작가 월터 스코트 경(Sir Walter Scott, 1771~1832)이 1819년에 발표한 소설.

그가 자신이 내뱉는 찬사의 말에 맞춰 자신의 쪼그라든 갈색 손을 허공 속에서 부드럽게 움직였다. 그러는 동안 재빠르게 움직이는 그의 엷은 눈꺼풀이 그의 슬픈 눈 위로 자주 내려왔다 올라가곤 했다.

스티븐의 귀에 다른 것보다 더 처량하게 느껴지는 것은 그의 말투였다. 낮고 물기 어린, 점잖고 예의바른 억양의 말이 어법상의 오류 때문에 망가지고 있었던 것이다.* 그런 그의 말을 듣고 있노라면, 사람들의 이야기가 사실일지도 모른다는 생각이 들기도 했다. 그의 쪼그라든 육체에 흐르고 있는 맑은 피는 귀족의 혈통을 이어받은 것이긴 하나 근친상간의 결과물이라는 이야기가 맞는 것일까.

공원의 나무들은 비에 젖어 무거워 보였을 것이고, 뉘어놓은 잿빛의 방패와 같은 호수 위로 비는 여전히 그치지 않고 내리고 있었을 것이다. 한 떼의 백조가 호수 위를 날고 있었고, 그 아래쪽의 호수와 호숫가에는 허연빛이 감도는 녹색의 끈끈한 물질이 뒤엉켜 있었을 것이다. 비에 잠긴 잿빛의 대기가, 비에 젖어 침묵에 잠겨 있는 나무들이, 지켜보고 있는 방패와 같은 호수가, 그리고 백조들이 이끄는 대로, 그들은 부드럽게 서로를 끌어안았을 것이다. 그들은 즐거움도 느끼지 않은 채, 열정도 없이 서로를 끌어안고 있었을 것이며, 그의 팔은 자기 누이의 목을 감싸고 있었을 것이다. 잿빛의 모직 망토가 그녀의 어깨에서 허리까지 비스듬히 그녀를 감싸고 있었을 것이며, 금발로 덮인 그녀의 머리는 기꺼이 견디려 하는 부끄러움에 젖은 채 고개를 숙이고 있었을 것이다. 그의 적갈색의 머리는 헝클

*발음은 귀족적인 교양을 보여주지만 교육의 부족으로 인해 그의 말에 문법적인 오류가 섞인 있음을 암시한다.

어져 있었을 것이며, 주근깨가 점점이 박혀 있는 균형 잡힌 강인한 그의 손은 부드러웠을 것이다. 얼굴은? 얼굴은 보이지 않았을 것이다. 오빠의 얼굴은 비에 젖어 향긋한 내음을 발산하는 누이동생의 머리를 향해 숙이고 있었을 것이다. 주근깨가 점점이 박혀 있는 손은, 강인하고도 균형이 잡혀 있는 손은, 부드러운 손길을 느끼게 하는 바로 그 손은 다름 아닌 대빈의 손이었다.

그는 이 같은 자신의 상상 때문에, 그리고 그런 상상을 불러일으킨 쪼그라든 왜소한 남자 때문에, 화가 난 듯 얼굴을 찌푸렸다. 밴트리 일당*을 향해 던지던 아버지의 욕설이 문득 그의 기억에서 되살아났다. 그는 그런 종류의 욕설과는 거리를 유지한 채 불편한 마음으로 다시금 자기 자신의 상상을 놓고 생각에 잠겼다. 왜 그것이 크랜리의 손이 아니었을까. 대빈의 순박함과 순진함이 좀 더 은밀하게 그를 자극하고 괴롭혔던 것일까.

왜소한 그 남자에게 성심껏 작별 인사를 하도록 크랜리를 뒤에 남겨둔 채, 그는 딕슨과 함께 현관을 가로질러 갔다.

템플이 몇몇 친구들에게 둘러싸인 채 회랑에 서 있었다. 그를 둘러싸고 있는 친구들 가운데 하나가 이렇게 소리쳤다.

"딕슨, 이리 와서 들어봐! 템플이 늘어놓는 사설이 아주 기가 막혀."

템플이 집시의 눈을 연상케 하는 검은 눈을 들어 그를 바라보았다.

"오키프, 넌 위선자야." 그가 말을 이었다. "그리고 딕슨은 웃

---

*파넬의 불륜 스캔들 이후 아일랜드 의회 안에서 파넬을 반대하는 움직임을 주도했던 티모시 힐리(Timothy Healy, 1855~1931)를 포함한 코르크 카운티의 밴트리라는 마을 출신의 정치가들.

음이나 흘리는 살살이고. 와, 그거 정말 멋진 문학적 표현이네."

그가 스티븐의 얼굴을 들여다보며 장난기 어린 웃음을 지어 보였다. 그리고 이렇게 되풀이해 말했다.

"와, 그 표현 정말 맘에 드는군. 웃음이나 흘리는 살살이라는 표현 말이야."

그들이 서 있는 곳 아래쪽의 계단에서 땅딸막한 친구가 이렇게 말했다.

"야, 템플, 그 여자 얘기나 계속해. 우리가 듣고 싶은 건 그 얘기야."

"정말이지, 그 남잔 그 여자와 그런 사이였어." 템플이 말했다. "게다가 유부남이야. 그런데 말이지, 사제들이 몽땅 그곳에서 저녁 식사를 하곤 했던 거야. 맙소사, 그들 모두가 그 여자와 은밀한 관계를 맺고 있었던 거 같아."

"그걸 우린 경주용 말을 아끼기 위해 마차용 말을 타는 거라 하지." 딕슨의 말이었다.

"야, 템플!" 오키프가 말했다. "너 도대체 맥주를 몇 잔이나 마시고 왔기에 이 난리냐?"

"오키프, 너의 지적 영혼* 전체가 그 말 안에 담겨 있는 거야." 템플이 드러내놓고 조소를 보이며 그렇게 말하고는 갈짓자걸음으로 아이들 주위를 한 바퀴 돌았다. 그리고 스티븐에게 이렇게 말했다.

"너, 포스터 가문이 벨기에 왕족이었다는 사실** 알고 있

---

*중세 학자들은 아리스토텔레스의 논리에 따라 인간의 영혼을 세 부분으로 나눴는데, 식물적 영혼, 동물적 영혼, 이성적 또는 지적 영혼이 이에 해당한다.
**술에 취해서 내뱉는 근거 없는 엉터리 주장으로, 아일랜드의 가계를 엉뚱한 곳에서 찾으려는 당시의 경향을 엿보게 하는 말.

냐?" 그가 물었다.

크랜리가 모자를 목덜미 쪽으로 밀어젖혀 쓴 채 공들여 이를 쑤시면서 현관문을 지나 그들에게 다가왔다.

"아, 현자라 일컬어지는 분께서 오셨군." 템플이 말을 이었다. "그대는 포스터 가문에 관한 그 얘기 알고 있는가?"

그는 잠시 말을 중단하고 대답을 기다렸다. 크랜리가 이 사이에 끼어 있던 무화과 씨를 무딘 이쑤시개로 빼낸 다음 이쑤시개 끝에 매달려 있는 그 무화과 씨를 곰곰이 들여다보았다.

"플란더스의 왕이었던 볼드윈 1세의 혈통을 이어받은 게 포스터 가문이야." 템플이 말을 이었다. "볼드윈 1세의 성이 포리스터였잖은가. 포리스터와 포스터는 같은 이름이지. 볼드윈 1세의 후손인 프란시스 포스터 대위가 아일랜드에 정착해서 클랜브라실 족의 마지막 족장 딸과 결혼했던 거야. 참, 블레이크 포스터 가문도 있지만, 그건 다른 가계에 속하는 것이고."*

"플란더스의 왕이었던 볼드헤드의 혈통을 이어받은 게 포스터 가문이라."** 크랜리가 반짝이는 치아를 드러낸 채 보란 듯 다시 이를 쑤시면서 템플의 말을 받아 중얼거렸다.

"넌 그 모든 역사적 사실을 어디에서 주어들은 거냐?" 오키프가 물었다.

"난 말이야, 너희 집안 족보도 꿰뚫고 있어." 템플이 스티븐에게 얼굴을 돌리고는 말했다. "지랄두스 캄브렌시스***가 너

---

*템플은 역사적 사실과 무관하거나 다른 주장을 제멋대로 엮어 나열하고 있다.
**크랜리는 '볼드윈'을 '대머리'를 뜻하는 '볼드헤드'로 바꿔 놓음으로써 템플에 대한 조소의 감정을 드러내고 있다.
***12세기 웨일스의 성직자이자 역사가였던 지랄두스 캄브렌시스(Giraldus Cambrensis, 1146〔?〕-1223〔?〕)는 아일랜드에 관해 두 권의 책을 쓴 바 있다. 'Giraldus Cambrensis'는 라틴어식 이름으로, 그의 영어식 이름은 'Gerald of Wales(웨일스의 제럴드)'.

희 가계에 대해 말한 거 알고 있냐?"

"저 애도 볼드윈 가문 출신이냐?" 폐병 환자와 같은 모습의 키가 크고 눈이 검은 친구가 물었다.

"볼드헤드의 혈통을 이어받았지." 이의 틈새로 공기를 빨아들이며 크랜리가 되받아 말했다.

"페르노빌리스 에트 페르베투스타 파밀리아."* 템플이 스티븐에게 말했다.

그들이 있는 곳 아래쪽의 계단에 서 있던 땅딸막한 친구가 짧게 방귀를 뀌었다. 딕슨이 그를 향해 고개를 돌리고는 부드러운 목소리로 이렇게 말했다.

"천사의 말씀인가?"

크랜리도 고개를 돌리고는 격한 어조로 이렇게 말했다. 하지만 화가 나 있는 것은 아니었다.

"고긴스, 너 아니? 난 말이다, 너만큼이나 빌어먹게도 더러운 인간을 만난 적이 없어."

"나도 그렇게 말할 참이었어." 고긴스가 단호하게 대꾸했다. "방귀 좀 뀌었다 해서 누구 피해본 사람 있남?"

"우린 말이야, 그게 '파울로 포스트 푸투룸'**으로 학계에 알려진 것이 안 되길 바랄 뿐이야." 딕슨이 온화한 어조로 말했다.

"내가 저 친구는 웃음이나 흘리는 살살이라고 말하지 않았

---

*"Pernobilis et pervetusta familia": '고귀하고 존엄한 가문'이라는 뜻의 라틴어 표현으로, 지랄두스 캄브렌시스는 그의 저서 《아일랜드 정복사(The History of the Conquest of Ireland)》에서 '핏츠스티븐'(Fitz-Stephen, '스티븐의 자손들'이라는 뜻) 가문이 아일랜드에 대한 앵글로-노만 정복 당시 했던 역할을 찬양하여 이 같은 표현을 사용한 바 있다.
**딕슨의 말에 나오는 "paulo post futurum"은 곧 일어날 사건이나 행위를 표현하고자 할 때 동원하는 그리스어 동사의 '미래 완료 시제'를 지칭하는 라틴어 문법 용어. 딕슨은 고긴스의 방귀가 미래에 그 어떤 영향도 미치지 않기를 바란다는 말을 익살스럽게 하기 위해 이 용어를 동원하고 있다.

냐?" 템플이 좌우 양쪽의 친구들을 들러보며 말했다. "내가 저 친구한테 바로 그런 별명을 붙여준 당사자 아니냐, 이 말씀이야."

"그래, 네가 그랬다. 하지만 말이다, 우리 귀 먹은 거 아니니 소리 좀 작작 질러라." 폐병 환자 같아 보이는 친구가 말했다.

크랜리는 아래쪽 계단에 서 있는 땅딸막한 친구를 향해 여전히 인상을 찌푸리고 있었다. 이윽고 정나미가 떨어진다는 듯 콧방귀를 뀌고는 그가 서 있던 계단 아래쪽으로 고긴스를 격렬하게 떠밀었다.

"제발 좀 내 눈앞에서 사라져라!" 그가 거친 어조로 말했다. "이 냄새나는 놈아, 제발 좀 사라져라! 아이고, 이 냄새나는 놈아!"

고긴스가 자갈이 깔린 곳까지 경중경중 떠밀려 내려갔다가 재미있다는 표정을 지으며 즉시 원래 있던 자리로 돌아왔다. 템플이 스티븐에게 고개를 돌리고 이렇게 물었다.

"넌 유전 법칙 믿냐?"

"너, 술 취했냐? 아니라면, 넌 도대체 뭐 하는 인간이냐? 아니, 뭘 물어보고 싶은 거냐?" 크랜리가 고개를 돌려 이해할 수 없다는 표정으로 그를 바라보며 물었다.

"인간이 남긴 기록 가운데 가장 심오한 것이 무엇인가 하면, 이는 동물학의 마지막을 장식하는 문장이니라." 템플이 열광적인 어조로 말을 이었다. "생식(生殖)은 곧 죽음의 시작이로다."

그가 자신이 없는 듯한 태도로 스티븐의 팔꿈치를 건드리더니 열에 들떠 이렇게 말을 이었다.

"넌 시인이니까 이게 얼마나 심오한 말인지 느낄 수 있지?"

크랜리가 기다란 집게손가락으로 그를 가리켰다.

"저 녀석 꼴 좀 봐라!" 그가 경멸 어린 어조로 주위 친구들에게 말했다. "저게 바로 아일랜드의 희망이라니!"

주위 친구들이 그의 말과 손짓에 웃음을 터뜨렸다. 이에 기죽지 않고 템플이 크랜리를 향해 이렇게 말했다.

"크랜리, 넌 날 항상 비웃고 있어. 보면 알아. 하지만 말이야, 내가 너보다 못한 게 뭐 있냐? 너와 나 둘을 놓고 서로 비교했을 때 네가 어떤 인간이고 나 자신은 어떤 인간이라 내가 생각하는지, 너, 알기나 하냐?"

"이봐." 크랜리가 점잖게 말했다. "너한텐 지금 뭔가를 생각할 능력이 없어. 넌 모르겠니? 너한텐 지금 생각을 끌어나갈 능력이 전혀 없다는 걸?"

"어쨌든 말이야, 너, 지금 내가 너에 대해, 너와 비교해서 나 자신에 대해 어떻게 생각하는지 알아?" 템플이 말을 계속했다.

"얘기해보지그래!" 땅딸막한 친구가 계단 쪽에서 소리쳤다. "하나하나 낱낱이 털어놔봐!"

템플이 좌우를 돌아보더니, 갑작스럽게 주눅이 든 듯한 몸짓을 지어 보이면서 이렇게 말했다.

"난 불알 같은 놈이야." 그가 절망에 잠긴 듯 고개를 가로 저으며 말을 이었다. "그래, 난 그런 놈이야. 내가 그런 놈인 줄 난 알아. 그리고 난 내가 그런 놈이라는 걸 인정해."

딕슨이 가볍게 그의 어깨를 토닥이며 부드러운 어조로 이렇게 말했다.

"그게 네 장점이기도 해, 템플."

"하지만 말이야, 저 녀석도 마찬가지야." 템플이 크랜리를 가리키며 말했다. "저 녀석도 나처럼 불알 같은 놈이야. 다만 저 녀석은 그걸 모를 뿐이지. 내가 보기에 저 녀석하고 나하고의 차이는 그거야."

왁자하게 터진 웃음에 그의 말끝이 묻혀버렸다. 하지만 그

가 다시 스티븐에게 고개를 돌리고는 갑작스레 진지한 어조로
이렇게 말했다.

"그 말처럼 재미있는 말도 없을 거야. 그건 영어에서 유일하
게 양수(兩數)를 지시하는 단어*거든. 너, 그거 알고 있냐?"

"그런가?" 스티븐이 애매한 어조로 대꾸했다.

그는 굳은 표정에 고통의 기색이 역력한 크랜리의 얼굴을
지켜보았다. 참기 힘들어하는 마음을 감추려는 듯 곧 그의 얼
굴에는 억지로 지은 미소가 번졌다. 온갖 훼손을 꿋꿋이 견디
고 온 오래된 석상(石像)에 들이부은 구정물과도 같은 상스러운
험담이 그의 얼굴 위를 훑고 지나갔던 것이었다. 그리고 그를
지켜보는 동안 그가 정중한 인사 표시로 모자를 들어올려 검은
머리카락을 드러냈다. 그런 그의 검은 머리카락은 마치 쇠로
된 관(冠)을 쓴 것처럼 그의 이마 위쪽으로 뻣뻣하게 일어서 있
었다.

그녀가 도서관 현관에서 나와 지나가면서 크랜리의 인사에
대한 답례의 인사를 스티븐 너머로 보냈다. 이 친구도 역시?
크랜리의 뺨에 희미한 홍조가 떠올라 있지 않았던가. 혹시 그
홍조는 템플의 말 때문에 떠올랐던 것은 아닌지? 해가 이미 기
울어져 있었고, 그리하여 그는 이를 확인할 수 없었다.

바로 이 때문에 그의 친구가 무관심한 듯 침묵을 지켰던 것
은 아닌지? 그가 거친 말로 논평을 했던 것은 그 때문이 아닌
지? 그가 무례한 말을 동원하여 스티븐의 격렬하고도 변덕스

*템플이 사용한 'ballocks'라는 단어는 속어로, '한 쌍의 고환'을 뜻하는 복수형 명사
다. 이를 단수 취급할 때는 '말도 안 되는 것, 쓰레기, 멍청하고 어리석은 인간, 희망
이 보이지 않는 상황' 등등의 뜻을 지니며, 종종 경멸의 감정이나 분노의 감정을 드
러내고자 할 때 동원하는 표현이다. 이와 관련하여 템플이 이 단어에 단수를 지시하
는 'a'를 넣어 'a ballocks'로 표현하고 있음에 유의하기 바란다.

러운 고백을 너무도 자주 중간에서 갑작스레 끊어버렸던 것은 바로 그 때문은 아닌지? 스티븐은 자기 역시 자기 자신에 대해 그처럼 무례하다는 사실을 알고 있었기 때문에 그의 무례함을 너그럽게 용서할 수 있었다. 그리고 그는 말라하이드 근처에 있는 숲에서 하느님께 기도하기 위해 삐걱거리는 임대용 자전거에서 내렸던 어느 날 저녁 무렵을 기억해냈다. 그는 자신이 성스러운 시각에 성스러운 장소에 와 있는 것을 알고 있었기에, 팔을 치켜든 채 교회의 본당 회중석(會衆席)을 떠오르게 하는 어두운 숲을 향해 황홀경에 젖어 기도를 올리고 있었다. 그런데 침침한 길모퉁이를 돌아 두 명의 순찰대 대원이 모습을 드러냈을 때 그는 자신이 올리던 기도를 중단하고 지난 번 보았던 무언극에 나오는 곡조를 큰소리의 휘파람으로 불었던 것이다.

그는 물푸레나무 지팡이의 닳아서 벗겨진 끝 부분으로 기둥 아래쪽을 두드리기 시작했다. 할 이야기가 있다는 자신의 말을 크랜리가 듣지 못했던 것일까. 하지만 그는 기다릴 수 있었다. 그의 주변에서 들리던 말소리가 잠시 멈췄다. 그리고 위쪽의 창문에서 다시금 부드러운 쉬 소리가 한 번 났다. 그 외에는 어떤 소리도 허공에서 들리지 않았다. 느긋한 시선으로 그가 날아다니는 것을 지켜보았던 제비들도 이제 잠들어 있었다.

그녀가 해질 무렵의 어스름을 뚫고 지나갔다. 바로 그 때문에 부드러운 쉬 소리가 한 번 난 것을 제외하고는 허공이 고요에 잠겨 있는 것이었다. 그리고 바로 그 때문에 그의 주변에 있는 친구들의 혀에서 흘러나오던 허튼 소리가 멈춘 것이었다. 어둠이 드리워지고 있었다.

어둠이 허공에서 드리워지나니.*

명멸하는 희미한 불빛처럼 가늘게 떨리는 환희가 그의 주변에서 요정의 무리처럼 어른거리고 있었다. 하지만 무엇 때문인가. 어두워져가는 허공을 가로질러 그녀가 지나갔기 때문인가. 아니면, 검은 모음(母音)들과 도입부의 첫 소리로 인해 풍요롭고 류트의 음과 같은 시 구절 때문인가.

그는 자신이 몽상에 젖어 있는 것을 뒤에 있는 친구들이 눈치 채지 못하도록 지팡이로 바닥의 돌을 부드럽게 두드리며, 기둥이 늘어서 있는 회랑의 끄트머리 쪽 어둠이 좀 더 짙게 드리워진 곳을 향해 천천히 걸음을 옮겼다. 그리고 그는 마음속으로 다울런드와 버드와 내시의 시대**를 떠올렸다.

그곳에는 욕망의 어두운 늪에서 열리는 두 눈이, 먼동이 트는 동쪽의 빛을 무색케 하는 빛나는 두 눈이 있었다. 하지만 두 눈에 감도는 나른한 우아함은 침실 안 욕정의 달콤함이 아니고 무엇이었던가. 두 눈에 어른거리는 빛은 침을 질질 흘리던 스튜어트 왕조의 왕***이 머물던 궁전의 시궁창 더껑이 위로 어른거리던 빛이 아니고 무엇이었던가. 그리고 그는 기억의 언어

*영국의 시인이자 극작가인 토머스 내시(Thomas Nashe, 1567~1601)의 시를 약간 변형하여 인용하고 있음. 〈역경의 시간에 올리는 기도(A Litany in Time of Plague)〉에 따르면, "어둠이 허공에서 드리워지나니(Darkness falls from the air)"가 아니라 "빛이 허공에서 드리워지나니(Brightness falls from the air)".
**즉, 엘리자베스 여왕(1558~1603)과 제임스 1세(1603~1625)가 영국을 다스리던 시대. 존 다울런드(John Dowland, 1563(?)~1626)와 윌리엄 버드(William Byrd, 1543~1623)는 이 시대의 작곡가들.
***엘리자베스 여왕 시대가 밝고 낙관적이었다면 제임스 1세 시대는 어둡고 비관적인 것으로 공평치 못하게 대비하는 경향을 반영하는 말이다. 아무튼, 당대 사람들의 묘사에 따르면, 제임스 1세는 사람을 대하는 태도가 투박하고 거칠었으며, 혀가 너무 길어 입술 사이로 튀어나오는 바람에 침을 질질 흘리기도 했다 한다.

를 통해 용연향(龍涎香)을 첨가한 포도주를, 여운을 남기고 사라지는 달콤한 선율의 음악을, 당당한 파반 무곡(舞曲)*을 맛보았다. 또한 기억의 눈을 통해 그는 코벤트 가든**의 지체 높은 집안의 상냥한 여인네들이 발코니에서 입술을 쫑긋 모은 채 사랑을 호소하는 모습을, 매독으로 몸이 망가진 선술집의 매춘부들과 자신을 겁탈하는 자에게 기꺼이 몸을 맡기는 젊은 여인들이 사내의 품에 안기고 다시 또 안기는 모습을 보기도 했다.

하지만 그가 몽상에 젖어 일깨운 이미지들은 그에게 아무런 즐거움도 주지 않았다. 그 이미지들은 은밀한 것이었고 또 열정을 자극하는 것이긴 했지만, 그녀의 이미지와 얽힐 수 있는 그런 것은 아니었다. 그런 식으로 그녀에 대해 생각할 수는 없었다. 그리고 그녀에 대해 그런 식으로 생각조차 한 적도 없었다. 그런데도 그런 이미지들을 일깨우다니, 신뢰할 수 없는 것이 그의 마음이었던가. 옛 말들과 그 말들이 일깨우는 이미지들은 감미로운 것이긴 했지만, 이때의 감미로움은 크랜리가 자신의 반짝이는 잇새에서 빼낸 무화과 씨와도 같은 것, 생명을 다한 다음 묻혀 있던 것을 파낸 것에 불과한 감미로움일 뿐이었다.

그는 도시를 가로질러 집을 향하고 있는 그녀의 모습을 막연하게 떠올리고 있었지만, 이는 언어적 상상을 통해서도 아니었고 시각적 상상을 통해서도 아니었다. 처음에는 막연하게,

---

*엘리자베스 여왕 시대의 무곡.
**런던 중심부의 동부 지역. 1630년대에 야채와 꽃과 과일을 파는 가게들이 즐비한 거리로 개발되었다. 한편, 18년 동안 계속되었던 퓨리턴 시대에 이어 찰스 2세 시대(1630~1685)가 집권하자, 극장의 문이 다시 열게 되었고 또한 여성들이 최초로 무대에 배우로 오를 수 있게 되었다. 그리고 그 당시 문을 연 최초의 극장이 코벤트 가든에 있었다. 코벤트 가든에 관한 언급은 스티븐의 상상 속 기억이 다울런드와 버드와 내시의 시대로부터 50년 가량 앞으로 이동했음을 암시한다.

곧이어 좀 더 선명하게 그는 그녀의 체취를 느꼈다. 의식적인 불안감이 그의 핏속에서 끓어올랐다. 그렇다, 그가 느끼고 있던 것은 다름 아닌 그녀의 체취였다. 야생의 나른한 체취였다. 그것은 그의 갈망이 담긴 음악이 감싸고 흐르는 그녀의 알맞게 따뜻한 팔과 다리가, 그리고 그녀의 몸에서 스며 나온 향내와 이슬 같은 땀방울이 배어 있는 부드럽고 은밀한 린넨 천 속옷이 전하는 체취였다.

이 한 마리가 그의 목덜미 위로 기어가고 있었다. 그는 느슨하게 풀어져 있는 옷깃 속으로 엄지손가락과 집게손가락을 집어넣어 능숙한 솜씨로 그 이를 잡았다. 그런 다음 쌀알처럼 부드럽고 터지기 쉬운 이의 몸을 엄지손가락과 집게손가락 사이에 넣고 잠깐 동안 돌돌 굴리다가 땅바닥에 떨어뜨렸다. 그 순간 그에게는 이놈이 살아남을까 죽을까 궁금하다는 생각이 들었다. 이어서 코르넬리우스 아 라피데*가 했던 별난 말이 그의 마음에 떠올랐다. 그에 의하면, 이는 인간의 땀에서 태어난 것이지 하느님이 여섯째 날에 다른 동물들과 함께 창조한 것이 아니라는 것이었다. 하지만 따끔거리는 목덜미 살갗을 의식하다 보니 마음까지 쓰리고 벌겋게 변해 더 이상 그런 생각을 이어갈 수 없었다. 문득 헐벗은 데다가 제대로 영양 공급도 받지 못하고 이한테 뜯기기나 하는 자신의 육체가 견뎌나가고 있는 삶을 생각하노라니, 갑작스럽게 절망감이 엄습하여 그는 눈을 감고 말았다. 그리고 눈을 감자 밀려온 어둠 속에서 그는 터질 듯 연약하고 하얀 몸의 이가 허공에서 떨어지는 모습이, 떨어지면서

---

*코르넬리우스 아 라피데(Cornelius a Lapide, 1567~1637)는 플랑드르 출신의 예수회 소속 사제로, 그는 성경에 대한 주해서에서 이, 파리 등등은 하느님이 직접 창조한 것이 아니라, 이는 땀에서, 파리는 썩은 고기에서 저절로 생겨난 것이라 주장한 바 있다.

몇 번이고 빙글빙글 몸이 돌아가는 모습이 보였다. 그렇다, 허공에서 드리워지는 것은 어둠이 아니었다. 그것은 빛이었다.

빛이 허공에서 드리워지나니.

그는 내시의 시 구절조차 제대로 기억하지 못하고 있었던 것이었다. 따라서 그 시 구절이 일깨운 모든 이미지는 그릇된 것이었다. 그의 마음이 이나 다름없는 해충을 키운 격이었다. 결국 그의 모든 생각은 게으른 자의 땀에서 태어난 이에 불과한 것들이었다.

그는 회랑을 따라 재빠르게 친구들이 있는 곳으로 돌아왔다. 그렇다면, 좋다, 그녀를 떠나보내자! 뭐 그리 대단한 여잔가! 매일 아침 허리까지 몸을 씻는 운동선수, 가슴에 검은 털이 난 청결한 운동선수를 사랑하려면 그렇게 하라지! 내버려두자!

크랜리가 말린 무화과 열매를 주머니에서 또 하나 꺼내 천천히, 하지만 요란스럽게 소리를 내며 먹고 있었다. 템플은 졸음에 잠긴 눈 위까지 모자를 눌러쓴 채 기둥의 받침대* 위에 앉아 몸을 기대고 있었다. 땅딸막한 젊은 녀석 하나가 가죽으로 된 손가방을 겨드랑이에 낀 채 현관에서 나왔다. 그가 장화 뒤축과 묵직해 보이는 우산의 뾰쪽한 끄트머리 쇠 장식을 판석(板石)에 부딪혀 소리를 내며, 그들이 모여 있는 곳을 향해 당당한 걸음걸이로 다가왔다. 그리고 모자를 들어 올려 인사의 예를

*원문에는 'pediment'로 되어 있는데, 이는 여러 개의 기둥이 떠받치고 있는 삼각 형태의 박공벽(博栱壁)을 말한다. 따라서 쉽게 올라갈 수도 없고 앉아 있을 수도 없다. 어쩌면 조이스가 기둥이나 조각 작품 아래쪽의 받침대를 뜻하는 'pedestal'이라는 단어 대신 이 단어를 잘못 사용하고 있는지도 모른다. 이를 감안하여 번역에서는 '받침대'라는 표현을 사용하기로 한다.

갖추고는 이렇게 말했다.

"어이, 안녕들 하신가!"

그가 다시 판석에 우산 끝을 부딪쳐 소리를 내고는 킥킥 웃음을 흘렸다. 그러는 동안 그는 내내 예민한 신경 탓인 듯 머리를 가볍게 떨고 있었다. 아일랜드 말로 이야기를 나누고 있던 폐병 환자처럼 보이는 키 큰 친구와 딕슨과 오키프는 그의 인사에 반응을 보이지 않았다. 그러자 그가 크랜리에게 얼굴을 돌리고는 이렇게 말했다.

"특히 너한테 하는 인산데, 안녕하신가!"

그가 우산을 들어 크랜리를 가리키고는 다시 킥킥 웃음을 흘렸다. 여전히 무화과 열매를 씹고 있던 크랜리가 턱을 크게 움직이면서 이렇게 대꾸했다.

"안녕하시냐고? 그럼, 안녕하시지. 안녕하시고말고."

땅딸막한 친구가 그를 심각한 표정으로 바라보더니 나무라는듯 우산을 가볍게 흔들어댔다.

"내가 모를 줄 알고." 그가 말했다. "너, 지금 빤한 얘기를 하려는 거지?"

"글쎄다." 크랜리가 그렇게 대꾸하고는 반쯤 남은 무화과 열매를 앞으로 내밀고는 땅딸막한 친구에게 먹으라는 듯 그의 입 쪽으로 불쑥 가져갔다.

땅딸막한 친구가 그것을 받아먹는 대신, 여전히 웃음을 거두지 않은 채 제 말에 힘을 실으려는 듯 우산을 바닥에 대고 부딪쳐 소리를 내면서 제 흥에 겨워 근엄한 어조로 이렇게 말했다.

"너, 정말로 나한테 먹으라는 뜻으로—"

그가 말을 하다가 끊고, 반쯤 남은 무화과 열매를 통명스럽게 가리키며 큰소리로 이렇게 말했다.

“그것 말이야.”

“글쎄다.” 크랜리가 앞서 했던 말을 되풀이했다.

“너, 지금 ‘사실 그 자체로’* 나한테 그걸 먹으라는 뜻으로 그러는 거냐? 아니면, 뭐랄까, 그냥 말로만 그러는 거냐?” 땅딸막한 친구가 물었다.

딕슨이 이야기를 나누던 친구들한테서 몸을 돌리고 이렇게 말했다.

“글린, 고긴스가 널 기다렸어. 그러다 너하고 모이너핸을 찾으러 아델피 호텔** 쪽으로 갔단 말이야. 그건 그렇고, 여기엔 뭐가 들어 있냐?” 글린이 팔 아래 끼고 있는 가죽 손가방을 툭툭 치면서 딕슨이 물었다.

“시험 답안지야.” 글린이 대답했다. “아이들한테 매달 시험을 치르게 하거든. 내가 베푸는 교육의 혜택을 아이들이 얼마나 제대로 받았는지 확인하기 위해서야.”

그가 그렇게 말하면서 손가방을 톡톡 치고는 점잖게 헛기침을 하면서 미소를 지었다.

“교육이라!” 크랜리가 거친 어조로 말을 이었다. “너 같은 시뻘건 원숭이한테 교육이랍시고 받는 그 맨발의 애들 말이지? 아이고, 불쌍들 해라!”

그가 남은 무화과 열매를 다 물어뜯어 먹고는 꼭지를 집어 던졌다.

“난 어린이들이 나에게 오는 것을 막지 않아.”*** 글린이 온

* 땅딸막한 친구는 라틴어 표현 ‘입소 팍토(ipso facto)’를 동원하고 있다. 어색한 번역 문장이 암시하듯, 상황과 맥락에 어울리지 않게 ‘문자’를 쓰고 있는 셈이다.
** 국립 도서관에서 그리 멀지 않은 앤 스트리트 사우스에 있던 호텔.
*** 〈마르코 복음서〉 10장 14절 참조.

화한 어조로 말했다.

"시뻘건 원숭이 같은 녀석!" 크랜리가 힘을 주어 되풀이해 말했다. "그것도 신성 모독을 하는 시뻘건 원숭이 같은 녀석!"

템플이 일어서서 크랜리를 옆으로 밀치고는 글린에게 다가가서 이렇게 말했다.

"네가 지금 한 말은 신약성서에 나오는 '어린이들이 나에게 오는 것을 막지 말라'는 말을 그대로 흉내낸 거지?"

"야, 템플, 넌 가서 다시 잠이나 자." 오키프가 말했다.

"그래, 좋다! 그렇다면, 말이다." 템플이 여전히 글린을 향해 말을 계속했다. "만일 예수가 어린이들이 자신에게 오는 것을 막지 않았다면, 어쩌다 세례를 받지 않고 죽었을 때 무엇 때문에 교회가 그 아이들을 몽땅 지옥으로 보내는 거냐? 왜 그러는 거지?"

"템플, 넌 세례 받았니?" 폐병 환자 같은 친구가 물었다.

"무엇 때문에 교회가 그 아이들을 몽땅 지옥으로 보내는 거지? 예수가 아이들은 몽땅 자기한테 올 거라고 말했는데 말이야." 무언가를 찾기라도 하듯 글린의 눈을 뚫어지게 들여다보면서 템플이 말했다.

글린이 목소리를 가다듬기 위해 헛기침을 했다. 이어서, 그의 목소리에 섞여 나오는 신경 과민성의 웃음을 억누르려고 애를 쓰면서, 또한 한 마디 한 마디 말을 할 때마다 우산을 흔들면서, 점잖은 어조로 이렇게 말했다.

"네가 말한 대로 만일 그게 그렇다면 말이야, 그게 그렇다는 근거가 무엇인지 난 너한테 단호하게 묻지 않을 수 없군."

"교회가 옛날의 온갖 죄인들처럼 잔인하기 때문이야." 템플이 말했다.

"템플, 네가 말하는 것, 그거 정통적인 견해라 할 수 있는 거니?" 딕슨이 온화한 어조를 물었다.

"성 아우구스티누스가 세례 받지 않은 아이들은 지옥에 간다고 했어." 템플이 말을 이었다. "그가 그렇게 말한 건 그 자신도 잔인한 늙은 죄인이었기 때문이야."

"네 말에 동의해." 딕슨이 말을 덧붙였다. "하지만 말이야, 내가 느끼기엔 그런 경우를 대비해 림보가 존재하는 것 같아."

"딕슨, 저 녀석하고 논쟁하지 마." 크랜리가 거친 어조로 말했다. "저 녀석하고 말도 나누지 말고 저 녀석 얼굴을 쳐다보지도 마. 코맹맹이 소리로 울어대는 염소를 묶어 끌고 가듯 말이야, 저 녀석을 새끼줄에 묶은 다음 끌어다가 집으로 보내버려."

"림보라!" 템플이 소리쳤다. "그것 또한 기막힌 발명품이로군! 지옥이 또 하나의 멋진 발명품이듯 말이야."

"하지만 림보에는 지옥처럼 기분 나쁜 것들이 없잖아." 딕슨이 말했다.

그가 다른 친구들에게 고개를 돌리고는 웃으면서 이렇게 말하기도 했다.

"난 내가 그렇게 말함으로써 여기에 있는 모든 사람의 의견을 대변한 거라 생각해."

"그래, 맞아." 글린이 확고한 어조로 말했다. "바로 그 점에 관해서는 모든 아일랜드 사람이 하나로 뭉쳐 있어."

그가 회랑의 바닥에 깔린 판석을 우산 끝으로 쳤다.

"지옥이라!" 템플이 말을 이었다. "사탄의 잿빛 배우자*라

*존 밀턴(John Milton, 1608~1674)의 《실락원(Paradise Lost)》 제2권에서 사탄은 자신의 딸이자 아내인 죄(Sin)와 그들의 근친상간을 통해 태어난 아들인 죽음(Death)을 지옥의 문 앞에서 만난다. 그런데 사탄의 아내인 죄는 템플의 말처럼 '잿빛'으로 묘사되지 않고 위는 '매력적'이고 아래는 '불결한' 것으로 묘사되고 있다. 또한 밀턴의 묘사에 따르면 사탄의 아내는 템플의 말처럼 '지옥'이 아니라 '죄'다.

는 발명품에 대해서는 경의를 표할 수 있어. 지옥은 로마적이거든. 로마인들이 세운 장벽처럼 강하고 흉하다는 점에서 그래. 하지만 림보는 뭐야?"

"크랜리, 저 친구 말이야, 유모차에 태워 보내야 하는 거 아니냐?" 오키프가 소리쳐 말했다.

크랜리가 재빠른 걸음으로 템플에게 다가가 멈춰선 다음, 발을 구르며 집에서 기르는 오리나 닭에게 하듯 이렇게 소리쳤다.

"훠이, 훠이!"

템플이 재빠르게 몸을 움직여 물러섰다.

"넌 림보가 뭔 줄 아냐?" 그가 외쳐댔다. "로스코먼*에서 그 따위 애매한 개념 발상에 대해 뭐라고 하는 줄 넌 알아?"

"훠이, 훠이! 이 빌어먹을 놈아!" 크랜리가 손뼉을 치면서 외쳤다.

"그건 내 궁둥이도 아니고 내 팔꿈치도 아니야."** 템플이 비웃는 듯한 어조로 소리쳤다. "림보란 바로 그런 거야."

"그 지팡이 좀 이리 줘." 크랜리가 말했다.

그가 물푸레나무 지팡이를 스티븐에게서 거칠게 빼앗아 쥐더니 번개 같이 계단 아래로 뛰어내려갔다. 하지만 그가 쫓아오는 소리를 들은 템플은 야생 동물처럼 날랜 걸음으로 잽싸게 어스름을 틈타 달아났다. 건물에 둘러싸인 사각형의 안뜰을 가로질러 달려가는 크랜리의 무거운 장화에서 요란한 소리가 났다. 어스름 속에서 들리던 그 소리는, 목적을 이루지 못한 채 무거운 발걸음으로 돌아오는 그가 걸음을 옮길 때마다 걷어차는 자갈 소리로 바뀌었다.

*아일랜드 서부에 있는 마을의 이름이자 카운티의 이름.
**'이것도 아니고 저것도 아니다'라는 뜻을 지닌 속어적 표현.

화가 잔뜩 담긴 발걸음을 내딛으며 돌아온 그가 여전히 화가 풀리지 않은 동작으로 스티븐의 손에 지팡이를 불쑥 되돌려 주었다. 스티븐이 느끼기에 그가 화가 나 있는 것은 다른 이유 때문이었다. 하지만 그는 모르는 척하면서 크랜리의 팔을 가볍게 건드리고는 조용히 이렇게 말했다.

"크랜리, 내가 너한테 할 얘기가 있다고 했지? 우리, 가자."

크랜리가 잠시 그를 바라보더니 이렇게 물었다.

"지금?"

"그래, 지금 바로." 스티븐이 그의 말을 받아 대답한 다음 이렇게 말을 이었다. "여기서는 얘기하기 어려워. 자, 가자."

그들은 아무 말 없이 함께 안뜰을 가로질러 갔다. 누군가가 현관의 계단에서 〈지크프리트〉*에 나오는 새소리를 부드러운 휘파람 소리에 실어 그들에게 보냈다. 휘파람소리에 크랜리가 고개를 돌려 뒤를 돌아보았다. 휘파람을 불던 딕슨이 이렇게 소리쳤다.

"너희들, 어디 가니? 크랜리, 우리 약속한 그 게임 어떡할 거니?"

아델피 호텔에서 하기로 한 당구 게임에 관한 의논이 정적으로 채워진 대기를 가로질러 오가는 외침을 통해 진행되었다. 스티븐은 혼자 걸음을 옮겨 킬데어 스트리트의 정적 속으로 들어섰다. 그리고 메이플스 호텔** 건너편에서 서서 다시금 참을

---

*독일의 작곡가 리하르트 바그너(Richard Wagner, 1813~1883)의 오페라 〈지크프리트 (Siegfried)〉에 나오는 음악의 한 소절. 제2막에서 지크프리트는 숲 속의 새들과 대화를 하려 하나 새들의 노래를 이해하지 못한다. 한편, 그가 새와 대화를 하려 하는 소리에 용 파프너가 잠에서 깨어난다. 지크프리트는 이 용을 죽이고 그 피를 자신의 손가락에 묻혀 입술에 바름으로써 새들의 노래를 알아들을 수 있게 된다.
**킬데어 스트리트에 있던 작고 조용한 분위기의 호화롭고 사치스러운 호텔.

성 있게 기다렸다. 아무런 채색도 하지 않은 채 광택을 낸 나무
판에 써 놓은 호텔의 이름이, 그리고 역시 아무런 채색이 되어
있지 않은 호텔의 고요한 정면이, 태도는 정중하나 경멸감에
차서 그를 쏘아보는 시선으로 바뀌어 그의 마음을 찔렀다. 그
는 부드러운 불빛으로 밝혀져 있는 호텔의 응접실을, 아일랜드
의 귀족들*이 조용히 윤택한 삶을 누리고 있을 것처럼 상상이
되는 바로 그 호텔의 응접실을 화난 시선으로 되쏘아보았다.
그들은 군대 장교 임관**이나 토지 관리인들***에 대한 생각으
로 시간을 보내리라. 그들이 시골에 내려가 길을 따라 가다 보
면 소작농들이 연이어 그들에게 인사하리라. 그들은 이러저러
한 프랑스 요리의 이름을 알고 있을 것이고, 몸을 꽉 죄는 그들
의 옷과도 같은 억양을 뚫고 나오는 고음의 지방 사투리로 마
부들에게 이러저러한 명령을 내리리라.

　어떻게 하면 그들의 양심에 타격을 가할 수 있을까. 어떻게
하면 그들의 딸들이 지니고 있는 상상력 위로 자신의 그림자를
드리울 수 있을까. 시골 신사들이 그녀들에게 애를 배게 하기
전에, 그렇게 해서 그녀들이 그들보다는 덜 천박한 자손을 낳
을 수 있게 하기 위해서 말이다. 깊어진 땅거미 아래서 그는 자
신이 속한 민족의 사람들이 지닌 생각들과 욕망들이 어두운 시
골길을 따라, 개울가의 나무들 아래로, 물웅덩이가 점점이 널
려 있는 늪지 근처로, 박쥐처럼 퍼덕이며 날아다니고 있음을

---

*영국계 아일랜드의 지주 계급. 이들 가운데 많은 사람들이 메이플스 호텔에 머물
렀는데, 그 이유는 그들의 사교 모임 장소인 '킬데어 스트리트 클럽'이 몇 걸음 안 될
만큼 가까운 곳에 있었기 때문이었다.
**당시 영국군에 들어가서 경력을 쌓는 일은 아일랜드의 지주 계급층 사람들에게
유행이었고 또한 전통이었다. 영국의 경우처럼 차남 이하뿐만 아니라 장남도 군대에
갔는데, 이는 부재지주의 전통 때문이었다.
***부재지주를 대신해서 토지와 재산을 관리해주는 대리인들.

느꼈다. 대빈이 한밤의 길을 따라 가는 동안 한 여인이 문가에 서 기다리고 있었으며, 그에게 우유 한 잔을 권하면서 그를 자신의 침대로 유인하는 것이나 다름없는 유혹을 했다고 했다. 대빈이 비밀을 지킬 수 있는 사람의 부드러운 눈매를 지녔기 때문이리라. 하지만 그 어떤 여인의 눈도 그를 유혹한 적이 없었다.

누군가가 그의 팔을 강한 힘이 느껴지는 손으로 움켜쥐었다. 그와 동시에 크랜리의 목소리가 들렸다.

"우리 또 가세."*

그들은 말없이 남쪽 방향으로 걸어갔다. 이윽고 크랜리가 이렇게 말했다.

"허튼 소리나 해대는 멍청이 녀석! 템플, 그 녀석 말이야. 두고 봐라, 내 언젠가 한 번쯤 그 녀석을 아주 끝장내줄 테니."

하지만 그의 목소리에는 이미 화가 담겨 있지 않았다. 크랜리가 회랑에서 그녀한테 인사 받았던 것을 생각하고 있는 것은 아닐까 하는 생각이 스티븐의 마음을 스치고 지나갔다.

그들은 왼쪽으로 진행 방향을 바꾼 다음에도 계속 같은 보조로 걸음을 옮겼다. 얼마 동안 그런 식으로 길을 따라 걸었을 때 스티븐이 입을 열었다.

"크랜리, 오늘 아침 불쾌한 언쟁이 있었어."

"집안 식구들하고?" 크랜리가 물었다.

"어머니하고."

"종교 때문에?"

"응." 스티븐이 대답했다.

*381쪽 역주 참조. 크랜리 특유의 말투가 계속 이어지고 있다.

잠시 뜸을 들인 후에 크랜리가 이렇게 물었다.

"네 어머니, 연세가 어떻게 되시냐?"

"그렇게 많지는 않아." 스티븐이 말을 이었다. "어머닌 나한 테 부활절에 주어진 의무*를 다 하라는 거야."

"할 거니?"

"아니." 스티븐이 대답했다.

"왜?" 크랜리가 물었다.

"난 더 이상 섬기지 않을 거니까."** 스티븐의 대답이었다.

"그건 누가 이미 앞서 한 말이잖아."*** 크랜리가 조용한 어 조로 말했다.

"지금 난 뒤에서 그 말을 하고 있는 거야."**** 스티븐이 열 띤 어조로 말했다.

크랜리가 스티븐의 팔을 누르면서 이렇게 말했다.

"자자, 진정해라, 진정해. 넌 말이다, 끔찍이도 쉽게 흥분하 는 그런 성격의 친구야. 너, 그거 알고 있니?"

그가 그렇게 말하면서 불안한 듯한 표정으로 웃음을 흘렸 다. 그런 다음 걱정이 담긴 우정 어린 눈빛으로 스티븐의 얼굴 을 들여다보며 이렇게 말했다.

"넌 네가 쉽게 흥분하는 그런 성격의 친구라는 걸 알고 있 니?"

---

*여기에는 성찬식에 참여하는 일뿐만 아니라 고백성사를 하는 일도 포함된다.
**215쪽의 역주 참조. 스티븐의 이 말은 라틴어의 "Non serviam"에 해당하는 것으 로, 앞선 역주에서 밝혔듯 이는 악마가 하느님을 거부하면서 한 말로 여겨지고 있다. 하지만 오늘날에는 정치적으로나 문화적으로 종교적으로 어떤 특정한 믿음을 따르 지 않겠다는 뜻을 나타낼 때 일반적으로 사용되는 표현이기도 하다.
***악마가 이미 한 말이라는 뜻을 암시한다.
****악마를 따르는 자들은 악마와 만나 그의 뒤에 입을 맞춘다는 속설을 암시하고 있는 것으로 판단된다.

"내가 보기에도 그런 것 같아." 스티븐 역시 웃음을 흘리며 말했다.

최근 소원해진 그들 두 사람의 마음이 갑작스럽게 서로를 향해 가까워진 것 같았다.

"넌 성체에 대해 믿니?"* 크랜리가 물었다.

"아니." 스티븐이 대답했다.

"안 믿는다고?"

"믿는 것도 아니고 믿지 않는 것도 아니야." 스티븐이 대답했다.

"많은 사람들이, 심지어 성직에 있는 사람들까지도 그에 대해 의구심을 갖고 있는 것도 사실이야. 하지만 그들은 그걸 극복하거나 옆으로 제쳐 둔 채 신경을 쓰지 않지." 크랜리가 말을 이었다. "그것에 대한 너의 의구심이 아주 강한 거니?"

"난 그걸 극복하고 싶지도 않아." 스티븐이 대답했다.

잠시 당황해하던 크랜리가 주머니에서 무화과 열매를 하나 더 꺼냈다. 그가 그것을 막 먹으려 할 때 스티븐이 이렇게 말했다.

"미안하지만, 그거 먹지 않았으면 좋겠다. 입안에 무화과 열매 조각을 가득 문 채 이 문제를 애기할 수는 없잖아?"

크랜리가 가로등 아래 멈추더니 그 불빛에 의지하여 무화과 열매를 유심히 들여다보았다. 그리고는 코에 가져가 그 냄새를 맡고는 아주 작게 한 입 베어 물었다. 그런 다음 이를 뱉어버리고는 열매를 거칠게 시궁창에 던져버렸다. 시궁창에 떨어져 있는 무화과 열매에게 말을 걸 듯 그가 이렇게 말했다.

"저주받은 자들아, 나에게서 떠나 영원한 불 속으로 들어가

---

*봉헌된 빵과 포도주가 예수 그리스도의 살과 피라는 점을 믿느냐는 물음.

라."*

그가 스티븐의 팔을 잡고 다시 걸음을 재촉하면서 이렇게 말했다.

"최후 심판의 날에 그런 말이 너에게 떨어질까 두렵지 않니?"

"믿는다 했을 때 나한테 주어지는 것은 무엇일까?" 스티븐이 물었다. "학업 담당 학감과 같은 사람의 친구가 되어 영원의 기쁨을 누리는 것?"

"그 사람은 찬미의 대상이 될 것이라는 점을 잊지 말기 바래." 크랜리가 말했다.

"물론 그렇겠지." 스티븐이 다소 언짢은 어조로 말했다. "밝고 민첩하며 감정에 흔들리지 않고, 무엇보다 명민한 사람**이니까."

"네가 의식하고 있는지 모르겠다만, 참으로 수수께끼 같아." 크랜리가 냉정한 어조로 말을 이었다. "네가 믿지 않는다고 말하는 바로 그 종교가 네 마음을 넘칠 정도로 가득 채우고 있다는 게 말이야. 너, 옛날 어린 학생 시절에 믿음을 갖고 있었니? 확신컨대, 그랬을 것 같아."

"갖고 있었지." 스티븐이 대답했다.

"그럼 그때 행복했니?" 크랜리가 부드러운 어조로 물었다. "예컨대, 지금에 비해 그때가 더 행복했니?"

---

*〈마태오 복음서〉 25장 41절.
**성자의 네 가지 자질. 《천주교 백과사전(The Catholic Encyclopedia)》(1912)에 의하면, 성자는 네 가지 자질을 통해 다른 이들과 구별된다. 우선 모든 고통과 불편을 견딜 수 있도록 '감정에 흔들리지 않는(impassable)' 사람, 그 몸이 태양처럼 빛날 수 있도록 '밝은(bright)' 사람, 영혼이 원할 때 육체가 날렵하게 움직일 수 있도록 '민첩한(agile)' 사람, 또한 영혼이 육체를 절대적인 지배할 수 있도록 '명민한(subtle)' 사람이 곧 성자다.

"때때로 행복했지." 스티븐이 대답했다. "하지만 때때로 행복하지 않기도 했어. 그땐 내가 지금의 내가 아닌 다른 사람이었어."

"다른 사람이었다니? 무슨 뜻이지?"

"내가 말하고자 하는 건, 과거의 내가 현재의 나나 미래의 나와는 다른 나였다는 거야." 스티븐이 말했다.

"현재의 나나 미래의 나와는 다른 나라!" 크랜리가 스티븐의 말을 받아 되뇌고는 이렇게 말을 이었다. "너한테 하나 물어보자. 넌 너의 어머니를 사랑하니?"

스티븐이 천천히 머리를 흔들었다.

"묻는 의도가 뭔지 모르겠어." 그가 솔직하게 말했다.

"넌 누군가를 사랑해본 적 있니?" 크랜리가 물었다.

"여자 말하는 거냐?"

"내가 말하는 건 그게 아니야." 크랜리가 냉정해진 어조로 말했다. "난 말이야, 네가 어떤 사람이나 대상을 향해 사랑의 감정을 느낀 적이 있냐는 거야."

스티븐이 우울한 표정으로 보도를 응시한 채 그의 친구와 나란히 걸음을 계속 옮겼다.

"난 하느님을 사랑하려 했었어." 그가 마침내 입을 열었다. "현재 입장에서 보면 실패한 것 같아. 그건 정말 힘든 일이야. 매 순간마다 난 내 자신의 의지와 하느님의 의지를 하나로 결합하려 했었어. 그 일에서 항상 실패했던 것만은 아니야. 어쩌면 아직도 그렇게 하려 할 수도 있을 거야."

크랜리가 그의 말을 끊고 이렇게 물었다.

"너의 어머니가 살아오신 삶은 행복했었니?"

"내가 그걸 어떻게 알아?" 스티븐이 대답했다.

"너의 어머니는 자녀를 몇 명이나 두셨니?"

"아홉이나 열." 스티븐이 대답했다. "그리고 몇몇은 살아남지 못했어."

"너의 아버지는—" 크랜리가 잠시 스스로 자신의 말을 끊었다가, 이렇게 말했다. "난 너의 집 가정사를 파고들고 싶지는 않아. 하지만 말이야, 너의 아버지는 시쳇말로 잘나가는 분이셨니? 그러니까 네가 어렸을 때 말이야."

"그랬어." 스티븐이 말했다.

"뭐 하는 분이셨니?" 잠시 뜸을 들였다가 크랜리가 물었다.

스티븐이 자기 아버지의 경력에 해당한다고 할 만한 것들을 줄줄이 열거하기 시작했다.

"의대 학생이었고, 조정 선수였으며, 테너 가수였고 아마추어 연기자였지. 그리고 시끄러운 정치가였으며, 소(小)지주였고, 소규모 투자가였어. 게다가 술꾼이었고, 호인인 데다가 이야기꾼이기도 했어. 그뿐 아니라, 누군가의 비서도 했고, 양조장에서 한몫하기도 했으며, 세금 징수관이기도 했지. 그러다 파산하여 현재로서는 자신의 과거를 찬미하는 그런 사람이 되어 있지."

크랜리가 웃으면서 스티븐의 팔을 잡고 있는 손에 힘을 주었다. 그리고 이렇게 말했다.

"양조장에서 한몫하셨다니 그거 아주 멋진데."

"그밖에 더 알고 싶은 거 있니?" 스티븐이 물었다.

"현재 네가 처한 환경은 괜찮니?"

"그런 것 같아 보이니?" 스티븐이 퉁명스러운 어조로 물었다.

"그렇다면 말이야." 크랜리가 생각에 잠긴 표정으로 말을 이었다. "넌 사치의 품에 폭 안긴 채 태어났구나."

확실하게 알지 못하는 표현을 사용하고 있음을 상대가 이해해주기 바라기라도 하는 양, 크랜리는 전문적 표현을 사용할 때 종종 그러하듯 입을 크게 벌려 또렷하게 큰 소리로 '사치의 품'이라는 말을 발음했다.

"틀림없이 너의 어머닌 엄청난 고통을 견디며 살아오셨을 거야." 그 말에 이어 그가 이렇게 말했다. "어머니가 더 고통받지 않도록 노력할 생각은 없니? 설사 네 맘에—" 끊겼던 말이 이어졌다. "아니면 노력할 거니?"

"할 수 있다면, 그게 그리 힘든 일은 아니겠지." 스티븐이 말했다.

"그럼 한 번 해봐." 크랜리가 말했다. "어머니가 원하시는 대로 해보란 말이야. 그게 너한테 뭔데? 네가 그걸 믿지 않는다고 해서 뭐 문제될 게 있겠어? 그건 형식에 불과한 것일 뿐 아무것도 아니잖아. 게다가 어머니 맘도 편하게 해드릴 수 있을 거고."

그가 여기에서 말을 멈췄다. 그리고 스티븐이 아무런 대꾸도 하지 않자 역시 침묵을 지켰다. 잠시 후, 마치 자기 생각의 진행 과정을 말로 드러내기라도 하는 양 이렇게 말했다.

"이 냄새나는 똥 같은 세상에서 다른 모든 것이 불확실하더라도 어머니의 사랑만큼은 그렇지가 않지. 너의 어머니는 너를 이 세상에 태어나게 한 분이고, 무엇보다도 너를 몸 안에 품고 계셨던 분이야. 어머니가 마음으로 느끼는 것을 우리가 어떻게 알 수 있겠니? 하지만 어머니가 느끼는 게 무엇이든 적어도 그건 확실히 진실한 것이야. 진실한 것임이 확실해. 우리의 사상이라든가 야망이라는 게 뭐니? 그건 장난이야. 사상이라! 그 시뻘건 염소새끼처럼 울어대는 템플 같은 녀석한테도 사상이 있지. 매캔 같은 녀석한테도 물론 사상이 있고. 길거리에 나다니는 온갖 멍청이 같은 놈들에게도 사상이 있게 마련이야."

그 말 뒤에 숨어 표현되지 않고 있는 말에 귀를 기울이던 스티븐이 짐짓 무관심한 척한 어조로 이렇게 말했다.

"내 기억이 정확한지 모르겠지만 말이야, 파스칼은 여성과의 접촉이 두려워 자기 어머니가 자기한테 입을 맞추려 하는 것조차도 허락하려 하지 않았다더군."*

"파스칼은 돼지 같은 인간이야." 크랜리가 말했다.

"내 생각엔 알로이시우스 곤사가**도 같은 생각을 가지고 있었던 것 같아." 스티븐이 말했다.

"그렇다면 그도 또 하나 돼지 같은 인간이로군." 크랜리가 말했다.

"교회가 그를 성자라 부르는데도?" 스티븐이 이의를 제기했다.

"누가 그를 뭐라고 하든 내가 알 게 뭐야." 크랜리가 거칠고 단호한 어조로 말했다. "난 그를 돼지 같은 인간이라 할 테니까."

하고자 하는 말을 마음속으로 깔끔하게 정리한 스티븐이 이렇게 말을 이었다.

"예수도 대중 앞에서 거의 아무런 예의를 갖추지 않은 채 자기 어머니를 대한 것 같아. 물론 예수회의 신학자이자 스페인의 신사(紳士)였던 수아레스가 예수를 위해 변명을 하긴 했지만."***

---

*근거가 확실한 이야기는 아니지만, 프랑스의 철학자이자 극단적인 보수주의적 천주교 신자였던 파스칼(Blaise Pascal, 1623~1662)은 어머니가 자신의 몸에 손을 대는 것을 거부했다는 설이 있다.
**스티븐이 클롱고우스 우드 칼리지에 다니던 시절 어두운 복도에서 그는 알로이시우스 곤사가의 초상을 본 적이 있다. 곤사가는 젊은 나이에 세상을 떴지만 성자로 추앙된 인물로, 인간의 육체에 대해 파스칼과 유사한 태도를 지니고 있었던 것으로 알려져 있다.
***〈마르코 복음서〉 3장 31~35절에 의하면, 사람들이 예수에게 어머니와 형제들이 그를 찾고 있다고 말하자, 예수는 "하느님의 뜻을 실행하는 사람이 바로 내 형제요

"예수가 겉으로 무례한척 했지만 속으로는 그렇지 않았다는 생각을 해본 적은 없니?" 크랜리가 물었다.

"그런 생각을 최초로 했던 사람은 바로 예수 자신이었지." 스티븐이 대답했다.*

"내가 너한테 묻고자 하는 건 이거야." 크랜리가 단호한 어조로 말을 이었다. "예수가 당시의 유대인들을 회칠한 무덤** 이라 했는데, 그 자신도 그런 의미에서의 회칠한 무덤, 그러니까 의식적인 위선자였을 수도 있었다는 생각이 너한테 떠오른 적이 있냐, 이거야. 좀 더 소박한 말로 묻자면, 예수가 천박한 사람은 아니었을까 하는 생각을 해본 적이 있냔 말이야."

"그런 생각을 해본 적은 한 번도 없어." 스티븐이 대답했다. "그건 그렇고, 난 네가 나를 믿음의 길로 이끌겠다는 건지, 아니면 너 스스로 믿음을 버리는 길로 가겠다는 건지, 영 갈피를 잡을 수가 없어."

스티븐이 친구를 향해 고개를 돌리고 바라다보니 그의 얼굴에는 다듬어지지 않은 거친 미소가, 의지의 힘을 동원하여 품

누이요 어머니다"라 말한다. 또한 〈요한 복음서〉 2장 1~4절에는 다음과 같은 기록도 있다. "사흘째 되는 날, 갈릴래아 카나에서 혼인 잔치가 있었는데, 예수님의 어머니도 거기에 계셨다. 예수님도 제자들과 함께 그 혼인 잔치에 초대를 받으셨다. 그런데 포도주가 떨어지자 예수님의 어머니가 예수님께 '포도주가 없구나' 하였다. 예수님께서 어머니에게 말씀하셨다. '여인이시여, 저에게 무엇을 바라십니까? 아직 저의 때가 오지 않았습니다.'" 스페인의 예수회 신학자인 프란치스코 수아레스(Francisco Suarez, 1548~1617)는 "'여인이시여, 저에게 무엇을 바라십니까?'라는 예수의 말은 그가 사용했던 아람어의 관점에서 보면 예의를 갖춘 말이라 주장한 바 있다.

*크랜리의 물음에 대한 스티븐의 대답이 암시하는 '스스로 의혹에서 벗어나지 못한 예수'를 논의 주제로 삼고자 하는 사람들이 즐겨 거론하는 것은 〈마태오 복음서〉 27장 46절의 다음 인용이다: "오후 세 시쯤에 예수님께서 큰 소리로, '엘리 엘리 레마 사박타니?'하고 부르짖으셨다. 이는 '저의 하느님, 저의 하느님, 어찌하여 저를 버리셨습니까?'라는 뜻이다."

**예수는 독선적인 유대인 무리였던 율법 학자들과 바리사이들의 위선을 비판하면서 그들을 "겉은 아름답게 보이지만 속은 죽은 이들의 뼈와 온갖 더러운 것으로 가득 차 있는 회칠한 무덤"(〈마태오 복음서〉 23장 27절)에 비유한 바 있다.

위 있고 의미 있는 것으로 만들려 애를 쓰나 뜻대로 되지 않는 그런 미소가 떠올라 있었다.

크랜리가 언뜻 솔직하고도 조심스런 어조로 물었다.

"솔직히 말해봐. 너 내가 말한 것 때문에 충격을 받았지?"

"어느 정도는 그래." 스티븐의 대답이었다.

"네가 충격을 받았다면, 그 이유는 뭘까?" 크랜리가 어조를 바꾸지 않은 채 스티븐에게 다그쳐 물었다. "만일 우리의 종교가 잘못된 것이고 예수가 하느님의 아들이 아니라고 확신하고 있다면, 충격을 받을 이유가 없지."

"그런 확신을 해본 적은 한 번도 없어." 스티븐이 말을 이었다. "따지고 보면, 예수는 마리아의 아들이라기보다는 하느님의 아들이야."*

"그럼 그런 이유 때문에 성체를 받지 않겠다는 거니?" 크랜리가 물음을 계속했다. "그런 확신을 해본 적이 없기 때문에? 그러니까, 네가 받는 성체가 그냥 빵 한 조각과 포도주 한 모금이 아니라 하느님의 아들의 살과 피일 수도 있기 때문에? 그리고 그럴지도 모른다는 게 두렵기 때문에?"

"응." 스티븐이 조용한 어조로 말했다. "그렇게 느끼고, 또 그게 두려워."

"알겠다." 크랜리가 말했다.

크랜리의 어조로 보아 그가 이제는 이야기를 끝맺으려 한다는 느낌이 들자, 이에 자극을 받은 스티븐은 다음과 같이 말함

---

*천주교 교리가 예수를 낳은 성모 마리아의 의미와 역할을 중요시하는 것 같지만, 실제로는 아버지 하느님과 하느님의 아들로서의 예수의 관계를 성모 마리아와 그의 아들로서의 예수 사이의 관계보다 한결 더 중요한 것으로 여기고 있다는 스티븐의 생각이 이 말을 통해 암시되고 있다.

으로써 즉시 이야기의 불씨를 되살리려 했다.

"나한텐 두려운 게 많아. 개도, 말[馬]도, 총기(銃器)도, 바다도, 폭풍우도, 기계도, 밤길도 모두 두려워."

"하지만 빵 한 조각이 두려운 이유는 뭐지?"

"내 상상으로는 말이야, 내가 두려워한다고 말한 것들 이면에 사악한 현실이 도사리고 있는 것 같아."

"그렇다면 말이다." 크랜리의 물음이 이어졌다. "만일 네가 성체를 받는 자리를 빌려 신성 모독을 하면,* 천주교의 하느님이 너를 내리쳐 죽이고 또 저주를 내릴까 두렵니?"

"천주교의 하느님은 지금이라도 당장 그렇게 하려면 할 수 있을 거야." 스티븐이 말했다. "내가 그것보다 더 두려워하는 것이 있다면, 2천 년의 세월 동안 권위와 존경의 대상이었던 상징에 대해 내가 거짓된 충성 맹세를 할 때 내 영혼 안에서 일어날지도 모르는 화학 작용이야."

"만일 극단의 위기 상황이라면 그와 같은 특정한 신성 모독의 행위**를 하겠니?" 크랜리가 물었다. "가령 천주교 신앙이 불법화되었던 시대 상황***에 처하게 되었다면 말이야."

*종교에 대한 반항을 통해 이미 치명적인 죄를 짓게 된 스티븐이 크랜리의 제안에 따라 위선적으로 부활절에 주어진 의무를 수행한다면, 그는 신성 모독을 통해 자신의 종교적 배신을 한층 더 심각한 것으로 만들게 될 것이라는 뜻을 암시하는 표현.
**만일 신앙심을 잃은 스티븐이 크랜리의 제안에 따라 위선적으로 성찬식에 참여했다면, 이는 더 한층 심각한 신성 모독의 행위가 될 것이다. 이와 관련하여, 〈히브리인들에게 보낸 서간〉 6장 6절 참조: "떨어져 나가면, 그들을 다시 새롭게 회개하도록 만들 수가 없습니다. 그런 사람들은 스스로 하느님의 아드님을 다시 십자가에 못 박고 욕을 보이는 것입니다."
***1697년 아일랜드에서 천주교 신앙이 불법화되었다가 다시금 전면적으로 용인된 1829년까지의 기간. 이 시기에는 아일랜드에서 천주교가 종교적 의식을 행하는 것이 법으로 금지되었으며 또한 천주교도들에게 시민권이 허용되지 않았다. 하지만 역설적으로 이는 오히려 아일랜드 사람들의 천주교 신앙을 더욱 더 공고하게 하는 요인으로 작용했다. 스티븐과 크랜리의 대화는 이런 맥락에서 이해될 수 있다.

"과거에 대해서는 내가 뭐라 말할 수는 없어." 스티븐이 대꾸했다. "하지만 아마 하지 않았겠지."

"그렇다면 말이다." 크랜리가 말했다. "넌 신교도가 될 생각은 없니?"

"나는 내가 신앙심을 잃었다고 했지, 자존심을 잃었다고 하지는 않았어." 스티븐이 말을 이었다. "논리적이고 일관성이 있는 부조리를 저버리고 비논리적이고 일관성이 없는 부조리를 끌어안는 것이 어떻게 해방이 될 수 있겠어?"

그들은 펨브로크 구역을 향해 계속 걸었다. 이제 널찍한 길을 따라 천천히 걸음을 옮기고 있는 두 사람의 마음은 주변 나무들과 여기저기 흩어져 있는 빌라의 불빛 덕분에 진정이 되어 있었다.* 그들 주변에 퍼져 있는 풍요와 여유의 분위기가 가난한 그들의 마음을 달래주는 듯도 했다. 월계수 울타리 뒤쪽의 부엌 창문으로 희미하게 명멸하는 불빛이 보였고, 부엌 안에서 하녀가 칼을 갈면서 노래를 부르는 소리가 들렸다. 그녀는 한 소절씩 짤막하게 끊어 〈로지 오그레이디〉**를 부르고 있었던 것이다.

크랜리가 걸음을 멈추고 노랫소리에 귀를 기울이다가 이렇게 말했다.

"물리에르 칸타트."***

<hr>

*펨브로크는 1863년에서 1930년까지 존속되었던 행정 구역으로, 더블린 외곽 동남쪽에 위치해 있었다. 이 행정 구역은 후에 더블린에 흡수되었으며, 이 구역에 소속된 몇몇 지역은 부유한 사람들의 주거 지역이었다. 여기서 말하는 빌라는 그랜드 커낼의 남동쪽에 있는 부유한 사람들의 주거 지역에 들어서 있던 별채 가옥들.
**미국의 가수이자 작곡가인 모드 뉴전트(Maude Nugent, 1873 또는 1874~1958)가 불러 공전의 히트를 기록한 노래. 노래의 원래 제목은 〈어여쁜 로지 오그레이디(Sweet Rosie O'Grady)〉. 이 노래는 뉴전트가 작곡하고 그녀의 남편인 윌리엄 제롬(William Jerome)이 작사한 것으로 알려져 있다.
***"Mulier cantat": "여인이 노래하고 있네"라는 뜻의 라틴어 표현.

라틴어 표현에 담긴 부드러운 아름다움이 매혹적인 손길로, 들려오는 저 노랫가락의 감촉이나 칼을 갈며 노래 부르는 여인의 손길보다 희미하지만 더욱 강렬한 손길로, 저녁의 어둠을 어루만지고 있는 것만 같았다. 그들의 마음에서 들끓던 격랑은 이제 가라앉았다. 교회의 성찬식에 모습을 드러낸 여인의 형상이 조용히 어둠을 가로질러 지나갔다.* 하얀 예복을 입은 여인의 형상이, 소년처럼 작고 호리호리한 한 여인의 형상이 허리띠를 드리운 채. 이윽고 저 멀리 떨어진 곳의 합창단에서 한 여인이 읊조리는 영창의 첫 구절이, 소년의 목소리만큼이나 가냘프고 높은 음조의 목소리로 여인이 읊조리는 영창의 첫 구절이, 예수 수난곡의 시작 부분을 수놓고 있는 음울함과 합창의 떠들썩함을 꿰뚫고 흘러나와 그의 귀를 울렸다.

에 투 쿰 예수 갈릴라에오 에라스.**

이윽고 모든 사람의 마음이 감동에 젖어 그녀의 목소리에 귀를 기울였다. 샛별처럼 영롱하게 빛나는 목소리에, 셋째 음절에 억양이 주어지는 어휘***를 읊조릴 때 더욱 선명하게 빛나다가 선율이 잦아들 무렵 더욱 희미하게 빛나는 그녀의 목소

---

*크랜리의 말(물리에르 칸타트)이 계기가 되어 스티븐은 수난곡 공연 도중 복음서의 구절을 영창하는 여인의 모습을 상상 속에 떠올린다. 기독교에서는 부활절에 앞선 1주일 동안의 기간을 '수난 주간(Passion Week)' 또는 '성 주간(Holy Week)'이라 하는데, 이 기간 동안 천주교 성당에서는 오라토리오 형식의 수난곡이 공연되는 것이 관례다. 수난곡은 합창과 영창(아리아)으로 구성되며, 이 가운데 4복음서의 구절을 인용하거나 예수의 말을 인용할 때는 영창 형식으로 공연된다.
**"Et tu cum Jesu Galilaeo eras": "당신도 저 갈릴래아 사람 예수와 함께 있었지요"(〈마태오 복음서〉 26장 69절).
***이 경우 '갈릴라에오(Galilaeo)'가 예가 될 수 있는데, '라'에 억양이 주어진다.

리에 모두의 마음이 향했던 것이다.

노랫소리가 그쳤다. 그들은 함께 계속 걸음을 옮겼다. 그러는 사이 크랜리가 강하게 억양을 넣어 노래의 후렴 마지막 부분을 되풀이해 읊조렸다.

> 그리고 우리가 결혼을 하면
> 아, 우리는 얼마나 행복할까요.
> 나는 어여쁜 로지 오그레이디를 사랑하고
> 로지 오그레이디는 나를 사랑하니까요.

"이게 너한테 필요한 진짜 시야." 그가 말했다. "이게 진짜 사랑이지."

그가 묘한 미소를 머금은 표정으로 스티븐을 곁눈질해 흘긋 바라보고는 이렇게 말을 계속했다.

"너도 이게 시라는 걸 인정하니? 이 노래 가사가 말하는 게 뭔지 알겠니?"

"우선 로지를 만나 봐야겠지." 스티븐이 말했다.

"어디 가나 만날 수 있는 게 로지야." 크랜리가 말했다.

그가 이마 쪽으로 내려와 있던 모자를 뒤로 젖혔다. 그 순간 스티븐은 나무 그늘 아래의 어둠에 둘러싸인 채 윤곽을 드러낸 그의 창백한 얼굴을, 그리고 그의 크고 검은 두 눈을 보았다. 그렇다, 그의 생김새는 수려했고, 그의 몸은 강인하고 단단했다. 그런 그가 어머니의 사랑에 대해 이야기했다. 그는 이어서 여인들이 겪어야 하는 고통을, 여인들이 지닌 육체와 영혼의 연약함을 짚어보기도 했다. 그는 필경 강인하고 단호한 팔로 여인들을 감싸안을 것이고, 여인들에게 마음을 다해 경의를 표하리라.

그렇다면 떠나야 한다. 이제 떠날 때가 된 것이다. 스티븐의 고독한 마음을 향해 부드럽게 말을 건네는 하나의 목소리가 있었으니, 그 목소리는 스티븐에게 떠날 것을 명했고, 그와 크랜리 사이의 우정도 이제 마감할 때가 되었음을 알렸다. 그렇다, 그는 떠날 것이다. 그는 다른 사람과 힘을 겨루고 있을 수만은 없었다. 그는 자신이 해야 할 역할이 무엇인지 알고 있었다.

"어쩌면 난 떠날지 몰라." 그가 말했다.

"어디로?" 크랜리가 물었다.

"내가 갈 수 있는 곳으로." 스티븐이 말했다.

"그래, 맞아." 크랜리가 말을 이었다. "지금 이 순간 네가 여기서 삶을 이어나가기는 어려울지도 몰라. 그건 그렇고, 그게 바로 네가 떠나야겠다는 이유니?"

"난 떠나야 해." 스티븐이 대꾸했다.

"만일 자발적으로 떠나고자 한다면, 그건 그렇게 함으로써 떠나고 싶지 않은데도 마지못해 쫓겨가는 자로, 또는 이단자로, 또는 추방당하는 자로 자기 자신을 바라봐야 할 필요가 없어지기 때문이겠지." 크랜리의 말이 계속 이어졌다. "세상에는 믿음이 견실하지만 그래도 여전히 너처럼 생각하는 사람들도 많아. 그거 놀랍지 않니? 교회란 돌로 축조된 건물 그 자체도 아니고, 성직자 집단이나 그들의 교리 그 자체도 아니야. 교회의 구성 요소가 될 운명에 있던 모든 것들의 총체적인 집합체, 그게 바로 교회지. 네가 인생에서 목표하는 게 뭔지 난 모르겠어. 혹시 우리가 하코트 스트리트 역* 바깥쪽에 서 있던 날 밤네가 나한테 말한 그게 바로 네가 목표하는 거니?"

---

*1959년까지 운용되었던 역으로, 스티븐스 그린의 서부 지역 남쪽에 위치해 있었다.

"응." 장소와 연관지어 무언가를 기억해내려는 크랜리의 경향에 자기도 모르게 웃음이 나와 미소를 지으면서 스티븐이 말했다. "그날 밤 샐리갭에서 라라스*까지 가는 지름길이 어떤 것이냐를 놓고 너는 도커티와 반 시간이나 입씨름을 했어."

"멍청한 자식!" 크랜리가 차분하지만 경멸을 띤 어조로 말했다. "그깟 녀석이 샐리갭에서 라라스까지 가는 길에 대해 알긴 뭘 알아? 그 얘기가 나와서 하는 얘긴데, 그 녀석이 아는 게 뭐 있나? 주절주절 쓸데없는 말이나 늘어놓는 쪼다에 불과한 녀석이지."

그가 웃음을 터뜨리더니 소리 내어 한참을 웃었다.

"그런가?" 스티븐이 말했다. "그건 그렇고, 너, 그 다음을 기억하니?"

"그날 네가 말한 거 말이냐?" 크랜리가 물었다. "그럼, 기억하고말고. 너의 영혼이 구속받지 않고 자유롭게 자신을 표현할 수 있도록 그에 걸맞은 삶의 양식이나 예술의 양식을 찾겠다고 했지?"

스티븐이 시인한다는 표시로 모자를 들어올렸다.

"자유롭게!" 크랜리가 되풀이해서 말했다. "하지만 넌 아직 신성 모독 행위를 할 만큼도 자유롭지 못하잖아? 그래, 자유를 강탈이라도 할 거니?"

"그보다는 먼저 구걸을 해야겠지." 스티븐이 말했다.

"그렇게 해서 얻지 못하면 강탈할 거니?"

"재산권은 잠정적인 것이고, 따라서 어떤 상황에서는 강탈 행위가 불법이 아니다. 넌 내가 그렇게 말하기를 바라는 거

*더블린의 남쪽에 있는 위클로우 카운티의 위클로우 산악 지대에 있는 마을들. 라라스는 크랜리의 가족이 살고 있는 곳.

지?" 스티븐이 대꾸했다. "모든 사람이 그런 믿음에 따라 행동하겠지. 그래서 난 너한테 그런 답변을 하지 않을 거야. 그런 물음은 예수회 소속의 신학자인 후안 마리아나 데 탈라베라*한테나 물어봐. 어떤 상황에서 왕을 합법적으로 살해할 수 있는지를, 또 독을 넣은 술잔을 왕에게 건네는 게 좋을지 또는 옷이나 안장의 앞쪽에 독을 바르는 게 좋을지도 설명하고 있는 그에게 말이야. 그리고 나한텐 대신 묻지그래. 다른 사람들이 나한테서 자유를 강탈해가도록 내버려둘 것인지, 아니면 그들이 나한테서 자유를 강탈해가는 경우 세속의 권력에 의한 응징**이라 내가 믿는 것을 그들에게 내려달라고 빌 것인지, 그렇게 말이야."

"그래, 어떻게 하겠니?"

"내 생각엔 강탈당하는 것이나 다른 사람들에게 벌을 내리라고 비는 것이나 고통스럽기는 마찬가질 거야."

"무슨 말인지 알겠어." 크랜리가 말했다.

그가 성냥개비를 주머니에서 꺼내더니 이 사이사이를 깨끗이 하기 시작했다. 그러면서 무심한 듯한 어조로 이렇게 물었다.

"너한테 말이다, 예컨대, 처녀의 순결을 범할 용의가 있는지?"

"그게 무슨 말이지?" 스티븐이 정중한 어조로 말했다. "그건 대부분의 젊은 신사 양반네들이 열망하는 바 아닌가?"

---

*후안 마리아나 데 탈라베라(Juan Mariana de Talavera, 1536~1623)는 예수회 소속의 역사학자로,《폭군들과 폭압적인 제도들에 대해(De Rege et Regis Institutione)》라는 책에서 비록 폭군이 왕위를 찬탈한 자는 아니더라도 그를 죽이거나 권좌에서 내쫓는 것은 옳은 일이라 역설한 바 있다.

**종교 재판소에서 이단자에 대한 처형을 국가에 넘길 때 사용하는 공식적 표현. 일반적으로 종교 재판소는 이단자에게 내리는 사형 이외의 형벌은 자체의 권한으로 집행했지만, 사형의 경우는 단지 국가만이 집행할 수 있었기에 그 집행권을 국가에게 넘겼다.

"그럼 네 입장은 어떤 거니?"

목탄 연기처럼 불쾌한 냄새를 풍기는 동시에 마음을 무겁게 가라앉히는 크랜리의 마지막 말이 스티븐의 두뇌를 자극했다. 크랜리의 마지막 말이 내뿜는 매운 연기가 스티븐의 두뇌를 뒤덮고 있는 것만 같았다.

"이봐, 크랜리." 그가 말을 이었다. "넌 내가 하려는 게 뭔지, 하지 않으려는 게 뭔지를 물었어. 내가 하려는 게 뭔지, 하지 않으려는 게 뭔지를 너한테 말하지. 난 말이야, 내가 더 이상 믿지 않는 것, 그러니까 그것이 나의 가정이라 불리는 것이든, 나의 조국이라 불리는 것이든, 또는 나의 교회라 불리는 것이든, 그 어떤 것도 섬기거나 이를 위해 봉사하지 않을 거야. 그리고 무언가 적절한 생활 양식 또는 예술 양식을 통해 가능한 한 자유롭게 그리고 가능한 한 전부 나 자신을 표현하려 애쓸 거야. 그 과정에 나는 내가 나 자신에게 허락하는 유일한 무기인 침묵, 유랑, 교활함만을 나 자신을 방어하는 데 동원할 생각이야."

리슨 공원*을 향해 되돌아갈 수 있도록 크랜리가 스티븐의 팔을 잡고 둥글게 반 바퀴를 돌았다. 그는 거의 장난기가 느껴지는 그런 웃음을 터뜨렸다. 그리고 스티븐의 팔을 잡고 있던 손에 인생 선배가 후배에게 보일 법한 애정을 실어 힘을 주었다.

"교활함을 동원하겠다니! 그래?" 그가 말했다. "그럴 수 있는 게 너라고? 넌 말이야, 그냥 가련한 시인이야!"

"그런 고백을 유도한 장본인은 너야." 크랜리의 강한 손길에 몸을 부르르 떨며 스티븐이 말을 이었다. "전에 내가 그처럼

*그랜드 커낼 위에 놓인 리슨 스트리트 브리지에 바로 못 미쳐 있는 공원.

수많은 것들에 관해 너한테 고백했을 때처럼 말이야. 내가 너 한테 많은 걸 고백했지, 안 그래?"

"그래요, 교우(敎友)의 말이 맞아요."* 여전히 쾌활한 어조로 크랜리가 말했다.

"너는 내가 두려워하는 게 뭔지를 고백하게 했어. 이제 내가 두려워하지 않는 것이 뭔지도 너에게 말해주지. 나는 고독하게 혼자 있는 것, 또는 남들에게 자리를 내주고 내쳐지는 것, 또는 내가 버리고 떠나야 할 것이 무엇이든 그걸 버리고 떠나는 것, 이런 것들이라면 어느 것도 두렵지 않아. 그리고 말이야, 실수 를 하는 것, 그것도 엄청나게 큰 실수를 하는 것, 평생 되돌릴 수 없을 만큼 큰 실수를 하는 것, 어쩌면 영원히 되돌릴 수 없 을 정도의 큰 실수를 하는 것, 그런 것들 또한 두렵지 않아."

이제 다시 심각한 표정으로 돌아온 크랜리가 천천히 걸음을 옮기면서 이렇게 말했다.

"혼자, 아주 고독하게 혼자 있는 것, 그것이 두렵지 않다고 했지. 넌 그 말이 뜻하는 바가 무언지 알고 있니? 그건 다른 모 든 사람들과 결별하는 걸 뜻할 뿐만 아니라, 심지어 단 한 사람 의 친구도 남지 않게 된다는 걸 뜻하기도 해."

"난 그런 위험조차 떠안으려 해." 스티븐이 말했다.

"그리고 말이지." 크랜리가 말을 이었다. "친구보다 더 소중 할 수도 있는 사람, 한 인간이 일찍이 소유했던 가장 고귀하고 가장 진정한 친구보다 더 소중할 수도 있는 사람을 포기하는 걸 뜻하기도 해."

그의 말은 그 자신의 본성 깊은 곳에 내재되어 있는 심금(心

---

*크랜리는 여기에서 고해 신부의 어투를 흉내 내고 있는 것이다.

쪽)의 울림 소리 같았다. 그는 자기 자신에 대해, 그 순간의 자기 자신 또는 미래의 자기 자신에 대해 이야기한 것은 아니었을까. 스티븐은 잠시 동안 침묵에 잠겨 그의 얼굴을 주시했다. 그의 얼굴에는 차가운 슬픔의 기색이 깃들어 있었다. 그는 자기 자신에 대해, 그가 두려워하는 자신의 고독에 대해 이야기한 것이었다.

"누구에 관해 얘기하고 있는 거니?" 마침내 스티븐이 물었다.

크랜리는 대답을 하지 않았다.

*　　*　　*

3월 20일: 나의 반항심이라는 주제를 놓고 크랜리와 오랫동안 대화. 그는 특유의 위엄 있는 태도를 취했고, 나는 유연하고도 부드러운 태도를 유지. 어머니에 대한 자식의 사랑을 문제 삼아 그가 나를 공격. 그의 어머니를 상상해보려 했으나, 실패. 언젠가 그가 나에게 무심결에 말했었지, 자기가 태어났을 때 자기 아버지의 나이는 예순한 살이었다고. 그의 아버지 모습은 상상이 된다. 강건한 체격의 전형적인 농부. 희고 검은 점이 뒤섞인 옷감으로 만든 양복. 넓적하고 각진 발. 다듬지 않은 반백의 턱수염. 어쩌면 사냥개를 데리고 토끼 사냥에 나서기도 할 것이다. 라라스의 드와이어 신부에게 많지는 않지만 거르지 않고 헌금을 하리라. 이따금 땅거미가 지고 난 다음 여자아이들에게 수작을 걸기도 할 것이다. 하지만 그의 어머니는? 아주 젊을까, 아니면 나이가 많을까? 젊을 가능성은 희박하다. 그렇다면 크랜리가 그런 식으로 말을 하지는 않았을 테니까. 그렇다면 나이가 지긋한 쪽이겠지. 아마 그러리라. 그리고 남편에게 무시당한 채 살아가고 있으리라. 따라서 크랜리의 영혼이 절망하지 않을 수 없는 듯. 그는 늙고 지친 허리에서 태어난 아이.

3월 21일 아침: 지난 밤 침대에 누워 생각했었지만 너무 나른하고 또 너무 자유로워 덧붙이지 못한 것. 그렇다, 너무 자유로웠다. 늙고 지친 허리란 즈카르야와 엘리사벳의 허리다.* 그렇다면 그는 선지자인 셈이다. 유의 사항: 그는 주로 돼지 뱃살을 가공해 만든 베이컨과 말린 무화과 열매를 먹는다. 이는 메뚜기와 야생 꿀로 해석될 수도. 또 하나 유의 사항: 그에 관해 생각하다보면 항상 근엄한 표정의 잘려진 머리, 아니면 잿빛 커튼 또는 성포(聖布)에 윤곽이 드러나 있는 것과 같은 데스마스크가 눈에 어른거린다. 교회에서 세례자 요한의 참수화(斬首畵)라 부르는 것이 떠오르기도. 라틴 문 바깥의 성 요한의 모습을 놓고 잠시 어리둥절하기도. 상상 속에서 내가 보는 것은? 자물쇠를 잡으려는 참수된 선지자의 모습.**

3월 21일 밤: 자유로움. 자유로운 영혼과 자유로운 공상. 죽

---

*세례자 요한의 출생과 관련된 이야기로, 이와 관련해서는 〈루카 복음서〉 1장 참조.
**세례자 요한의 부모인 즈카르야와 엘리사벳은 나이가 많았다. 스티븐은 이를 머리에 떠올리며 크랜리의 이미지를 세례자 요한의 이미지에 겹쳐놓고 있다. 세례자 요한이 광야에서 지낼 때 그의 음식은 "메뚜기와 들꿀"(〈마태오 복음서〉 3장 4절)이었다. 그는 헤롯 왕의 의붓딸인 살로메의 요청에 따라 참수된다. 스티븐은 참수된 세례자 요한의 머리를 데스마스크에 비유하고 있다. 한편, 예수의 형상을 간직하고 있다고 여겨지는 베로니카라는 이름의 천은 성녀 베로니카가 예수가 십자가에 묶이기 전에 그의 얼굴을 닦았던 것으로, 그 천에 예수의 형상이 나타났다는 이야기가 전해진다. 세례자 요한은 예수의 출현을 예고한 선지자로, 로마로 향하는 라틴 문 앞에 있던 사도 요한과는 다른 사람이다. 하지만 두 사람은 이름만 같을 뿐만 아니라, 사도 요한이 로마인들의 박해에서 기적적으로 벗어난 라틴 문 근처의 교회가 세례자 요한에게 봉헌되었다는 점에서도 서로 연관을 지을 수 있다. 또한 세례자 요한은 예수를 위해 문을 연 사람일 수 있거니와, 사도 요한을 위해 라틴 문의 자물쇠를 연 사람으로서의 의미를 지닐 수도 있겠다.

은 이들이 죽은 이들을 묻게 하라.* 그렇다. 죽은 이들은 죽은 이들과 혼인을 맺게 하라.

3월 22일: 린치와 함께 상당한 몸집의 간호사의 뒤를 따라갔다. 린치의 제안에 따른 것. 그러는 것이 마음에 들지 않았다. 두 마리의 야위고 굶주린 사냥개가 어린 암소의 뒤를 쫓는 격.

3월 23일: 그날 밤 이후로 그녀를 보지 못했다. 아픈 걸까? 어쩌면 자기 어머니의 숄을 어깨에 걸치고 난로 앞에 앉아 있을지도 모르지. 하지만 투정을 부리고 있지는 않으리라. 따뜻한 오트밀 죽을 한 그릇 드는 건? 지금 어때?

3월 24일: 어머니와 논쟁 시작. 논쟁 주제는 성모 마리아. 내가 남성이라는 점과 젊다는 점 때문에 내게 불리한 논쟁이었다. 불리한 위치에서 벗어나기 위해, 마리아와 그의 아들 사이의 관계에 대항하여 예수와 예수의 아버지 하느님의 관계를 들이밀어 보았다.** 종교란 산부인과 병원이 아니라 말하기도. 어머니가 응석을 받아주셨다. 내가 별난 생각을 하고 있고 책을 너무 많이 읽어 탈이라 말씀하시기도 했다. 이는 사실이 아님. 읽은 게 너무 적고 이해하는 게 너무 적어서 탈. 어머니가 내 영혼이 불안에 시달리고 있는데 그것 때문에 곧 신앙심을 되찾게 되리라 말씀하시기도. 이는 죄악의 뒷문을 통해 교회를 빠져나갔다가 회개의 천창(天窓)을 통해 다시 교회로 들어오는 것을 뜻한다. 회개할 수 없다. 그렇게 말씀드린 다음 6펜스의 용돈을 요구. 어머니가 3펜스만 주심.

---

*〈마태오 복음서〉 8장 22절 또는 〈루카 복음서〉 9장 60절.
**비록 사람들이 성모 마리아와 그녀가 낳은 아들로서의 예수 사이의 관계에 집착하지만, 천주교 교리에서는 하느님과 하느님의 아들인 예수 사이의 관계가 그보다 더 중요한 의미를 갖는다는 견해를 스티븐이 어머니에게 내세웠다는 뜻.

그런 다음 학교에 갔다. 작고 둥근 머리에다가 불량배의 눈매를 지닌 게치*와 또 한 차례 논쟁. 이번에는 놀라 출신의 브루노**가 논쟁거리. 이탈리아어로 논쟁을 시작했다가 이탈리아어가 섞인 영어로 논쟁을 마무리. 그는 브루노가 끔찍한 이단자라 말했고, 나는 그가 화형을 당한 것이 끔찍하다 말했다. 약간의 슬픈 표정을 지으며 그가 내 말에 동의. 논쟁 뒤에 그가 나에게 베르가모 지방 고유의 리소토*** 요리법 전수. 낮은 오(o)음을 발음할 때 그는 마치 그 모음과 입을 맞추기라도 하듯 풍성하고 육감적인 입술을 앞으로 내민다. 그는 누군가와 입을 맞춘 적이 있을까? 그리고 회개할 수 있었을까? 그렇다, 회개할 수 있었을 것이다. 두 눈에서 각각 한 방울씩 불량배의 동그란 눈물을 흘리면서.

스티븐스 그린, 그러니까 내 이름으로 된 잔디밭을 지나갈 때, 크랜리가 어느 날 밤 우리의 종교라 지칭한 천주교는 우리나라 사람들이 만든 것이 아니라 게치의 나라 사람들이 만든 것이라는 생각이 문뜩 떠올랐다. 제97보병연대 소속의 병사 네 명이 십자가 아래쪽에 앉아 주사위를 던졌다. 십자가에 처형된 이의 외투를 누가 가져갈 것인가를 놓고.****

도서관에 가서 세 편의 평론을 읽으려 했지만, 허사. 그녀가 아직 도서관에 나오지 않았다. 내가 겁먹고 있는 걸까? 무엇 때문에? 그녀가 다시는 모습을 드러내지 못할지도 모른다는 것 때문. 다음은 블레이크가 쓴 시 구절.

---

*조이스가 대학생 시절 그에게 이탈리아어를 가르쳤던 찰스 게치(Charles Ghezzi).
**이탈리아 출신의 도미니크 수도회의 수사이자 철학자였던 조르다노 브루노(Giordano Bruno, 1548~1600)는 놀라(Nola) 출신으로, 이단자로 몰려 화형을 당했다.
***쌀을 주재료로 사용한 이탈리아 고유의 요리. 쌀을 버터나 올리브유에 볶은 다음 파르마산 치즈를 뿌리고 여기에 조리된 해산물을 얹어 먹는다.
****〈요한 복음서〉19장 23~24절 참조.

윌리엄 본드가 죽지 않을까 모르겠소,

그의 병은 확실히 매우 위독하니까.*

아아, 불쌍한 윌리엄!**

언젠가 한번은 로턴다***에서 디오라마****를 관람한 적이 있다. 관람이 끝날 무렵 거물급 인사들의 화상(畵像)이 나왔었다. 그리고 그 가운데는 그 무렵 막 세상을 뜬 영국의 전 수상 윌리엄 유어트 글래드스턴의 것도 있었다. 오케스트라가 〈아, 윌리, 당신이 보고 싶어요〉*****를 연주했다.

촌스러운 민족.

3월 25일 아침: 악몽에 시달리다. 지난밤의 악몽을 가슴에서 털어내고 싶다.

구불구불 이어진 긴 회랑 안. 바닥에서 검은 증기의 기둥이 여기저기 솟아오른다. 그리고 돌로 깎아놓은 전설 속 왕들의 형상이 회랑을 가득 채우고 있다. 지쳐 있음을 암시하듯 그들은 서로 움켜쥔 양손을 무릎 위에 얹고 있다. 그리고 그들의 시야는 어두워져 있다. 인간들의 오류가 검은 수증기처럼 그들의 면전에서 영원히 솟아오르고 있기 때문.

*윌리엄 블레이크(William Blake, 1757~1827)의 시 〈윌리엄 본드(William Bond)〉의 3~4행.
**셰익스피어의 〈햄릿〉 5막 1장에는 "아아, 불쌍한 요릭!"으로 시작되는 햄릿의 대사가 나오는데, 이는 오필리아의 무덤을 파던 두 명의 어릿광대 가운데 하나가 던진 해골을 들고 햄릿이 하는 대사다. 스티븐의 "아아, 불쌍한 윌리엄!"은 햄릿의 말투를 흉내 낸 것.
***더블린 중심부 북동쪽의 러트랜드 광장(Rutland Square, 현재는 파넬 광장) 소재의 일군의 건물들. 여기에는 극장, 연주 공간, 회합 장소들이 들어서 있었으며, 이를 운영하여 얻은 수입의 일부는 동일한 이름의 산부인과 병원의 운영 자금으로 쓰였다.
****영화의 선구자에 해당한다고 할 수 있는 무대 재현 방식으로, 반투명의 그림과 조명 장치를 동원하여 다양한 무대 효과를 연출했다.
*****미국의 작곡가 스티븐 포스터(Stephen Foster, 1826~64)의 노래.

기묘한 형상들이 동굴에서 나와 앞으로 나아간다. 그들의 키는 인간의 키에 미치지 못한다. 아무도 서로에게서 떨어져서 있지 않은 것처럼 보인다. 어두운 줄무늬들이 가로지르고 있는 그들의 얼굴은 인광(燐光)을 내뿜고 있다. 그들은 나를 뚫어지게 쳐다보고 있으며, 눈으로 나에게 무언가를 묻는 듯하다. 하지만 그들은 말이 없다.

3월 30일: 오늘 저녁 도서관의 현관에서 크랜리가 딕슨과 그녀의 남동생을 상대로 문제 하나를 내고 있었다. 어떤 어미가 실수로 제 아이를 나일 강에 빠뜨렸다. 여전히 어미 타령이로군. 악어가 아이를 낚아챘다. 어미가 아이를 돌려달라고 했다. 만일 악어가 자신이 그 아이를 어떻게 처리할지를, 그러니까 먹어치울지 그러지 않을지를 알아맞히면 그녀에게 아이를 돌려주겠다고 했다.

레피두스라면 이런 정신 상태를 정녕코 당신의 태양이 베푸는 햇살을 받아 당신의 진흙에서 잉태한 것이라 하겠지.*

그렇다면 나의 정신 상태는? 이 또한 그런 것 아닐까? 그렇다면 나일 강 진흙에 처박아야겠지!

4월 1일: 전날 기록의 마지막 발언에 찬성할 수 없다.

4월 2일: 존스턴, 무니, 오브라이언 다과점**에서 그녀가 차를 마시고 케이크를 먹고 있는 것을 목격. 내가 목격한 것이 아니라, 우리가 그 앞을 지나갈 때 눈이 날카로운 린치가 목격. 그녀의 남동생한테 초대를 받아 크랜리가 그곳에 함께 있었다고

---

*셰익스피어의 〈안토니우스와 클레오파트라(Anthony and Cleopatra)〉의 2막 7장에서 안토니우스와 카이사르와 함께 삼두 정치를 했던 레피두스는 술에 취해 이렇게 말한다. "이집트에 있는 당신의 뱀이 이제 당신의 태양이 베푸는 햇살을 받아 당신의 진흙에서 잉태하고 있소. 당신의 악어도 마찬가지요."
**존스턴, 무니, 오브라이언 다과점(Johnston, Mooney and O'Brien's)은 동일 이름의 비스킷 제조 회사가 경영하던 다과점.

린치가 말한다. 그 친구가 오늘도 악어 얘기를 했을까? 그는 지금도 타오르며 빛을 내는 등불일까?* 아무튼, 난 그의 정체를 알아냈다. 그의 정체를 알아냈다고 난 단언한다. 그는 위클로우 밀기울로 채운 함지 뒤편에서 조용히 빛을 발하는 그런 존재.**

4월 3일: 핀들래터 교회 건너편에 있는 담뱃가게에서 대빈을 만났다. 그는 검은색 스웨터를 입고 있었고, 헐링 경기용 스틱을 들고 있었다. 내가 떠나려는 게 사실인지를, 떠나려는 이유가 무엇인지를 물었다. 그에게 타라에 이르는 지름길은 홀리헤드를 거치는 것***이라 말해줬다. 바로 그때 아버지가 다가오셨다. 소개 인사. 아버지는 점잖으면서도 주의 깊게 관찰하는 태도로 대빈과 인사를 나눴다. 그런 다음 간단한 다과라도 함께 들 것을 대빈에게 제안하셨다. 하지만 대빈이 모임에 가는 중이라며 사양. 대빈과 헤어져 걷는 동안 아버지가 대빈의 눈길이 착하고 정직해 보인다 말씀하셨다. 또한 나에게 왜 조정 경기 팀에 합류하지 않는지를 묻기도. 그래서 그 문제를 놓고 진지하게 생각해보는 척했다. 아버지가 어떻게 페니페더의 마음을 아프게 했는지에 대해 이야기하시기도. 아버지의 희망은 내가 법

*〈요한 복음서〉5장 35절의 "요한은 타오르며 빛을 내는 등불이었다"라는 구절 참조.
**〈마태오 복음서〉5장 14~15절에 따르면, 산상 설교에서 예수는 다음과 같이 말하기도 한다: "너희는 세상의 빛이다. 산 위에 자리 잡은 고을은 감추어질 수 없다. 등불은 켜서 함지 속이 아니라 등경 위에 놓는다. 그렇게 하여 집 안에 있는 모든 사람을 비춘다." 아울러, 크랜리는 더블린의 남쪽에 위치한 위클로우 카운티 출신임도 참고하기 바람.
***타라(Tara)는 더블린 서북부에 있는 구릉 지역으로, 반(半)전설적인 고대 아일랜드 퍼 볼그족의 왕들이 머물던 곳이다. 이는 고대 아일랜드의 황금기를 상징하는 곳으로서의 의미를 갖는다. 홀리헤드(Holyhead)는 웨일스의 북서 해안 쪽에 있는 항구로, 더블린에서 배를 타고 동쪽 방향으로 직진하면 나오는 곳이다. 홀리헤드는 배편으로 더블린을 출발한 아일랜드 사람들이 영국뿐만 아니라 대륙으로 나가고자 할 때 가장 빠르게 도착할 수 있는 지점이다. 스티븐의 말에는 아일랜드의 황금기를 재현하기 위한 지름길은 우선 아일랜드를 벗어나는 것이라는 암시가 담겨 있다.

학을 공부하는 것. 그쪽에 소질이 있어 보인다는 말씀도 있었다. 진흙이 많을수록 악어들도 그만큼 많은 법.

4월 5일: 사나운 봄 날씨. 질주하는 구름들. 아, 인생이여! 사과나무들이 그 위로 섬세한 꽃들을 떨구고 있는 습지 시내의 맴돌며 흐르는 검은 물살. 나뭇잎들 사이로 보이는 여자아이들의 눈. 새침을 떼면서도 소란스런 여자아이들. 모두가 금발 아니면 다갈색 머리. 검은머리의 여자아이는 보이지 않는다. 그들은 더 예쁘게 얼굴을 붉힌다. 자, 그렇지, 그렇게!

4월 6일: 확실히 그녀는 옛날을 기억하고 있을 것이다. 린치의 말로는 모든 여자들이 그렇단다. 그렇다면 그녀도 자기 어린 시절을 기억하고 있을 것이다. 혹시 내게도 어린 시절이라는 게 있었다면, 그런 내 어린 시절도 기억하겠지. 과거는 현재 안에서 소진되고, 현재는 미래를 낳는다는 바로 그 이유 때문에 살아 있는 것이다. 린치의 말이 옳다면, 여인들의 조각상은 항상 몸 전체를 옷으로 감싸야 한다. 그리고 아쉬운 듯 자신의 몸 뒤쪽을 한 손으로 더듬는 자세가 되도록 해야 한다.

4월 6일, 추후 첨가: 마이클 로바티스는 잊혀진 아름다움을 기억해낸다. 그리고 그의 팔이 그녀를 감싸는 순간 그는 오래전 세상에서 시들어 사라진 사랑스러움을 끌어안는다. 이게 아니다. 이건 정말 아니다. 나는 아직 이 세상에 모습을 드러내지 않은 아름다움을 힘주어 끌어안길 원한다.*

4월 10일: 희미하게 들리는 말발굽 소리. 꿈속을 헤매다 꿈도 없는 깊은 잠으로 빠져든 도시, 어떤 애무에도 반응하지 않

*예이츠의 시 〈마이클 로바티스가 잊혀진 아름다움을 기억하다(Michael Robartes Remembers Forgotten Beauty)〉는 이렇게 시작된다: "내 팔이 당신을 감싸 안는 순간 나는/ 오래전 세상에서 사라진 사랑스러움을/ 내 가슴에 힘껏 끌어안으오." 이 시 구절이 암시하는 과거 지향적 분위기가 스티븐의 마음에 들지 않았던 것이다.

을 만큼 피로에 지친 연인처럼 깊은 잠에 빠져든 도시, 그 도시의 정적을 가로질러, 깊은 밤 어둠을 틈타 길 위를 지나가는 희미한 말발굽 소리. 다리 가까운 쪽으로 다가오자 이제 더 이상 희미하지 않은 말발굽 소리. 어둠이 드리워진 창문가로 말발굽 소리 지나는 순간, 정적은 날아오는 화살을 맞기라도 한 양 갑작스런 소음에 찢기고. 이제 저 멀리서 들리는 말발굽 소리. 깊은 밤 어둠 속에서 보석처럼 빛나는 말발굽, 여정의 끝을 향해 잠들어 있는 들판 저 너머로 서둘러 달려가는 말발굽, 그 말발굽의 소리. 여정의 끝은 어딘가? 누구의 가슴을 향한 여정인가? 어떤 소식을 전하기 위한 여정인가?

4월 11일: 지난밤에 써놓은 것을 읽는다. 막연한 감정을 담은 막연한 말들. 그녀가 이를 좋아할까? 좋아할 거야. 그렇다면 나 또한 좋아해야 하겠지.

4월 13일: 턴디시라는 그 단어가 오랫동안 내 마음에 남아 떠나지 않는다. 사전을 찾아보니, 이는 영어 단어다. 그것도 너무 오래되어 이미 예리함을 잃은 그런 단어다. 학업 담당 학감과 그의 퍼늘, 둘 다 맘에 들지 않는다! 그는 무엇 때문에 이곳 아일랜드로 온 것인가? 우리한테 자기네 언어를 가르치기 위해선가? 아니면, 우리한테 자기네 언어를 배우기 위해선가? 빌어먹을, 어느 쪽이든 그가 맘에 들지 않기는 마찬가지다!

4월 14일: 존 알폰서스 멀레넌, 방금 아일랜드 서부에서 귀환. (유럽과 아시아의 신문들은 이 소식을 전하기 바랍니다.*) 그는 그곳 어느 산중 오두막에서 어떤 노인과 만난 이야기를 우리에게 들

*원문은 "European and Asiatic papers please copy." 영국의 신문에서 왕가 소식, 사교계 소식, 부음 기사 등등 함께 공유하고자 하는 기사가 있을 때 사용하는 공식적 표현. 이 표현에는 문제의 기사 내용에 대한 판권을 고집하지 않겠다는 뜻이 담겨 있다.

려주었다. 노인은 눈이 붉었으며, 짤막한 담뱃대를 입에 물고 있었다 한다. 그 노인은 아일랜드 말로 이야기했고, 멀레넌도 아일랜드 말로 이야기했다 한다. 그런 다음 노인과 멀레넌은 영어로 이야기를 나눴다 한다. 멀레넌은 노인에게 우주와 별들에 대해 이야기했고, 노인은 앉아 그의 말에 귀를 기울이기도 하고, 담배를 피우기도 하고, 침을 뱉기도 했다 한다. 그리고 이렇게 말했다 한다.

"아, 이 세상이 끝날 무렵엔 틀림없이 끔찍하고 기묘한 생명체들이 나타날 거요."

나는 그 노인이 두렵다. 눈 주위가 붉고 눈빛이 무디고 딱딱한 그 노인이 두렵다. 그 노인을 상대로 하여 나는 날이 밝을 때까지 오늘 밤 내내 씨름을 계속해야 할 것이다. 그든 나든 어느 한쪽이 죽어 넘어갈 때까지. 그의 근육질 목덜미를 움켜쥐고 마침내— '마침내'라니, 무엇을 말하자는 건가. 마침내 그가 나에게 굴복할 때까지? 아니다. 나는 그에게 해코지하고 싶지 않다.*

4월 15일: 그라프턴 스트리트에서 그녀와 정면으로 마주쳤다. 사람들에게 밀려 길을 가다 그렇게 된 것이었다. 우리는 동시에

*이 부분과 관련하여, 〈창세기〉 32장 24~30절 참조. 창세기에 의하면, 야곱은 하느님과 밤새 씨름을 하는데, 마침내 하느님은 "동이 트려고 하니 나를 놓아 다오"라고 말한다. 야곱은 하느님으로부터 축복을 얻게 될 때까지 씨름을 끝까지 고집한다. 한편, 하느님은 그의 이름을 묻고는 하느님과 겨루고 사람들과 겨뤄 이겼음으로 야곱의 이름이 "더 이상 야곱이 아니라 이스라엘이라 불릴 것"임을 선언하고는 그가 원하는 축복을 내려준다.
　아일랜드 서부 해안 지역—특히 '아란 아일스(Aran Isles)' 지역—은 아일랜드 독립 운동가들에게 아일랜드의 유토피아로 여겨졌는데, 그들이 보기에 그곳의 사람들은 아일랜드 말뿐만 아니라 진정한 의미에서 아일랜드의 전통적 생활 양식을 그대로 보존하고 있다 판단되기 때문이었다. 예이츠와 그밖에 당대의 영향력 있는 아일랜드의 기성 문인들은 이곳 아일랜드 서부 해안 지역이 진정한 시적 영감의 원천이 될 수 있음을 주장하기도 하고, 아일랜드의 젊은 작가들에게 그곳 생활을 체험할 것을 권장하기도 했다. 스티븐이 말하는 "씨름"은 바로 이 같은 체험의 과정을 의미하는 것이라 할 수 있다. 아무튼, 스티븐의 묘사에서 암시되듯, 그곳은 반드시 긍정적인 측면만 가지고 있는 것이 아니다. 그곳의 문화적 조악함과 편견 등은 부정적 측면으로 지적될 수도 있기 때문이다.

멈춰 섰다. 그녀가 나에게 왜 한 번도 들르지 않느냐 묻기도 하고, 나에 관해 온갖 이야기를 다 들었다 말하기도 했다. 이는 다만 시간을 끌기 위한 말이었다. 시를 쓰는지도 물었다. 누구에 관해? 내가 그렇게 물었다. 이러한 나의 물음이 그녀를 더욱 혼란케 했으며, 그것 때문에 나는 그녀에게 심술을 부려 미안하다는 생각이 들기도 했고 내 자신이 비열하다 생각되기도 했다. 심술궂은 말들이 쏟아져 나오는 쪽 말문을 즉시 틀어막고, 단테 알리기에리가 발명해서 온 나라에 특허를 받아놓은 정신적이며 영웅적인 냉각 장치를 열어놓았다.* 내 자신과 내 자신의 계획에 관한 이야기를 빠른 속도로 쏟아냈다. 이야기하던 중간에 재수 없게도 내가 갑작스럽게 상궤를 벗어난 엉뚱한 몸짓을 취했다. 콩 한 줌을 공중에 던지는 녀석처럼 보였을 것임이 틀림없다. 사람들이 우리를 쳐다보기 시작했다. 잠시 후 그녀가 나와 악수를 하고는 자리를 뜨면서 내가 말한 것이 모두 잘 되기를 바란다 말했다.

지금 와서 생각하니, 그녀의 바람은 호의적인 것이었다. 그렇지 않은가?

그렇다. 오늘 그녀가 맘에 들었다. 약간 또는 많이? 모르겠다. 그녀가 내 맘에 들었고, 이는 나에게 새로운 감정인 것 같다. 그렇다면 그 경우 나머지 모든 것들, 내가 생각했다고 생각했던 모든 것들, 그리고 내가 느꼈다고 느꼈던 모든 것들, 지금 이전의 나머지 모든 것들이 사실은— 야, 이 친구야, 이젠 그

---

*단테 알리기에리(Dante Alighieri, 1265~1321)는 《신생(La Vita Nova)》에서 소년 시절 그가 만났던 베아트리체 포르티나리(Beatrice Portinari, 1266~90)에 대한 이상화된 사랑, 육체적 사랑이 배제된 정신적 사랑의 마음을 표현하고 있다. 후에 베아트리체는 《신곡(La Divina Commedia)》에서 단테의 영적 안내자로 등장한다. '영적이며 영웅적인 냉각 장치를 열어놓았다' 함은 단테가 베아트리체에게 지녔던 순수한 사랑의 마음을 발동했다는 말 정도로 이해할 수 있을 것이다.

만해! 집어치고 잠이나 자란 말이야!

4월 16일: 떠나자! 멀리 떠나자!

마법의 팔들과 목소리들. 길이라 불리는 하얀 살결의 팔들, 꼭 끌어안겠다는 그 팔들의 약속, 그리고 하늘의 달을 배경으로 하여 정박해 있는 거대한 배들이 내미는 검은 팔들, 그리고 그 팔들이 들려줄 먼 나라의 이야기들. 팔들이 손을 내민 채 이렇게 말한다: "우린 외롭다오. 우리에게 오시오." 그리고 그 팔들과 함께 목소리들이 이렇게 말한다: "우린 그대와 한 핏줄이라오." 목소리들이 떠날 차비를 갖춘 채 환희에 찬 엄청난 젊음의 날개를 퍼덕이면서 한 핏줄인 나를 부르는 동안, 대기는 그들로 충만해 있었다.

4월 26일: 어머니가 나를 위해 사온 중고품 옷가지들을 정리하고 있다. 어머니는 지금 기도를 올리고 있다 말씀하신다. 가족과 친구들을 떠나 나 자신만의 삶을 살아가는 동안 마음이란 무엇이며 마음이 느끼는 것이 무엇인지를 내가 배울 수 있기를 바라는 마음의 기도를. 아멘. 그렇게 되기를. 어서 오라, 오, 삶이여! 체험의 현실과 백만 번이라도 마주하기 위해 나는 떠나리라. 아직 창조되지 않은 내 종족의 의식을 내 영혼의 대장간에서 벼려내기 위해 나는 떠나리라.

4월 27일: 고대의 아버지여, 고대의 장인이여,* 지금 이 순간뿐만 아니라 영원히, 영원히 나를 도와주소서!

1904년 더블린
1914년 트리에스테

---

*신화 속의 장인 다이달로스에게 올리는 기원의 말.

변하는 것과
변하지 않는 것
_몇 편의 두서없는 단상들

1

낮에는 일본 시문학 공부를 하며, 밤에는 한국에서 미완의 상태로 가지고온 《젊은 예술가의 초상》 번역 작업을 하며 몇 달의 시간을 보낸 어느 날이었다. 동경 외곽 지역의 카시와노하〔柏の葉〕라는 곳에서 동경 시내 시로카네다이〔白金臺〕라는 곳으로 이사 온 지 며칠 되지 않는 데다가 마침 《젊은 예술가의 초상》에 대한 번역 작업을 마친 끝이라 한가한 마음으로 동네 책방을 찾았다. 새벽녘에 조깅을 나섰다가 우연히 헌책을 취급하는 '북 오프'라는 이름의 책방이 있다는 것을 확인하게 되었는데, 그날 내가 가고자 했던 곳은 바로 그 책방이었다. 책방에 들어서서 외서가 있는 지하 1층으로 가 보니 넓은 서고에는 한국어 책들을 비롯해 각종 언어로 된 책들이 엄청나게 많았다. 아마 외국인이 많이 거주하고 있는 지역이기 때문인지도 모르겠다. 아무튼, 특히 영어 책은 내가 그동안 다녔던 미국의 어느 헌책방에도 뒤지지 않을 만큼 풍부했다. 아, 도쿄에도 이런 책방이 있구나!

그날 나는 반나절을 그곳에서 보냈다. 일본 시문학에 관한 영문 서적을 찾아보는 일이 무위로 돌아가자, 영문 서적 전체를 훑어보는 데 그만큼 시간을 보냈던 것이다. 책들이 많기도 했지만 종류도 참 다양했다. 힐러리 클린턴의 자서전에서 시작하여 하이데거의 철학서에 이르기까지 없는 게 없었다. 그 모든 책을 차례로 들여다보다가 문득 눈길이 머무는 책이 있었다. 그것은 바로 헤르만 헤세의 《데미안》이었다. 아, 《데미안》! 어린 시절 내 영혼을 사로잡던 바로 그 《데미안》의 영문 번역판이 서가에 꽂혀 있는 것이었다. 꺼내 보니 1981년 10월에 찍어낸 제30판 판본이었다. 몇 페이지를 넘기자 낯익은 구절의 제사(題詞)가 나왔다.

나는 다만 나의 진정한 자아가 이끄는 대로 삶을 살기를 원했을 뿐이었다. 하지만 그것이 왜 그처럼 어려웠던가.

약간의 과장과 약간의 감상(感傷)이 집히기도 하는 이 말의 의미를 곱씹는 동안 마음은 어느새 아주 오랜 과거를 더듬는다. 고등학교 입시를 앞두고 몇 주 남지 않은 때였다. 공부를 한답시고 책상 앞에 앉았지만 해야 할 것이 너무 많아 무엇부터 해야 할지 망설이고 있었다. 아니, 그것은 핑계일 뿐 공부하기가 싫었다. 공부하기는 싫지만 공부해야 한다는 중압감을 떨칠 수 없을 때 책상 앞에 앉아 할 수 있는 일이란 무엇이겠는가. 아마도 재미없어 보이는 책을 읽다가 공부보다 더 지겨운 일도 세상에 있다는 사실을 깨닫고 하는 수 없이 공부를 시작하는 것이리라. 당시의 전략은 그랬다. 그리고 그날 재미없어 보이는 책으로 단정하고 집어든 책이 친구의 누나가 빌려준 전

혜린 번역의 《데미안》이었다. 그런데 이게 웬 일인가.《데미안》
은 매혹적이며 신비로웠다. 중간에 그만 읽을 수가 없었다. 그
책을 며칠 동안 손에서 놓지 못했다. 읽었던 구절을 다시 되짚
어 읽으면서 며칠을 보냈던 것이다. 정녕코 《데미안》은 나에게
하나의 충격이자 전율이었다.

고등학교에 입학한 뒤에도 《데미안》을 놓지 않았다. 마치 세
상의 모든 삶의 문제에 대한 해답이 그 안에 담겨 있기라도 한
양 구절 하나하나에 신경을 곤두세우며 읽고 또 읽었다. 후에
전혜린의 번역본뿐만 아니라 다른 번역본들을 여럿 구해 읽기
도 했고, 독일어를 배운 다음에는 드디어 독일어로 읽기도 했
다. 그리고 10여 년이 넘게 지난 뒤 나에게 《데미안》을 다시 읽
을 기회가 왔다. 당시 대학에 교수로 취임한 지 얼마 안 되는
나는 교양 영어 교재로 영문판 《데미안》을 택해 학생들과 함께
읽었던 것이다. 바로 그때 학생들과 함께 읽었던 것과 동일한
판본의 영문판 《데미안》이 지금 내 손에 다시 쥐어져 있는 것
이다.

아무튼, 오랜 세월 후에 읽었던 《데미안》에 대한 당시의 느
낌은 십대의 나이에 읽었을 때의 것과는 같지 않았다. 내가 변
한 것이었다. 소설의 텍스트는 변하지 않았는데, 내가 변한 것
이었다. 그러한 나의 변화는 긍정적인 것인가, 아니면 부정적
인 것인가. 자문을 해보기도 했지만, 모르겠다가 나의 답이었
다. 하지만 무언가를 잃어버린 것 같다는 느낌이 마음을 괴롭
히기는 마찬가지였다. 그리고 다른 한 편으로는 어릴 적의 감
동을 치기(稚氣)로 폄하하려는 마음이 일기도 했었다. 그런데
바로 그 《데미안》이 변함없이 옛날 그대로의 내용을 담은 채
내 손에 다시 쥐어진 것이다. 문득 지금 손에 쥐고 있는 영문판

《데미안》을 학생들과 함께 읽고 나서 다시 또 30여 년의 세월
이 흘렀음을 떠올리기도 했다. 하지만 이미 30여 년 전에 마음
에서 떠난 이 책을 무엇 때문에 이처럼 손에 쥔 채 놓지 못하는
것일까.

답은 아주 간단했다. 《젊은 예술가의 초상》에 대한 번역을
마친 후였기 때문이다. 《젊은 예술가의 초상》을 번역하는 동안
나는 내 어린 시절의 기억을 끝도 없이 떠올렸다. 특히 클롱고
우스 우드 칼리지 시절의 스티븐 디덜러스의 모습에서 나는 내
어린 시절의 모습을 거울에 비춰보듯 들여다볼 수 있었다. 그
이후 스티븐이 걸었던 성장의 여정과 그가 겪었던 경험의 세계
는 종교적으로뿐만 아니라 다른 모든 면에서 나의 것과 달랐
지만, 문학의 세계에 대한 그의 사랑과 탐구의 마음만큼은, 또
한 일상의 현실에서 벗어나 다이달로스처럼 비상(飛翔)하려는
그의 의지만큼은 나의 마음이나 의지와 크게 다른 것이 아니었
다. 그리고 어린 시절 나에게 그와 같은 문학에 대한 사랑과 탐
구로, 비상을 위한 날갯짓으로 인도한 책들 가운데 하나가 바
로 《데미안》이었다. 문득 "새는 알을 깨고 나온다"로 시작되는
《데미안》의 한 대목이 마음을 스치기도 한다. "알은 세계다. 태
어나려는 자는 우선 하나의 세계를 파괴해야 한다." 그러니 지
금 《젊은 예술가의 초상》을 번역하고 나서 그 여운이 아직 남
아 있는 지금, 어찌 《데미안》을 다시 읽고, 다시 느끼고, 다시
감동하고 싶어하는 열망이 마음 한구석에서 일지 않을 수 있었
겠는가. 그렇다면 당장 사서 읽으면 되지 않는가. 하지만 선뜻
마음이 내키지 않았다. 이미 30여 년 전에 변한 내 마음을 확인
하지 않았던가. 변한 마음이 다시 변했으리라 기대하는가. 그
럴 수 있을까. 아니, 어쩌면 그 오랜 세월이 흐르는 동안 나는

아마도 계속 변했으리라. 변하고 변하여 마침내 나도 모르는 사이에 어린 시절의 마음으로 되돌아가 있을지도 모르겠다. 그래서 《데미안》을 다시 읽으면서, 다시 느끼고, 다시 감동할 수 있을지도 모른다. 비록 소년의 마음을 지닌 내가 아니더라도 오만할 정도로 자신감에 차 있던 30대 초반의 나는 아니지 않은가. 이제 그 모든 욕심과 자만심에서 한 걸음 비껴선 채 마음이 다시 여려져 있지 않은가.

모르겠다. 정말 모르겠다. 변하지 않은 텍스트 앞에서 변한 내가, 또는 끊임없이 변하고 있는지도 모르는 내가 이러저러한 생각에 잠기면서 들었던 책을 내려놓았다. 내려놓으면서 셸리의 시 한 구절을 그 자리에서 떠올린다.

> 우리는 한밤의 달을 가리는 구름과도 같은 존재이니,
> 불안한 모습으로 달리고 번득이며 떨지만,
> 어둠에 환한 줄무늬를 그리며 질주하지만,
> 곧 밤이 에워쌀 것이고 구름은 영원히 사라질 것이니.*

"덧없음"이라는 제목의 이 시에서 퍼시 비시 셸리가 말하듯, 인간이란 구름처럼 끊임없이 변하다가 마침내 영원히 사라지고 마는 존재이리라. 어쩌면 그 옛날의 감동과 전율도 이미 밤에 에워싸여 영원히 사라진 구름과 같은 것인지도 모른다. 그것을 다시 살리려 하는 것이야말로 '덧없는' 일이 아닐까.

*Percy Bysshe Shelley, 〈덧없음(Mutability)〉 제1련. *The Poetical Works of Percy Bysshe Shelley*, Mary Wollstonecraft Shelley 편, 수정증보판(London, Edward Moxon, Dover Street, 1839), 192쪽. 이 시는 뒤에 언급한 1924년도판 셸리 전집에는 수록되어 있지 않다. 1924년도판에는 동일 제목의 또 다른 시만이 수록되어 있을 뿐이다.

2

우연히 찾은 서점에서 옛날에 읽었던 소설 한 권을 손에 들었다 놓으면서 이처럼 변하는 것과 변하지 않는 것에 대해 상념에 잠기는 것이 좀 뜬금없다 느껴지기도 했다. 갑작스레 그 많은 책 가운데《데미안》이 각별히 눈에 띄고 또 그런 생각에 잠기게 된 이유는 물론 앞서 말했듯 당시 번역을 마친 제임스 조이스의《젊은 예술가의 초상》이 내 마음을 지배하고 있었기 때문이었다.《젊은 예술가의 초상》은《데미안》만큼이나 널리 알려진 '성장 소설'로, 출간 시기도《데미안》의 경우와 비슷한 때인 1910년대였다.* 그러니까 두 책은 한 인간의 지적, 정서적, 사회적, 도덕적 성장 과정을 담는 '성장 소설'—그것도 20세기를 대표하는 '성장 소설'—이라는 공통점을 갖고 있다. 어쩌면《젊은 예술가의 초상》이 내 마음에 남긴 깊은 여운 때문에 여느 때라면 그냥 스쳐지나갈 수도 있었을《데미안》이 각별해 보였던 것이리라. 그리고 대학생 시절에 처음 만난《젊은 예술가의 초상》을 다시 읽었을 때 새롭게 갖게 된 느낌이《데미안》과 관련하여 이러저러한 상념을 일깨웠던 것이리라.

사실 대학생 시절 나에게《젊은 예술가의 초상》은 평면적이고 단조롭게 느껴졌다. 솔직히 말해,《데미안》을 처음 읽고 나서 오랜 세월이 지난 후 다시 읽었을 때 새롭게 들었던 느낌과 크게 다르지 않은 그런 것이었다. 아마도 '무덤덤했다'가 적절한 표현이 아닐까 싶다. 조이스 특유의 예술론을 빼고는 각별히 마음을 끄는 것이 없었으니 말이다. 오히려《더블린 사람

---

*《젊은 예술가의 초상》은 1914년에서 1915년까지《에고이스트(The Egoist)》에 연재 형태로 발표되었으며, 1916년 책으로 출간되었다. 한편《데미안》은 1919년 처음 책으로 출간되었다.

들》이 더 탁월한 문학 작품으로 생각되기도 했었다. 하지만 오랜 세월이 지난 후 다시 만났을 때 《젊은 예술가의 초상》은 대학생 시절에 느꼈던 것처럼 평면적이고 단조로운 소설로 읽히지 않았다. 그 모든 섬세하고 예민한 언어의 뒷받침을 받아 작가가 진행하고 있는 인간 심리에 대한 섬세한 묘사는 명불허전 (名不虛傳)이라는 말을 새삼 실감케 했다. 《젊은 예술가의 초상》에 대한 느낌이 그처럼 달라진 것으로 보아, 혹시 《데미안》을 이 나이에 다시 읽으면 느낌이 또 다를 수 있지 않을까. 바라건대 십대에 느꼈던 전율과는 또 다른 느낌의 전율을 느낄 수 있지는 않을까. 한편으로 그런 마음이 들기도 했다.

다시 읽은 《젊은 예술가의 초상》에는 내 마음을 끌고 움직이는 부분이 많기도 했지만, 소설에 인용된 것이 빌미가 되어 특히 좋아하게 된 시 한 편이 있다. 이는 책방에서 책을 내려놓으며 떠올렸던 〈덧없음〉이라는 시를 썼던 셸리의 달에 관한 또 한 편의 시다. 물론 〈덧없음〉에도 달이 등장하지만, 그 시에서는 달을 가리는 구름이 시적 명상의 소재 가운데 하나가 되고 있다. 반면, 조이스가 소설에 인용한 시에서는 달 자체가 시적 명상의 소재가 되고 있다. 덧없이 변하는 구름에 가려지기도 하는 달도 변하지 않는가. 끊임없이 변하는 달에 대해 셸리는 〈달에게〉라는 시에서 이렇게 노래한다.

그대, 외로운 방랑자여,
출생이 다른 별들 사이에 끼어
하늘로 올라 지상을 응시하는 일에 지쳐,
한결같이 응시할 대상을 찾지 못한
기쁨 없는 눈처럼 항상 변하는 일에 지쳐,

그대, 그리도 창백한 것인가?*

　시인의 언어를 통해 재현된 달의 이미지가 너무도 생생하고 아름다울 뿐만 아니라, 달의 창백함에 대한 시인의 이해가 더할 수 없이 참신하다. 이 시에서 시인은 지상을 응시하되 한결같이 응시할 수 있는 소중한 대상을 찾지 못해 끊임없이 변할 수밖에 없는 것이 달임을, 그리고 그 때문에 지쳐 창백한 모습을 하고 있는 것이 달임을 노래하고 있다. 이때의 "달"은 일차적으로는 하늘에 떠 있는 달을 지시하는 것이지만 그것이 은유적으로 암시할 수 있는 그 어떤 대상일 수도 있으리라.

　일반적으로 '해'는 남성적인 것으로, '달'은 여성적인 것으로 이해된다. 또한 이와 관련하여 헤아릴 수 없이 거대하고 광범위한 상징체계와 사유체계가 형성되어 있는 것도 사실이다. 바로 이에 기대어 이 시의 달은 무엇보다도 한 여인에 대한 은유로 읽히기도 한다. 밤하늘에는 수많은 별이 떠 있다. 만일 달도 별에 포함할 수 있다면, 달은 적어도 인간의 눈으로 보기에 전혀 다른 차원의 별이다. 셸리의 표현에 따르면 "출생이 다른 별들 사이에 끼어" 있는 것이 달이다. 만일 이 시의 달이 여인에 대한 은유라면, 이를 통해 그 여인은 영적으로든 정신적으로든 신분상으로든 고귀한 존재이자 그런 만큼 고독한 존재이기도 하다는 유추가 가능해진다. 그리고 이지러지고 차기를 되풀이

*Percy Bysshe Shelley, 〈달에게(To the Moon)〉 전문. *Posthumous Poems of Percy Bysshe Shelley*, Mary Wollstonecraft Shelley 편(London, John & Henry L. Hunt, 1824), 26쪽 참조. 이 시는 셸리가 남긴 유작 가운데 하나로, 셸리의 부인인 메어리 셸리가 남편이 세상을 뜬 다음 그의 원고에서 찾은 것이다. 그녀가 편집하여 출간한 셸리 전집에 수록되어 있는 이 시의 제목은 "달에게(To the Moon)"로 되어 있는데, 전하는 이야기에 따르면 이는 메어리 셸리가 붙인 것이라 한다. 참고로 달에 관한 또한 편의 시가 있는데, 이는 〈기우는 달(The Waning Moon)〉이다.

490

하는 달의 모습에서 자신의 고귀함에 어울리는 대상을 찾지만 찾을 수 없음에 끊임없이 "기쁨 없는 눈"을 떴다 감았다 하며 눈길을 바꾸는 여인의 모습을 유추할 수도 있으리라. 상상력을 통해, 하지만 지극히 자연스럽게, 시인은 창백한 빛의 달에서 '지쳐 창백해진 여인'의 모습을 읽도록 우리를 유도하고 있다.

하지만 달이 어찌 한 여인에 대한 은유만일 수 있겠는가. 어찌 보면, 이 시의 달은 셸리 자신 또는 시인으로 삶을 살아가는 사람들 모두를 암시하는 것일 수도 있으리라. 실로 시인이란 밤하늘의 수많은 별들 사이에 외롭게 떠 있는 "출생이 다른" 별이라 할 수 있을 것이다. 그리고 현실 세계 속에서 의미 있는 그 무엇을 찾아 끊임없이 방황을 되풀이하는 존재, 하지만 이를 찾지 못해 끊임없이 불안에 떠는 존재, 그리고 그 모든 어려움에 지쳐 파리해진 존재가 바로 시인 아니겠는가. 다른 별들과는 떨어져 외로운 모습으로 세상을 떠도는 달의 이미지는 또한 유럽 각지를 돌며 극적인 삶을 살던 시대의 반항아 셸리의 실제 삶을 떠올리게도 한다.

말할 것도 없이, 조이스가 소설에서 이 시를 인용한 것은 이처럼 달에 대한 은유적 의미 확장이 가능하다는 맥락에서다. 소설의 주인공 스티븐 디덜러스는 이제 유년의 세월을 보내고 소년기로 접어들었다. 부유하던 집안의 가세가 이미 기울었고, 마침내 스티븐의 아버지는 고향에 남은 재산을 정리해야 할 지경에 이르게 되었다. 이를 위해 스티븐의 아버지는 그의 고향인 코르크로 간다. 맏아들 스티븐을 데리고 간 그는 아들에게 자신이 다니던 학교로 데려가 이를 보여주기도 하고, 또 그의 아버지이자 자기 아들의 할아버지에 대한 추억의 이야기를 해주기도 한다. 마침내 재산을 경매에 부쳐 처분한 스티븐의 아버지는 지난밤의 폭음에 이어 또 다시 술집을 찾는다. 달리 선택의 여지가 없는 스티븐은 술집에 앉아 아버지가 옛 친구들과 어울려 술을 마시는 것을 지켜본다. 엉뚱하거나 짓궂은 질문으로 스티븐을 당황케 하기도 하던 아버지의 옛 친구들과 아버지가 이제 다시 또 한 잔의 술을 든다. 이를 보며 스티븐은 이렇게 생각에 잠긴다.

스티븐은 세 개의 잔이 카운터에서 들어올려지는 것을 지켜보았다. 아버지와 아버지의 두 술친구가 지난날을 회상하며 축배의 잔을 들었던 것이다. 운명의 차이든 기질의 차이든 그들 사이에 존재하는 차이가 스티븐과 그들 사이의 거리를 심연만큼이나 깊이 갈라놓았다. 스티븐에게는 자신의 마음이 그들의 마음보다 더 나이를 먹은 것처럼 느껴졌다. 마치 달이 아직 나이 어린 지구를 비춰주듯, 그의 마음은 갈등과 행복과 후회에 젖어 있는 그들 위로 싸늘하게 빛을 던지고 있었다. 그들과는 달리 그의 내부에서는 어떤 활력도 젊음의 기운도 일지 않았다. 그는 그 동안 다른 사람들과 우정을 나눌 때의 즐거움이라는 것, 야성적이고 남성적인 건강이 허락하는 강한 생명력이라는 것, 또한 효도의 마음이라는 것이 무엇인지 모르고 지냈다. 어떤 것도 그의 영혼 안에서 싹트지 않은 채, 다만 사랑을 결여한 차갑고 잔인한 욕망만이 그의 내부에서 꿈틀거리고 있을 뿐이었다. 그의 어린 시절은 죽어 있거나 실종 상태에 있었고, 그와 더불어 소박한 즐거움을 누릴 능력을 갖춘 그의 영혼 역시 그러했다. 그는 메마른 껍데기만 남은 달처럼 삶의 한가운데를 표류하고 있었던 것이다.

그대, 외로운 방랑자여,

하늘로 올라 지상을 응시하는 일에 지쳐
그대는 그리도 창백한 것인가?

그는 셸리의 시에 담긴 이 구절을 마음속으로 되풀이해 읊조렸
다. 애처로울 만큼 무력한 인간의 모습과 주기에 따라 움직이는 거
대한 초자연의 모습을 번갈아 암시하는 이 구절이 그의 마음을 달
래주었다. 그리하여 그는 자신의 슬픔을, 무력한 인간으로서는 어
쩔 수 없는 자신의 슬픔을 잊을 수 있었다.

어린아이다운 생기를 잃은 채 술을 마시는 어른들 틈에 우
두커니 앉아 있는 한 아이의 모습이 셸리의 시 구절을 통해 생
생하게 살아나고 있지 않은가. 조이스는 이 소설의 다른 부분
에서 이 시 구절을 "피로에 지쳐 창백해진 안색으로 외롭게 떠
다니는 달에 관한 셸리의 시 구절"이라 말한 적이 있는데, 이
는 단순히 "어린 시절"의 "소박한 즐거움"을 누릴 능력을 상실
한 채 "메마른 껍데기만 남은 달처럼 삶의 한가운데를 표류하
고" 있는 소년 스티븐의 마음만을 드러내기 위한 것이 아니리
라. 자전적 소설이기도 한 《젊은 예술가의 초상》의 끝 부분이
암시하듯, 조이스는 20대 초반의 나이에 고국 아일랜드를 떠나
일생을 유럽 대륙을 떠돌며 지낸다. 그것도, 마치 달이 세상을
응시하며 끊임없이 떠돌 듯, 고향 아일랜드의 더블린에 응시의
눈길을 준 채. 이와 관련하여, 비록 조이스는 일생 아일랜드를
떠나 살았지만, 그의 소설 세계는 더블린에서 시작하여 더블린
으로 끝난다는 사실이 시사하는 바는 적지 않을 것이다. 그런
의미에서 볼 때, "피로에 지쳐 창백해진 안색으로 외롭게 떠다
니는 달"은 조이스의 삶 자체에 대한 은유이기도 하다.

하기야 "피로에 지쳐 창백해진 안색으로 외롭게 떠다니는 달"이 어찌 셀리나 조이스의 모습만을, 또는 시인이나 예술가의 모습만을 암시하는 것이겠는가. 세상을 살아가는 모든 사람이 "피로에 지쳐 창백해진 안색으로 외롭게 떠다니는 달"과 같은 존재 아닐까. 끊임없이 모습을 바꿔가면서 또는 끊임없이 변하면서 외롭게 세상을 떠돌며 사는 것이 우리 모두의 모습은 아닐까. 적어도 겉으로 드러나는 우리의 모습만큼은 어제의 것과 내일의 것이 같을 수 없으리라. 하지만, 비록 달이 겉모습을 바꾸더라도 실제의 모습은 항상 같은 것이듯, 혹시 우리는 겉모습을 바꾸며 살더라도 우리 내부의 그 무엇—이른바 철학자들이 '본질' 또는 '실체'라 부르는 것—만큼은 변하지 않고 영원한 것은 아닌지? 우리가 만일 "피로에 지쳐 창백해진 안색으로 외롭게 떠다니는 달"과 같은 존재라면, 피로에 지치기도 하고 창백한 안색을 띠기도 하는 '자아' 또는 '주체'—말하자면, 달 그 자체와 같은 존재—는 바로 이 변하지 않는 우리 내부의 그 무엇은 아닌지?

하지만 우리의 '본질'이나 '실체'란 도대체 무엇을 말하는 것인가. 아니, 그런 것이 있기라도 한 것일까. 설사 그런 것이 있다 하더라도 "한밤의 달을 가리는 구름"과도 같이 밤이 에워싸면 영원히 사라지고 마는 것이 우리의 존재라면, 이른바 '본질'이나 '실체'라고 일컫는 그 무엇을 말 그대로 본질이나 실체라고 할 수 있을까. "불안한 모습으로 달리고 번득이며 떨"기도 하고 "어둠에 환한 줄무늬를 그리며 질주"하기만 할 뿐 실체나 본질을 끝내 확인하지 못한 채 삶을 살아가는 것이 우리 자신 아닐지?

앞서 서점에서 책을 다시 꽂으며 떠올렸던 〈덧없음〉이라는 셸리의 시의 마지막은 "덧없음 이외에 그 어떤 것도 영원한 것은 없으리라(Nought may endure but Mutability)"로 끝난다. '모든 것은 덧없다'로 읽히기에 앞서 '덧없다는 것만이 영원하다'로 읽히는 이 구절이 암시하는 바는 참으로 묘하다. '진리는 없다'라는 말과 '진리는 없다는 진리가 있다'라는 말이 뜻하는 바가 필경 같은 것이라 해도 두 말이 전하는 뉘앙스가 다르듯, '모든 것은 덧없다'와 '덧없다는 것만이 영원하다'는 말은 분명 다른 뜻을 담고 있는 것으로 읽히기도 한다. 혹시 셸리가 영원하다고 말하는 '덧없는 것'이 다름 아닌 우리가 영원하다고 또는 영원히 변하지 않는다고 믿는 실체나 본질도 포함되는 것은 아닌지? 만일 덧없는 것이 본질이나 실체라면, "피로에 지쳐 창백해진 안색으로 외롭게 떠다니는 달"과 같은 우리의 삶이 머물 곳은 어딜까. 아니, 머물 곳은 애초 존재조차 하지 않는 것은 아닐까.

3

변하지 않는 것과 변하는 것에 대한 나의 상념은 서점을 나와서도 이처럼 계속되었다. 과연 《데미안》을 새롭게 읽어 새로운 전율에 휩싸인다 해서 그것이 무슨 의미를 갖겠는가. 그리고 새롭게 전율에 휩싸인 내가 과연 실체나 본질로서의 나일까. 그런 느낌에서 벗어나 있는 내가 실체나 본질로서의 나일까. 아니면, 그 모든 것과 관계없이 따로 존재하는 것이 나의 실체나 본질일까. 나는 과연 무엇인가.

　모르겠다. 정말 모르겠다. 《젊은 예술가의 초상》에서 만난 시 구절이 발단이 되어 나는 그날 실체도 본질도 없는 덧없는 상념에 잠겨 오랜 시간 낯선 이국의 거리를 헤맸다. 그리고 머

물고 있는 집으로 되돌아와 번역해놓은 《젊은 예술가의 초상》
의 원고를 다시 펼쳤다. 우연히 펼친 번역 원고에서 다음과 같
은 구절이 눈에 띄었다. 다소 길지만 어느 한 구절도 놓치고 싶
지 않다.

그처럼 여러 번 이사를 했는데, 또 이사를 해야 하다니! 벨비
디어 칼리지의 팰런이라는 이름의 아이가 멍청한 웃음을 얼굴
에 담고는 왜 그렇게 자주 이사를 하느냐고 그에게 종종 묻곤
했었다. 이 같은 질문을 해대는 녀석의 멍청한 웃음소리가 다시
들리는 것 같아, 그는 재빨리 경멸감이 담긴 찌푸림으로 이마를
어둡게 했다.

그가 물었다.

"물으나 마나 한 질문이겠지만, 왜 또 이사를 한다니?"

조금 전에 대답했던 여동생이 또 이렇게 대답했다.

"왜냐면요, 집주인이요 우리를요 바깥으로요 나가라고요 한대요."

난로 저쪽 끝에 앉아 있던 가장 나이 어린 남동생이 목소리
를 높여 〈고요한 밤에 종종〉이라는 노래를 부르기 시작했다. 한
명 한 명 아이들이 그를 따라 노래를 부르기 시작하더니 마침내
모두가 한 목소리로 합창을 하게 되었다. 동생들은 이 노래에
서 저 노래로, 이 합창곡에서 저 합창곡으로, 몇 시간이고 계속
해서 노래를 할 것이다. 파리한 마지막 저녁 햇빛이 지평선으로
완전히 사라질 때까지. 밤하늘의 첫 검은 구름이 모습을 드러내
고 마침내 밤이 될 때까지.

그는 동생들의 노래에 귀를 기울인 채 잠시 머뭇거리다가, 그
역시 동생들과 함께 노래를 불렀다. 그는 동생들의 연약하면서
도 생기 있고 청순한 목소리 이면에 지친 기색이 감돌고 있는 것
을 감지하고는 영혼의 아픔을 느꼈다. 삶의 여정을 제대로 시작

하기도 전에 벌써 동생들은 삶의 길에 지쳐 있는 것처럼 보였다.

그는 부엌 안을 울리는 동생들의 합창소리가 끝없는 세월을 이어오며 노래하는 세상의 모든 어린아이들의 합창소리와 서로 끝없는 울림을 주고받으면서 점점 더 커져만 가는 것을 감지했다. 그 모든 울림 안에서 그가 또한 감지했던 것은 지치고 아파하는 아이들의 마음이 담긴 노랫가락이 쉬지 않고 되풀이하여 울리고 있다는 점이었다. 모두가 삶의 길에 들어서기도 전에 이미 삶에 지쳐 있는 것처럼 보였다. 이윽고 그는 뉴먼도 베르길리우스의 단선적으로 이어지는 시 구절에서 이 같은 노랫가락을 감지했던 적이 있음을 기억해냈다. '마치 자연의 여신이 입을 열어 노래하듯, 모든 시대의 어린아이들이 겪어왔던 지치고 아픈 삶을 이야기하면서도 여전히 어린아이들의 보다 나은 삶에 대한 희망을 노래하고' 있음을 뉴먼은 감지했던 것이다.

이 구절을 다시 읽는 동안, 전에도 그랬던 것처럼 여전히 코끝이 시큰해지고 눈에 물기가 감돈다. 어찌 이처럼 아름답고 깨끗할 수가! 조이스의 문장이, 그 안에 담긴 아이들의 모습이, 이를 바라보는 소설의 주인공 스티븐의 모습이, 그들 모두가 이루고 있는 정경이 하나같이 아름답고 깨끗하다. 만일 이처럼 아름답고 깨끗한 정경이 내가 삶을 살아가는 세상에 존재한다면, 실체가 없고 본질이 없다한들 무슨 문제가 되겠는가! 그런 정경이 있을 수 있음을 확인하고, 그런 정경에 움직일 수 있는 마음을 확인하는 것, 그것 자체가 소중한 삶이 아닐까.

4

《젊은 예술가의 초상》의 번역을 마치고 그다음 날 동네 서점에

나가 반나절을 보낸 다음 당시의 소회(所懷)를 글로 옮겨보았다. 그리고 얼마 동안의 시간이 지난 다음 이를 글로 다듬어 잡지사에 보냈다. 다시 몇 달이 지나 일본에서 돌아왔을 때 2012년 봄호 《시인수첩》에 개제된 그 글(232~47쪽)을 읽고는 누군가가 《젊은 예술가의 초상》의 번역본이 언제 나오는가 물었다. 아직 옮긴이의 말도 쓰지 않았다 하자, 그가 말했다. "이미 다 써놓고 무슨 고민인가?" 무슨 말인가 묻자, 《시인수첩》에 개제된 글 이상의 옮긴이의 말이 어디 있을 수 있겠냐는 것이었다. 그래서 '작가는 이러저러한 사람이고, 이 소설 내용은 이러저러한 것이며, 이 소설에서 주목해야 할 점은 이러저러한 것'이라는 식의 글을 준비 중이라 했다. 그러자 그가 말했다. "그런 글이야 당신이 하나 더 보태지 않더라도 얼마든지 있소. 제발 당신이 얼마나 대단한 모범생인가를 보여주는 그런 글로 독자를 짜증나게 할 생각일랑 하지 마시오."

그리하여 모범생 노릇을 하려는 나와 그러기를 거부하는 나 사이에 싸움이 시작되었다. 일테면, "성직이 지니는 신비와 성직이 행사하는 힘"에 유혹을 느끼는 스티븐과 "세상이라는 그물 안에서 방황하는 가운데 스스로 다른 사람들의 지혜를 터득하는" 쪽에 택하려는 스티븐 사이의 싸움이 시작되듯. 또는 어머니의 말씀에 순종하여 "부활절에 주어진 의무"를 다 하려는 스티븐과 '논 세르비암'을 앞세워 이를 거부하려는 스티븐 사이에 싸움이 벌어지듯. 아니, 더블린이라는 미궁 안에 머무르려는 스티븐과 다이달로스처럼 이를 벗어나 비상하려는 스티븐 사이에 싸움이 벌어지듯. 비상을 열망하는 스티븐이 마침내 싸움에 이기듯, 모범생 노릇을 거부하는 내가 이겼다. 그리하여 기존의 글을 새롭게 다듬고 고쳐 "그것 자체가 소중한 삶이 아닐까"라는 말로 옮긴이의 말을 마감하려는 순간, 싸움에 진 또 하나의 내가 문득 소리친다. "최소한 '에피퍼니(epiphany)'에 대해서는 한 마디 해야 하지 않겠는가!"

그렇다, 조이스 자신이 그처럼 자주 언급한 '에피퍼니'에 대해서는 적어도 한 마디 해야 한다. 에피퍼니란 기독교적으로 보면 '예수의 현현(顯現)'을 말한다. 한편, 조이스가 말하는 문학적 의미에서 보면 이는 일상의 사건이나 경험의 과정에 직관을 통해 얻어지는 깨달음의 순간을 지시한다. 바로 이 같은 '에피퍼니'를 더할 수 없이 극적으로 보여주는 순간을 《젊은 예술가의 초상》에서 하나 찾자면, 이는 아마도 제4장의 마지막 부분을 장식하는 황홀한 깨달음의 순간일 것이다.

갑작스럽게 그녀한테서 몸을 돌린 그는 바닷가를 가로질러 걸음을 옮기기 시작했다. 그의 뺨은 붉게 타고 있었고, 그의 몸 역시 붉게 달궈져 있었으며, 그의 팔과 다리도 떨고 있었다. 앞으로, 앞으로, 계속 앞으로, 계속 더 앞으로 그는 힘차게 걸음을 옮겼다. 바다를 향해 미친 듯 노래하며. 그를 소리쳐 부르던 삶이 이제 그 모습을 드러냄에 환영의 외침소리를 내지르며.

그녀의 영상은 그의 마음속으로 흘러 들어가 영원한 것으로 남게 되었으며, 어떤 말로도 그를 휩싸던 성스러운 침묵의 황홀경을 깰 수는 없었다. 그녀의 눈은 그를 불렀고, 그의 영혼은 그 부름에 깨어나 번뜩 몸을 일으켰던 것이다. 삶을 살아가는 것, 살아가며 잘못을 저지르는 것, 잘못을 저질러 타락하는 것, 타락에도 불구하고 승리하는 것, 삶에서 다시 삶을 창조하는 것, 그것이 다름 아닌 삶이 아닌가! 야성으로 무장한 천사가, 인간적인 젊음과 아름다움을 간직한 천사가, 현세의 아름다운 정원에서 파견된 전령이, 오류와 영광으로 점철된 모든 길로 통하는 문들을 활짝 열어주기 위해 어느 한 황홀한 순간에 돌연히 그의 앞에 모습을 드러낸 것이었다. 앞으로, 앞으로, 계속 앞으로, 계속 더 앞으로 나아가야 하지 않겠는가!

아름답고 생생하지 않은가! 영혼이 도달한 깨달음의 순간을 어찌 이보다 더 아름답고 생생하게 묘사할 수 있겠는가. 그리고 "삶을 살아가는 것, 살아가며 잘못을 저지르는 것, 잘못을 저질러 타락하는 것, 타락에도 불구하고 승리하는 것, 삶에서 다시 삶을 창조하는 것, 그것이 다름 아닌 삶이 아닌가!"라는 깨달음만큼이나 소중하고 값진 것이 어디 있겠는가. 그 말을 되뇌는 동안 나는 '북 오프'에서 《데미안》을 들었다 놓았던 때의 기억을 다시금 떠올리지 않을 수 없었다.

"삶을 살아가는 것, 살아가며 잘못을 저지르는 것, 잘못을 저질러 타락하는 것, 타락에도 불구하고 승리하는 것, 삶에서 다시 삶을 창조하는 것, 그것이 다름 아닌 삶이 아닌가!" 집으로 돌아와 번역해놓은 원고를 이리저리 뒤적이다 우연히 눈에 띈 바로 그 말을 수도 없이 되뇌며 그날 밤을 보낸 다음, 아침이 되자 나는 다시 '북 오프'를 찾아가 《데미안》의 영문판을 샀다. 그리고 거기에 담긴 토마스 만의 서문을 먼저 읽고 그 옛날에 읽었던 소설을 다시 읽기 시작했다. 무엇보다도 만의 서문에 이어져 나오는 제사(題詞)를 몇 번이고 되풀이해 읽었다. "나는 다만 나의 진정한 자아가 이끄는 대로 삶을 살기를 원했을 뿐이었다. 하지만 그것이 왜 그처럼 어려웠던가." 감동할 수 있는 삶이 있고, 전율을 느낄 수도 있는 대상이 존재하는 것이 세상이라면, "피로에 지쳐 창백해진 안색으로 외롭게 떠다니는 달"과 같은 것이 내 삶의 모습이더라도 삶은 살아볼 만한 가치가 있는 것 아니겠는가. 비록 그것이 덧없는 것이라 하더라도 다시 느끼고 다시 체험할 가치가 있는 것 아니겠는가.

《데미안》을 다시 읽는 동안 문득 "바람이 인다(Le vent se léve)!"와 "살아야겠다(il faut tenter de vivre)!"로 이루어진 시 구절이, 폴 발레리의 시 〈해변의 묘지(Le cimetière marin)〉의 마지막 부분을 장식하는 이 시 구절이 새삼 떠올랐다. 그리고 또한 《젊은 예술가의 초상》의 마지막을 장식하는 스티븐의 말이, 비상의 염원을 담은 그의 말이 새삼 내 나이답지 않게 떠올랐다. "고대의 아버지여, 고대의 장인이여, 지금 이 순간뿐만 아니라 영원히, 영원히 나를 도와주소서(Old father, old artificer, stand me now and ever in good stead)!" 어찌 이 말이 '젊은 스티븐'만을 위한 말이겠는가.

5

번역에 사용된 텍스트는 노턴 출판사(Norton & Co.)가 2007년 4월에 출간한 *A Portrait of the Artist as a Young Man: Authoritative Text, Backgrounds and Contexts, Criticism*이다. 확실한 오류로 판단되는 예—예컨대, 161쪽의 'moral odour'('mortal odour'의 오기)—를 제외하고는 이 판본에 충실한 번역이 되도록 노력했다.

역주 작업을 위해서는 돈 기포드(Don Gifford)의 *Joyce Annotated: Notes for Dubliners and A Protrait of the Artist as a Young Man* 제2판(캘리포니아 대학 출판부, 1982), 케빈 J. H. 뎃마(Kevin J. H. Dettmar)가 주석 작업을 한 반즈 앤 노블 판(Barnes & Noble Classics, 2004)의 *A Portrait of the Artist as a Young Man & Dubliners*, 셰이머스 딘(Seamus Deane)이 주석 작업을 한 펭귄판(Penguin Books, 1992)의 *A*

Portrait of the Artist as a Young Man 이외에 수많은 저작물과 자료를 참고했다. 그리고 기독교 관련 정보와 관련해서는 무엇보다도 가톨릭 인터넷 굿뉴스 사이트를 자주 찾았다. 첨언하자면, 본문에 나오는 라틴어 표현에 대한 우리말 표기는 중세 라틴어 발음을 따랐다.

그동안 번역과 역주 잡업을 하는 과정에 많은 분들의 도움이 있었지만, 특히 내가 잘 모르는 기독교 지식과 관련하여 천주교 신자인 시인 김형영 선생님과 어린 시절부터 기독교 장로회 신자인 아내의 도움이 컸다. 그들의 도움이 없었다면 나의 번역은 누추하기 짝이 없는 것이 되었을 것이다. 어찌 김형영 선생님과 아내에게 가슴 깊이 감사의 마음을 전하지 않을 수 있으랴. 아울러, 출판 작업에 필요한 모든 일을 해준 시공사의 정은미 팀장에게도 깊은 감사의 말을 전한다. 하지만 번역과 역주에 허물이나 잘못이 있다면 이는 전적으로 나의 불찰과 고집과 어리석음에 따른 것이다. 혹시 용납하기 어려운 허물이나 잘못이 발견되면, 소중한 깨우침의 기회를 주기를 독자 여러분께 바란다.

2012년 11월 30일

장경렬

2월 2일 아일랜드 더블린 근교의 라스가에 **1882**
서 존 스타니슬로스 조이스와 메리 제인 머
리의 4남 6녀 중 첫째로 태어남. 조이스가
태어날 당시 그의 아버지는 유산으로 물려
받은 코르크의 부동산과 상당한 공직 수입
을 갖고 있었으며 아일랜드 전체에서 손가
락 안에 드는 부자였으나, 경솔한 성격 탓에
가지고 있던 부동산을 모두 저당잡히게 됨.
이후 조이스의 가족은 더 작고 더 누추한 집
으로 이사를 계속했고, 아동기와 청소년기
를 거치는 동안 조이스는 《젊은 예술가의
초상》의 주인공인 스티븐 디덜러스가 그러
하듯, 자신의 가족이 가톨릭 중산층에서 극
빈층으로 추락하는 것을 목격함.

9월 예수회 학교인 클롱고우스 우드 칼리지 **1888**
에 입학. 이 시기에 경험한 학교생활은 이후
에 《젊은 예술가의 초상》을 통해 그려짐.

10월 6일 아일랜드 민족주의자 파넬 사망. **1891**
10월 말 혹은 11월 초 경제 사정 악화로 클
롱고우스 우드 칼리지를 자퇴. 따라서 조이
스가 학교를 그만둔 시기는 아일랜드 역사

의 한 페이지가 장식되던 시기와 맞물림. 당시 여덟 살이던 조이스는 파넬의 죽음에 대한 시 〈힐리 너마저(Et Tu Healy)〉를 집필, 아버지가 이 시를 자비 출판함.

벨비디어 칼리지 더블린에서 수학. 1893~1898

유니버시티 칼리지 더블린에서 수학. 그러나 이미 대학에서 배우는 것에는 별 관심이 없었고 자신만의 독서 세계로 빠져듦. 이 시기에 조이스는 자신을 남들과 다른 사람으로, 그러니까 신앙의 상실을 자랑스럽게 선언하며 때로는 신성 모독적인 표현을 즐기는 현대 아일랜드의 가톨릭 지성인으로 여김. 1898~1902

4월 1일, 《포트나이틀리 리뷰》에 〈입센의 새 희곡(Ibsen's new Drama)〉이라는 제목으로 글을 발표. 후일 입센으로부터 감사의 편지를 받음. 1900

3월, 동생 조지가 복막염으로 사망. 이 사건은 조이스의 초기 소설인 《스티븐 히어로(Steven Hero)》의 인물인 이사벨(스티븐의 여동생)이 죽음을 맞이하는 장면의 배경이 됨. 10월, 현대문학 학사학위로 졸업. 12월, 의학 공부를 하기 위해 파리로 떠남. 도중에 시인 예이츠와 만남. 1902

4월 10일, 어머니가 위독하다는 아버지의 전보를 받고 더블린으로 돌아옴. 이때 받은 전보는 이후 《율리시스(Ulysses)》에 그대로 기록됨. 8월 13일, 44세에 간암으로 모친 사망. 1903

1월 7일, 《예술가의 초상(A Portrait of the Artist)》을 문학잡지 《다나(Dana)》에 출간하려 했으나 거절당함. 2월 2일, 《예술가의 초상》을 수정한 《스티븐 히어로》를 쓰지만 곧 1904

그만둠. 6월 초, 장차 그의 아내가 될 노라 바나클을 처음 만남. 6월 16일, 노라와 더블린 외곽의 링센드까지 함께 걸으며 첫 데이트를 즐김. 이날은 이후 《율리시스》의 시간적 배경이 되며, 이 책의 주인공인 레오폴드 블룸의 이름을 따서 '블룸즈데이'라 불림. 다른 여성과 연애하기도 하였으나 죽는 순간까지 노라와 함께 지냈음. 8월 13일, 단편 〈자매〉 출간. 10월, 노라와 오스트리아 폴라로 떠나서 이듬해 3월까지 해군 장교들에게 영어를 가르치다가 외국인 강제 추방령에 따라 트리에스테로 이주.

아들 조르지오 출생. 12월 3일, 20세기 초 더블린의 중산 계급의 삶을 묘사한 단편 모음집 《더블린 사람들》의 원고를 영국 출신의 출판업자 그랜트 리처즈에게 보여줌. **1905**

로마로 떠나 은행에 취직. 3월, 《더블린 사람들》 출간 계약. 4월 23일, 인쇄업자의 요구대로 원고를 수정하지 않으면 출판을 해줄 수 없다는 리처즈의 통보를 들음. 6월, 리처즈의 요구대로 《더블린 사람들》을 수정하여 넘김. **1906**

로마에 대해 극심한 혐오를 느껴 다시 트리에스테로 돌아옴. 5월 서른네 편의 연애시와 기타 두 편의 시로 이루어진 모음집 《실내악(Chamber Music)》이 엘킨 매튜스에 의해 출간. 여름에 딸 루치아 출생. 9월 말, 《더블린 사람들》을 출판할 수 없다는 리처즈의 최종 통보를 받음. **1907**　《실내악》

《더블린 사람들》의 출판을 논의하기 위해 더블린으로 돌아감. 아버지를 만나고, 골웨이에 있는 노라의 가족을 처음으로 방문. **1909**

노라와의 말다툼 끝에 아직 완성되지 않은 **1911**

《젊은 예술가의 초상》의 원고를 불 속으로
던져버렸으나 때마침 조이스의 여동생 아이
린이 그 광경을 목격하고 원고를 구해냄.

더블린에 잠깐 머묾.《더블린 사람들》의 출
판 건을 놓고 출판업자 조지 로버츠와 다툼.
이 사건 이후 일생 동안 더블린에 다시 오지
않음. 트리에스테 대학에서《햄릿》강연.

11월, 부부 관계를 다루며,《더블린 사람들》
의 〈죽은 자들〉에 토대를 둔 희곡《망명자들
(Exiles)》집필 시작. 11월 25일 리처즈로부
터《더블린 사람들》의 원고를 다시 읽어보
고 싶다는 내용의 편지를 받음. 예이츠의 소
개로 에즈라 파운드와 교제.

1월 29일, 리처즈와《더블린 사람들》출판
계약. 1월 중순, 에즈라 파운드에게《젊은
예술가의 초상》의 제1장의 최종 교정본과
《더블린 사람들》을 보냄. 2월 2일 판《에고
이스트》에 준 자서전적인 소설인《젊은 예
술가의 초상》이 연재로 실리기 시작. 6월,
《더블린 사람들》출간. 트리에스테에서 조
이스가 가르쳤던 어린 여제자 아말리아 포
퍼에 대한 성애를 담은《지아코모 조이스
(Giacomo Joyce)》집필. 7월 29일, 제1차 세계
대전 발발.《젊은 예술가의 초상》완성. 주
인공 레오폴드 블룸이 1904년 6월 16일 하
루 동안 더블린을 돌아다닌 것에 대한 기록
인《율리시스》집필 시작.

4월 1일,《망명자들》완성. 5월, 이탈리아가
전쟁에 참가하자 취리히로 이주. 이곳에서
프랭크 버젠(Frank Budgen)과 만나《율리시
스》와《피네간의 경야(Finnegans Wake)》를 쓰
는 내내 작품에 대한 견해를 나눔.《에고이
스트》9월 호에《젊은 예술가의 초상》마지
막 회가 실림.

1912	
1913	
1914	《더블린 사람들》
1915	

12월, 뉴욕에서 《젊은 예술가의 초상》 출간.　**1916**　《젊은 예술가의 초상》

2월, 런던에서 《젊은 예술가의 초상》 출간.　**1917**
8월, 홍채염으로 오른쪽 눈 수술. 영국 출신의 정치 운동가 헤리엇 쇼 위버(Harriet Shaw Weaver)가 재정적 후원을 시작, 이로써 조이스는 생계 걱정 없이 집필에만 몰두할 수 있게 됨.

3월, 에즈라 파운드의 도움으로 뉴욕 《리틀 리뷰》지에 《율리시스》 연재.　**1918**　《망명자들》

6월, 에즈라 파운드를 만남. 그의 도움으로 가족과 함께 파리로 이주. 뉴욕 사회악 추방 협회가 《율리시스》를 음란물로 고소, 《리틀 리뷰》지 연재가 중단됨.　**1920**

《율리시스》의 〈페넬로페〉 장을 인쇄소에 넘기고, 〈아이올로스〉 장을 고쳐 쓰고, 〈하데스〉 장과 〈로터스 먹는 사람들〉 장의 양을 늘리는 작업을 10월 7일까지 마침. 10월 20일, 〈페넬로페〉 장의 완성본을 발레리 라르보(Valery Larbaud)에게 보냄. 저명한 역자이기도 한 그는 에즈라 파운드, 실비아 비치(셰익스피어 앤드 컴퍼니의 주인)와 더불어 《율리시스》에 많은 도움을 줌. 10월 29일 〈이타카〉 장의 집필을 마치며, 이로써 《율리시스》를 완성.　**1921**

2월 2일, 마흔 번째 생일에 셰익스피어 앤드 컴퍼니에서 《율리시스》 출간. 영국과 미국 측은 금서라는 이유로 수입을 금지함.　**1922**　《율리시스》

3월 10일, 광범위한 언어적 실험을 시도한 《피네간의 경야》 집필 시작.　**1923**

4월 중순, 왼쪽 눈 수술.　**1925**

5월, 《피네간의 경야》 제3권을 완성한 후 6월　**1926**

7일 위버에게 보냄. 12월 12일 오후, 파리에서 문학잡지 《트랑지시옹(Transition)》을 출간하던 외젠 졸라(Eugene Jolas) 부부에게 《피네간의 경야》 첫 부분을 낭독.

《피네간의 경야》가 1938년까지 17회에 걸쳐 '진행 중인 작품'이라는 제목으로 《트랑지시옹》에 실림. 이 작품에 대한 혹평이 이어지는 가운데 방어책으로 4월 5일 영국 펜클럽의 만찬 모임 초대에 응함. 그러나 별 소득 없이 돌아옴. 《율리시스》의 독일어 번역본 출간. — 1927

7월 4일 자녀들의 상속권 보장을 위해 런던에서 노라와 정식 결혼식을 올림. 같은 해 아들 조르지오 결혼. 12월 29일, 더블린에서 부친 사망. — 1931

2월, 손자 스티븐 출생. 9월 경, 외젠 졸라의 부인 마리아로부터 딸 루치아가 심각한 정신 장애를 앓고 있는 것 같다는 의견을 들음. — 1932

12월, 루치아가 스위스 니옹에 있는 요양원으로 보내짐. — 1933

1월, 루치아가 가출. 경찰을 부르겠다는 협박을 받고 나서야 가까스로 귀가. 칼 융에게 치료를 받음. — 1934

손자 스티븐을 위한 동화 《고양이와 악당(The Cat and the Devil)》 집필. 《시 모음집(Collected Poems)》 출간. — 1936 《시 모음집》

11월 13일, 《피네간의 경야》 완성. 이후 한 달 반 동안 교정본을 만듦. — 1938

2월 2일, 조이스의 생일에 《피네간의 경야》 인쇄본이 도착. 5월 4일, 《피네간의 경야》가 — 1939 《피네간의 경야》

런던과 뉴욕에서 출간.

1월 9일, 갑작스런 위경련이 일어남. 11일, 엑스레이 촬영 결과 십이지장 궤양 판정을 받고 이틀 후 사망. 취리히 플룬테른 묘지에 묻힘.

1941

1944 《스티븐 히어로》

《제임스 조이스의 편지(Letters of James Joyce)》가 리처드 엘만(Richard Ellman)의 편집으로 총 세 권에 걸쳐 1964년에 이르기까지 출간.

1957 《제임스 조이스의 편지》

1964 《고양이와 악당》

1968 《지아코모 조이스》

《제임스 조이스의 편지》에서 제외된, 1909년의 〈외설적인 편지〉가 포함된 《제임스 조이스 편지 선집(Selected Letters of James Joyce)》이 엘만의 편집으로 출간.

1975 《제임스 조이스 편지 선집》

한스 월터 개블러(Hans Walter Gabler)가 총 세 권에 걸친 《율리시스》 출간.

1984

《제임스 조이스의 비평》이 《특별한 때에 쓰여진 비평적, 정치적 글 모음집(Occasional, Critical, and Political Writing)》으로 재출간.

2000

옮긴이 **장경렬**

인천 출생으로, 서울대학교 영문과를 졸업했다. 미국 오스틴 소재 텍사스 대학교에서 영문학으로 박사학위를 취득했고, 현재 서울대학교 인문대학 영문과 교수로 재직 중이다. 문학 비평서로는 《미로에서 길 찾기》《신비의 거울을 찾아서》《응시와 성찰》이 있으며, 문학 연구서로는 *The Limits of Essentialist Critical Thinking*(American Studies Institute, SNU), 《코울리지: 상상력과 언어》《매혹과 저항: 현대 문학 비평 이론에 대한 비판적 이해를 위하여》가 있다. 번역서로는 《내 사랑하는 사람들의 잠든 모습을 보며》《야자열매 술꾼》《윌리엄 셰익스피어》《먹고, 쏘고, 튄다》《아픔의 기록》《우리 아기》《선과 모터사이클 관리술》《기탄잘리》《노인과 바다》 등이 있다.

세계문학의 숲 029

젊은 예술가의 초상

2012년 12월 24일 초판 1쇄 인쇄
2012년 12월 30일 초판 1쇄 발행

지은이 | 제임스 조이스
옮긴이 | 장경렬
발행인 | 전재국

발행처 | (주)시공사
출판등록 | 1989년 5월 10일(제3-248호)

주소 | 서울 서초구 사임당로 82(우편번호 137-879)
전화 | 편집 (02)2046-2851 · 영업 (02)2046-2800
팩스 | 편집 (02)585-1755 · 영업 (02)588-0835
홈페이지 | www.sigongsa.com
세계문학의 숲 홈페이지 | www.sigongclassic.com

ISBN 978-89-527-6797-4(04840)
      978-89-527-5961-0(set)

2007년 정부(교육과학기술부)의 재원으로 한국연구재단의 지원을 받아 수행된 연구임 (NRF-2007-361-AL0016).